Lara Weber

Norin Fly
Die neue Welt

Literareon

Norin Fly, eine zierliche junge Frau von 19 Jahren, wächst in einer Welt auf, in der die Fürchtigen das Volk von Nonnum durch den Glauben an Gott kontrollieren. Neue Gebote und Gesetze wurden verfasst, die den Menschen beibringen, für die Sünden ihrer Ahnen büßen zu wollen, und jeder Verstoß kann verheerende Folgen nach sich ziehen – was Norin allerdings nicht davon abhält, trotzdem dagegen zu verstoßen. Gerade mit ihrem Freund Eiren bricht sie gerne mal die Regeln und doch gelingt es ihr nicht aufzufallen. Dann trifft sie eines Tages auf Leander, was ihre Situation umso komplizierter macht. Als ihr ein alter Mann dann noch Dinge weissagt, die er unmöglich wissen kann, ist das Chaos komplett. Und als sie erfährt, wer Leander wirklich ist, ist es schon zu spät...

Lara Weber

Norin Fly
Die neue Welt

Literareon

MIX
Papier aus verantwortungsvollen Quellen
FSC
www.fsc.org
FSC® C003147

Bibliografische Information der Deutschen Nationalbibliothek:
Die Deutsche Nationalbibliothek verzeichnet diese Publikation
in der Deutschen Nationalbibliografie.
Detaillierte bibliografische Daten sind im Internet
über http://dnb.d-nb.de abrufbar.

Umschlagabbildung: Kevin Truhöl
Autorenfoto: Anna Weber

© 2014 Lara Weber

Printed in EU
Literareon im Herbert Utz Verlag GmbH
Tel. 089 – 30 77 96 93 | www.literareon.de

ISBN 978-3-8316-1675-6

Die Gebote

Die neuen Gebote der Fürchtigen:

Das Oberste Gebot: Der Name des *Er* darf niemals ausgesprochen werden.
1. Die Existenz des *Er* ist unbestreitbar.
2. *Er* ist alles. Wir sind nichts.
3. Der Mensch ist dem Reich des *Er* unwürdig. Wir sind nicht göttlich.
4. Die Natur ist *Er*-gegeben und steht über dem Menschen.
5. Alles Leben ist wertvoll und darf nur vom *Er* genommen werden.
6. Der Geschlechtsakt gilt nur der Schöpfung, nicht dem Vergnügen.
7. Man darf nicht unehrlich sein.
8. Einmal einem Rang zugeteilt, besteht dieser bis zum Ende.
9. Leute des höheren Ranges verdienen den ihnen gebührenden Respekt.
10. Wer die Gebote verletzt, wird von dem Gericht der Gerechten bestraft.

Erster Teil
Narlenhia

Heiles Nonnum

»Und dies sei euch allen die notwenige Warnung, liebe Mitmenschen. Lebt das dritte der neuen Gebote: *Ihr seid nicht göttlich!*«
Der Fürchtige hob die Hände und sprach weiter. »Mit diesen Worten entlasse ich euch in diese Woche. Aber denkt immer daran, *Er* sieht alles, *Er* hört alles und *Er* bestraft euch, für vergangene und neue Fehltritte. *Heiles Nonnum.*«
Mit diesem Abschied erhoben sich die Leute und setzten sich Schritt für Schritt, in geordneten Reihen, in Bewegung, während am Ausgang jeder eine Symbolmünze in die Schalen warf. Dieser Pflicht kamen alle nach, denn es war ein Gesetz und gegen dies verstieß gewöhnlich keiner. Erst recht nicht in einem der *Er*-Häuser. Außerdem war es unmöglich, sich dieser Pflicht zu verwehren, denn an jeder der vier Schalen standen Diener der Fürchtigen, welche überprüften, ob alle die symbolische Spende gaben. Auch wir nahmen die Münzen, die wir extra dafür erhalten hatten, und ließen sie in die Schalen fallen. Damit zeigten wir unsere Ehrdarbietung gegenüber dem *Er* und den Fürchtigen. Mein Blick schweifte noch einmal zu dem Fürchtigen, der die Schelte abgehalten hatte. Er wirkte sehr zufrieden, denn alle liefen mit gesenktem Kopf in Richtung Ausgang. Sofort schnappte er meinen Blick auf. Ich wollte den Kopf senken, doch etwas hielt mich ab. Es war der Gesichtsausdruck und die Haltung seines Kopfes, die mich neugierig machten. Er streckte sein Kinn hoch und senkte seine dunklen Augen so zielgenau auf mich hinab, dass ich einfach nicht fortgucken konnte. Und es war diese winzig kleine Regung in einem seiner Mundwinkel, die mich stutzen ließ. Mein Bruder schubste mich von der Seite und ich gewann die Kontrolle über meinen Kopf wieder.
»Hast du den Verstand verloren?«, flüsterte Xeth, wandte den Kopf aber nicht einen Millimeter nach oben.
Ich riss mich zusammen, so gut es ging, bis wir endlich in unserem

Heim ankamen. Der Klang meiner Schuhe auf dem Metallboden beruhigte mich irgendwie.

»Norin«, sagte Xeth leise und winkte mich vom Rest der Familie fort. Wieso ich folgte, wusste ich nicht. Xeth war jünger als ich, er war nicht in der Position, mich zurechtzuweisen. Aber vielleicht hatte er ja einfach recht, dachte ich, und deshalb ließ ich es mir gefallen.

»Norin, kannst du mir mal erklären, weshalb du während des Austritts zu einem Fürchtigen aufsiehst? Du weißt doch, was das für Folgen haben kann!«

Ja, das wusste ich. Man sah einer Person eines höheren Ranges nicht einfach so in die Augen. Das konnte ernste Konsequenzen nach sich ziehen. Es war eines der neuen Gebote, gegen die man nicht verstieß. Daran erinnerte uns ein Mal wöchentlich die Schelte. Sie diente dazu, den Menschen ihre Grenzen und die Regeln aufzuzeigen, damit der Frieden unter uns garantiert war und das Weiterleben gewährleistet wurde. Die Gebote waren ein wichtiger Bestandteil unseres Lebens und regelten den Alltag. Sie bestimmten den Umgang mit Er, der Natur, mit den Menschen und mit den Brechern. Brecher waren diejenigen, die den Geboten nicht genug Achtung schenkten und gegen sie verstießen. Ein Brecher kam vor das *Gericht der Gerechten,* wo über ein gerechtes Strafmaß entschieden wurde. Aber es gab auch Fehltritte, die nicht bestraft wurden, weil es nun einmal eine Eigenschaft des Menschen war, gegen die Regeln zu verstoßen.

Dass wir diese Regeln brauchten, bestritten wir nicht. Niemand hätte sich gegen den *Er*-Glauben oder die Fürchtigen gestellt, aber wie sie immer zu sagen pflegten: »*Die Menschen sind Wesen, die zur Zerstörung neigen.*«

Deswegen gab es Regeln, die man nicht brechen sollte, wenn man es aber tat, wurde es nicht zwingend bestraft. Das war etwas, das jeder wusste. Jedes Kind lernte diese brechbaren Regeln und jeder wusste, dass man sie brechen konnte, trotz allem versuchte man, sich, solange es ging, an sie zu halten. Ein Beispiel für eine dieser kleinen Regeln war, dass man sich nicht stritt. Mit niemandem. Oder, dass man keine Blumen pflückte. Dass man nicht fluchte. Und nicht in den Himmel blickte.

Dies waren Regeln, bei denen man nicht prüfen konnte, ob jemand sie brach. Daher pflückte jeder hier und dort mal aus Neugierde eine Blüte oder stritt sich mit seinen Geschwistern um das letzte Brot. Ebenso wie ich jetzt mit Xeth zu streiten begann, war dieses Brechen der Regeln gedacht. So, dass keiner es mitbekam – es musste heimlich geschehen.

Wer in der Öffentlichkeit gegen diese brechbaren Regeln verstieß, bekam entweder einen Eintrag auf seinem Chip, den jeder von uns immer bei sich trug, und der unsere Daten beinhaltete oder derjenige wurde zu den Fürchtigen geschickt. Was dort geschah, konnte ich nicht sagen. Niemals hatte ich jemanden wirklich gekannt, der zu ihnen geschickt worden war. Wer sich bei dem Brechen dieser kleinen Regeln erwischen ließ, wäre so dumm gewesen, dass es beinahe unmöglich war, dass jemand sich erwischen ließ. Wir alle hatten einen gewissen Intelligenzquotienten, der eine solche Dummheit eigentlich unmöglich machte.

In Nonnum galt ein Mindestquotient von 140. Unsere Bildung wurde genau so auf uns abgestimmt, dass wir diesen Standard erreichten. Wer sich weiter bilden wollte, konnte dies tun, denn auch von der Bildung hing es ab, in welchen Rang man eingeordnet wurde. Es kam vor, dass man in unserem Alter bereits eingeordnet wurde, deshalb machte Xeth sich nun auch solche Sorgen um mich und mein Verhalten. Es gehörte sich nämlich ganz und gar nicht, was ich getan hatte. Nur wusste er nicht einmal ansatzweise, wie schlimm es eigentlich gewesen war; denn der Fürchtige hatte irgendwie gelächelt. Und das konnte eigentlich nichts Gutes bedeuten.

»Willst du es provozieren, dass sie dich in einen niedrigeren Rang einordnen, Norin? Du weißt, dass der Fürchtige bei deiner Einteilung ein Wörtchen mitzureden hat.«

Ich winkte mit der Hand ab.

»Der hat das doch kaum bemerkt«, log ich. Natürlich merkte Xeth das, er war schließlich nicht dumm.

»So allmählich glaube ich wirklich du legst es darauf an, Nor. Du bist einfach nicht normal«, regte er sich auf.

Ich hatte gerade schon wieder gegen ein Gebot verstoßen. Man durfte ja nicht lügen.

»Xeth, was regst du dich denn so auf? Ich werde schon nicht anders eingeteilt als Mutter, Vater, Cona oder Darla.«

»Mal von den Rängen von Cona und Darla abgesehen – was glaubst du denn, wo sie dich einstufen, wenn du ständig gegen alle diese Regeln verstößt und dann noch einem Fürchtigen direkt ins Gesicht siehst?«

Diese Frage würdigte ich keiner Antwort. Ich drehte mich um, schüttelte den Kopf und half meiner Mutter beim Zubereiten des Essens. Xeth sah mich den ganzen Abend böse an, aber ich ignorierte ihn einfach. Er war jünger als ich. Was wusste er schon?

»Norin Fly«, rief die Lektionerin meinen Namen. Ich stand auf, senkte den Blick und wartete auf Anweisungen.

»Erläutere die Zeilen, des dir gegebenen Textes, in Hinsicht auf den Umschwung der Alten zur Neuen Welt.«

Ich schritt unsicher zu dem Tisch der Lektionerin und nahm den kleinen Zettel entgegen, den sie mir hinhielt. Was darauf stand, wurde der Bezeichnung *Text* eigentlich nicht gerecht; es waren zwei kurze Zeilen, in einer Handschrift, die eher von einem Schreibgerät hätte stammen können, als von Hand. Nur ein kleiner Klecks verschmierter Tinte und winzig kleine Abweichungen in den sonst so perfekten Linien verrieten mir, dass es von Hand geschrieben war.

> Der Ring ist ein Kreis, der die Unendlichkeit symbolisiert.
> Die Welt ist ein Kreis, so wie die Menschheit
> ein unendlicher Kreislauf ist.
> H. K. Johnsen, 1901

Diese Zeilen waren alt. Sehr alt. Ich war froh, dass ich bis zum Abschluss des Jahres Zeit hatte, um diese Aufgabenstellung zu bewältigen, denn dafür bedurfte es ein wenig mehr Beschäftigung mit der *Wende*, oder, wie die Lektionerin gesagt hatte, dem Umschwung von der alten zur neuen Zeit. Ich steckte den Zettel mit dem Text in meine Tasche, notierte mir die exakte Aufgabenstellung, verabschiedete mich mit dem Respektsgruß von meiner Lektionerin und verließ den Raum.

Ich ging in die Essenshalle, wo Leuk, Grin und Vermorha bereits auf mich warteten. Leuk und Grin waren Jungen in meinem Alter und gehörten zu meinem engsten Freundeskreis. Ebenso wie Vermorha, die allerdings ein wenig jünger war als wir. Wir ließen sie es so wenig merken, wie es ging, aber die Jüngeren waren immer benachteiligt.

»Wo ist Eiren?«, fragte ich Leuk. Dieser zog nur seine Schultern hoch und sah sich um. »Ich glaube, er wurde von einem Lektioner aufgehalten. Wegen einer Aufgabe, die er abgegeben hat.«

Ich sah Grin an, der fast bei jeder Lektion mit Eiren zusammen war, und musterte ihn. Er und Leuk sahen sich unheimlich ähnlich, wobei sie gar nicht miteinander verwandt waren. Im Gegensatz, ihre Eltern waren sogar in verschiedenen Rängen, aber diesen beiden machte das nichts aus. Sie waren sich so ähnlich, dass sie sich einfach verstehen mussten. Sie hatten beide blonde Haare und eine große Nase, dafür aber breite Kiefer, die die großen Nasen etwas unauffälliger machten. Sie waren ungefähr gleich groß und wirkten wie Sportler, obwohl keiner in ihren Familien etwas mit Sport am Hut hatte. Eiren hingegen war mein Freund und sah vollkommen anders aus. Er war größer und dünner, nicht so muskulös, aber er hatte breite Schultern. Seine Haare waren hellbraun, seine Augen in einem wunderbaren Meerblau. Ich hatte das Meer nie gesehen, aber wenn es blau sein sollte, dann musste es Eirens Blau sein. Alles andere wäre falsch gewesen.

Gerade wollte ich mich umdrehen und zur Essensausgabe gehen, als ich beinahe in ihn hineinrannte. Gerade rechtzeitig konnte ich anhalten. Zum Glück, denn sonst wäre ich voll gegen seine Brust gelaufen, was er sicher lustig gefunden hätte. Er machte sich schon immer über unseren Größenunterschied lustig. Breit grinste er mich an.

»Wag dich«, brummte ich und ging schnell an ihm vorbei.

Er kam hinter mir her und stellte sich dicht hinter mich.

»Wie geht es dir, Norin?«, fragte er und beugte sich ein Stück zu mir herunter.

Er roch wie immer gut, doch ich zeigte nicht gerne offen, dass ich ihn so sehr mochte. Jeder wusste, dass wir zusammen waren, aber ich mochte es einfach nicht, zu offenbaren, wie verfallen ich ihm eigentlich war.

»Super. Und dir?«, fragte ich tonlos und ließ mir Essen geben.

Es gab mal wieder Nudeln mit einer grünen Soße und Gurken. Ich hasste Gurken. Ich nahm das Tablett und setzte mich an den Tisch, an dem wir immer saßen. Eiren setzte sich neben mich, lächelte und pikste sich die Gurken von meinem Teller. Als ich ihn schräg von der Seite musterte, fragte er: »Ich darf doch, oder?« Ich antwortete nicht. »Du magst doch keine Gurken«, stellte er fest. Er hatte ja recht. Ich schob mein Tablett von mir weg und ein Stück weiter zu ihm, sodass er besser herankam.

»Was machst du heute nach drei Uhr?«, fragte er fröhlich.

Ich hatte eine solche Frohnatur als Freund gar nicht verdient, dessen war ich mir bewusst, aber ich freute mich lieber insgeheim über sein Interesse an mir und lächelte in Gedanken.

»Ich habe noch nichts vor«, entgegnete ich.

Eiren kannte das von mir. Vor anderen war ich immer anders, als dann, wenn wir alleine waren. Einmal hatte er mich danach gefragt und ich hatte es ihm erklärt. Ich mochte es nicht, zu zeigen, was ich fühlte oder dachte. Es machte angreifbar. Und meine Mutter hatte mir beigebracht, anderen so wenig Angriffsfläche wie möglich zu bieten. Auf die Frage, seit wann ich auf meine Mutter hören würde, hatte ich nur mit den Achseln gezuckt. Seitdem fragte er nicht mehr und er tat einfach so, als wäre ich genauso fröhlich wie er.

»Ich habe überlegt, dass ich dich heute entführen möchte«, flüsterte er in mein Ohr und meine Härchen im Nacken stellten sich auf. Ich wusste, was das bedeutete.

»Wohin denn?«, fragte ich nun. Er hatte meine Neugierde geweckt, das bemerkte er sofort.

»Das verrate ich dir nicht«, lachte er. Damit hatte er mich sofort am Haken.

»In Ordnung«, stimmte ich leise zu. »Hol mich nach drei vorne am Brunnen ab.«

Er grinste breit. Viel zu breit. Eiren kannte mich gut. Er wusste, wie er mein Interesse wecken konnte und wie ich es wieder verlor. Eiren war die Art von Mann, die genau wusste, wie sie die Frauen kriegten, die sie wollten. Vor vier Jahren hatte er mich auserkoren, was die meisten der anderen Mädchen meines Alters alles andere als gut fanden. Und verstehen konnten sie es auch nicht. Wenn ich ehrlich war, konnte ich es selbst nicht recht verstehen.

Ich war klein, hatte schulterlange Haare, die so ziemlich jeden einzelnen Braunton hatten, den es gab, unterschiedliche grün-blaue Augen und ich war so zierlich, dass man mich meist für drei Jahre jünger hielt, als ich tatsächlich war. Mein Gesicht war klein und relativ gewöhnlich. Ich persönlich fand es nicht hässlich, aber es hatte etwas so Zartes und Feines, dass es mich meistens nervte. Ich fühlte mich nicht so zerbrechlich, wie ich aussah. Eiren sagte immer, ich hätte süße kleine Ohren, was in meinen Augen alles sagte: Wie konnten Ohren denn so klein sein, dass sie süß waren? Dasselbe sagte er von meiner Nase, wohingegen meine Augen riesig wirkten. Im Vergleich zu meinen Freundinnen waren sie nicht größer als deren Augen. Aber im Verhältnis zu meinem Gesicht wirkten sie einfach unglaublich groß. Wieso Eiren das so toll fand, war mir ein Rätsel. Das Einzige, das ich mochte, war ihre Form. Sie waren einen Hauch mandelförmig. Genauso wie es mir am besten gefiel: Nicht zu viel, sodass ich anders aussah, sondern gerade soviel, dass es etwas Besonderes hatte.

Eiren musterte mich und las gerade wahrscheinlich wieder meine Gedanken von meinem Gesicht ab, denn er berührte leicht mein Ohr. Ich fühlte mich entblößt und drehte den Kopf weg, schob mein Tablett ganz zu ihm und erhob mich.

»Ich habe keinen Hunger, du kannst das essen, Eiren. Wir sehen uns ja nachher.«

Irgendwie dankbar sah er mich an, als ich ihm zum Abschied kurz winkte. Er hatte immer ein wenig mehr Hunger als alle anderen, weshalb er sich wohl gerade sehr über meine Portion freute.

»Ja, danke. Und bis dann«, grinste er und zwinkerte mir zu. Seine blauen Augen blitzten auf und irgendwie wurden meine Beine ein wenig wackelig. Sofort fing ich mich wieder.

Ich ging zu meinem Schrank und suchte den Sack mit Klamotten heraus, den man uns jeden Tag für den Sportunterricht dort hineinlegte. Ich beschloss, mich noch eine Weile draußen hinzusetzen, und die frische Luft zu genießen, bevor ich zum Sport gehen musste. Direkt neben der Tür war eine Bank, auf die ich mich setzte. Ich genoss den kühlen Tag eine kurze Zeit, dann kam mir der Zweizeiler wieder in den Sinn.

Der Ring ist ein Kreis, der die Unendlichkeit symbolisiert. Die Welt ist ein Kreis, so wie die Menschheit ein unendlicher Kreislauf ist.

Ich wusste nicht so recht etwas damit anzufangen. Wieso ein Ring? Und wieso ist die Menschheit ein Kreislauf? Und wer zur verdammten Schelte war H.K. Johnsen?

Gut, dass niemand meine Gedanken gehört hatte. Es war nämlich verboten, in der Öffentlichkeit zu fluchen. Leider passierte mir das aber sehr oft. Ich hatte die nervige Eigenschaft, erst zu reden und dann zu denken. Es war ein Wunder, dass ich mich noch nicht in schlimmere Schwierigkeiten gebracht hatte. Grundsätzlich war ich nicht wirklich die treueste Bürgerin. Manche Regeln standen mir im Weg, also umging ich sie meist, wenn sie mir nicht passten. Das waren meistens eher nur Kleindelikte, für die ich sicherlich keine schlimmen Strafen bekommen hätte, aber hie und da hatte ich auch schon Schlimmeres getan, das definitiv gegen die ernsteren Regeln verstoßen hatte. Sogar gegen die neuen Gebote. Ich musste lächeln – ich hatte es wahrlich verdient, bestraft zu werden, aber bisher hatte ich mich immer irgendwie gerettet.

Plötzlich riss mich etwas aus meinen Gedanken. Das unheimlich intensive Gefühl, dass mich gerade jemand anstarrte, überkam mich und ich drehte meinen Kopf nach rechts. Neben der Bank, auf der ich saß, stand jemand, lehnte lässig an der Wand und starrte mich unverhohlen an. Wie hatte das passieren können, dass ich ihn erst so spät bemerkt hatte? Normalerweise war ich aufmerksamer.

»Du lächelst«, sagte der junge Mann.

»Und du glotzt«, entgegnete ich trocken.

Er lachte auf. »Und du siehst mir in die Augen.«

Er hatte recht. Er war sicher älter als ich und ich sah ihm vollkommen respektlos in die Augen. Aber aus irgendeinem Grund konnte ich den Blick nicht abwenden. Seine Augen waren dunkel und doch glänzten sie. Waren sie grün? Blau? Oder war es doch braun? Ich konnte mich nicht entscheiden und vergaß während meiner Überlegungen, ob es nicht vielleicht doch eher dunkelgrau war, völlig, dass ich ihm noch immer hemmungslos in die Augen sah.

»Du bist mutig«, sagte er plötzlich und klang ernst, aber belustigt.

Ich schluckte und sagte nichts. Was hätte ich auch sagen sollen?

»Sag mir deinen Namen«, forderte er mich auf.

Ich wollte nicht, aus Angst in Schwierigkeiten zu kommen, aber er war älter und ich strapazierte mein Glück gerade sowieso schon – ich hatte keine Wahl.

»Norin.«

»Norin Fly?«, fragte er.

Ich nickte.

»So so«, sagte er und ging. Er stieß sich von der Wand ab, sah mich noch einmal an und ging dann einfach an mir vorbei in das Gebäude.

Was für ein seltsamer Mann. Ich rief mir sein Aussehen ins Gedächtnis und überlegte, ob er nicht ein wenig alt war für einen Schüler eines Lektio-Zitoriums. Er hatte etwas längeres, dunkles Haar gehabt, das ihm geradeso in die Augen hing, war relativ groß gewesen, aber nicht so groß wie Eiren, hatte ein langes Gesicht mit spitzen, scharfen Zügen gehabt, was ihn aber nicht jungenhaft aussehen ließ. Vielleicht waren es die seltsamen Wangenknochen, die ihn so alt erscheinen ließen, oder die tief liegenden Augen, ich wusste es nicht.

Irgendwie verwirrt von diesem Kerl, den ich so schamlos angestarrt hatte, ging ich in den Unterricht. Ob der Kerl mich melden würde oder nicht, konnte ich sowieso nicht beeinflussen, also hatte ich keine Wahl. Xeths Worte kamen mir in den Sinn und wieder musste ich mir eingestehen, dass er irgendwie recht hatte. So sehr wie ich es provozierte und immerzu gegen die Regeln verstieß, musste irgendwann etwas geschehen. Vielleicht an diesem Tag. Auch wenn mich etwas an dem Lachen des jungen Mannes davon abhielt zu glauben, in Schwierigkeiten zu stecken.

Ich ging zu den Kabinen, wo ich mich umzog. Diesmal war ein Badeanzug in meinem Beutel. Dann würden wir wohl in der nächsten Zeit Lektionen im Schwimmen erhalten. Unweigerlich freute ich mich. Ich war gerne im Wasser und sehnte mich danach einmal das Meer zu sehen. Wie gerne würde ich ungehindert in unendliches, naturgegebenes Wasser rennen, das nicht beheizt oder gereinigt war. Nach Salz und nicht nach Chlor zu riechen...

Ich zog mich aus und schlüpfte in den dunkelblauen Badeanzug, der überraschend wenig Haut verdeckte. Ich hatte schon einmal eine Lektion im Schwimmen gehabt, aber da waren die Beine der Badeanzüge bis zur Hälfte der Oberschenkel gegangen und von der Brust hatten sie auch nichts gezeigt. Dieser Badeanzug reichte nicht ganz über meinen Po und gerade so über meinen Busen. Ich wäre zwar fertig gewesen, aber ich wartete noch auf die anderen Mädchen, weil ich wissen wollte, ob diese auch solche Anzüge hatten.

Endlich kamen sie. Ich kam mir ein bisschen seltsam vor, als sie alle schnatternd und lachend in den Raum kamen und ich dort in diesem knappen Stoffstück saß. Verdutzt stellten alle Mädchen fest, dass auch jeder ihrer Anzüge so knapp war, und keiner verstand die plötzliche Veränderung. Wieso verlangte man von uns, so viel Haut zu zeigen? Normalerweise wurde man bestraft, wenn man seinen Körper als Zurschaustellungsinstrument missbrauchte. Diese Anzüge grenzten an eine Verletzung der Prio-Regeln – den Regeln von oberster Priorität.

Eine dieser Prio-Regeln besagte, dass man sich nicht aufreizend kleiden durfte, sprich: Den Körper dazu benutzen, andere zu nötigen, einen dadurch zu mögen. Was zählte war der Charakter und nicht das Aussehen. Wir alle waren damit aufgewachsen. Jetzt auf einmal in diesen seltsamen Badeanzügen zu stehen, die so wenig verdeckten, brachte alle total durcheinander.

Außer mich. Ein wenig musste ich in mich hinein lächeln.

Manche waren schüchtern und verbargen den knappen Stoff unter einem Tuch, andere weinten, weil sie diese Veränderung nicht verstanden und wieder andere weigerten sich strikt, dieses »bisschen Fetzen« anzuziehen, wie Fernma es bezeichnete. Ich hatte nur die Augen verdreht.

Kurzum: Nur Claie, Valles und ich trauten uns, durch den Waschraum in die Schwimmhalle zu gehen. Wir gingen zu dem Becken, wo wir das letzte Mal die Lektion erhalten hatten – es war das kleinste – und warteten eine halbe Ewigkeit. Irgendwann verlor ich die Geduld und sprang schon einmal in das Wasser. In schnellen Zügen schwamm ich durch das kleine Becken. Am Ende angekommen hatte ich aber noch nicht genug. Ich wollte mich anstrengen, mich verausgaben – ich wollte mehr.

Ich schwamm mit angestrengten und kraftvollen Zügen eine Bahn nach der anderen und stellte überrascht fest, dass dieser Badeanzug viel besser war, als der von der letzten Lektion. Er ließ mehr Bewegungsfreiraum an den Beinen, schnitt nicht mehr so in die Schultern, weil es weniger und leichterer Stoff war, und bot grundlegend ein besseres Gefühl beim Gleiten durch das blaue Nass. Als ich das Gefühl hatte meine Lungen müssten gleich platzen vor lauter Anstrengung, schwamm ich noch eine Bahn und zog mich aus den von mir erzeugten Wellen am Rand hoch. Noch immer standen nur Valles und Claie am Beckenrand auf der anderen Seite und starrten mich an.

»Diese Dinger sind viel besser als unsere alten«, erklärte ich grinsend und rief gerade so laut, dass die beiden mich am anderen Beckenrand hören konnten.

»Meinst du wirklich?«, fragte Valles unsicher.

»Ja, die sind phantastisch. Man kann sich viel besser bewegen und sie schneiden nicht so ein. Es macht mehr Spaß«, versuchte ich die beiden zu ermuntern.

Sie sahen sich zweifelnd an, doch Claie war keine von denen, die lange zögerte. Sie sprang direkt in das Wasser und schwamm zu mir herüber.

»Du hast recht«, stellte sie überrascht fest. »Die sind viel bequemer. Komm rein Valles! Das wird dir Spaß machen. Ganz sicher«, sagte Claie und winkte Valles zu uns.

Sie sprang in das Wasser. Dann wandte Claie sich zu mir.

»Ich hab mich schon gewundert, wieso du so lange hier hin und her geflitzt bist.«

»Was meinst du?«, fragte ich. Ich war bloß ein paar Bahnen geschwommen.

»Mensch Norin, jetzt tu nicht so bescheiden! Du bist hier in einer unglaublichen Geschwindigkeit durchgerast. Das sah aus, als wärst du eine Kanone, die hin und her geschossen wird.«

Zu meiner Schande hatte das Ganze wenig mit Bescheidenheit zu tun. War ich wirklich so schnell gewesen? Ich hatte Anstrengung gebraucht, hatte meinen Körper fordern wollen, aber hatte er mir so viel zurückgegeben, ohne dass ich etwas davon bemerkt hatte?

»Das war wirklich beeindruckend eben.«

Bei der Stimme zuckte ich zusammen und wäre beinahe ins Wasser gefallen. Gerade tauchte Valles auf und zog sich am Beckenrand hinauf.

»Du hattest Recht, No...«, dann öffnete sie die Augen und zuckte auf die gleiche Weise zusammen wie ich.

»Heilige Schelte!«, stieß Valles unglaublich leise keuchend aus und auch ich drehte meinen Kopf jetzt in die Richtung, in die sie schaute.

Als hätte ich nicht gewusst, wer dort stand, war ich doch überrascht, diesen Kerl zu sehen. Wieder sah ich ihm unverschämt in die Augen, während Valles und Claie die Blicke senkten.

»Entschuldigung«, sagte Valles wegen ihres Fluches und stieß mir ihren Ellenbogen in die Seite, um mir zu zeigen, dass ich hinunter gucken sollte.

Ich senkte den Kopf zwar, sodass es von der Seite aussah, als würde ich auch hinab blicken, tatsächlich aber ließ ich meinen Blick nicht von dem Mann.

»Ich bin euer neuer Lektioner im Schwimmen. Ich heiße Leander Gold.« Während er sprach, wandte er den Blick nicht von mir ab. Mein Magen wurde heiß.

»Für gewöhnlich nennen unsere Lektionere nicht ihre Namen.«
Er lächelte und erwiderte: »Für gewöhnlich tragt ihr auch diese furchtbaren Anzüge. Darin kann sich ja kein Mensch bewegen.«

»Dann hast du dafür gesorgt, dass wir diese Anzüge haben?«, fragte Claie schüchtern.

»Ja. Und ihr könnt ruhig meinen Namen sagen. So viel älter als ihr bin ich nicht.« Er grinste und richtete sich auf, sah sich um.

Er runzelte die Stirn. »Wo ist der Rest der Mädchen?«, fragte er verwundert und suchte die Halle mit den Augen ab, als würden die Mädchen gleich aus den Ecken springen.

»Denen waren die Veränderungen zu groß, der Stoff zu wenig und die Regeln zu streng«, flüsterte ich.

Der Kerl – Leander – schien es gehört zu haben, denn sein Blick huschte zu mir. Valles hatte offensichtlich nichts vernommen von meinem Genuschel, denn sie erklärte, dass die Mädchen noch in den Kabinen wären, weil sie daran gezweifelt hatten, dass dies die richtigen Anzüge wären.

»Wie heißt ihr?«, fragte er und sah nur Claie und Valles an.

Sie nannten ihm ihre Namen.

»Würdet ihr zwei bitte die Mädchen holen und ihnen versichern, dass sie die richtigen Anzüge haben und wie komfortabel das Schwimmen in ihnen ist?«

Die beiden nickten lächelnd und schienen ohne jeglichen bösen Gedanken davon zu gehen. Dass Leander nicht nach meinem Namen gefragt hatte und ich nun alleine dort mit ihm stand, fiel ihnen gar nicht auf. Mir hingegen war es unmöglich, es nicht sofort am ganzen Körper zu spüren.

»Du bist eine gute Schwimmerin«, sagte er, als die anderen beiden fort waren.

Ich nickte, senkte den Kopf, ließ den Blick aber nicht von ihm los. Stattdessen erhob ich mich, um ihn nicht von ganz da unten ansehen zu müssen.

Lange Zeit musterte er mich, bis er wissen wollte: »Woher kannst du das?«, und zeigte mit einer Geste auf das Becken.

Ich zuckte mit den Schultern. Ich würde ihm sicher nicht verraten, woher ich so gut schwimmen konnte.

»Hatte wahrscheinlich einen guten Lektioner«, log ich.

Mein alter Lektioner war eine Katastrophe gewesen, was dieser Leander aber sicher längst wusste. Er hob eine Augenbraue. Er wusste, dass ich log. Irgendwann würde ich daran zu Grunde gehen, dachte ich, und während ich schon glaubte, der Kerl würde mich jetzt direkt zur Zitoriums-Leitung bringen, wanderte ein Lächeln auf seine Lippen und sie wurden voller. Irgendetwas in seinen Augen blitzte.

»Wie alt bist du, Norin?«, fragte er.

Ich zögerte länger, als mir erlaubt war. So ein Mist, nur ein paar Minuten mit diesem Kerl und ich hatte mindestens fünf Regeln gebrochen, für die man mich ernsthaft bestrafen konnte. Doch ich wandte den Blick nicht ab, ich konnte und wollte auch nicht. Leander gab mir nicht das Gefühl, dass er mich dafür zur Verantwortung ziehen würde. Ich konnte nicht anders, also sagte ich: »Ich bin 16.« Das war nicht unmöglich, denn in Nonnum wurden die Lektions-Kurse nicht nach dem Alter geordnet.

»Das ist nicht wahr«, sagte er scharfsinnig. Er hatte ein besseres Auge als die meisten. »Du bist mindestens 18«, stellte er fest.

»19«, sagte ich langsam und nickte anerkennend.

»Wieso lügst du dann?«, fragte er und schien ehrlich neugierig zu sein.

Eine Weile dachte ich über meine Worte nach.

»Die meisten Leute sehen, was sie sehen wollen«, erklärte ich.

Wahrscheinlich verstand er nicht, was ich damit meinte, aber es war die Wahrheit. Ich log manchmal bei meinem Alter, weil die Leute gerne glauben wollten, dass ein so zierliches und zartes Mädchen wie ich, noch nicht vor die Einteilung eines Ranges und eines Berufes gestellt wurde.

Die Leute wollten keine 19-Jährigen in ihrer Gesellschaft, die aussahen wie 16 oder jünger. Sie hielten mich für schwach und unreif, für noch zu jung, um erwachsen zu sein. So richtig erwachsen war ich auch nicht, das war man erst mit 20, aber ich war ja auf dem besten Weg dorthin. Wenn nichts allzu Fatales dazwischen kommen würde.
»Und klug scheinst du auch zu sein«, sagte er plötzlich leise. »Das ist meist nicht die beste Kombination.«
Das verstand ich nicht. »Welche Kombination denn genau?«
»Mutig, sportlich, klug und schön.«
Ich hätte vielleicht rot werden sollen, aber ich wurde nicht rot. Das wurde ich nie. Ich stand halb nackt vor einem Kerl, der mich offensichtlich attraktiv fand, und mir Komplimente machte. Aber genau diese Situationen waren diejenigen, in denen ich am besten ruhig bleiben konnte.
»Ich finde die Kombination ist vielleicht nicht die beste, aber sicherlich...«
Ich brachte den Satz nicht zu Ende, weil die Tür des Duschraumes aufglitt und ein paar mehr Mädchen den Raum verließen. Schüchtern und total verschreckt wirkten sie.
Meine Güte, was war nur mit mir los, dass ich vollkommen furchtlos vor einem Lektioner stand, halb nackt und kurz davor zu flirten, während die anderen sich so zierten? Und die meisten von ihnen hatten nicht einmal einen Freund! Ich wandte den Blick die ganze Lektion nicht mehr zu Leander. Ich schwamm nicht mehr herausragend, sondern vollkommen mittelmäßig und ging absichtlich in der Menge von Mädchen unter. Trotz allem spürte ich seine Blicke auf meinem Rücken. Immerzu.

Ruinen

Nach der Lektion duschte ich so lange, bis keines der Mädchen mehr da war, zog mir ein Spitzentop, das ich von meiner Mutter geklaut hatte, über die Unterwäsche, dann die einheitlichen Klamotten darüber und eilte aus dem Umkleideraum, weil Eiren sicher schon auf mich wartete. Ich verließ das Gelände und ging in Richtung Brunnen. Dann hörte ich meinen Namen von hinten.

»Norin!«

Ich blieb stehen und sah Leander, der in der Tür stand. Er hatte eine Sporttasche über der Schulter hängen und sah mich irgendwie seltsam an. Ich drehte mich um und blickte zum Brunnen, wo Eiren stand und wartete. Als ich mich wieder zu Leander wandte, wirkte sein Gesicht steif.

»Ist schon okay, wir reden morgen darüber, Fly.«

Fly? Mich nannte niemals jemand beim Nachnamen. Hoffentlich hatte Eiren das nicht gehört. Ich ging zu ihm und sofort lächelte er, als er meine nassen Haare sah.

»Schwimm-Lektion?« Ich nickte und seine Augen strahlten.

»Komm«, sagte er sanft und nahm meine Hand.

Etwas zögerlich ließ ich es zu und spürte aber den Blick im Rücken brennen.

»Lass uns gehen«, sagte ich leise und wir gingen.

Wir gingen in Richtung Osten, was nur drei Dinge bedeuten konnte: Er nahm mich mit in die Taverne, wo man auf ein Schaumgetränk und eine Runde Karten hingehen konnte; Eiren hatte vor bei der alten Ruine zu picknicken; oder er wollte zu dem künstlichen See am Waldrand, zu dem keiner mehr ging, außer wir.

Tatsächlich aber gingen wir zu der Ruine. Keiner wusste mehr, was das einmal gewesen war, das dort errichtet worden war, da nur noch drei sehr heruntergekommene Wände aus nacktem Stein und die Hälfte der Decke vorhanden waren. Heute baute man keine Häuser mehr aus Stein und fast alle Ruinen waren abgerissen worden. Manche blieben allerdings stehen, um daran zu erinnern, wie kurz die Welt vor dem Abgrund gestanden hatte. Heute nutzte man keine natürlichen Ressourcen mehr, die sich irgendwann erschöpfen würden, sondern nur noch Metall, das man recyceln konnte.

Die Natur ist göttlich gegeben und steht über dem Menschen, lautete das vierte der neuen Gebote.

Nachdem die Menschen der alten Zeit die Erde beinahe zerstört hatten, in ihrem Wahn der Ausbeutung unserer Natur, regelten die neuen Gebote jeglichen Umgang mit der Natur. Beinahe alle Spuren der alten Welt hatten die Fürchtigen genommen, damit die Sicherheit der Natur gewährleistet war. Außer hie und dort ein paar Kleinigkeiten, wie diese Ruine oder eine alte Kohlefabrik am West-Ende unseres Areals, war außer einigen Andenken nicht mehr viel geblieben. Nutzlose Dinge, die keine Gefahr darstellten und bloß noch als Warnung galten.

Für mich und Eiren jedoch boten sie einfach nur Schutz vor den Augen anderer. Aus diesem Grund gingen wir in diese Ruine.

Der Eintritt war nicht direkt verboten, es kam nur einfach niemand dorthin. Niemals. Vor zwei Jahren hatten wir sie entdeckt und seitdem waren wir mindestens einmal in der Woche dort. Nie war jemand zu dieser alten Ruine gekommen. Zugegeben, die Überreste des Steinhauses waren relativ uninteressant. Aber unser Grund, diese Ruine aufzusuchen, galt auch nicht dem vergangenen Kulturerbe.

Kaum waren wir hinter den drei Steinwänden verschwunden, nahm Eiren mich, hob mich auf seine Füße und küsste mich. Während des Küssens lief er und warf mich plötzlich gegen eine Wand.

»Mh. Das habe ich so vermisst«, raunte er an meinem Mund und nahm meine Lippen wieder in Beschlag.

Ich genoss diese Art von Eiren. Er war jemand, der, wenn er einmal Gefallen an etwas gefunden hatte, nur schwer wieder davon abzubringen war. Anfangs hatte er sich ziemlich geziert und sich innerlich gewehrt, mich zu küssen, aber desto öfter wir es getan hatten, desto mehr wollte er es und desto wilder wurde er. Gewohnheit desensibilisierte eben.

»Du schmeckst so fantastisch, Norin«, sagte er, drückte mich härter gegen die Wand und küsste mich am Hals.

Ich musste lachen, weil seine feinen Bartstoppeln meine dünne Haut kitzelten. Seine Hände fuhren meinen Rücken hinab und eine Hand fand meinen Hintern, während seine andere unter meine Kleidung wanderte. Er hielt inne, als er das Top befingerte.

»Was ist das?«, fragte er erstaunt.

Ich knöpfte die oberen Knöpfe des Zivilhemdes auf, das wir alle trugen, und zeigte ihm die Spitzen, die sich ein Stück über meinen Brüsten und unter meinen Schlüsselbeinen einen Weg über meine Haut bahnten. Fasziniert befingerte er den Stoff ganz zart.

»Wo hast du das her?«

»Ist doch egal. Viel wichtiger ist: Gefällt es dir?«, fragte ich zuckersüß.

»Schon, aber...«, begann er.

»Nichts aber!«, unterbrach ich ihn und hielt ihn ein Stück von mir entfernt. »Wenn es dir wirklich gefällt, willst du wohl nicht ernsthaft darüber reden, wo ich es her habe«, sagte ich spielerisch, aber ernst.

Eiren war nicht der einzige, der dafür sorgen konnte, dass er bekam, was er wollte. Er schien einen Augenblick zu zögern, dann trat er wieder näher an mich heran und sah mir mit seinen schönen blauen Augen in meine. Dann küsste er mich wieder und fuhr mit seinen Händen unter das Top.

»Norin, hol die drei Kleinen und Xeth herein. Dann schäle bitte die Rüben und hilf, die Decke fertig zu flechten«, rief meine Mutter nach mir.

Eiren hatte mich gerade nach Hause gebracht, da kommandierte meine Mutter mich schon herum. Ich war die viertälteste Tochter in unserer Familie. Ich hatte drei ältere Schwestern, zwei ältere Brüder und vier jüngere. Ein Kind war noch unterwegs.

Wir waren eine Ausnahme, denn mein Vater und meine Mutter arbeiteten beide im dritthöchsten Rang. Normalerweise bekamen Familien eines so hohen Ranges nicht so viele Kinder, aber meine Mutter liebte Kinder. Sie war ein unglaublich guter Mensch und hatte herausragende Kräfte und Talente – meistens zumindest. Außerdem hatte sie Cona und Darla, zwei meiner älteren Schwestern, die letztens in denselben Rang eingestuft wurden, und sich mit meiner Mutter die Schichten einteilen konnten. Zwei waren immer zu Hause und kümmerten sich um Haus und Familie, während eine arbeitete.

Mein Vater arbeitete mehr als die drei Frauen zusammen. Er war der Ernährer, so war nun einmal die Rollenverteilung. Die Frauen durften arbeiten, bekamen auch genauso viel Geld wie Männer dafür, ihnen war aber untersagt, so lange zu arbeiten, wie Männer das mussten. Mein Vater arbeitete in der Metallindustrie. Was genau er da tat, wusste ich nicht. Genauso wenig wusste ich es von meiner Mutter, Cona oder Darla. Oder von meiner anderen Schwester, die bereits einen Mann und selber ein Kind hatte. So wie meine älteren Brüder.

Wir redeten grundsätzlich nicht viel, meine Mutter, meine Schwestern und ich. Ich hatte eine großartige Familie, die sehr herzlich und liebevoll war. Ich liebte sie, weil sie alle nun mal meine Familie waren und es niemals böse meinten, aber ich war einfach anders. Ich war immer anstrengender und lauter gewesen, schwer zu beruhigen und ehrlich. Ich war schlecht im Anpassen. Ich sah auch anders aus. Meine Familie war fast ausschließlich blond, groß und blauäugig. Wenn ich nicht eine Geburtsurkunde gehabt hätte, hätte ich geschworen, dass ich nicht das Kind meiner Eltern wäre.

Ich war immer die Schwierigste. Frecher, offener und, wie Xeth es immer nannte, provozierend. Ich war sehr Spaß-fixiert gewesen als Kind. Mutter sagte, das sei heute nicht anders, aber ich bin vorsichtiger geworden. Vielleicht, weil die Dinge, die ich tat, auch gefährlicher geworden waren.

»Norin? Bewegst du dich jetzt vielleicht mal?«, wurde meine Mutter forscher. Sie reagierte eigentlich nur auf mich immer so gereizt.

Vielleicht war das auch der Grund, wieso mein Vater und sie mich so anders behandelten als die anderen meiner Geschwister.

Vater sagte immer, ich regte etwas Besonderes in den Menschen. Bei meiner Mutter war es Ärger, bei meinem Vater Humor, bei Xeth Sorge und bei Cona Neid. Mit Darla redete ich nicht genug, um festzustellen, was es bei ihr war. Manchmal ging es mir aber durch den Kopf, ob es nicht genau das war – die Zurückhaltung, das gezielte Fernhalten von mir. Ich hatte keine Ahnung, was es war, aber wirklich gut verstand ich mich nur mit Xeth und Vater. Mutter reagierte zu aufgewühlt. Sie hielt mich für faul und rücksichtslos, was – das musste ich leider zugeben – auf meine Familie auch des Öfteren zutraf.

Ich ging hinaus, sorgte dafür, dass meine vier kleinen Brüder ins Haus kamen, und Mutter teilte ihnen Aufgaben im Haushalt zu. Xeth sollte mit mir flechten und Darla übernahm dann die Rüben, während die drei Kleineren das Badezimmer putzen sollten. Das Metall war zwar langhaltig und konnte recycelt werden, wenn es nötig war, doch an manchen Stellen rostete es und musste gepflegt werden. Xeth und ich setzten uns in das Zimmer, das wir uns mit Cona und Darla teilten, und begannen, die Decke zu flechten. In Nonnum schnitten sich die Frauen alle sieben Jahre die Haare kurz. Aus diesen Haaren wurden Decken herstellt oder Seile, Kissen und so weiter. Mit den Haaren konnte man sticken, man konnte sie flechten oder binden. Sie waren stabil und unerschöpflich. Eine ewige Ressource. Und eine solch große Familie wie unsere brachte auch regelmäßig Haare hervor. Fast alle zwei Jahre flochten wir Decken. Diese würden wir dann einem Fürchtigen zeigen, welcher festhielt, dass die jeweiligen Frauen nun sieben Jahre hinter sich hatten und die Haare verarbeitet worden waren. Die Decke, an der wir gerade woben und flochten, hatte mit meinen Haaren vor drei Jahren begonnen, und nun hatte Cona ihre Haare abscheiden lassen müssen. Nächstes Jahr wäre meine Mutter wieder dran, darauf dann Darla und dann wieder ich. Es war ein sich immer wiederholender Kreislauf. Sofort fiel mit der Zweizeiler ein. Vielleicht war das ein Beispiel, dass ich in den Aufsatz mit einbringen konnte. Aber noch etwas anderes spukte mir im Kopf herum.

Die letzten Stunden mit Eiren. Er war unglaublich und die Zeit mit ihm war jedes Mal wieder schön. Bei ihm hatte ich das Gefühl, ich selbst zu sein. Er brachte mich immer zum Lachen. Zwar durch so dumme Sachen, wie Gespräche über Heirat und Kinder, Spiele oder Witze, aber immerhin konnte man mit ihm lachen. Das Gefühl ließ mich nie los, dass er etwas enttäuscht reagierte, wenn ich seine Heiratsgespinste auslachte, aber er wusste, dass ich nichts davon hielt. Er war der Einzige, der davon wusste, denn auch das war eine Sitte, eine Norm, die nun einmal befolgt wurde. Man suchte sich einen Mann. Wenn die Fürchtigen ihn für passend befanden, durfte man ihn im Er-Haus heiraten. Wenn man keinen passenden Mann fand, wurde man einem zugeteilt, um danach mit ihm zusammenzuziehen und Kinder zu zeugen. Sex war ausschließlich für diesen Akt bestimmt. Mann und Frau sollten sich nur vereinen, wenn sie wirklich die Absicht hatten, ein Kind zu bekommen. Denn dazu waren sie geschaffen worden. Sex sollte kein Lustspiel sein, kein Vergnügen und kein Spaß – es sollte der Akt der Schöpfung sein. Punkt.

Ich hielt diesen Gedanken für lächerlich. Das wusste Eiren. Und er verstand, wieso ich nicht heiraten wollte, auch wenn er es anders sah. Eiren hatte mich schon des Öfteren unter der Hand gefragt, traute sich aber nicht, es richtig zu machen, da ich es immer für so unglaublich amüsant hielt, wenn dieses Wort fiel. Seit vier Jahren waren wir zusammen, und alle wussten es. Mutter mochte meine Beziehung zu Eiren nicht, doch selbst sie sagte, dass die Leute schon darüber redeten, wann er mich endlich fragen würde, und ob die Fürchtigen es dann auch gestatten würden. Es war mir egal. Solange man mich nicht zwang, wollte ich nicht heiraten. Dieses behütete, geregelte Leben mit Kindern und Verpflichtungen sagte mir noch nicht zu.

Wenn man in einer Familie mit dreizehn Mitgliedern – bald vierzehn – aufgewachsen war und sich immer schon um die Jüngeren hatte kümmern müssen, hatte man noch keine Lust auf eine eigene Familie. Vielleicht war das auch der Grund, wieso sie mich noch nicht in einen Rang eingeordnet hatten. Weil ich noch zu unreif war. Meine Mutter hatte Cona und Darla, die ihr halfen, und solange sie noch auf einen Mann verzichteten, konnten sie meiner Mutter im Haushalt und bei der Erziehung behilflich sein. Aber sobald jemand sie fragte oder ihnen jemand zugeteilt wurde, würden sie die Familie Fly hinter sich lassen und ein eigenes Leben beginnen. Vielleicht wusste man, dass meine Mutter diese Familie nicht allein bewältigen konnte, und Cona und Darla würden nicht ewig bei uns wohnen bleiben. Wahrscheinlich wartete man, bis sie verheiratet waren, bevor man mich einteilte. Mir sollte es recht sein. Ich wollte nicht arbeiten. Ich wollte keine Verantwortung übernehmen. Ich wollte Freizeit, ich wollte Eiren und ich wollte keine Kinder. Die Rangeinordnung war der erste Schritt des Erwachsenwerdens und das wollte ich einfach noch nicht.Man sollte meinen, dass ich mir eigentlich Sorgen machen sollte, doch das tat ich nicht. Irgendwie ließ ich das alles einfach auf mich zukommen. Ich würde es nicht verhindern können, wenn es so weit war. Solange konnte ich aber noch leben.

Xeth beobachtete mich und flocht dadurch falsch.

»Vielleicht solltest du weniger glotzen und dich besser konzentrieren. Diese Masche musst du noch einmal machen«, sagte ich trocken.

»Lass das mal meine Sorge sein«, sagte er. »Woran denkst du gerade?«

Ich lachte laut auf.

»Als würde ich dir ätzender Nervensäge das verraten.«

Sofort wurde sein Gesicht ängstlich und er sah sich um. Wieder musste ich lachen.

»Du bist solch ein Angsthase, Xeth. Man sollte meinen du wärst ein zwölf jähriges Mädchen.«

Xeth war 18, war also fast genau ein Jahr nach mir geboren worden. Manchmal konnte ich es selbst nicht glauben, dass er so alt war.

»Nur weil du so ignorant bist, muss ich nicht mit dir untergehen«, flüsterte er, als habe er Angst, dass jemand lauschte.

Ich schüttelte schmunzelnd den Kopf.

»Heute schlafe ich in dem großen Bett«, stellte er fest.

Ich nickte. Sobald Cona aufstehen würde, um zur Arbeit zu gehen, würden Xeth und ich schlafen gehen. Wer im großen Bett schlief, wurde immer abgewechselt. Das war die fairste Lösung gewesen. Xeth lächelte zufrieden, als ich nickte. Ich musste schmunzeln. Er war so leicht zufriedenzustellen. Deshalb verstand ich mich so gut mit ihm. Mit ihm fiel es leicht, sich über die kleinen Dinge zu freuen.

Nach drei Stunden des Flechtens waren alle Haare eingewoben und Cona stand auf. Wir gingen schlafen. Ich schlief diese Nacht im kleinsten Bett und dementsprechend schlecht. Dazu beschäftigte mich ein Traum.

Ich stand an dem künstlichen kleinen See im Osten, an dem ich normalerweise mit Eiren schwimmen ging. Sorglos und an nichts denkend, zog ich in Gedanken meine Bahnen durch das glatte Wasser, doch ich bewegte mich gar nicht wirklich. Es spielte sich nur in meinem Kopf ab. Das kräftige Bewegen meiner Beine und Arme; anwinkeln, ausstrecken, durch das Wasser führen und wieder anwinkeln. Mein Körper bewegte sich nicht wirklich, aber es fühlte sich tatsächlich so an, als würde ich schwimmen, als würde Wasser über meine Schultern und an meinem Kopf vorbei gleiten. Es fühlte sich an, als wäre ich nass. Und plötzlich wurde ich hinuntergezogen. Diesmal war ich aber wirklich im Wasser. Wie ich dort hineingekommen war, wusste ich nicht, aber ich wurde immer weiter hinuntergezogen, weiter und weiter...

Ich ruderte mit den Armen, wollte mich aus den Wassermassen befreien und mich retten, doch etwas zog mich hinab und hielt mich fest. Nichts, das ich tat, half, so verzweifelt ich es auch versuchte. Ich hatte keine Chance. Ich sank. Ohne etwas dagegen tun zu können. Ich konnte das Wasser nicht hindern, in meinen Mund zu dringen, in meine Nase, meine Lungen...

Alles wurde schwarz.

Ich wurde wach.

Laut schnappte ich nach Luft und hatte trotzdem das Gefühl, noch Wasser in meinen Lungen zu haben. Ich spürte noch immer den Druck auf meiner Brust, der zugenommen hatte, desto schwärzer das Wasser geworden war. Ich keuchte, schnappte immer wieder verzweifelt nach Luft und konnte mich nicht recht beruhigen, obwohl ich längst wieder Luft bekam. Xeth wachte auf, kam zu mir und tätschelte mir den Rücken.

»Alles in Ordnung«, nuschelte er verschlafen.

Ich konnte nicht reden. Dieses beengende Gefühl und diese Tiefe ließen mich nicht los. Er legte seinen Arm um mich und zog mich an sich. Sein gewohnter Geruch beruhigte mich ein wenig, aber so richtig ich selbst war ich noch nicht.

»Komm mit«, sagte Xeth und zog mich mit zu dem großen Bett, dass diese Nacht ihm gehörte, das er aber nun mit mir teilte. Er hielt die Hand auf meinem Rücken, was mir Sicherheit gab.

»Sag Bescheid, wenn es dir besser geht, Norin.«

Was wäre ich nur ohne ihn? Xeth ging immer so mit mir um, wie ich es am wenigsten verdient hatte, und diese Alpträume waren für ihn inzwischen wohl Routine. Ich träumte oft schlecht, jedoch war dies das erste Mal, dass ich starb. Und erst recht, dass ich dann ausgerechnet ertrank. In unserem See. Jetzt wurde mein Atem wieder ruhiger und Xeth begann, langsam über meinen Rücken zu wischen. Es war eine Geste, die mich jedes Mal rührte, und ich war unendlich dankbar, dass er da war. Es war, als wollte er meine Sorgen und Ängste wegwischen. Als würde eine solch simple Handbewegung alle meine Träume verjagen. Und manchmal tat sie das auch. Zumindest für diese Nacht.

Noch ist nichts geschehen

Der nächste Tag in der Schule begann mit Eiren gemeinsam. Lächelnd und ein wenig stolz empfing er mich und gerade so konnte ich seinem Kuss noch ausweichen, und seine Lippen landeten auf meiner Stirn.
»Hey Nor«, sagte er behutsam und legte eine Hand an meine Seite.
»Was ist los?«, fragte er.
»Schlecht geschlafen«, winkte ich ab und wollte weiter gehen, doch Eiren hielt mich fest.
»Hattest du wieder Alpträume?«
Ich seufzte. Ein einziges Mal, vor beinahe einem Jahr, hatte ich Eiren von meinen Alpträumen erzählt. Seitdem erkundigte er sich fast jeden Morgen danach, wenn er bemerkte, dass ich abweisend war.
»Was ist passiert?«
Auch das fragte er jedes Mal und niemals gab ich ihm eine Antwort. Ich sah ihn nur an, versuchte so viel Ausdruck wie möglich in meine Augen zu legen, um zu verdeutlichen, wie sehr ich gerade nicht darüber reden wollte.
Da lenkte mich etwas ab. Ein dunkler Schopf und ein auf mich gerichteter Blick hinter Eiren erregten meine Aufmerksamkeit und ganz kurz trafen meine die dunklen, nicht zu definierenden Augen. Sofort wandte ich meinen Blick wieder ab. Eigentlich war ich eine gute Schauspielerin, aber diesmal hatte ich es versaut. Ich hatte viel zu schnell weggesehen, was natürlich Eirens Aufmerksamkeit erregte. Er blickte über seine Schulter und sah zu Leander. Stirnrunzelnd sah er wieder zu mir herab.
»Ist das nicht der Typ von gestern?«, fragte er und klang viel zu eifersüchtig.
»Nicht, dass es dich zu interessierten hätte, aber das ist mein neuer Schwimm-Lektioner«, antwortete ich schroff.
Eiren wusste, dass ich niemand war, bei dem man besitzergreifend sein

konnte und das zeigte ich ihm, indem ich einfach an ihm vorbei ging. Er kam mir hinterher, doch ich ignorierte ihn.

»Norin, jetzt warte doch«, sagte er einfühlsam.

Aus irgendeinem Grund blieb ich nicht stehen. Vielleicht, weil ich wusste, dass Leander selbstgefällig lächelnd zusah. Vielleicht, weil ich Eiren nicht wehtun wollte, und es sicher tun würde, wenn ich jetzt stehen blieb.

»Wir sehen uns nachher beim Mittagessen, Eiren. Lass mich jetzt bitte in Ruhe«, sagte ich.

Und tatsächlich sah ich ihn bis zum Mittag nicht wieder. Dort wartete er allerdings bereits an der Tür auf mich. Liebenswürdig sah er mich an und sofort vergaß ich den Ärger über seinen Besitzanspruch. Ich lächelte vage, ging zu ihm und ließ mich lässig gegen die Wand fallen. Dann fanden meine Augen seine.

»Du bist so schön, wenn du lächelst«, sagte er leise, weil es nur für meine Ohren bestimmt war. »Und du lächelst viel zu selten«, fuhr er fort.

Ich wusste, es war ein Kompliment, aber es ärgerte mich. Doch diesmal behielt ich meinen Ärger einfach für mich.

»War eine harte Nacht«, meinte ich nur entschuldigend. Hinter ihm trudelten gerade Leuk und Grin ein und klopften Eiren auf die Schulter.

»Hey Norin«, sagten beide und ich winkte ihnen kurz zu.

»Hey ihr zwei.«

»Kommst du heute Abend mit in die Taverne?«, fragte Leuk.

Ich zuckte mit den Schultern, bis ich Eirens Blick sah. Er sah so hoffnungsvoll aus, dass ich nicht anders konnte.

»Wenn ich zu Hause nicht gebraucht werde, komme ich mit«, erklärte ich.

»Cool«, sagte Leuk, winkte uns zu und verabschiedete sich. »Meine Sportgruppe trifft sich heute früher«, erklärter er und verschwand.

Auch Grin drehte sich von uns weg, als Zaya kam. Ihr rannte er schon eine Ewigkeit hinterher und er setzte auf Beständigkeit. Ich zweifelte an diesem Vorhaben, denn Zaya machte nicht den Eindruck, an Grin interessiert zu sein, und gerade wollte ich meine Zweifel vor Eiren kundtun, als er etwas sagte.

»Du kommst wirklich mit heute Abend?«, fragte er.

Ich war überrascht, dass es ihn so verwunderte.

»Ja, wieso nicht?«, entgegnete ich und lächelte ein bisschen. Ein Hauch von Unsicherheit überkam mich. »Wieso wundert sich das so sehr?«, fragte ich.

»Weil du doch nicht gerne dorthin gehst.«

Ich bemerkte, dass das nicht die ganze Wahrheit war und zog zweifelnd eine Augenbraue hoch. Er seufzte.

»Außerdem... bist du manchmal... so... es ist manchmal einfach schwer deine Launen einzuschätzen«, wandte er sich galant zu dem Ende des Satzes und wirkte aber noch unzufrieden mit dem, was er gesagt hatte.

Ich gab ihm noch eine Chance.

»Ich dachte, wegen des Traumes hättest du vielleicht keine Lust... und wegen gestern.«

Das war also der springende Punkt.

»Mach dir darum mal gar keine Gedanken, Eiren.«

Wieso sollte er es tun, wenn ich es nicht getan hatte?

»Ehrlich, es war irgendwie... seltsam. Anders«, sagte er und wirkte dabei, als würde er mir seine innersten Geheimnisse gestehen. Wie er dazu noch nach meinen Fingern griff und sie so sanft berührte, verwirrte mich.

»Nein, ganz ehrlich. Das mit gestern ist nichts«, sagte ich nur, weil ich nicht wollte, dass er weiter sprach.

Eigentlich hatte ich daran gearbeitet, nicht so viel daran zu denken, und bis jetzt war es mir gut gelungen. Denn gestern hatten wir beide tatsächlich beinahe das sechste der neuen Gebote überschritten.

Der Geschlechtsakt gilt nur der Schöpfung, nicht dem Vergnügen.

Gerade rechtzeitig hatte ein neugieriger Vogel mich davon abgehalten, mich Eiren vollkommen hinzugeben, und hatte mich aus dem Nebel der Lust befreit.

»Es tut mir leid, Nor. Wir hätten das nicht...«

»Es ist alles in bester Ordnung, Eiren. Noch ist nichts geschehen, wofür man uns betrafen könnte.«

Genau genommen stimmte das nicht, aber mit diesem Gedanken beschäftigte ich mich jetzt nicht genauer. Eirens Gesichtsausdruck beschäftigte mich viel mehr.

»*Noch?*«, fragte Eiren mit aufgerissenen Augen. »*Noch* ist nichts geschehen?«

Ich biss mir auf die Lippe. Ich wusste nicht, was Eiren vorgehabt hatte, aber meine Absichten waren wohl nun raus. Ich wollte nicht warten, bis ich verheiratet und eine Zuchtkuh war, die Kinder zur Welt bringen sollte.

»Norin?«, fragte er und sah mich ernsthaft bestürzt an.

Er wusste, dass ich es mit den Regeln und Geboten nicht immer so genau nahm, schließlich überredete ich ihn ja ständig sie zu brechen, aber diese Absicht von mir schien ihn ehrlich zu schockieren. Vor allem, weil es ihn so bedrückte, dass wir kurz davor gestanden hatten.

»Nichts, ich weiß nicht wieso ich das gesagt habe, es tut mir leid«, sagte ich schnell und schritt einfach an ihm vorbei in die Mädchenwaschräume.

Wieso hatte ich das gerade ausgerechnet Eiren sagen müssen? Nicht, dass er mich verpetzen würde, und irgendwie wusste ich selber nicht so genau wieso, aber ich hatte nie so recht daran geglaubt, dass Eiren derjenige sein würde. Er ließ sich von mir zu Einigem überreden, aber dazu? Andererseits, wäre er am Tag zuvor nicht doch so weit gegangen, wenn ich es nicht gestoppt hätte? Hatte er denn gar nicht vorgehabt, mit mir zu schlafen? Oder glaubte er noch immer an diese lächerliche Hochzeit?

Ich verdrängte all diese Gedanken und ging schnell zu meinem Schrank, um meine Sachen zu holen und zu den Umkleideräumen zu gehen. Es war viel zu früh, ich hatte keine zehn Minuten der Mittagspause genutzt, aber zurück in den Essensraum wollte ich auch nicht gehen. Ich konnte eine Pause ohne Essen überstehen – Eiren sicher nicht. Dort würde ich ihm nur wieder begegnen.

Und sofort waren meine Gedanken wieder bei dem Tag zuvor. Wie versteinert stand ich vor dem Haken, an dem ich meinen Beutel aufgehängt hatte, und ging die einzelnen Sekunden mit Eiren noch einmal durch. Wie er unter das Top gefahren war und mich immer fester gegen die Wand gedrückt hatte. Wie seine Küsse immer schneller und wilder geworden waren und seine Hände mich erkundet hatten. Das Gefühl seiner weichen Haut auf der meinen, sein frischer Duft, seinen ständigen Beteuerungen, wie begehrenswert ich war, wie gut ich roch und wie sehr er mich liebte…

Ich spürte es mehr, als das ich etwas hörte oder roch, doch sofort wusste ich, dass Leander hinter mir stand. Ich hob den Kopf und sah mich aber nicht um. Er verstand sofort.

»Du bist ja ganz schön in Gedanken«, sagte er leise. Ich ballte die Fäuste. »Bei deinem Freund?«, fragte er noch leiser.

Wieso zur verdammten Hölle lief mir eine Gänsehaut über den Rücken?

»Ist er es denn?«, wollte er wissen und seine Stimme klang näher. »Dein Freund?«

Ich antwortete nicht. Wieso sagte ich ihm nicht einfach, dass ich mit Eiren zusammen war?

»Also nicht?«

Ich war nicht in der Lage etwas zu sagen. Ich senkte bloß den Kopf.

»Also doch«, stellte er fest. Eine Weile sagte er nichts.

»Dreh dich um.« Es klang wie ein Befehl.

Ich hätte gehorchen müssen, er war älter, aber ich tat es nicht. Ich war feige und ich wusste es, aber wenn ich ihm in die Augen sehen würde, würde ich nur wieder nicht weg sehen können. Ich musste noch eine ganze Lektion mit ihm verbringen.

»Norin. Dreh dich um. Ich bin dein Lektioner und ich sage: Dreh dich um.«

Dass er diese Karte ausspielte, hätte ich nicht gedacht. Auf eine solche Aufforderung musste ich reagieren, sonst könnte man mich in einen niedrigen Rang stufen, wenn es heraus kam. Sich einem Vorgesetzten zu widersetzen kam in den meisten Fällen weniger gut an. Würde Leander mich denn verpfeifen? Das Risiko war zu groß. Nur weil er so mit mir umging, hieß das nicht, dass er mir alles würde durchgehen lassen.

Ich zwang mich, mich umzudrehen, und noch mehr zwang ich mich, ihm nicht in die Augen zu sehen. Doch als ich mich umgedreht hatte, stellte ich fest, dass er nur eine Badehose trug und obenrum vollkommen nackt war. Dieser Anblick zerstörte meine gesamte Konzentration und forderte meine Aufmerksamkeit heraus. Sein Bauch war durchtrainiert, seine Brust breit, seine Schultern noch breiter und seine Arme waren unglaublich muskulös und sehnig. Er war ein Bild von einem Schwimmer. Ich musste ihm ins Gesicht gucken. Sein dunkles Haar hing ihm ins Gesicht und war nass. Es tropfte und einzelne Tropfen rannen über sein Gesicht, bis zu seinem Kinn und seinem breiten Kiefer, wo sie hinab fielen. Meine Augen folgten einem Tropfen, der aus einer schwarzen Strähne troff, über seinen hohen Wangenknochen hinab rollte und dann zu der Spitze seines Kinns rannte, wo er eine Weile verweilte. Dann fiel er hinab. Als der Tropfen verschwunden war, fesselten seine Augen mich wieder.

»Du konntest gestern nicht zu Ende reden«, sagte er und war so nahe an meinem Gesicht, dass ich seinen Atem roch.

Er roch nach frischen Kräutern und irgendetwas Anderem, das mich lockte.

»Ich finde die Kombination ist vielleicht nicht die beste, aber sicherlich...«, zitierte er mich und wartete wohl, dass ich den Satz vollendete.

Kurz spielte ich mit dem Gedanken zu sagen, ich wüsste es nicht mehr, oder dass es nicht so wichtig sei, aber die Ruhe, die sich in mir breit machte hielt mich davon ab. Es war die Ruhe vor dem Sturm... und ich liebte Stürme.

»...aber sicherlich diejenige, mit der man am meisten Spaß hat«, ergänzte ich den Satz leise, den ich gestern im Kopf gehabt hatte.

Er wirkte überrascht.

»Nicht so tiefgründig und reif wie erhofft?«, fragte ich und zog eine Augenbraue hoch.

Er grinste. »Nicht so vernünftig wie gedacht.«

»Vernunft war nie meine Stärke.« Wieso sagte ich das? Xeth würde sich furchtbar aufregen, wenn er das wüsste, weil ich es wieder einmal so provozierte.

»Ach nein?«, fragte er und streckte einen Arm aus, den er neben meinem Kopf an der Wand abstützte.

»Nein«, hörte ich mich mit klarer Stimme sagen.

Seine dunklen Augen fielen auf meine Lippen. Erst jetzt bemerkte ich, dass sie sich nach meiner Antwort nicht ganz geschlossen hatten und irgendwie erwartungsvoll die Luft einsogen. Sein Gesicht kam näher und näher... und sein Geruch nach Kräutern, Wasser und diesem bestimmten Etwas raubte mir den klaren Verstand...

Da ging in der Nähe eine Tür auf. Schnell wandten wir die Köpfe zu der Eingangstür, die jeden Moment aufspringen würde. Einen letzten glühenden Blick warf Leander mir zu und verschwand dann, so schnell wie er gekommen war, wieder durch eine andere Tür.

Etwas Dummes

Die Lektion im Schwimmen erlebte ich wie in Watte gepackt. Ich bekam nichts so richtig mit und versuchte so unauffällig zu sein wie nur möglich. Ich fand, es gelang mir gut. Keines der Mädchen schenkte mir mehr Aufmerksamkeit als sonst. Und keiner fiel auf, dass ich nicht ein einziges Mal zu Leander sah. Entweder, weil sie alle selbst zu sehr damit beschäftigt waren, das zu tun, oder sie dachten vielleicht es läge an Eiren. Wenn man einen solchen Freund hatte, musste man eigentlich keinen anderen Kerlen hinterher gucken. Erst recht keinem Lektioner. Leise fluchte ich in mich hinein.

Aber Leander war anders als die restlichen Lektionere, die ich kannte. Keiner sonst gestatte den Schülern, ihn beim Namen zu nennen, und er hatte anscheinend ein ganz schönes Durchsetzungsvermögen, wenn er diese knappen Badeanzüge durchgebracht hatte. Außerdem schwammen wir nun in dem großen Becken und nicht mehr in dem kleinen. Er war ein guter Lektioner, konnte gut erklären und hatte einen eisernen Ehrgeiz, wenn es um Schülerinnen ging, die nicht so gut waren. Man merkte sofort, dass ihm viel an diesem Sport lag, und es gelang ihm, seine Begeisterung dafür auf andere zu übertragen. Ob das an seinem guten Aussehen lag oder an seinem Talent wusste ich nicht, aber sogar meine Freundinnen himmelten ihn an und waren absichtlich schlecht, damit er ihnen half. Ich war so mittelmäßig, dass ich seine Hilfe nicht brauchte, aber er kam trotzdem zu mir.

»Norin, wenn du dich hier absichtlich zurückhältst, muss ich dich in einen anderen Kurs stecken«, erklärte er.

»Ja, am ersten Tag warst du so gut«, schaltete Valles sich ein, die gelauscht hatte. »Sie ist wie eine Kanone hin und her geschossen. Das war beeindruckend«, erklärte sie stolz den anderen Mädchen, als wäre es ihre eigene Leistung gewesen.

Ich hob meine Augenbrauen und musterte Valles, die sich wohl mit allem schmückte, was sich ihr anbot. Leander beobachtete mich, warf einen Blick über die Schulter zu Valles, dann zu Claie, die schwieg, aber einen ähnlichen Ausdruck auf dem Gesicht hatte wie ich, und sagte dann: »Claie, Norin. Ihr beide werdet dort hinten bei einer extra Bahn schwimmen. Ihr seid besser als er Rest und ich will nicht, dass ihr euch zurückhalten müsst.« Dann wandte er sich an den Rest der Mädchen. »Wenn ihr besser werdet, dürft ihr auch nach hinten zu den beiden. Wenn ihr alle auf diesem Niveau seid, beginnen wir mit anderen Übungen. Norin und Claie haben jetzt die Möglichkeit, frei zu trainieren und sich frei zu bewegen.«

Er hoffte wohl, den Mädchen damit einen Anreiz zu geben, sich anzustrengen und nach hinten zu Claie und mir zu gelangen, doch ich ahnte bereits, dass es eher das Gegenteil bewirken würde. Mir sollte es gleich sein, beschloss ich, warf Claie einen Blick zu und ging mit ihr ans Ende der Halle, um dort zu schwimmen.

Claie war nicht so gut wie ich, aber sehr ehrgeizig. Sie würde nicht lange brauchen, dann wäre sie sicher so gut wie ich. Ich spielte ja auch zugegeben nicht ganz fair bei der ganzen Sache. Ich war nur so gut, weil ich regelmäßig schwamm, und das schon seit zweieinhalb Jahren. Wenn ich so darüber nachdachte, war ich eigentlich ziemlich schlecht dafür, dass ich so oft schwamm. Claie lernte viel schneller als ich. Sie fragte mich, ich erklärte es ihr und sofort setzte sie es um. Sie war eine bessere Schwimmerin als ich, aber mich störte das nicht. Ich habe nie viel von Wettkämpfen gehalten.

Man sollte zwar meinen, ich sei eine streitsüchtige Person, so wie ich Schwierigkeiten praktisch anzog, aber wenn ich in einer Sache richtig schlecht war, dann war es das Streiten. Weil fast immer ich an allem Schuld war und die Vorwürfe, die man mir machte, meist auch berechtigt waren, fiel mir nie etwas ein, womit ich mich verteidigen könnte. Deshalb hielt ich meist die Klappe, ging Streit aus dem Weg und versuchte immer alles daran zu setzen, nicht erwischt zu werden. Doch sofort realisierte ich, dass das eine Lüge war.

Vorhin in dem Umkleideraum mit Leander war ich vollkommen unvorsichtig gewesen. Ich hatte Glück gehabt, dass die Mädchen gekommen waren. Oder Unglück? Ich konnte mich nicht entscheiden, ob ich es gewollt hatte oder nicht. Ich sollte es nicht wollen, richtig? Ich hatte Eiren. Ein Freund sollte reichen. Aber Eiren war nie der Mann gewesen, mit dem ich mir meine Zukunft vorgestellt hatte. Ich hatte so oft über seine Vorstellung zu heiraten gelacht, dass es mir inzwischen völlig abwegig vorkam. Aber Eiren war ein toller Kerl, der mich anbetete, und ich konnte nicht abstreiten, dass es mir mit ihm nur wenig anders ging. Er war verständnisvoll, lustig und hielt mich seit vier Jahren bei der Stange. Er kannte mich und wusste, wie man mit mir umgehen musste, wenn man mich für etwas begeistern wollte oder wenn ich genervt war.

Aber Leander war ein Lektioner. Zugegeben, ein ziemlich lockerer und wahnsinnig attraktiver, aber er war einer von *ihnen*. Ich war nie ein Fan von Lektionern gewesen, ebenso wenig wie von den Fürchtigen und ihren Dienern. Das wusste selbstverständlich niemand. Nicht einmal Xeth oder Vae – meine eigentliche beste Freundin, die aber gerade in einen Rang eingeteilt worden war, und deswegen wegziehen musste – wussten von meiner Abneigung gegen das System. Ich war hie und dort ein paar Mal aufgefallen, schließlich konnte man nicht immer davonlaufen, aber ich war nicht auffälliger als andere. Unbestreitbar, ich war ein Dickkopf, der sich einfach nicht gerne etwas verbieten ließ und für den verbotene Sachen umso verlockender wirkten, aber ich war nicht dumm. Keiner war das.

Wir wussten, dass man uns unsere Freiheit nahm, dass man uns manche Entscheidungen nicht selbst überließ und dass wir kontrolliert wurden – aber das gewährleistete unser Leben in Frieden mit den Anderen, der Erde und dem *Er*. Jeder, der sich gegen die Regeln stellte, stellte sich gegen den *Er* und das war auch der Grund, wieso es keiner tat. Respekt und Angst. Und auch wenn ich es ehrlich nicht gern zugab, vielleicht auch ein wenig aus angewöhnter Zufriedenheit. Keiner traute sich, gegen die Fürchtigen anzugehen, weil sie mit ihren Schelten immer wieder klar machten, dass *Er* alles sah, und es bestrafte.

Ich glaubte lange nicht mehr daran. Wenn *Er* wirklich alles sehen sollte und alles bestrafte, was gegen die Regeln verstieß, sollte ich dann nicht schon lange bestraft worden sein? Bei meinen Vergehen nicht sogar des Öfteren? Sollte man mir nicht die Haut abgezogen oder mich verbrannt haben? In ein Loch mit fleischfressenden Tieren gesteckt oder ertränkt haben? Vielleicht waren meine Alpträume eine Strafe für mein falsches Benehmen, für mein andauerndes Brechen der Regeln. Aber war das nicht ziemlich harmlos für eine Brecherin wie mich? Sollte *Er* mich nicht härter bestrafen, wenn ich wirklich gegen Regeln und Gebote verstieß, die *Er* für wichtig hielt? War es wirklich der Wille des *Er*, den Geschlechtsakt nur zur Schöpfung auszuüben? War es wirklich der Wille des *Er*, dass man umgebracht wurde, wenn man einen Baum fällte? Standen die Pflanzen über den Menschen? War dies der Wille des *Er* oder der der Fürchtigen?

Ich war mir all dieser Sachen, die die Fürchtigen als Tatsachen verkauften, nicht sicher. Sollten wir auf alles verzichten, nur weil andere Menschen darüber entschieden, die sich eigentlich nicht von uns anderen unterschieden? Wer sagte denn, dass *Er* das wollte? Wer sagte denn, dass *Er* wirklich existierte? Die Fürchtigen? Die Pflanzen? Die Gebote?

Ich wusste nur eines: Ich existierte. Und diese Bestätigung brauchte ich jeden Tag. *Meine* Existenz und *mein* Leben, *mein* Wille, *mein* Körper, *meine* Sinne, *meine* Worte, *meine* Gedanken, *meine* Gefühle... Einiger Dinge hatte man mich beraubt, so wie jeden Menschen in Nonnum, aber es gab Dinge, die man mir nicht nehmen konnte. Kein Gebot und keine Regeln konnten mir verbieten, ich selbst zu sein. Daran hielt ich mich fest. Jeden Tag. Bis sie mich einordnen würden und ich mich selbst an Mann, Kinder und Job verlieren würde. *Meine* Zeit war endlich – dessen war ich mir bewusst und vielleicht war gerade das der Grund, wieso mein Regelbrechen immer ernster und immer gefährlicher wurde: Solange ich noch konnte, wollte ich *mein* Leben führen.

Das Leben, das die Fürchtigen für mich vorgesehen hatten, war sicher so langweilig und vorbestimmt, dass ich daran zu Grunde gehen würde. Aber wenn das geschah, wenn ich an dem langweiligen und verantwortungsvollen Leben scheitern würde, wäre ich mir selbst wenigstens treu geblieben. Dann hatte man mich meiner Selbst nicht beraubt. Aber war es das wert?

»Norin, Claie. Wie kommt ihr denn so voran?«

Die Stimme holte mich aus meinen abstrakten Gedanken wieder heraus.

»Gut. Norin kann sehr genau erklären. Das Kraulen kann ich schon fast.«

»So so«, sagte Leander. »Und wie macht sich Claie, Norin?«

Ich wählte meine Worte bedacht: »Sie lernt sehr schnell und kann Gesagtes gut umsetzen.«

»Danke«, lächelte Claie mich an, was sehr unberechtigt war. Ich wusste, dass Leander irgendwie darauf anspielen wollte, dass ich schon so gut schwimmen konnte und sogar in der Lage war, es jemandem beizubringen. Das Kompliment über Claie diente meiner Tarnung und nicht dazu, sie vor Leander gut darzustellen.

»Zeig mir doch einmal, was du so alles kannst«, sagte er mit einem provozierenden Unterton zu Claie.

Ihr entging er, aber der Seitenblick, den er mir zuwarf, sagte alles. Zu meinem Unglück zeigte Claie es ihm auch und sagte ständig Dinge wie: »Aber Norin sagte so wäre es leichter.« Oder: »Nach Norins Anweisung muss ich diesen Arm dann in dieser Beugung ins Wasser stoßen.«

Insgesamt fiel mein Name so oft, dass es sich anhörte, als sei ich die Lektionerin. Ich fand es erschreckend, wie wortgenau sie mich zitierte und wie genau ich Eiren zitiert hatte. Er war in seiner Kindheit Leistungsschwimmer gewesen, bis er den Ball entdeckte. Erst jetzt fiel mir auf, wie dumm es von mir gewesen war, seine exakten Worte zu benutzen. Jeder wusste, dass ich mit ihm zusammen war, jeder wusste, dass er Schwimmer gewesen war und nur wegen Bällen offiziell damit aufgehört hatte, denn auch er war als Lektioner im Gespräch gewesen. Bereits mit elf Jahren. Wenn Leander das nicht längst wusste, würde er es spätestens morgen wissen und mich fragen, woher ich das alles wusste. Diese Dinge, die nur Leistungsschwimmer wussten. Und damit wäre Eiren dran, denn eine Verbindung von mir zu ihm war leicht herzustellen. Dass wir nicht in der Halle geübt hatten, war ebenso leicht nachzuweisen, dann blieb also nur noch eines übrig: Wir hatten es insgeheim getan – und das war verboten.

Das war eine Prio-Regel. Das Lernen ist nur in einem Zitorium oder anderen Lernkursen gestattet. Nur Lektionere durften Wissen beibringen. Und Eltern ihren Kindern bis zum Alter von drei Jahren. Solange, bis die Kinder in die Zitorien kamen. Danach war das eigenständige Lernen ohne die Beratung eines Lektioners nicht gestattet. Nicht einmal Eltern, die Lektionere waren, durften – unabhängig von ihrem Spezialgebiet – lehren.

Eiren war 19. Als wir angefangen hatten, waren wir 17 gewesen. Wir waren keine unerfahrenen Kinder mehr. Man konnte uns für dieses Verbrechen hart bestrafen. Härter, als für die Knutscherei. Wir waren Teenager und lange zusammen; über solche banalen Dinge konnte man hinwegsehen, wenn wir es nicht zu aufsehenerregend in der Öffentlichkeit taten. Aber nicht gestattetes Lehren und Lernen war beides das Brechen der Prio-Regeln. Dafür konnte man uns schlimmsten Falls umbringen.

Ich hatte nicht die Kraft Leander anzusehen. Ich sah nur zu Claie, die mich noch immer zitierte. Ich hörte Eirens Stimme, die mir mit denselben Worten erklärte, wie ich die Beine zu bewegen hatte. Mir wurde schlecht.

»Darf ich in den Waschraum gehen?«, fragte ich mit erstickter Stimme, als Claie gerade untertauchte.

»Ja, sicher«, sagte Leander, es hörte sich aber eher an wie: »*Nein, aber bevor du hier hin kotzt...*«

Was war denn mit mir los? Schon wieder ein Regelbruch, auch wenn er nur gedanklich war. Ich ging ein bisschen zu schnell zu dem Waschraum und knallte die Tür ein wenig zu laut. Ganz toll Norin, sehr viel unauffälliger wäre es nicht gegangen, dachte ich nervös. Ich stand vor dem Waschbecken und betrachtete mich im Spiegel. Ein unglaublich blasses Gesicht sah mich an, dass irgendwie dünner wirkte als sonst. Kein Wunder, ich hatte in letzter Zeit wenig gegessen. Das sah man mir sofort an.

Dem zierlichen, kleinen Mädchen, das einfach nicht so aussehen konnte, als wäre es erwachsen. Würde man mich ewig für ein Kind halten?

Sofort schämte ich mich, dass etwas so Simples wie mein Spiegelbild mich von meinen katastrophalen Problemen mit Eiren und Leander abhielt. Ich wandte mich von mir selbst ab. Würde Leander Eiren und mich verpetzen? Würde man uns umbringen, wenn er es tat?

»Du bist viel mutiger, als ich gedacht hätte.«

Wieder einmal weckte die Stimme mich aus meinen Gedanken, aber sie erschreckte mich nicht. Schon als ich gefragt hatte, wusste ich, dass er nachkommen würde. Er hatte ein gutes Alibi. Ich sah wirklich schrecklich aus. Es war vertretbar, dass er nach mir sehen wollte.

»Ich hätte es dumm genannt«, entgegnete ich ehrlich.

Ich sah nicht zu ihm. Ich hatte zu viel Angst davor, dass ich das sehen würde, was ich erwartete. Nämlich ein ernstes Gesicht, das mir klar machen würde, dass er keine Wahl hatte, als mich zu verraten.

Ich zitterte, als ich seinen Finger unter meinem Kinn spürte. Erst wehrte ich mich dagegen, doch irgendwann ließ ich zu, dass sein Finger mein Kinn hob und ich ihn ansehen musste. Seine dunklen Haare waren beinahe trocken und standen wild ab. Nur noch wenige nasse Strähnen waren dunkler als der Rest und ließen ihn noch düsterer wirken. Meine Augen fanden seine und rissen mich vollkommen dahin. Diese nicht zu erkennende Farbe faszinierte mich. Einen Augenblick sahen sie blau aus, dann war ich fast sicher, dass sie grün waren, doch als er näher kam, wirkten sie fast schwarz. Ein kleiner Stoß durchfuhr mich, als sein Atem meinen Mund traf. Sein Atem ging schnell, ich glaubte sein Herz zu hören. Es hätte aber auch meines sein können. Als er seine Lippen auf meine senkte, konnte ich nicht einmal unseren Atem voneinander unterscheiden. Ein Finger hielt mein Kinn, eine Hand fuhr um meine Taille und seine Lippen erhitzten meine, bis er sich löste. Sein zartes Lächeln überraschte mich fast noch mehr, als die Zärtlichkeit des Kusses.

»Jetzt haben wir beide etwas Dummes getan«, flüsterte er und ließ mich nicht los.

Taverne, Geständnis und Warnung

Ich konnte nicht atmen und nicht denken. Den gesamten Rest des Tages verhielt ich mich so unauffällig, wie ich nur konnte. Bis Eiren kam und mich abholte, um in die Taverne zu gehen. Ich wusste nicht, wie ich es angestellt hatte, aber auf dem gesamten Weg bis zur Taverne – der nicht der kürzeste war – schien ihm nichts Ungewöhnliches aufgefallen zu sein.

Er erzählte mir von einem Aufsatz, den er abgegeben hatte. Er hatte die Aufgabe bekommen, eines der Gebote auf ein Zitat einer lange verstorbenen Person anzuwenden. So wie ich am Tag zuvor. Uns wurde niemals verraten, von wem die Zitate waren, die man uns gab. Nicht einmal, ob es ein Mann oder eine Frau gewesen war, die diese Dinge geschrieben oder gesagt hatten. Nur die Initialen und der Nachname. Eiren sollte ein Zitat über Freundschaft auf das neunte Gebot anwenden.

Leute des höheren Ranges verdienen den ihnen gebührenden Respekt.

Was Eiren so erzählte klang plausibel – doch für eine Brecherin wie mich war es einfach warme Luft. Eiren verschwendete seinen süßen Atem, wenn er mir erzählen wollte, dass Freundschaft der einzige Grund sei, ein solches Gebot zu übertreten. Nur wenn es einem gestattet wurde, durfte man einer Person höheren Ranges ins Gesicht sehen, während man mit ihr oder ihm redete. Die meisten taten dies auch ausschließlich im Falle einer Anfreundung.

Ich sah das ganz anders. Meiner Meinung nach gebührte Respekt den Leuten, die ihn sich verdienten. Und davon gab es nur wenige in Nonnum, wie ich fand. Respekt bedeutete Achtung. Und Achtung sollte man nur vor jemandem haben, der etwas dafür getan hatte, ohne sie zu wollen. Freiwillige Hilfe in Krankenheimen oder eine Verletzung der Gebote, um ein anderes Leben zu retten. Mut und Selbstlosigkeit sollten Achtung nach sich ziehen – nicht das Alter oder die Meinung eines Fürchtigen, der dir einen hohen Rang zuteilte und keinerlei Gründe dafür nannte.

Wir wurden in die Ränge eingeteilt, in die wir, nach ihrer Meinung, am besten hineinpassten. Sie kannten uns nicht. Sie wussten nur das Nötigste über uns – die Daten unseres Chips – und vor allem kannten sie unsere Gedanken nicht. Man konnte davon ausgehen, dass ich auch in den dritten Rang eingeteilt wurde, weil meine Eltern in ihm vertreten waren. Fast immer landete man in dem Rang, in den man hineingeboren wurde. Wir hatten einen guten Rang. Den dritten von sieben. Das hieß, wir lebten in der oberen Mittelklasse. Wir hatten bessere Jobs als die Vierten, aber schlechtere als die Zweiten und ab und zu wurden uns sogar Dinge gestattet, die den unteren Rängen nicht gestattet wurden. So wie meinen Eltern, die viel mehr Kinder hatten, als eigentlich üblich. Wir vom dritten Rang lebten aber auf die gleiche Weise wie die vom zweiten, vierten und fünften. Wir hatten die gleichen Häuser, die gleichen Regeln, die gleichen Klamotten und besuchten das gleiche *Er-Haus*. Und in unserem Areal gab es auch nur die Ränge zwei bis fünf. Den ersten Rang kannten wir nicht, da dies meist die Leute waren, die zu Fürchtigen wurden. Genauso wie den sechsten und siebten, aber es wurde gemunkelt, sie wären diejenigen, die das Metall abbauten oder es herstellten oder wie auch immer. Woher das ganze Metall kam, wussten wir nicht. Es war Wissen, dass wir nicht bräuchten, sagte man uns. Es war nun einmal da, das Metall, und wir sollten damit arbeiten. Das reichte.

Man teilte uns nicht mehr mit, als wir wissen mussten. Sicher gab es Sachen, in denen man sich weiterbilden durfte, aber die Vergangenheit war ein allgegenwärtiges Geheimnis, das uns nicht interessieren durfte, wenn wir gut leben wollten. Leute, die Fragen stellten, stellten sie das erste und letzte Mal.

Ich persönlich kannte nur einen, der das getan hatte und seitdem nicht mehr derselbe war. Der alte Less, der drei Ecken von uns entfernt wohnte und beinahe immer in der Taverne war. Er durfte nicht aus seinem Rang genommen werden, das verbot das achte Gebot, aber er stellte auch keine Gefahr dar. Vielleicht ließen sie ihn deshalb hier leben. Er hatte einen *Schuss*, wie meine Eltern es immer nannten. Er rede wirres

Zeug und man solle ihn nicht ernst nehmen, sagten sie immer. Ich war sicher, *sie* hatten etwas mit ihm gemacht. Ihn verändert.

Er arbeitete in der Metall-Branche wie mein Vater und hatte irgendwann Fragen gestellt. Tatsächlich waren es seine letzten Fragen gewesen. Als man ihn ein paar Tage danach am Marktplatz gefunden hatte, stank er nach Alkohol und man sagte, er wäre direkt aus dem Mülllagerhaus gekommen. Keiner verstand mehr, was er sagte, weil er nur seltsames Gerede äußerte. Seitdem ließ man ihn alleine. Man hielt sich von ihm fern. Er war auch ein komischer Kauz. Er hatte mich einmal erwischt, wie ich Blumen gepflückt hatte. Wobei erwischt nicht das richtige Wort ist; er hatte mich beobachtet. Ich hatte ihn erst spät bemerkt und die Blumen fallen lassen. Er hatte noch nie mit mir geredet, hatte die Blumen aber aufgehoben und sie mir wieder in die Hand gegeben. Dann war er gegangen. Ich hatte die Blumen meinem Vater schenken wollen. Aber nachdem er mich mit ihnen gesehen hatte, war ich zu ängstlich gewesen, um sie weiter zu geben. Ich hatte sie fortgeschmissen.

Eine brechbare Regel in der Öffentlichkeit zu brechen war keine gute Idee. Die Beweise danach noch mitzunehmen, wäre einfach nur dumm gewesen. Aber niemals hatte er etwas verraten. Denn wenn er es getan hätte, hätte meine gesetzes-besessene Mutter mir sicherlich die Leviten gelesen. Wenn sie mich nicht geschlagen hätte.

In Nonnum war es erlaubt, seine Kinder mit Gewalt gefügig zu machen, wenn sie gegen die Gebote verstoßen hatten. Mein Vater hatte das nie getan. Er hatte Angst gehabt, ich würde zerbrechen. Meine Mutter ab und zu. Sie wusste, dass ich zäher war, als ich wirkte.

»Norin? Was ist los?«, fragte Eiren mich plötzlich. »Du hältst dir die Wange«, stellte er fest.

Ich ließ die Hand sinken. »Nichts. Entschuldige, ich war ein wenig in Gedanken.«

»Bei deiner Mutter?«

Es war erstaunlich, wie viel Eiren sich merken konnte. Wir redeten nicht oft über mich, aber wenn wir es taten und ich ihm etwas erzählte, behielt er es immer in seinem Gedächtnis und, was viel wichtiger war, er behielt es für sich. Ich konnte ihm vertrauen, denn er liebte mich so sehr, dass er eher sterben würde, als mich zu verraten. Nun ja, meist würde er sich ja selbst mit in die Pfanne hauen, aber darum ging es nicht. Ich hatte ihm nie wirklich viel erzählt, weil ich nicht gerne über mich selbst redete. Das wusste und akzeptierte er, aber so verständnisvoll und hinreißend, wie er manchmal war, gab es Momente, in denen ich einfach in seinen Armen zusammengebrochen war.

Zum Beispiel das letzte Mal, als meine Mutter mich geschlagen hatte. Vor einem Jahr.

Eiren wusste nicht, dass es wegen ihm gewesen war und eher würde *ich* sterben, als ihm das zu erzählen, aber meine Mutter mochte ihn nicht. Sie fand, er wäre zu weich für mich und zu gutmütig. Sie meinte, ich bräuchte jemanden, der mir entgegen treten und mir meine Grenzen aufzeigen konnte. Am besten sie selbst als Mann, hatte ich entgegnet und da hatte es geknallt. Niemals hatte meine Mutter mich ohne einen Antrag an die Fürchtigen geschlagen, aber in diesem Moment hatte sie mir einfach so ins Gesicht geschlagen. Meine gesetzestreue Mutter hatte mich ohne Genehmigung geschlagen. Das war dann der Vorwand für die zweite Backpfeife gewesen; ich hatte sie dazu gebracht, die Regeln zu verletzen und sie dazu getrieben, den Fürchtigen zu gestehen, dass sie es gleich zwei Mal getan hatte. Bevor dies zu einer Endlosschleife geworden wäre, war ich geflüchtet. Zu Eiren, der mich tröstete und nicht nachgefragt hatte, aber mein blauer Wangenknochen und das blaue Auge sprachen Bände.

Jetzt sah ich ihn entschuldigend an. Ich hatte ihn nicht daran erinnern wollen.

»Du weißt, dass du...«

»Ja, Eiren. Danke, ich weiß.« Ich wusste, dass ich immer, wenn ich reden wollte, zu ihm kommen konnte. »Ich möchte über etwas anderes reden«, hörte ich mich plötzlich sagen.

»Und über was?«

»Am Freizeittag würde ich gerne etwas mit dir unternehmen. Hast du eine Idee, was wir machen könnten?«

Unsere Woche hatte vier Arbeitstage und einen Freizeittag und dieser war in zwei Tagen.

»Ich habe eine Menge Ideen, das weißt du doch«, zwinkerte er mir zu und nahm meine Hand. »Aber erst einmal möchte ich wissen, worauf du Lust hast.«

Ich überlegte. Eiren richtete sich so oft nach mir. Ich fand, jetzt war er einmal dran.

»Such du etwas aus.«

»Nein, ich finde, du solltest etwas aussuchen.«

»Ich suche aber immer aus. Und du darfst nie. Ich möchte, dass du auch einmal aussuchen darfst und dich nicht immer nach mir richten musst.«

Es klang viel motziger, als es gemeint war.

»Ich richte mich gerne nach dir, das weißt du doch.«

»Aber wäre es nicht viel fairer, wenn es auch einmal nach dir ginge und nicht immer nach mir? Du solltest auch mal die Chance haben, deine Ideen zu verwirklichen, ohne dass ich den Rahmen bestimme.«

Eine Zeit sah er mich an. Sein Gesichtsausdruck bewegte sich irgendwo zwischen Überraschung und Zweifel.

»Bitte«, sagte ich und sofort hatte ich ihn.

»In Ordnung. Wenn du es so möchtest.«

Ich seufzte. Da war es wieder. Wenn *ich* es so mochte.

»Nein, du verstehst mich falsch, Eiren«, sagte ich, wurde aber sofort müde, es ihm zu erklären. Es hätte keinen Sinn. Er war so auf mich fixiert, dass diese Diskussion nichts bringen würde.

Wir kamen bei der Taverne an und traten ein. Leuk, Grin, Vemorha, Shin – Vaes kleine Schwester – Crye und Nennié saßen bereits an einem Tisch in einer Nische. Zu meiner Überraschung saßen an dem anderen Tisch daneben Fernma und ihre Freundinnen. Frenma war diejenige gewesen, die sich über die kurzen Badeanzüge beschwert hatte. Ihre Eltern kamen aus dem zweiten Rang und darauf bildete sie sich tierisch etwas ein. Ich mochte sie nicht und sie hasste mich. Wegen Eiren. Als wir die Taverne betraten, warf sie mir sofort einen giftigen Blick zu, während sie Eiren ein zuckersüßes Lächeln zuwarf. Mein gutmütiger Freund bemerkte natürlich nichts von Fernmas weniger nettem Blick mir gegenüber und stupste mich in die Seite, damit ich ihr auch zuwinkte. Ich schüttelte vage den Kopf und bereitete mich auf eine Predigt vor. Irgendetwas in der Art von: »Du bildest dir das nur ein, was sollte sie denn gegen dich haben? Fernma findet dich total nett und sie meinte zu mir, sie würde dich gerne besser kennen lernen. Dass du immer so unhöflich bist, wenn andere es doch nur gut meinen.«

Doch nichts dergleichen kam. Wir gingen zu unserem Tisch und setzten uns. Grin stand auf und wechselte auf die andere Bank zu Leuk, damit Eiren und ich zusammen sitzen konnten. Neben mir saß noch Shin und ich lächelte sie an. Ich mochte Shin, weil sie Vae so ähnlich war. Und ich vermisste Vae so sehr, dass ich Eiren sofort ignorierte und Shin nach Vae fragte.

»Es kommen regelmäßig Briefe von ihr, in denen sie dich grüßt. Aber einen Besuch hat sie nicht angekündigt. Sie meinte, es wäre toll in ihrem neuen Areal. Viel moderner und neuer als hier, deshalb schreibt sie jetzt nur noch mit Schreibgeräten.«

Shin erzählte wild weiter, doch richtig zuhören konnte ich nicht. Das sah Vae nicht ähnlich, dass sie mit Schreibgeräten schrieb. Vor allem, da sie einen Job als Schreiber bekommen hatte und gerne mit der Hand schrieb. Sie hasste diese mechanischen Dinger. Sie hasste jegliches modernes Zeug und hatte da ähnliche Ansichten wie ich. Sie interessierte sich brennend für die Vergangenheit und machte sich über zu viele Dinge Gedanken, über die sie nicht nachdenken sollte. Eine solche Veränderung sah Vae nicht ähnlich. Ich konnte mir nicht vorstellen, dass sie sich jemals mit dem Modernen anfreunden konnte.

»Darf ich die Briefe einmal sehen?«, fragte ich Shin, die mich mit ihrer dunklen Haut und den schwarzen Haaren so sehr an ihre Schwester erinnerte, dass sich mein Herz zusammen zog.

Shin schien verwirrt über meine dreiste Frage, aber sie lächelte.

»Ja«, sagte sie zögerlich. »Ich denke schon.«

Es wunderte mich, dass Vaes Familie so wenig von ihr wusste. Vae beschwerte sich grundsätzlich über Modernitäten und über Veränderungen. Sie mochte es, wenn alles beim Alten blieb. Dass sie wegziehen musste, hatte sie total aufgelöst reagieren lassen. Sie hatte den Rest ihres Lebens in unserem Areal leben wollen. Und auch der Mann, der für sie ausgesucht worden war, schien für sie zu sehr vom Gewohnten abzuweichen. Ich wusste nichts über ihn, aber wenn er nicht exakt so aussehen würde wie Leuk, mit dem sie hier zusammen gewesen war, wäre es definitiv zu viel Veränderung gewesen. Leuk lauschte meinem Gespräch mit Shin. Auch er hatte es gehört und sah jetzt etwas verwirrt drein.

»Du kannst mitkommen, wenn du willst«, bot ich an.

»Nein«, lehnte er schnell ab. »Aber danke.«

Ich nickte. Ich verstand ihn sofort. Er vermisste sie genauso sehr wie ich. Wenn nicht etwas mehr. Sie hatten wirklich Hoffnung gehabt, dass man sie heiraten lassen würde. Sie hatten schon ausgemacht, wie viele Kinder sie haben wollten und wo sie wohnen würden. Zusammen wären sie glücklich geworden. So wie alle glaubten, Eiren und ich würden zusammen glücklich werden. Leuk hatte es nie ausgesprochen, aber ich wusste, dass er genauso dachte wie ich: Eiren und ich mit Kindern in einem netten Metallhaus – das würde niemals passieren. Immer wenn Eiren über Heirat sprach, trafen sich unsere Blicke. Egal in welchem Zusammenhang es kam, ob er nun auf einer Hochzeit eingeladen war oder die seiner Eltern vor zwanzig Jahren meinte oder nur eine der Regeln erwähnte, die damit zusammenhing – Leuk und ich verstanden uns.

Eiren war naiv und hoffnungsfroh, so wie Leuk es gewesen war, und Leuk und Vae hatten bessere Chancen gehabt als Eiren und ich. Leuk und Vae waren miteinander aufgewachsen, die Eltern waren befreundet, sie hatten die gleichen Vorlieben, Hobbys und Vorstellungen vom Leben gehabt. Es hätte perfekt gepasst. Eiren und ich gaben ein eher seltsames

Bild ab. Wenn ein Paar, dass perfekt zueinander passte, keine Chance hatte, wie sollten wir sie dann haben?

Nun ergriff Eiren wieder das Wort. »Was möchtest du trinken Norin?«, fragte er mich.

»Ein Schaumbier, bitte.«

»Ausweisung, bitte.«

Ich sah den Mann an, der bediente. Er war neu und kannte mich noch nicht. Ich seufzte und zog meinen kleinen Chip hervor, in dem alle meine Daten gespeichert waren. Er zog ihn durch einen kleinen Scanner, las sich meine Daten ein bisschen zu genau durch und gab ihn mir dann zurück.

»In Ordnung. Danke, Norin.«

Hinter mir ertönte Gekicher. Natürlich waren es Fernma und ihre bescheuerten oberflächlichen Freundinnen. Schon wieder eine Beleidigung! Mann, ich war nicht mehr zu retten und gerade tierisch genervt.

»Gibt es ein Problem?«, fragte ich schroff über die Schulter und blickte Fernma direkt in die Augen.

Ihr Lachen erstarb und verwandelte sich in eine hässliche, grinsende Maske – Fernma war alles andere als hässlich, aber davon sah ich einmal ab.

»Es muss hart sein, wenn man immer so jung geschätzt wird, oder?«, fragte sie in einem gespielt freundlich-mitleidigen Ton, aber sie konnte mich nicht täuschen.

»Und für dich muss es hart sein, so hohl zu sein«, nuschelte ich leise und wandte mich ab.

Eiren sah mich entgeistert an.

»Was hast du gesagt? Ich hab dich nicht richtig verstanden, Norin«, sagte Fernma provokativ laut.

»Ich sagte, und für dich muss es wirklich schwer sein, wenn man sich nicht mit seinem eigenen, sondern nur mit dem Leben von anderen beschäftigen kann.«

Ich sagte absichtlich nicht »mit den Problemen«. Vor diesem falschen

Stück würde ich ganz sicher nicht gestehen, dass es mich tatsächlich nervte. Dann ignorierte ich sie. Die Aussage an sich war keine direkte Beleidigung gewesen. Es war ein ganz schmaler Grat zwischen Tatsache und Beleidigung und ich hatte ihn gerade noch getroffen. Jedes weitere Wort würde mich davon abbringen, also ignorierte ich ihre folgenden Worte einfach. Ich sah zu Leuk, der frech grinste. Ich konnte Vae verstehen, wieso sie mit Leuk glücklich gewewesen war. Genau diese Reaktion hätte sie auch gezeigt.

Eiren stieß mich wieder an: »Norin, das war wirklich dumm von dir. Wieso reagierst du nur immer so auf sie? Sie hat nur Anteilnahme gezeigt.«

»Zieh deinen Kopf mal da raus, wo es dunkel ist«, flüsterte Leuk. Grin lachte.

»Sie hat Norin offensichtlich aufgezogen«, schaltete sich nun auch Shin mit ein und ich war ihr dankbar, auch wenn »aufgezogen« vielleicht nicht meine erste Wortwahl gewesen wäre.

»Ja und Fernma glotzt dich schon die ganze Zeit an wie eine Süchtige. Das dürfte auch erklären, warum sie das getan hat.«

Ich wollte mich bei Leuk und Shin bedanken, dass sie mich verteidigten, aber da erregte etwas anderes meine Aufmerksamkeit. Der alte Less betrat gerade die Taverne. Er war in den dunklen Mantel gehüllt, den wir eigentlich in den kalten Jahreszeiten trugen, und guckte sich um, als fühlte er sich beobachtet. Vielleicht fühlte er sich auch eher verfolgt, denn er sah nicht nur um sich, sondern auch ständig hinter sich. Ein wenig verloren und verzweifelt wirkte der kleine alte Mann, wie er so in der dunklen Ecke stand und seinen Mantel an einen Haken hing. Er holte alles aus seinen Taschen heraus und stopfte es sich in die kleinen, offenen Taschen, die ihm unsere Zivilkleidung darbot. Ich konnte meinen Blick nicht rechtzeitig abwenden, als er meinen fand und gerade noch so sah ich, wie seine braunen Augen sich weiteten. Die Sicht auf ihn wurde mir versperrt, als unsere Getränke kamen.

Als der Mann mir das Schaumbier vor die Nase stellte und unschuldig lächelte, wurde hinter mir wieder gekichert und eine von Fernmas Freundinnen sagte etwas, dass die Mädchen am Tisch zu amüsieren schien. Es war Fernmas Glück, dass wir zusammen in vielen Lektionen waren, seit wir Kinder waren. Eigentlich war ich einige Monate älter als sie und sie hätte nicht so offen mit mir reden dürfen, wenn wir uns nicht als Kinder gestattet hätten, dies zu tun. Um die Atmosphäre zu lockern, durften die Teilnehmer der Kurse eines Zitoriums sich gegenseitig ansehen und normal miteinander reden. Sobald ich in einen Rang eingeteilt war, durfte ich es ihr wieder untersagen, doch ich hoffte ja sogar, dass dies noch eine Weile dauern würde. Alles hatte wohl seine Vor- und Nachteile. Doch Fernma beschäftigte meine Aufmerksamkeit jetzt nicht so sehr. Irgendwie hatte der alte Less das in meinen Augen gerade mehr verdient.

Wieso hatte er mich so seltsam angesehen? Ich hatte ihn schon ein paar Mal hier in der Taverne getroffen, das hatte ihn überhaupt nicht tangiert. Es hatte ihn nicht gekümmert, wenn ich ihn angeguckt hatte. Dass ich es tat, konnte ich nicht verhindern. Ich war ihm irgendwie dankbar, dass er mich damals nicht verpetzt hatte, weil meine Mutter sicher nicht so begeistert gewesen wäre. Deshalb sah ich ihn immer an, wenn er mir beggnete, weil das Rätsel dieses Mannes mich auf eine komische Art und Weise reizte. Ich wollte ihn unbedingt fragen, was mit ihm damals geschehen war, als er Fragen gestellt hatte. Wieso er so geworden war, wie er war. Außerdem hatte ich Mitleid mit dem einsamen alten Kerl, mit dem keiner etwas zu tun haben wollte. Ich versuchte um die Bedienung herum zu sehen, aber dafür musste ich mich ein Stück auf Eiren lehnen, der mich natürlich sofort neugierig ansah.

»Rück mal ein Stück«, forderte ich ihn auf. Er tat es und ich hatte wieder eine Sicht auf die Tür.

Er war fort. Ich sah zur Bar. Sicherlich war er gerade dorthin gegangen um sich Schaumschnaps oder Schaumwein zu bestellen. Aber auch dort sah ich ihn nicht.

»Was ist denn?«, fragte Eiren so leise an meinem Ohr, dass nur ich es hörte und sein warmer Atem mir eine Gänsehaut verpasste. Er vergaß seine Frage sofort und freute sich über seine Wirkung auf mich. Sein Finger fuhr seitlich an meinem Hals entlang. Ich entwand mich seines Fingers und sah ihn an. Er lächelte und zog verspielt eine Augenbraue hoch. Jetzt musste ich auch lächeln, weil dies seine Art war, mir klar zu machen, dass er mich gerne küssen würde.

Küssen war etwas, was eigentlich nur Verheirateten vorbehalten blieb. Aber mein Vater hatte mir erzählt, dass er mit seiner damaligen Freundin fünf Jahre zusammen gewesen war und keiner einen Hehl daraus gemacht hatte, wenn sie sich kurz geküsst hatten. Aber Eiren und ich waren ein solch außergewöhnlicher Fall in dieser Zeit, dass wir uns nicht so richtig trauten.

Also küsste ich ihn einfach nur auf die Wange. Da ich das oft tat, interessierte es weiter keinen – außer Eiren natürlich. Er nahm meine Hand und drückte sie ein wenig. Manchmal war er einfach hinreißend. Mit glänzenden Augen sah er mich an und mich überfiel ein richtig schlechtes Gewissen. Ich hatte Leander nicht wirklich zurückgeküsst, aber ich hatte ihn auch nicht davon abgehalten, mich zu küssen. Und wenn ich ehrlich zu mir selbst war, hatte das einen Grund gehabt. Eiren hatte es gar nicht verdient, von mir so behandelt zu werden. Ich wandte den Blick von seinen treuen Augen ab und sah zu meinem unberührten Schaumbier.

In Nonnum durfte jeder nur eine gewisse Menge Alkohol trinken, das war auf den kleinen Chips gespeichert, die wir immer mit uns tragen mussten. Jeder hatte eine gewisse Toleranzgrenze, die bei einem körperlichen Check Up jedes Jahr errechnet wurde. Die Bedienungen in Tavernen konnten dann überprüfen, ob jeder auch bei der ihm vorgegeben Grenze Schluss machte.

Mich überkam gerade der Drang dieses Bier meine Kehle hinunter zu stürzen und alle anderen, die auf dem Tisch standen am liebsten auch.

»Komm mal mit«, sagte ich leise zu Eiren.

»Okay«, sagte er, grinste und verstand meinen Grund völlig falsch. Er dachte, ich wollte fort mit ihm, um ihn zu küssen. Aber mir war es recht. Ich musste seine Laune ja nicht gleich den Bach hinabstürzen.

Wir gingen in den Flur, wo man zu den Toiletten kam und ich suchte den Raum, den man für besondere Anlässe mieten konnte. Ich führte ihn hinein und er kam mir sofort näher und nahm meine Hand. Aber ich wies ihn ab. Jetzt stand er dort, völlig verwirrt und verloren. Ich seufzte, setzte mich auf einen Tisch am Rande des Raumes und sah ihn schuldbewusst an.

»Meine Güte Norin, was ist denn los?« Wieder seufzte ich.

»Ich muss dir was sagen. Ich will dich nicht belügen...«, setzte ich an.

Gerade wollte ich weiter reden, als urplötzlich die Tür aufgerissen wurde. Deckend sprang Eiren vor mich, aber wer auch immer da hinein gekommen war, kam nicht näher. Ich sah an Eiren vorbei und die Person, die dort stand, war die letzte, mit der ich gerechnet hätte: der alte Less.

Mit aufgerissenen Augen sah er mich an und trat näher. Sofort schob Eiren mich zurück und strecke die Arme aus.

»Ist schon in Ordnung, Eiren. Er macht doch nichts.«

»Da wäre ich nicht so sicher«, sagte er und deutete damit den Gesichtsausdruck des Alten besser als ich. Der alte Less zug eine wilde Grimasse und sah irgendwie verrückt aus.

»Es jährt sich an diesem Tage heute. Das ist das Zeichen.«

Ich verstand kein Wort.

»Wie bitte?«, fragte ich vorsichtig.

Noch immer sah er ausschließlich mich an und sein Gesicht wurde noch wilder, seine Augen noch größer.

»Es ist das Zeichen, das Zeichen...« Er tat so, als müsste ich unbedingt wissen, wovon er redete.

»Ich verstehe nicht recht...«, gestand ich.

»Bald, bald kleine Norin Fly.« Meinen Nachnamen betonte er besonders, als wäre er etwas Lächerliches. »Wenn du drei Mal ertrunken bist...«

Bei diesen Worten wurde ich vollkommen steif.

»Was?«, fragte ich jetzt entgeistert und wollte hinter Eiren hervor treten, doch er ließ mich nicht.

»Was hast du da gesagt?« Ich scherte mich nicht um die Regeln und sah ihm direkt ins Gesicht.

»Das dritte Mal sei dir eine Warnung, kleine Blume. Es ist das Wasser, überall ist Wasser. Und groß ist es. Und alt. Es wird dich holen, Blümchen. Das Zeichen, das Zeichen...«, fing er wieder an zu murmeln.

Ich war so erschüttert, dass ich jetzt ein paar Schritte zurück stolperte. Hatte er gerade gesagt, wenn ich *ertrunken* bin?

»Was meinst du mit diesem ganzen Kram?«, fragte ich.

Jetzt fixierte er mich wieder.

»Nimmst es nicht so genau mit den Regeln, was?«, fragte er jetzt und wirkte auf mich völlig klar. In diesem Moment kam es mir sogar so vor, als sähe er alles viel klarer als ich.

»Was?«, konnte ich jetzt nur noch hauchen und ich musste aussehen, als stünde ich einem Toten gegenüber.

»Drei Mal musst du ertrinken«, sang er nun beinahe und wackelte mit seinen Fingern. Einer nach dem anderen ging schnell nach vorne und nach hinten und sie verschwammen, bis einer stehen blieb, der Rest bewegte sich weiter. Dann hielt der zweite an. Dann der dritte. Und er begann zu lachen.

»Drei Mal, Blümchen. Dann kommt dein Zeichen. Deine Warnung.«

Nun verstand ich überhaupt nichts mehr.

»Was willst du von ihr?«, fragte Eiren nun und schien wirklich wütend. Ich hatte ihn noch nicht oft wütend gesehen und völlig vergessen, wie beängstigend er sein konnte. Alle seine Muskeln waren angespannt und sein Gesicht wahrscheinlich gerade wutverzerrt. Er erinnerte mich immer ein wenig an ein exotisches Tier, wenn er wütend war. Lang, schmal, schnell und gefährlich.

Nun sah der alte Less Eiren an. Und er lachte wieder.

»Der Junge«, sagte er nur und plötzlich erstarb sein Lächeln. »Auch deine Zeit wird kommen.«

Mit diesen Worten ging er. Und ich brach zusammen.

»Was zur Schelte war denn das?«, fragte Eiren entsetzt, als es mir besser ging und wir uns beruhigt hatten. Wir saßen auf einem Tisch und Eiren hielt mich in seinen Armen.

»Ich... weiß nicht«, stammelte ich und wusste tatsächlich nicht recht, was ich dazu sagen sollte. Ich hatte keine Ahnung was der alte Less uns damit hatte sagen wollen.

»Was meinte er denn eigentlich für ein Zeichen? Und wieso nennt er dich Blümchen?«

Da fiel es mir wie Schuppen von den Augen.

»Scheiße«, flüsterte ich. Entgeistert sah Eiren mich an. Wenn ich ein solches Wort benutzte, musste es wirklich schlimm sein. Das wusste er sofort.

»Was ist los?«

»Die Blumen«, sagte ich und erzählte ihm die Geschichte. »Deswegen nennt er mich Blümchen und deswegen ergibt der erste Satz jetzt auch Sinn: Es jährt sich an diesem Tage heute, hat er gesagt. Das könnte von der Jahreszeit sogar hinkommen, wenn ich mich recht erinnere.«

»Du meinst, so etwas notiert er sich im Kalender? Wann er ein kleines Mädchen erwischt, wie sie Blumen stiehlt?«

Eiren hatte recht. Aber ganz tief in mir drinnen wusste ich, dass das, was ich gesagt hatte, nicht falsch war. Er war der Jahrestag dieses Ereignisses. Blieb nur noch die Frage, wieso er das wusste.

»Und was soll das denn für ein Zeichen sein? Dass du als Kind Blumen gepflückt hast, ist doch heute völlig irrelevant. Wieso sollte das ein Zeichen sein?«

»Ich weiß es auch nicht Eiren. Ich habe keine Ahnung. Wenn ich ehrlich bin, verstehe ich jetzt so langsam gar nichts mehr.«

»In Ordnung. Dann lass uns morgen darüber reden, Nor. Ich glaube, das ist jetzt alles ein bisschen viel auf einmal.«

»In Ordnung«, erwiderte ich und er suchte meinen Blick.

Ich sah ihn an und musste sein vages Lächeln kopieren. Er küsste mich. Ganz bedächtig und vorsichtig, aber liebevoll. Ich seufzte, weil ich mich freute. Wenigstens war Eiren dabei gewesen. Ich glaubte, alleine wäre ich damit nicht so gut zurechtgekommen.

Geteiltes Leid ist halbes Leid. Ein Zitat, das wir im Zitorium gelernt hatten. Von wem es kam, wussten wir nicht. Aber dass es stimmte, hatte sich mir an diesem Tag gezeigt.

Nur gab es da noch ein Leid, das mich erfüllte, das noch ganz auf mir lastete und wahrscheinlich mein ganzes Leid nur auf Eiren verlagern würde, wenn ich es ihm erzählen würde. Und dann würde es sich ausbreiten wie ein Virus. Auf einmal war ich mir unsicher, ob ich Eiren wirklich die Wahrheit erzählen sollte. Es war die Angst, ihn zu verlieren, der Zweifel an mir selbst und die Unsicherheit, die eine Konsequenz der Wahrheit gewesen wäre, die mich lügen ließ. Das erste Mal log ich Eiren bewusst an und ich weinte.

»Deshalb wollte ich auch mit dir reden. Der alte Less hat mich so seltsam angesehen, als er reinkam und ich wollte dir die Geschichte mit den Blumen erzählen, ich hatte Angst. Die Geschichte ist ein Teil von mir und ich wollte sie mit dir teilen.«

Den Rest teilte ich nicht. Denn nicht jedes meiner Leiden, sollte zu seinem werden. Denn diesmal würde es sich nicht halbieren, sondern verdoppeln.

»Gute Nacht Nor«, hauchte Eiren liebevoll, drückte ein letztes Mal meine Hand und ließ mich gehen. Ich kam nach Hause und wurde gnädiger Weise nicht belästigt. Wahrscheinlich war mein Gesichtsausdruck Warnung genug, um mich nicht anzusprechen. Ich ging sofort in unser Zimmer und achtete nicht auf Darla und Xeth, die bereits schliefen. Ich warf mich einfach wie ich war auf das freie Bett.

An Schlaf war für mich gar nicht zu denken. Ich hatte solche Angst, zu träumen, dass ich wieder ertrinken würde, dass ich problemlos wach lag und nachdachte. Woher hatte der alte Less gewusst, dass ich ertrank?

Und woher wollte er wissen, dass ich es noch zwei weitere Male tun würde? War es lächerlich von mir, mich so auf seine verrückten Ideen zu fixieren, dass ich nicht schlafen konnte? Aber es konnte doch kein Zufall sein, dass er das wusste. Aber woher sollte er es denn bitte wissen? Spionierte er mir hinterher? Ich hatte niemandem erzählt, was ich geträumt hatte, das hieß, er könnte nur geraten haben. Aber wie hoch war diese Wahrscheinlichkeit? Und wieso sollte er sich eine solche Arbeit mit diesem ganzen Kram machen? Was hatte er für einen Grund, dass er mich in der Taverne ansprach und so erschreckte? Und was er zu Eiren gesagt hatte... *Der Junge. Auch deine Zeit wird kommen.* Er hatte Eiren nicht als irgendeinen Jungen gesehen, sondern eher als jemanden, den er kannte, aber bereits lange vergessen hatte. Er war *der Junge* gewesen.

Und was für eine Zeit würde für ihn kommen? Dass auch er träumte, dass er ertrank? Hoffentlich nicht. Dieser Traum war grauenvoll gewesen. Diese Hilflosigkeit, die gegen den unbrechbaren Willen kämpft, an die Oberfläche zu kommen, während man immer weiter hinunter gezogen wird...

Aber mir war schon eine Weile klar, dass ich all diese Sache nur herausfinden würde, wenn ich den ersten Schritt machte. Rätsel konnten sich einem nicht erschließen, wenn man sich nicht auf sie einließ. Ob ich diese Entscheidung jetzt gerade bewusst treffen musste und das ein Teil dieses ganzen kranken Spieles war, das der alte Less da trieb, wusste ich nicht, aber ich dachte mir meinen Teil. Wahrscheinlich hatte er genau das gewollt. Dass ich mich darauf einließ.

Und so schloss ich die Augen und wartete, bis die schwarze Wand des Schlafes mich sanft überrollte und in das Land des Traumes zog. Genauso wie in das Wasser, wurde ich einfach in die Tiefen gerissen, vollkommen wehrlos, wie ein Käfer auf dem Rücken, der sich seinem Schicksal darbot, musste ich mich meinen Träumen hingeben. Mich einfach nicht mehr wehren, sondern hinab ziehen lassen...

Widersprüche

Ich hatte nicht geträumt. Ob ich erleichtert oder enttäuscht war, wusste ich nicht. Wahrscheinlich beides. Einerseits hatte ich Angst vor diesem grauenhaften Gefühl des Ertrinkens, andererseits hatte ich das Gefühl, ohne diesen Traum nicht weiterzukommen. Aber wieso machte ich mir eigentlich Stress? Wenn der Traum ein zweites Mal kommen würde, würde das nur bedeuten, dass sich tatsächlich etwas veränderte und der alte Less nicht nur verwirrendes Zeug redete. Er hatte gesagt, es sei mein Zeichen, so wie der Jahrestag meines Blumenpflückens seines gewesen war. Ich fragte mich insgeheim, ob ich jetzt genauso paranoid wurde, wie er, aber ich glaubte nicht daran, dass das alles nur Zufall war. Vielleicht wollte ich es auch nur einfach nicht.

Wie dem auch sei, ich musste ins Zitorium. Und davor graute es mir noch viel mehr, als vor dem Traum. Ich würde mit Leander reden müssen. Und diesen Gedanken fand ich schrecklich. Ich wollte ihn gar nicht erst sehen, wenn ich ehrlich zu mir selbst war. Ich wollte nicht einmal in seine Nähe und schon gar nicht halb nackt. Wenn er vor mir stand, würde ich wieder nur in seine rätselhaften Augen sehen müssen und mich fragen, was sie wohl für eine Farbe hatten. Das wollte ich um jeden Preis verhindern. Aber wie sollte ich das tun? Wenn er mir wieder befahl ihn anzusehen, hatte ich keine Wahl. Aber würde er mich wohl verraten, wenn ich mich ihm widersetzte? War es ihm dieses Risiko wert? Man würde fragen, wieso ich ihn hatte ansehen sollen. Dann würde er in Erklärungsnöte geraten. Eine vernünftige Erklärung gab es nicht dafür. Also beschloss ich, genau das zu machen. Ich würde mich ihm widersetzen, ihn nicht ansehen, ihm sagen, was ich zu sagen hatte und würde dann gehen. Am besten vor dem Unterricht, wenn sich die Gelegenheit bot. Ich könnte immer noch behaupten mir sei schlecht gewesen und ich wäre deswegen heimgegangen. Danach wäre ich wahrscheinlich sowieso so blass, dass meine Mutter mir glauben würde.

Mit genau diesem Vorsatz ging ich ins Zitorium und hielt ihn auch durch, bis zur letzten Stunde.

»Eine Durchsage: Die Lektion vier im Schwimmen der Mädchen fällt heute leider aus. Ich wiederhole, die Lektion vier im Schwimmen der Mädchen fällt heute aus. Dankeschön.«

Unsere Lektionerin machte den Respektsgruß und fuhr mit ihrer Vorlesung fort. Da war es wieder, dieses seltsame Gefühl zwischen Erleichterung und Enttäuschung. Das war mein Kurs, der an diesem Tag ausfiel. Ob das gut oder schlecht war, wusste ich nicht. Würde ich morgen auch noch den Mut und die Entschlossenheit haben, die ich heute hatte? Aber ja, dachte ich. Ich musste. Eiren zu Liebe. Und als ich ihn sah, wie er vor meinem Raum wartete und mich ansah, wusste ich, dass die Entschlossenheit nicht mehr weichen würde.

»Hallo Nor«, sagte er liebevoll. Ich musste lächeln.

»Hey Süßer«, antwortete ich leise.

Jetzt sah er mich überrascht an. So etwas sagte ich nicht oft zu ihm. Aber er freute sich darüber, denn sein langes Gesicht wurde zu einem süßen Lächeln. Er war wirklich hinreißend, dachte ich, froh darüber, ihn zu haben.

»Geht es dir besser?«, fragte er.

»Ja, viel«, antwortete ich wahrheitsgemäß.

Weil er nun dort war und mich irgendwie aufmunterte. Das sagte ich ihm natürlich nicht. Zu viel des Guten wäre nur auffällig.

»Schade, dass das gestern so gelaufen ist. Ich dachte wir hätten einen lustigeren Abend.«

»Macht doch nichts. Wir haben doch noch den Freizeittag«, sagte ich locker.

»Der ist ja schon morgen«, sagte er erschrocken.

»Ja, aber ich habe sowieso keine Lust etwas ganz großes, tolles Besonderes zu machen, so wie du es dir sonst einfallen lässt. Also mach dir jetzt keine Panik.«

Ich kannte ihn. Bei so etwas hatte er sofort Angst, dass er mich nicht halten konnte, wenn er mich nicht beschäftigte. Kritisch sah er mich an.

Bei all dem, was in den letzten Tagen gelaufen war, wäre ein bisschen Entspannung echt nett.

»Beruhige dich mal«, sagte ich. »So schlimm bin ich ja wohl nicht«, war ich mir sicher.

Er hob eine Braue und lächelte.

»Doch, genauso schlimm und dann das Doppelte«, lachte er.

»Blödmann«, flüsterte ich und stupste ihn.

»Norin Fly!«, schrie eine Lektionerin meinen Namen. »Ich habe mich wohl verhört!«, sagte sie zwar, sah aber so aus, als sei sie der festen Überzeugung, das Gegenteil wäre der Fall. »Wie hast du diesen jungen Mann gerade genannt?«, fragte sie.

Sofort setzte Eiren sich für mich ein.

»Das meinte sie ja nicht ernst, es war doch nur ein Spaß, ich habe doch sogar gelacht...«, begann er mich zu verteidigen.

»Mit dir habe ich nicht gesprochen, Eiren Rush.« Sofort verstummte Eiren.

»Norin. Begleite mich in mein Büro. Sofort!«

Ich gehorchte, weil ich keine Wahl hatte. Ohne ein weiteres Wort an Eiren ging ich mit der Lektionerin mit. Ich starrte auf ihren Rücken, während alle anderen mich anstarrten. Doch auch jetzt wurde ich nicht rot vor Scham. Ich wurde ruhig und legte mir passende Worte im Kopf bereit. Doch wie sollte ich das entschuldigen? Beschimpfungen waren strikt verboten. Ebenfalls eine Prio-Regel. Das Brechen von ihnen galt eigentlich als Vergehen, das bestraft wurde. Aber immerhin war ich seit vier Jahren mit Eiren zusammen. Vielleicht konnte ich es so verkaufen, dass ich ihn immer so nannte? Als Spitznamen? Sofort wurde mir bewusst, dass das keine gute Idee war. Damit würde ich ja nur gestehen, dass ich ständig gegen eine Prio-Regel verstieß. Das wäre ja noch schlimmer. Was sollte ich also sonst sagen?

Wir gingen in einen Raum, in dem nur ein Schrank und ein Tisch standen. Das hier verarbeitete Metall sah aber glänzender und neuer aus, als das, das wir zu Hause hatten.

Wenn man für die Fürchtigen arbeitete, hatte man wohl so manchen Vorteil, dachte ich und musste mich zwingen, nicht die Augenbrauen zu heben.

»Norin Fly«, sagte die Lektionerin und setzte sich an ihren Tisch und schaltete ein hoch entwickeltes Schreibgerät an. »Gib mir deinen Chip«, sagte sie.

Ohne zu zögern gab ich ihn ihr. Sie zog ihn durch einen kleinen Scanner, tippte etwas auf die 28 verfügbaren Buchstaben, von dem ich aber nicht lesen konnte, was es war, und zog ihn wieder heraus.

»Du kannst gehen.«

Im Ernst?, wäre mir beinahe herausgerutscht, doch ich sagte nichts. Ich nahm meinen Chip entgegen, entschuldigte mich für mein Vergehen, so wie es uns beigebracht wurde, verabschiedete mich mit dem Respektsgruß und ging aus ihrem Büro. Die Tür war noch nicht richtig im Schloss, da musste ich schon erleichtert aufstöhnen.

Ich ging direkt raus aus dem Zitorium. Ich hatte nicht mehr die Nerven dazu, in diesem Gebäude zu sein. Eiren war mir im Moment wirklich egal. Ich musste einfach raus. Ich würde nachher mit ihm in Kontakt treten, aber jetzt wollte ich nicht reden oder denken. Ich konnte einfach nicht fassen, dass ich schon wieder mit einem solchen Vergehen, ohne weitere Konsequenzen davon gekommen war. Ob es Glück war oder Schicksal wusste ich nicht.

Sofort hielt ich meine Gedanken auf. Wir hatten im Zitorium gelernt, dass es so etwas wie Schicksal, woran die Menschen früher geglaubt hatten, nicht gab. Ein vorbestimmter Plan, einen Sinn wieso jeder Mensch auf die Erde kam, *den Sinn des Lebens*, hatten sie es genannt, der von Geburt an vorbestimmt ist, gab es nicht. Ich fand den Gedanken aber nett. Dass jeder einzelne Mensch einen Grund bekommen hatte, wieso er geboren wurde, weil er gebraucht wurde, war doch sehr viel tröstlicher, als die *Er*-Lehre.

Wir lernten während der Schelten, dass wir nichts waren. Dem *Er* nicht würdig und seinem Reich schon gar nicht. Deshalb war es verboten, in den Himmel zu sehen. Es war anmaßend, das Reich des *Er* zu betrachten, denn wir hatten es nicht verdient, bei ihm sein zu wollen.

Er ist alles. Wir sind nichts. Das zweite Gebot.

Die Schöpfung des *Er* hatte ihn verraten und dafür mussten wir bezahlen. Deshalb hatten die Fürchtigen beschlossen, neue Gebote zu schaffen, die den Menschen klar machten, dass wir dem *Er* etwas schuldig waren und nicht auf Gnade oder Liebe hoffen sollten. Liebe und Gnade waren selten geschätzte Güter in unserer Zeit. Ich liebte und ich hoffte auf Gnade. Zwar nicht von dem *Er*, aber von Eiren. Und ich wollte nur wegen den Beschlüssen der Fürchtigen nicht darauf verzichten müssen, zu hoffen, dass es sich für mich zum Guten wenden würde. Ich konnte und wollte nicht einsehen, dass wir nur lebten, um dem *Er* zurückzubezahlen, was unsere Ahnen genommen hatten.

Natur. Gnade. Leben. Sie hatten die Erde ausgenutzt und erschöpft, sie arm gemacht und sich selbst über alles gestellt. Sie richteten darüber, wer starb, wer lebte, wer Recht hatte und wer Unrecht. Das Leben der Natur für das Leben und den Luxus der Menschen. Die Gnade des *Er*, als Freischein für Sünden und Verrat an dem *Er*, der uns einst schuf und an uns glauben wollte. Das Leben eines Wesens zu nehmen, für niedere Motive oder unter dem Banner des Schicksales – Mord im Namen des *Er*. Die Fürchtigen heutzutage behaupteten, sie würden im Auftrag des *Er* handeln, durch das *Gericht der Gerechten*. Ich glaubte nicht daran. Letztendlich waren sie Menschen, die nichts anderes taten als unsere Vorgänger. Sie richteten, obwohl sie predigten, dass nicht gerichtet werden darf. Sie urteilten, wo doch nur *Er* urteilen durfte. Und sie töteten, nahmen Leben, wo Leben genommen wurde und rechtfertigen es durch den großen *Er*, der dem *Gericht der Gerechten* seine Hand überließ.

Wir sind nicht einmal würdig genug, um seinen Namen zu nennen, wird uns erklärt. Wir sind in den Augen des *Er* nichts wert und werden es auch nicht sein, bis wir die Schulden der alten Welt abbezahlt haben. Es gibt nur diesen Glauben. Es gibt nur diese Sprache. Und nur diese Welt. Nur diese Möglichkeit des Lebens. Unsere Freiheit hat man uns genommen, weil wir Regeln und Normen brauchen, um in Frieden zu leben. Unser Leben wird uns vorbestimmt, obwohl Vorbestimmung doch eigentlich nicht existiert. Der Sinn des Lebens existiert nicht, obwohl man uns doch beibringt, unser Grund zu leben sei das Zahlen an den *Er*. Widersprüche, die jeder kannte, und doch passte man sich an, ohne nachzufragen.

Ich wollte so gerne wissen, was sie dem alten Less angetan hatten, als er nachgefragt hatte. Ich selbst hätte so viele Fragen, die mich schon so lange beschäftigten. Vor allem, ob ich die einzige war, die an allem zweifelte, oder ob alle das taten und nur so feige waren wie ich und sich nicht trauten, etwas zu sagen, weil sie den alten Less kannten. Einer unter Tausenden, der sich traute. Und genau dieser Eine, der mich ansprach und von Zeichen redete, die kommen würden. Konnte das ein Zufall sein? War es möglich, dass der Alte viel mehr zu sagen hatte, als er vorgab? Konnte es sein, dass ich...

Doch ich wurde unterbrochen in meinen brecherischen Gedanken. Ich war nicht weit weg von meinem Zuhause, gerade in einer kleinen Straße, die viele kleine Nischen hatte. Perfekt, um mich zierliches Wesen hineinzuziehen und einfach zu küssen. Wenn ich die dunklen Haare nicht erkannt hätte, hätte ich geschrien und um mich getreten, doch so schubste ich nur unsanft. Doch er ließ mich nicht gehen. Ich wurde wütend und stieß ihn kräftig fort. Solange, bis er losließ.

»Du bist viel stärker, als du wirkst«, sagte Leander grinsend.

»Ich mag es nicht, wenn man mich zu etwas zwingt«, entgegnete ich scharf.

»Ich hatte nicht den Eindruck, dass...«

»Dann täuschst du dich«, stellte ich klar, ohne ihn ausreden zu lassen. Das erste Mal, dass ich ihm gegenüber wirklich respektlos wurde. Aber er stand mir ja in nichts nach.

»Norin, ich...«

»Ich will zuerst etwas sagen, bevor ich es bereue, dir zugehört zu haben«, sagte ich schnell und sprach einfach weiter. »Das... das geht einfach alles nicht. Ich kann das nicht und darf nicht. Und du auch nicht. Ich meine, du könntest deinen Beruf als Lektioner verlieren oder umgesiedelt werden oder sogar umgebracht werden. Und ich bin noch nicht einmal eingeteilt. Wenn das jemand erfährt, könnte ich tiefer eingestuft werden. Ich würde Eiren verlieren und müsste fort von hier. Es...« Plötzlich kam ich mir total naiv vor. »Nicht dass ich davon ausgehe hier zu bleiben, aber man muss es ja nicht darauf anlegen. Außerdem ist das total falsch«, besann ich mich, mich vor ihm nicht rechtfertigen zu müssen. »Du bist älter und in einem anderen Rang und mein Lektioner! Ich meine, du weißt doch, dass das niemals funktionieren würde. Nie.«

Ich schnappte Luft. Ich war noch nicht fertig, aber ich hatte so schnell geredet, dass ich die Pause brauchte.

»Würdest du es denn wollen?«, fragte er ganz ruhig.

»Wie bitte?«, fragte ich erstaunt und verständnislos.

»Dass es funktioniert. Würdest du es wollen?«

Ich schwieg zu lange. Meine Worte klangen lange nicht so überzeugend, wie ich wollte.

»Es steht nicht zur Debatte. Also ist es völlig irrelevant.«

»So so«, sagte er nur.

Jetzt wurde ich wütend. So richtig wütend.

»Du hast sie ja nicht mehr alle«, sagte ich und wollte gehen, bevor ich noch ausfallender wurde und einen weiteren Eintrag bekam. Das konnte ich mir nun wirklich nicht leisten.

»Für jemanden, der gerade einen Eintrag bekommen hat, bist du ganz schön vorlaut«, sagte er, als hätte er gerade meine Gedanken gelesen.

Entsetzt sah ich ihn an.

»Woher weißt *du* das denn?«

Er hob nur eine Augenbraue und lächelte – zugegeben, er lächelte verlockend.

»Ich bin Lektioner, schon wieder vergessen?«

»Du warst nicht im Zitorium heute. Woher willst du dieses Wissen haben?«

»Ich war schon dort. Nur die letzten Stunden nicht, in der wir die Schwimm-Lektion gehabt hätten. Also jetzt gerade.«

Jetzt wurde ich misstrauisch.

»Wieso eigentlich nicht?«

»Hatte Wichtigeres zu tun.«

So wie er mich ansah, dachte ich mir schon was dabei. Aber das war ja lächerlich.

»So so«, äffte ich ihn nach.

Jetzt lachte er laut los. Viel zu laut. Ich schritt schnell zu ihm und hielt ihm die Hand vor den Mund.

»Hast du den Verstand verloren?«, flüsterte ich. »Wenn dich jemand hört und gucken kommt...«, wollte ich ihn zurechtweisen, aber etwas lenkte mich ab.

Er leckte mit seiner Zungenspitze über meine Handinnenseite. Ich riss sie von seinem Gesicht und sah ihn, an seinem Verstand zweifelnd, an.

»Du hast sie wirklich nicht mehr alle, oder?«, fragte ich vollkommen ernst. »Wie alt bist du denn, dass du so etwas noch machst?«

»21. Und dass ich mich traue, so etwas in meinem Alter noch zu tun, zeugt von Charakterstärke, weil ich mir für nichts zu schade bin.« Jetzt grinste er, zu seinem Verhalten passend, wie ein spitzbübischer Junge.

»Charakterstärke«, schnaubte ich. »Sagt der, der mich in eine dunkle Nische zieht«, murrte ich.

»Sagt die, die ihren Lektioner küsst«, konterte er.

Mit wütend verengten Schlitzaugen sah ich ihn an und ging einen Schritt zurück.

»Ich – dich? Wirklich?« Ich ließ es so lächerlich klingen wie nur möglich.

»Wieso stehst du noch hier? Du hättest schon längst gehen können.«

Zugegeben, da war etwas dran. Er verzog seinen Mund wieder zu diesem Lächeln und kam einen Schritt näher. Ich ging zurück und stieß gegen die Wand.

»Ich kann nicht und das weißt du«, stellte ich wieder klar.

»Ich denke du hältst nicht viel von Regeln und Geboten – und von Vernunft.«

Einen Moment wog ich meine Worte ab.

»Es gibt Dinge, die wichtiger sind als andere«, gestand ich, gab damit aber nicht direkt zu, gegen alle diese Regeln verstoßen zu haben, die ich weniger wichtig fand.

»Du bist intelligent, Norin. Aber du denkst zu viel. Tust du das sonst auch?«

Da hatte er mich schon wieder erwischt. Das tat ich normalerweise nie. Ich handelte und dachte dann. Oder redete und dachte dann, was aber auf das Gleiche hinauslief.

»Wieso denkst du so viel nach? Hör doch einfach darauf, was deine Lust dir sagt. Worauf hast du gerade Lust, Norin?«

Wenn ich ganz ehrlich war, hatte ich tierische Lust mich ihm hinzugeben und wahnsinnige Lust ihn zu küssen. Aber ich zwang mich an Eiren und sein schönes, langes Gesicht zu denken.

»Wo ist dein Mut geblieben?«, fragte er.

Der war gerade in meinen Hosenboden gerutscht, aber das sagte ich natürlich nicht laut. Mein Mumm hatte mich verlassen, weil ich meinen Willen gerade zwang, die Kontrolle zu behalten.

»Ich werde jetzt gehen«, sagte ich mit fester Stimme.

»Tu, was du nicht lassen kannst.«

Nun war meine Verwirrung komplett. Diesen Satz hatte ich noch nie gehört. Er sprach gegen alles, was man uns beibrachte. Zu tun, was wir nicht lassen konnten, war absolut undenkbar. Also genau genommen gab es für die Dinge, die wir nicht lassen konnten, die brechbaren Regeln. Weil der Mensch immer tun wollte, was er nicht konnte. So wie ich. Und gerade so sehr, wie niemals zuvor.

Dass er diesen Satz gesagt hatte, machte ihn so interessant für mich, dass ich meine Finger in meine Klamotten krallte, die darunter in meine Haut schnitten, sodass es schmerzte. Das brauchte ich. Es gab mir Halt.

Diese Worte aus Leanders Mund fesselten mich, wie nie etwas zuvor in meinem Leben mich beeindruckt hatte.

»*Tu, was du nicht lassen kannst*«, wiederholte ich die Worte und ließ sie mir über die Lippen gleiten. Was für ein einfacher Satz für eine solch abstrakte Bedeutung. Schon immer hatte es mich gereizt, das Verbotene zu tun. Zu tun, was ich nicht tun sollte, zu lassen, was ich nicht lassen konnte. Es spiegelte mein innerstes Bedürfnis wider. Zu tun, was ich wollte. Meiner Lust und Laune freien Lauf zu lassen. Mich einfach hängen zu lassen; frei zu sein. Zu leben, wie ich *wollte*. Zu lieben, wie ich es *wollte*. Tun und lassen, was ich *wollte*.

»Weißt du, wie du gerade aussiehst?«, fragte er.

»Nein«, sagte ich leise. »Wie sehe ich denn aus?«

»Wie eine gefangene Katze, die man nicht aus dem Käfig lässt, um leben zu können.«

»Was ist eine Katze?«, fragte ich, doch da stand er direkt vor mir und mir blieb die Luft aus.

»Eine Katze ist ein kleines Tier. Schön, meist zierlich und schlank, aber flink und stark. Hungrig und abenteuerlustig. Sie kann hinterlistig sein, bekommt aber immer was sie will. Und sie landet immer auf ihren Beinen, egal wie tief der Fall auch sein mag. Eine Katze ist ein freies Tier, das sich nicht gerne etwas befehlen lässt. Sie sucht sich ihren eigenen Weg und geht diesen meist allein, aber das stört sie nicht. Sie will es so, weil sie dann weniger Verantwortung hat. Verspielt und intelligent ist sie, kann aber auch mal mit ihren Klauen ausholen, wenn ihr etwas nicht passt. Und sie ist immer auf der Suche nach Beschäftigung – nach dem Leben. Dem wahren, freien Leben.«

Ich konnte nicht atmen. Noch nie hatte mich jemand besser beschrieben. Nicht einmal ich hätte es so gekonnt.

»Deine Augen sehen aus wie die einer Katze«, sagte seine Stimme, die nun tiefer geworden war. Er fuhr seitlich an meinem Auge mit seinem Finger entlang, über meine Wange und meine Nase bis zu meiner Lippe.

»Wie eine Katze...«, murmelte er leise und drückte seine Lippen auf meine.

Ich konnte nicht widerstehen, seinen Mund zu schmecken und seine zarten Bewegungen zu erwidern. Es hatte etwas Verspieltes und Angriffsfreudiges, wie er mich küsste. Etwas Herausforderndes und doch Erwachsenes. Es war herrlich, wie er mich küsste. Und irgendwie war es auch ehrlich. Ich hatte nicht das Gefühl, dass es zwanghaft oder zurückhaltend war. Er hatte offensichtlich Spaß und küsste mich, weil er es wollte, weil es ihm gefiel. Er legte seine Hände um mein Gesicht und hielt mich und drückte mich ein wenig an sich, aber seine Küsse veränderten sich nicht. Es gab mir Sicherheit. Eine Hand glitt in meinen Nacken, die andere zu meinem Rücken. Seine Hände fühlten sich so anders an auf meinem Körper. Als wüssten sie, was sie wollten und wo sie es fanden. Die Hand glitt zu meinem unteren Kreuz und hielt mich fest, während die andere meinen Nacken stark umfasste, was mir irgendwie gefiel. Er löste sich von mir, was mir gar nicht gefiel. Ich schnappte nach seinem Mund und zog ihn wieder zu mir, weil ich nicht genug von ihm geschmeckt hatte. Als ich ihn endlich freigab, lächelte er unglaublich verlockend.

»Man soll kein Feuer entfachen, das man nicht mehr löschen kann.«

Auch diese Worte waren mir fremd, aber das Spiel beherrschte ich.

»Von dir kann man ja eine ganze Menge lernen«, meinte ich leicht ironisch und verspielt.

»Naja, bei manchen Dingen, muss man dir nichts beibringen«, sagte er verführerisch, biss sich auf die Lippen und sah ungehemmt auf meine.

Wieder schnappte ich mir seinen Mund. Mitten in einem Kuss brach er aber ab und fuhr mit seinen Lippen an meinem Hals entlang. Dort biss er leicht in meine Haut und mir entfuhr ein erschreckter, aber irgendwie viel zu lustvoller Laut. Er lachte an meiner Haut.

»Wie eine Katze«, sagte er wieder und biss sanft in mein Ohr.

Ein Schauer fuhr mir an der Seite hinab. Und er war alles andere unangenehm. Leider schaltete sich da auch mein Kopf wieder ein.

»Warte«, flüsterte ich, bis sich meine Stimme festigen konnte. »Stop«, sagte ich sanft, aber bestimmt und holte ihn zwischen meinen Haaren wieder hervor.

»Was ist los?«, fragte er und klang viel zu besorgt.

»Ich... ähm.« Ich fand keine Worte. Mein Problem war, dass ich mit Eiren nicht einmal nach drei Jahren so weit gegangen war und ich Leander nicht einmal vier Tage kannte.

»Das ist zu schnell. Alles«, sagte ich nur.

»Findest du wirklich?«

Nein, das fand ich nicht, weil es sich gut anfühlte, aber wenn ich immer nur danach gegangen wäre, wäre ich längst tot. Ich fand es nur falsch, Leander so schnell an mich heran zu lassen, während ich mir mit Eiren so viel Zeit gelassen hatte. Dieses Überstürzte passte besser zu mir, war jedoch einfach nicht richtig. Aber nun ja, wenn ich danach ging, was richtig war, sollte ich längst daheim sein und meiner Mutter in der Küche helfen.

»Ja und nein«, antwortete ich ihm wahrheitsgemäß.

Ich wusste, dass wir keine vier Jahre haben würden. Aber wenn es so schnell weiter ging, würde das alles ein noch viel schnelleres Ende nehmen. Ich löste mich völlig von ihm und stellte die Frage, die irgendjemand schließlich stellen musste.

»Was stellst du dir denn vor? Das hier?«, und zeigte mit dem Finger auf ihn und mich. »Wie soll das funktionieren? Und wie soll das laufen? Soll das etwas Ernstes sein oder etwas Schnelles?«

»Ich will die Frage richtig verstehen, bevor ich antworte: Du fragst mich, ob ich eine Affäre will oder eine Beziehung?«

»So in der Art«, gab ich zu.

»Dann erkläre es mir bitte richtig, damit ich dir richtig antworten kann.«

Niemals war ein Lektioner so nett und höflich zu mir gewesen. Egal, weg mit dem Gedanken.

»Also, ähm... dass das hier auf ewig nicht funktionieren wird, ist uns beiden klar. Ich will eigentlich eher wissen, ob du dich wirklich für mich interessierst und mich kennen lernen willst, oder ob du mich jetzt nur interessant findest, weil du mich für eine Katze hältst.«

Er lachte ein leises, raues und unwiderstehliches Lachen. Mein Magen flatterte. Wieso tat er das denn jetzt bitte? Ich glaubte es war genau dieser Moment, als ich meinen Verstand verlor.

»Du kannst so süß sein«, sagte er und sah mich mit diesen tiefen, unbeschreiblichen Augen an. Sie hatten einfach keine Farbe, diese zwei glänzenden Teiche. Unergründlich und ein ewiges Rätsel...

»Ich möchte dich erst etwas fragen, bevor ich antworte.«

Ich nickte.

»Wieso willst du das wissen? Wenn du davon ausgehst, dass es sowieso niemals etwas Langfristiges werden kann, wieso brauchst du dann diese Antwort?«

Ich dachte keine Sekunde darüber nach.

»Weil ich dann weiß, worauf ich mich einlasse und was du willst. Dann muss ich mir nichts einbilden, was nicht da ist.«

»Du willst nicht das Mädchen sein, das sich in den Kerl verliebt, der sich nicht für sie interessiert«, sagte er und war sich seiner selbst sehr sicher.

Ich runzelte die Stirn.

»So denkst du von mir? Dass ich nicht so ein Mädchen sein *will*?«

Er sagte nichts und musterte nur mein Gesicht. Jetzt musste ich lachen.

»Mach dir mal nicht ins Hemd, Leander. Ich kann dir versichern, dass ich *niemals* dieses Mädchen sein werde. Tut mir leid, wenn ich dich enttäuschen muss. Aber mal unabhängig davon, ob du interessiert bist oder nicht; ich würde ungerne ein solches Risiko eingehen, ohne zu wissen wofür ich das tue.«

»Erstens: Das war schon wieder ein Regelverstoß«, grinste er. »Zweitens, ich hatte nicht damit gerechnet, dass du so bist und bin alles andere als enttäuscht.« Er kam wieder näher zu mir. »Und drittens: Ich würde dich wirklich gerne kennenlernen.«

Sicherheit. Ehrlichkeit. Zwei Worte, die mir bei ihm im Kopf herum spukten, aber ich wollte sicher sein.

»Kennenlernen kann man so und so verstehen.«

»Wenn du zugehört hättest, wüsstest du, dass man es nicht falsch verstehen kann, so wie ich es gesagt habe. Ich will dich, Norin. Alles oder nichts. Gib mir, was du kannst und was du willst, oder lass es bleiben. Ich will dich nicht zwingen und unter Druck setzen, aber auch ich nehme damit ein ungeheures Risiko auf mich und tue das alles aus einem bestimmen Grund.«

»Wieso hast du heute die Lektion ausfallen lassen?«, fragte ich ernst.

»Weil ich hier auf dich gewartet habe«, antwortete er noch ernster und sah mir in die Augen.

Es war die Wahrheit. Ehrlichkeit.

Ich glaubte nicht, dass er log, und die Sachlage sprach schließlich für sich; er hatte die Lektion ausfallen lassen und hatte mich in diese Nische gezogen. Ein paar Meter von meinem Haus entfernt. Wie groß war die Wahrscheinlichkeit, dass er log?

»Ich werde mich nicht von Eiren trennen«, hörte ich mich plötzlich sagen.

»Liebst du ihn?«, fragte er.

»Ja«, sagte ich sofort. »Wahrscheinlich sollte ich ihn gerade deswegen lieber verlassen, aber das tue ich nicht. Ich bin seit vier Jahren mit ihm zusammen und werde das nicht aufgeben.«

Was ich sagte, war die absolute Wahrheit. Egal, ob es Leander störte, wenn er mich teilen musste, aber ich würde Eiren nicht wegen ihm verlassen.

»Vier Jahre?« Seine Augen wurden groß. »Das ist eine lange Zeit«, flüsterte er und drehte den Kopf weg.

»Was ist?«, fragte ich und bemerkte leichte Panik in mir prickeln. Wieso war mir dieser Mann so wichtig?

»Mir war nicht bewusst, dass du... auch so viel... naja, nicht aufgibst, aber irgendwie ja schon. Du riskierst, alles zu verlieren.«

Er wirkte, als fühlte er sich schlecht. Das wollte ich nicht. Wieso zur verdammten Schelte wollte ich das nicht? Schon wieder ein Gebot... ach, was sollte es schon! Jetzt kam es nun wirklich nicht mehr darauf an.

»Das mache ich schon mein ganzes Leben«, gestand ich.

Er wirkte überrascht.

»Ich kann seltsamerweise richtig gut schwimmen. Und in vier Jahren Beziehung hält man nicht nur Händchen. Und das sind nicht einmal die schlimmsten Sachen«, sagte ich locker.

Das waren sie wahrscheinlich sehr wohl, aber irgendwie wollte ich Leander beruhigen. Wir gingen beide ein Risiko ein und setzten alles aufs Spiel. Sicherheit.

Plötzlich fragte ich mich, ob es das öfter gab. Hatten noch mehr Leute eine geheime Beziehung oder Affären? War es nicht der Reiz des Verbotenen, der die Menschen so schlecht machte? Waren alle anderen bessere Menschen als ich? Oder betrogen auch andere ihre festen Partner?

»Woran denkst du?«

»Ganz ehrlich?«

Er nickte.

»Eine gute Art, jemanden kennenzulernen«, lächelte er ein bisschen.

»Ich habe mich gefragt, ob es mehr Leute wie uns gibt. Die heimlich l...«, beinahe hätte ich *lieben* gesagt, »Leben. Zusammen meine ich, weißt du?«

»Ja. Glaubst du, das tun andere Menschen?«

»Nein, eigentlich nicht.«

Diese Welt war so zugestopft mit Regeln und Geboten, dass ich nicht wirklich glaubte, dass es jemanden scherte, ob man mit einem anderen Partner glücklicher wäre. Man hielt sich an das, was einem gegeben wurde.

»Du solltest nicht in dieser Welt leben«, sagte Leander plötzlich.

»Wie bitte?«

»Ich kenne eine andere Welt. Eine freiere Welt, in die du besser gepasst hättest. Dort wärest du glücklicher gewesen.«

»Wie eine Katze?«, fragte ich und lachte leise.

»Ja«, sagte er und küsste mich. »Genau wie eine Katze.«

Eigentlich...

An diesem Abend hatte ich einen heftigen Streit mit meiner Mutter. Sie hatte durch Xeth erfahren, dass ich nach Mittag keine Lektionen mehr gehabt hatte, und wollte wissen, wo ich gewesen war. Auf meine Antwort, das ginge sie nichts an, schließlich sei es mein Leben und ich wäre auch alt genug, um selbst meine Freizeit einzuplanen, reagierte sie aber eher gereizt. Und so wollte sie mir verbieten, meinen Freizeittag mit Eiren zu verbringen, weil sie dachte, ich wäre mit ihm unterwegs gewesen.

Höhnisch lachend ging ich in unser Zimmer, murmelte etwas davon wie lächerlich das war und knallte die Tür. Lustig fand ich das Ganze nicht, doch ich wusste, dass es meiner Mutter auf die Nerven gehen würde, wenn ich ihr klarmachte, dass ihre Meinung mich nicht wirklich interessierte. Der Schelte sei Dank hatte sie nichts von dem Eintrag auf meinem Chip mitbekommen. Wenn sie das erfuhr, würde sie endgültig ausrasten und mich den Fürchtigen als hoffnungslosen Fall der Erziehung übergeben.

Ich hatte mal als Kind einen Jungen in einer Lektion kennengelernt, der genau aus diesem Grund in eine andere Familie weit fort gekommen war. Wenn Eltern nicht mit ihrem Kind zurechtkamen, wurden sie zu nichts gezwungen. Bevor sie vor Verzweiflung gegen die Gebote verstießen, wurden die Kinder fortgeschickt, um in einer anderen Familie zu leben und dort hoffentlich eine erfolgreichere Erziehung zu genießen. Wieder so eine Umgangsweise, an die ich nicht glaubte, aber ich glaubte auch nicht wirklich daran, dass mein Vater mich gehen lassen würde.

Es war seltsam mit meinen Eltern. Ich verstand weder die Liebe meines Vaters, für den ich nur die kleine Rebellin war, die die Menschen irgendwie beeinflusste, noch den Hass meiner Mutter, für die ich schwer zu erziehen und zu nichts zu gebrauchen war. Zugegeben, ich war nicht die Fleißigste im Haushalt. Ich war eigentlich grundsätzlich nicht oft zu Hause. Daher machte ich auch am wenigsten. Wenn ich so wäre wie Darla oder Cona, dann wäre meine Mutter zufrieden, aber ich war nun einmal nicht so und das Schlimmste für sie war, dass ich niemals vorhatte, so zu werden. Wenn sie das Potenzial noch in mir erkennen würde, dann hätte sie die Hoffnung noch nicht aufgegeben. Vater fand das gut. »Endlich mal jemand mit einer Meinung und einem Charakter«, lobte er mich immer in den Himmel. Ich schmunzelte heimlich darüber.

Der Ursprung dieser Überzeugung, wieso ich so war, war wohl klar. Wenn er allerdings wüsste, was diese Meinung und dieser Charakter alles anstellten und in Frage stellten, wäre er wohl weniger stolz. Das wollte ich auf gar keinen Fall.

Als kleines Kind war es noch süß, wenn man mal gegen die Regeln verstoßen hatte – man wusste es ja nicht besser. Aber ich war nun fast erwachsen und kurz davor, eingeteilt zu werden. Mein Vater ging natürlich davon aus, dass ich mindestens in den dritten Rang kommen würde. Aber insgeheim setzte er darauf, dass ich in den zweiten Rang kam. »Wer so charismatisch ist, kann nur besser eingeteilt werden«, sagte er immer, während meine Mutter die Augen verdrehte. Für sie kamen nur Leute in einen hohen Rang, die dort hinein geboren wurden, oder die es sich verdient hatten. Ich verdiente in ihren Augen wahrscheinlich nicht einmal den fünften Rang. Das hörte sich alles böse an, wie meine Mutter mit mir umging und was sie so von mir hielt, aber insgeheim war ich ihr dankbar. Dank ihr war ich nicht so verhätschelt und weich. Sie hatte mir gezeigt, dass das Leben auch hart sein konnte. Für meinen Vater würde ich immer sein kleines Mädchen bleiben. Meine äußerliche Gestalt unterstrich das auch noch zu sehr, weshalb mein Vater mich nie als Frau sehen würde. Meine Mutter hingegen hatte mich schon immer so gesehen, wie ich war. Ich konnte ihr nichts vormachen und wenn ich ehrlich war, war sie wahrscheinlich der Grund, dass ich nicht so war wie Fernma: verwöhnt, arrogant und hochnäsig. Ich hielt mich nicht für etwas Besseres, im Gegenteil, ich wusste durch meine Regelbrüche, dass ich weniger wert war. Was meine Mutter mir auch verdeutlichte. Das hielt mich bescheiden, auch wenn es oft nicht so wirkte. Meine Klappe war größer als mein Anspruch an das Leben. Ob das an der Gesellschaft lag oder gerade daran, dass ich mich nicht an sie anpassen wollte, wusste ich nicht, aber ich wusste, dass ich immer das Gefühl hatte, zu wenig Zeit zum Leben zu haben.

Dieser Druck, dieser Stress und diese Angst, um die wenigen Freiheiten, die ich jetzt hatte, und mit meiner Einteilung verlieren würde, brachten mich dazu, immer wieder über die Stränge zu schlagen, weil ich das brauchte. Ich musste fühlen, dass ich noch lebte. Musste wissen, dass wenigstens meine Gedanken mir gehörten, wenn meine Handlungen schon nicht frei sein konnten. Es war mein Leben. Wenigstens zum Teil. Diese Bestätigung brauchte ich. Wie etwas, das man immer und immer wieder erfahren wollte, wenn man es einmal erlebt hatte. Ein bisschen sogar wie ein Rausch.

Und ich wusste, dass ich nicht der einzige Mensch war, dem es so ging. Ich dachte an Eiren, der sich ebenso verhalten hatte, nachdem ich ihn das erste Mal geküsst hatte. Es hatte ihm gefallen, es war ein gutes Gefühl und deshalb wollte er es immer wieder erleben, egal ob es verboten war oder nicht.

Das war eine Konsequenz dieser Gesellschaftsform. Menschen, die einmal Gefallen daran gefunden hatten, verbotene Dinge zu tun, kannten selten die Grenzen, an denen sie sich selbst verloren und die ihr Schicksal besiegelten.

Meine brecherischen Gedanken setzten sich fort und ich dachte weiter an das Schicksal. An mein Schicksal, um genau zu sein. Wie paradox es war, dass verbotene Handlungen, in denen andere sich verloren, mich erst richtig zum Leben brachten. Nur dann fühlte ich mich frei und gut. Wenn ich die Gebote brach, erfüllte mich etwas, das ich nicht benennen konnte. Es war irgendwie spannend, prickelnd, aber auch Schadenfreude war dabei. Das Schmunzeln, auf meinen Lippen, das heiße Brennen in meinem Bauch und die gelassene Ruhe, die ich immer dann empfand, wenn ich in den größten Schwierigkeiten steckte. Die darauffolgenden Lügen, das Wissen, etwas Verbotenes getan zu haben, und dass es sonst keiner wusste. Dieses Geheimnis reizte mich. Es machte mich lebendig.

Tu, was du nicht lassen kannst. Genau das war es, was mich so herausforderte. Ich wollte tun, was ich nicht lassen konnte. Und ich konnte es nicht lassen, weil ich es nicht durfte. Die Menschen haben tatsächlich etwas Zerstörerisches in sich, dachte ich. Sie halten sich nicht an das, was man ihnen sagt; das wäre unsere Schwäche, brachte man uns bei. Ein freier Wille, wie er früher gegeben war, hat die Welt dem Untergang nahe gebracht, brachte man uns bei.

Du solltest nicht in dieser Welt leben. Ich kenne eine andere Welt. Eine freiere Welt, in die du besser gepasst hättest. Dort wärest du glücklicher gewesen. Eine freie Welt, dachte ich. Glücklich sein... Wusste ich überhaupt, was das war? War ich jemals wirklich glücklich gewesen? War es uns überhaupt möglich, in einer solchen Welt glücklich zu sein? Waren andere Menschen glücklicher, als ich es war? Dachte nur ich an Veränderung? Forderte nur ich insgeheim Freiheit? War ich alleine? Was war mit Eiren? Und Leander?

Eiren widersetzte sich den Geboten, um bei mir zu sein, um mich zu küssen und dergleichen. Doch grundsätzlich hatte ich nie erlebt, wie er in vollem Bewusstsein, vor anderen, eine Regel brach. Ich glaubte, ihm gefiel das System soweit ganz gut. Er wollte heiraten, Kinder haben und arbeiten. Doch war *das* für ihn Glück?

Leander hingegen nahm viel auf sich. Er stand für Veränderung. Bei den Lektionen hatte er viel durchgesetzt. Die Anzüge, das größere Becken, eine schnellere und andere Lerntechnik. Er hatte einen starken Willen. Er hatte sogar mich überzeugt, Eiren mit ihm zu betrügen; erneut und so schwer die Regeln zu brechen. War ich für Leander so, wie Eiren für mich war? Eigentlich zu gut und zu ehrlich? Nur eine Brecherin, weil man sie dazu gebracht hatte?

Ich musste unweigerlich schmunzeln. Das war ja lächerlich. Ich war schon eine Brecherin gewesen, da konnte ich noch nicht richtig laufen. Ständig verstieß ich gegen die Regeln, wenn auch meist nur gedanklich. Jetzt fielen mir viele Situationen ein, wo es sich nicht nur in meinem Kopf abgespielt hatte, und auch wirklich oft etwas hätte schief laufen können: Immer hatte ich Blumen gepflückt, Xeth gehauen, meine Schwestern beleidigt, war respektlos meiner Mutter gegenüber gewesen, grundsätzlich hatte ich viel geschimpft, gemeckert und gedacht. Dass man nicht immer alles sagte, was man dachte, hatte ich erst spät gelernt. Und ich hatte als Kind viel gemalt. Malen war uns insofern verboten, dass man es nicht tun durfte, wenn es nicht für die Berufsausübung notwendig war. So war es aber eigentlich mit allem: schreiben, rechnen, Blumen pflanzen, nähen, lesen, schwimmen, rennen, und so weiter. Eigentlich durfte man nichts tun, was nicht in einer Lektion geschah oder zwangsweise nötig war, wie das Kochen, was aber nur Frauen durften, oder das Reinigen des Metalls, das ausschließlich Männer taten. Für manche Dinge konnte man Anträge stellen, so wie für das Schlagen seiner Kinder, wenn man es als nötig empfand. Man konnte auch beantragen, einen Brief an eine Freundin oder einen Verwandten zu schreiben, die weiter weg wohnten.

Grundsätzlich lernte man in Nonnum höchstens zwei Orte kennen: Den, an dem man aufgewachsen war, und den, in den man eventuell versetzt wurde, wenn man eingeteilt war. Besuche in anderen Arealen waren nicht gestattet. Nur Briefkontakt. Mehr Möglichkeiten gab es nicht. Dieser Gedanke machte mich jedes Mal traurig, weil ich so gerne das Meer sehen würde. Ich wollte wissen, ob Eirens Augen wirklich so meerblau waren, wie ich mir das schöne, freie Wasser vorstellte. Doch da fiel mir mein Traum ein und plötzlich fand ich das Wasser nicht mehr so schön. Zwangsweise brachte mein Traum mich auf das, was der alte Less gesagt hatte, und wieder sah ich alle meine Probleme vor mir und fragte mich, wieso man mich noch nicht erhängt hatte. Fast alle Dinge, die verboten waren, hatte ich bereits getan. Ich meine, ich hatte direkt nach einer Schelte einem Fürchtigen in die Augen geblickt. Diese Tatsache hatte ich völlig vergessen. Wieso wurde ich nicht bestraft? Ich war zu alt, um mir das als kleinen Fehltritt durchgehen zu lassen. Wieso hatte dieser Fürchtige mich nicht längst zur Verantwortung gezogen? Da fiel mir die letzte Schelte wieder ein. *Ihr seid nicht göttlich.*

Sofort hatte ich mich gefragt, ob ich die Einzige gewesen war, der auffiel, dass der Fürchtige sich bei dieser Aussage nicht miteinbezogen hatte. Was ja sehr seltsam war, da er auch nichts anderes als ein Mensch war, und somit dem Reich des *Er* unwürdig. Nie hatte ich verstanden, wieso die Fürchtigen so viel besser sein sollten als wir, wieso sie das *Gericht der Gerechten* bestritten und nicht Menschen, die wirklich gerecht dachten.

Meine Mutter zum Beispiel. Sie war mir gegenüber nie sonderlich nett gewesen, aber immer gerecht. Wenn sie mich bestrafte, hatte ich es verdient, wenn auch nicht auf die Art und Weise, wie sie es tat.

Ich hatte mir immer geschworen, ich würde meine Kinder – falls ich welche haben sollte – niemals schlagen. Nie würde ich das tun. Ich wusste, wie es war, die Regeln zu brechen. Ich kannte einen Grund, der für mich selbst ausreichte – und der nicht einmal besonders gut war – aber er reichte mir, um zu tun, was ich tat. Mir fiel nichts ein, was mich dazu bringen könnte, jemals jemanden zu schlagen. Vor allem kein Kind. Aber meine Ansichten interessierten niemanden. Und ich täte besser daran, sie auch für mich zu behalten.

Trotz allem fragte ich mich, was Leander wohl von meinen ketzerischen Auffassungen halten würde. Fände er mich dann noch immer mutig? Oder würde er endgültig einsehen, dass ich einfach nur dumm war? Eine riesen Idiotin, mit ungerechtfertigtem Glück. Wenn ich ehrlich war, war ich nichts anderes. Mich gegen das System der Fürchtigen aufzulehnen, war ziemlich dämlich. Auch wenn ich es nur in Gedanken tat. Meistens zumindest. Doch auch Eirens Meinung würde mich interessieren. Würde er mir zustimmen, wenn ich ihn zu überreden versuchte? Würde er mir zu Liebe alles riskieren und den uns einzig bekannten Glauben hinschmeißen? Wegen mir? Ich glaubte nicht recht daran, aber Eiren war unberechenbar.

Da kam ich auch schon wieder zu meinem ersten Gedanken zurück, seit dem Streit mit meiner Mutter. Würde ich trotzdem meinen Freizeittag mit Eiren verbringen? Oder sollte ich meiner Mutter ausnahmsweise einmal gehorchen? Wieder schmunzelte ich und machte mich an die Aufgaben, die sie mir zugeteilt hatte. Ich glaubte nicht daran, dass ich meiner Mutter gehorchen würde. Mein Vater würde mich herausreden, so wie immer. Er hieß alles gut, was ich tat. Er würde es verstehen, dass ich mir nicht verbieten ließ, meinen einzigen freien Tag im Haus zu verbringen. Und das auch nur, weil ich nicht gleich nach der Schule heimgekommen war. Das war gelogen, das wusste ich, aber ich machte mir gerne weiter vor, dass es nur deshalb sei. Die Strafe hatte ich eigentlich bekommen, weil ich meiner Mutter nicht sagte, wo ich gewesen war. Und mit wem. Das war in ihren Augen praktisch ein Geständnis, dass ich etwas angestellt hatte. Wo sie ja eigentlich nicht ganz Unrecht hatte. Eigentlich hatte ich die Strafe verdient. Aber das war eigentlich immer der Fall. Was für ein schönes Wort: *eigentlich*.

»Was meinst du dazu, Moistuer?«
Moistuer fuhr nachdenklich über sein Kinn.
»Mh«, machte er leise und sah sich das Bild von dem Mädchen noch einmal an.
»Moistuer?«, fragte Kollin ungeduldig nach.
»Sie könnte die Richtige sein. Sie kommt aus diesem Umfeld?« Er sah die Notizen über das Mädchen noch einmal durch.
»Ja«, sagte Kollin. Er legte die Mappe weg und sah in die Runde von Männern. Bekannte, Kollegen und Freunde sahen ihn neugierig an. Dass seine Meinung entscheidend war, wussten hier alle.
»Sie kommt auch aus diesem Areal, sagtest du, Kollin?«, erkundigte er sich.
»Ja. Sie ist von dort. Wir versuchen, bis zum Höhepunkt die Zahl niedrig zu halten. Aber diese Leute sind eigentlich gut geeignet. Zwei haben wir ja bereits aus ihrem Umfeld entfernt und geprüft und sie wären geeignet.«

»Wie viele bräuchten wir dort noch?«

»Zwei sind bereits dort, ein Involvierter, einer, der in der alten Umgebung bleibt, also brauchen wir neben *ihr* dort noch einen, Sir.«

»Das ist gut. Ihr werdet *sie* unter Vorwand drei hierher bestellen. Ab dann werden die Ortsansässigen sich darum kümmern, dass sie zu dem geplanten Ort gebracht wird.«

Weil alles gefilmt und dokumentiert wurde, versuchten sie, so wenig wie möglich zu sagen. Tarnnamen, Nummern und Vorwände wurden benutzt, damit man nichts nachweisen konnte. So war es geplant gewesen. Und bis jetzt funktionierte der Plan diesmal wunderbar.

Im Käfig

Eiren sah überhaupt nicht begeistert aus, als er vor meiner Tür stand.
»Du wolltest dich doch gestern melden«, sagte er.
Ich machte ihm Zeichen, ruhig zu sein, doch es war zu spät.
»Hast du sie nicht gestern lange genug für dich gehabt?«, fragte meine Mutter gereizt.
»Ich gehe. Bis nachher, Mutter.«
»Fräulein, komm wieder her! Sofort! Nirgendwo gehst du hin. Du hast Hausarrest, das weißt du ganz genau.«
Eiren sah mich fragend an.
»Moment«, sagte ich leise zu ihm.
»Das heißt, ich darf nicht raus, aber hier drinnen kann ich tun und lassen was ich will?«
»Mh. Ja, von mir aus: Du darfst nur nicht raus«, sagte meine Mutter nachgiebig. Sie wusste sofort, worauf ich hinauswollte.
»Alles klar, komm rein«, sagte ich lächelnd zu Eiren.
»Aber...«
»Komm erst einmal rein«, raunte ich leise.
»Norin, ich...«, setzte Eiren an, doch ich ließ ihn nicht ausreden.
Ich warf meiner Mutter über die Schulter ein zuckersüßes Lächeln zu und zog Eiren mit mir in unser Zimmer. Glücklicherweise war gerade keines meiner Geschwister zu Hause.
»Norin. Würdest du mir erklären, was gestern los war? Wieso hast du Hausarrest? Wegen dem Eintrag auf deinem Chip? Ich dachte du meldest dich noch einmal bei mir, nachdem du zu Hause bist?«
Ich antwortete nicht auf seine Fragen.
»Es tut mir leid, wirklich. Ich hatte gehofft, dass sie mich doch noch gehen lässt, deshalb habe ich dir nicht Bescheid gesagt. Du hast bestimmt etwas Schönes vorbereitet, oder?«
»Ja, ich denke schon, aber...«

Wieder ließ ich ihn nicht zu Wort kommen. Ich wollte ihn nicht anlügen, also ging ich seinen Fragen aus dem Weg.

»Es tut mir so leid, Eiren. Das wollte ich nicht. Dass meine Mutter wegen einer solchen Kleinigkeit so die Nerven verliert, konnte ich nicht ahnen. Ich dachte, bis heute hätte sie sich wieder beruhigt.«

Das war keine Lüge. Ich vermied die Wahrheit, indem ich darum herum redete. Meine Mutter war wirklich wegen einer Kleinigkeit ausgerastet, aber eben nicht wegen der, an die Eiren gerade dachte.

»Es ist ja nicht deine Schuld«, sagte er sanft.

Das stimmte nicht, es war schon meine Schuld, aber ich ließ es so im Raum stehen. Plötzlich glänzten seine blauen Augen wieder und ich musste lächeln.

»Du bist klasse«, sagte ich leise und küsste ihn auf die Wange. Jetzt lächelte auch er.

»Das heißt, wir bleiben heute hier?«, fragte er.

»Das müssen wir wohl.«

»Dann lass uns eines der Spiele spielen, die ich dir geschenkt habe.«

Und das taten wir auch. Genau genommen spielten wir jedes der Spiele, die Eiren mir über die Jahre geschenkt hatte. An der Zahl fünf Spiele, welche wir früher öfter gespielt hatten. Eiren liebte Spiele. Uns war egal, dass wir eigentlich viel zu alt für diese albernen Kinderspiele waren, denn sie machten Spaß. Nur mit ihm spielte ich, weil ich sonst keinen kannte, dessen Freude daran so ansteckend war. Eiren brachte mich schnell zum Lachen, wenn wir alleine waren.

»Und wieder habe ich dich besiegt«, grinste er frech.

Ich lachte überheblich.

»Ich fordere aber eine Revanche. Und dieses Mal mache ich es dir nicht so leicht«, sagte ich herausfordernd.

Und dieses Mal gewann ich tatsächlich. Lachend schlug ich seine Spielfigur brutal aus dem Feld und freute mich über den ersten Sieg des Tages.

»Wow. Achtundfünfzig zu eins. Du holst auf«, sagte er ernst und hob die Augenbrauen, als wäre er ehrlich begeistert.

Ich lachte und warf die Spielfigur nach ihm.

»Nie im Leben hast du achtundfünfzig Mal gewonnen. Mach dich nicht größer, als du bist.«

»Ich bin schon groß, finde ich«, sagte er grinsend und setzte sich neben mich. Selbst im Sitzen überragte er mich um fast einen Kopf.

»Angeber«, raunte ich und stieß mit meiner Schulter gegen seinen Arm.

»Oh, fast der Ellenbogen. Wenn du dich ein bisschen streckst, kommst du vielleicht wirklich an die Schulter. Oder ich hole dir einen Hocker, der hilft bestimmt... uaah!«, lachte er und fiel um. Ich hatte mich von der Seite auf ihn geworfen und umgestoßen und saß jetzt halb auf ihm.

»Na, wer ist jetzt die Größere?«, fragte ich stolz.

Er lachte nur und zog mich zu sich herunter. Er küsste mich liebevoll und ich rollte mich von ihm herunter, sodass ich neben ihm lag. Zum Glück, denn genau in diesem Moment öffnete sich die Tür und mein Vater schaute herein. Da wäre eine Reiterpose nicht unbedingt glücklich gewesen.

»Hallo Eiren«, sagte er freundlich und winkte.

»Hallo, Herr Fly«, antwortete Eiren mit tiefem Respekt in der Stimme und setzte sich auf.

»Hallo Vater«, sagte ich fröhlich, sprang auf und ging zu ihm. Er lächelte mich an, drückte mich in seine Arme und streichelte mir über die Wange.

»Hey meine Kleine«, sagte er in dem gleichen liebenden Ton, in dem er es immer sagte. »Ihr habt hier eine Spiele-Party veranstaltet, wie ich sehe.«

»Ja, und nach seiner Angeberei habe ich ihn verprügelt«, meinte ich vollkommen ernst und mein Vater lachte laut auf.

»Sicher, Norin. Eiren hatte bestimmt keine Chance bei deinen herausragenden körperlichen Vorteilen.«

»Nein, ich unterlag ihr widerstandslos vor lauter Angst, sie könnte mir etwas brechen«, bestätigte Eiren den amüsierten Blick meines Vaters. Wieder lachte er, aber diesmal eher stotternd.

»Dann mal viel Spaß noch. Aber Norin...«, sagte er und drehte sich in der Tür noch einmal um, während ich schon beinahe wieder bei Eiren war. »Cona und Darla kommen bald mit den Kindern wieder. Sie wollen nach einem so anstrengenden Tag sicher schlafen. Verlegt eure kleine Party doch nach draußen«, sagte er und schloss die Tür.

Oh Mist.

»Er weiß es gar nicht?«, fragte Eiren.

»Anscheinend nicht«, sagte ich und versuchte, locker zu wirken. Wieso meine Mutter es ihm nicht gesagt hatte, verstand ich allerdings nicht. Sie sagte ihm immer alles, was ich anstellte. Er belächelte es zwar, aber sie erzählte es trotzdem. Ich zuckte mit den Schultern.

»Keine Ahnung, wieso sie es ihm nicht erzählt hat«, sagte ich wahrheitsgemäß.

Eiren zog eine Braue hoch.

»Was hat sie denn gesagt, als du heim gekommen bist?«

Diese Frage hatte er zu meinem Glück gut formuliert.

»Dass ich Hausarrest habe und nicht so frech sein soll.«

»Das wäre ja nichts Neues, aber ich bin doch neugierig: Was hast du denn Freches gesagt?«

Ich flunkerte.

»Ich habe sie ausgelacht«, sagte ich und zuckte wieder mit den Schultern. »Ich bin neunzehn Jahre alt. Normalerweise bekommt man in meinem Alter keinen Arrest mehr. Das ist etwas für Kinder. Ich habe sie nicht ernst genommen.«

»Vielleicht hätte sie sich ja tatsächlich bis heute beruhigt, wenn du nicht gelacht hättest. So ein kleiner Verweis ist doch nichts Schlimmes.«

Ich musterte ihn ernst.

»Ja. Vielleicht«, sagte ich langsam und setzte mich wieder zu ihm auf den Boden.

»Darf ich dich etwas fragen?«, erklang seine Stimme leise neben mir.

Ich nickte und blickte leer vor mich.

»Glaubst du, sie lassen uns zusammen sein?«

Ich sah ihn fragend an.

»Dass sie uns heiraten lassen, wenn es denn mal soweit ist?«
Normalerweise lachte ich über ihn, doch sein Gesicht fand ich diesmal gar nicht lustig. Er sah aus, als hoffte er wirklich sehr darauf.

»Ich weiß nicht«, sagte ich ehrlich. Ich glaubte es nicht, aber ich wollte nicht gemein sein.

»Was ist, wenn sie einen von uns wo anders hinschicken?«
Diese Fragen kannte ich alle schon, doch ich ließ Eiren seine Gedanken laut aussprechen.

»Und wenn sie uns in verschiedene Ränge einteilen, dann können wir auch nicht zusammen bleiben. Dürften wir uns besuchen, wenn einer von uns wo anders leben muss? Würden sie sauer werden, wenn wir viele Briefe schreiben wollten?«

Er wandte seine Augen nicht von mir ab. Er wusste, dass ich auf diese Fragen nicht antworten konnte und es deshalb auch nicht tun würde.

»Ich will nicht ohne dich sein«, sagte er. »Ich würde wieder zu dir zurückkommen.«

Das war allerdings neu. Mein Blick suchte seinen.

»Das geht nicht, das weißt du.«

»Seit wann interessieren dich denn die Regeln?« Er klang viel gemeiner, als ich es von ihm gewohnt war. Er rückte ein Stück zurück. »Manchmal glaube ich, du willst gar nicht mit mir zusammen leben«, sagte er kalt und klang dabei aber verletzt. Richtig traurig sogar.

»Ich will nicht heiraten, aber das hat doch nichts damit zu tun, dass ich nicht mir dir zusammen sein will.«

»Zusammen *sein* und zusammen *leben* ist aber etwas unterschiedliches, Nor.«

Ich verdrehe die Augen.

»Eiren, mach es doch nicht schwieriger, als es ist. Du weißt, dass ich mit dir zusammen sein will. Aber ich habe keinen Einfluss darauf. Deshalb wage ich nicht zu hoffen, wenn ich es nicht ändern kann.«

»Doch, du kannst etwas dafür tun, dass sie dich hier bleiben lassen. Dass sie dich nicht ins Visier nehmen und wegschicken.«

Das weckte jetzt doch mein Interesse.

»Und was genau soll das deiner Meinung nach sein?«, fragte ich und konnte mir nichts vorstellen, das etwas bringen würde.

»Hör auf, dauernd die Regeln zu brechen.«

Das traf mich tief. Völlig entsetzt sah ich ihn an.

»Was?«, fragte ich flüsternd.

»Wenn du nicht ständig diese Risiken eingehen würdest und gegen alles verstoßen würdest, was verboten ist, würden sie dich vielleicht hier leben lassen. Eine treue und brave Bürgerin, wie...«

»Sag jetzt bloß nicht *wie meine Mutter*!«

Er schloss seinen Mund. Klar hatte er genau das sagen wollen! Gerade wollte ich ansetzen, um zu schreien.

»Vielleicht bringt es ja etwas«, würgte er mich ab und klang dabei viel zu verzweifelt. Dass ich kurz vorm Explodieren war, wusste er. »Ich will doch nur, dass wir zusammen bleiben können. Was mache ich denn hier, wenn du weg bist? Ich kann es mir nicht vorstellen, hier zu sein, ohne dich.«

Ich wurde ruhig.

»Du gehst davon aus, dass sie mich wegschicken werden, weil ich eine Brecherin bin?«, fragte ich ganz sachlich und ruhig. Sogar zurückhaltend.

»Nein, das habe ich doch gar nicht so gesagt...«

»So hast du es aber gemeint.« Dass es die Wahrheit war, wussten wir beide. »Geh jetzt«, sagte ich und wandte mich ab. Meine Augen brannten.

»Norin, ich wollte doch nur...«

»Ich weiß, was du wolltest, aber ich kann dich jetzt gerade nicht sehen. Geh jetzt.«

Eiren sah mich an. Trauer, Treue, Verzweiflung und Reue drückten seine Augen aus, beinahe schrien sie es mir entgegen.

»Ich muss nachdenken und dazu kann ich dich jetzt nicht um mich haben, Eiren.«

»Nor, es tut mir so leid, ich wollte nicht...«

»Ich weiß – ich weiß das alles. Ich will alleine sein. Wir sehen uns morgen im Zitorium, dann können wir reden.«

»Aber...«

»Mach es mir nicht schwerer, als es ist. Bitte, geh. *Bitte!*«

Er ließ den Kopf hängen und trottete davon, als hätte ihm jemand alles genommen.

»Bis morgen«, sagte er noch leise an der Tür.

»Ja, bis dann«, war alles, was ich entgegnete.

Ich hatte Mitgefühl, aber ich war auch sauer. Dass mein eigener Freund so von mir dachte, machte mich wütend – wütend auf mich selbst. Dass ich ihn so weit getrieben hatte, so von mir zu denken, solche Angst zu haben und so verzweifelt zu sein, machte mich derart wütend auf mich, dass ich mich am liebsten jetzt in meinem Traum befinden würde. Dieses Gefühl hatte ich verdient. Schmerz und Leid hatte ich verdient, bei so viel Schuld. Ich zog ihn mit in den Abgrund, genau wie Leander. Egoistisch war ich gewesen und hatte nur darauf gesetzt, mein Leben leben zu wollen, sodass ich es für mich erträglich machen konnte. Dass ich Eiren dabei leiden ließ und es für ihn unerträglich machte, war mir nicht einmal aufgefallen. Blind, vor lauter Begierde nach mir selbst. Ich schämte mich und wickelte mich in eine Decke auf den Boden.

Eiren hatte völlig recht. Wenn, dann würden sie mich fortschicken, und er würde hier zurückbleiben und leiden, bis man ihn verheiratete. Auf einen solchen Gedanken war ich nicht einmal gekommen, weil ich solche Angst vor der Zukunft hatte. Weil ich nicht wollte, dass man mir noch mehr verbot, dass man mich einsperrte in einen Käfig mit Gittern aus Mann und Kindern. Wie hatte ich nur so selbstsüchtig sein können? An niemanden um mich herum hatte ich je gedacht. Meine Mutter hatte vollkommen recht: Ich war nutzlos, eigennützig und vollkommen rücksichtslos anderen gegenüber. Ich sah nur mich selbst.

Eine weitere Welle der Scham überrollte mich und ich vergrub mein Gesicht in meinen Händen. Wieso konnte nicht irgendetwas passieren, das mich bestrafte? Etwas Schmerzhaftes und Grauenvolles? Ich glaubte, ich würde mich besser fühlen, wenn ich leiden müsste. Aber man soll ja manchmal vorsichtig sein mit seinen Wünschen.

Wieder stand ich an dem Rand des Sees. Und wieder schwamm ich durch ihn hindurch, ohne das Wasser wirklich zu berühren. Völlig trocken war ich und spürte, wie das Wasser über meine Arme rann und ich es teilte, um hindurch zu schwimmen. Mein Kopf tauchte unter Wasser, und doch tat er es gar nicht. Es war nur meine Vorstellung, nur die Idee, durch dieses Wasser zu schwimmen.

Und plötzlich fiel ich durch ein Loch. Ich hatte nicht einmal Zeit zu schreien, da kämpfte ich schon um mein Leben. Etwas riss mich hinab, in die Tiefe. Dunkel, kalt und grauenvoll war es dort und mein Körper schmerzte. Kein Wedeln, Rudern oder Trampeln half gegen den Sog, der mich fraß wie ein gieriger Schlund und mich nicht freilassen wollte.

Meine Brust schmerzte, meine Augen brannten und meine Glieder wurden schwächer. Ich spürte, wie die Kraft aus meinem Körper schwand. Gerade sah ich etwas großes Dunkles vor mir. Es bewegte sich, doch ich konnte nichts erkennen. Dann schlossen sich meine Augen und die letzte Luft wich mit meinem Leben aus meinem Körper...

Brüllend wurde ich wach und saß aufrecht in dem großen Bett. Es war genauso dunkel wie in dem See. Sofort öffnete jemand die Tür und schaltete das Licht ein.

»Meine Güte, Norin! Was ist geschehen?«, fragte meine Mutter besorgt.

»Alptraum«, würgte ich hervor, als müsste ich tatsächlich Wasser erbrechen.

Sie kam zu mir und schien wirklich besorgt. Normalerweise ging sie kopfschüttelnd weg, wenn ich das sagte. Sie glaubte, ich simulierte, um Aufmerksamkeit zu bekommen. Sie fasste an meine Stirn.

»Ach Herrje, du bist eiskalt, Norin«, stellte sie erschrocken fest. »Was hast du denn geträumt?«

Sie zeigte Interesse und glaubte mir.

Mein Herz brach zusammen und sank einen Stock tiefer, wo es zu weinen schien. Dass in Wahrheit meine Augen weinten, bekam ich kaum mit. Ich fiel meiner Mutter in die Arme und war einfach nur froh, dass ich ihr doch nicht so egal war, wie sie es mich manchmal glauben ließ. Ich weinte an ihrer Schulter und stotterte etwas davon, dass ich gestorben war. Meine Mutter drückte mich und hielt mich ein wenig von sich weg.

»Ich mache dir einen Tee«, sagte sie jetzt wieder etwas abweisender und kam nach einigen Minuten zurück. »Möchtest du darüber reden?«, fragte sie.

Ich schüttelte schnell den Kopf. Ich wollte überhaupt nicht reden, nicht denken und nicht daran glauben, dass der alte Less wirklich die Wahrheit gesagt hatte. Für diesen Moment wollte ich nur in den Armen meiner Mutter daran glauben, dass alles gut werden konnte.

Sonnenscheinlächeln

Ich wurde krank. Zwei Tage lag ich im Bett, ohne dass ich Besuch bekam, doch dann kam Eiren vorbei. Wahrscheinlich mehr, um sicher zu gehen, dass ich nicht nur wegen ihm nicht ins Zitorium kam, als um zu sehen, wie es mir ging, doch das war mir einerlei. Ich freute mich, ihn zu sehen.

»Ich habe darüber nachgedacht, was du gesagt hast«, sagte ich nach einer Weile.

»Okay«, entgegnete er sehr unsicher.

»Und ich denke, du hast recht«, setzte ich fort. »Vielleicht würde es nicht schaden, sich mehr an die Regeln zu halten.«

Ein Sonnenscheinlächeln strahlte in Eirens Gesicht und er beugte sich zu mir und küsste meine Stirn.

»Ich bin froh, dass du so denkst«, sagte er und wirkte wirklich glücklich.

Das war der Moment, in dem mir klar wurde, dass es genau das Richtig war, was ich getan hatte. Der Beschluss, dass auch Eirens Glück mich glücklich machen konnte, war ein guter gewesen, denn er hatte sich eben als solcher bewiesen.

»Sogar krank siehst du lächelnd einfach bezaubernd aus, Nor.«

Ich sah ihn ungläubig an. Ich sah sicherlich grausig aus. Doch er grinste.

»Doch, ehrlich. Sogar krank würde ich dich sofort zur Frau nehmen.«

Ich zuckte ein wenig zusammen.

»Eiren, das heißt aber nicht, dass...«, begann ich, doch er winkte schon beschwichtigend ab.

»Ja, ja. Ich weiß, ich will auch nichts überstürzen. Ich wollte es nur sagen«, lächelte er.

»Du bist so unehrlich«, lächelte ich nach einer Weile zurück. »Ich muss aussehen, wie halb tot. Wie kannst du nur...«, doch wieder unterbrach er mich. Ernst sahen seine Augen in meine.

»Oh, 'tschuldigung«, sagte ich schuldbewusst, denn ich hatte gegen eine Prio-Regel verstoßen. Man sprach nicht über den Tod, als wäre er nichts Ernstes.

»Ist in Ordnung. Ich kann dir ja ein wenig helfen, dich daran zu gewöhnen. Ich glaube, du merkst gar nicht, wie oft du das tust«, meinte er überzeugt.

Ich wusste das schon, es interessierte mich nur meist nicht. Zeitverschwendung sich mit so etwas auseinanderzusetzen. Aber nun ja, irgendwann musste ich ja damit anfangen, mein Versprechen umzusetzen.

»Ja, das ist lieb von dir. Danke.«

Und Eiren setzte dieses Vorhaben auch durch. Jedes Mal wenn ich nur die kleinste Abweichung von den Regeln und Geboten andeutete, ermahnte er mich.

»Heißt das jetzt etwa auch, dass wir uns nicht mehr küssen?«, fragte ich irgendwann genervt, als ich ihn küssen wollte und er den Kopf zur Seite neigte.

Eiren sah mich ernst an. »Nun ja. Ich hatte mir das so gedacht, dass wir es manchmal tun könnten. Als Belohnung, wenn du einige Zeit nicht gegen die Regeln verstoßen hast. So gewöhnst du dich daran und hast einen Anreiz.«

Einen Regelbruch als Belohnung die Regeln nicht zu brechen?

Manchmal war Eirens Art zu denken seltsam. Aber etwas anderes machte mir mehr Sorgen.

»Ich will dich aber küssen, wann ich es möchte. Wir sind seit vier Jahren zusammen, du bist mein Freund. Ich will dich küssen, weil ich es möchte, und nicht, weil ich etwas gut gemacht habe. Ich bin kein Kind.«

»Aber...«

»Es tut mir leid, ich gebe mir ja Mühe und sehe es ein, aber du bist mein Freund. Es hat dich nie gestört, wenn wir uns küssen.«

»Es stört mich ja auch nicht, ich dachte nur es hilft dir vielleicht.«

»Nein, das tut es nicht.«

Es verunsicherte mich nur, ob das wirklich der richtige Weg war. Das sah Eiren mir auch sofort an.

»In Ordnung. Dann ist das die Ausnahme.«, sagte er sanft und küsste mich. »Aber nicht vor anderen«, stellte er klar.

»Wir haben uns nie vor anderen geküsst. Wenn ich dich küsse, dann weil ich es will. Das geht andere nichts an.«

Er lächelte zaghaft, was ihn unglaublich jung wirken ließ.

»Okay«, grinste er. »Ich hätte mir denken können, dass du das so siehst.«

»Ja. Das hättest du.« Zweifelnd sah ich ihn an. »Ich hoffe nur, wir tun das nicht umsonst.«

Dieser Satz hing mir auch noch am nächsten Tag im Kopf. Ich hatte Zweifel. Starke sogar, aber ich wollte es Eiren zu Liebe versuchen. Und das hieß, mir stand etwas bevor, das mir wahrlich Angstschauer über den Rücken jagte: Ich würde mit Leander reden müssen. Und das gefiel mir überhaupt nicht.

Als ich zum Zitorium kam, fing Eiren mich wieder am Tor ab und begleitete mich von einer Lektion zur nächsten. Ich verstieß nicht einmal gegen die Regeln. Mehr dank ihm, als dank meiner Ausdauer, aber das Ergebnis zählte ja. Irgendwie stolz lächelte er mich an und entließ mich in meine Schwimm-Lektion. Das Schlimmste an alldem war, dass ich noch nicht gesund genug war, um zu schwimmen. Das hieß, ich würde die ganze Zeit neben dem Becken sitzen und zugucken müssen, wie Leander die anderen Mädchen trimmte und motivierte.

Ich kam extra ein bisschen später in die Kabine, als fast alle Mädchen schon in der Halle waren, weil ich auf gar keinen Fall vor der Lektion mit ihm sprechen wollte. Als ich in Zivilkleidung in die Halle kam, kam Leander sofort zu mir.

»Hey Fly. Ich habe gehört, du warst krank«, sagte er und seine Augen lächelten mich so glücklich an, wie es sein Mund nicht verriet, denn wir wurden beobachtet.

»Ja, das ist auch der Grund, wieso ich heute nicht mitmachen kann. Meine Lektionerin sagte mir, ich wäre noch nicht fit genug.«

Eigentlich hatte meine Mutter das gesagt, aber lieber würde ich auf der Stelle sterben, als vor Leander anzufangen, über meine Mutter zu reden wie eine 13-jährige.

»Sicher, kein Problem. Zieh dir die Schuhe aus und setz dich an den Rand. Du wirst begeistert sein, was Valles für Fortschritte gemacht hat.«

»Valles? Wieso sie? Claie ist doch zuletzt mit mir hinten geschwommen.«

»Hast du es nicht mitbekommen?«, fragte er.

Ich schüttelte den Kopf und etwas traurig sah er mir in die Augen.

»Claie wurde vorgestern eingeteilt. Sie wurde umgesiedelt.«

»Oh«, war alles war ich sagen konnte. Ich war nicht bei der Schelte gewesen, weil ich andere nicht anstecken sollte.

Aber es war wirklich erschreckend, wie schnell so etwas gehen konnte. Das hatte ich bei Vae am ganzen Leib zu spüren bekommen. Wir waren zusammen aufgewachsen, waren die besten Freundinnen und plötzlich riss man sie aus meinem Leben. Leuk war es ähnlich gegangen. Ich glaubte sogar, ihm ging es damit noch schlechter als mir.

Leander begleitete mich zum Beckenrand, wo ich mich dazusetzte, und beschäftigte sich dann mit den Mädchen und ihren Schwimmleistungen. Es war wirklich nicht mit anzusehen, wie Mädchen, von denen ich wusste, dass sie gut waren, sich völlig unter Wert verkauften, nur um in seiner Näher zu sein. Bei Frenma wurde mir übel. Sie war hübsch und hatte eine gute Figur - viel besser als meine, wie ich fand - doch sie stellte sich viel blöder an, als sie wirklich war. Das tat sie zwar eigentlich immer, sich verstellen meinte ich, aber wie sie Leander dabei anhimmelte, ohne direkt in seine Augen zu sehen, war schrecklich. Einfach widerlich.

Wieso zur Schelte fuhr mir ein Stechen durch den Bauch? Da war sie wieder: Meine alte Angewohnheit, wegen solchen dummen Sachen zu fluchen.

Ich wandte meinen Blick ab und sah zu dem kleineren Becken, wo Valles inzwischen mit drei anderen Mädchen übte. Leander schaffte es irgendwie ein Mittelmaß zu finden, indem er die Besseren förderte und den Schlechteren oder absichtlich Schlechten half. Ich war begeistert, wie gut er das konnte.

Luith zum Beispiel war sehr schüchtern, und sie war zwar intelligent, aber wirklich unsportlich. Leander half und erklärte ihr alles, was sie wissen wollte, und stellte sich auf sie ein. Sie war jemand, der gut theoretisch lernte und nicht praktisch, also formulierte er Lehrbuchworte, damit sie es besser umsetzen konnte. Hennio war eine sehr sportliche Person, hegte aber keine Sympathie für Wasser. Leander versuchte, ihr das Schwimmen zu erleichtern, indem er versuchte, ihr so wenig wie möglich bewusst zu machen, dass es wirklich Wasser war, in dem sie schwamm.

»Stell dir vor, du schwimmst durch dein Lieblingsgetränk. Was ist dein Lieblingsgetränk?«

»Kirsch-Eistee.«

»Du schwimmst in Kirsch-Eistee. Kannst du die Süße riechen? Um dich herum ist nur der süße Eistee, und nichts anderes. Lass dich fallen, beweg die Beine, so wie ich es dir gezeigt habe. Gut, Hennio. Sehr gut.«

Er war unwahrscheinlich begabt darin, sich auf andere Leute einzulassen und sie zu fördern. Erst spät bemerkte ich, dass er mich ansah. Zu spät erst konnte ich mein fasziniertes Gesicht wieder versteinern.

Er kam zu mir und setzte sich neben mich.

»Du kannst mithelfen, wenn du möchtest. Bei Claie hat das doch wunderbar funktioniert.«

Ich nickte und sagte aber nichts. Ich wollte ihn nicht vor allen duzen, aber ich weigerte mich, ihn wie einen Lektioner zu behandeln. Jemanden, der mich in eine dunkle Nische zog, um mich zu küssen, konnte ich nicht wie einen Lektioner behandeln. Alles in mir sträubte sich dagegen. Es ging einfach nicht.

»Danke«, war alles, was ich sagte.

Irgendwann ging die Lektion zu Ende und mein Magen flatterte. Ich wollte nicht mit ihm reden. Ich wollte nicht, aber ich musste. Eiren hatte das verdient. Ich blieb ein wenig länger in der Halle und ging erst spät in die Kabine. Natürlich kam er.

»Was ist los mit dir, Norin?«, fragte er, als der Klang einer letzten Tür ertönte, die man ins Schloss fallen ließ.

»Ich muss mit dir reden.«

Er grinste nur. »Du zweifelst wieder«, sagte er amüsiert.

»Nicht ganz«, erwiderte ich und rief mir Eiren immer wieder in den Kopf.

Bei dem Anblick von Leanders Augen schmolz ich beinahe und musste mich zwingen an Eiren und sein Sonnenscheinlächeln zu denken. Ich senkte den Kopf und ließ ihn in meine Hände fallen.

»Was bedrückt dich denn?«

Ich lachte laut auf, was ein wenig hysterisch klang.

»Eigentlich alles«, flüsterte ich. Ich spürte seine Hand auf meinem Rücken und sein Bein an meinem, aber ich hatte nicht die Kraft ihn anzufassen.

»Es ist wegen deinem Freund, oder?«, begriff er sofort, als ich mich weigerte ihn anzusehen.

»Auch«, gestand ich. »Und es ist ernst.«

»Sagst du es mir bitte?« Seine Stimme war so sanft. Sofort sehnte ich mich nach seinen starken Schwimmerarmen.

Eiren, Eiren, Eiren!, gebot ich mir.

»Ich habe ihm versprochen, nicht mehr gegen die Regeln zu verstoßen.«

Jetzt zwang er mich doch ihn anzusehen. Fest nahm er mein Kinn zwischen seine Finger und sah mir in die Augen.

»Hast du das so gesagt?«

»Was?«

»Dass du es ihm versprichst?«

Ich dachte darüber nach.

»Nein, aber ich habe ihm gesagt, dass ich es tun werde, also kommt es auf das Gleiche hinaus.«

»Du bist ihm nichts schuldig«, sagte Leander ernst und irgendwie kalt.

»Natürlich bin ich das...«, wehrte ich mich und wollte wieder die Vier-Jahres-Kiste auspacken, doch er unterbrach mich.

»Ein Wortbruch ist nicht so schlimm wie ein gebrochenes Versprechen.«

»Für mich schon. Und ich glaube auch Eiren wird da keinen Unterschied sehen.«

Ich sah ihm fest in die Augen. Ich meinte, was ich sagte. Für mich machte es keinen Unterschied, ob ich ein Versprechen gegeben hatte oder nicht. Ich würde ihn hintergehen. Und das wollte ich nicht noch einmal tun.

»Willst du mich nicht mehr?«, fragte er und wirkte irgendwie gequält.

»Doch, schon«, gestand ich verzweifelt. Und ich hatte wirklich, ernsthaft Bauchkribbeln, als ich das sagte. So wie bei Eiren.

Sonnenscheinlächeln, Sonnenscheinlächeln, *Sonnenscheinlächeln!*, zwang ich mich zu denken.

»Aber ich *kann* nicht«, hauchte ich.

»Natürlich kannst du. Du willst nicht«, sagte er und seine Augen wurden dunkler.

Ich seufzte. »Es gibt Dinge, die ich will, aber nicht tun kann. Und es gibt Dinge, die ich will, und die eine Chance haben, wenn ich ihnen eine gebe.«

»Was meinst du damit?« Noch immer hielt er mein Kinn fest.

»Ich weiß, dass ich das will«, sagte ich und legte meine Hand auf seine, die mein Kinn festhielt.

Ich drückte sie fest und sah ihm in die Augen. Einen Augenblick lang spürte ich meine Trauer. Ich bedauerte es wirklich und ehrlich. Irgendetwas war an Leander, das ich nicht loslassen wollte.

»Aber es hat keine Chance. Das mit uns. Das weißt du.«

Ich spürte eine Träne. Wieso, verdammte Scheiße, war da eine Träne?

»Aber Eiren und ich haben eine Chance, wenn ich sie uns gebe.« Ich holte Luft. »Wenn ich dich in mein Leben lasse, haben wir keine Chance mehr. Und das würde ihn zerstören.«

»Du machst das *ausschließlich* wegen ihm?«, fragte er entsetzt und ließ seine Hand von meiner weggleiten, weg von meinem Gesicht.

»Ich muss. Ich schulde es ihm einfach.«

»Und was schuldest du dir selbst?«

Ich wandte mein Gesicht ab und dachte an Eiren.

»Dass ich es wenigstens versuchen muss. Egoismus hat mich soweit getrieben, dass ich andere verletzt habe. Ich muss versuchen, einen anderen Weg zu finden, ich selbst zu sein.«

»Das ist ja alles schön und gut. Aber so verletzt du ebenfalls andere, Norin.«

Er sprach von sich selbst. Seine Augen waren so gequält, traurig und dunkel, dass ich ihren Anblick kaum ertrug. Noch eine Träne rollte meine Wange herunter und ich konnte kaum Luft holen.

»Was soll ich denn tun?«, fragte ich und meine Stimme zitterte.

»Tu, was du nicht lassen kannst«, sagte er wieder und seine ebenfalls zitternde, enttäuschte Stimme brachte alles in mir zum Einsturz.

Ich küsste ihn. Langsam und schmerzhaft war es. Und salzig. Ich schmeckte meine Tränen – und sie waren bitter. Bitter, wie der Verrat, den ich schon wieder beging. Irgendetwas in mir zerriss. Als er sich von mir lösen wollte, folgte ich ihm noch ein Stück. Eine so starke Sehnsucht ergriff Besitz von mir, dass ich begann, überall zu zittern.

»Wie kann etwas, dass eigentlich so richtig ist, sich so falsch anfühlen?«, fragte ich leise.

Es war für mich so richtig, ihm nahe zu sein. Wie war es möglich, dass das gegen alles verstieß, was andere als richtig empfanden? Er küsste mich noch einmal.

»Es ist deine Entscheidung, Norin. Jetzt bin ich bereit dich zu teilen. Wer weiß, ob ich es auch noch bin, wenn du erst einmal weg bist.«

Seine Worte klangen irgendwie einstudiert. Als hätte er bereits damit gerechnet, dass ich das alles wieder beenden wollte. Und doch klang er unendlich traurig. Als würde es ihm wehtun, das zu sagen. Zitternd holte ich tief Luft und doch war es nicht genug.

»Ich...« Ich konnte nicht reden. Ich wollte ihn nicht verlassen. Ich wollte ihn nicht hergeben und das Risiko eingehen, dass ich ihn verlor. Das

Letzte, das ich wollte, war, dass ich ihn verlor. Irgendetwas gab er mir. Etwas an mir war anders, wenn er da war. Wenn er bei mir war fühlte ich mich gut. Begehrenswert und schön. Er sah keine andere so an wie mich. Er gab mir dieses Gefühl von Sicherheit und doch auch von Risiko. Er war spannend, aber doch verlässlich. Alles, nur nicht unsicher oder gebrechlich. So wie ich mich gerade fühlte, als würde ich mir ein Stück meiner selbst nehmen, konnte diese Entscheidung doch nicht richtig sein, dachte ich verzweifelt.

»Ich weiß nicht... Ich weiß nichts mehr«, gestand ich und fühlte mich sicher neben ihm, aber leer, weil alles so unsicher war ohne ihn. »Ich will ja nur das Richtige tun«, sagte ich und hatte aber das Gefühl, dass etwas vollkommen falsch lief.

»Es fühlt sich nicht richtig an, was du gerade vorhast«, sagte er und sah mir tief in die Augen.

»Nein, das tut es nicht«, gestand ich mit zitternder Stimme. »Ganz und gar nicht.«

Auf einmal fiel alles von mir ab.

»Ich will weder Eiren noch dich verletzen, aber ich kann auch keinen von euch aufgeben. Es ist ein Hin und Her, eine Zerrissenheit, die mich kaputt macht. Das ist nicht richtig... es fühlt sich... es tut weh«, sagte ich hauchend und tatsächlich fühlte ich den gleichen Schmerz in meiner Brust, als würde ich ertrinken... wie in meinen Träumen.

»Ja«, sagte Leander. »Ich bin nicht gerne fern von dir. Es ist komisch.«

Dann ging es also nicht nur mir so.

»Es ist leer«, ergänzte ich.

»Ja«, sagte er. »So waren die letzten zwei Tage. Am ersten kam die Enttäuschung, als du nicht da warst. Am zweiten erst Hoffnung, dass du vielleicht da wärest, und dann wieder Enttäuschung. Ich habe mich selten so sehr gefreut, jemanden zu sehen, wie bei dir heute. Ich hatte kaum mehr damit gerechnet, dass du kommst, weil du so spät warst.«

»Ich hatte Angst mit dir zu reden«, entfloh es mir.

»Warum?«

»Weil ich dich nicht ansehen kann.«

»Aber das tust du doch gerade«, raunte er unglaublich verführerisch und lockte die Worte weiter aus mir heraus.

»Ich kann es nicht richtig, so wie ich es gerne würde, weil ich Angst habe mich zu verlieren.« Ich verstand erst, dass ich gerade die Wahrheit sagte, als die Worte meine Lippen verließen. »Angst, mich in diesen seltsam verlockenden Augen zu verlieren. Und diesem... Gefühl... bei dir zu sein.«

Ich hatte gar nicht bemerkt, wie nah er mir gekommen war. Er küsste mich und sah mir aber erst in die Augen. Voller Zuneigung und Trost. Dann schloss ich meine, weil ich mich einfach dem Genuss ergab.

»Du machst mich wahnsinnig«, raunte er nach dem Kuss in mein Haar und glitt mit seinen Händen zu meinem Rücken. Es klang so, als meinte er es genau so, wie er sagte: verzweifelt und doch gierig, voller Sehnsucht und Verlangen. Er sagte, was ich fühlte. Wie konnte so etwas sein? Wir kannten uns doch kaum.

»Das kenne ich«, flüsterte ich in sein dunkles Haar und konnte nicht widerstehen, mit meinen Fingern hindurchzufahren. Starke, feste, schwarze Haare, die noch ein wenig nass waren und sich unbegreiflich gut in meiner Hand, zwischen meinen Fingern, an meinen Fingerspitzen anfühlten. Dass Haare so hinreißend sein konnten...

Leander gab so etwas wie ein Knurren von sich, nahm mich von der Bank und rammte mich gegen die Wand. Er wusste, dass ich nicht so zerbrechlich war, wie ich aussah. Er nahm mein Gesicht fest in seine Hände und küsste mich mit solcher Hingabe, wie ich es niemals erlebt hatte. Eiren küsste mich gerne, keine Frage, doch die Art wie Leander mich küsste, konnte man nicht so beschreiben. Es war eher so, als wäre es ein Zwang. Ein so starkes Bedürfnis, dass es ihn zerriss. Die Möglichkeit zu widerstehen gab es nicht, denn es war zu gut... So ging es jedenfalls mir. Ich griff in seinen Nacken und seine Haare und hörte, wie mir ein Stöhnen entfloh. Es war unglaublich, er schmeckte so unbeschreiblich, wie ich mich fühlte. Egal, was mein Kopf und mein Verstand mir sagten, meine Gefühle und mein Körper lehnten sich dagegen auf und besiegten alles andere, das gegen Leander sprach. Ich konnte ihn nicht gehen lassen.

Ich hatte Angst gehabt, mit ihm zu sprechen, weil ich gewusst hatte, dass es so endete. Von Beginn an, seit ich Eiren gesagt hatte, ich würde nicht mehr gegen die Regeln verstoßen, hatte ich gewusst, dass es an spätestens diesem Punkt ein Ende haben würde. Irgendetwas zog mich zu Leander und verband mich mit ihm. Ich hatte das Gefühl, er würde mich verstehen, wenn ich mich ihm öffnen würde. Er mochte meine wilde, brecherische Seite. Als hätte er meine Gedanken gelesen, sagte er es.

»Oh, Kätzchen«, murmelte er lustvoll, aber irgendwie schwang viel mehr darin, als nur Lust. Er küsste mich noch einmal und löste sich dann von mir. »So leid es mir tut, diese nette Unterhaltung zu unterbrechen, aber wir sollten...«

Ich verstand, was er meinte. »Ja, na klar. Fällt sonst wahrscheinlich auf«, sagte ich und lachte peinlich. *Was?* Ich lachte niemals peinlich.

Irgendwie tollpatschig lösten wir uns voneinander und lachten, als wir uns noch einmal ansahen. Doch nach kurzer Zeit wurde er wieder ernst und sah mich an.

»Also? Wieder alles gut?«, fragte er ein wenig erleichtert.

»Ich würde es schlimmer denn je nennen, aber das sind bloß Details.«

Er lächelte ein zauberhaftes Lächeln mit glänzenden, geheimnisvollen Augen und zog mich noch einmal an sich.

»Du fehlst mir schon jetzt«, sagte er.

Ich lachte laut auf und stieß mich sanft ab.

»Wenn du so anfängst, lassen wir das vielleicht doch lieber. Bevor ich schon wieder gegen Heiratsanträge kämpfen muss.«

Meine Absicht war eigentlich gewesen, dieses ernste – und wenn wir mal ganz ehrlich sind – ein bisschen gruselige Thema ins Lächerliche zu ziehen. Das ging jedoch voll daneben.

»Bevor du *schon wieder* gegen Heiratsanträge kämpfen musst?«, zitierte er mich. »Er macht dir Anträge?«

»Ja, schon seit Jahren«, winkte ich ab. »Aber ich sage immer nein. Ich weiß nicht, ob ich heiraten will.«

Wie schnell sich Meinungen doch ändern können. Vor einigen Stunden hatte ich es noch ernsthaft in Erwägung gezogen. Jetzt zweifelte ich schon wieder beachtlich daran, das jemals zu tun.

Ich war wirklich ein ganz toller Mensch, dachte ich ärgerlich. Launisch, immer am Zweifeln und im Kampf gegen den Egoismus gnadenlos unterlegen.

»Glaubst du nicht, sie verheiraten dich irgendwann einfach?«, fragte Leander.

»Das war ja die ursprünglich geplante Vorsorge dafür«, sagte ich und gestikulierte mir der Hand, um zu verdeutlichen, wie der Plan gescheitert war. »Eiren war der Ansicht, wenn ich nicht so auffallen würde, würden sie mich mit etwas niedrigerer Wahrscheinlichkeit versetzen oder niedriger einordnen.«

»Und sie hätten euch vielleicht heiraten lassen«, schloss er den Gedankengang.

»Das sind vielleicht Eirens Gründe, nicht meine.«

Wieder eine solche Situation, in der ich erst merkte, dass es die Wahrheit war, als ich es sagte. Meine Ansichten hatten sich nur wegen ein paar Worten nicht geändert. Das würden sie wahrscheinlich auch niemals.

»Wieso willst du nicht heiraten?«

Das war ein guter Moment, um auf die Uhr zu verweisen.

»Können wir darüber ein anderes Mal reden, ich muss nach Hause, sonst fällt es wirklich auf«, behauptete ich.

Er grinste. Er wusste, dass ich das nur sagte, weil ich nicht darüber reden wollte.

»Wir könnten uns auch anderen Dingen widmen«, sagte er verführerisch und nahm meine Hand.

Lächelnd und kopfschüttelnd zog ich sie fort.

»Da wirst du dich wohl ein wenig in Geduld üben müssen«, grinste ich und verließ die Kabine, ohne den Blickkontakt zu unterbrechen.

Der Schelte sei Dank, drehte ich mich doch irgendwann um, und zwar gerade rechtzeitig, um Eiren noch zu sehen und eine Maske aufzusetzen.

»Hey, Nor«, sagte er und kam zu mir. »Wo warst du denn so lange?«, fragte er. »Ich habe mir Sorgen gemacht und dachte ich schaue mal, wo du geblieben bist.«

In den Armen eines Anderen bin ich geblieben, dachte ich schuldbewusst, ließ es mir aber nicht anmerken. Glücklicherweise war ich Lügen ja gewohnt. Sofort schämte ich mich für diesen Gedanken. Es war kein wirkliches Glück, seinen Freund anlügen zu können. Es war schrecklich.

»Mein Lektioner wollte mit mir sprechen, weil ich heute nicht mitmachen konnte. Wir haben überlegt, ob ich morgen wieder dabei sein kann, oder ob es nicht sinnvoller wäre, wenn ich heim gehen würde und mich noch ein wenig auskurieren könnte.«

»Und?«, fragte Eiren.

»Und wir haben beschlossen, dass ich morgen bestimmt wieder fit genug bin. Ich fühle mich auch viel besser«, sagte ich.

Wenigstens etwas, bei dem ich nicht lügen musste. Wobei die Gründe dafür wieder das schlechte Gewissen fütterten.

»So lange habt ihr nur darüber geredet?«

Verdammt, dass Eiren nicht blöd war. Natürlich ahnte er etwas. Oder?

»Nein, natürlich nicht«, sagte ich, als sei das ganz selbstverständlich. »Er hat mir erzählt, dass meine Schwimmpartnerin Claie umgesiedelt wurde. Du kennst sie doch, oder?«

»Ja, sicher. Ich habe auch schon gehört, dass sie fort ist. Aber ich wusste nicht, dass ihr Schwimmpartner wart.«

»Ich habe versucht, ihr ein bisschen zu helfen, aber ich konnte ja nicht zu viel machen, sonst wäre es ja aufgefallen«, lächelte ich ihn beruhigend an.

Natürlich war das alles vollkommen gelogen. Ich hatte es maßlos übertrieben und Eiren sogar wortwörtlich wiedergegeben, als ich Claie geholfen hatte. Aber Eiren würde das nur nervös machen. Claie war fort. Und Leander würde nichts verraten.

»Zu schade, dass sie es wahrscheinlich niemals richtig lernen wird.

Leander, unser Lektioner meinte auch, es sei sehr schade darum, denn sie war sehr gut.«

»Und was sagt er zu dir?«

»Ich habe mich erst ein wenig zurückgehalten, aber irgendwann hat er gesehen, dass ich mehr kann. Auch das sagte er heute wieder, dass ich mich nicht zurückhalten müsste, nur weil die anderen nicht so schnell lernen wie ich.«

»Wieder? Er sagte das wieder?«, fragte Eiren.

Nun ja, eines musste man mir lassen: Ich hatte mir wirklich keinen dummen Freund gesucht.

»Ja, er hat mich schon einmal nach der Lektion deswegen angesprochen. Wieso interessiert dich das denn alles so sehr?«, fragte ich unschuldig.

»Weil du heute offensichtlich nicht schwimmen warst, weil deine Haare trocken sind. Da frage ich mich, wieso er dich heute deswegen angesprochen hat.«

Man, er war wirklich clever, dachte ich verblüfft. Aber ich war besser im Lügen. Kein Grund stolz zu sein, das wusste ich, aber es rettete mich nun einmal.

»Er hat mich heute gebeten den anderen Mädchen Tipps zu geben, wenn ich sehe, was sie falsch machen, damit ich mich nicht so langweile. Ich habe aber nichts gesagt, und deshalb meinte er, ich müsste mich nicht so zurückhalten. Zufrieden? Soll ich dir vielleicht noch erklären, welche Fehler ich bei wem entdeckt und für mich behalten habe? Soll ich dir den genauen Wortlaut wiedergeben oder es das nächste Mal mitschreiben?«

Ich übertrieb maßlos, aber ich wollte nicht, dass Eiren Verdacht schöpfte. Und er würde mich nur mit diesem Thema in Ruhe lassen, wenn ich ihm klar machte, mich nicht damit zu nerven. Und das ging nicht anders.

»Ist ja schon gut. Tut mir leid. Ich hab mir eben Sorgen gemacht. Nichts weiter. Entschuldige, ich weiß nicht, was gerade mit mir los war.«

Er küsste mich auf die Stirn und in diesem Moment ging eine Flügeltür auf. Leander kam heraus.

»Ah«, sagte er und tat überrascht.

Ich sah ihm sofort an, dass er gelauscht hatte.

»Hallo«, sagte er an Eiren gewandt, sah mich an, lächelte und sagte: »Und Tschüss.«

Ich zog einen Mundwinkel hoch, als wäre er mein bester Kumpel und winkte. »Tschüss. Bis Morgen.«

Er wollte gerade aus der Tür heraus, als er sich noch einmal umdrehte. »Ach! Und Fly...«, rief er.

Ich drehte mich zu ihm. »Ja?«

»Denk an das, was ich dir gesagt habe. Das mit der Geduld, meine ich. Weißt du, was ich meine?«

Ich verkniff mir ein Lachen und auch ein Lächeln. Blödmann, dachte ich. Ich hatte zu *ihm* gesagt, er müsste sich in Geduld üben, bis wir uns wiedersehen und uns anderen Dingen widmen konnten.

»Sicher«, sagte ich spitz. »Nicht in den Wahnsinn treiben lassen und immer geduldig sein. Schon klar.«

Er zwinkerte und ließ die Tür hinter sich zufallen.

»Wie alt ist er?«, fragte Eiren.

»Einundzwanzig«, sagte ich zu schnell. »Schätze ich«, hängte ich hinten dran. »Er meinte eigentlich wir sollen ihn duzen und Leander nennen, weil er ja nicht sehr viel älter wäre als wir. Aber bei einem Lektioner ist das so seltsam, finde ich«, log ich wie gedruckt. Ich unterstützte die Lüge, um glaubhaft zu wirken, mit einer Frage: »Findest du nicht auch? Lektionere duzt man doch nicht, oder? Egal wie alt sie sind.«

Er ignorierte mich.

»Eiren?«

»Ja«, sagte er kurz angebunden. »Sicher.«

»Was ist los?«, fragte ich und war tatsächlich irritiert, als er Leander hinterher starrte.

»Nichts. Komm, ich bringe dich heim«, sagte er teils sanft, teilweise wirkte er aber auch irgendwie verärgert.

Von Briefen und Lügen

»Eine Runde Schaumbier für alle, bitte«, sagte Leuk zu der alten Frau, die uns wie üblich bediente, wenn wir in der Taverne waren.

»Gibt es einen Grund zum Feiern?«, fragte ich, als ich mich zu ihm, Grin, Shin und Vemorha, Crye und Nennié setzte.

Eiren hatte gesagt, er müsste seinem Vater bei etwas helfen, deshalb war ich alleine zur Taverne gelaufen.

»Ja, Vae hat ihm geschrieben«, erklärte Shin freudig.

»Wirklich?«, fragte ich erstaunt. »Was hat sie geschrieben?«

»Das ist unwichtig«, sagte er. »Tatsache ist: Sie hat an mich gedacht.«

Er wirkte lange nicht so überzeugt, wie er tat. Sofort verstand ich, dass etwas nicht stimmte. Er tat bloß nach außen hin, als gäbe es einen Grund zum Feiern. Weil man das eben so tat, wenn man einen Brief von seiner Ex-Freundin bekam...

»Er hat erzählt, dass sie dort glücklich ist, und ein paar neue Freunde gefunden hat. Wir würden uns bestimmt mit ihnen verstehen, hat sie geschrieben«, lächelte Nennié.

Ich mochte sie, aber sie war in meinen Augen immer eine Spur zu glücklich und sie war die Naivität in Person. Nennié und Crye waren Geschwister und verstanden sich außerordentlich gut. Aber Nennié war ein wenig seltsam, weshalb sie immer etwas mit uns unternahm, die doch eigentlich Cryes Freunde waren.

Mit Crye hingegen verstand ich mich viel besser. Er hatte einen guten Humor, wenn er auch manchmal etwas makaber und nicht immer regeltreu war. Vielleicht machte ihn mir das sogar noch sympathischer.

»Sie hatte Angst, dass Vae unglücklich sein könnte«, erklärte Crye in die Runde. »Dieses Mädchen hat vielleicht Fantasien«, spottete er augenverdrehend.

Sofort lief Nennié rot an und Vemorha lachte. Mir fiel auf, wie wenig ich eigentlich auf meine Freunde achtete, wenn Eiren dabei war.

Vermorha hatte olivfarbene Haut und war wirklich hübsch. Ihre Nase war ein wenig zu breit, aber das störte das Gesamtbild nicht. Ihre schwarzen, krausen Haare umrahmten ihr Gesicht wie einen Kranz. Es konnte noch nicht sehr lange her gewesen sein, dass man ihr die Haare geschnitten hatte.

Crye und Nennié sahen sich nicht wirklich ähnlich, auch wenn man erahnen konnte, dass sie Geschwister waren. Crye war stämmig und beliebt, hatte nussbraunes Haar und sein Gesicht war ein wenig dicklich. Nennié hingegen machte mir mit ihrer zierlichen Figur wahrlich Konkurrenz. Sie war noch ein Stück kleiner als ich und viel dünner. Ihre Handgelenke waren dünn wie die Stangen in Waschräumen, wo man seine Tücher aufhängen konnte, und ihr Gesicht war nicht weniger schmal. Augen, Mund und Nase wirkten irgendwie hineingequetscht, als wäre in dem schmalen Gesicht nicht genug Platz gewesen.

Grin sah Leuk beinahe die ganze Zeit an, fiel mir auf. Ich musterte den blonden Grin, den man eher für Leuks Bruder gehalten hätte, als Crye für Nenniés. Und jetzt, wo ich die Zeit einmal hatte, bemerkte ich die Art, wie Grin Leuk ansah. Und das war wirklich seltsam. Es erinnerte mich ein wenig daran, wie Eiren mich ansah; und da begriff ich. Die beiden waren von Kindheitsbeinen an Freunde gewesen und Grin hatte Vae nie wirklich leiden können. Jetzt erschloss sich mir, wieso nicht: Er mochte Leuk mehr, als er ihn mögen sollte.

In Nonnum mochte man als Mann keine anderen Männer. Und Frauen mochten keine Frauen. Die Prio-Regeln bauten zum Teil auf der Schrift auf, die die Fürchtigen uns lehrten. *Kultiviert die Erde,* hieß es, und das bedeutete Schöpfung: Mann und Frau übten den Akt aus, für den die Körper in Gegensätzen geschaffen worden waren; daraus entstand auch das sechste Gebot, das besagte, dass der Geschlechtsakt lediglich zum Kinderzeugen auszuführen war. Wenn ein Mann einen Mann liebte, brach er das Wort des *Er*, des Allmächtigen.

Nicht nur, dass wir den Himmel nicht verdient hatten, eigentlich hatten wir das Leben auch nicht verdient.

Eiren würde sich winden, wenn er meine Gedanken hören könnte.

Aber Grin tat mir leid. Ob Leuk sich dessen bewusst war, dass Grin ihn mochte, wusste ich nicht. Aber die völlige Unmöglichkeit, die aus Grins Augen sprach, verletzte sogar mich. Er hatte nie eine Freundin gehabt oder war überhaupt mit einem Mädchen ausgegangen. Ich dachte an Zaya, der er immer hinterher lief, und fragte mich, ob sie entweder eine Freundin war, die sein Geheimnis kannte, oder ob sie Tarnung war. Ich stellte mir vor, wie es sein musste, jemanden zu lieben, der sogar noch unerreichbarer war als der Himmel selbst. Das hatte Grin nicht verdient. Er war ein anständiger, intelligenter Kerl. Irgendwie zahm und ruhig. Ich hatte ihn immer genauso gerne gemocht wie Leuk, auch wenn ich mit diesem durch Vae mehr unternommen hatte. Ich fragte mich, was wohl schlimmer für Grin war: Zu sehen, wie Leuk mit Vae zusammen war, oder zu erleben, wie er litt, weil sie fort war.

»Norin«, hörte ich Leuks Stimme von der Seite.

»Ja«, antwortete ich automatisch.

»Kann ich mal mit dir reden?«, fragte er.

Ich sah ihm in die Augen und begriff sofort, dass es um Vae ging, denn sie sprachen eine viel traurigere Sprache als sein weiches Lächeln. Leuk sah mindestens so gut aus wie Eiren, war aber mit seinen blonden Haaren nicht mein Typ. Ich mochte eigentlich lieber dunkle Haare. Und größere Männer. Leuk war nicht klein, aber für mich zu klein. Er war genauso groß wie Vae, was ihr unwahrscheinlich gut gefallen hatte. Sie hatte gerne jemanden um sich, der ihr gewachsen war.

Das war auch der Grund gewesen, wieso wir uns so gut verstanden hatten. Vae und ich dachten in denselben Augenblicken dieselben Sachen. Das waren meist die weniger netten Sachen oder die verbotenen, aber wir waren immer der gleichen Meinung. Niemals hatten wir uns gestritten.

Leuk zog mich an meinem Ärmel und ich folgte ihm. Er zog mich in Richtung des Flures, wo es zu den Toiletten ging, und führte mich in denselben Raum, in dem ich mit Eiren gewesen war, als der alte Less hineingeplatzt war. Sofort fühlte ich mich unwohl.

»Was gibt es?«, fragte ich ernst.

»Dieser Brief ist nicht von Vae«, erklärte er und hielt mir einen Zettel hin.

Er hatte den Brief abgeschrieben. Einen Augenblick sah ich ihn ernst an. Dass das verboten war, schien ihn nicht zu kümmern. Ich las den Brief:

Lieber Leuk,

es tut mir leid, das ich mich erst so spät meldee, aber hier gab es so viel neues zu entdecken, damit war ich eine weile beschäftigt.

In meiner neuen Heimat ist es sehr schön. Alles ist ser neu für mich und die häuser sind moderrner, als in eurem Areal.

Insgesamt gefällt es mir wirklich gut hier. Ich habe neue freunde gefunden, mit denen ihr euch sicher allle richtiggut verstehen würdet.

Mein beruf macht mit Spaß und ich hoffe bald mehr über mein neues Leben zu erfahren. In welchem haus ich wohnen werde und welchen mannn ihc heiraten werde.

Bis dahin, wünsche ih dir alles gute.
Ich melde mich wieder bei dir.

Alles Liebe
Vae

Leuk hatte es mit einem Schreibgerät abgetippt. Die Rechtschreibfehler verrieten mir, dass ihn dieser Brief wirklich sehr mitnahm. Und dass er vermutlich nur wenig Zeit gehabt hatte. Er zitterte und sah mich verbissen an.

»Der ist nicht von ihr, da hast du recht«, bestätigte ich seine Vermutung.

»Sie hätte niemals etwas von Heiraten geschrieben. Oder dass dies hier unser Areal ist. Oder wie modern dort alles ist. Und am allerwenigsten hätte sie geschrieben: Alles Liebe.«

Seine Augen wurden feucht.

»Sie schreibt immer: *In Liebe*. Egal an wen. Ob an ihre Schwester oder ihren Großvater. Niemals hätte sie das so geschrieben. Der Inhalt mag ja Schwachsinn sein, man weiß niemals, wer ihn kontrolliert, aber drei dieser Dinge sind vollkommen unmöglich, das weißt du Norin!«

Ich widersprach ihm nicht. Vae hätte Leuk nichts von Heirat geschrieben, weil sie wusste, dass es ihm das Herz zerriss, daran zu denken, dass ein Anderer sie im Arm hielt. Der Abschied der beiden hatte allen Umstehenden klar gemacht, dass sie sich aufrichtig und innig liebten. Und Vae war niemand, der sich selbst betrog. Und schon gar nicht würde sie Leuk betrügen.

Dass sie Modernes hasste, wussten wir beide, aber zur Tarnung hätte sie es vielleicht schreiben können. Oder vielleicht um deutlich zu machen, dass sie es schrecklich fand, weil sie wusste, dass wir sie so gut kannten.

Aber der entscheidende Beweis war die Abschiedsformel. Leuk hatte recht. Vae schrieb immer: *In Liebe*. Weil das für sie eine Art war, auszudrücken, dass sie an den Adressaten dachte, und ihn nicht vergessen hatte. Und niemals vergessen würde, ihn zu lieben.

So war sie. Es fiel ihr schwer zu sagen, dass sie jemanden mochte, deshalb sagte sie es so. Das hatte sie von ihrer Großmutter. Vaes Großmutter war immer streng gewesen, aber sie hatte stets Briefe geschickt, an alle ihre Enkel. Auch an Vaes großen Bruder und an Shin.

Jedes Mal hatte Vae sich so über das *In Liebe*, gefreut, dass sie es übernahm. Und selbst wenn sie Leuk nicht mehr lieben sollte, würde sie es trotzdem schreiben, das wusste ich. Ich kannte sie. Das hätte sie allein aus dem Grund getan, um ihm zu zeigen, dass sie ihn nicht vergessen würde.

Grimmig sah Leuk mich an.

»Irgendetwas läuft da vollkommen schief«, stellte er flüsternd fest.

Ich nickte.

»Wenn sie diesen Brief nicht geschrieben hat, wer dann?«

»Ich habe da eine ziemlich genaue Vorstellung. Ich frage mich nur, wieso man einen so offensichtlichen Fehler begeht? Unsere Briefe werden fast immer überprüft, schon klar. Eigentlich sollten sie wissen, dass Vae das nie so schreiben würde. Das war Absicht«, sagte Leuk düster.

Ein Schauer überlief mich, eiskalt und irgendwie erbarmungslos. Als wolle er mich zum Zusammenbrechen bringen. Ich wusste, wen er meinte. Und ich wusste tief in mir drinnen, dass es stimmte, was er sagte. Einen solch offensichtlichen Fehler begingen sie nicht. Die Fürchtigen wollten, dass wir wussten, dass dieser Brief nicht von Vae stammte.

»Aber wieso sollte das jemand tun?«, fragte ich betont leise und sprach keine Namen aus.

»Sie wollen etwas verheimlichen. Entweder sie ist nicht dort, wo sie uns glauben machen wollen, dass sie es ist, oder sie ist tot.«

»Was?«, hauchte ich. »Nein.«

»Ich wüsste keine anderen Gründe«, sagte er mit fester Stimme.

Er wirkte entschlossen. Wieso wirkte er so entschlo...?

Dann begriff ich: »Nein, Leuk! Du kannst sie nicht suchen gehen! Du wirst sie nie finden! Mal davon abgesehen, wie willst du denn aus dem Areal herauskommen?«

»Ich finde einen Weg. Verstehst du das nicht, Norin? Ich muss zu ihr! Ich muss einfach. Ich werde sie finden, egal was es mich kostet.«

»Aber was wäre, wenn alles umsonst ist? *Er sei ihr gnädig*, aber was ist denn, wenn sie wirklich...?« Ich konnte den Satz nicht beenden. Es war, als würde ich damit ihr Leben beenden.

»Dann habe ich meinem Leben wenigstens die Chance gegeben, es herauszufinden. Aber ich kann nicht hier bleiben und unwissend sein. Ich liebe sie, Norin. Das weißt du. Sie würde dasselbe für mich tun, wenn ich es wäre.«

Ich würde wieder zu dir zurückkommen, hatte Eiren zu mir gesagt und sofort verstand ich, was er gemeint hatte, weil ich nun verstand, was Leuk meinte. Ich sah Eirens Gesicht vor mir, wie er überglücklich lächelte, als ich ihm gesagt hatte, ich würde aufhören, die Regeln zu brechen. Die Vorstellung mit mir zusammenbleiben zu können, war für ihn das

Schönste. So wie es für mich schön war, mit ihm zu lachen und seinen vertrauten Geruch einzuatmen, wenn er mich in den Arm nahm. Und auch Leander half mir, es zu verstehen. Der Gedanke, nie wieder so mit ihm zu reden, ihn zu küssen oder in seine bezaubernden Augen zu sehen, war unerträglich gewesen.

Eine Leere und ein Schmerz, die für niemanden, der eine Wahl hatte, ein Weg wären, den man gehen wollte. Leuk liebte Vae und wollte nicht ohne sie sein. So wie ich nicht ohne Eiren oder Leander sein wollte.

»Wenn du Hilfe brauchst...«

»Nein, danke. Ich mache das alleine. Es ist zu gefährlich.«

Einen Moment schwiegen wir.

»Wenn ich könnte, würde ich...«

»Ich weiß, dass du mitkommen würdest. Du liebst sie, ähnlich wie ich. Aber du hast mehr zu verlieren.«

Ich nickte. Mir versperrte ein Kloß den Hals, sodass ich nicht sprechen konnte. Traurig sah ich Leuk an, wie er mit geradem Rücken und entschlossenem Blick da stand.

»Ich wollte mich verabschieden«, sagte er leise. Wieder nickte ich, ohne zu reden. »Ich wünsche dir alles Gute, Nor. Und pass auf dich und Eiren auf, das alte Weichei«, lachte er leise.

»Ja, ich habe ein Auge auf ihn«, würgte ich hervor, während mein Blick wässrig wurde.

»Er liebt dich wirklich, weißt du.«

»Ja«, übergab ich mich fast. »Ich liebe ihn auch.«

»Würdest du das für ihn auch tun?«, fragte er.

»Natürlich«, sagte ich sofort. »Aber ich könnte es nicht alleine«, räumte ich ein.

»Das glaube ich nicht. Ich denke, du kannst alles schaffen, wenn du es nur genug willst.«

Darauf gab ich keine Antwort. Ich ging zu ihm und nahm ihn einfach in den Arm. Sein Geruch erinnerte mich an Vae und meine Augen brannten immer mehr.

»Wenn du sie findest, sag ihr, ich denke an sie. Jeden Tag.«
»Das tue ich.«
Ob er damit meinte, dass er sie finden würde, oder ihr das ausrichten würde, wusste ich nicht.
»Viel Glück«, sagte ich und drückte ihn noch einmal. »Wann willst du los?«, fragte ich.
»Heute Nacht.«
Mein Atem stockte.
»Schon?«
»Wie gesagt, ich habe nichts zu verlieren. Außer Zeit.«
Und Vae. Genau das Gleiche hätte sie jetzt auch gedacht. Und vielleicht hätte sie es auch laut gesagt. Ach, ich vermisste sie so sehr.

Leuk begleitete mich ein ganzes Stück. Er wohnte einige Straßen von mir entfernt, brachte mich aber nicht nach Hause. Es gab auch keinen Grund. Angst um seine Sicherheit musste man in Nonnum nicht haben. In unseren Rängen gab es keine Brecher, die anderen Menschen etwas antaten. Hier wurde höchstens einmal eine Traube vom Obststand geklaut, ohne dass der Verkäufer hinsah. Nonnum war friedlich, hier brauchte man keine Angst haben, weshalb wir auch lange Ausgehzeiten hatten.

Ich hatte noch beinahe zwei Stunden Zeit, bis ich nach Hause musste, aber Leuk und sein Plan hatten mich ein wenig mitgenommen. Ich wollte eigentlich nur meine Ruhe. Es wurde mir nicht vergönnt.

Plötzlich riss etwas an meinem Arm und zog mich ein eine Nische. Es war Leander. Und es war die gleiche Nische, wie beim letzten Mal.

»Du hast einfach den Verstand verloren«, stellte ich verärgert fest und rieb meinen Arm, wo er mich gepackt hatte. »Wenn das jemand gesehen hat...«

Er ließ mich nicht ausreden. Er küsste mich und sofort bekam mein Magen Flügel. Genussvoll stöhnte ich, schlang meine Arme um ihn. Er roch so frisch und klar. Und wieder war da dieser Geruch, dieses Etwas... ebenso wenig zu bestimmen wie die Farbe seiner Augen, aber ich schmolz dahin.

Er löste sich und keuchte. »Entschuldige, aber mehr Geduld konnte ich nicht aufbringen.«

Ich lachte auf und er ließ mich wieder herunter. Dass er mich hochgehoben hatte, hatte ich gar nicht bemerkt.

»Für einen Lektioner ist das aber erstaunlich wenig Geduld«, neckte ich ihn.

»Nach der Lektion bin ich nicht mehr Lektioner, sondern Mann. Und die haben bekanntermaßen nicht viel Geduld.«

»Naja, ich finde bei Frauen habt ihr viel Geduld.«

»Wie meinst du das?«

Ich meinte das sechste Gebot, aber das konnte ich ihm ja nicht sagen.

»Nichts, ist schon gut.«

Er ging ein Stück zurück.

»Du kannst mit mir reden, das weißt du doch.«

Ich versuchte, es vorsichtig auszudrücken. »Über manche Dinge rede ich lieber gar nicht.«

Er hob eine Braue, zuckte mit den Schultern und kam wieder zu mir. Er legte eine Hand um meine Taille und zog mich an sich.

»In manchen Situationen rede ich auch nicht so gerne, weißt du«, raunte er dunkel in mein Ohr.

»Oh«, tat ich überrascht. »Ach ja? Und die wären?«

»Mit einem so bezaubernden Wesen in einer dunklen Nische zu sein.«

»Schade, dass das nicht so oft vorkommt, nicht wahr?«

Sein Lachen klang so dunkel, wie seine Haare waren.

»Fällt dir etwas anderes sein, das wir tun könnten, außer zu reden, kleine Katze?«

Ich mochte es sehr, wenn er mich so nannte. Meine Finger fanden seine Haare und ich zog ihn zu meinem Gesicht.

»Beißen Katzen?«, fragte ich leise.

»Eigentlich eher selten.«

»Dann bin ich ja vielleicht doch keine«, flüsterte ich und biss leicht in sein Ohr, so wie er es bei mir getan hatte, als er mich das letzte Mal in diese Nische gezogen hatte.

Ein kehliges Geräusch trat zwischen seinen Lippen hervor und er hob mich auf seine Hüften und stützte sich mit einem Arm an die Wand hinter mir. Wahnsinnig dunkel sahen seine Augen mich an.

»Du bist überwältigend. Wie eine Welle, von der man mitgerissen wird, und sich nicht aus ihr befreien will, weil sie so schön erfrischend ist.«

Die Wassermetaphorik sagte mir nicht zu, aufgrund dieser gruseligen Träume, aber gerade war ich anderweitig beschäftigt, als meine Gedanken für Lyrik zu verschwenden.

»Du als Schwimmer musst es ja wissen«, wisperte ich in sein Ohr und biss wieder sanft hinein.

Schnell drehte er seinen Kopf, sodass ich kurz in seine Lippe biss, bevor er mich küsste. Nach einiger Zeit wurde sein Atem immer heftiger und sein Herzschlag immer schneller. Ich war so eng an ihm, dass ich sein Herz an meinem spüren konnte. Wir küssten uns leidenschaftlich und wild, aber es schien nicht zu genügen. Irgendwie machte es das Verlangen nicht besser, es machte es viel schlimmer. Desto fester er mich küsste, desto mehr er leise aufstöhnte, desto öfter ich seine Hände spürte, desto gigantischer wurde meine Lust gegen alles zu verstoßen – nur für einen Moment ohne dieses Verlangen, dass mich sicher nie wieder loslassen würde.

Plötzlich hörte ich etwas. Als ob ein Schuh an einem erhobenen Stein an einer Straße hängen blieb. Ein Stottern, ein Scharben und dann war es weg.

»Moment«, sagte ich, so leise ich konnte, zu Leander und löste mich von ihm, sodass ich ihn ansehen konnte. Er ließ mich herunter und ich streckte den Kopf halb aus der Nische.

Ich konnte nichts sehen. Dort war niemand. Doch nur weil ich nichts sah, hieß das nicht, dass dort nichts war.

»Was ist?«

»Ich glaube da war oder ist jemand. Ich habe eben etwas gehört. Du etwa nicht?«

»Außer dem Blut in meinen Ohren? Nein, tut mir leid.«

Er grinste. Ich fand es nicht ganz so lustig. Wenn man bedachte, dass wir alles riskierten und es dann auch noch in der Öffentlichkeit taten, wurde mir mulmig zumute.

»Wir müssen das anders machen. Einen anderen Ort finden – einen, wo es sicherer ist, als hier mitten auf der Gasse.«

»Mein Haus.«

»Witzbold«, spottete ich.

»Nein, ich meine es ernst. Es steht mitten im Wald. Ich wohne alleine, nie kommt mich jemand besuchen, wenn ich nicht einlade. Und wenn, dann kann man schnell verschwinden. In diesem dichten Wald würde man eine Person nie finden.«

»Wie kommt es, dass du ein Haus mitten im Wald hast? Die Natur ist heilig und so weiter?«, fragte ich irgendwie neidisch. Ich mochte den Wald und wollte auch gerne dort wohnen.

»Das erzähle ich dir dann«, sagte er.

Doch ich dachte an die polierten Metallwände im Büro meiner Lektionerin und wunderte mich nicht mehr.

»Mh«, machte ich nur, noch immer ein wenig missgünstig.

»Komm schon, Norin. Es wird dir gefallen.«

Ich zögerte eine Weile, bis ich schließlich zustimmte.

»In Ordnung. Und wie komme ich da unbemerkt hin?«, fragte ich.

»Du machst einen Spaziergang im Wald. Was soll daran auffällig sein?«

»Okay. Und wo?«

»Kennst du die alte Ruine? Im Osten? Dort in der Nähe ist auch die Taverne.«

Und der See.

»Ja natürlich.«

»Hinter der Ruine ist ein kleiner Wald. Geh einfach hinein. Wenn du an

der alten Mine vorbeikommst, bist du noch nicht weit genug, wenn du auf einer Lichtung stehst, bist du zu weit.«
»Wirklich?«, fragte ich ungläubig. »Das ist deine Wegbeschreibung? Geh hinein und sieh zu, dass du es irgendwie findest?«
»Du bist ein schlaues Mädchen. Du wirst es finden«, neckte er mich und kam wieder zu mir.
»So so«, neckte ich ihn zurück, indem ich es genauso sagte, wie er es immer tat.
Er lachte und küsste mich ein letztes Mal, bevor wir uns verabschiedeten.

Als ich in dieser Nacht schlafen gehen wollte, graute es mir davor. Ich hatte solche Angst, dass ich ewig lange wach in meinem Bett lag und nachdachte. Über mein Leben und wie das alles so kompliziert hatte werden können.

Ich hatte zwei Freunde, inzwischen mindestens sechs Einträge, verstieß am laufenden Band gegen alle möglichen Regeln, obwohl ich einem meiner Freunde das Gegenteil versprochen hatte, während der andere Freund mich dazu reizte, gegen noch mehr Regeln zu verstoßen. Irgendwo dazwischen stand ich selbst und wusste gar nicht mehr, was ich wollte. Natürlich wollte ich Eiren treu sein und ihm geben, was er verdiente. Ich hatte keine Sekunde daran geglaubt, es zu können, aber ich hatte es gewollt. Sehr sogar. Ich hatte diese Sache so regeln wollen, dass ich da raus kam, ohne jemanden verletzen zu müssen. Aber noch viel mehr wollte ich Leander. Und jetzt verletzte ich alle. Wie ich das alles mal wieder hinbekommen hatte, war eine beachtliche Leistung.

Aber diese Probleme reichten mir nicht, ich kämpfte noch mit Alpträumen, in denen ich starb, was ein alter Mann vorhergesehen hatte, der mich Blümchen nannte und der mir versichert hatte, dass es eine Warnung vor irgendetwas wäre. Ich wusste weder vor was, noch was ich mit dieser Information anfangen sollte. Und was machte ich dann, wenn der dritte Traum wirklich kam? Er war ein Warnung, aber wovor? Vor meiner Einteilung? Dass Leander und ich auffliegen würden? Dass man mich beim Brechen einer ganz besonders schlimmen Regel erwischen würde, die ausnahmsweise nichts mit dem anderen Geschlecht zu tun hatte?

Als wäre das nicht genug, suchte der Freund meiner besten Freundin jetzt nach ihr, weil mit ihr offensichtlich etwas nicht stimmte, weil die Leute, die in der Lage dazu waren, einen Brief von ihr so auffällig gefälscht hatten, dass man davon ausgehen musste, dass sie wollten, dass wir bemerkten, dass er gefälscht worden war. Und ich war die einzige Mitwisserin.

Ich selbst zog meinen Hut vor diesen gigantischen Problemen, in die ich da hineingeraten war. Gab es so etwas in unserer Zeit noch? In der Zeit des Bezahlens und der Buße? Dass man selbst so viele Probleme hatte und so viele Gebote brach, dass man alles eher schlimmer als besser machte? Nun ja. Offensichtlich schon. Vielleicht betete ich ein wenig, dass ich nicht die Einzige war, die sich in solche Dinge hineingeritten hatte. Aber wie groß war die Wahrscheinlichkeit schon, dass es noch ein paar von mir innerhalb der Grenzen Nonnums gab? Wohl nicht sehr hoch. Mit diesen Gedanken über all den Kram, den ich mir eingebrockt hatte, schlief ich dann doch noch ein. Und glücklicherweise ruhig.

Paradies

Am nächsten Tag war ich so munter wie lange nicht mehr. Meine Gedanken am Vorabend waren zwar apokalyptischen Ausmaßes gewesen, doch irgendwie beruhigten sie mich jetzt, einen Tag später. Es war schon seltsam, dass ich immer in den unpassendsten Augenblicken ruhig wurde. Jetzt bekam ich sogar schon gute Laune. Ich wollte lieber nicht daran denken, was die Steigerung davon war. Dass sie kommen würde, stellte ich irgendwie nicht in Frage.

Im Zitorium begegnete ich Eiren, der mich glücklicherweise nicht nach Leuk fragte. Ich hätte auch nicht gewusst, was ich hätte sagen sollen. Wahrscheinlich hätte ich wieder lügen müssen. Ein wenig erschrak es mich, wie locker ich es inzwischen sah, dass ich ihn belog.

»Ist alles klar bei dir, Nor?«, fragte er.

Endlich die Wahrheit: »Ja, überraschenderweise sehr klar heute«, lächelte ich und küsste ihn neben sein Kinn. Vage lächelte er auch zurück.

»Wie war es gestern in der Taverne?«, wollte er wissen.

Einen Augenblick zögerte ich. »Eigentlich ganz lustig.« Oh Norin. Schon wieder eine Lüge? »Naja, so toll war es eigentlich nicht. Du hast zumindest nichts verpasst.«

Was war denn mit mir los? Wurde ich jetzt zur notorischen Lügnerin? Eiren hatte sehr viel verpasst. Sein bester Freund wollte nach meiner besten Freundin suchen, mit der irgendetwas wahrscheinlich nicht stimmte. Sehr viel mehr hätte man nicht verpassen können.

»Sicher, dass alles klar ist?«, fragte er mit erhobener Braue.

»Ja. Sicher«, entgegnete ich mit erhobenem Haupt. »Alles super. Ich muss jetzt in die Lyrik-Lektion. Wir sehen uns zum Mittagessen?«, fragte ich und er nickte.

Die Lektionen an diesem Tag krochen nur so vor sich hin. Es war kaum auszuhalten. Etwas in mir kribbelte, war nervös und flatterte aufgeregt hin und her. Der Drang, mich zu bewegen, ließ mich nicht los und als wir endlich entlassen wurden, musste ich erst einmal eine Runde um das Zitorium laufen, um wenigstens *etwas* ruhiger zu werden.

Als ich zu Mittag Eiren traf, war ich wirklich überrascht. Sofort war ich ruhig, als er seine Hand auf meinen Arm legte. Und sofort wurde ich zutraulich und bekam ein quälend schlechtes Gewissen. Was mich wieder unruhig machte.

Was war ich nur für ein Scheusal, dass ich ihn so hinterging? Er kannte mich so gut, wusste, wie man mit mir umging und hatte seit vier Jahren nicht einen Tag das Interesse verloren.

Ich schnupperte unauffällig an ihm und lehnte mich ein wenig an ihn, als wir uns setzten.

»Was hattest du denn eigentlich vorbereitet? Für den Freizeittag, als ich Hausarrest hatte«, fragte ich, als wollte ich es provozieren, ein noch schlechteres Gewissen zu bekommen.

»Das verrate ich nicht«, sagte er gespielt stolz.

»Sei nicht so ein Spielverderber. Komm schon. Bitte?«, fragte ich und klimperte mit den Augen.

Das funktionierte immer. Diesmal dauerte es erstaunlich lange, doch irgendwie konnte er meinen gigantischen Mandelaugen nicht widerstehen. Zu meinem Vorteil.

»Ich wollte dich mit an den See nehmen.«

Augenblicklich wurde ich starr wie Metall. Er registrierte es und legte seine Hand auf meinen Rücken

»Nicht das, was du denkst. Einfach sitzen, picknicken und reden.«

Er kam näher zu mir und redete beinahe unhörbar. »Auf keinen Fall schwimmen, wenn du das denkst.«

Er hatte auch an die Worte des alten Less gedacht. Wenn ich drei Mal ertrunken wäre... Klasse. Einen Freischein fürs Ertrinken hatte ich noch.

Ich suchte Eirens Blick und fing ihn ein. Er dachte sich wohl schon die ganze Zeit, dass mich die Worte des alten Less so schockiert hatten, wegen meiner Träume. Und genau das bestätigte ich ihm nun mit einem einzigen Blick. Es war beinahe unheimlich, wie gut er mich verstand.

»Dachte ich es mir doch«, flüsterte er. »Hör mal zu, Nor. Es wird nichts passieren. Der Alte hat doch nur geredet...«

Doch ich entwand mich seines Griffes und sah ihn ernst an. »Das war nicht bloß Gerede, Eiren.«

Seine Augen weiteten sich.

»Du meinst... du bist... du hast wirklich...?«

Ich nickte nur, er musste nicht zu Ende reden.

»Aber wie hat er...?«

Ich schüttelte den Kopf. »Ich habe keine Ahnung, wie. Ich weiß nur, dass es so ist. Und es war jetzt das zweite Mal.«

»Du meine Güte!«

Das wäre nicht meine erste Wortwahl gewesen, aber ich hielt mich zurück.

»Du musst doch eingehen vor lauter Angst«, stellte er scharfsinnig fest.

Es machte mich ein wenig wütend, wie entsetzt er wirkte. Als wäre es grauenvoll und völlig falsch, wie ruhig ich hier saß.

»Ich werde es ja nicht ändern können, also...«

»Ist das deine Entschuldigung für alles, Norin?«, fragte er und klang schrecklich abfällig.

»Was ist denn dein Problem jetzt bitte?«, fuhr ich ihn an.

»Um deine Einteilung machst du dir keinen Kopf, weil du es nicht ändern kannst. Ob du umgesiedelt wirst, ist dir auch egal, ganz zu schweigen von Heiraten. Du kannst es nicht ändern und deshalb ist es dir gleichgültig? Wie geht so etwas denn? Ich kann das nicht begreifen.«

Um seine Verzweiflung darzustellen, ließ er theatralisch sein Besteck fallen und sah mich vorwurfsvoll an.

»Dann lass es!«, zischte ich durch meine Zähne und stand auf.

Ich ging. Er rief mir hinterher, doch es war mir völlig egal. Von ihm ließ ich mich sicher nicht so in die Schranken weisen. Ob er recht hatte oder nicht war mir gleich, ich wollte ihn nicht sehen oder hören. Ich flüchtete vor ihm und er folgte mir bis zur Schwimmhalle, wo ich mich umdrehte und nicht annähernd den Dampf abließ, den ich ablassen wollte: »Hau ab, Eiren. Ich will nicht mit dir reden. Ich will dich gar nicht sehen.«

»Aber Norin, es war wirklich nicht so gemeint...«

»Doch«, sagte ich laut. »Genau das war es. Und wenn es dich stört, hast du das Recht, das zu sagen. Aber wenn du so mit jemandem redest, brauchst du dich nicht zu wundern, dass die Person weggeht. Das muss ich mir nicht gefallen lassen und schon gar nicht von dir. Wenn man mal bedenkt, dass ich mich für dich so umkrempeln wollte. Wenn das das Ergebnis ist, war diese Entscheidung wohl die falsche.«

Schon beim dritten meiner Worte hatte er das schlechte Gewissen in jeder Pore seines Gesichtes gehabt, aber ich wollte zu Ende sprechen. Ich wollte es und ich tat es. Allein dieses Gefühl war unglaublich berauschend. Es ging nicht um Eiren. Nicht um unseren Streit. Es ging um mich. Wieder einmal verlor ich den Kampf gegen den Egoismus gnadenlos und ergab mich ihm wie eine Süchtige. Es tat richtig gut, das zu tun, worauf ich Lust hatte.

Ich knallte Eiren die Tür vor der Nase zu und ging. Während des Laufens dröhnten mir die Ohren vor lauter Blut und Adrenalin, das mich erfüllte. Ich war kaum um die Ecke gebogen, als Leander für meinen nächsten Adrenalin-Schock sorgte. Er nahm mich einfach und küsste mich. Ob er sich gerade genauso fühlte, wie ich mich? Noch mitten im Gefecht und nun schon im nächsten?

»Ärger im Paradies?«, fragte er mit dunkler Stimme und musterte mich.

Noch immer nicht ganz normal, dachte ich nicht daran, was mein Mund da tat.

»Was ist das? *Paradies*?« Ich kannte das Wort nicht.

Leander lächelte und schnaubte amüsiert, bevor er mich wieder küsste.

»Seid ihr noch...«, setzte er an, vollendete den Satz aber nicht.

»Zusammen?«, fragte ich, noch immer ein wenig angesäuselt.

Er nickte.

»Ja. Wieso?«

»Man wird wohl mal *träumen* dürfen.«

Das schreckte mich ab. Sofort war ich wieder völlig klar im Kopf und löste mich von ihm.

»Das darf man wohl«, war alles, was ich herausbrachte.

Mit fragendem Blick musterte er mich. »Was ist mit dir?«

»Nichts.« Wo war meine gute Laune nur hin?

»Lüg mich nicht an«, sagte er sanft, aber bestimmt.

Der Ton war in Ordnung. Er hätte sich nur die kleinste Nuance vergreifen müssen und ich wäre wahrscheinlich ebenso explodiert wie bei Eiren. Wieso sehnte ich mich jetzt danach? Nach diesem Gefühl... von Freiheit.

»Ich habe mich gerade so heftig mit Eiren gestritten wie nie zuvor. Ich darf anders sein, finde ich«, sagte ich bestimmt.

»Das ist ein gutes Argument«, sagte Leander freundlich und führte seine Hand in meinen Nacken, dann in mein Haar. »Wir müssen nicht reden«, murmelte er und lächelte unglaublich verlockend.

»Mh«, machte ich nur so unbestimmt, wie es ging. Ich konnte mich überreden lassen, wenn es darauf ankam.

Seine Lippen senkten sich auf meine und ich versank in seinem Duft und seiner Zärtlichkeit. Wieder hatte ich ein solch berauschtes Gefühl – doch dieses Mal war es anders. Es war weicher und fülliger. Wie ein bequemes Kissen oder weiche Federn. Ich ließ mich hinein sinken und fiel einfach... und fiel...

Urplötzlich bemerkte ich die Schwärze vor meinen Augen. Dieses Gefühl, das etwas um mich herum war, was da nicht sein sollte. Ich fühlte mich gefangen und hilflos... Das alles spielte mein Kopf im Bruchteil einer Sekunde ab – dann stieß ich Leander fest von mir weg.

»Norin«, sagte er besorgt. »Was ist denn los mit dir?«

Ich hielt mir mit einer Hand die Brust und holte so tief Luft, wie ich konnte. Es genügte mir und meinen Lungen nicht, sie wollten mehr.

Ich musste raus. Ich stürmte aus der Halle und stöhnte zufrieden, als die frische Luft um meine Haare wehte.

»Norin? Heilige Schelte, was hast du denn?«, fragte Leander und klang noch viel besorgter.

Wenn das jemand mitbekam, hatten wir ein Problem. Das war nicht die Sorge eines Lektioners gegenüber einem Lehrling.

»Es geht besser«, sagte ich, um ihn wenigstens ein bisschen zu beruhigen.

»Was hast du denn?«

Ich konnte es ihm nicht sagen. Ich wollte, aber ich konnte jetzt nicht über diesen Traum reden. Es ging einfach nicht.

»Ich kann heute nicht schwimmen«, erklärte ich.

»Das hätte ich auch niemals verlangt. Geht es dir denn wirklich besser?« Noch immer zu besorgt.

»Ja, ja. Sicher. Es war nur eine kleine Panikattacke. Mir geht's wieder gut.«

»Bist du sicher?«

»Ja«, sagte ich und »verdammt«, murmelte ich noch hinterher.

»Geh nach Hause, wenn du willst. Soll ich deinen Freund holen? Er könnte dich begleiten.«

»Ich bin keine fünf mehr, ich schaffe das schon. Aber danke«, antwortete ich patzig.

Ich lehnte mich gegen eine Metallbank und genoss das kalte Metall in meinem Rücken. Es beruhigte mich ein wenig.

»Alles wieder gut«, sagte ich nach einer Weile schnaufend.

Leander schwieg und wirkte, als würde er sich vor etwas enorm zieren. Er war blass und öffnete und schloss seinen Mund ständig.

»Na spuck's schon aus. Dein innerer Kampf ist ja nicht mit anzusehen«, murmelte ich leise.

Niemand würde hören, was wir sagten, wenn wir so leise sprachen.

»Ich wollte dich eigentlich fragen, ob... also, ich wollte...«

Herausfordernd sah ich ihn an.

»Ich wollte dich einladen. Und jetzt halte ich es für eine noch bessere Idee. Ich würde gerne sichergehen, dass es dir gut geht.«

Sofort verstand ich, dass er damit eine Einladung in sein Haus meinte. Sein Haus im Wald.

Es dauerte eine Weile, einen kleinen Kampf mit der guten Norin, die sich gerade ein schlechtes Gewissen machte, wegen Eiren, doch sie kam nicht gegen die böse an, die unbedingt wieder frei sein wollte.

Ich nickte. »Ja, in Ordnung. Wann?«

»Wann immer du willst.«

»Dann abends.«

»Wieso?«

Dann habe ich den Zwang, irgendwann nach Hause zu gehen. Ob ich das gedacht oder gesagt hatte, wusste ich nicht, aber es war eine Tatsache.

»Na gut«, sagte Leander nur. Und bot mir die Hand an, damit ich aufstand. »Ich hole deine Tasche und dann darfst du nach Hause gehen. Ich melde dich bei der Leitung ab.«

»Vielen Dank«, sagte ich, so höflich es ging.

Es dauerte nicht lange, bis er mit meinen Sachen zurück war. Da wir vielleicht Zuschauer hatten, machte ich den Respektsgruß und verabschiedete mich. Dabei nuschelte er mir noch ins Ohr: »Daran könnte man sich glatt gewöhnen.«

Er lachte, zwinkerte mir unwiderstehlich frech zu und sorgte somit dafür, dass es mir wieder ein bisschen besser ging. Doch dieser Druck auf meiner Brust wollte nicht nachlassen. Wie das Wasser, das in der Tiefe immer mehr Druck auf mich ausübte, quälte mich dieses Gefühl des Gefangenseins und ließ mich den ganzen Tag nicht mehr los.

Auf rotem Samt

Es dauerte eine Ewigkeit, bis ich mich von dem See losreißen konnte, und weiter in Richtung Wald ging. Eigentlich wollte ich schon viel früher losgehen, aber der Anblick des schwarzen Wassers ließ mich nichts los. Tief, kalt und so düster. Tatsächlich hatte ich das Gefühl, darin zu schwimmen, weil dieser Druck auf mir noch immer nicht nachgelassen hatte. Aber schwimmen war nicht das richtige Wort: Vielleicht war es eher ein Verweilen in den Tiefen des Wassers, denn der Druck veränderte sich gar nicht, er war so konstant wie mein Atmen: ruhig und gleichmäßig, aber selbst unbewusst immer vorhanden.

Eine halbe Ewigkeit hatte ich dieses Wasser anstarren müssen und mich nicht davon losreißen können. Ich musste tun, was ich nicht lassen konnte, weil ich das dringende Bedürfnis hatte, Antworten zu bekommen. Ich musste wissen, wieso diese Träume mich ertränkten, wieso der alte Less das wusste, was Eiren mit der ganzen Sache zu tun hatte und vor allem wollte ich wissen: Wieso stellten sie eine Warnung dar? Und wovor?

Es juckte mich überall, in diesen See zu springen, aber mir fehlte der Mumm. Die Träume hatten sich so echt angefühlt, dass ich es nicht über mich brachte, in diesen See zu springen und zu schwimmen. Was tat ich denn, wenn ich dann wirklich ertrank? Ich wollte nicht sterben. Ich suchte Herausforderungen, aber doch nicht den Tod. Andererseits, was sollte schon passieren? Der Traum war ja noch kein drittes Mal gekommen. Da konnte doch eigentlich nichts passieren. Was aber, wenn das dritte Mal, das die Warnung darstellte, gar nicht ein Traum wäre, sondern Realität? Und ich im Inbegriff war, in diesen See zu springen, und es wahr werden zu lassen...

Wie das alles auch sein mochte, ich traute mich nicht. Vielleicht war es die Angst zu sterben, aber mich beschlich ein anderer Verdacht, als ich dem See den Rücken zuwandte.

Ich wollte auf keinen Fall, dass dieses dritte Mal kam: Denn es bedeutete Veränderung. Und vor dieser lief ich ja nun schon ewig davon. Einteilung. Job. Heirat. Haus. Kinder. Das alles kam mir so unendlich fern vor, dass ich gar nicht glauben konnte, dass diese Dinge vielleicht schon morgen vor meiner Tür stehen könnten. Wie blind ich doch gewesen war! Als ob all diese Dinge niemals auf mich zukommen würden. Natürlich wäre ich nicht die große Ausnahme. Ich würde meine Pflichten dem *Er* und meiner Gesellschaft gegenüber genauso einhalten müssen, wie jeder andere in Nonnum.

Innerlich seufzend ging ich in den Wald und fand Leanders kleines Häuschen erst sehr spät. Als ich die Miene gefunden hatte, war es doch noch ein ganzes Stück, bis zu dem kleinen Metallklotz mitten im Wald. Es hatte einen sehr schönen Standort. Zwischen zwei riesigen Eichen und umringt von buschigen Sträuchern, deren Namen ich nicht kannte. Es sah irgendwie friedlich, wenn auch völlig fehl am Platz, aus.

Ich sah mich noch einmal um, ob auch wirklich niemand in der Nähe war, der mich sehen konnte, und dann ging ich an die Tür und wollte gerade klopfen, als sie bereits aufgerissen wurde. Es war Leander, der in eine dicke Jacke gehüllt war und eine Taschenlampe in der Hand hatte, mit der man jemanden hätte erschlagen können.

Meine Güte, Eiren würde mich bald erschlagen, wenn das so weiter ging. Doch dann fiel mir der Streit wieder ein und ich erinnerte mein Gewissen daran, sich nicht wegen allem so schlecht zu fühlen.

»Heilige Schelte, da bist du ja endlich«, sagte Leander erleichtert auf meinen fragenden Blick hin. »Ich dachte, du hast dich verlaufen oder sowas.«

Ich musste lachen. »Ich glaube du machst dir zu viele Sorgen.«

»Lach nicht!«, protestierte er. »Ich hatte ein Recht dazu. Es ist fast dunkel. Mir war ja klar, dass du später kommen wolltest, aber so spät?«

Ich zierte mich ein wenig, bis ich sagte: »Entschuldige, ich... habe mich ein wenig zu lange an etwas aufgehalten.«

Er sah mich ernst an. »Das hat etwas mit heute Mittag zu tun, habe ich recht?«

War ich so durchschaubar? Dass Eiren das sofort begriffen hätte, wäre mir klar gewesen. Aber Leander kannte mich lange nicht so gut wie er. Anscheinend war ich tatsächlich ein offenes Buch. Ich ignorierte diese Feststellung einfach und lächelte überheblich.

»Darf ich reinkommen oder klettern wir erst auf Bäumen herum und spielen ›*Ich sehe was, dass du nicht siehst*‹?«

Jetzt lächelte auch er und zog mich in sein Haus. Ich sah mich um, und stellte fest, dass das Metall in seinem Haus genauso poliert war und glänzte wie in dem Büro meiner Lektionerin. Es hatte wohl seine Vorteile für die Fürchtigen zu arbeiten. Wobei mir da ein Gedanke kam: Wer tat das eigentlich nicht? Womit rechtfertigten sie diese bessere Ausstattung in den Räumen der Lektionere? Lief nicht alles, was wir taten, und was wir arbeiteten auf die Fürchtigen zurück?

»Möchtest du etwas trinken?«, fragte Leander und zog seine dicke Jacke wieder aus. Darunter trug er etwas sehr Seltsames. Es waren ein schwarzes Oberteil, das unglaublich weich aussah, und eine Hose aus einem blauen Stoff, den ich noch nie gesehen hatte.

»Was hast du da an?«

Das war sicher nicht die Zivilkleidung, die wir immer tragen mussten.

»Freizeit-Klamotten. Pullover und Jeans nennt man das.«

»Wieso darfst du das tragen und ich nicht?«, fragte ich gerade heraus.

»In meiner Freizeit darf ich tragen, was ich will. Jeder aus dem zweiten Rang darf seine Zivilkleidung ablegen. Wusstest du das nicht?«

Nein, das hatte ich nicht gewusst. Jetzt fragte ich mich doch, woher meine Mutter dieses schwarze Top gehabt hatte, dass ich in unserem Haus gefunden hatte. In der Abstellkammer, in einer kleinen Kiste, hinter tausenden von anderen Kisten hatte es auf mich gewartet. Wenn sie wüsste, dass ich es geklaut hatte, hätte sie wahrscheinlich vollkommen die Fassung verloren. Wobei: Allein, dass sie etwas so Verbotenes besaß, sagte mir irgendwie, dass sie sich vielleicht doch nicht so sehr aufregen würde. Und es sagte mir, dass ich meine Mutter verdammt schlecht kannte. Und dass wir vielleicht gar nicht so verschieden waren...

»Wir dürfen so etwas nicht einmal besitzen«, sagte ich trocken.

»Dürft ihr schon. Ihr dürft es nur nicht tragen. Oder euch eben nicht erwischen lassen.« Mit funkelnden Augen sah er mich an. »Was dich ja nicht wirklich stört, nehme ich an.«

Das klang viel mehr nach wissen, als nach annehmen. Da beschlich mich der Verdacht, dass Leander mehr wusste, als er zugab.

»Du hast mich gesehen«, tippte ich, sagte es aber viel überzeugter, als ich tatsächlich war. »Mit dem Top.« Ich hatte nur gewusst, dass es so heißt, weil es in einem eingenähten Zettel darin stand.

»Ja«, gestand er und führte mich in eine geräumige Küche. »Und ich muss gestehen: Ich war neidisch auf die Person, für die du es angezogen hast.«

Er lächelte breit und betrachtete mich, während er Getränke aus dem Kühlschrank holte.

»Wasser, Saft oder etwas anderes?«, fragte er.

»Wasser.«

Irgendwie nervte es mich, dass er in diesen Klamotten so gut aussah und ich in diesen schrecklichen und viel zu weiten Zivilklamotten herumlief.

»Das sah wirklich gut aus«, raunte er und ich wandte mich von ihm ab und sah mich um.

»Das Top?«, fragte ich und stellte mich dumm.

»Ja«, sagte er und schien mich zu durchschauen. »Es ist eine Schande, dass ihr draußen keine Freizeitklamotten tragen dürft.«

Damit errang er sofort wieder meine Aufmerksamkeit. Hatte er das mit Absicht so gesagt? Dass wir sie *draußen* nicht tragen durften? Ich blieb im Türrahmen stehen und sah ihn an. Ein verschmitztes Grinsen versuchte er zu unterdrücken, aber noch mehr kämpfte er mit meinem Blick. Es war, als wollten diese seltsamen Augen meine festhalten und nicht wieder loslassen. Die dunklen, tiefen, undefinierbaren Teiche zogen meine so sehr an, dass ich tatsächlich nicht in der Lage war, mich von ihnen abzuwenden. Und umgekehrt.

Leander kam näher und desto näher er kam, desto mehr glaubte ich, seine Augen wären blau. Als er direkt vor mir stand, war ich beinahe sicher, dass sie grün waren.

»Würdest du mich begleiten?«, fragte er und seine Stimme und sein Geruch waren so nahe, dass mich ein Schauer überlief.

Ich nickte kaum merklich und spürte, wie er zart seine Hand auf meine legte. Er führte mich durch das Haus – was meine Eifersucht wirklich nicht besser machte – bis in sein Schlafzimmer. Ich blieb wie angewurzelt in der Tür stehen und betrat es nicht, ich sah es mir erstmal nur an. Es war ein großer Raum mit einem großen Fenster und einem noch viel größeren Bett. Beim Anblick dieses gigantischen Bettes überliefen mich Zweifel. Das Haus war größer als unseres, es gab beinahe alles in der doppelten Ausführung und das Haus sah wirklich gemütlich aus. So viel Platz für nur eine Person? So Vieles doppelt für nur einen?

So Vieles, das dafür sprach, dass er *nicht* alleine lebte. Ich war blind und blöd gewesen, davon auszugehen, *dass* er alleine lebte. Ich hatte ihn nicht einmal gefragt... Er war bereit mich zu teilen; das hatte mir sehr geschmeichelt, es sprach für ihn. Aber jetzt fand ich, die viel entscheidendere Frage war, ob ich bereit war, ihn zu teilen, und was das über mich sagte, dass ich mir diese Frage stellen musste? Die Vorstellung, dass er eine andere so ansah, wie er mich ansah, raubte mir den Verstand. Ich war kurz davor, mich umzudrehen, als er mich festhielt und in das Zimmer zog. Ich wollte mich gerade wehren, als er mit dem Finger auf etwas zeigte, das auf dem Bett lag.

»Das möchte ich dir schenken«, sagte er und in diesem Moment verschluckte ich mich beinahe vor lauter Schrecken.

Es war Kleidung. Und zwar Frauenkleidung. Da das nicht reichte, war es wirklich wunderschöne Frauenkleidung. Ein Teil war ein Kleid. Dieses durften Frauen eigentlich nur zu einer Hochzeit tragen. Es war hellblau, mit vielen Falten und Spitzen. Es sah verspielt aus und irgendwie fein und zart. Das andere war eine Hose, eine solche, die Leander vorhin

Jeans genannt hatte, mit einem Pullover, beides dunkelblau. Und beides sah so eng aus, dass ich mich selbst fragte, ob ich da hineinpassen würde. Sofort hielt ich meine Gedanken auf. So etwas durfte ich mich nicht fragen, weil ich es nicht herausfinden würde. Ich schüttelte meinen Kopf und riss mich von Leander los.

»Ich frage das wirklich nicht gerne, aber wem gehören diese Sachen?«, fragte ich durch zusammengebissene Zähne und deutete auf das große Bett.

Jetzt sah er traurig aus. Leander wandte die Augen ab und ging zu den Klamotten, die er mir schenken wollte.

»Sie sind von meiner Schwester. Sie hat mit ihrem Mann hier gelebt, in diesem Haus. Dann ist sie... gestorben und ihr Mann hat mir das Haus angeboten, als ich eingeteilt wurde. Mit allem was darin stand. Er sagte, er brauche es nicht mehr und den Fürchtigen war es recht. Also habe ich alles bekommen, was hier drinnen war.«

Eine ekelhafte Erleichterung durchflutete mich. Ich schämte und freute mich gleichzeitig, was alles noch schlimmer machte.

»Es... es tut mir leid...«, sagte ich stotternd, ging aber nicht auf ihn zu, so wie es sich vielleicht gehört hätte.

»Ja, ich dachte mir bereits, dass du so etwas vermuten würdest, wenn du das Haus siehst.«

Ich musste meinen Blick von seinem abwenden. Es war schrecklich, wie sich dieses warme Gefühl und die Gewissheit in mir breitmachten, dass ich doch die Einzige war, wo er mich doch teilen musste. Es war grauenvoll und eigennützig und ich wusste es, aber ich genoss diese Erleichterung in vollen Zügen. Mit einer Frau oder Freundin wäre ich sicher nicht klargekommen.

Leander kam zu mir und zwang mich mit seinen Händen ihn anzusehen.

»Das war das erste Mal, dass ich Angst in deinen Augen gesehen habe«, sagte er sanft und klang viel zu liebevoll.

Ich konnte nichts erwidern. Mir schnürte etwas die Kehle zu, das mich meine Gedanken nicht aussprechen lassen wollte. Es wäre etwas Negatives über mich gewesen – vielleicht war gerade das der Grund.

»Tu mir den Gefallen und probiere es wenigstens an. Wenn es dir nicht gefällt, musst du es nicht behalten, aber ich würde dich so gerne darin sehen.«

Ich sah in diese geheimnisvollen, bittenden Augen und konnte nicht anders, als zu nicken.

»Ich lasse dich solange alleine.« Mit diesen Worten ging er zu Tür hinaus und ließ mich dort alleine stehen.

Ich ging langsam hinüber zu den Klamotten und betrachtete sie. Ich befingerte den Stoff der Jeans und war überrascht über den robusten, rauen, aber irgendwie weichen Stoff. Der Pullover war noch viel weicher und lud praktisch dazu ein, sich in den kuscheligen Stoff sinken zu lassen. Es fiel mir schwer, die Finger davon zu lösen, weil er so unglaublich weich war. Eine Weile kämpfte ich mit mir, bis ich langsam begann, mein Hemd aufzuknöpfen. Auf der Haut fühlte sich der Stoff des Pullovers noch viel besser an. Er war ein wenig zu lang, aber irgendwie machte ihn das nur noch bequemer. Als ich meine Zivilhose auszog, hing der Pullover mir sogar noch über den Po. Nun ja, bei meiner kleinen Figur war das nichts Besonderes, aber so etwas hatte ich noch niemals gesehen, daher fiel es mir auf. Als ich die Jeans angezogen hatte, war ich über diesen Stoff ebenso verwundert. Sie passte sich perfekt an meine Beine an. Die Hose passte viel besser als der Pullover. Sie saß hauteng und lag unsäglich gut auf der Haut. Diese Kleidung war viel besser als unsere Zivilkleidung. Dagegen fühlte die sich hart und unförmig an, während diese Kleidung sich anpasste, weich und komfortabel war.

Ich stellte mich vor den großen Spiegel, der auf dem Boden neben dem Bett stand, und sah mich an. Sofort wurde mir warm und ein Schauer überlief mich, der mich wirklich überall schüttelte. Was ich sah, hatte nicht mehr viel mit mir selbst zu tun. In dem Spiegel stand eine Frau.

Die passende Kleidung ließ mich viel größer wirken und nicht mehr so dünn. Der Pullover war zu lang an den Armen, aber er schloss sich um meine Handgelenke, was sie nicht so zerbrechlich wirken ließ wie in den weiten Zivilkleidern. Auch die Hose streckte meine schmalen Beine eher, als dass sie dünn aussahen. Der enganliegende Stoff zeigte sie in einer schönen und runden Form. Es sah nicht aus, als wären sie dünne Striche, sondern meine Waden hatten eine Wölbung, meine Oberschenkel waren rund und mein Po war deutlich erkennbar. Es fühlte sich an, als gäbe ich alles preis, nachdem die Zivilkleidung alles verhüllt hatte – und dieses Gefühl war überwältigend gut! Diese Klamotten fühlten sich grandios an und ich konnte gar nicht glauben, wie gut ich darin aussah. Ich war nicht mehr die kleine zerbrechliche Norin – ich kam mir größer vor, stärker und weiblicher. Es fühlte sich so verboten an, dass ich bemerkte wie mein Atem zitterte, als ich Luft holte. Feuer schien in mir auszubrechen und wollte sich ausbreiten.

Ich konnte nicht aufhören diese fremde Frau anzuglotzen, sodass ich gar nicht bemerkte, wie Leander geklopft hatte und irgendwann einfach hereingekommen war. Nun stand er hinter mir und ich sah ihn durch den Spiegel an.

Was mich noch mehr erschreckte, als mein Anblick, war der Anblick von uns beiden zusammen. Wir passten gut zusammen. Und damit meinte ich nicht, dass wir wegen der gleichen Klamotten gut zusammen aussahen, sondern wir beide sahen aus, als wären wir seit Jahren ein Paar, als wären wir zusammen groß geworden, als hätte es niemals etwas anderes geben sollen als Leander und mich.

Wir sahen so aus, wie ich mich vier Jahre mit Eiren gefühlt hatte. Nun blieb mir der Atem vollkommen weg und das erste Mal in meinem Leben wurde ich rot. Ich lief hochrot an und diese rosa Wangen ließen meine Augen noch größer erscheinen. Das war ja wirklich schrecklich, das konnte doch nicht wahr sein... Doch ich durfte nicht zu Ende denken, denn im nächsten Moment musste ich mich schon auf Leanders Mund konzentrieren, der mich tatsächlich dazu brachte, mich noch besser zu fühlen. Ich war wirklich schrecklich.

Als er sich von mir löste, fehlte mir jegliche Luft und ich kam mir vor wie in einem Traum. Wenn mir meine Träume nachts schon nichts Schönes boten, tat es mein Leben am Tag. Ich erkannte eine gewisse Ungerechtigkeit in der Verteilung des Ganzen, vor allem in diesem Moment, von Leander so gehalten zu werden, in Freizeit-Klamotten, die einfach unglaublich aussahen... Was waren dagegen schon ein paar Alpträume? Nun ist es ja aber immer so, dass diese glücklichen Momente auch mit unglücklichen aufgewogen werden. Aber in diesem Moment, in Leanders Haus, schien das Glück mich zu zerquetschen.

»Du hast keine Ahnung, wie gut du aussiehst, Norin.«

Ich bezweifelte das, sagte aber nichts.

»Das ist mein voller Ernst, ich glaube, ich habe noch niemals eine derart schöne Frau gesehen wie dich.«

»Jetzt übertreibst du aber«, sagte ich kalt und lockerte seinen Griff ein wenig.

Ja, zerquetschen, das war das richtige Wort gewesen.

»Ich übertreibe nicht. Ich... Kennst du dieses Gefühl, wenn man alles, was passiert, nicht richtig versteht und es auch nicht nachvollziehen kann, sondern einfach nur dankbar ist, dass es gerade so ist, wie es ist? All das musst du verdoppeln und dann hast du noch immer keine Ahnung, wie es mir gerade geht.«

Sein Lächeln war sowohl glücklich als auch provokativ. Es hatte etwas Kindliches, beinahe etwas Blindes, als könnte er gerade nicht richtig erkennen, was er vor sich sah, aber andererseits war er so männlich und leidenschaftlich, dass ich nicht begreifen konnte, wie all das in ein Paar Augen und ein Grinsen passte.

»Ich... ähm...« Ich wollte raus aus dem Schlafzimmer, aus Angst, aus Angst und aus Angst.

Angst vor ihm und seinem Blick, mit dem ich nicht umgehen konnte. Angst vor mir, weil ich nicht wusste, wie ich mit etwas umgehen sollte, von dem ich wusste, dass ich nicht damit umgehen konnte. Und Angst davor, dass etwas passieren könnte, das alles verändern würde. Ich deutete mit einem Finger an Leander vorbei zur Tür und er verstand, ließ mich los.

»Du bist ja schon wieder rot«, lächelte er mich an.

Aber diesmal sah er ausschließlich verführerisch aus. Bevor ich mich und meinen Anstand vergaß, ging ich an ihm vorbei, irgendwo in einen anderen Teil seines Hauses. Wohin, war mir völlig gleich. Ich ging an einem Spiegel vorbei und sah, dass meine Wangen tatsächlich rosa waren und verfluchte dieses lächerliche Blut, das mich gleich zwei Mal an diesem Tag bloßstellte.

»Das sieht wirklich gut aus, weißt du?«, sagte Leander, als er hinter mir ankam. Ich stand in der Küche und lehnte mich gegen den Tresen.

»Ich werde aber nicht rot«, zischte ich zwischen zusammengebissenen Zähnen.

»Sollte ich mich dann geschmeichelt fühlen oder Angst haben?«, witzelte er.

Ein wenig musste ich grinsen. Er sagte und machte das alles auf eine so lockere und lässige Art, dass ich gar nicht begreifen konnte, wie er das machte. Und solche Gedanken plagten *mich* – die Person, die erst richtig ruhig wurde, wenn sie in den katastrophalsten Schwierigkeiten steckte.

»Wie machst du das?«, fragte ich neugierig.

»Was meinst du?«

»Diese Gelassenheit? Du bist immer so locker und trotzdem offen.«

Er hob eine Braue und stellte sich neben mich.

»Dass ausgerechnet du so etwas fragst, hätte ich mir ja denken können.« Er lächelte und sah mich mit geneigtem Kopf an. »Weißt du, was mich interessieren würde?«, begann er. »Wie so jemand wie du, dem Regeln nichts bedeuten, durch das Leben kommt, ohne viele Einträge zu haben? Wie schaffst du es, so viele Regeln zu brechen, ohne dass dich jemand dabei erwischt?«

Ich dachte über diese Frage nach. Ich glaubte, es lag daran, dass ich so gut wie niemals alleine war, wenn ich die Regeln brach. Verbundenheit und Abhängigkeit schufen eine viel stärkere Bindung, als man meinen sollte. Früher hatte ich mit Vae die Regeln gebrochen, dann mit Eiren und jetzt mit Leander. Aus meiner Familie war immer Xeth dabei, wobei der mich wohl sofort verpetzen würde, wenn man ihn dazu aufforderte – das kleine Weichei. Ich musste lächeln und fand Leanders Blick.

»Ich glaube, so etwas geht nur gemeinsam. Oder völlig alleine.«

Damit meinte ich das, was in meinem Kopf immer so vor sich ging. Ketzerische und brecherische Gedanken, für die ich niemals bestraft werden konnte. Sogar das Zweifeln an dem großen *Er* hatte ich niemals büßen müssen. Ich glaubte immer, dass man selbst für sein Schicksal verantwortlich war und dafür, was man daraus machte. Auch wenn der Gedanke tröstlich war, dass es mehr gab, als das.

»Ich denke, es ist ein Stück weit Glück, aber es ist eben nicht alles, auf das man sich verlassen sollte. Sich wirklich auf etwas verlassen kann man nur, wenn man es kennt und darauf vertraut.«

Ich kannte den *Er* nicht, ich vertraute ihm nicht. Was nicht heißen sollte, dass es ihn nicht gab. Nur spielte er für mich einfach eine nicht so wichtige Rolle. Aber ich kannte Vae, Eiren, Xeth und Leander. Und diesen Personen vertraute ich.

»Wie kann es sein, dass jemand wie ich nicht büßt, wenn es dem großen *Er* doch so missfällt?«, sprach ich meine Gedanken laut aus und sprach damit Eirens, Xeths und das Problem meiner Mutter an.

»Wie kann es sein, dass alle, die sich daran halten, was die Fürchtigen sagen, genau dasselbe bekommen wie ich? Wie kann es sein, dass einer Brecherin nicht das wiederfährt, was sie verdient, wenn sie den *Er* doch so sehr verärgert hat?«

Meine Augen fraßen sich in Leanders dunkles Gesicht und ich sprach einfach weiter, weil ich das Bedürfnis hatte, das zu tun. »Jemand wie ich führt allen anderen vor Augen, was ihnen entgangen ist, weil sie gehorcht haben. Was sie verloren und auf was sie verzichtet haben, weil man ihnen sagte, so wäre es richtig. Eine Brecherin wie ich, die nicht bestraft wird für das, was sie tut, macht sich allein deshalb noch mehr Probleme, als sie schon hat, weil sie anderen zeigt, dass sie schwach sind.«

»Und sie zeigt, dass es möglich ist, stärker zu sein. Sie zeigt, dass das System nicht funktioniert.« Leander flüsterte und sah mich eindringlich an.

Als würde ihm sowohl ge- als auch missfallen, was ich gesagt hatte. Doch es war schön zu sehen, dass er mich einfach so akzeptierte, wie ich war. Keine Standpauke, keine Bitten, mich an die Regeln zu halten.

»Wieso bist du Lektioner geworden?«, fragte ich. Wieso arbeitete man für das System, wenn man nicht daran glaubte?

»Schwimmen ist, was mich am Leben hält. Ich kenne keinen anderen Beruf, wo man schwimmen darf, und so nahen Kontakte zu dem hat, was man fürchtet.«

»Du fürchtest dich vor ihnen?«, fragte ich verwundert.

»Ich fürchte, wozu sie bereits in der Lage waren, und wozu sie wohl noch getrieben werden.« Er trat direkt vor mich, fasste mich aber nicht an. »Du hast keine Ahnung, was diese Fürchtigen tun, und was sie noch vorhaben. Was sie sich herausnehmen und wie sie urteilen. Was sie mit den Menschen tun... mit Menschen wie dir und mir.«

Ich schluckte hart. Leander war nur noch Zentimeter vor meinem Gesicht und atmete mich an. Dieser frische, düstere Geruch verdrehte mir die Gedanken in eine völlig andere Richtung.

»Ähm...«, versuchte ich meine Konzentration wiederzuerlangen. »Was tun sie denn, mit... solchen Leuten?«, fragte ich.

Plötzlich sah er traurig aus. So unheimlich traurig, dass ich mich für diese Frage schämte. Er sah so persönlich angegriffen drein, dass ich nicht lange brauchte, um zu begreifen.

»Deine Schwester...«, hauchte ich und hielt mir vor lauter Entsetzen die Hand vor den Mund.

Er nickte. »Ja. Sie haben Lunia umgebracht, weil sie von einem anderen schwanger war.«

Jetzt war ich noch viel entsetzter.

»Die haben...? Aber... wieso? Wie konnten sie nur...?«

Meine Gedanken überschlugen sich, ich konnte keinen klaren Satz sprechen, geschweige denn denken, so grauenvoll fand ich, was Leander mir da verriet. Wie hatten die Fürchtigen nur jemanden umbringen können? Dazu jemanden, der schwanger war.

»Aber das fünfte Gebot...«

»*Alles Leben ist wertvoll und darf nur vom Er genommen werden.* Sie beginnen ihre eigenen Regeln zu brechen, um die Kontrolle zu behalten. Und wenn das erst der Anfang ist, wie wird es dann weitergehen?«

Noch immer konnte ich das alles nicht so recht verarbeiten. Aber ich glaubte Leander, was eine schlichte Abwägungsangelegenheit war: Ich konnte mir eher vorstellen, dass die Fürchtigen ihre Macht ausnutzen, als dass Leander mich bei solchen Dingen anlog.

»Aber wieso?«, würgte ich hervor.

Seine Augen richteten sich auf mich, und wieder einmal dachte ich, sie wären schwarz.

»Wer sich gegen das System stellt, überlebt das nicht lange. Wer, wie meine Schwester, so viele Gebote gebrochen hat, hat nach einiger Zeit keine andere Wahl, als...«

»Nein«, stammelte ich. »Das meinte ich nicht damit. Wieso tust du das? Das mit mir?« Mit jedem Wort wurde meine Stimme stabiler. »Sie haben deine Schwester umgebracht, weil sie einen anderen hatte, und du suchst dir den nächstbesten Lehrling in deinem Zitorium? Das verstehe ich nicht.«

»Norin«, sagte er sanft und seine Augen wurden weicher. »Du bist ganz sicher nicht der nächstbeste Lehrling.«

Ich runzelte die Stirn zweifelnd. Er hatte mich einfach draußen auf einer Bank getroffen und zufälligerweise hatte ich meine gierigen Augen nicht von ihm lassen können.

»Die nächstbeste Schülerin wäre Valles oder Fernma oder so jemand gewesen.«

Bei dem zweiten Namen durchfuhr mich ein Stich.

»Erinnerst du dich, dass du mir deinen Namen gesagt hast, damals?«

Ich nickte vage. Ich erinnerte mich, aber nicht gerade gut.

»Du hattest mir nur deinen Vornamen genannt und ich wusste aber deinen Nachnamen.«

Ich versuchte an den Tag zurückzudenken und erinnerte mich daran, dass es tatsächlich so gewesen war, wie er sagte.

Sag mir deinen Namen...
Norin, klang meine eigene Stimme in meinen Ohren nach.
Norin Fly?, hatte er mehr festgestellt, als gefragt.
Und da kam sein allererstes: *So so.*

»Ja, ich erinnere mich«, gestand ich. Ich sah zu Leander hinauf. Ich hatte mich gesetzt. Wann zur Schelte war das denn passiert?

»Ich kannte dich bereits vorher, weil du auf meiner Liste standest.«

Etwas in mir vibrierte. »Auf was für einer Liste?«, fragte ich und es hörte sich an, als würde meine Stimme in mir selbst nachhallen. Ich war angespannt und fragte mich gereizt, was das für eine Liste war. Bis er lachte.

»Norin, was glaubst du denn, was für eine Liste ich meine? Die Liste meines Lektionskurses im Schwimmen natürlich!«

Jetzt kam ich mir lächerlich vor. Natürlich meinte er diese Liste, ich Dummerchen. Welche auch sonst? Andererseits... was hatte das damit zu tun, dass ich nicht die Nächstbeste gewesen war? Nur weil er meinen Namen gekannt hatte, hieß das doch noch nichts. Dann war ich eben die Nächstbeste, deren Namen er zuvor einmal gelesen hatte.

»Ja, sicher«, sagte ich nur, doch die Anspannung in mir wollte nicht nachlassen.

Jetzt kam ich mir plötzlich viel zu jung vor, für diesen ganzen Stress in mir. Der Druck des Wassers, der meine Brust einfach nicht verlassen wollte, diese Anspannung in meinen Gliedern, die sich nun auch festzusetzen schien, und diese Art zu denken, die viel zu verworren und fantasiegeladen war – wieso kam das plötzlich alles auf einmal? Ich ließ meinen Kopf auf meine Arme sinken, meine Arme auf meine Knie stützend fallen und schloss die Augen. Wie schön wäre es, ohne dieses ganze Chaos in meinem Leben und meinem Kopf einfach mal zu entspannen!

»Weißt du, wie das *Gericht der Gerechten* mit Brechern umgeht?«

Ich schüttelte den Kopf, was eigentlich nicht heißen sollte, dass ich das nicht wusste, sondern dass ich das nicht hören wollte. Ich vergrub meine Finger in meinen Haaren. Würde Leander es mir trotzdem erzählen? Oder würde er verstehen, dass ich das nicht hören wollte? Meine Zukunft konnte warten. Ich musste nicht heute schon wissen, was sie mit mir machen würden. Da fiel mir etwas auf.

»Du hast mir meine Frage noch nicht beantwortet. Wieso tust du das?«

Ich hob meinen Kopf und schaute zu ihm. Er hatte sich vor mich gekniet und seine Hände auf meine Beine gelegt.

»Ich...«, er schluckte hart und kämpfte ganz offensichtlich mit dieser Frage. »Ich kann es dir nicht sagen. Man sollte meinen, man lernt aus den Fehlern der anderen. Aber manchmal muss man sie erst selbst machen.« Dann senkte er seinen Blick und spielte mit der Naht der Jeans, seitlich meines Beines. »Was ich aber am bedauernswertesten finde, ist, dass es bei uns beiden nicht mehr auf uns beide ankommt.«

Das verstand ich nicht, weil mein Kopf so vollgestopft mit Chaos war. Und ich fragte auch nicht nach. Ich suchte seine Lippen und küsste ihn, weil er genauso verzweifelt wirkte wie ich. Ich wollte ihn nicht hinabziehen und er mich ebenso wenig, aber irgendwie ging es nicht ohne einander.

»Norin«, sagte er leise, als wollte er sicher gehen, dass ich wirklich da war.

Ich lächelte an seinem Mund und ließ mich von ihm von dem Stuhl ziehen. Er führte mich in ein kleines Zimmer, das vor Gemütlichkeit nur so strotzte, und zog mich auf etwas, das ich noch niemals gesehen hatte. Erst dachte ich an ein Bett, aber es war viel kleiner als ein Bett. Vielleicht ein Drittel davon. Am Rücken hatte es eine hohe Lehne, sowie an den zwei Enden zu den Seiten, welche etwas niedriger waren. So an sich, sah es aus wie ein viel zu breiter Stuhl, allerdings war etwas Rotes auf ihm drauf. Als Leander mich auf das Ding zog, spürte ich, dass dieses rote Etwas obendrauf weich war. Wie eine Matratze auf einem Bett, nur noch viel, viel sanfter und einladender.

Jetzt kam ich auch darauf, wieso ich sofort an ein Bett gedacht hatte: Es erinnerte mich ein wenig an das kleine Bett bei uns zu Hause.

»Was ist das?«, fragte ich und befingerte den Stoff, der so weich war und um das gesamte Ding, das ein wenig etwas von einer Bank hatte, geschlungen war.

»Das nennt man Sofa«, erklärte er, aber ließ es nicht so klingen, als sei es meine Schuld, das nicht zu wissen.

»Dieses Sofa-Ding ist wirklich toll«, war ich begeistert und ließ mich in das Polster am Rücken sinken. Auch mein Po versank ein wenig tiefer.

»Wow«, seufzte ich und konnte mich sofort ein wenig entspannen.

»Und den Stoff nennt man Samt.«

War eine tolle Sache, dieser Samt, dachte ich, als ich meine Finger darüberfahren ließ.

Leander packte meine Schultern, drehte mich zur Seite und ließ mich sanft in seine Beine sinken, sodass ich meine austrecken konnte. Er lehnte an einer der Seitenlehnen und hatte mich zwischen seinen Beinen. Dann begann er, seine Hände an meinen Schultern zu bewegen. Ich musste noch wohliger seufzen, denn diese rhythmischen Bewegungen sorgten sofort dafür, dass es mir noch besser ging. Sowohl die Anspannung, als auch der Druck und mein Bedürfnis zu denken, ließen nach und ich ließ mich in Leanders Bewegungen fallen. Immer wieder erhöhte er sanft den Druck, und nur an einer Stelle unter meinen Schulterblättern tat es weh. Ansonsten war es der Himmel. Die Fürchtigen würden mich schon wieder umbringen müssen, aber wenn es dieses hier, was Leander mit mir machte, nicht im Himmel gab, würde ich dort sowieso nicht hinwollen. Würdigkeit hin oder her.

»Das nennt man Massage«, sagte Leander und küsste meinen Rücken, meine Schultern und meinen Hals.

»Massage«, ließ ich mir das Wort auf den Lippen zergehen. »Das ist mit Abstand das Beste, was ich jemals erlebt habe.«

Leander lachte vibrierend an meinem Ohr.

»Ich wette, es gibt etwas, dass dir besser gefallen würde.« Sanft pustete er hinter mein Ohr und alles in mir kribbelte.

Natürlich verstand ich sofort, was er meinte. Und sofort weckte es meine Neugierde. Ich drehte meinen Kopf zu ihm um und sah ihn an. Er schien die Frage in meinem Gesicht zu lesen.

»Lass es mich so ausdrücken: Die lockere Sicht der Gebote und Regeln liegt irgendwie in der Familie.«

Diese Aussage schockierte mich auf zweierlei Weise: Erstens gab er damit zu, bereits Sex gehabt zu haben. So wie er das sagte und dabei guckte, nicht nur ein Mal. Was mich aber viel mehr erschrak, war, zweitens, dass er da gerade über den Tod seiner Schwester sprach. Als sei es eben blöd gelaufen, als sei es wirklich nur eine zu lockere Sicht der Gebote und Regeln und nicht so ziemlich das Tragischste, was ich jemals gehört hatte. Doch wie ich nun einmal war, ließ ich mich von seinen Lippen ablenken, die gerade an meinem Ohr für noch mehr Kribbeln sorgten.

»Mh«, machte Leander genießerisch an meinem Hals und ich streckte ihn. »Du riechst so gut«, flüsterte er und suchte meine Lippen. »Süß, aber doch... weiblich. Sanft, aber irgendwie aufdringlich.«

Ich konnte ihm kaum zuhören, so sehr verwirrten mich seine Lippen auf meinen.

»Du bist einfach einzigartig, Kätzchen.«

Als er das sagte, musste ich lachen und drehte mich vollkommen zu ihm um. Er schien ein wenig erschrocken und doch zog er mich näher zu sich heran. Ich legte eine Hand auf seine breite Brust, die andere ließ ich mit seinem Haar spielen. Mit seinem wunderbaren, dunklen Haar, das ich so beneidete. Da löste er den Knoten in meinem Nacken und ließ sich meine Haare in sein Gesicht fallen. Dann fuhr er hindurch, als wolle er es nach hinten verbannen, nur um es dann wieder fallen zu lassen. Die Fransen in allen möglichen Brauntönen nervten mich bereits jetzt. Leander schienen sie eine Haiden Freude zu bereiten. Immer wieder machte er sie nach hinten und ließ sie vor fallen, bis ich mich ein Stück von ihm erhob und ihn fragend ansah.

»Was soll das werden, wenn du fertig bist?«

»Damit werde ich niemals fertig sein«, sagte er, klang unglaublich rau und zog mich wieder zu sich herunter. Mit einer seltsamen Wildheit – die ansteckend war, wie ich feststellen musste – küsste er mich, fuhr er über meinen Köper und wieder durch mein Haar. Diese Sofas waren richtig gemütlich, durfte ich feststellen, denn irgendwann drehte Leander sich so geschickt, dass er mich unter sich legte, und ich gestand mir ein, dort war es noch weicher, als auf Leander.

Wir küssten uns lange und leidenschaftlich, bis ich bemerkte, wie schwer mir das Atmen fiel, dass dieses Kribbeln nicht mehr aufhörte, und ich schon wieder überall glühte, als würde ich gleich in Flammen aufgehen.

»Leander«, sagte ich leise, mit zittriger Stimme und einer Menge Selbstbeherrschung. »Leander«, wiederholte ich es mit festerer Stimme.

Wie aus einer Trance wachte er auf und erhob sich. Musternd betrachtete er mich, gab mir noch einen Kuss, leicht, zart, kurz und erhob sich. Dann ging er fort. »Entschuldige mich.«

Und darüber war ich froh. Ich brauchte erst einmal ein wenig Zeit, um mich zu beruhigen. Wenn es mir schon so schwer fiel, mich zusammenzureißen – und ich wusste nicht einmal, was auf mich zukäme, wenn wir weiter gingen – wie ging es dann jemandem, der es wusste? Ich versuchte meinen Atem zu beruhigen und mein Feuer zu lindern. Überraschenderweise gelang mir das nicht annähernd so gut wie bei Eiren. Vielleicht lag es an Eirens Vernunft oder daran, dass er mich lange nicht so sehr reizte, wie der Mann ein Zimmer weiter. Ich war wirklich nicht mehr zu retten. Doch da kam mir ein Gedanke, der das Feuer vollständig erlöschen ließ.

Wenn ich tatsächlich nicht mehr zu retten war, würden sie mich dann auch umbringen? Ich war nicht schwanger, aber waren meine Regelbrüche nicht beinahe das gleiche? Oder gar schlimmer? Ich hatte zwei feste Freunde, mit denen ich beinahe das sechste Gebot gebrochen hatte (mit beiden!), einen Freund, der meine beste Freundin suchen wollte, ein alter Mann sah meine Träume voraus, die mir in irgendeiner Weise eine Warnung sein sollten, ich hatte vor kurzer Zeit erst einen weiteren Eintrag bekommen, ich hatte einem Fürchtigen in die Augen gesehen, meine Eltern wieder einmal belogen – und das Schlimmste an all dem war wohl, dass ich nicht mehr vorhatte, etwas daran zu ändern. An all dem.

Ich konnte weder ohne Eiren noch ohne Leander. Das mit dem Gebot war nur eine Frage der Zeit. Leuk hätte ich nie abhalten können, aber es war mir auch nie wirklich in den Sinn gekommen. Der alte Less war eine Konstante, die ich nicht verstand, die sich aber sicher noch klären würde, sobald ich das dritte Mal ertrinken würde. Der Eintrag hätte nicht sein müssen, würde aber nicht der letzte sein, so viel war sicher. Meine Eltern konnten nicht wirklich etwas gegen meine Lügen tun und der Fürchtige hatte bis jetzt nichts unternommen, dann würde nun auch nichts mehr kommen. Bei den letzten Schelten war nicht er der Fürchtige gewesen, der uns schalt, also würde ich ihn vielleicht nicht mehr wiedersehen.

Also entweder meine Probleme würden sich auflösen oder sie würden alle wieder zusammenkommen und ein gigantisches Chaos auslösen. Was davon wahrscheinlicher war, konnte ich gar nicht genau sagen. Jemand wie ich, der so oft mit Regelbrüchen durchkam, würde sich nicht wundern, wenn es so weiter ginge, aber auch nicht, wenn das Schicksal einmal zurückschlagen würde.

»Norin«, rief Leander mich.

Ich ging direkt zu ihm und sah ihn ein wenig schuldbewusst an, denn er hatte sich Wasser ins Gesicht gespritzt. Da waren wieder die vom Wasser in verschieden Schwarztönen glitzernden Haarspitzen, die unerkenntlichen Augen, und dieses Grinsen, das ich so liebte.

Was? Nein, ich liebte nicht, ich mochte... oder?

»Setz dich zu mir«, sagte er und ich tat es. Wir saßen an einem großen Tisch, an dem locker zehn Menschen hätten sitzen können.

»Was gibt es?«, fragte ich leise und versuchte, unschuldig zu klingen.

»Das eben... also ich... will dich wirklich zu nichts...«, prüfend sah er mich an und ergänzte ein Wort: »... drängen.«

Da explodierte ich sofort. »Du kannst mich mal Leander!«, sagte ich laut und ging sofort in das Schlafzimmer, auch wenn ich es eine Weile suchen musste, um mich umzuziehen.

Er kannte sich besser aus und war natürlich vor mir dort. Er ließ mich nicht vorbei.

»Was ist denn los? Wieso reagierst du denn so empfindlich darauf?«, konnte er mich nicht verstehen.

Da half ich gerne nach: »Ich bin kein Kind mehr. Jedes Mal behandelst du mich, als wäre ich nicht in der Lage, selbst zu denken oder zu verstehen. Wenn ich etwas nicht verstehe, frage ich nach und wenn ich etwas nicht will, dann sage ich das klar und deutlich. So wie eben. Du musst mich nicht belehren, ich treffe meine eigenen Entscheidungen.«

Fest und streng klang meine Stimme und seine Augen wirkten noch immer nicht, als hätte er es begriffen.

»Du hast einmal zu mir gesagt, nach der Lektion bist du *nicht mehr Lektioner, sondern Mann*. Also hör gefälligst auch auf, mich ständig zu behandeln, als müsstest du mir etwas beibringen. Sei ein Mann und mach dir keine Gedanken über meine Angelegenheiten. Und jetzt lass mich vorbei.«

Ich wollte zu meinen Klamotten, doch ich lief gegen ihn, denn er ließ mich nicht vorbei.

»Leander, ich...«

»Ja, ich habe das verstanden, Norin.« Jetzt klang er fest und streng. »Aber ich will, dass du eines weißt.« Ich ging einen Schritt zurück. »Du bedeutest mir wirklich sehr viel.« Jetzt klang seine Stimme weich und liebevoll. »Und egal, was geschehen mag, das wird immer so bleiben. Ich... ähm...«

Sofort bekam ich Angst. Als Eiren das, von dem ich vermutete, das es gleich kommen würde, das erste Mal versucht hatte, endete es in einem Heiratsantrag und einem gigantischen Streit.

»Ist schon gut.« Natürlich war ich naiv.

»Nein, ich möchte das gerne loswerden«, sagte er und rieb sich sein Nasenbein. Das hatte ich noch nie bei ihm gesehen.

»Hör zu, Norin, ich... bei dir fällt es mir besonders schwer, ehrlich zu sein. Und aufrichtig. Es gibt nicht viel, das ich dir erzählen darf, und immer wird es mir zu wenig sein, bis... Also es ist... kompliziert.«

Ich verstand mal wieder überhaupt nicht, was er sagen wollte. Außer dem Wort kompliziert, denn das war es gerade wirklich.

»Leander, du musst mir nicht alles erzählen. Es ist vollkommen in Ordnung, wenn du mir nicht alles erzählen kannst«, wagte ich einen Versuch, auf ihn zuzugehen.

»Das ist es ja gerade: Ich muss das nicht, aber ich möchte es.«

Da musste ich lachen. »Du bist doch der Experte darin.«

Fragend sah er mich an.

»Tu, was du nicht lassen kannst?«, schlug ich vor und hob eine Braue.

»So einfach ist das nicht.«

»Doch«, hielt ich dagegen. »Genau so einfach ist es. Mach es einfach, wenn du es möchtest. Alles andere sind nur Regeln, die nichts bedeuten.«

Er lächelte mich an. »Irgendwann erzähle ich dir alles. Versprochen.«

»Du musst mir das nicht versprechen. Versprich es dir selbst. Das ist viel wichtiger.«

Jetzt glühten seine Augen und er kam zu mir und legte seine Arme um meine Taille.

»Du bist wirklich kein Lehrling«, räumte er ein.

»Sag ich doch die ganze Zeit«, musste ich lachen. »Aber schön, dass du es jetzt endlich begriffen hast.«

Irgendwie lachte er, aber irgendwie wirkte er auch traurig.

»Und du warst nicht die Nächstbeste. Glaub mir das bitte.« Eindringlich sah er mich an, und ich glaubte ihm.

Druck

»Kollin? Wie sieht es aus? Wie weit sind wir?«

»Ich glaube, wenn wir nicht bald beginnen, versaut er es.«

Wütend wandte Moistuer sich zu Kollin um.

»Ich habe mich verhört, richtig.« Er stellte es fest, weil er keine Widerrede hören wollte. Doch wie immer funktionierte nichts, wenn man es nicht selber machte.

»Verzeih, Moistuer. Aber ich denke wirklich, wir sollten in jüngster Zukunft damit beginnen. Das Einteilungskommando sollte allzeit bereit sein.«

Er blickte seinem Assistenten in die braunen Augen und erkannte die Wahrheit in ihnen.

»Verdammte Scheiße!«, fluchte er und schlug auf die empfindliche Technik.

»Was sagen die anderen dazu? Ist es wirklich schon so weit?«

»Vierunddreißig stimmten heute Morgen zu.«

Das hieß, nur einer war dagegen. Neugierde packte ihn, doch er widmete sich den wichtigeren Problemen.

»Dann leite es in den nächsten Tagen ein, Kollin. Und sorg dafür, dass Areal 19 keinen Verdacht schöpft, dass gleich zwei Personen gehen. Wie immer will ich überzeugende und fehlerfreie Arbeit, hast du das verstanden?«

Kollin sah ihn an. Ein starker und williger Blick. Wenn der Mann auf der richtigen Seite blieb, würde sicher noch einmal etwas aus ihm werden.

»Wie viele sind bis jetzt involviert, Kollin?«

»Zehn. Wenn der Höhepunkt erreicht ist, sind es 13, wie vorgesehen.«

»Gib die Meldungen durch. Wir beginnen in den nächsten Tagen mit dem Höhepunkt.«

»Sicher, Moistuer. Unter welchem Vorwand soll ich sie herausholen?«

Er dachte eine Weile nach.

»Sie unter Vorwand zwei, ihn unter Vorwand acht. Und sorg dafür, dass der Transport diesmal reibungsloser verläuft. Alles nach Plan, Kollin.«

»Sicher.«

Ich kam zurück nach Hause, wo Eiren auf mich wartete. Es war nicht mehr lange bis zur Ausgangssperre, also ließ ich ihn sich schnell entschuldigen und schickte ihn nach Hause.

»Wirklich, du solltest jetzt gehen. Sonst schaffst du es nicht rechtzeitig nach Hause.«

»Ist wirklich wieder alles gut mit uns, Nor?«, fragte er zweifelnd.

»Ja, Eiren«, sagte ich beruhigend und lächelte ihn ein bisschen an. »Ich habe mich wieder beruhigt. Und wie gesagt, es tut mir leid, dass ich so die Nerven verloren habe.«

»Nein, mir tut es leid, dass ich dich so angefahren habe. Das war nicht mein Recht.«

»Einigen wir uns darauf, dass wir uns beide falsch verhalten haben. Wir sehen uns dann morgen, in Ordnung?«

»Ja. Okay«, sagte er, schenkte mir ein bezauberndes Grinsen und einen Kuss auf die Wange.

Er ging, was ein Startpfiff für meine Mutter war, mich zu nerven.

»Wo warst du, Norin?«, fragte sie mich immer wieder, weil sie sich mit der Antwort »Taverne«, nicht zufrieden geben wollte.

»Norin Narlenhia Fly!« Wie sie diesen Zungenbrecher heute noch schreiend vollbrachte, war mir ein Rätsel. Das war nicht mein richtiger Name, in Nonnum durfte man keine Zweitnamen tragen, aber mein Vater und meine Mutter nannten den Namen meiner Urgroßmutter manchmal als meinen Zweitnamen. Wieso, hatten sie mir niemals erklärt.

»Mutter, bitte. Ich bin erschöpft und habe wirklich keine Lust, mit dir zu streiten. Wieso kannst du mir denn nicht einfach glauben?«

»Weil ich mir Sorgen mache, Norin. Wenn du so weiter machst, wirst du noch in einen unteren Rang eingestuft. Die Leute werden denken, wir hätten dich nicht erzogen...«

Da war also wieder das Ruf-Problem. Was dachte bloß der Rest von Nonnum? Für meine Mutter gab es nichts Wichtigeres, als das, was völlig Fremde dachten, die sie noch niemals gesehen hatte. Nicht einmal die Menschen in der näheren Umgebung waren das Problem, sondern der ganze Rest der Welt, der meine Mutter als schlechte Bürgerin abstempeln könnte.

Ich verdrehte die Augen und ging, ohne ein weiteres Wort. Das war mir zu dumm. Mich interessierte nicht, was andere über mich dachten. Es wäre sicher nichts Gutes, wenn nicht einmal meine Mutter gut von mir dachte, also legte ich keinen Wert darauf. Ich fand diese Gesellschaftsformen, an die meine Mutter sich unbedingt anpassen wollte, nicht richtig, deshalb interessierte mich auch nicht, was andere dazu sagten, dass ich mich nicht anpasste.

Da kamen mir Leanders Worte wieder in den Kopf.

Ich fürchte, wozu sie bereits in der Lage waren, und wozu sie wohl noch getrieben werden. Du hast keine Ahnung, was diese Fürchtigen tun und was sie noch vorhaben. Was sie sich herausnehmen und wie sie urteilen. Was sie mit den Menschen tun... mit Menschen wie dir und mir.

Leander war ein intelligenter Mann. Sollte auch ich Angst haben, wenn er Angst hatte? Tausende von Fragen rotierten durch meinen Kopf. Was genau taten sie denn mit Menschen wie Leander und mir? Was nahmen sie sich sonst noch heraus? Brachen sie noch mehr Gebote? War alles, was sie uns glauben machen wollten, bloß gelogen? Oder vielmehr: Waren die Zweifel, die ich schon immer gehabt hatte, berechtigt? Hatte ich mit meinem mehr oder weniger stillen Widerstand recht? War ich im Recht? Und die Fürchtigen im Unrecht? Gab es einen *Er*? Und war ich auf seiner Seite? Oder war ich der Feind?

Ich schüttelte den Kopf, um diese Gedanken loszulassen. Ich wusste es nicht und Leander und ich waren zwei schwache Menschen, die keinen Einfluss hatten. Die Antworten auf all diese Fragen interessierten niemanden. Und daher waren sie völlig verwerflich. Ich sollte mir wohl eher Gedanken um Eiren machen und um diese Alpträume, als an solche abstrakten Dinge zu denken. Doch wie ich nun einmal war, sausten meine Gedanken durch den Abend mit Leander. Es war etwas anderes gewesen, so alleine und eigentlich unbeschwert mit ihm zu sein, und doch war es so verkrampft, wie nie gewesen.

Dieses Gefühl, keine Angst mehr haben zu müssen, erwischt zu werden, sein Geruch in jeder Ecke dieses Metallhauses, sogar an den Klamotten, die ich getragen hatte. Beinahe hatte es weh getan, sie wieder ausziehen zu müssen. Ich hätte niemals gedacht, wie viel Bequemlichkeit bei einer solch banalen Sache wie Kleidung ausmachen kann. Für mich hatte es niemals wirklich eine Alternative zu den Zivilkleidern gegeben. Niemals hatte ich mir Gedanken darüber gemacht, ob es überhaupt andere Kleidung gab. Doch es gab sie. Und nun wusste ich es. Und jetzt wollte ich sie.

Verwundert musste ich feststellen, dass es das erste Mal war, dass ich es bereute, mich nicht an die Regeln gehalten zu haben. Paradoxerweise hatte ich aber nur aufgrund eines Regelverstoßes erfahren, dass man im zweiten Rang in seiner Freizeit so etwas tragen durfte. Ich würde niemals in den zweiten Rang eingeordnet werden. Mir würde es immer verboten bleiben, solche tollen Kleider zu tragen.

Und da kam ein Moment, in dem ich in eine Traumwelt entfloh und mir Dinge vorstellte, die niemals passieren würden. Wenn ich in den zweiten Rang eingeordnet würde und man mich zur Lektionerin machen würde, wären diese Gedanken sogar nicht einmal allzu fern. Wenn ich in unserem Areal bleiben dürfte und dort zum Zitorium gehen könnte; es wäre nicht abwegig, dass zwei junge Lektionere, wie Leander und ich, sich ineinander verliebten.

Aber meine Gedanken trieben mich wieder in eine völlig falsche Richtung. Wenn ich hier bleiben würde, was würde ich mit Eiren machen? Ich wollte Eiren auf keinen Fall verlassen. Er war mir zu wichtig. Eiren war ein Teil meines Lebens. Und das schon so lange ich denken konnte. Wie könnte ich vier lange, schöne Jahre einfach fortwerfen? Es ging nicht. Aber was war die Alternative? Wenn ich fort musste, würde ich beide verlieren. Das wollte ich noch viel weniger. Aber mich zwischen Eiren und Leander zu entscheiden, erschien mir noch unwahrscheinlicher, als dass ich hier bleiben könnte. Eine solche Entscheidung würde ich nicht treffen können. Und wieder einmal wurde mir bewusst, wie sehr ich mich selbst beherrschte. Dass ich immer wollte, was ich nicht haben konnte, und noch viel mehr davon.

Würde mir die Welt irgendwann überhaupt reichen? Wäre es besser, wenn ich fortgeschickt würde? In ein anderes Areal? Aber würde sich dann etwas ändern? Würde ich mich ändern? Würde mir plötzlich weniger reichen? Oder würde ich noch mehr wollen? Und was wäre, wenn ich in einen niedrigen Rang eingestuft werden würde? Dann hätte ich noch weniger Rechte. Noch weniger Freiheiten. Wenn es einen Unterschied zwischen zweitem und drittem Rang gab, würde es doch sicher auch einen zwischen drittem und viertem geben. Wäre ich bescheidener, wenn man mir sogar nahm, was ich jetzt hatte? Oder würde mich das an – wenn nicht sogar über – die Grenzen treiben? So viele Fragen und keine Antworten.

Und da wurde mir etwas bewusst, dass ich gar nicht einsehen wollte. Ich würde nur Antworten bekommen, wenn es Veränderungen geben würde. Sie waren nötig, um zu sehen, wo ich bleiben würde. Bis ich nicht eingeteilt war, würde ich meine Probleme nicht lösen. Ich wollte es gar nicht. Oder doch? Wollte ich jetzt eingeteilt werden, um voran zu kommen? Sollte alles so bleiben wie es war? Was wollte ich? Was würde ich wollen? Wie sehr würde ich es wollen und was würde es aus mir machen?

19 Jahre alt, ein gutes Leben im dritten Rang, zwei Freunde, eine große Familie und gute Bescheinigungen des Zitoriums – ich lebte nicht schlecht. Doch »nicht schlecht« war mir nicht gut genug.

Ich fühlte mich plötzlich, als würde mich alles erdrücken. Jetzt war es nicht mehr das Wasser, das mich unter Druck setzte, mich dazu brachte mich psychisch und physisch schlecht zu fühlen – ich war es selbst.

Mein größtes Problem war ich selbst. Eiren hatte das längst begriffen, Leander sicher auch. Der Unterschied war, dass Eiren mich daran hindern wollte, mir selbst im Weg zu stehen, und Leander mich darin bekräftigte.

Beide hatten Recht und auch Unrecht. Es ging nicht darum, wie sehr ich mir im Weg stand, und ob ich das fortsetzten oder damit aufhören sollte. Es ging um etwas völlig anderes. Und zwar, was ich damit bezweckte, wie sehr ich es tat und wie sehr nicht. Es kam nicht darauf an, was es mir brachte, was es Eiren brachte oder Leander. Was wirklich eine Rolle spielte, war, ob es überhaupt eine Rolle spielte, dass ich tat, was ich tat. Machte es Sinn, zu tun, was ich nicht lassen konnte? Oder war es im Endeffekt völlig gleichgültig? Würde es etwas ändern? Oder war alles was ich tat, eigentlich ohne jede Bedeutung? Machte es einen Unterschied, dass ich mich gegen das System stellte? Still und heimlich? Machte innerer Widerstand gegen alles, was wir lebten, wie ich ihn jeden Tag aufs Neue empfand, irgendeinen Sinn?

Ich glaubte nicht recht daran.

Aber laut zu schreien, dass man unzufrieden war, würde auch nichts bringen. Sie würden mich wie den alten Less behandeln. Mich verändern und zum Schweigen bringen. Aber bei diesen Gedanken kam ich auf einen anderen Weg.

Hatten sie den alten Less zum Schweigen gebracht? Oder spielte er nur den durchgeknallten alten Mann, um in Ruhe gelassen zu werden? Waren die Fürchtigen fähig, jemanden vollkommen umzukrempeln? Und wenn ja, wieso hatten sie das nicht auch mit Leanders Schwester Lunia getan? Hatten sie Leanders Schwester umgebracht, nur weil sie schwanger gewesen war? Oder hatte auch sie Fragen gestellt? Sich gegen die Manipulation gewehrt, sodass sie keine andere Möglichkeit hatten, um sie dazu zu bringen, sich zu fügen?

Konnte man sich im Tod denn noch gegen sie wehren? Oder war es das einfach, wenn wir starben? Hatten wir Einfluss? Oder war einfach alles fort?

Mein Kopf brannte von all diesen Fragen, die mir so wichtig erschienen, und auf die ich vielleicht niemals eine Antwort bekommen würde. Dieser Gedanke machte mich beinahe verrückt. Ich wollte es wissen. Ich wollte alles wissen, ohne ein Teil von allem sein zu müssen. Ich wollte nicht zu ihnen gehören müssen, um es zu erfahren. Aber gab es eine andere Möglichkeit?
All diese Dinge spukten noch ewig in meinem Kopf.
Bis ich einschlief.
Und träumte.
Und starb.

Ich stand nicht lange am See. Das Gefühl, hindurch zu schwimmen, war nicht dasselbe wie sonst. Es war eher so, als würde ich rasen. Als würde tiefsitzende, unheimlich Panik mich dazu bringen, um mein Leben zu schwimmen. Wasser floss um mich, in großen, schweren Wellen stürzte es gegen mich und hinderte mich, schnell genug voranzukommen. Aber ich wollte weiter schwimmen. Ich musste einfach...

Aber ich schaffte es nicht. Wieder riss es mich hinab, in die dunkle, erdrückende Tiefe, die mir so schwer auf der Brust lag, dass ich sofort glaubte, daran ersticken zu müssen. Immer tiefer und tiefer, bis ich jegliche Fähigkeit zu Fühlen und zu Denken verloren hatte. Ich selbst schien über mir zu schwimmen, zu gleiten und ich selbst sah mir zu, wie ich widerstandslos hinabgerissen wurde, ohne etwas zu tun. Ich wollte nicht einmal etwas dagegen tun. Ich würde ja doch sterben. Es war zwecklos. Widerstand machte keinen Sinn. Er würde alles nur schlimmer machen. Er würde mich dazu bringen, Angst und Panik zu bekommen. Und ich wollte nicht, dass die Tiefe mich dazu brachte, diese Dinge zu fühlen, von denen sie wollte, dass ich sie fühlte.

Ich würde mich nicht fügen. Indem ich keinen Widerstand leistete, kämpfte ich gegen den Zwang an, den sie auf mich ausübte. Die Tiefe würde mich nicht dazu bringen, das zu tun, was sie wollte. Ich entschied, was ich tat. Ich allein.

Dann sah ich wieder den dunklen Schatten vor mir. Erst war er klein und fern, doch er kam immer näher zu mir. Er kam schnell näher. Beinahe ruckartig, als zöge sich jemand durch die dunkle, dichte Tiefe. Als er näher kam, erkannte ich, dass es tatsächlich *jemand* war. Ein Mann. Groß und breit, wie eine gigantische Statue. Beinahe erschrocken und panisch wollte ich mich dagegen wehren, dass er mir nahe kam, doch ich hatte keine Kraft, keinen Willen, welche zu finden, und eigentlich war es doch auch egal. Bald war es sowieso vorbei. Was konnte dieser Mann mir schon tun? Er kam näher und ich blickte in ein hartes, breites Gesicht. Ich erkannte Haar, das düsterer war, als das Wasser um mich herum und ein paar Augen, die mich fesselten, weil sie so unnatürlich grün waren, dass ich nicht recht glauben konnte, dass es Augen waren.

Ich hatte gerade noch Zeit zu spüren, wie diese harten, breiten Arme sich um mich schlangen, da verlor ich das Bewusstsein und spürte, wie die Luft aus meinen Lungen wich.

Ich starb.

Ein drittes Mal.

Widerstandslos und doch willens, mich nicht zu fügen.

Was war ich nur für ein Mensch?

Zerfall

Als ich aufwachte, schreckte ich nicht hoch. Ich lag ruhig dort, schlug die Augen auf und kämpfte mit meinen Nerven, die wohl zerreißen wollten. Ein gigantischer Panikanfall kroch in mir hoch und schnürte mir die Kehle zu. Mein Mund war staubtrocken, meine Gedanken vollkommen leer gefegt. Ich sah nur Bilder vor meinen Augen.
Der See.
Wilde Wellen.
Tiefe.
Schwärze.
Das Bild von mir selbst.
Ich über mir.
Ich unter mir.
Ich sah beides gleichzeitig.
Wie ich mich beobachtete.
Und wie ich widerstandslos sank.
Dann stechende Augen.
Ein so brennendes Grün, dass es aussah wie eine Glut, die nicht erlöschen wollte.
Ein unbrechbarer Wille zwischen dunklen Brauen.
Eine Warnung.
Ich erhob mich ruckartig aus meinem Bett, zog mich um und schlich mich aus dem Haus. Ich würde nicht mehr schlafen können. Ich war zu aufgekratzt und gereizt. Wenn mich jemand berührte, würde ich wohl explodieren. Ich war so geladen, wie noch nie zuvor in meinem Leben. Angespannt und nicht verstehend, was ich da gerade tat, lief ich in unserem Areal herum, bis ich mich vor Eirens Haus wiederfand.

Er hatte ein Zimmer alleine, also beschloss ich, mir Steine zu suchen und sie gegen sein Fenster zu werfen, sodass er wach wurde. Es dauerte eine halbe Ewigkeit, die Steine zusammenzusuchen, und die andere Hälfte verbrachte ich damit, verzweifelt zu warten, bis dieser Idiot endlich wach wurde.

Ich hatte keine Angst, das Fenster kaputt zu machen, ich hoffte es sogar ein wenig. Vielleicht würde er dann wach werden. Was musste man denn für einen unerschütterlichen Schlaf haben, um diese Steine nicht zu hören? Vor allem da sein Bett direkt unter dem Fenster stand.

Schon kurz davor aufzugeben, sah ich endlich sein zerknautschtes Gesicht im Fenster. Ich winkte ihm mit der Hand, dass er runter kommen sollte. Seine Augen weiteten sich und sofort sprang er aus meinem Blickfeld. Er brauchte nur einige Sekunden und kam mit wildem, abstehendem Haar heraus. Es wäre witzig gewesen, wenn die Situation nicht so ernst gewesen wäre. Er kam sofort zu mir und schloss mich in die Arme.

»Es ist passiert, oder?«, fragte er.

Dankbar, dass er es sofort verstand, drückte ich mein Gesicht in sein Hemd. Der Stoff war hart, rau und unförmig. Ganz anders als seine Umarmung. Ich verdrückte mir Tränen oder Panik. Wenn ich jetzt die Nerven verlor, würde mir das auch nicht weiterhelfen.

»Weißt du, vor was es dich warnen sollte?«, fragte er.

Ich dachte an den Mann, der da im Wasser gewesen war. Doch ich konnte mich nicht recht damit anfreunden, dass die Warnung ihn betraf. Die Art, wie er die Arme um mich geschlossen hatte, war nicht bedrohlich gewesen. Es hatte eher etwas Sicheres. Und dieser Wille in seinen leuchtenden Augen hatte mir nicht gezeigt, dass er mir etwas Böses wollte. Dann hätte er mich ja auch einfach den Tiefen des Sees überlassen können. Wieso war er da gewesen? Und was hatte er gewollt? Was hatte seine glühenden Augen diesen eisernen Willen ausdrücken lassen? Und wenn nicht er derjenige war, vor dem ich gewarnt werden sollte, wer war es dann? Und woher zur verdammten scheiß Schelte hatte der alte Less wissen können, dass ich diesen Traum drei Mal haben würde? Wie war so etwas möglich?

Dass ich Eiren nicht antwortete, war ihm wohl Antwort genug.

»Keine Sorge. Wir finden es schon noch heraus.«

Und da wurde mir wieder bewusst, dass er in dieser Sache ja genauso mit drin hing wie ich. Der Alte hatte gesagt, auch Eirens Zeit würde kommen. Wenn das, was mich betraf, stimmte, würde sich das, was er über ihn gesagt hatte, sicher auch bewahrheiten. Oder ließ sich das verhindern? Verzweiflung kroch in mir hinauf und trat zu meinen Augen heraus. Ich musste weinen, ich konnte nicht anders. Ich wollte nicht, dass Eiren in irgendwas hineingezogen wurde. Er sollte da herausgehalten werden. Eiren hatte ein gutes Leben verdient, mit Frau und Kindern. Wenn ich wirklich ertrinken sollte, sei es drum. Aber Eirens Zeit war noch nicht gekommen. Er musste weiter leben. Er durfte nicht mit mir da hineingeraten. Aber ließ es sich verhindern? War das möglich? Ich musste es wenigstens versuchen, oder?

Er interpretierte meine Tränen völlig falsch.

»Keine Angst, Kleines. Wir finden heraus, was da mit dir gespielt wird.«

Ich stieß mich von ihm ab.

»Nein!«, sagte ich viel zu laut. »*Wir* machen gar nichts!«, stellte ich klar. »Du hältst dich da raus, Eiren.«

»Willst du mich veräppeln?«

Was für ein doofes Wort war das denn bitte?

»Nein, ich will dich nicht *veräppeln*«, äffte ich ihn nach. »Das sind meine Probleme und nicht deine! Halt dich da raus, das geht dich nichts an.«

Ich wollte ihn nicht dabei haben. Eiren sollte unter keinen Umständen nur wegen mir in das – was auch immer *das* war – hineingezogen werden.

»Du weißt, dass ich da auch mit drin hänge«, sagte er beschwichtigend.

»Nicht, wenn ich es verhindern kann«, entgegnete ich aggressiv.

»Das ist nicht nur dein Problem, Nor. Du musst nicht die Lasten der Welt allein auf deinen Schultern tragen.«

Ich ignorierte ihn. Es waren keine Lasten der Welt. Es waren meine Lasten. *Meine!*

»Ich will deine Hilfe nicht«, raunte ich beinahe bösartig. Ich würde alles tun, um Eiren da herauszubekommen

»Und warum bist du hergekommen?«

Das saß. Denn darauf hatte ich keine logische Antwort. Natürlich war ich zu ihm gekommen, weil er mein Freund war. Seit vier Jahren. Weil er der war, der alles wusste. Derjenige, der es mit mir erlebt hatte. Und da war mein Stichwort. *Hatte.* Er *hatte* es mit mir erlebt. Es würde Vergangenheit bleiben. Er würde nichts weiter mit und gerade wegen mir erleben. Nicht, wenn es auch einen anderen Weg gab.

»Ich... ich kann das nicht mehr«, stotterte ich und wieder stiegen mir Tränen in die Augen.

»Was soll das denn jetzt, Nor?«, fragte er und verdrehte die Augen.

»Ich und du... das funktionier nicht mehr.«

»Hör mir mal zu, bevor du eine Dummheit machst: Du willst meine Hilfe nicht, das kann ich verstehen. Du hast deinen Stolz. Dann lass mir meinen und hör auf, mich beschützen zu wollen.«

»Hier geht es nicht um Stolz, Eiren! Wach mal auf aus deiner Traumwelt.« Kein Wunder, dass sein Schlaf so unglaublich tief war. »Hier geht es um alles, aber nicht um so etwas Unwichtiges wie Stolz. Hier geht es um dich und um mich! Und ich will das nicht mehr. Ich kann das nicht mehr. Ich bin hier, um dir zu sagen, dass es vorbei ist.«

Erst jetzt wurde mir bewusst, dass mir schon eine Weile klar war, dass es eigentlich schon die ganze Zeit darauf hinauslief.

»Norin, hör auf mit dem Blödsinn. Vier Jahre willst du wegwerfen, wegen eines blöden Traumes? Was soll das denn? Ich bin doch da. Du brauchst mich und ich brauche dich. Wir gehören zusammen.«

»Nein.«

Beinahe kalt und hart kam es über meine Lippen. Es brach mir das Herz. Es zerriss mich von innen. Als würde es mich zerschneiden, verbrennen und erdrücken. Ich liebte Eiren. Mehr als alles andere. Ich wollte ihn nicht gehen lassen. Aber ich musste. Ich hatte keine Wahl.

Er würde nicht wegen mir leiden. Es ging nicht ums Beschützen und auch nicht darum, dass ich nicht die Schuld daran haben wollte. Es ging darum, dass Eiren eine Chance hatte. Eine Chance auf ein gutes Leben. Auf das Leben, das er mit mir geplant hatte. Mit einer anderen würde er es leben können. Er würde über mich hinwegkommen. Wahrscheinlich würde ich sowieso weggeschickt werden. Er würde mich vergessen und ein gutes Leben haben.

Das war es, was ich wollte. Einmal in meinem Leben nicht egoistisch zu sein. Nicht auf mein Leben und meine Wünsche zu achten. Es war Eiren und seine Zukunft, um die es hier ging.

Die nächsten Worte nahmen alles in mir, was noch übrig war.

»Wir gehören nicht zusammen. Wir hatten niemals eine richtige Chance und das weißt du selbst. Ich will keine Ehe. Keine Kinder. Und du willst das alles. Das hätte nie funktioniert. Ich kann mich nicht für dich ändern, so wie du es gerne hättest.«

Eiren wollte etwas sagen, doch ich ließ ihn nicht. Ich konnte seine Stimme nicht ertragen. Ich zerbrach vollkommen, als ich sagte: »Hier geht es um die Realität, Eiren. Dies ist keine Traumwelt und ich bin keine Puppe, die man formen kann. Wir leben hier und jetzt. Und ich verlasse dich hier und jetzt, weil wir nie eine Chance hätten. Wir hatten sie nie. Desto früher du das begreifst, desto besser ist es für dich.«

Ich musste mich noch während des letzten Satzes umdrehen und gehen. Tränen strömten über mein Gesicht, ich zitterte überall, bekam keine Luft und rang um Atem. Wenn man es genau nahm, rang ich um alles mir. Ich rang darum, alles in mir zusammenzuhalten. Dass ich nicht völlig daran zugrunde gehen würde, dass ich gerade zwei Herzen für immer und ewig entzweit hatte. Meine Brust schmerzte, alles war zu eng, meine Glieder wurden schwach und vor lauter Zittern konnte ich kaum laufen. Als ich endlich aus Eirens Sichtweite war, brach ich zusammen und ich ließ alles, was ich nicht halten konnte in sich zusammenstürzen.

So war die Realität. Zerfall. Das Leben war nicht wie Metall oder wie Gebote. Nichts war stabil in dieser Welt. Alles was uns gesagt wurde, zerfiel – es war nur eine Frage der Zeit, bis es zerfiel. Bis es sich nicht mehr zusammenhalten konnte und einstürzen würde. Die Frage war, wann? Würde es sich länger halten können, als ich es konnte? Würde es auch Opfer bringen müssen und doch nicht gewinnen können? War es genauso chancenlos, labil, instabil und brüchig, wie all das in mir, das gerade wie ein Haufen Elend in mir zusammensank? War das System so wie Eirens und meine Liebe? Würde man es nur bei der kleinsten Eruption zu Fall bringen können?

Und da reifte ein Gedanke in meinem Chaos der Gedanken und Gefühle... Aus dem kleinen, schluchzenden Bisschen, das noch vor mir übrig war, entstand eine Idee. Eine Vorstellung.

Was würde passieren, wenn man einen Pfeiler des Systems ansägte und dann ein Erdbeben verursachte?

Des einen Triumph, des anderen Niederlage

»Und daher ist Ehrlichkeit so wichtig. Sie hält zusammen und verbindet. Unehrlichkeit zerreißt und zerstört euch und andere. Das siebte Gebot ist von unwahrscheinlicher Wichtigkeit, liebe Mitmenschen. Denn alles basiert auf Ehrlichkeit.«

Ich musste mir ein Schnauben verkneifen. Ehrlichkeit war schon lange nicht mehr wichtig für die Fürchtigen. Dessen war ich mir sicher.

Die Schelte hielt der Fürchtige, der auch die über das dritte Gebot gehalten hatte.

Der, der gesagt hatte, wir wären nicht göttlich, sich selbst aber unbehelligt davon ausschloss. Der, dem ich in die Augen gesehen hatte. Derjenige, der daraufhin die Spur eines Schmunzelns auf den Lippen gehabt hatte.

»So, liebe Mitmenschen. Das war es mit der heutigen Schelte. Allerdings verlesen wir noch die neuen Mitglieder der Ränge.«

Und da begriff ich es sofort. Das war die Warnung. Es war die Warnung vor Veränderung gewesen. Dass alles anders werden würde. Dass ich in den Fluss des Alltages gerissen werden würde. Dass man mich einteilen würde und ich jetzt entscheiden musste: Anpassung, das Mitlaufen und Akzeptieren eines Systems, das ich verabscheute. Oder Fragen stellen. Widerstand. Eine Gegenreaktion auf alles, was mir nicht passte. Es fielen zwei Namen. Dann kam meiner.

»Norin Fly.«

Anspannung. Meine ganze Familie, die mit auf der Bank saß, drückte die Daumen, flüsterte und betete für mich.

»Einteilung: Rang zwei.«

Ich glaubte, mich verhört zu haben. Das war nicht selten, oder? Anstelle von »drei«, »zwei« zu verstehen. Ich zwang meinen Kopf unten zu bleiben und nicht mit gigantisch aufgerissenen Augen zum Fürchtigen zu blicken.

»Wohnort: Areal 14.«

Das hieß, ich wurde versetzt. Unser Areal war das neunzehnte.

»Beruf: Lektionerin.«

Da fielen mir beinahe die Augen aus dem Kopf und ich verschluckte mich so schlimm, dass meine Schwester mir auf den Rücken klopfen musste. Wie peinlich, dass das gesamte Areal hier versammelt war, und ich einen Hustenanfall bekam, während alle Blicke auf mich gerichtet waren.

»Lektionsbereich: Schwimmen.«

Ach du Scheiße! Jetzt musste ich noch mehr husten und bekam mich gar nicht mehr ein. Wie ironisch es wäre, als Schwimmlektionerin am eigenen Schlucken zu ersticken. Meine Augen tränten und ich bekam gerade so wieder Luft, als meine Mutter mich stupste. Ich musste ja nach vorne gehen! Mit noch tränenverschmierten Augen entschuldigte ich mich leise und ging nach vorne.

Da stand der Fürchtige, reichte mir seine Hand erwartungsvoll hin. Einen ganz kleinen Augenblick huschten meine Augen zu ihm hoch. Er lächelte. Aber nicht nett, höflich oder gratulierend. Er lächelte triumphierend. Das war mir ein vollkommenes Rätsel. Wieso lächelte dieser Mann, als hätte er etwas davon, dass ich so gut eingeteilt worden war? Er übergab mir den Zettel, wo alle Informationen draufstanden. Ich machte den Respektsgruß und ging zurück in meine Sitzreihe.

Völlig verblüfft sahen alle in meiner Familie zu mir, während ich mich durch die Bank drängelte. Xeth und meine Mutter sahen mit Abstand am erschrockensten aus, mein Vater wirkte zufrieden. Und flüsterte ständig meiner Mutter zu. Wahrscheinlich sowas wie: »Siehst du! Ich hab's ja immer gesagt.«

Darla und Cona hätten missgünstiger nicht sein können, während meine drei anderen Brüder mich strahlend anlächelten. Sofort liebte ich sie ein wenig mehr und lächelte liebevoll zurück.

»So viel zu den Einteilungen. Damit seid ihr entlassen, liebe Mitmenschen. Und außer den zweien der drei Eingeteilten, die umgesiedelt werden, sehen wir uns ja bald wieder. *Heiles Nonnum.*«

Dann standen allmählich, der Reihe nach die Leute auf und gingen hinaus. Wir als Neu-Eingeteilte mussten zuerst aufstehen und hinausgehen, weil die Leute uns draußen gratulieren mussten. So war es schon immer gewesen. Auf dieses Ereignis war ich nie besonders heiß gewesen. Ich mochte den Gedanken nicht, dem gesamten Areal die Hand reichen zu müssen. Dazu war ich noch die am besten eingeteilte. Mir würden die Leute sicher ewig die Hand schütteln.

Und so war es auch. Es kam mir vor, als müsste ich tausenden Leuten die Hand geben, dabei waren wir nur vierhundert. Doch es war einfach zu viel. Immer die gleichen Sprüche. »Ach die junge Fly. Herzlichen Glückwunsch.«; »Na, Norin. Wer hätte das gedacht!«; »Lektionerin, das passt doch super zu dir!«; »Wow, aus dem dritten in den zweiten Rang. Höchsten Respekt.«; »Schön, dass du umziehen darfst. Dann siehst du mal die Welt. Viel Glück.«

Ich konnte es nicht mehr hören. Keiner dieser Menschen kannte mich und bildete sich doch eine Meinung von mir. Keiner von ihnen wusste, wie es war, sein ganzes Leben hinter sich lassen zu müssen. Aber wenigstens waren sie in einem Punkt ehrlich: Es war nicht üblich, dass man höher eingeteilt wurde. Es war sogar richtig selten. Ich war eine Rarität. Und alle waren wirklich überrascht.

Dann kam Eiren. Und ich musste mich zwingen, nicht zu weinen. Ich konnte ihn nicht ansehen. Ich wollte ihn nicht sehen. Es war kaum auszuhalten, ihn so nahe vor mir zu haben. Sein Geruch schien sich wie eine Decke schwer über mich zu legen und kapselte uns von der restlichen Welt ab, die gespannt zusah, wie das Pärchen, das vier lange Jahre zusammen war, damit umging, dass sie nun getrennt wurden. Doch mir was das völlig egal. Eirens Geruch war wie eine Wand zwischen uns und den anderen.

»Ich habe nur eine Frage«, sagte er leise, sodass nur ich ihn hörte.

Er hob seinen Blick und sah mich an. Zwanghaft reckte sich ihm mein Gesicht entgegen, so sehr ich auch dagegen ankämpfte. Seine blauen Augen waren traurig und nass. Er hatte dunkle Augenringe. Seit ich ihn geweckt hatte, hatte er wohl nicht mehr geschlafen. Das war jetzt beinahe

15 Stunden her. Dieser vertraute Blick machte mich völlig fertig. Mein Inneres grummelte wieder, zitterte und brannte. Wie eine brodelnde Masse, die nur darauf wartete, mich zu Fall zu bringen.

»Hast du es gewusst?«, fragte er ernst.

Das schöne Meerblau war so hinreißend und gleichzeitig niedergeschlagen, dass ich ihm sagen wollte, dass ich es gewusst hatte, und ihn nur deshalb verlassen hatte. Ich wollte nicht, dass er so traurig war. Aber ich hatte genug gelogen. Ich konnte ihm nicht schon wieder ins Gesicht blicken und lügen. Das, was von uns übrig war, wollte ich nicht noch mehr brechen. Und doch tat ich es, als ich die Wahrheit sagte.

»Nein. Ich wusste es nicht. Aber es wundert mich auch nicht.«

Ein letzter Blick in dieses unvergessliche Blau, das ich für immer in meinem Herzen bewahren würde.

»Ich wünsche dir alles Gute«, sagte er mit herzzerreißender, rauer, gebrechlicher Stimme – und dann ging er. Mit hängenden Schultern, tiefen Augenringen, nutzlos wirkenden, leicht hin und her schwankenden Armen, die er wohl nicht mehr zu bewegen wusste. Noch nie hatte ich Eiren so klein gesehen.

Dass das möglich war, verwunderte mich mehr als die Einteilung selbst, aber schon wieder brach etwas in mir zusammen.

Abschiede und Wiedersehen

Ich hatte nicht viel Zeit, um mich zu verabschieden, mein Hab und Gut einzupacken und mich auf meine Reise vorzubereiten. Vor allem wollte ich mich noch von Leander verabschieden. Es war schon seltsam, dass ich erst beide nicht hatte loslassen wollen und nun doch beide verlor. Ob der Abschied so grauenvoll werden würde, wie bei Eiren wusste ich noch nicht. Aber ich würde es ja bald sehen.

Nachdem ich gepackt hatte, nutze ich Eiren als Ausrede – der *Er* möge mir verzeihen für so viel Skrupellosigkeit – und machte mich auf den Weg in den Wald. Ich ging einen großen Bogen um den See herum und an der Ruine vorbei, so wie Leander es mir eigentlich erklärt hatte. Dieser Weg war auch viel kürzer als der am See vorbei.

Ich kam zu seinem Haus und klopfte. Aber niemand öffnete. Hin und her gerissen, ob ich warten sollte oder gehen sollte, stand ich einen Moment dort. Wäre es besser, ihn gar nicht mehr zu sehen? Oder wäre es nicht fair ihm gegenüber? Aber eigentlich hätte er wissen müssen, dass ich mich noch einmal verabschieden wollte. Er musste doch von der Einteilung gehört haben. Wahrscheinlich war er ja sogar dafür verantwortlich. Keiner außer Eiren wusste, dass ich gut schwamm, und dieser hatte nicht viel zu melden. Also lief alles auf Leander hinaus.

Da kam mir ein neuer Gedanke. Wenn er wirklich dafür verantwortlich war, würde er vielleicht bei der Verabschiedung am Transportmittel dabei sein. Und sofort kam ich auf ganz andere Gedanken und rätselte, wann sie mich wohl wegbringen würden und wo Areal 14, mein gezwungenermaßen neues Zuhause, wohl lag.

Dabei setzte ich mich auf Leanders Stufen vor dem Haus und beobachtete eine Schneise in den sonst so dichten Bäumen um mich herum. Man sah zwischen den Baumwipfeln die Sonnenstrahlen hindurch und ich hatte das Gefühl, dass sie meine Haut im Gesicht streichelten wie sanfte Hände. Ich erinnerte mich daran, wie meine Mutter mir als Kind durch das Gesicht gefahren war. Dass ich so anders aussah, hatten sie sich nie so recht erklären können. Deshalb war meine Mutter anfangs sehr begeistert gewesen. Zum Beispiel über die Sommersprossen, die der Sommer in mein Gesicht tupfte. Oder die vielen unterschiedlichen Brauntöne in meinem Haar. Rötlich, bronzefarben, dunkel-, mittel- und hellbraun und eigentlich auch sonst alles, was dazwischen war. Mein Schopf bot »eine Quelle der Brauntöne-Inspiration«, hatte meine Mutter immer lachend gesagt.

Früher hatte sie sehr gerne gemalt. Als sie ein Kind war, hatten sie es noch nicht verboten. Es hatte sie beinahe zerstört, als sie nicht mehr malen durfte. Vielleicht war das der Grund, weshalb meine Mutter diesen Groll gegen mich hegte. Ich führte ihr jeden Tag vor Augen, was sie nicht machen konnte. Dass sie das, was sie früher lebendig und glücklich gemacht hatte, nicht mehr tun. Nun ja. Bald war sie davon ja erlöst. Ich würde weggehen müssen. Und noch immer wusste ich nicht, was für ein Mensch ich sein wollte. Wollte ich mich anpassen? Oder würde ich rebellieren? Vater würde das sicher gefallen. Er mochte an mir, dass ich so kritisch dachte. Wenn er alles wüsste, was so in meiner obersten Stube vor sich ging, wäre das sicher anders, aber das, was er mitbekam, hieß er meistens unter der Hand gut. »Immer an der Schale kratzen, aber nicht zerbrechen.« Vielleicht war ich auch so eine Art Inspiration für meinen Vater gewesen. Darla hatte mal erzählt, dass er viel lockerer und weniger streng war, seit ich auf der Welt war. Was er wohl davon hielt, dass ich wegging?

So schweiften meine Gedanken wie immer von hier nach dort, in einem Schlenker zum Da, und wieder zurück zum Hier. Wie ein Kreis. Dieser Gedanke brachte mich zu dem Zitat, dass ich eigentlich hätte bearbeiten müssen. Genau genommen, hätte ich schon mitten in den Vorbereitungen sein müssen, doch es war so viel passiert. Und nun kam es ja auch nicht mehr darauf an.

Der Ring ist ein Kreis, der die Unendlichkeit symbolisiert. Die Welt ist ein Kreis, so wie die Menschheit ein unendlicher Kreislauf ist, murmelte ich vor mich hin. *Von H.K. Johnsen, 1901.*

Ich ließ die Zeilen wiederholt durch meinen Kopf gehen und beschloss, dass dieses Zitat nur alt sein konnte. Ringe durften wir nicht tragen. So etwas wie Unendlichkeit gab es nicht mehr, denn wir waren des *Er* nicht würdig. Die Welt war kein Kreis mehr, sondern eher eine Scheibe. Und die Menschheit war lange schon kein Kreislauf mehr. Sie war eher wie ein Fließband, das nicht aufhörte zu arbeiten, bis es sein Ziel erreicht hatte.

Wenn ich das im Zitorium vorgestellt hätte, hätten sie mich umgebracht und nicht in den zweiten Rang eingeteilt. Es war mir ein Rätsel. Mit was für einem Recht hatte ich den zweiten Rang verdient? Vor Kurzem erst hatte ich einen erneuten Eintrag bekommen. Den sechsten! Sollte es eine Erziehungsmaßnahme sein? Damit ich lernte, mich richtig zu verhalten? Sollte es eine Warnung sein? Beim nächsten Fehltritt fliege ich raus? Oder war es eher eine Art schlechter Scherz und wenn ich in Areal 14 ankam, würden sie mich aufklären und meine Familie in dem Glauben lassen, es ginge mir gut? Würden sie meine Briefe auch manipulieren? Würden sie Eiren schreiben? Sie wussten nicht, dass ich ihn verlassen hatte. Woher auch? Würde es Eiren genauso wie Leuk auffallen, wenn gefälschte Briefe ankommen würden? Oder wäre er blind vor Hass auf mich? Wahrscheinlich wäre es ihm sowieso gleichgültig. Was vielleicht auch am besten für ihn war. Desto wütender er war, desto schneller würde er mich vergessen.

Aber wieder führten meine Gedanken mich fort von Eiren. Es tat zu weh, an ihn zu denken. Also dachte ich an Leuk und fragte mich, wo er wohl gerade war und was er tat. Ob ich ihn wohl jemals wiedersehen würde? Ob sie ihn umbringen oder manipulieren würden, wenn sie herausfanden, was er vorhatte? In meinen Augen war es beinahe unmöglich, Vae zu finden, doch ich konnte verstehen, dass er es versuchen musste. Ich ahnte, dass ich es nicht anders gemacht hätte, wenn es um Eiren und mich gegangen wäre. Gäbe es Leander nicht, wäre ich mir dessen sogar sicher. Aber wäre ich nicht vielleicht sogar froh gewesen, wenn es Eiren gewesen wäre, der fortgegangen wäre, und ich hier in den zweiten Rang eingeteilt worden wäre? Schließlich hätte ich ihn nicht verlassen müssen. Wir wären als Freunde auseinander gegangen, die sich vielleicht ein Leben lang geschrieben hätten. Unglücklich getrennt, aber doch noch irgendwo vereint. Zumindest nicht so endgültig auseinander wie jetzt. Eiren schien so unendlich fern zu sein. Als wäre er absolut und unwiederbringlich fort von mir. Nicht nur, dass wir nicht mehr zusammen waren. Er schien vollkommen fort zu sein. Nur in meinen Gedanken und Erinnerungen war er noch da. Nur in meinen Vorstellungen. Und das machte mich einsamer denn je. Denn ausschließlich in den Erinnerungen und Gedanken behielt man eigentlich nur die Toten.

Und so saß ich weiterhin vor Leanders Tür, spähte zwischen den Wipfeln zur Sonne und sehnte mich nach etwas Unerreichbarem – aber wann tat ich das nicht?

Als ich das Rascheln eines Vogels neben mir wahrnahm, erschrak ich beinahe. Er hüpfte vor mir zwischen vertrockneten Blättern und Zweigen. Mit schräg geneigtem Kopf sah er mich an. Sofort dachte ich daran, dass dieser Vogel genauso aussah, wie der, der mich damals mit Eiren in der Ruine daran erinnert hatte, dass Sex in der Öffentlichkeit nicht die beste Idee wäre. Er war unwahrscheinlich groß für einen Vogel. Und dunkler als Leanders Haar. Dazu glänzten seine Federn. Sein langer Schnabel scharrte im Laub herum und er kam ein Stück näher. Nach jedem Hopser mit seinen Beinen legte er den Kopf schief, als würde er mich um Erlaubnis bitten, und kam dann noch einen Sprung näher. Das Ganze wiederholte sich so lange, bis er nur noch wenige Zentimeter von meinen Füßen entfernt war. Ich musste lächeln. Es hatte etwas Bezauberndes, wie der Vogel so schüchtern und leise zu mir kam.

Erst viel später begriff ich, dass Vögel für gewöhnlich nicht solche Augenfarben hatten. Aber wir sahen grundsätzlich nicht so oft Tiere. Ich hätte es nicht besser wissen können.

Der Vogel wurde von raschen Schritten verschreckt, die von hinter dem Haus kamen. Ich erhob mich und wartete bis Leander zur Haustür kam. Dass er es war, wusste ich sofort. Aus irgendeinem Grund spürte ich es immer, wenn er in meiner Nähe war. Ich musste mich niemals versichern, dass er es war. Als er mich sah, hielt er erschrocken inne.

»Du musst gehen«, sagte er schnell und schubste mich sanft vom Haus weg.

»Was?«, verstand ich nicht recht.

»Du musst sofort gehen. Gleich kommen Leute. Es wäre nicht gut, wenn sie dich sehen.«

»Ich wollte mich verabschieden«, erklärte ich. »Hast du es nicht...?«

»Norin!«, sagte er, als wäre ich völlig bescheuert. Das war das erste Mal, dass er herablassend war. »Selbstverständlich habe ich es mitbekommen. Das solltest du wissen.«

»Du warst nicht bei...«

»Ja, ich hatte anderes zu tun. Einer der Vorteile, im zweiten Rang zu sein.«

Hektisch drehte er sich um. Eine weitere Sache, die mir erst später aufgefallen war, war, dass er nicht darauf anspielte, dass diese Privilegien jetzt auch auf mich warteten...

»Aber du musst jetzt wirklich gehen«, drängte er.

Anscheinend stand mir die Enttäuschung über einen solchen Abschied ins Gesicht geschrieben, denn er schloss mich in seine Arme und flüsterte mir etwas zu.

»Wir sehen uns wieder. Versprochen. Okay?« Er küsste mich. »Ich verspreche, dass wir uns wiedersehen.«

Ich glaubte nicht recht daran. Aber er schien fest davon überzeugt. Vielleicht zu überzeugt.

»Hier«, sagte er, griff unter sein Shirt und zog etwas über seinen Kopf.

Es war eine wunderbar glänzende, goldene, feingliedrige Schnur. Er griff um meinen Hals und ich spürte, dass die Schnur körperwarm war. Schwerer als Stoff. Es war sicher keine Schnur. Vielleicht Metall.

»Wie heißt das?«, fragte ich und befingerte das zarte Etwas, das so schön glänzte.

»Man nennt es Kette. Und man kann Dinge dran hängen. Irgendwann schenke ich dir etwas, dass du daran hängen kannst. Ehrenwort. Aber jetzt musst du gehen, Kätzchen.«

Ein viel zu schneller Kuss, eilende Handbewegungen und ein Leander, der mich von sich wegdrehte und nicht annähernd so traurig schien wie ich.

Auf dem Rückweg fragte ich mich, ob ich nicht ganz schön naiv gewesen war, was Leander anging. Ob ich mir nicht zu viel eingebildet hatte und die Hoffnung und meine Jugend mich blind gemacht hatten? Leander hatte überhaupt nicht so gewirkt wie Eiren. Nicht niedergeschlagen. Verloren. Oder traurig. Er wirkte gehetzt. Und zuversichtlich. Beinahe sicher. Gab es so etwas wie ein alljährliches Schwimm-Lektionere-Treffen, auf dem ich ihn wieder treffen würde? War er deshalb so sicher? Oder würde man ihn auch umsiedeln? Aber nein. Meine Einteilung war schon so untypisch, dass sie ganz sicher nicht völlig grundlos und außerplanmäßig jemanden aus dem gleichen Areal ebenfalls versetzen würden. Der unter anderem ebenfalls Schwimm-Lektioner war. Vielleicht gab es irgendwo einen Ort, an dem chronischer Schwimm-Lektioner-Mangel bestand? Doch alle diese Wahrscheinlichkeiten waren gleich null. Aber wie groß war die Wahrscheinlichkeit gewesen, dass man mich in den zweiten Rang einteilte? Unweigerlich fragte ich mich, wie wahrscheinlich es war, dass dies wirklich die Wahrheit war...

Der Abschied von meiner Familie war grauenvoll. Ich konnte meine Eltern nicht ansehen, denn sie weinten bitterlich. Ebenso wie meine kleinen Brüder. Alle vier schienen in ihren Tränen zu ertrinken. Darla und Cona hingegen schienen noch immer zu geschockt, um mit mir zu reden. Mein Vater nahm mich so fest in den Arm, dass ich beinahe auch weinen musste. Er wehrte sich lange dagegen, mich loszulassen. Er flüsterte leise in mein Ohr und brachte mich an meine Grenzen. »Du warst immer etwas Besonderes, Norin. Das habe ich immer gewusst. Du bewegst etwas, mein Kind. Ich liebe dich. Und du verdienst Gutes, egal was andere zu dir sagen. Du verdienst die Welt und noch viel mehr. Du musst sie dir nur Untertan machen, Kind. Dann kannst du alles haben, was du willst. Und was du verdienst. Denke immer an meine Worte, meine Kleine. Deine Meinung und deine Entscheidungen zählen. Nicht die der anderen. Du kontrollierst dich selbst. Sonst niemand. Und immer schön kratzen.«

»Aber nicht zerbrechen«, beendete ich den Satz und musste traurig lächeln. Als er mich loslassen konnte, gab ich ihm einen Kuss auf die Wange, bedankte mich für seinen Glauben an mich und alles, was er je für mich getan hatte.

»Ich werde nicht damit aufhören, Norin Narlenhia Fly. Niemals wirst du alleine sein.«

Er küsste mich auf den Kopf und schob mich zu meiner Mutter. Sie brach sofort wieder in Tränen aus und nun musste auch ich weinen.

»Mein kleiner Schwachkopf«, schluchzte sie. »Du wirst mir fehlen, mein Kind. Ich weiß, wir hatten es nicht immer leicht miteinander, aber Norin, du solltest eines wissen: Ich entschuldige mich bei dir und hoffe, dass du mir vergeben kannst. Denn ich liebe dich.«

»Du musst dich nicht entschuldigen, Mutter. Dank dir bin ich, wie ich bin. Ohne dich wäre ich heute ganz anders. Du hast immer versucht, mich auf den Boden zurückzuholen. Du hast es immer nur gut gemeint. Und dafür danke ich dir und verlange, dass du diese Entschuldigung zurücknimmst.«

Gemeinsam lachten wir unter Tränen und drückten uns ganz fest.

»Ich liebe dich auch«, waren die letzten Worte an meine Mutter.

Aber am schwersten war der Abschied von Xeth. Wir hatten alles miteinander geteilt. Er war eigentlich der einzige richtige Bruder, den ich hatte. So wirklich geschwisterlich ging ich nur mit ihm um, auch wenn ich die drei Jüngeren schrecklich lieb hatte. Doch Xeth war etwas Besonderes.

»Tja, Norin. Das war es wohl mit Zank und Rangelei«, sagte er und zierte sich total.

»Jetzt musst du keine Angst mehr haben, dass du wegen mir Ärger bekommst«, war ich ebenso ungeschickt wie er und lachte dämlich.

»Ja«, grinste er. »Ich glaube, ich werde es vermissen.«

»Ich werde es auch vermissen. Der Geruch deines Angstschweißes war wie der einer schönen Blume«, lachte ich jetzt offen und er stimmte mit ein. »Ach Xeth! Danke, dass du mich ausgehalten hast. Danke, dass du in den Nächten bei mir warst. Ich werde dich unglaublich vermissen«, sagte ich leise und stille Tränen gewannen schon wieder die Kontrolle über meine Sicht. »Du wirst mir so fehlen und ich werde jede Nacht vor dem Einschlafen an dich denken! Und ich schreibe! Versprochen. Ich sage dir Bescheid, wie ich träume und dass ich an dich denke, ja?«

»Ja«, schluchzte er leise und ich zog ihn in meine Arme.

»Danke, dass es dich gibt«, flüsterte ich.

»Selber!«, sagte er und wieder fielen wir in eine Mischung aus Lachen und Weinen.

Früher hatte ich immer zu allem und jedem *selber* gesagt. Am häufigsten zu ihm.

»Es wird so leer sein, ohne dich«, flüsterte er in mein Haar.

»Ich bin in Gedanken bei dir. Bei euch allen«, schwor ich und löste mich von Xeth, bevor ich ihn doch mitnehmen musste.

»Ihr werdet mir so fehlen«, sagte ich noch einmal, umarmte alle drei Jungs auf einmal und küsste jeden auf die Stirn. »Passt gut auf Mutter und Vater auf, ja?«, bestimmte ich mehr, als das ich fragte. Ganz stolz nickten die drei und grinsten mich an.

Ein schriller Ton erklang. Ich hatte so etwas noch nie gehört, doch es hatte etwas Alarmierendes.

»Ich muss, glaub ich, los«, sagte ich und drückte meine Eltern noch einmal schnell.

Schon halb auf dem Weg drehte ich mich noch einmal um. »Vater? Kannst du Eiren sagen, dass ich...« Irgendwie fehlten mir die richtigen Worte. Also sagte ich, was mir als erstes in den Sinn gekommen war. »Sagst du ihm, dass ich alle seine Spiele, die er mir geschenkt hat, mitgenommen habe? Kannst du ihm das sagen, bitte?«

Ich klang viel unsicherer, als ich erwartet hatte. Viel zu spät bemerkte ich die Tränen. Mein Vater nickte und winkte mir zu. So viel Trauer auf einmal war zu viel für mich.

Ich ging zu den Leuten, die vor unserem Haus auf mich warteten, und drehte mich nicht noch einmal zu meiner Familie um. Überhaupt, sah ich nichts mehr in Areal 19 genau an. Ich wollte mich nicht zu genau erinnern. Was man noch genau wusste, vermisste man nur noch mehr.

Vertuschungen

Wir gingen zuerst zu dem *Er*-Haus und holten den Fürchtigen ab, der mich eingeteilt hatte. Freundlich schüttelte er meine Hand und hieß mich Willkommen.

»Ich bin sicher, du wirst über das Transportmittel sehr überrascht sein«, sagte er und wir liefen weiter.

Ich achtete auf nichts um mich herum, dachte nur noch an Eiren, Vater, Mutter und Xeth und die Kleinen und wie sehr sie mir fehlen würden. Ich hätte besser auf mein Umfeld achten sollen. Denn bereits an der Ruine hätte ich bemerken können, wohin die große Gruppe Diener und der Fürchtige mich brachten.

Sie brachten mich zum See.

Ich blieb so abrupt stehen, dass ein Wächter gegen mich lief und mich beinahe umrannte. Aber das, was dort auf dem See war, brachte mich so sehr aus der Fassung, dass mir abwechselnd warm und kalt wurde.

»Was ist denn *das*?«, fragte ich vollkommen fassungslos.

»Ich sagte ja, du wirst sicher überrascht sein«, lächelte der Fürchtige zufrieden. »Das nennt man Unterwasserboot.«

Ich begriff das Wort nicht. Erst recht nicht im Zusammenhang.

»Was sollen wir denn damit im See?«, fragte ich und achtete nicht auf meine schlampige Wortwahl. Momentan war mir alles ziemlich gleichgültig.

»Weißt du Norin Fly, nicht alles ist so offensichtlich, wie es scheint. Das solltest du doch gerade wissen.«

Ein Schauer überlief mich. Was sollte denn dieser Kommentar? Woher konnte er denn wissen, dass ich mich damit auskannte? Und wieso war er sich dessen auf so unheimliche Weise sicher? Als wüsste er, dass ich manchmal mit meinem Alter log. Dass die Leute mich nicht als erwachsen sehen wollten. Dass das Meiste nicht immer das war, was man erwartete. Dass ich das alles erst vor einigen Tagen zu Leander gesagt hatte.

Steif blieb ich stehen und starrte dieses Monstrum im See an. Etwas in mir stemmte sich dagegen, in dieses Ding einzusteigen. Ob es daran lag, dass ich an meinen Traum denken musste und dieser vielleicht die Warnung war, nicht in dieses Ding einzusteigen oder daran, dass es einfach so fremd aussah, dass es nicht richtig sein konnte, wusste ich nicht. Doch sie ließen mir keine Zeit, um weiter zu zweifeln oder zu zögern. Man brachte mich direkt in dieses riesige Metallding. Schnell weg mit Gedanken und her mit verwunderten Gesichtsausdrücken. Dieses große Ding war sicher zehnmal so modern wie jedes Haus, das ich jemals in Nonnum gesehen hatte. Überall blinkten Lichter, waren Hebel und Knöpfe, zitternde Nadeln, Klappen und Luken, bunte Schalter und Drehscheiben. Alles wirkte unheimlich kompliziert und zeitaufwendig.

»Hier entlang, Norin«, sagte der Fürchtige und winkte mich zu sich, weg von den modernen Lichtern und Knöpfen. »Hier in diesem Flur sind die Kajüten. Das sind die Schlafräume. Du schläfst in der dritten Tür von links. Die vierte Tür ist eine Waschkammer, die zweite links nur eine Toilette, die auf der rechten Seite ist ein Durchgang zu den Essensräumen, die fünfte Tür zu deiner Rechten ist ein Gemeinschaftraum und wenn du mich suchst, ich bin im zweiten Flur gerade aus, in der vierten Tür rechts. Hier schlafen nur weibliche Personen, in dem nächsten Flur nur männliche. Die Crew heißt uns heute Abend mit einem Essen willkommen. Die Reise wird insgesamt einige Tage zu Wasser dauern und einen Tag in der Luft. Aber Genaueres erfährst du in vier bis fünf Tagen.«

Damit schloss der Fürchtige, als sei es eine Schelte gewesen und wandte sich wieder um. Er unterhielt sich noch eine Weile mit einem Diener. Ob der Beruf des Dieners angesehen war, wusste ich nicht. Mir erschien er nicht sonderlich anspruchsvoll. Ich kannte mich aber auch nicht aus.

Ich ging in meine Kajüte, wie der Fürchtige es genannt hatte, und sah mich um. Es war ein langer Raum, schmal und hoch. Mein Bett war oben, direkt unter der Decke des Raumes, was ich schrecklich fand. Darunter waren einige Regale und ein winziger Tisch. Gegenüber des Bettes war eine Einbuchtung, von der ich nicht verstand, was ihr Sinn war. Im hinteren Teil des Raumes war ein kleiner Stuhl. Es war eng, alles war weiß und sofort hatte ich das Gefühl, dass es dort falsch war. Das hatte nichts mit Metall zu tun. Der Stoff, aus dem Alles bestand, war einheitlich und schien ineinander überzugehen. Es wirkte total steril und rund. Der Stoff war zum Teil nachgiebig, wie bei der Stuhllehne, fühlte sich rau an und war irgendwie völlig anders, als alles, was ich kannte. Aber irgendwie war hier alles völlig anders, als ich es kannte.

Ich ging wieder aus dem seltsamen Raum raus und suchte den Fürchtigen. Schnell fand ich ihn. Er schien die Verwirrung in meinem Gesicht zu lesen, denn er lächelte und tätschelte meinen Arm.

»Alles wird gut. Sei nicht nervös.«

»Bin ich nicht«, sagte ich und bemerkte sofort, dass es die Wahrheit war. »Ich frage mich nur noch immer, was wir hier drinnen sollen.«

»Dieses Ding schwimmt. Es bringt uns unauffälliger fort, als ein Lufttransporter.«

»Nein, das meine ich nicht. Ich meine den See. Was sollen wir hier in diesem See?«

»Komm mit«, grinste der Fürchtige mich an und führte mich am Ellenbogen ein ganzes Stück in eine Richtung. Nicht einmal bogen wir ab, wir gingen immerzu gerade aus. Dann kamen wir an eine Tür, die der Fürchtige öffnete, und was ich da sah, verschlug mir wahrlich die Sprache.

Es schien die Spitze des Unterwasser-Dinges zu sein, denn es lief nach vorne spitz zusammen und war über und über von Glasscheiben bedeckt. An und auf den Glasscheiben waren Bilder, Zahlenreihen und Messgeräte projiziert, die die Männer und Frauen mit den Fingern hin und her schoben, vergrößerten, verkleinerten, veränderten, an den anderen weitergaben – es wirkte wie ein Spiel aus Licht auf Glas, mit dem man anscheinend besser arbeiten konnte als mit Schreibgeräten.

Ich war vollkommen entsetzt, dass es so etwas gab. Dass Nonnum so modern sein konnte, war als Zivilbürger nicht zu erahnen. Wieso enthielt man uns solche Dinge vor? Oder arbeitete man schon damit, nur ich wusste nichts davon? Aber wäre so etwas nicht allgemein nützlich? Wieso nutze man es nicht im Alltag?

»Was sind das für... Scheiben?«, fragte ich den Fürchtigen.

Er lachte ein wenig.

»Das liegt nicht an den Scheiben. Sondern an den Projektoren und den Maschinen, mit denen sie verbunden sind. Wusstest du, dass man früher viel damit gearbeitet hat?«

»Wieso hat man damit aufgehört?«, wollte ich wissen und eigentlich war es mir egal, ob es eine verbotene Frage war.

»Weil man dachte, die Menschen seien nicht in der Lage, damit umzugehen. Was denkst du darüber?«

Das verwunderte mich nun wirklich. Wieso interessierte einen Fürchtigen, was ich dazu zu sagen hatte? Auf einmal wurde er mir doch wieder unheimlich. Ich verstand nicht, was dieser Mann wollte und was er glaubte, wie er es erreichte, aber ich tat einfach, was mir in den Sinn kam. Ein bisschen aus Neugier, ein bisschen aus Provokation.

Ich ging hinüber zu den Männern und Frauen und fragte mit einem Blick, ob ich auch mal dürfte. Die Frau nickte. Ich legte meinen Finger auf die Scheibe und zog das Feld, das direkt vor mir und mit Zahlen bedeckt war, in die Mitte. Es war nicht schwer. Man berührte es. Man bewegte es. Und es gehorchte. Es gefiel mir nicht, aber doch machte es irgendwie Spaß. War es richtig, dass man etwas nur antippen musste und sofort musste es tun, was man wollte? Wieso hielt man es vor den Menschen versteckt? Jetzt stand ich alleine an der Glaswand und tat einfach, was meine Arme und Finger wollten. Als ich fertig war, sah ich auf einen Kreis, in dem die Felder nach Arten geordnet waren. Alle Zahlenfelder zusammen, die Messer alle gemeinsam und die Bilder gehörten auch zusammen. Ich sortierte sie noch einmal neu in Reihen, dann noch einmal.

»Das wäre auch ein Beruf für dich gewesen, Norin«, sagte der Fürchtige und wirkte unglaublich zufrieden mit sich selbst.

Sofort bereute ich es, dass ich mich schon wieder hatte ablenken lassen. Noch immer verstand ich nicht, was dieser Fürchtige wollte.

»Mh«, machte ich nur und stellte mich wieder zu ihm. Sofort begannen die Männer und Frauen wieder die Bilder und Felder wild durcheinander zu werfen.

Ich beobachtete eine Frau, die ein Feld sogar änderte. Mithilfe ihres Fingers schrieb sie etwas in das Feld und sofort änderte es die Handschrift in Schreibgerätschrift und setzte es unten an die Reihe von Wörtern. Fasziniert, erschrocken und vollkommen verwirrt sah ich zu dem Fürchtigen, der keine Anstalten machte, wieder zu gehen.

»Warum bleiben wir hier?«

»Ich dachte, du willst vielleicht sehen, wie wir losfahren. Das würde vielleicht einige deiner Fragen beantworten.«

Ich wusste nicht, ob ich es wollte. Aber ich hatte das Gefühl, es zu müssen. Wann bekam man schon eine solche Gelegenheit? Außerdem brannte mir die Frage nach dem See noch immer auf der Zunge. Wieder einmal zog er mich hinab in seine Tiefen und ließ mir keine Chance, zu entkommen. Gespannt wartete ich darauf, dass sich etwas tat, aber nichts geschah. Fragend sah ich den Fürchtigen an.

»Oh, du wartest? Na da wirst du noch ein Weilchen warten müssen, der Kapitän ist noch nicht da. Es kann noch nicht losgehen.«

Was war bitte ein *Kapitän*? Und wieso mussten wir auf ihn warten? Da öffnete sich die Tür hinter uns und ich drehte mich um. Ein Mann trat ein. Mit schütterem grauem Haar, vielen Falten und so grauen Augen, dass sie beinahe so leblos wie das Metall waren. Er sah schick aus, aber ich fragte mich, was dieses Ding um seinen Hals sollte. Es war lang, unten spitz und schien um seinen Hals geknotet zu sein. Was hatte dieses Teil für einen Sinn?

»Hallo Kollin«, sagte der Mann zu dem Fürchtigen und nickte. »Ist sie das?«, fragte er und kam zu mir herüber.

Er musterte mich, als sei ich eine Rarität, die man für viel Geld erwerben konnte, als wäre ich etwas ganz besonders Beliebtes, dass man ihm wegnehmen würde, wenn er nicht genau genug darauf aufpasste. Aufdringlich und besitzergreifend betrachtete er mich und das war der erste Moment, in dem ich mir sicher war, dass das hier *alles* nicht so war, wie es den Schein hatte. Der Fürchtige Kollin hatte völlig recht gehabt.

Ich zwang mich, stehen zu bleiben, den alten Mann anzusehen und war eisernen Willens, mich nicht einschüchtern zu lassen. Jetzt war alles zu spät. Es waren zu viele Leute da, ich würde nicht fliehen können. Damit würde ich nur hinderliches Aufsehen erregen. Wenn wir ankommen würden, würde ich Möglichkeiten suchen können. Aber hier saß ich in einer Falle. In einem Käfig. Man hatte mich eingesperrt und mir jegliche Freiheit genommen, die ich mir über die Jahre so hart erkämpft hatte. Innerhalb weniger Minuten konnten sie einem alles wieder nehmen. Wie ich sie doch alle hasste, diese Fürchtigen. Ich würde mitspielen müssen, solange bis sich für mich die Gelegenheit bieten würde, zu entfliehen. Aber was, wenn ich die niemals bekommen würde? Wenn das hier nur ein getarntes Tötungskomitee war und ihnen mein Widerstand reichte?

»Beruhige dich Norin. Dir wird nichts passieren«, sagte Kollin. Ich zwang mich mit Hängen und Würgen nicht zu schnauben.

»Hallo Norin Fly«, sagte der ältere Mann und kam auf mich zu. Ich versuchte meine Beine zu kontrollieren, doch ich konnte nicht. Sie gingen ein paar Schritte zurück. Ob es Angst war oder Vorsicht konnte ich nicht sagen, aber wahrscheinlich beides. Niemals war mir jemand so falsch vorgekommen wie dieser Mann. Die Art, wie er mich ansah, war mir zuwider. Als wäre ich kein Mensch, sondern eine Kostbarkeit.

»Hallo«, sagte ich und ließ meine Stimme hart klingen. Es kam mir nicht hart genug vor.

»Hallo«, hauchte der Mann noch einmal und machte sich sofort noch eine Spur unheimlicher.

Wie er mich anstarrte, war einfach widerlich. Ich räusperte mich und sah zu dem Fürchtigen. Suchte ich gerade wirklich Hilfe bei einem von denen?

»Moistuer, lass gut sein«, sagte Kollin und schob den Alten ein Stück zurück.

Der Alte seufzte tief und kräftig. So etwas hatte ich noch nie gehört. Es klang nach einem Mann, der endlich etwas erreicht hatte, und doch jetzt schon müde war.

»Bringt sie in ihre Kajüte«, sagte der alte Moistuer.

»Wenn du gestattest, ich wollte Norin zeigen, wie das Boot losfährt.«

»Mach, wie du es willst. Aber sei vorsichtig mit ihr.«

»Was wird hier eigentlich gespielt?«, schaltete ich mich jetzt ein. Ich hasste es, wenn man von mir sprach, als wäre ich nicht da. »Was soll das alles hier?«

»Das wirst du bald sehen. Norin Fly. Norin Fly. Norin Fly...« Der alte Mann ging raus und nannte meinen Namen immer wieder mit verschiedenen Betonungen.

Jetzt bekam ich es wirklich und ernsthaft mit der Angst zu tun. Wie dieser Mann meinen Namen sagte, hatte etwas so Ekelerregendes, dass mir speiübel wurde. Ich sah mich nach den Menschen um, die mit uns in dieser Spitze waren, doch keiner beachtete uns. Als hätten sie das alles nicht gehört, tippten sie weiterhin auf dem Glas herum.

»Warum bin ich hier?«, fragte ich. »Sie bringen mich nicht nach Areal 14, oder?«

»Kluges Mädchen«, sagte Kollin. »Sieh. Es geht los«, sagte er und deutete auf die Glasscheiben.

Plötzlich wurde es unerträglich hell und nach einer Weile erkannte man Felsen, Pflanzen, Tiere und eine riesige große schwarze Schneise, die ins Unendliche zu gehen schien.

»Was ist das?«, fragte ich erschüttert.

»Der Weg hinaus aus Areal 19. Verabschiede dich Norin. Jetzt beginnt etwas Neues.«

Das Boot bewegte sich immer schneller und schneller. Es ruckelte, donnerte und hörte sich grauenvoll an. Das hatte nichts mit Schwimmen zu tun. Schwimmen war viel leichter, gleitend und erfrischend. Das hier war vollkommen falsch. Das hier hatte nichts mit meinem Traum zu tun.

Ich wurde nicht in die Tiefe gerissen. Wir glitten hinein in das Wasser, das nicht düster war. Es war hell erleuchtet. Man sah alles. Gefangen zwischen Faszination für das Leben in diesem See und völliger Beklommenheit, weil ich solche Angst hatte, wurde mir wieder übel.

Ich stürmte aus der Spitze dieses Monstrums hinaus, hörte noch, wie Kollin mir stolpernd folgte, mich aber nicht einholen konnte. Mein Magen krempelte sich um, mir wurde schwindelig. Wie weit ich gelaufen war, wusste ich nicht, ich öffnete einfach die nächstbeste Tür, als ich merkte, dass es jetzt nicht mehr anders ging. Zu meinem Glück war es ein riesiger Raum. Gleich die erste Tür öffnete ich wieder und stand in einem Waschraum.

Ich übergab mich in das Waschbecken. Ich musste eine Weile warten, bis der Schwindel aus meinem Kopf verschwand. Ich spülte meinen Mund mit Wasser aus und schaufelte mir noch etwas frisches Wasser davon ins Gesicht.

Da hörte ich Schritte. Das war sicherlich Kollin, der mich jetzt endlich eingeholt hatte.

Einen Moment blieb ich noch an das kühle Waschbecken gelehnt stehen. Es war beruhigend. Erfrischend. Es brachte mich wieder auf den Boden. Doch es hielt nicht lange an. Denn im nächsten Moment hob ich vollkommen ab.

»Wer ist da?«

Ich fiel. Ich wurde in die Tiefe gerissen. Widerstandslos ließ ich mich ziehen. In den Abgrund. Den Abgrund der Wahrheit. Eine so schreckliche Wahrheit, dass ich auf der Stelle ruhig wurde. Unheimlich ruhig. Denn diese Stimme kannte ich. Ich kannte sie gut. Und ich wusste, wer gleich in der Tür stehen würde. Und dann kam er.

Als er mich sah, weiteten seine rätselhaften Augen sich vor Schreck. Jegliche Farbe wich aus seinem Gesicht. Es schien, als wäre auch er in die Tiefe gerissen worden.

»Was machst du hier?«, fragte er und wirkte beinahe entsetzter als ich.

»Das sollte ich dich eigentlich fragen«, meinte ich und meine Stimme klang so ruhig und ausgeglichen wie noch nie. Während mein Inneres eine riesen Party veranstaltete.

Mir wurde heiß, kalt, alles drehte und wandte sich unter Leanders Blick auf mir. Einen Augenblick gab es nur uns beide.

Wie naiv ich doch gewesen war. Ich war doch dieses Mädchen, das sich blind in den Kerl verliebt hatte.

Hatte ich das laut gesagt? Er antwortete darauf.

»Nein, Norin. Es ist nicht so wie du denkst... Wirklich, es ist nicht so! Bitte glaub mir.«

Ich wusste gar nicht mehr, was ich glauben sollte.

»Bitte Norin. Ich bin es. Vertrau mir.«

Vertrauen? In dieser schrecklichen Welt gab es so etwas nicht. Nicht mehr.

Hinter Leander tauchten Leute auf. In Weiß. Mit Gürteln und Dingen, die daran befestigt waren. Sie schubsten Leander zur Seite, der irgendetwas schrie. Doch ich hörte nichts mehr. Ich bekam gar nichts mehr mit. Ich konnte ihn nur ansehen. Wie gebannt sah ich ihn an und konnte nicht glauben, dass ich mein Herz an jemanden wie ihn verloren hatte. Einen Lügner. Einen Betrüger. *Einen von ihnen.*

»Es ist völlig anders. Wir sind nicht, wer du glaubst. Wir sind...«

Doch wieder war seine Stimme fort. Seine schönen Lippen bewegten sich, sein dichtes Haar schwang mit seinen abwehrenden Bewegungen. Er wehrte sich gegen die in Weiß. Er brüllte, er schlug um sich und wollte zu mir.

Ich tat das alles nicht. Ich ließ mich auf den Boden drücken. Ich ließ mich fesseln. Ich ließ mir eine Spritze in den Hals jagen.

Ich sagte nichts. Ich tat nichts. Ich sah ihn nur an.

Und konnte nicht fassen, wie dumm ich gewesen war.

Sie würden mich umbringen, war mein vorletzter Gedanke.

Und ich hatte es vielleicht verdient, war der letzte.

Clevere, spitze Dinger

Ich träumte nicht. Ich schlief nicht einmal richtig. Ich war so ruhig gestellt worden, dass ich nicht richtig wach war, aber auch nicht schlafen konnte. Einiges bekam ich mit. Anderes entging mir. Doch was auch immer geschah, ich konnte es nicht beeinflussen, beurteilen oder verhindern. Ich konnte nichts tun, außer dort zu liegen. Völlig wehrlos, nutzlos und halb tot. Immer wenn die Beruhigungsmittel nachließen, gaben sie mir neue. Wie lange das so ging, konnte ich nicht sagen. Ich hatte keine Ahnung.

Es kam mir vor wie Jahre.

Am längsten kam mir die Zeit mit Leander vor, der sich neben mich setzte, und mit mir redete. Ich hörte nicht hin. Ich wollte ihn nicht mal verstehen. Ich wollte, dass er ging. Aber wie sagte man das, wenn man nichts sagen konnte? Also ertrug ich seine Entschuldigungen, die ich nicht hörte, und seine Küsse, die ich nicht spürte. Ich war so ruhig, dass ich nicht einmal Wut empfinden konnte. Oder Angst. Oder überhaupt... irgendetwas. Als wäre ich gar kein Teil dieser Welt, ließ ich alles an mir vorbeiziehen. Einmal betäubten sie mich ganz, sodass ich wegdämmerte.

Als ich danach wieder aufwachte, spürte ich nur noch Schmerzen. Alles tat weh, ich konnte mich nicht bewegen, wollte nicht reden, sondern nur schreien, doch ich riss mich zusammen. Ich schrie nicht. Ob sie das gewollt hatten, dass ich schrie, wusste ich nicht. Ich wusste nur, dass ich ihnen den Gefallen nicht tun würde. Ich ertrug die schlimmen Schmerzen, ertrug die Nutzlosigkeit und auch Leander. Und die Blicke und Worte des alten Moistuer.

»Norin Fly. Norin Fly. So lange Zeit haben wir gewartet. Wir beobachten dich schon eine Weile.«

Und anscheinend hatte er nicht vor, das in Zukunft zu unterlassen. Widerlich und beinahe misshandelt kam ich mir vor, wenn er mich wieder verließ. Er setze sich eine Ewigkeit einfach vor mich, sagte immer wieder seufzend meinen Namen, schwafelte dieses wirre Zeug von einer anderen und besseren Welt und glotzte mich an. Doch ich entgegnete keinen Widerstand. Ich konnte nicht. Wollte ich es denn? Ich wusste es nicht. Ich konnte nicht denken.

Ich überließ mich der nächsten Spritze, die sie mir gaben. Ein beinahe gutes Gefühl überflutete mich. Fast hatten die Gefühle wieder angefangen sich zu regen. Jetzt waren sie wieder fort. Weit fort. Und ich genoss es, von ihnen befreit zu werden. Clever, waren diese kleinen, spitzen Dinger, die sich ihren Weg durch meine Haut in mein Blut bahnten. Sie waren wirklich clever. Sie raubten mir, was ich sowieso nicht wollte. Gefühle. Gedanken. Sinne.

Irgendwann verlor ich mich so sehr in dem Rausch der Ruhe, dass ich nicht einmal mehr Leander bemerkte, wie er mir eine andere Spritze gab, beruhigend über meinen Kopf strich und nette Dinge flüsterte.

»Mach uns doch nichts vor. Du bist kläglich gescheitert. Gib es wenigstens zu.«

»Ihr kennt sie nicht. Das hat nichts mit Scheitern zu tun. Wir hätten das auch anders lösen können! Das, was ihr momentan mit ihr macht, ist grausam. Gibt es denn nichts Menschlicheres? Etwas, das sie nicht fast umbringt?«

»Es hat doch seine Vorteile, dass sie nun ruhig ist. Wir geraten nicht in Erklärungsnöte.«

»Halt die Schnauze, Kollin!«, brach Leander jetzt wütend aus. »Können wir denn nicht irgendetwas anderes machen? Sie verliert sich in den Spritzen! Sie ist kaum mehr aufnahmefähig. Wollt ihr das? Wollt ihr aus ihr eine Sklavin machen, die für ihren Stoff alles tun würde?«

»Nein«, sagte Moistuer. »Sie wird wieder fit. Wir machen sie wieder gesund. Aber für den Transport ist es wichtig, dass sie ruhig gestellt wird. Ich befehle dir Leander, dass du dich ab sofort von ihr fernhältst. Lass sie in Ruhe! Morgen beginnt der Lufttransport. Solange muss sie ruhig sein. Also krieg dich wieder ein und sei ein Mann!«

»Sie ist neunzehn und offensichtlich süchtig. Wie könnt ihr alle das nur verantworten, dass ihr Norin dieses Zeug gebt? Heute hat sie gestöhnt, als man es ihr gegeben hat! Sie hat gestöhnt wie ein Junkie! Ihr müsst aufhören, ihr diese Spritzen zu geben.«

»Du machst dich lächerlich Leander. Nur weil du dich in sie verguckt hast, können wir nicht unsere Mission gefährden. Wir haben Möglichkeiten, sie wieder gesund zu machen. Beruhige dich. Oder wir tun es.«

Das waren Moistuers letzte Worte. Leander rannte wutentbrannt aus dem Raum und ging in seine Kajüte. Bis nachts wartete er, dann schlich er in das Labor, holte ein weiteres Gegenmittel und spritzte es Norin wieder. Er würde nicht zulassen, dass man sie so behandelte. Gefühle hin oder her, es war unmenschlich. Er hatte gedacht, er stünde auf der richtigen Seite. War sie das? Verabreichte die richtige, gute Seite einem Mädchen Drogen, bis sie süchtig war? Vergangene Worte hallten durch seinen Kopf und endlich verstand er, dass es völlig unwichtig war, welche Seite richtig war, und welche falsch.

Leander, du musst mir nicht alles erzählen.
Das ist es ja gerade: Ich muss das nicht, aber ich möchte es.
Du bist doch der Experte darin. Tu, was du nicht lassen kannst?
So einfach ist das nicht.
Doch. Genau so einfach ist es. Mach es einfach, wenn du es möchtest. Alles andere sind nur Regeln, die nichts bedeuten.

Es war absolut unbedeutend, auf wessen Seite er stand und an welche Regeln er sich hielt. Wichtig war nur, dass er bei *ihr* war und jetzt das Richtige tat. Er beugte sich über Norin und strich durch ihr Haar. Man hatte sie wieder gewaschen. Ihr Haar war ganz weich. Sein Gewissen quälte ihn und fraß ihn von innen auf. Wenn er doch nur mehr für sie tun könnte. Er streichelte ihre Wange, als sie leise stöhnte und sich bewegte. Erleichtert atmete er aus. Na endlich begann sie wieder sich zu regen. Zwar hatte sie das Gesicht schmerzvoll verzogen, doch es war immerhin ein Anfang. Vielleicht hatte er Glück und sie wachte morgen auf.

»Kämpfe Kätzchen. Du musst kämpfen.«

Schmerz. Glühender, beißender, zerreißender Schmerz bedeckte meinen Körper. Als könnte er sich nicht entscheiden, welchen Schmerz er zuließ, ließ er einfach jeden zu und brachte mich dazu, mir zu wünschen, es wäre vorbei. Wieso konnte es nicht vorbei sein? Mussten sie mich so quälen? Konnten sie mich nicht einfach umbringen und dann wäre alles gut? Konnte ich nicht endlich sterben?

Meinen linken Arm spürte ich nicht mehr. Ebenso meinen Hals. Mein Kopf schien zu schweben und pochte wie wild. Alles geschah in meinem Körper – und doch nichts. Ich fühlte und doch empfand ich nicht wirklich etwas.

Ein vertrauter Geruch – fort war er wieder.

Schmerzen in meinem Kopf, meinen Gliedern – mein Körper war zu voll und gleichzeitig so leer. Ich registrierte alles um mich herum – konnte aber doch nichts richtig wahrnehmen. Es war grausam. Diese Leute hier waren schreckliche Menschen. Sie waren Monster. Wieso taten sie mir das an? Wieso konnte ich nicht sterben? Ich wollte es doch so gerne. Bitte, wieso erlöste mich niemand von diesen Qualen? Diese Zerrissenheit, diese Unsicherheit – tötet mich oder gebt mir eine verdammte Spritze!

Und da kam sie. Wie ein Woge von warmen Sonnenstrahlen, die mich einhüllen, erfrischendes Wasser, das über meine Haut gleitet und Gras, das meinen Hals kitzelt, erfüllte das Mittel mich mit allem, was gut war. Wunderbar. Erleichternd. Die Last fiel von mir ab. Die Last von mir selbst und der ganzen Welt. Alles war fort. Die Strahlen wurden wärmer, das Wasser kühler und das Gras kitzelnder. Und noch mehr. Und mehr.

Heiß. Kalt. Und Stechend. Auf einmal brannte eine unerträgliche Hitze, eine Eiseskälte, die mich lähmte, und das Gras schien nun eine Wiese aus Spritzen zu sein, die sich tief in meine Haut bohrten.

Ich brannte, ich wurde in die düstere Tiefe gezogen und wurde durchstochen – alles, überall, gleichzeitig.

Tod, dachte ich. Eiren würde mich dafür hassen, aber der Tod konnte doch schön sein. Befreiend, so wie die Spritzen. Nur würde er mich nicht verbrennen, einfrieren oder stechen. Er würde mich in seinen Armen wiegen, bis ich alles vergessen hätte. Bis ich allein und sicher angekommen war.

Scheiß auf den *Er*. Scheiß auf Nonnum. Und scheiß auf mich selbst. Ich wollte nur eines: Frieden.

Wieso ließ man mich nicht meinen Frieden haben?

Ich wachte auf. Noch immer schmerzte mein Körper. Alles tat weh, doch ich nahm die Dinge um mich herum wieder wahr. Ich versuchte, mich zu bewegen, doch es ging nur unter Qualen. Wo war ich? Und wieso donnerte es um mich herum? Es schwankte und ruckelte. Ich hob unter Schmerzen den Kopf und sah an mir herunter. Ich war auf ein Bett geschnallt.

Und einen Moment später verstand ich warum. Plötzlich kippte die Welt zur Seite. Ich rutschte direkt in die Schnallen hinein und konnte nicht nicht schreien. Es tat so weh, dass ich einfach schrie. Ich brüllte vor brennendem Schmerz. Ich hörte, dass jemand meinen Namen sagte, und wollte fliehen, doch ich konnte nicht. Jede Bewegung schmerzte. Die Welt kippte auf die andere Seite und wieder schrie ich, weil mein Körper in Flammen aufzugehen schien. Wieder sagte jemand meinen Namen, versuchte mich anzufassen, doch machte es das alles nur schlimmer. Jede Berührung entfesselte ein Feuer auf meiner Haut, das in die Knochen drang, und mich zu verzehren schien.

Ich redete, ich wusste nicht was. Vielleicht flehte ich um den Tod. Vielleicht schimpfte ich wegen der Schmerzen. Vielleicht fragte ich, wieso sie mir das antaten? Vielleicht begriff ich nicht, wieso es so weh tat. Vielleicht bettelte ich um eine Spritze, die mich wieder in das Land der Ruhe verfrachten würde. Dann verlor ich mein Bewusstsein. Doch auch im Schlaf brannte ich.

Als ich wieder erwachte, brauchte ich lange, um zu begreifen, dass ich noch immer angeschnallt in dem Bett lag. Die Schmerzen waren nicht fort, aber sie waren viel erträglicher. Ich versuchte, meine Augen zu öffnen und nach einer Weile gelang es mir sogar. Meine Augen schmerzten, aber ich ignorierte es. Erst spät bemerkte ich, dass jemand bei mir lag. Ich drehte meinen steifen Kopf und sah neben mich.

Dort lag Leander. Er schlief. Friedlich sah er aus, aber besorgt. Zwischen seinen Augen waren zwei Falten, er hielt meine Hand. Er hatte seine Finger mit meinen verschränkt. Vielleicht hatte er in meinen Haaren gelegen, bevor ich aufgewacht war. Ich musterte sein Gesicht. Er sah müde aus. Schrecklich traurig. Und jung. Er sah nicht aus wie 21. Er sah aus wie 15. Wie ein Junge, der zu viele Sorgen hatte. Wie ein Junge, der Zuneigung und Rat brauchte. Ein Junge, der ein schlechtes Gewissen hatte, der sich selbst die Schuld gab. Leander erinnerte mich an Xeth als Junge, wie er immer in mein Bett gekrochen war, und wie wir einige Jahre später die Rollen getauscht hatten.

Irgendetwas in mir brach. Dass es noch etwas gab, das brechen konnte, überraschte mich. Ehrlich. Ich fühlte mich leer. Ich war ein wandelndes Nichts. Und doch berührte der schlafende Mann zu meiner Seite etwas in mir. Ich fühlte mich grauenvoll. Ich wollte wütend sein. Ich wollte ihn hassen. Doch ich konnte niemanden hassen, der mich an Xeth erinnerte. Es ging nicht. Ich wollte meine Arme lösen, doch auch das ging nicht.

Leander erwachte. Seine Lider flatterten, seine dunklen Haare hingen in sein Gesicht. Seine sonst so schönen scharfen Züge waren weich wie nie. Licht und Schatten umspielten sein Gesicht auf eine Art, die mich innerlich weich machte. Ich wollte ihn hassen. Ich wollte es so sehr. Doch ich dachte an Xeth. Und an Eiren. Und wusste, dass ich es nicht konnte.

»Es tut mir so leid«, flüsterte Leander so leise, dass ich es kaum hörte. Er legte eine Hand an meine Wange. »Vergib mir«, sagte er. »Du hattest recht. Du hattest die ganze Zeit recht. Es sind nur Regeln, die nichts bedeuten. Und selbst diese Regeln hier sind falsch.«

Ich verstand überhaupt nichts.

»Norin. Was glaubst du, wo du hier bist? Was glaubst du, was sie mit dir machen wollten?«

Wollten? Hatten sie es sich anders überlegt?

»W... was?«, war alles, was ich sagen konnte. Ich spürte Leanders Hand an meinem Handgelenk.

»Ich habe unsere eigenen Regeln gemacht.«

Leander überforderte mich maßlos. Ich verstand nichts, von dem, was er sagte. Und was er da tat, verstand ich erst recht nicht. Er machte die Schnallen, die mich festhielten, los.

»Komm«, sagte er und half mir, mich aufzusetzen. »Sieh mich an Kätzchen.«

Ich sah ihn an, aber seine Umrisse verschwammen immerzu.

»Du musst wach bleiben. Hörst du mich? Bleib wach, okay?«

Ich versuchte zu nicken, doch ich bekam nur die Hälfte hin. Ich bekam meinen Kopf nicht mehr hoch.

»Sieh mich an. Ich muss dir jetzt noch ein letztes Mal etwas spritzen, in Ordnung? Eine letzte Spritze und dann geht es dir besser, ja?«

Er sprach mit mir, als wäre ich ein kleines Kind. Doch genauso fühlte ich mich. Ich spürte einen Stich in meinen Hals. Es schmerzte.

»Nein«, flüsterte ich. »Bitte nicht. Nicht noch eine.«

Hatte ich sie nicht die ganze Zeit so sehnlichst herbeigewünscht? Wieso wollte ich es jetzt nicht mehr?

»Nein Liebes. Das ist etwas, damit es dir besser geht. Gleich geht es dir wieder gut, Norin. Bitte, bleib wach! Sieh mich an!«

Wieder kippte die Welt um und wir fielen von dem Bett herunter. Ich fiel auf meinen linken Arm und brüllte auf. Der Schmerz war nicht zu ertragen.

»Sch!«, machte Leander beruhigend. Er nahm meinen Kopf und hielt ihn. »Du musst leise sein, sonst finden sie uns. Hast du gehört?«

Ich hatte das Gefühl, ich hörte gar nichts. Ich fühlte nichts und verstand nichts. Leanders schöne Augen sahen mich traurig an.

»Norin? Kätzchen! Du musst kämpfen. Komm schon! Kannst du aufstehen? Ich helfe dir!«

Und er versuchte es, doch ich war genauso unselbstständig wie ein kleines Kind. Ich fühlte meinen Körper nicht. Das Zeug, das in der Spritze war, brannte in mir und lähmte mich. Hatte er nicht gesagt, es würde besser werden? Hatte er wieder gelogen?

»Norin! Bitte, bleib bei mir! Du musst, sonst schaffen wir es nicht!«

Wieder kippte die Welt leicht, doch diesmal schrie ich nicht. Das Brennen ließ nach und mit Leanders Hilfe konnte ich wieder stehen.

»Komm. Wir müssen in den Frachtraum.«

Was war das denn wieder? Ich fühlte mich hilflos. Dumm und klein. Nicht annähernd so bedeutend, wie Moistuers Blick mir glauben machen wollte.

»Auf geht's. Wir müssen los. Sicher suchen sie uns schon.«

Wer suchte uns? Und wohin wollte Leander denn gehen? Waren wir nicht unter Wasser? Was geschah denn hier bloß? Irgendwie brachte Leander mich aus dem Raum heraus. Wie lange wir liefen, wusste ich nicht. Es schien eine Ewigkeit zu sein. Vielleicht war es auch nur eine Minute. Ich hatte kein Gefühl mehr dafür.

Norin war leicht zu tragen, aber sie war so schwerfällig, dass der eigentlich kurze Weg mit ihr ewig lange dauerte. Damit hatte er nicht gerechnet. Er hatte gedacht, mit der Spritze würde es ihr schnell wieder gut gehen.

Vielleicht war diese Aktion ein Fehler gewesen. Vielleicht hätte er diese Leute nicht verraten sollen. Das Flugtransportmittel nicht manipulieren sollen. Vielleicht hätte er doch auf die nicht allzu ferne Landung warten sollen. Doch jetzt war es zu spät. Und er konnte nicht mit ansehen, wie Norin litt. Wie die anderen sie mit diesem Scheißzeug vollpumpten und sie sich allmählich immer mehr verlor. Wenn er gewartet hätte, hätten sie an Land dafür gesorgt, dass er ihr fern blieb. Dann hätte er ihr nicht mehr helfen können. Er hatte etwas tun müssen. Es war das Einzige, was er hatte tun können. Also hatte er es getan.

Ob er sich dabei nicht gerade selbst an Norin verlor, wusste er nicht. Aber er hatte etwas tun müssen. Sie retten müssen. Das hier war der einzige Weg gewesen. Also hatte er es getan. Und brachte so vielleicht viele Leute um ihr Leben. Damit *sie* leben konnte.

Irgendwann kamen wir in einen riesigen Raum hinein. Immer wieder verschwamm alles vor meinen Augen. Das große Ding um uns herum fiel. Und wir mit ihm, erst nach oben. Für kurze Zeit schwerelos, dann knallten wir wieder auf den Boden.

Ein Luftloch rüttelte den gesamten Lufttransporter durch. Norin fiel wieder auf ihren Arm, doch sie schien es gar nicht zu merken. Die Wunde sah schlimm aus. Ob sie je wieder heilen würde? Ob sie je wieder Norin werden würde? Ob sie ihn je wieder lieben könnte?

Metall. Es war ein schweres, großes Ding. Es sah nicht aus wie das Ding, mit dem wir in dem See verschwunden waren. Es sah völlig anders aus. Es war düsterer. Dunkel. Und viel größer. Was war das für ein Teil?
»Hier, zieh das an«, sagte er und schnallte etwas um mich.
Ich tat gar nichts. Wieso hatte er das zu mir gesagt? Ich konnte nichts tun. Es erschien mir so sinnlos. Alles schien seinen Sinn zu verlieren. Leander wirkte hektisch. Wieso? Immer wieder sah er sich panisch um.

Sein Herz raste wie wild und sein Kopf pochte. Heißes Blut rann sein Gesicht an der Seite hinab, doch es kümmerte ihn nicht. Er musste Norin hier herausbringen. Weg von diesen Leuten, die ihr weh taten. Weg von diesen Leuten, die sie benutzen wollten. Immer wieder glaubte er, Schritte zu hören, polternde Schläge und Rufe. Er beeilte sich so gut er konnte, doch ohne Norins Hilfe dauerte alles unerträglich lange.
Wieder ruckte der Transporter, doch diesmal konnte er Norin festhalten. Er sah aus dem Fenster und konnte das Wasser bereits sehen. Es war nicht weit unter ihnen. Einen Sprung aus dieser Höhe würden sie überleben können. Das war möglich. Er hoffte es inständig. Denn er konnte nicht länger warten. Er öffnete die Tür, schnallte sich die andere Leine des Fallschirmes um und nahm Norin in den Arm.

Düsterer Liebhaber

Etwas schlug laut gegen etwas anderes. Leander hatte sich an mich gebunden und drehte sich jetzt mit mir um.

»Verräter!«, hörte ich laute Rufe. »Das wird sie nicht von ihrer Aufgabe befreien. Du weißt, dass wir sie brauchen!«

Leander hinter mir sagte etwas, doch es war so laut, dass ich nicht hinhören konnte. Mein Kopf schmerzte. Ich spürte Leanders Hektik, seine Wildheit und Entschlossenheit. Doch was er dann tat überraschte mich so sehr, dass mir kurz die Luft wegblieb. Er hatte mich hinausgeschubst. Ich flog. Ich fiel. Ich fiel tief. Etwas ruckte hart an mir. Langsam. Langsamer. Und doch kam ich hart auf. Erst da merkte ich, dass er nicht *mich* geschubst hatte. Sondern *uns*.

Doch der Aufprall war so hart, dass er sich von mir löste. Ich verstand wieder nicht, wie es passierte. Doch er war fort. Ich war alleine. Ich spürte Wasser. Kaltes, klares Wasser.

Ich sah auf die Oberfläche – ganz kurz nur. Ich lächelte. Es war das Blau von Eirens Augen. Ich hatte es immer gewusst. Meerblau.

Dann sank ich. Ich strampelte nicht. Ich wehrte mich nicht. Kein Widerstand. Kein Sog, der mich hinabreißen wollte. Es war nicht wie in meinem Traum. Nichts zwang mich hinab. Außer ich selbst. Mein Gewicht.

Es zog mich hinab in die Tiefe. Düster. Dunkel. Kalt. So kalt. So tief.

Das war es wohl, dachte ich. Das war das Leben von Norin Fly. Ein Traum. Eine Warnung. Und doch hatte es nichts genützt.

Ich sank. Ich sah nichts Dunkles, das auf mich zukam. Kein breiter Mann mit unwahrscheinlich grünen Augen. Es kam niemand. Es kam nur das Nichts. Und es überrollte mich wie eine Wand. Es umklammerte mich und zog an mir. Es riss mich mit sich und ließ mich nicht mehr los.

Nichts. Das war ich. Ein Nichts. Ein Niemand. Unbedeutend. Widerstandslos. Und tot.

Norin Fly flog davon, in das düstere Nichts, das sie umarmte wie ein Liebhaber, und kam nicht mehr wieder.

Sand

Stimmen.
Hitze.
Etwas Hartes auf meiner Brust, das immer und immer wieder auf mich einstieß. Wieso konnte es mich nicht in Ruhe lassen? Konnte ich nicht einfach wieder in das Nichts sinken?
Frieden.
Der wäre so schön.
Doch ich bekam nie was ich wollte.
Was hatte ich erwartet?
Das harte schlug unerbittlich weiter auf meine Brust, bis mir übel wurde.
Etwas kroch in mir hoch. Etwas hielt meinen Kopf. Und etwas kam aus mir heraus.
Wasser.
Einmal.
Zweimal.
Dreimal.
Unter mir war Sand. Sand? Wieso Sand?
Hinter mir rauschte Wasser. Wasser?
Ich fiel in mir zusammen. Konnte mit letzter Kraft die Augen öffnen und sah in ein paar grüne Augen.
Wie konnte das sein?
War ich tot? War das nur ein weiterer grässlicher Alptraum?
»Noyade? Kannst du mich hören?«
Ich hörte. Ich sah. Und ich roch.
Ich fühlte. Ich schmeckte. Und ich empfand etwas.
Wieso? Was war geschehen? Wo war ich? Und wer war der Grünäugige? Wieso nannte er mich so? Hieß ich nicht anders?
War mein Name nicht ein anderer?

Und da hörte ich ihn. Wer ihn sagte wusste ich nicht.
»Norin.«
Ich erschrak. Ich selbst war es.
Und ich erinnerte mich wieder an alles.
»Norin Fly«, sagte ich und versuchte mich ohne Hilfe aufzusetzen. »Ich heiße Norin Narlenhia Fly.«
Aber bin ich das noch?

Ende erster Teil

Zweiter Teil
Noyade

Neongrün und baumrindenbraun

Wie eine heftige Welle überkam mich alles, was passiert war. Mein Kopf beschwerte sich mit lautem Pochen über die plötzlichen Erinnerungen, die über mir hereinbrachen:

Meine Augen, wie sie die des Fürchtigen Kollin trafen.
Xeth, der sich fast aus Angst vor den Fürchtigen in die Hose machte.
Leander und ich in der Sportkabine.
Der alte Less mit seinen Prophezeiungen.
Die Alpträume.
Eiren und ich in meinem Zimmer, mit den Spielen, die er mir geschenkt hatte.
Der gefälschte Brief.
Leuk, der nach Vae suchen wollte.
Leander und ich in seinem Haus.
Eiren, wie ich ihn verließ.
Ich sah mich selbst, wie ich zusammengebrochen da saß. Völlig leer.
Areal 19, entsetzt, dass Norin Fly in Rang zwei eingeteilt worden war.
Eiren, mit diesen unerträglich tieftraurigen, meerblauen Augen.
Ein Vogel, der mir seltsam nahe kam.
Ein Boot, dessen hochmoderne Technik vor der Welt geheim gehalten wurde.
Ein alter Mann, der mich ansah, als wäre ich eine seltene Trophäe.
Das Bad, in dem ich Leander traf.
Ein Boden, auf dem Leander mein Haar streichelte.
Das Bedürfnis nach Ruhe. Einfache, stille Ruhe. Sucht.
Ein Bett, auf dem Leander meine Fesseln löste.
Ein Fall. Frisch und tief.
Der Aufprall.
Das Abfinden mit dem Tod und dem ersehnten Frieden.

Und dann die Enttäuschung in mir, die in einem heftigen Kontrast zu den grünen Augen stand.

Hoffnung.

Ein Name: Noyade.

Und die Einsicht, dass ich wohl niemals meinen Frieden bekommen würde.

Meine Freiheit.

Niemals hatte sie so fern gewirkt. So unerreichbar.

Ich war eine Gefangene gewesen.

Eine Katze im Käfig.

»Sie redet«, sagte der Grünäugige und wollte mich stützen. Ich schubste ihn von mir weg.

Ich hatte Angst. Fühlte mich eingesperrt und wollte niemanden um mich haben.

Doch mein Schubsen bewirkte das Gegenteil. Ich schubste nicht den dunkelhaarigen Riesen fort, sondern mich selbst.

Ich fiel um und spürte den Sand.

Es war fester Boden. Kein Metall. Kein Gepolter mehr und kein Geschreie.

Stille. Ich hörte ein seltsames Rauschen, dass ich noch niemals vernommen hatte und drehte mich mithilfe meiner Arme um.

Ich sah das Meer. Wellen brachen am Strand, berührten beinahe meine Beine. Sie waren nass.

Richtig, erinnerte ich mich, *man hatte mich nicht ertrinken lassen.*

Der Traum. Die Realität war so anders gewesen, als der Traum.

Wenn ich ihn nur einmal gehabt hätte, wären mir die Unterschiede vielleicht nicht aufgefallen. Doch er kam drei Mal. Drei Mal – eine Warnung.

Noch immer wusste ich nicht ganz genau, vor was er hatte warnen sollen. Vor der Einteilung? Vor den Monstern? Vor dem Ertrinken? Vor Veränderung? Vor dem Tod?

Vor allem?

Vor nichts?

Ich drehte mich wieder um und mein linker Arm knickte weg, in den Sand.

»Dein Arm«, sagte er Grünäugige.

»Finger weg«, blaffte ich und wollte mich wegrollen.

»Ich will dir nur helfen.« Er sprach seltsam. Ich verstand ihn, aber seine Sprache setzte an machen Stellen komische Akzente.

»Norin!«, hörte ich eine Stimme, die mich erschreckte. »Norin, Er im Himmel, geht es dir gut?« Er hustete, ließ sich aber nicht davon abbringen zu mir zu kommen. »Wie geht es dir?« Leander war genauso triefend nass wie ich. Er wollte mich anfassen, doch ich schlug seine Hand weg. Leider mit dem linken Arm. Sofort schmerzte er.

»Wir müssen die Wunde reinigen«, sagte er sanft und deutete auf den Sand, der sich darin festsetzte.

»*Wir* müssen gar nichts!«, beschloss ich und wunderte mich, dass ich so schnell wieder bei Sinnen war. Was ein bisschen Wasser und Ertrinken alles bewirken konnte.

»Verzieh dich!«, knurrte ich und versuchte mit Hilfe eines Armes aufzustehen. Nach ein paar Versuchen gelang es mir sogar. Doch der weiche Sand unter meinen Füßen gab ständig nach, was mich schwanken ließ.

Ich betrachtete meinen Arm. Er war aufgeschnitten worden. Die ganze Innenseite des Unterarmes bis zum Handgelenkt. »Heilige Scheiße!«, fluchte ich und es war mir verdammt egal, ob sich jemand daran störte. »Was ist das denn?«, fragte ich entsetzt.

»Ich kann es dir erklären, aber lass es mich erst einmal reinigen. Es darf sich nicht entzünden.«

»Was weißt du denn schon davon? Lass mich in Ruhe! Ich will dich nicht sehen.« Ich drehte mich weg von Leander und stapfte durch den Sand in die andere Richtung. Leider hatte ich vergessen, dass dort der Grünäugige war.

Verärgert stöhnte ich auf und lief einfach den Strand hinauf, weg von beiden.

»Wir müssen das reinigen, Norin! Das ist sehr wichtig. Sonst...« Ich platze vor Wut.

»Sonst was Leander? Sonst sterbe ich? Ist mir egal! Wenn es denn nur endlich kommen würde! Ich bin es leid, ich habe keine Lust mehr! Hau ab!«

»Du wirst nicht sterben«, sagte er ruhig. »Du wirst weiter leben. Aber du könntest deinen Arm verlieren.«

Da fiel mir alles aus dem Gesicht. Eine Mischung aus Wut und Entsetzen machte sich in mir breit.

Entsetzen, weil ich wirklich keine Lust hatte, ein Leben ohne Arm zu führen. Ich würde gerne mit beiden Armen leben, wenn ich schon nicht sterben konnte. Wut, weil es mich zwang, ihm zuzuhören und mir von ihm helfen zu lassen. Ich wollte seine Hilfe nicht. Ich wollte seine Stimme nicht hören, ich wollte ihn nicht einmal sehen.

Und dann löste Verzweiflung alles andere ab und ich sank in den Sand und hielt mir das Gesicht mit den Händen. Es schmerzte, aber es war mir egal.

Irgendwie schien alles egal zu sein. Ich war es so leid!

Leander kam zu mir und setzte sich neben mich. Ich streckte ihm meinen Arm hin, sah ihn aber nicht an.

»Hey du«, sagte Leander zu dem Grünäugigen gewandt. »Wie heißt du?«

»Kion.«

»Hallo Kion. Ich bin Leander.« Er hielt ihm die Hand hin, doch Grünauge ergriff sie nicht. Ich musste lächeln.

»Kennst du dich mit Heilkräutern aus? Etwas, mit dem man Wunden heilen kann? Solche Dinge?«

Der Kollos namens Kion schüttelte den Kopf.

»Fein. Dann setz dich zu ihr und ich werde mal in dem Wald gucken gehen, was ich finde.«

Kion blieb stehen. Leander ging trotzdem. Kions Blick richtete sich auf mich und irgendwie sah er ungläubig aus. Als könnte er mich nicht richtig erkennen. Oder nicht glauben, dass ich dort saß.

»Du hast mich vorhin anders genannt«, stellte ich fest. Er nickte. »Wieso?«

»Noyade. Es heißt ›Ertrinkende‹.« Fassungslos sah ich ihn an.

»Wieso nennst du mich so?«

Er antwortete mir nicht. Er sah mich nur an und setzte sich neben mich. Dann sah er aufs Meer.

Und irgendwie hatte es etwas Friedliches. Wie er da saß, die Arme auf die Knie gelegt, die Füße überkreuzt, sah es aus, als machte er ein Körbchen aus seinem Körper, in das man hineinkriechen konnte und für sich sein konnte.

Allein, aber nicht einsam. Irgendwie behütet und sicher.

Ich glaube, das war der Moment, in dem sich alles veränderte. In mir. In ihm. Und um uns herum.

Ich betrachtete ihn und musste lächeln. Und auch er wandte sich wieder zu mir und zog einen Mundwinkel ein wenig hinauf. Ein halbes Lächeln. Aber sein Mund musste nicht lächeln, denn seine Augen taten es. Und ich glaubte zu sehen, dass dieses entsetzlich andere Grün noch ein wenig heller leuchtete. Und entsetzlich schön wurde.

Dann hörten wir hinter uns Schreie. Gleichzeitig drehten wir uns um, nicht voneinander weg, sondern zueinander hin.

Wir blickten nach hinten und sahen eine Masse von Leuten, die durch die Wand aus Bäumen hindurch auf uns zu kamen. Wer schrie, erkannte ich sofort. Es war Leander. Er rief mir zu, dass ich verschwinden sollte. Doch ich blieb wo ich war und wartete bis die Leute, die ihn festhielten, bei uns angekommen waren.

»Gehört dieses Trampeltier zu euch?«, fragte ein blonder, großer junger Mann.

Ich sah von ihm zu Leander.

»Was ist das denn für eine Frage?«, entgegnete ich. »Nein, natürlich nicht. Er hat uns nur so zugerufen, dass wir verschwinden sollen.« Ich fand meinen Sarkasmus im falschen Moment wieder. Und natürlich redete ich, bevor ich dachte.

Der Blonde sah eigentlich überhaupt nicht aus, als würde er Spaß verstehen. Er sah ein wenig wild aus, mit diesen verwuschelten Haaren und der sonnengebräunten Haut. Als hätte er bereits viel Zeit an diesem Strand verbracht. Er hatte baumrindenbraune Augen, die mich jetzt sehr genau musterten. Von seinem rechten Auge bis zu seinem Mundwinkel zog sich eine lange schmale, leicht gebogene Narbe, die aussah, als wäre sie die Spur einer Träne. Er kam mir irgendwie bekannt vor. Als würde er jemandem ähneln, den ich schon ewig nicht mehr gesehen hatte. Aber eigentlich kam mir alles, was hinter mir lag, wie eine Ewigkeit vor.

Sein Gesichtsausdruck war grimmig und er sah wirklich nicht aus, als fände er meinen Sarkasmus witzig.

»Wer seid ihr?«

»Wer seid denn ihr?«, fragte ich und deutete auf ihn und auf die drei Männer hinter ihm.

»Wir bewohnen diese Insel. Sie ist unser Zuhause. Ihr seid eingedrungen. Wir stellen die Fragen.«

Er schien dieses *wir* ja nicht wirklich ernst zu nehmen. Die anderen drei sagten gar nichts. Sie wirkten eher, als würden sie gehorchen.

»Wer seid ihr?«, fragte er erneut und musterte nun Kion. Nebeneinander sahen der Blonde und Kion völlig unterschiedlich aus. Beinahe, als seien sie die exakten Gegensätze. Dunkles gegen helles Haar. Helle gegen gebräunte Haut. Breit und muskulös gegen schmal und muskulös. Harte Züge gegen breite, aber feine, junggebliebene.

Grün gegen braun.

Kion sah aus, als sei er irgendwo ausgebrochen, wo alles vollkommen weltfremd war. Er war ganz in schwarz gekleidet, was dieses Grün vielleicht noch unwirklicher machte auf der hell leuchtenden Haut.

Der Blonde hatte ein Hemd mit kurzen Ärmeln an. Und doch war es kein Hemd. Es hatte einen runden Ausschnitt, kurze Ärmel und einen Schriftzug darauf. Und seine Hosen waren kurz.

So etwas hatte ich noch nicht gesehen.

»Ah, verstehe«, sagte er und sah wieder mich an. »So wie du meine Klamotten ansiehst, kommt ihr aus Nonnum.«

»Ist das hier etwa nicht Nonnum?«

»Für uns ist es das nicht, nein. Hier gelten unsere Regeln. Die Fürchtigen kümmern sich nicht um die Inseln.«

»Die Inseln?«, fragte ich. Er antwortete nicht.

»Dann frage ich mich aber, woher du diese Klamotten hast«, sagte er.

Und erst in diesem Moment bemerkte ich, dass ich die Jeans und den Pullover trug, die Leander mir hatte schenken wollen. Der Pullover war so nass und schwer, dass er wie ein Sack an mir hing. Nur der Ärmel am linken Arm war noch hochgekrempelt.

Fragend und wütend blickte ich Leander an. Er zuckte mit den Armen.

»Es steht dir gut«, sagte er leise. Ich schüttelte den Kopf, was weh tat, und wandte mich wieder zu dem Blonden.

»Habt ihr noch mehr Leute hier gefunden?«

»Ja. Eine ganze Menge. Sie schienen nicht sehr begeistert zu sein.«

»Ich glaube, sie haben nicht damit gerechnet?«, sagte und fragte ich doch, denn ich wusste es nicht. Ich konnte mich vage an Leanders Worte erinnern. Er hatte irgendetwas mit dem Luft-Ding gemacht, dass den anderen gar nicht gefallen haben dürfte. Aber ich könnte diese Worte auch geträumt haben.

»Was heißt, du glaubst?«, fragte der Blonde.

»Ich... ich weiß es nicht«, sagte ich und fasste mir an den Kopf, denn nun begann er wieder zu schmerzen. Ich stütze mich an Kion, weil ich das Gefühl hatte umzufallen.

Plötzlich riss der Blonde an meinem linken Arm. Ungläubig und entsetzt starre er darauf.

Sein Griff tat weh. Und er drückte immer fester. Mein Kopf drückte und schien zu platzen.

Mein Arm pochte und schien abfallen zu wollen.

»Redic, Aete. Holt sofort Maye Rie. So schnell ihr könnt! Aorn, pass auf den Trampler auf«, sprach er und sie gehorchten. Wie ich es gedacht hatte.

Er drückte meinen Arm noch fester und ich stöhnte auf, was meine Knie beinahe zum Nachgeben brachte.

Kion schlug die Hand des Blonden weg. Wut und Herausforderung blitzen in seinen Augen auf, doch dann ignorierte er Kion und kam näher zu mir.

»Setz dich. Nein, leg dich hin. Du musst dich ausruhen. Die Wunde ist entzündet, Maye Rie wird sie desinfizieren.«

»Wieso hilfst du... mir so plötzlich? Eben hast du eher ausgesehen, als würdest du uns zurück ins Wasser schubsen«, stellte ich zwar keuchend, aber zynisch fest.

»Du bist verletzt.« Er nahm meinen Arm, doch ich riss ihn unter höllischen Schmerzen weg von ihm.

»Das ist nicht dein Problem«, sagte ich scharf.

»Nein. Aber eine verwundete Robbe schubst man auch nicht zurück, wenn man ihr helfen kann.«

Robbe? Was war eine Robbe? Ich kannte eine Rippe und eine Robe. Aber eine *Robbe*? Wieder wollte der Blonde nach meinem Arm greifen.

»Du bist diejenige, die die anderen suchen, nicht wahr?«, fragte er. »Sie nennen ständig deinen Namen. Sagten, sie müssten dich wieder haben.«

Da bekam ich es mit der Angst zu tun. Ich wollte nicht zurück zu diesen Leuten. Zu diesen Monstern, die mir diese Spritzen gegeben hatten. Ich wollte keine Trophäe sein. Keine Rarität. Ich war ein Mensch.

Er sah mich an, sah in mein Gesicht, und hob seine Hand. Plötzlich fuhr er an meinen Kopf, strich meine nassen, klebenden Haare zur Seite und entblößte die Einstiche an meinem Hals. Mit zusammengebissenen Zähnen und wild schlagendem Herzen ließ ich ihn gewähren.

»Ich glaube, ich weiß, wer ihr seid. Und ich bin sicher, dass ich weiß, was wir jetzt tun werden.«

Sofort wurde alles in mir eiskalt. Ich sah dem Blonden in die Augen und einen Augenblick entglitt mir meine Beherrschung und ich ließ ihn alles sehen: Furcht. Hass. Gefangenschaft. Schmerz. Leid. Willen.

Eher würde ich sterben, als zu diesen Leuten zurück zu gehen. Vielleicht war es eine Bitte. *Bring mich lieber um, als dass ich zurück muss! Lass uns gehen! Halt dich raus. Misch dich ein. Tu, was du nicht lassen kannst. Doch bring mich nicht zu ihnen.*

Der Blonde drehte sich um, sah seinen Freund an und winkte in eine Richtung. »Bring sie zum Ausblick, in das Zelt. Ich komme nach und schicke Maye Rie dort hin. Könnt ihr mir versichern, dass ihr Aorn nichts tut, wenn ich euch in Sicherheit bringe?«, fragte er wieder an mich gewandt. Ich nickte.

»Ja. Es gibt keinen Grund ihm etwas zu tun.« Er glaubte mir. Denn ich glaubte ihm.

»Dann los! Ich komme bald nach.«

Er ging in eine völlig andere Richtung und ließ uns stehen. Ich blickte zu dem anderen Mann. Aorn.

Ich nickte ihm zu und er mir.

Ich stellte mich neben ihn und wir gingen hinein in die Wand aus Wald, einander blind vertrauend.

Es dauerte lange und war sehr anstrengend an diesen Ort zu kommen, zu diesem Ausblick und dem Zelt. Es war ein steiler Berg, bei dem Leander mir ständig helfen wollte. Oft lehnte ich seine Hilfe ab, aber manchmal musste ich sie annehmen. Ich war noch zu schwach und einhändig konnte man nicht sehr gut klettern, stellte ich fest.

Als wir endlich ankamen, brach ich fast zusammen. Es hatte mich unendlich viel Kraft gekostet, diesen Aufstieg hinter mich zu bringen. Noch immer merkte ich die Wirkungen der Spritzen. Das Sehnen nach Ruhe trieb mich in den Wahnsinn. Gerade setzte ich mich auf den Boden, da überkam mich wieder eine Welle dieser Sehnsucht.

Sucht, war genau das richtige Wort. Etwas in mir verlangte danach. Es war, als würde mein Körper die Arbeit verweigern, solange er nicht bekam, was er wollte.

»Norin?«, fragte Leander plötzlich und setzte sich zu mir. Er verbarg die Einstiche an meinem Hals mit seinen Armen und zog mich an sich.

Ich ließ es zu, denn ich brauchte irgendetwas, an dem ich mich festhalten konnte. Mir wurde abwechselnd heiß und kalt. Ich spürte, wie mir Schweiß überall hinab rann, wie Tränen, die mein Körper weinte. Ob wegen der Misshandlung oder dem zwanghaften Wunsch, der nicht befriedigt werden konnte, wusste ich nicht. Aber alles tat wieder weh. Und was das Schlimmste war, ich war voll bei Sinnen. Ich bekam alles um mich herum mit, merkte jede Perle des Schweißes, jedes Einstichloch brannte und mein rasendes Blut kochte.

Alles bekam ich mit und es schien mich zu erdrücken.

Leander presste mich enger an sich. »Bald ist alles wieder gut«, murmelte er. »Bald ist alles draußen, dann geht es dir besser.«

Ich hörte jemanden wimmern und wollte nicht recht glauben, dass ich es war.

»Was ist mit ihr?«, fragte Aorn.

Ich spürte, dass Leander seinen Kopf hob. Er sprach nicht lange darum herum.

»Sie haben sie ruhig gestellt. Mit Drogen. Jetzt macht ihr Körper einen Entzug durch. Ich habe ihr einige Dosen des Gegenmittels gegeben, aber bei so vielen Spritzen der Drogen werden sie nicht reichen.«

»Wie viele?«, fragte ich leise.

»Ich weiß nicht«, sagte Leander noch leiser. »Es waren insgesamt vier Tage.« Ich holte tief Luft und versuchte mich zusammenzuhalten. Es war genauso hoffnungslos, wie vor einem Tag, als ich Eiren verließ.

Falsch. Vor fünf Tagen. Nur für mich war es wie gestern.

»Anfangs ließ die Wirkung schnell nach. Dann haben sie mehr gespritzt. Ich habe um die dreißig Einstiche gezählt als ich angefangen habe, dir das Gegenmittel zu spritzen.« Ich keuchte fassungslos und klammerte meine Arme fester um meine Beine. Und dann kamen die Tränen. Wieder fühlte ich mich klein. Schwach. Und dumm.

Sofort löste ich mich von Leander, stand auf, nahm den Schwindel in Kauf, rannte beinahe gegen Kion und ging weg.

Nicht weit weg, aber ein Stück.

Ich musste alleine sein. Ich musste das erst einmal verarbeiten. Über dreißig Spritzen. Vier Tage.

Ich wusste, dass es nicht meine Schuld war, doch ich schämte mich so sehr.

Für meine Schwäche. Für meine Tränen. Für alles, was nicht in meiner Hand gelegen hatte und doch hatte ich es irgendwie beeinflusst, hatte ich das Gefühl.

Hätte ich nichts mit Leander angefangen, hätte ich früher begonnen, mich an die Regeln zu halten. Dann hätten sie mich vielleicht nicht versetzt. Hätte ich Eiren nicht belogen und verlassen, wäre jetzt vielleicht alles ganz anders gekommen.

Hätte ich... Hätte ich... Hätte ich nur...

Wäre ich nur niemals so geworden, wie ich jetzt war.

Schuld und Sturz

Gerade wollte ich zurück gehen, als ich mich einigermaßen beruhigt hatte, da hörte ich die Stimmen bereits von Weitem.

Der Blonde war wieder da.

»... haben zehn Leute hier gelassen. Ein Typ namens Kolien oder Kollen ist mit ihnen in die Alte Lady runter gegangen. Sie wollten sich einrichten, bis sie sie gefunden haben.«

»Das ist alles meine Schuld«, hörte ich Leander sagen.

Das war mir neu.

»Möchtest du deine Gedanken diesbezüglich vielleicht erklären?«, fragte ich und lehnte mich an einen Baum, dessen Blätterdach wie eine Decke über uns schwebte. »Wieso genau ist es deine Schuld?«, fragte ich.

»Norin, ich...«, er wollte gestikulieren, aber er ließ seine Hände wieder sinken. »Ich hänge ja mit drin. Es ist meine Schuld, weil...«

Und da verstand ich es.

Sie haben deine Schwester umgebracht, weil sie einen anderen hatte und du suchst dir den nächstbesten Lehrling in deinem Zitorium?

Du bist ganz sicher nicht der nächstbeste Lehrling. Erinnerst du dich, dass du mir deinen Namen gesagt hast, damals?

Du hattest mir nur deinen Vornamen genannt, und ich wusste aber deinen Nachnamen.

Norin.

Norin Fly?

Ich kannte dich bereits vorher, weil du auf meiner Liste standest.

Die Liste meines Lektionskurses im Schwimmen.

Er hatte mich nicht von einer Liste eines Lektionskurses gekannt. Er hatte mich gekannt, weil das geplant gewesen war.

»Du mieser...«, begann ich, doch Kion hielt mich zurück. Ich war auf Leander zugegangen, um... ich wusste nicht was ich tun wollte, aber ich wollte ihm wehtun. Noch niemals in meinem Leben war ich so wütend, so aggressiv geladen gewesen und hatte wirklich und ernsthaft den Wunsch, jemandem Schmerzen zuzufügen.

»Es war alles geplant! Du hast mich benutzt! Du hast mich nur angesprochen, weil sie es dir gesagt haben! Ich kann nicht glauben, dass ich wegen dir gelogen habe! Dass ich *für dich* gelogen habe! Dass ich...« Ich fand keine Worte mehr.

Denn da begriff ich, dass der Verrat, den ich an Eiren begangen hatte, viel unentschuldbarer war, als der Leanders an mir. Was ich getan hatte, waren meine Entscheidungen gewesen. Das konnte ich jetzt nicht an ihm auslassen. Es war mein Leben gewesen. Es waren meine Fehler. Und meine Freiheit, die ich nicht hätte haben sollen und trotzdem genutzt hatte. Ich war auf die Schnauze geflogen.

Wen wunderte das?

Es war meine Schuld. Das konnte ich nicht an Leander auslassen.

Aber das machte meine Wut nicht geringer. Ich war so sauer und wütend. Auf mich selbst. Und auf alles, was ich getan hatte.

Ich ließ Kion los, stolperte zurück und plötzlich – fiel ich.

Ich begriff es erst zu spät. Doch irgendwie hatte ich es hinbekommen nicht nur in Sachen Menschlichkeit, Ehrlichkeit und Selbstbewusstsein einen gigantischen Absturz zu erleiden, sondern auch einen körperlichen.

Der Ausblick hieß so, weil er ein Abhang war, von dem man auf das Meer sehen konnte.

Es war ein sehr steiler Abhang.

»Bringt sie sofort in das Bett! Holt alle Decken, die wir haben«, befehligte Ian Maye Rie, Meith und Redic.

Verstört fuhr er sich durch das blonde Haar und befahl weiter. »Kion und du da«, sagte er und zeigte auf den Kerl, den das Mädchen Leander genannt hatte. »Ihr müsst sofort Kleekorallen sammeln. Sie wachsen an der Klippe vorne an dem Ausblick, wo sie herunter gefallen ist. Ohne die können wir sie nicht heilen, glaube ich.« Das war gelogen, aber diese Korallen waren wirklich wichtig und sie brauchten sie schnell. Ianen hatte das Gefühl, diese Drohung spornte die beiden Männer mehr an, als es bei seinen Männern der Fall gewesen wäre.

»Aorn, du musst mit Aete an das Westufer, um die Fremden abzulenken. Erzählt ihnen einer von uns wäre die Klippe hinab gestürzt, weshalb wir anderen bei ihm oder ihr bleiben müssten und sie nicht kennen lernen könnten. Macht schon!«, sagte er laut und setzte sich zu Maye Rie, die sich gerade die Wunden des Mädchens ansah.

»Meine Güte«, sagte sie leise, als sie ihren linken Arm sah. »Aber das ist ja...«, begann sie und sah Ian mit großen Augen an.

»Ja ja. Mach weiter. Wo ist sie noch verletzt?«, fragte er.

»Am Rücken«, sagte Maye Rie. »Ich glaube ihr Fuß ist gebrochen, aber das muss ich mir genauer ansehen.« Sie tastete den Körper des Mädchens ab. »Ihr Kopf hat glücklicher Weise nicht viel abbekommen. Nur ein paar Kratzer. Ihr linker Arm hat viel abgekriegt und zwei ihrer Finger sind vielleicht gebrochen. Ihren Arm können wir schnell zusammen einrenken. Das dürfte keine große Sache sein.«

Schadensbegrenzung, dachte Ian. Das war das Wichtigste.

»Ja, dann lass uns das schnell machen, bevor die Anderen wieder kommen.«

Als ich erwachte, fühlte ich mich noch zerschlagener, als zuvor.

»Ian. Sie wacht auf«, sagte eine weibliche Stimme, die ich noch nie gehört hatte, die aber irgendwie reif klang. Entsetzt versuchte ich mich zu bewegen, die Augen weiter zu öffnen, zu sehen und zu verstehen. Doch ich sah alles nur verschwommen.

»Ich... kann nichts sehen.« Meine Güte, was war denn bloß mit meiner Stimme los?

Eine weitere Gestalt beugte sich über mich. Ich erkannte ihn nur an den hellen Haaren.

»Vielleicht ist ihr Kopf doch nicht so unversehrt, wie ich dachte«, sagte wieder die Frau.

»Kannst du hell und dunkel unterscheiden?«, fragte der helle Schopf über mir. Ich nickte.

»Ich denke, das wird wieder. Gib ihr noch die zwei Tage Erholung, die sie braucht, dann sieht sie auch wieder.«

»Zwei Tage?«, fragte ich krächzend. Nach einem solchen Sturz nur zwei Tage? Wie viele lag ich denn schon hier?

»Keine Panik. Es sind keine vier Tage vergangen, ohne dass du es mitbekommen hast. Du bist gestern gestürzt. Jetzt ist es mitten in der Nacht.« Aber waren zwei Tage nicht sehr kurz für eine Erholung? »Deine Wunden sind nicht so schlimm, wie wir vermutet hatten. Nur Prellungen und Schürfungen. Außer dem Arm wird alles schnell verheilen.« Dann wandte er sich von mir ab. »Reib ihre Wunden bitte noch einmal mit dem Kleekorralen-Zeug ein, Maye Rie.«

Dann spürte ich Hände auf mir, die sehr behutsam waren, aber nichts an den Schmerzen änderten.

Würde irgendwann aufhören, alles weh zu tun?

Dann überkam mich wieder eine Welle dieser Sehnsucht, die Forderung meines Körpers nach Ruhe. Ich wollte meine Ruhe, wollte nichts mehr mitbekommen, wollte einfach, dass dieses Leiden endlich vorbei war. Ich wollte mich nicht mehr schwach, oder zerbrechlich fühlen. Ich hatte abgenommen, ich war schwach geworden durch das viele Liegen und die vielen Verletzungen.

Noch immer brannte der lange Schnitt an meinem linken Arm. Und noch andere Stellen schmerzten. Ich stöhnte auf, weil ich es nicht aushalten konnte. Ich wollte Stille, Schweigen.

Einsamkeit, Frieden. Wieso konnte ich das nicht haben?

Ich legte eine Hand auf meinen Hals, wo die Einstiche waren.

»Dieses Zeug, das sie ihr gespritzt haben, muss es ja wirklich in sich haben.« Diesen Satz verstand ich nicht, aber sein Tonfall sagte mir, dass er das negativ meinte. Ich wollte mich auf die Seite rollen, doch es ging nicht.

»Hilf ihr, bitte«, sagte er und wieder, ein behutsamer Griff, der mich auf die Seite drehte. Wieder stöhnte ich auf, denn ein unglaublicher Schmerz durchzog meine Rippen und meine Brust.

»Ihre Brust ist vielleicht doch geprellt. Vielleicht hat sie auch daher diese raue Stimme.«

»Lass sie zwei Tage einfach schlafen. Tu alles, um ihr zu helfen.«

Beruhigte mich das? Nein. Eigentlich ließ es mich nur wieder stöhnen. Wieso konnte das nicht einfach alles vorbei sein? Diese Sehnsucht brachte mich um den Verstand.

»Was haben die mit ihrem Arm gemacht?«, fragte Ianen und ging zu den beiden Dunkelhaarigen.

Sie hatten bis jetzt noch kein Wort miteinander geredet. »Hallo, ich rede mit euch!«, blaffte Ian.

»Wenn überhaupt, redest du mit mir. Was er hier macht, weiß ich selbst nicht«, sagte der ältere der beiden und deutete auf den breiten Klotz. Ianen musterte den Breiten eine Weile.

»Wie heißt ihr?«, fragte er jetzt doch, obwohl er beide Namen wusste.

»Kion«, sagte der Breite.

»Leander«, der Ältere.

»Ich bin Ian.«

»Hallo«, sagten beide.

»Was macht die Kleine hier? Und was haben sie mit ihr angestellt?«

»Diese Leute...«, sagte Leander, »Sind Monster. Es ist unwichtig, was sie wollten. Was sie getan haben, war so unmenschlich, dass ich das nicht mehr zulassen konnte. Ein Freund von mir und ich haben den Lufttransporter lahm gelegt – dann sind wir abgestürzt. Ich schätze, mein Freund ist bei den Anderen. Er ist groß, und ungefähr so breit wie unser geheimnisvoller Kumpel hier.« Er blickte hinüber zu Kion. »Sein Name ist Renger. Er hat keine Haare.«

»Ja. Der ist mit den Anderen hier geblieben. Er hat eine Vorliebe für automatische Waffen?«, fragte Ianen.

»Ja. Das ist Renger. Er weiß sicher, dass ihr euch um sie kümmert. Er wird aber nichts sagen.«

»Bist du dir da sicher? Wenn er dich verrät, haben wir ein Problem.«

»Ich bin sicher. Er schuldet mir etwas, das man eigentlich nicht begleichen kann.«

Wie praktisch, dachte Ian. So hatten sie eine direkte Verbindung zu den Anderen.

»Ihr seid aus Nonnum«, stellte Ianen weiter fest.

»Ja. Norin und ich kommen aus Areal 19.«

»Areal 19?«, fragte Ian verwundert. Leander nickte. »Dann werdet ihr hier vielleicht Leute treffen, die ihr kennt.«

»Ich bin gerade erst eingeteilt worden und in das Areal gekommen. Aber vielleicht kennt Norin welche. Wie kamen sie hier her?« Ian antwortete nicht auf diese Frage.

»Das muss alles noch warten. Die Anderen sind unten in der Alten Lady und kümmern sich um die Fremden, die mit euch vom Himmel gefallen sind.« Da musste Ian lächeln.

»Was ist die Alte Lady?«, fragte Leander.

»Die Stadt. Sie hieß früher New Damme. Wir hatten ein kleines Mädchen hier, dem wir erklärt haben, dass das Neue Dame heißt, weil wir es nicht besser wussten. Sie hat es dann umbenannt in die Alte Lady.«

Wenn eine Dame alt wird, ist sie doch eine Lady. Dann heißt sie jetzt so. Alte Lady. Das ist doch viel schöner, als Neue Dame. Wieder ein Lächeln.

»Ihr *hattet* ein kleines Mädchen hier? Was ist mir ihr passiert?«, fragte diesmal Kion.

»Sie ist gewachsen«, war alles, was Ianen dazu sagte. So wie alles auf der Welt unaufhaltsam wuchs und seinen Lauf nahm. Das war ihm jetzt klar geworden.

Irgendwie fand einen das Schicksal immer. Auch wenn es auf sich warten ließ.

»Ian? Komm mal bitte«, rief ihn Maye Rie. Er kam zu ihr in das kleine Haus, in das sie Norin gebracht hatten.

Norin. Was für ein seltsamer Name.

»Was gibt es, May?«, fragte er.

»Nichts, ähm ... also nichts mit ihr. Ihr geht es gut.«

»Was ist dann?«

Nur schwach bahnten sich die Stimmen einen Weg zu meinen Ohren. Aber ich verstand sie. Und konnte sie begreifen.

Es waren die Frau und der Blonde. Die Stimme der Frau war viel weicher. Und sie stotterte ein wenig.

»I...i...ich wollte dich nochmal...« Eine Pause.

»Bitte May. Lass das«, sagte der Blonde und klang verärgert.

»A...aber du weißt doch g...ganz genau, da...dass...«

»Ich weiß es. Aber ich will nicht mit dir darüber reden. Nicht schon wieder. Nicht hier. Und nicht jetzt. Das hat so viel Zeit.«

»Es... es ist doch völlig eg...al, ob heute oder in zwei Jahren, Ian. Wer weiß, w...was bis dahin ist.«

»Nein, Maye Rie. Es ist nicht egal. Es ist sogar sehr wichtig. Und ja, keiner weiß, was bis dahin ist. Aber damit müssen wir leben. Wir wissen nicht einmal was morgen ist. Aber so leben wir. Also finde dich damit ab.«

Es hörte sich viel gemeiner an, als er es wohl gemeint hatte. Seine Stimme versuchte die Fassung zu wahren, doch es gelang ihm nicht wirklich.

Ich hörte ein Quietschen, ein Knarzen, dann war es leise.

Nein, ein leises, kaum wahrnehmbares Wimmern war zu hören – das Wimmern eines gebrochenen Herzens.

Meine Jungs

Immer und immer wieder befand ich mich irgendwo zwischen Wachen und Schlafen. Als ich endlich erwachte, konnte ich mich aufrichten, konnte reden und sehen. Es ging mir ungewöhnlich gut dafür, dass es mir so schlecht gegangen war.

»Du erholst dich aber schnell«, sagte der Blonde. »Es ist noch keine zwei Tage her. Wie geht es deinem Arm?«, fragte er. Ich sah zu meinem linken Arm und war erstaunt, als ich sah, dass die Schnittwunde komplett geschlossen war, aber noch sehr rot und geschwollen.

»Wie geht das, ohne es zu nähen?«, fragte ich.

»Wir haben da so unsere Mittel«, sagte er. Ich sah zu seinem Gesicht. Und seiner Narbe. Auch sie war nicht genäht worden. Vielleicht würde mein Arm auch so aussehen, wenn er ganz verheilt wäre.

»Wie lange lebt ihr denn schon hier?« Er antwortete mir nicht.

»Wenn du dich waschen willst, hier drüben ist ein Bad.«

»Bad«, sprach ich ihm nach und sah in den Raum. »Ah, ein Waschraum«, verstand ich und ging hinein. Ich schloss die Tür, zog mich aus und genoss das kalte Wasser, das über mich rieselte.

Es war so schön, machte meinen Kopf klar und erfrischte mich. An dem Rand der Waschkabine lag ein kleines, ovales Ding, das hart, aber auch weich aussah.

Ich fasste es an und bemerkte, dass es durch meine nassen Hände glitschig wurde.

War das Seife? Es warf Blasen, wenn ich daran rieb. Seltsam, eine solche Seife hatte ich noch nie gesehen. Wir hatten nur flüssige Seife, die aus einem Behälter in der Wand kam.

Als ich wieder sauber war und mich auch genauso fühlte, stand ich nackt dort und betrachtete die schmutzigen Klamotten. Sollte ich die wieder anziehen?

Ich entschied mich dagegen. Ich warf mir das Handtuch, mit dem ich mich abgetrocknet hatte, über die Schultern und öffnete die Tür einen Spalt.

»Hallo?«, fragte ich leise.

»Ja«, sagte der Blonde und sprang vor den Spalt. Erschrocken sah er mich an.

»Was macht du da?«

»Ich wollte fragen, ob ich die schmutzigen Klamotten wieder anziehen muss, oder ob ich vielleicht saubere von euch haben kann?«

Er schien vollkommen überfordert.

»Oh... ähm. Ja, ich frage mal eben.«

Ich schloss die Tür wieder und es dauerte eine halbe Ewigkeit, bis jemand klopfte. Allein an dem zarten Ton erkannte ich, dass es nicht der Blonde sein konnte.

»Norin?«, fragte die Frau, die mich versorgt hatte.

»Ja, komm herein.«

Die Frau öffnete die Türe nur einen Spalt und reichte mir einen Stapel mit Kleidern.

Ich zog alles an, was sie mir gab, und betrachtete mich dann selbst. Die Hose saß nicht so gut, wie die Jeans von Leander. Aber der Pullover passte besser. Er saß enger und ging nicht ewig lang über meine Arme hinaus, wenn man ihn langzog.

Die Hose war hellbraun, der Pullover schwarz. Es sah ganz gut zusammen aus, aber eigentlich sah alles besser aus, als die Zivilkleider.

Ich ging hinaus und bemerkte kaum, dass meine nassen Haare meine Kleider an den Schultern wieder feucht machten und ging raus aus dem kleinen Haus.

Da sah ich zuerst eine Frau. Wahrscheinlich die, die mich versorgt hatte. Und in den Blonden verliebt war.

»Hallo«, sagte ich und erschrak, als sie sich umdrehte. Die Stimme der Frau hatte sich genauso angehört. Wie die einer Frau. Doch die Person vor mir war keine Frau. Sie war ein Mädchen. 13, vielleicht 14 Jahre alt. Sie sah viel jünger aus, als sie sich anhörte.

Sie hatte dunkles, kurzes Haar, das in kleinen Locken um ihren Kopf stand. Ihr Gesicht war hübsch, aber man hatte das Gefühl, es hatte noch keinen eigenen Züge, sondern noch immer die, die eigentlich jedes Kind hatte. Die ungeformte Stupsnase, unschuldsblaue Augen und ein etwas rundliches Gesicht. Sie war kaum ein Stück größer als ich.

»Hi... ähm. Danke für die Kleider«, sagte ich und konnte meinen Schock nicht recht verstecken. Gerade ich, die es hasste, wenn man sie für viel jünger hielt, weil sie so zierlich war, musste jetzt über jemand anderen urteilen. Es ist eben nicht immer alles so, wie es den Schein hatte. Dumme Norin, schimpfte ich mich selbst aus. »Also... ähm. Ich bin Norin, wie du ja sicher schon weißt«, sagte ich und schimpfte wieder innerlich.

»Ja. Ich bin Maye Rie. Geht es dir denn wieder besser?«, fragte sie.

»Erstaunlich gut«, stellte ich fest und sah mich um. »Wo sind... ähm...?«

»Deine Jungs? Da vorne. Siehst du den Felsen am Strand? Dort dahinter müssten sie sitzen.«

Es waren nicht *meine* Jungs! Sofort verlor sie ein Stück meiner Sympathie.

»Danke«, war alles, was ich sagte und ging zu dem Stein.

Auf halbem Weg sah ich mich aber noch einmal um. Ich kam gerade aus einem winzigen kleinen Haus, das am Rand des Strandes stand.

Von hier konnte ich den Ausblick erkennen, wo wir hinauf gestiegen waren, und den ich hinab gefallen war. Es war ein ganzes Stück bis zu diesem Haus. Wie hatten sie mich wohl von dort hierher bekommen?

Ich schüttelte meine Gedanken ab und ging zu dem großen Stein. Ich ging darum herum und kam irgendwann in eine kleine Delle im Felsen, wo drei Männer saßen.

Leander, Kion und der Blonde.

»Norin«, japste Leander und stand sofort auf. Er wollte auf mich zukommen, doch ich hielt ihn ein wenig auf Abstand.

»Geht es dir wieder gut?«, fragte er.

»Ja«, antwortete ich. *Leider*, dachte ich.

»Hast du noch... willst du noch... ich meine, wirken die... Spritzen noch?«

Ich sah, dass der Blonde mich musterte. Ich erwiderte seinen Blick.

»Nein«, log ich und hoffte, dass er ruhig sein würde. Ich hatte wirklich keine Lust, ewig von Leander genervt zu werden, wie es mir ginge, ob ich etwas bräuchte, und so weiter. Denn es würde endlos so weiter gehen, wenn er mitbekam, dass ich das noch nicht verarbeitet hatte. Ich musste mich nur von ihm fernhalten, wenn es wieder kam. Kaum merkbar nickte der Blonde.

»Ich glaube, ich kenne deinen Namen nicht.« Das war ebenfalls gelogen. Das Mädchen hatte ihn genannt, aber ich fand es besser, nachzufragen. Es erschien mir richtiger, wenn es so etwas denn gab.

»Ianen«, sagte er. Und sofort wusste ich, woher dieses Gefühl gekommen war, dass es richtiger wäre. Ian war bloß eine Abkürzung.

»Ich bin Norin.«

»Ja«, lachte er. »Ich glaube, das weiß inzwischen jeder auf der Insel.«

»Was ist eine *Insel*?«, fragte ich und erinnerte mich, dass ich mir diese Frage schon einmal gestellt hatte.

»Ihr lernt nicht viel in Nonnum, was?«

»Genug«, sagte ich. Verteidigte ich da gerade etwas, das ich hasste? Hasste ich es denn überhaupt? Konnte man seine Heimat hassen?

»Du hast mir nicht geantwortet.« Ianen seufzte.

»Eine Insel ist ein Stück Land, das mitten im Meer ist. Dies hier ist eine Insel der alten Zivilisation.«

Das erregte meine Aufmerksamkeit. »Heißt das...?«

»Ja. Das heißt es. Nicht nur Metall, sondern auch Holz, Plastik, Baumwolle, Erdöl und auch alles andere, das ihr aus eurem Leben verbannt habt. Ist alles hier. Keine lästigen Gebote, Fürchtigen oder sonstiges. Also, es wäre noch so, wenn ihr es nicht mitgebracht hättet.«

»Aber ich dachte...«

»Ich sagte ja bereits, dass man euch dort nicht viel beibringt.«

Ja, dachte ich. Man hielt vor uns geheim, dass es Orte gab, an denen alte Rohstoffe verwendet wurden. Als wären wir kein Teil dieser Welt, erzählten sie uns, dass es nur Nonnum gab. Und sonst nichts.

Alles war eine Lüge. Nicht, dass es mich wunderte, aber ich musste doch gestehen, dass ich nicht gedacht hätte, dass es so viele Lügen waren.

»Wie seid ihr hier hergekommen?«

»Abgeschoben, weil man uns nicht wollte. Geflohen, abgesetzt. Manche wissen es nicht. Jeder hat seinen Grund, hier zu sein. So wie ihr.«

Da fiel mir unser Grund wieder ein.

»Was ist mit den anderen? Sind sie wieder weg?«

»Nein«, schaltete sich Leander mit ein. »Sie sind in der Stadt unten und wollen uns suchen. Kollin ist hier geblieben. Moistuer ist fortgegangen.«

»Woher weißt du das?«, fragte ich steif und viel zu kalt. Sofort hörte man mir an, wie sehr ich ihm inzwischen misstraute.

»Ein Freund von mir ist mit ihnen hier. Renger sagte, er lockt sie auf eine falsche Fährte, solange er kann. Das wird er aber nicht ewig tun können.«

»Aha«, sagte ich trocken. Ich wusste nicht, ob ich ihm trauen sollte.

»Norin, bitte. Lass es mich dir doch wenigstens einmal erklären.«

Ich ging einen Schritt zurück und setzte mich in den Sand. Ich vergrub meine Zehen unter einer warmen Sandschicht und nickte ihm zu.

»Ich höre«, sagte ich. Und ich hörte zu, wie er zu erzählen begann.

»Ich habe dir doch von meiner Schwester erzählt, Lunia.« Ich nickte, sah ihn aber nicht an. »Nachdem man sie umgebracht hatte, zweifelte ich mehr denn je an allem. Ich war nie ein Freund dieses Systems gewesen, aber man konnte ganz gut darin leben, solange man sich an einige Dinge hielt. Eines Tages erhielt ich einen Brief. Er war nicht gestempelt und nicht gescannt.« Ich sah zu Ianen. Anscheinend kannte er sich besser mit unserem System aus, als man ihm ansah, denn er fragte nicht nach. Bevor uns Briefe zugestellt wurden, wurden sie gescannt, um sicher zu gehen, dass keine ketzerischen Auffassungen darin vertreten waren. Dann wurden sie gestempelt.

»Ich wunderte mich und ließ den Brief ewig in einem Versteck liegen, ohne ihn zu lesen. Dann wurde ich eingeteilt. Und ich öffnete den Brief. Darin stand, dass ein paar Leute mich gerne treffen wollten, wegen dem Tod meiner Schwester. Ich rechnete mit Fürchtigen, die mich in die Falle locken wollten. Doch es kamen ganz andere Männer. Männer, die unzufrieden waren. Sie wollten etwas verändern. Zwei der Männer waren Moistuer und Kollin. Sie waren Fürchtige und auch Leute aus anderen Rängen, die nicht mehr so leben wollen. Und Moistuer ist der Kopf des Widerstandes.«

»Widerstand?«, schnaubte ich. »Dieser Mann ist schlimmer als jeder Fürchtige, den ich kenne. Gegen was will er gehen? Was will er verändern?«

»Alles«, sagte Leander. »Sie erklärten mir, worum es ging. Es ging um Freiheit, Entscheidungsrechte. Dass man selbst über sein Leben bestimmen konnte. Das *Gericht der Gerechten* sollte abgeschafft werden. Eine neue Art von System sollte beschlossen werden. In dem das Volk auch mitbestimmen könnte.«

»Das nennt man Demokratie«, sagte Ianen.

»Nein. Nicht so. Es war etwas anderes. Eine Mischung aus allem. Sowohl Anarchie, Demokratie, als auch Diktatur. Ich habe es nie recht verstanden, weil man mir nie die Details erklärt hat, aber es sollte alles in einem sein. Das hörte sich wirklich gut an, wisst ihr? Es klang nach Gerechtigkeit, Ordnung und Fairness. Also stimmte ich zu. Ich bin mit Abstand der Jüngste gewesen. Daher kam mir eine ganz bestimmte Rolle zu.« Leander sah mich eindringlich an, doch ich konnte ihn nicht ansehen. Ich wusste ja bereits, was diese Rolle gewesen war. »Einer der Ältesten hat dich vorgeschlagen, Norin. Er sagte, du seiest genau die Richtige, um diese Rebellion, diese Revolte anzuführen. Sie sagten, du gäbest nicht viel auf die Regeln. Auf die Gebote erst recht nicht. Sie sagten, sie beobachteten dich schon eine Weile. Sie kannten dich. Sie wussten Dinge über dich.«

Leanders undefinierbare Augen brannten auf meinem Gesicht, aber ich sah ihn nicht an. Wenn ich ihn jetzt ansah, würde ich ihn nie wieder ansehen können.« »Sie sagten, ich solle überprüfen, ob du wirklich so seist, wie man dir nachsagt. Eigenwillig. Immer auf der Hut, aber nicht gerade regeltreu. Das war alles. Man sagte mir nicht wie, man sagte mir nur, dass ich es tun sollte. Und dann sah ich dich, dort auf der Bank... und ich...«

»Spar dir das«, sagte ich und erkannte meine Stimme kaum wieder. Das war nicht die Stimme eines verletzten Mädchens. Es war die Stimme einer Frau, die nur wissen wollte, was sie zu wissen brauchte. »Was hast du ihnen gesagt?«, sprach diese Frau in mir weiter.

»Ich ähm... ich sagte, dass ich glaube du wärest nicht geeignet.« Jetzt sah ich ihn doch an.

»Warum?«, entfloh es mir.

»Weil ich das wirklich glaube. Ich glaube, du solltest nicht hier sein. Du hättest in deinem Areal bleiben sollen. Und dort glücklich werden sollen. Ich denke das hier ist nicht das Richtige für dich.«

»Wie nett, dass jemand mal nach *meiner* Meinung gefragt hat«, spottete ich.

»Das ging nicht, verstehst du?«

»Wieso nicht?«

»Du musstest glauben, dass sie ehrliche Bürger Nonnums sind. Wenn heraus gekommen wäre, wie viele Fürchtige und Leute der anderen Ränge sich gegen das System stellen, wäre alles vorbei gewesen. Sie wussten nicht, wie vertrauenswürdig du bist. Da beschlossen sie, es dir nicht zu sagen.«

Ich dachte an die Lektionerin, die mich mit dem viel zu harmlosen Eintrag auf meinem Chip hatte davon kommen lassen, und glaubte doch ahnen zu können, wie viele Leute Teil des Widerstandes waren.

»Und stattdessen pumpen sie mich lieber mit irgendwelchen Drogen voll?«, fuhr ich sauer auf.

»Genau das dachte ich auch. Deshalb habe ich Renger gebeten, mir zu helfen dich da heraus zu holen.«

Eine ganze Weile herrschte Ruhe, dann schüttelte ich angewidert den Kopf und erhob mich.

»Ich kann nicht glauben, dass diese Monster sich Widerstand schimpfen! Das ist einfach lächerlich. Ich werde sicher gar nichts für diese Leute tun oder sein.«

»Du musst überlegen, ob es Sinn macht, sich dagegen wehren«, sagte diesmal Ianen.

Fassungslos sah ich ihn an. »Was soll das denn heißen?«

»Das soll heißen, die Insel ist nicht groß und wir sind nicht unbegrenzt hier vertreten. Wir können dich nicht ewig verstecken. Du kannst dich nicht ewig dagegen wehren, dass sie dich finden. Du musst dich entscheiden für ein Leben auf der Flucht, oder einem Leben, in dem du dich deinen Problemen stellst.«

»Das kommt nicht in Frage. Sie wird nicht...«, begann Leander. Mit einem Blick brachte ich ihn zum Schwiegen.

»Findest du nicht, du hast schon genug über meinen Kopf hinweg entschieden?«

»Aber...«

»Nichts, aber. Das geht dich nichts an. Dasselbe habe ich zu Eiren gesagt. Das sind meine Probleme und nicht deine. Und der hat mich nicht einmal angelogen. Also halt dich da gefälligst raus!«

»Norin, du brauchst...«

»Ich brauche gar nichts!«, schrie ich ihn beinahe an. *Außer Ruhe*, dachte ich. »Und schon gar nicht dich.« Mit diesen Worten wandte ich mich von ihnen ab und verschwand hinter dem Stein.

Sofort überkam mich eine Flut aus Sehnsucht. Ich wollte nicht mehr fühlen, nicht mehr denken oder reden. Ich wollte alleine sein – Frieden. Der wäre jetzt so schön.

Da spürte ich Arme um mich herum. Sie waren so lang, dass sie mich komplett umschlossen.

Aber es hatte eher etwas Tröstendes, als etwas Einengendes.

Sofort roch ich den ungewohnten Geruch. Dieser Geruch, der an ihm irgendwie gut roch, aber doch so falsch war. Als gehörte er gar nicht in eine solche Welt. Er roch künstlich. Aber doch wahr.

Es war schwer, das zu erklären, aber das war es, was ich empfand.
Seine friedliche Aura strahlte etwas aus, das mich beruhigte. Wie schon die ganze Zeit redete er nicht, sondern war nur da. Es war genau das, was mir jetzt half. Es entspannte meinen Körper wieder, der danach schrie, ruhig gestellt zu werden. Der alles um sich herum vergessen wollte. Der nicht mehr da sein wollte. Tiefe. Druck. Alles fiel von mir ab.

Irgendwann konnte ich wieder ruhiger atmen. Ich bekam meinen Körper und die Sucht wieder in den Griff. Ob Kion das merkte, wusste ich nicht, aber er ließ mich nicht los.

»Wer bist du?«, fragte ich irgendwann.

»Ich weiß nicht recht«, sagte er. »Ich weiß nur, dass ich dich rechtzeitig finden musste.«

Ich begriff seine Worte nicht, aber ich fragte nicht nach. Ich drehte meinen Kopf zu den seltsamen grünen Augen und bertachtete sie. »Wieso sind deine Augen so?«, fragte ich.

»Neonfarben?«, fragte er.

»Nein. Eigentlich nicht. Aber sie sind anders.«

»So haben *sie* sie genannt.«

»Wer sind *sie*?«

»Ich weiß nicht.«

»Woher weißt du deinen Namen?«, fragte ich.

»Er stand auf einem Band um meinen Hals.«

Da erinnerte ich mich an die Kette, die Leander mir geschenkt hatte. Ich befingerte sie, die feinen Glieder, der schöne glänzende Stoff aus dem sie waren, und der von meiner Haut warm war.

Ich riss sie von meinem Hals und ließ sie in den Sand fallen. Was war sie jetzt noch wert?

Sie zeigte mir nur, wie sehr all die Lügen ineinander verstrickt waren. Sie hingen aneinander wie die Glieder dieser Kette... Daran musste mich nichts erinnern.

»An was erinnerst du dich denn? Weißt du woher du kommst?«, fragte ich.

»Das ist nicht wichtig. Ich erinnere mich... an dich.« Jetzt sah er zu mir. »Ich träumte. Und jedes Mal warst da du. Und nie konnte ich dich retten.« Er atmete tief ein und aus. Das war noch viel beruhigender, als sein Griff. »Als ich dich dann im Wasser sah, wusste ich, dass ich es diesmal schaffen würde.«

»Warum?«

»Weil ich es wollte. Ich weiß nicht wieso. Aber du bist das, was für mich wichtig war. Das war alles was ich wusste. Ich musste dich rausholen, bevor du gestorben wärst.«

»Das verstehe ich irgendwie sogar.«

War es nicht logisch, dass man sich an etwas klammerte, wenn es das einzige war, das man wusste. Das wichtig war. Ja, ich konnte es verstehen. Und es war das erste Mal seit Tagen, das mir etwas ganz und gar nicht kompliziert erschien.

Es war einfach. Er war einfach.

Ich ließ mich gegen seinen Griff fallen und genoss die Stille, die endlich wieder eingekehrt war.

Er stand dort und sah ihr hinterher, wie sie von dem großen, breiten Kion zurück in das kleine Haus gebracht wurde.

Er würde nicht aufgeben. Er würde Norin wieder zurückgewinnen.

Es tat ihm so unendlich leid, was alles geschehen war. Es war seine Schuld, dass sie litt. Wie hatte er nur so dumm sein können und sich darauf einlassen können?

Andererseits hätte er sie dann niemals kennen gelernt. Allein der Gedanke, sie nie getroffen zu haben, sich nie in sie verliebt zu haben, war schon absurd. Es schmerzte, wenn sie nicht in seiner Nähe war. Noch mehr schmerzte es, wenn sie in der Nähe eines anderen war. Kaum war ihr junger Freund fort, da kam schon der große Kion, um ihren Beschützer zu spielen. Aber jetzt war nicht die Zeit für Testosteron-gesteuertes Verhalten. Er musste sie zurückgewinnen.

Da trat er auf etwas, dass sich um seine Zehen verheddderte.

Er hob den Fuß, und sah, was sich da um seinen Fuß gewickelt hatte. Mit zitternden Fingern griff er danach.

»Nein«, hauchte er und begriff, wie sehr er alles vermasselt hatte. Er hob die Kette auf und ließ sie durch seine Finger gleiten. Sandkörner rannen zwischen den Gliedern in seine Hände.

Sie hatte sie einfach so in den Sand geworfen.

Leander spürte, wie Panik in ihm hinaufkroch. Er durfte sie nicht verlieren.

Er musste sie davon überzeugen, dass es sich lohnte, ihm zu vergeben. Er musste sie dazu bringen, ihn wieder zu lieben.

Sein Herz zersplitterte in tausende kleine Glieder, die zwar ineinander hingen, aber nicht miteinander verbunden waren.

Als wäre es ihr egal, hatte sie diese Kette dort liegen lassen. Als wäre er ihr egal.

Hatte er sie vielleicht schon verloren?

Das Gefängnis

»Norin! Norin steh sofort auf! Wir müssen hier raus. Sofort! Jetzt komm schon!«

Geschrei, Hektik, Gedrängel – jemand, der mich rüttelte. Es war Ianen.

»Steh auf, wir müssen hier weg, wenn du leben willst.«

Sofort erhob ich mich aus dem Bett und folgte ihm. Er krallte seine Finger in meinen unverletzten Arm und zog daran.

»Aber wo...?« Ich sah Kion, wie er die Tür heftig aufriss und Maye Rie hinaus drängte. Dann gelantgen wir raus in die unerträglich kalte Nachtluft und Ianen riss weiter an mir. Wir rannten.

Ich zählte vier Schatten um mich herum.

Kion. Maye Rie, Ianen und noch einen von seinen Freunden.

Wo war Leander?

»Lauf weiter Norin!«, sagte Ianen.

»Nein!«, schrie ich. »Wo ist Leander?«, fragte ich und spürte Furcht, die in mir hinaufkroch. »Ist er...?« Ich befürchtete das Schlimmste.

»Nein. Aber vielleicht bald. Er ist zurück geblieben, um sie eine Weile davon abzuhalten, uns zu folgen.«

»Was?«, fragte ich viel zu laut und viel zu betroffen. »Das geht nicht! Er kann doch nicht...«

»Er ist alt genug. Er kann tun, was er will. Er will dir damit helfen. Sei wenigstens dankbar.«

»Nein!«, schrie ich jetzt und riss Ianen meinen Arm aus dem Griff. »Wir werden ihn nicht zurücklassen. Sie werden ihn umbringen!«

»Kein Sieg ohne Opfer.«

»Wenn er stirbt, ist es kein Sieg! Es ist überhaupt kein Sieg. Wir gehen zurück!«

Da verlor Ianen die Geduld und kam zu mir. Er griff mich an den Schultern und schüttelte mich.

»Wir lassen uns was einfallen, wie wir ihn retten. Aber jetzt müssen wir hier weg, sonst sind wir alle tot.«

»Schwörst du es? Dass wir etwas tun? Wir können ihn nicht einfach sterben lassen!«

»Ja. Ich schwöre es. Aber jetzt laufen wir weiter.«

Ich tat es. Vielleicht zählte Ianens Wort nicht, vielleicht aber hatte ich damit gerade Leanders Leben gerettet. Und es war das Risiko, dass er sein Wort nicht hielt, wert. Denn alleine konnte ich nicht viel ausrichten. Hilflos. Klein. Dumm. Wieder überkam mich das Bedürfnis, das drängende, fordernde Bedürfnis Ruhe zu empfinden und ich begann zu zittern. Wie automatisch wanderte meine Hand zu den Einstichen an meinem Hals.

»Nicht jetzt«, stöhnte Ianen. »Na fein«, sagte er, als müsste er sich überwinden. Unter Schmerzen nahm er mich und trug mich. So waren wir viel schneller, als wenn er mich zog.

Die Schnelligkeit flog an mir vorüber, so wie der Rest der Welt.

Ruhe? Oder Rausch? Beides?

Schnelligkeit und Stille.

Beides war gut.

Du meine Güte, solche Sachen dachte ich eigentlich nicht. Was war nur aus mir geworden?

Flüchtende, süchtige, schwache, hilfsbedürftige, dünne Norin.

Was ist nur aus dir geworden?

Irgendwann blieb Ianen plötzlich stehen und sah zu Maye Rie, und seinem Freund, dessen Namen ich nicht mehr wusste. Dann teilten sie sich auf. Maye Rie zeigte Kion mit ihr zu kommen, der Freund ging mit ihnen. Ianen trug mich in die entgegengesetzte Richtung. Er ließ mich herab.

»Warum trennen wir uns?«, fragte ich, während wir in strammen Schritt weiterliefen. Ich zwang mich trotz der starken Schmerzen in meinen Seiten zu sprechen.

»Weil so die reale Chance besteht, dass die Fremden der falschen Spur folgen, die die anderen jetzt hinterlassen.«

»Sie sind nicht blöd«, sagte ich und schon wieder fragte ich mich, wieso ich etwas verteidigte, dass ich hasste.

»Aber sie kennen die Insel nicht so gut wie wir. Wenn wir wollen, dass sie denken, du bist in die andere Richtung gelaufen, werden sie das auch tun.«

Ich blieb stehen und zwang Ianen dazu, mich anzusehen.

»Wieso tut ihr das? Wieso helft ihr uns?«

Meine eigentliche Frage war, wieso sie mir halfen, aber es kam mir falsch vor, es so zu sagen. Ich war nicht alleine hier und es war nicht mein Verdienst. Trotzdem schien alles, was sie taten, dazu zu dienen, mich zu schützen und nicht Leander oder Kion.

Ianen blieb stehen und sah mich mit seinen braunen Augen durchdringend an.

»Weil es offensichtlich ist, was sie dir angetan haben. So etwas hat niemand verdient.«

Er spürte, dass es das war, was er hatte sagen sollen. Aber wieso fühlte es sich so nach einer Lüge an? Er mochte sie ja nicht einmal richtig. Wieso half er ihr? Wieso riskierte er das Leben seiner Freunde, um ihr zu helfen. Natürlich kannte er einen Grund. Etwas, das sein Großvater ihm gesagt hatte. Doch immer wieder redete er sich ein, dass nicht das der Grund wäre.

Natürlich hatte sie es nicht verdient, dass man sie verletzte und betäubte und er verstand nicht einmal selbst, wieso dies doch nicht die Gründe waren, dass er diesem zierlichen, dummen Mädchen half. Sie war überhaupt nicht vernünftig, besaß nicht die Instinkte, die seine Leute besaßen – sicherlich hätte sie keine zwei Tage auf dieser Insel überlebt, wenn sie ihr nicht geholfen hätten. Spätestens an ihrer Wunde am Arm wäre sie gestorben, so entzündet, wie sie gewesen war. Eine solche Wunde war auf der Insel ein Todesurteil.

Niemals in die Alte Lady, klang die Stimme seines Großvaters in ihm nach. *Das Mädchen mit dem gespaltenen Arm...*
Sie hielten sich zwar grundsätzlich so gut es ging von der alten Lady fern, doch manchmal mussten sie wirklich fliehen. So wie jetzt. Und sie alle kannten nur einen Ort, der sicher genug war, wo man sie nie vermuten würde.
Nur dort wäre das Mädchen sicher.
Aber wieso wollte Ian, dass sie sicher war? Er konnte es nicht erklären. Er tat einfach, was sein Instinkt ihm sagte. Und er sagte, sie würden am ehesten überleben, wenn sie diesem Mädchen halfen. Oder war es das, was sein Instinkt ihm glauben machen wollte?

Wir rannten eine Ewigkeit und ich glaubte keine Kraft mehr in mir zu haben, doch immer wieder holte ich sie aus irgendeinem Winkel.
Mein Arm tat wieder weh, doch ich ignorierte den Schmerz. Ich rannte einfach hinter Ianen her und versuchte nicht zu denken. Der Schmerz half mir dabei.
Endlich verlangsamte er seine Schritte und schien alles um uns herum im Blick behalten zu wollen.
Es hatte nicht so etwas Hektisches, Panisches, wie bei Leander in dem Raum, aus dem er uns in die Luft gestoßen hatte. Es hatte etwas Schleichendes, Intelligentes, Hinterhältiges.
Sofort tat etwas in mir weh, als ich an Leander dachte.
Und doch fragte ich mich, woher Ianen wohl diese Narbe bekommen hatte. Wie er dort so herumschlich, leise, effizient und irgendwie gefährlich, erschien er mir unbesiegbar. Wenn er wollte, würde er sich unsichtbar machen. Wie konnte ihn nur jemand im Gesicht erwischt haben?
Woher war ich mir so sicher, dass es ein Mensch und kein wildes Tier gewesen war? Es lag an der Art, wie der Schnitt in dem Gesicht platziert war.
Es hatte etwas so persönliches.
Ein solcher Schnitt war nicht dazu da, um jemanden zu schwächen. Er war dazu gedacht, zu erinnern.

»Komm«, flüsterte Ianen und packte wieder meinen Arm. Erst als wir über einen kleinen Hügel gestiegen waren erkannte ich, worauf wir zusteuerten. Mir verschlug es für einen Moment den Atem.

Ein gigantisches, graues Gebäude thronte dort, umringt von ebenso grauen Netzen, die sich Meter hoch darum spannten.

Was war das für ein Ding? Und wieso war es von Netzen umgeben?

»Kannst du mit dem Arm klettern?«, fragte er und schob den Ärmel des Pullovers hoch. Er fluchte mit einem Wort, das ich nicht kannte, und riss meinen Ärmel wieder herunter. Ich musste nicht hinsehen um zu wissen, dass die Wunde wieder aufgerissen war.

»Wieso hast du nichts gesagt?«, fragte er, doch ich antwortete nicht. Die Antwort war so offensichtlich. Sich von so etwas aufhalten zu lassen, war ein Luxus, den wir uns nicht leisten konnten. »Okay. Dann also unten entlang.«

Unten? Was sollte das denn heißen?

Wir gingen näher an das Gebäude heran und Ianen schien etwas auf dem Boden zu suchen. Auch ich sah mich um und bemerkte plötzlich ein großes rundes Ding im Gras.

»Suchst du das da?«, fragte ich ihn und er kam zu mir herüber.

»Genau das«, sagte er und klopfte darauf. Dann legte er sein Ohr über das große runde Ding im Boden.

Er nickte, was auch immer das bedeuten mochte, und schob mit viel Kraftaufwand die Platte weg. Sie war dicker, als ich gedacht hatte.

Dann verstand ich, wieso er genickt hatte.

Unter der Platte war ein senkrechter, schmaler Tunnel, der unter den Boden führte. Von dort oben sah ich einige schmale Rohre, die eine Art Treppe bildeten.

Er hatte geguckt, ob dort jemand war. Vielleicht war dieses Klopfen so eine Art geheime Botschaft.

»Ich gehe zuerst und zeige dir, wie es geht.«

»Ich bin zwar nicht von hier, aber ich bin nicht total bescheuert«, zischte ich und ging einfach zuerst in das Loch im Boden. Stufe für Stufe ging ich die Leiter weiter hinab und hatte nicht damit gerechnet, dass es so tief hinunter ging.

Wie war es nur möglich so tief in die Erde zu graben? Wie hatten die Menschen das nur geschafft?

»Pass auf, hier fehlt eine Stufe«, warnte ich Ianen. Er blieb stehen und grinste zu mir herab.

Anscheinend wusste er das. Wie oft er wohl hier unten gewesen war?

Als fester Boden unter meinen Füßen war, ging ich ein Stück zur Seite und sah mich um.

Ein viel breiteres, waagrechtes Loch war um uns herum. Wir standen auf einer Art Absatz, der verhinderte, dass wir in dem halbrunden Kreis laufen mussten. Wie eine Straße am Rand, die uns das Laufen ermöglichte.

»Dieser Tunnel führt direkt in das Gefängnis. Wenn wir ihm lange genug folgen, kommen wir irgendwann dort an. Schaffst du das noch?«, fragte er und deutete auf meinen Arm. Ich nickte nur und überlegte, was wohl die Funktion eines Gebäudes war, das *Gefängnis* hieß.

Ich erkannte das Wort *gefangen* darin und sofort wurde mir unwohl.

»Sind dort Leute?«, fragte ich unsicher.

»Nein. Sonst hätten sie Wachen unter dem Gullideckel gehabt.«

Dann hieß die große Platte also so. So etwas gab es nicht in Nonnum. Es erschien mir auch nicht sehr sinnvoll.

Wieso sich den Umstand machen und einen zweiten Eingang so tief unter der Erde graben?

»Das nannte man Kanalisation«, erklärte Ianen, als hätte er sofort erkannt, dass ich es nicht begriff. »Sie war das Leitungsnetz von allen möglichen Wassern. Alles kam hier zusammen und wurde durch diese Tunnel, die eigentlich als Rohre dienten, in Reinigungsanlagen oder Ozeane gepumpt.«

»Und das tun sie jetzt nicht mehr?« Ich fragte mich, ob uns jeden Moment eine Welle Schmutzwasser entgegen kam.

»Nein. Es kümmert sich keiner mehr darum. Wenn es einmal regnet, fließt schon ein wenig Wasser durch die Gullideckel hier hinein, aber es reicht nicht einmal, um den Boden zu bedecken. Wir würden es außerdem nicht als Weg nutzen, wenn es gefährlich wäre.«

Ob er mit *wir* ihn und mich meinte, oder sich und seine Insel-Leute wusste ich nicht, aber meine Vermutung war letzteres.

Im Gehen stelle ich weitere Fragen.

»Wieso gehen wir in dieses Haus? Der Name ist seltsam.«

»Ja. Und genau deswegen werden sie uns dort am wenigsten vermuten.«

»Meinst du wirklich?«

»Ich weiß es. Man sucht nicht an Orten, die so sind wie dieser. Jäger wissen, dass ihre Beute sich immer etwas sucht, wo sie sich wohl fühlt. Und sicher. Ein Gefängnis ist nichts Bequemes. Deshalb ist es nicht so offensichtlich sicher, wie ein nettes Haus am Strand.«

Ich verstand, was er meinte. Schließlich hatten sie uns in diesem Haus am Strand sofort gefunden. Da ging man am ehesten davon aus, dass die nächste Wahl wieder auf so etwas ähnliches fiel. Nicht auf das furchteinflößende, graue Ding, das Gefängnis hieß.

»Kommen die anderen auch hier her?«

»Ja. Aber erst am Tag und wenn Maye Rie sich sicher ist, dass die Fremden ihnen folgen und nicht uns.«

»Bist du so eine Art Anführer, dass sie dir gehorchen?«

»Sie vertrauen mir.«

»Wie lange lebst du denn schon hier auf dieser... Insel?« Es war komisch, das Wort auszusprechen. Es war immer komisch, wenn etwas Unbekanntes einen neuen Namen bekam.

»Ich weiß nicht.« Seine Stimme war tiefer als sonst. Wahrscheinlich weil er log. Er war schlecht im Lügen. So wie ich schlecht im Streiten war.

»Wie alt bist du denn?«, fragte ich.

»Wenn du fertig bist, mich so dumme Sachen zu fragen, könnten wir anfangen ein wenig schneller zu gehen.«

Dumme Sachen? Ich fand es nicht dumm. Aber anscheinend nervte es ihn. Und er war unhöflich. Ob ich wohl auch so unhöflich wäre, wenn ich mich gezwungen sah jemandem zu helfen, der nur Probleme mit sich brachte?

»Wie kommen wir wieder zurück?« Er antwortete nicht. »Um Leander zu holen«, redete ich weiter, weil ich eine Antwort wollte.

»Wir werden sehen.«

»So etwas sagen nur Leute, die nicht vorhaben, ihr Wort zu halten.«

Ich kannte das von Vae. Sie hatte es immer gesagt, wenn sie Leuk nicht direkt sagen wollte, dass sie nicht vorhatte, etwas zu tun, zu sagen oder nicht zu tun.

Mir fiel auf, wie oft sie das eigentlich gesagt hatte.

»Ianen«, murmelte ich und blieb stehen. »Ich werde ihn holen. Und wenn ich es alleine tun muss.«

»Das dachte ich mir schon.« Er drehte sich zu mir um. »Dazu brauchst du aber Hilfe.«

»Wenn ich sie nicht habe, versuche ich es trotzdem.«

Er nickte, als könnte er es verstehen. Ich konnte es nicht unversucht lassen, demjenigen zu helfen, der sich freiwillig bereit erklärte mir zu helfen. Sich vielleicht sogar zu opfern. Es ging nicht. Mit dieser Schuld würde ich nicht leben können. Ich ließ meine widerstreitenden Gefühle für Leander außen vor. Ich musste versuchen, ihm zu helfen. Und wenn ich umkommen würde. Und eher würde ich sterben, als mich wieder gefangen nehmen zu lassen.

»Wir müssen weiter«, sagte er. »Wenn die anderen da sind, überlegen wir weiter.«

Zögernd ging ich mit ihm, aber eigentlich wollte ich nichts mehr, als wieder zurück. Ich hatte das Gefühl, mit jeder Sekunde schwand unsere Chance, Leander zu retten.

Aber wir mussten.

Oder ich. Ich musste. Es gab kein Nein.

Ich würde ihm helfen. So wie er mir geholfen hatte.

Alles andere war undenkbar.

Schlüssel und Zellen

»Wir haben Leander.«

»Was ist mit ihr?«

»Sie ist entkommen«, gab Kollin kleinlaut zu. An der anderen Leitung war ein enttäuschtes Seufzen zu hören.

»Ich habe das Gefühl, du möchtest gar nicht heim kommen, Ernest Kollin.«

»Ich habe das Gefühl, du irrst dich, Huber Moistuer.«

Nur Kollin wagte es, Moistuer zu widersprechen. Dass er ihn auf dieser Insel zurückgelassen hatte lag nicht daran, dass er Kollin nicht mochte. Sondern dass er ihm am meisten vertraute.

Kollin hörte ein Lächeln in der Stimme des alten Mannes.

»Finde sie. Dann könnt ihr zurückkommen. Aber ohne sie funktioniert der Plan nicht. Das weißt du. Und wenn du den anderen die Änderungen verrätst, weißt du, was dich erwartet.«

»Ja, Moistuer. Ich kenne die Regeln des Gerichts. Ich werde nichts sagen. Das weißt du.«

»Nun ja. Die Leute verändern sich auf der Insel, das weißt du sehr genau.«

»Ja. Aber wie wir wissen, wird das ja nicht mehr lange der Fall sein.«

»Richtig. Also: Immer nach Plan.«

»Sicher. Immer nach Plan.«

Er legte auf und ging aus dem Zimmer des Hauses heraus, das die Wilden ihnen gegeben hatten.

Verstoßene, Unwichtige, Teile des Planes. Hier auf dieser Insel war alles vertreten. Und er würde dafür sorgen müssen, dass die richtigen Leute starben.

Der erste Schritt des Planes war Norin zu finden.

Und er würde alles daran setzen, dies zu tun. Der Plan war alles, an das er noch glauben konnte. Er musste funktionieren.

Doch nun stand ihm jemand im Weg. Jemand, den er gut kannte. Den er selbst überzeugt hatte. Und eingeweiht hatte.

Leander. Sein eigentlicher Stolz.

Jemand, der ihn verraten hatte.

Das machte er sich wieder bewusst und so fiel ihm die bevorstehende Aufgabe viel leichter.

»Wo ist er?«

»Im Keller.«

Sofort machte er sich auf den Weg in den Keller. Dort saß sein eigentlicher Stolz, sein vergangener Stolz. Die Erinnerung, dass allein Überzeugung nicht reichte, wenn Liebe im Spiel war.

Er musste lächeln.

Liebe war die größte Schwäche der Menschen. Liebe machte sie willenlos und opferbereit.

Sie machte leichtgläubig und verwundbar. Liebe war etwas, dass jeden Menschen manipulierbar machte. Und das war es, worauf alles beruhte.

Sobald man liebte, wurde der Willen schwach. Und man konnte die Menschen formen. Was mit dem *Er* nicht geklappt hatte, würden sie besser machen.

Etwas, dass fern war, konnte man nicht lieben.

Etwas, dass man kannte, dass man anfassen und sehen konnte, konnte man viel einfacher lieben.

Und da war der Stein, der zwischen ihm und dem Plan stand.

Er würde ihn beseitigen. So wie alles andere auch. Und zwar genauso, dass Moistuer stolz auf ihn wäre.

»Hallo Leander«, sagte er, als er in die Tür hinein ging. »Sag mir, wo sie ist.«

»Ich weiß es nicht.«

»Natürlich nicht.« Er lächelte. Eigentlich musste er das nicht wissen. Sobald Moistuers Leute fähig genug wären, wüssten sie es sowieso. »Aber du weißt, wer von diesen wilden Inselratten ihr geholfen hat. Und du wirst es mir sagen.«

»Leck mich, Kollin.« Leander spuckte seinen Namen aus. »Ich werde dir gar nichts sagen.«

»Natürlich nicht. Vielleicht kann mein Freund Thurst dich umstimmen.« Er klopfte drei Mal an die Tür und Thurst verstand den Wink. Er kam herein, lächelnd und so brutal aussehend, wie eh und je. Thurst hatte seinen Namen nicht umsonst. Es war nicht die Sprache, die man in Nonnum sprach, aber weltgewandte Menschen wie Leander kannten diese alte Sprache. Mit ein Grund, wieso Kollin ihn erwählt hatte. Zu Schade, dass er sich für die falsche Seite entschieden hatte.

»Weißt du, wieso er in dieser Sprache *Durst* heißt?«

»Ich nehme an, ihr habt diesen lächerlichen Namen aufgrund seines Blutdurstes gewählt.«

»Du nimmst richtig an. Thurst, walte deines Amtes.«

Da schrie er auch schon.

Der Verräter.

Ianen öffnete mit einem kleinen silbernen Ding, das ich nicht kannte, die Türen. Unter den Klinken waren schmale Spalten, in die er das silberne Ding hineinsteckte, umdrehte und zum Klacken brachte. An dem Quietschen der Türen erkannte ich, dass sie lange nicht mehr benutzt worden waren.

»Wie nennt man diesen Türöffner?«, fragte ich.

»Ihr seid in Nonnum nicht gerade gebildet was?« Schon wieder diese abfälligen Bemerkungen.

»Wir wissen, was wir wissen müssen.« Und schon wieder neigte ich zur Verteidigung. Das war doch gar nicht meine Einstellung. »Aber Dinge, von denen sie denken, dass wir sie nicht zu wissen brauchen, enthalten sie uns vor. Oder sie lügen«, fügte ich hinzu.

»Ich nehme an, dir gefällt das nicht besonders.«

»Wer mag es schon angelogen zu werden?«, entgegnete ich.

»Auch wieder wahr.«

Ianen öffnete eine weitere Tür und machte sie hinter uns zu. Dann sah er mich an, hielt mir den Türöffner vor die Nase und sagte: »Das nennt man Schlüssel. Du kannst es mal ausprobieren, wenn du willst.«

Sofort nickte ich. Ich steckte das silberne Ding in den Spalt, öffnete die Tür, und schloss sie wieder zu.

»Schlüssel«, sagte ich leise und gab ihn Ianen zurück. »Was glaubst du, wieso wir so etwas nicht mehr haben?«, fragte ich ihn.

»Ich weiß nicht. Aber ich nehme an, die Fürchtigen mögen es nicht, wenn ihnen etwas hinter einer verschlossen Tür vorenthalten bleibt. Sie wollen nicht, dass ihr euch wegsperrt. Sie wollen alles wissen und sehen.«

»Niemand kann alles wissen und sehen«, sagte ich, als wäre das selbstverständlich.

»Für Leute, die Macht haben, gibt es diese Worte nicht.«

»Welche meinst du?«

»Nie. Niemand. Nichts.«

Ich war erstaunt über Ianens Ansicht. Er dachte realistischer, als ich erwartet hatte. Selbst auf einer Insel fern von Nonnum bekam man wohl einige Dinge mit.

»Warst du mal dort? In Nonnum?«, fragte ich.

»Wir müssen zusehen, dass wir Matratzen hier her bekommen. Kannst du mit deinem Arm Dinge tragen?«, fragte er und ignorierte meine Frage völlig.

»Ich denke, das sollte gehen«, sagte ich und bewegte meinen Arm. Es schmerzte, aber es war erträglich.

»Dann los«, sagte er und wir gingen schon wieder eine lange Strecke. Der Weg war viel zu weit, um mir zu merken, wohin wir gingen. Dann kamen wir in einen ewig langen Flug. Ich ging vor Ianen hinein und war erschrocken über die vielen kleinen Räume direkt nebeneinander. Jeder Raum besaß drei Wände aus etwas, das nicht Metall war und eine Wand aus Gitterstäben.

Käfige. Gefängnisse. Mir war nicht klar gewesen, dass sie dieselbe Bedeutung hatten.

Ich entfernte mich mit langsamen Schritten von der Gittertür, bis ich mit dem Rücken an eine weitere stieß. Ich fand es so grauenvoll, dass es derart viele davon gab, dass ich nicht klar denken konnte. Wie konnte man nur so böse sein, andere Menschen in diese Käfige zu sperren?

»Hier waren früher die Verbrecher.«

Verbrecher.

»Bei uns heißt es nur Brecher«, sagte ich leise.

»Sie reden sich ein, durch die Veränderung eines Wortes ein Neues zu schaffen. So wie die Lektionere. Früher hießen sie Lehrer. Oder die Fürchtigen.«

Ich drehte mich um und betastete einen der Stäbe. Er war hart, kalt und unnachgiebig. In jedem Raum war nur eine Toilette, ein Waschbecken und eine Matratze auf dem Boden in der Ecke.

»So mussten diese Leute leben?«, fragte ich und ein eiskalter Schauer lief mir über den Rücken. Früher hätte man mich in eine solche Zelle gesperrt und verrotten lassen. Dieser Gedanke schockierte mich zu sehr, um ihn zu ignorieren. Ich musste es sehen. Ich zog an den Stäben, doch sie gaben nicht nach.

»Lässt du mich mal in eine von denen?«, fragte ich Ianen. Er beäugte mich seltsam.

»Wieso?«

Ich sah die Stäbe an, berührte sie wieder mit den Fingern.

»Ich würde gerne wissen, wie sie sich früher gefühlt haben.« Das war nicht die ganze Wahrheit, aber ich wollte nicht mehr offenbaren.

Ich wollte wissen, wie es gewesen wäre, früher eine Brecherin zu sein. Hatten wir ein besseres Los mit dem sofortigen Tod? War es besser, gleich zu sterben, als in einer solchen Zelle gefangen zu sein?

»Nur manche mussten ewig darin sein. Nicht alle. Man saß seine Zeit ab und wurde frei gelassen. Nur bei ganz schlimmen Verbrechen musste man den Rest seines Lebens darin sitzen.«

»Sowie dem Brechen der Gebote?«, fragte ich.

»Soweit ich weiß, gab es früher andere Gesetzte, die nicht viel mit den Geboten zu tun hatten. Früher... waren sie nicht so auf diesen Go... ähm, *Er* festgelegt. Man brachte die Leute mit dem Drohen dieser Zellen dazu, dem Gesetz zu gehorchen.« Das konnte ich verstehen. »Stellt sich die Frage, was besser ist«, sagte er.

»Sterben«, sagte ich ganz leise, als wäre es nur für mich. Lieber würde ich sterben, als mein Leben lang in einem Käfig zu sitzen.

»Das *Gericht der Gerechten* würde dich einsperren, wenn sie wüssten, dass du lieber sterben würdest.« Es klang wie eine Warnung. Wie ein weit entferntes Wissen, von dem ich keine Ahnung hatte.

Ich ließ meinen Blick von den Räumen fort, zu Ianen hingleiten.

»Du hältst von all dem nichts, oder? Von ganz Nonnum?«

»Du etwa?«

»Nein.« Das war der Grund, aus dem ich hier war. Wieso die Leute und Leander das mit mir getan hatten. »Aber du hast unrecht«, stellte ich klar. »Eine Brecherin wie mich sperrt man nicht ein. Man bringt sie um, wenn man die Gelegenheit hat, bevor sie noch mehr Schaden anrichtet.«

»Siehst du dich so? Als jemand, der gegen das Gute ist?«

»Nein. Ich bin für das, was für mich am besten ist.«

»Das nennt man Egoismus.«

»Dir entgeht aber auch nichts, was?«, fragte ich zynisch.

»Du siehst dich selbst als egoistisch?«

»Jeder ist ein bisschen egoistisch. Manche mehr, manche weniger. Ich bin es, was meine Freiheit angeht. Und meine Meinung. Und ich hasse es, wenn man mich anlügt.«

»So egoistisch klingt das eigentlich nicht.«

Das fand ich nicht. Aber das konnte Ianen nicht wissen. Er kannte Nonnum und das Leben dort nicht. Er kannte mich nicht. Und er wusste nicht, zu was ich fähig war. Zu was ich bereits fähig gewesen war.

Ich dachte an Eiren. An Leander. An Vae. An Xeth. Leute, mit denen ich die Regeln und Gebote gebrochen hatte, weil sie mir nicht passten. Und damit hatte ich ihnen geschadet.

»Es ist egoistisch, wenn es für mich gut heißt, und für andere schlecht.«
»Denkst du immer so? Schwarz und weiß? Gut und Böse?«
»Ich weiß nicht. Manchmal. Aber vielleicht muss man das in einer Welt wie dieser.«

Aber was war dann Leander? War er gut? Oder böse? Er hatte gelogen, aber er hatte versucht, mich zu retten. Was für Gründe er auch immer gehabt haben mochte, er passte nicht in dieses Muster.

»Was ist eigentlich mit diesem Großen? Kion, richtig?«

Wer bist du?

Ich weiß nicht recht. Ich weiß nur, dass ich dich rechtzeitig finden musste, klang Kions Stimme in meinem Kopf nach.

»Ganz ehrlich? Ich glaube, das weiß er selbst nicht. Ich weiß es genauso wenig. Aber was weiß ich schon.«

Das sollte nicht abwertend mir gegenüber gemeint sein, aber im Moment sah es so aus, als wäre das einfach die Wahrheit. Ich wusste nichts. Weder was ich tun sollte, noch was ich sagen sollte, was ich lassen sollte. Ich wusste nicht einmal mehr, was ich wollte; was ich wollen sollte.

Ich wusste, dass ich Norin Fly war. Oder gewesen war.

Da sah ich ein, dass ich wirklich nicht wusste, wer ich war. Wer ich sein wollte. Oder was ich erreichen wollte.

In diesem Moment wusste ich nur, dass ich dem Mann helfen wollte, der zum Teil dafür verantwortlich war, dass ich hier stand, mit dem Rücken an die kühlen Käfigstäbe gelehnt und einem Fremden irgendwie viel zu viel erzählend.

»Was glaubst du, wie lange die anderen brauchen?«, fragte ich.

»Es kommt darauf an, wie hartnäckig deine Freunde sind und wie lange sie die anderen verfolgen.«

»Das sind nicht meine Freunde!«, sagte ich wütend. Sie waren das komplette Gegenteil.

»Krieg dich ein. Das war Ironie. Wir müssen uns jetzt erstmal um Betten kümmern. Wir sollten die Zellen suchen, die unverschlossen sind und die Matratzen heraus holen.«

Und das taten wir. Ianen konnte unter jeden Arm drei nehmen, weil sie so dünn waren. Ich konnte insgesamt drei nehmen und kam mir mal wieder schlecht vor.

Wieso war das in letzter Zeit so oft der Fall? Seit wann kritisierte ich mich selbst so sehr und erwartete so viel von mir? Eigentlich war es nicht viel. Es war weniger als sonst. Das machte es noch schlimmer.

Der Funke einer Sehnsucht kam in mir auf, doch ich unterdrückte ihn mit aller Gewalt.

»Norin?«, drehte sich Ianen auf einmal um und sah mich fragend an. »Brauchst du eine Pause?«

»Nein«, zischte ich zwischen zusammengebissenen Zähnen und stieß gegen ihn, weil er weiter laufen sollte.

Schmerz breitete sich in mir aus wie ein Lauffeuer. Als würde jemand etwas brennbares in mich hineingießen und in Flammen aufgehen lassen. Doch ich redete mir ein, mich nicht davon unterkriegen zu lassen. Ich würde mich nicht von dieser Sucht, die sie mir angehängt hatten, niedertrampeln lassen. Ich würde nicht aufgeben.

Ich verlangte wenig von mir in den letzten Tagen. Aber *das* verlangte ich von meinem Willen, meinem Körper und meiner Ausdauer. Um mich von den Schmerzen abzulenken, sagte ich zwei Zeilen geistig immer wieder vor mich hin: *Der Ring ist ein Kreis, der die Unendlichkeit symbolisiert. Die Welt ist ein Kreis, so wie die Menschheit ein Kreislauf ist. Von H. K. Johnsen, 1901. Der Ring ist ein Kreis, der die Unendlichkeit...* Immer und immer wieder dachte ich diese Zeilen.

Ich schaffte es.

Doch mein Arm gab auf. Die Matratze fiel mir unter dem Arm heraus und ich fluchte bitter. Blut rann von meinem Handgelenk herab. Wieder fluchte ich, als ich sah, dass der Stoff der Matratze blutgetränkt war. Ich hatte nicht bemerkt, dass ich meine Hand zur Faust gemacht hatte und die Wunde nun wieder fast ganz aufgegangen war. Sie war wohl doch noch nicht so gut verheilt gewesen, wie ich gedacht hatte.

Erst jetzt fragte ich mich, was sie da eigentlich zu suchen hatte?

Ianen sagte nichts, er riss sich sein Nicht-Hemd über den Kopf und teilte den Stoff mit Händen und Zähnen in Streifen.

Die seltsamen Gedanken über seinen schlanken, muskulösen, braungebrannten Oberkörper ordnete ich leichter Hand dem Blutverlust zu.

Er bedeutete mir, mich zu setzen, und ich gehorchte. Ianen legte einen Streifen über die Wunde, während er die anderen darum herum band und festzog. Unter Qualen ließ ich es über mich ergehen.

»Ich glaube, das sollte die Blutung für einen Moment stillen. Aber wir müssen zurück zu dem Raum. Du musst dich ausruhen.«

Ich riss mich zusammen und wir gingen zu dem Raum, den man mit dem Schlüssel zuschließen konnte. Ianen legte drei Matratzen, die er hatte tragen können, während er mir beim Gehen half, übereinander und mich darauf.

»Ich muss Trinken und Essen besorgen. Du bleibst bitte liegen. Versuch den Arm nicht zu bewegen. Desto mehr du ihn bewegst, desto mehr Blut verlierst du. Klar?«

»Ja«, zischte ich und blieb ruhig liegen. Als wäre er keine Minute fort gewesen, hörte ich, wie die Tür wieder aufging. War ich eingeschlafen?

»Hier. Trink das«, sagte er und hielt mir etwas an den Mund. Ich trank gierig. War mein Mund so trocken gewesen, ohne dass ich es bemerkt hatte?

»Geht es dir besser?«, fragte er. Ich antwortete nicht, weil ich es einfach nicht wusste.

Ich war einfach nur müde und erschöpft. Und ich ließ meinem Körper ein wenig Erholung.

Gespaltener Arm

Als Norin aufwachte war beinahe ein ganzer Tag vorüber und allmählich sorgte sich Ian um seine Leute. Maye Rie war ein kluges Mädchen. Sie war auf dieser Insel aufgewachsen.

Ähnlich wie er.

Der Unterschied war nur, dass Ian älter und nicht so nachtragend wie May war. Doch für ihr Alter war sie hart im Nehmen. Und Aorn, Aete und Redic wussten, was zu tun war. Doch auch um die anderen machte er sich Sorgen. Sie waren für ihn seine Familie. Was, wenn dieser Leander Leute verraten hatte? Er traute diesem seltsamen Kerl nicht recht. Aber doch erschien es ihm unwahrscheinlich, dass er Norin in Gefahr bringen würde.

Aber Ian kannte die Leute, die ihn verbannt hatten. Er wusste, dass diese Menschen zu allem fähig waren. Auch wenn dieser sogenannte Widerstand das System stürzen wollte, sprachen ihre Mittel nur dafür, dass sie sich nicht sehr von den Fürchtigen unterschieden. Wenn sie nicht sogar schlimmer waren.

Und dass Kollin die Sache anführte, beunruhigte Ianen noch viel mehr. Wenn herauskäme, dass Ian und seine Freunde dem Mädchen geholfen hatten, würde er sie alle umbringen. Das stand außer Frage.

Es machte ihn verrückt, herumzusitzen und nichts tun zu können. Er hätte jemanden mitnehmen sollen. Dann hätte er den- oder diejenige mit Norin allein lassen können und hätte selbst nach seinen Leuten suchen können. Doch eine Person mehr bedeutete auch mehr Spuren, die sie hinterließen. Und er kannte nur eine Person, die so geschickt war wie er. Und die war bei den Fremden, um sie abzulenken.

Darien.

Er war der Älteste auf der Insel und kannte sich gut aus. Er wies immer die Neuen ein, wenn sie kamen. Ian hatte für so etwas keine Geduld. Es gab wichtigere Dinge zu tun, als sich um die Leute zu kümmern, die ebenso fortgeworfen wurden, wie er. Als wären sie Müll. Abschaum.

Das System von Nonnum entsorgte die Leute, die es entbehren konnte. Wobei Ianen sich langsam wunderte, dass es in letzter Zeit so viele Neue gewesen waren.

Das war unüblich. Das war sogar ziemlich ungewöhnlich.

Sonst kamen alle paar Jahre mal einer oder eine. Dieses Jahr waren es schon zwei, wenn man Norin und die beiden Kerle nicht mitzählte.

Es kündigte sich Veränderung an.

Das Mädchen mit dem gespaltenen Arm... Sein Großvater hatte ihn gewarnt. Sie würde alles verändern. Und das tat sie auch.

Irgendwie war Ian wütend auf sie. Irgendwie bewunderte er sie. Und irgendwie konnte er sie nicht leiden. Er hatte auf der Insel alles im Griff gehabt, bis sie gekommen war und alles durcheinander brachte. Wie hatte dieses Mädchen nur all die Jahre in Nonnum überlebt? Er war immer der Meinung gewesen, man müsse Überlebenskünstler sein, um als Verbrecher dort zu leben. Aber es hatte nicht einmal jemanden gestört. Im Gegenteil. Eine Gruppe hatte Gefallen daran gefunden und wollte sie benutzen.

Sie wird alles verändern... Ja, dachte er. Alles veränderte sie. Dabei tat sie nicht viel. Außer sich ständig zu verletzen und gegen diese Sucht anzukämpfen, die sie vor diesem Leander abgestritten hatte. Er fragte sich, ob sie das getan hatte, weil sie nicht bemuttert werden wollte, oder weil sie selbst es nicht wahrhaben wollte, dass sie noch eine Weile damit kämpfen würde.

Wieder ein Beweis dafür, wozu Leute mit Macht im Stande waren. Es war doch immer das Gleiche.

Nie fand man sich mit dem ab, was man hatte. Wenn man die Möglichkeit sah, wollte man mehr. Um jeden Preis.

Doch noch immer verstand Ian nicht, was Norin dabei für eine Rolle spielen sollte. Was sollte eine verletzte, süchtige Brecherin schon ausrichten?

Ein einzelner Mensch?

Ein Mädchen?

Entweder er unterschätzte sie oder die anderen überschätzten sie.

Ian fuhr sich mit der Hand über sein Gesicht und fuhr durch die schmale Grube in seinem Gesicht.

Das erinnerte ihn wieder daran, wozu Menschen in der Lage waren.

Und unweigerlich fragte er sich, was wohl die Geschichte dieses Mädchens war, dessen große blau-grüne Augen hinter ihren Lidern versteckt waren.

»Wihend, Wihend«

Ein lautes Poltern ließ mich aufwachen. Sofort drehte ich mich zu der Tür herum, die jeden Moment aufschlagen würde. Und dann tat sie es.

Maye Rie, die zwei Freunde von Ianen mit den ähnlichen Namen und vier weitere Personen stürmten herein. Einen erkannte ich als Kion. Zwei weitere Personen kannte ich nicht. Einer war ein hoch gewachsener Mann, der erfahrener nicht hätte aussehen können und eine war eine Frau. Sie hatte langes, blondes Haar, das zu einem komplizierten Zopf geflochten war. Sie war vielleicht ein wenig älter als ich.

»Darien, Meith!«, stieß Ianen erleichtert aus. »Bin ich froh euch zu sehen!« Dem großen Erfahrenen gab er die Hand, die blonde Frau schloss er in seine Arme.

»Redic und Oenn sind mit der Neuen in ein anderes Versteck. Wir hielten das für sicherer...«

Doch dann kam eine weitere Person hinein und ich hörte nicht mehr zu, verlor völlig die Fassung.

Es war Vae.

Ich blieb dort auf meiner Matratze sitzen und starrte sie einfach nur an, als wäre das ein Traum, der mich in die Wirklichkeit verfolgte.

»Heilige Scheiße!«, fluchte sie, als sie mich sah. »Was haben sie denn mit dir gemacht?«, fragte sie und kam auf mich zu.

Ich konnte nicht reden, nicht atmen und auch sonst nichts. Ich konnte sie nur ansehen. Sie war es wirklich. Sie betastete meinen eingewickelten Arm. *Sie war wirklich da.* Sofort fiel sie mir um den Hals und drückte. Ich drückte zurück. Alle Augen waren auf uns gerichtet und sahen der Wiedervereinigung zu.

»Ich dachte...«, schluchzte ich. Ich weinte? Wann hatte ich angefangen zu weinen? »Ich dachte, sie hätten dich...«

»Nein. Ich bin lebendig, wie du siehst. Hör auf zu flennen«, sagte sie, weinte aber selbst.

»Du liebe Güte!«, entfuhr es mir. »Du bist wirklich da!« Ich konnte es noch immer nicht fassen.

»Ja. Ich wollte unbedingt mit hierher kommen, weil ich sofort wusste, dass sie von dir redeten, als sie von einem verletzten, etwas vorlauten Mädchen mit seltsam braunen Haaren sprachen. Gut, also der Name hat sicherlich auch dazu beigetragen, aber vorlaut? Das konntest nur du sein!«, lachte und weinte sie gleichzeitig.

»Ich kann's nicht glauben«, hauchte ich. »Sie haben Leuk einen Brief geschrieben«, sagte ich sofort, denn ich wusste, dass sie das am meisten wissen wollte. »Er... wir... es war klar, dass er nicht von dir war. Wegen ›In Liebe‹ und so... auf jeden Fall... er wollte es nicht glauben. Er wollte nach dir suchen. Und... das tut er jetzt.«

»Was?« Entsetzt sah Vae mich an und hielt mich mit ihren Armen von sich weg. Es schmerzte an meinem Arm, aber das war jetzt unwichtig. »*Was* macht er? Hat er seinen beschissenen Verstand verloren?« Ich musste lachen. Seit Tagen konnte ich endlich mal wieder lachen.

»Ich hab dich so vermisst«, sagte ich und schlug ihre Arme weg, um sie wieder zu umarmen. »Und reg dich nicht so auf, du hättest das gleiche getan«, flüsterte ich noch.

»Oh, Leuk«, wimmerte sie leise und begann wieder zu weinen. »Dieser verdammte Idiot!«

»Er hat jeden Tag an dich gedacht, weißt du?«

»Ich auch an ihn«, säuselte sie.

»Aber du hast Konkurrenz...«, wollte ich munter beginnen, als Ianen sich einschaltete.

»Ihr kennt euch also?«, stellte er mit seinem scharfsinnigen Ton fest. Ich verkniff mir eine garstige Antwort.

»Ja. Areal 19«, sagte ich nur, weil er ja bereits erwähnt hatte, dass es mehrere Leute davon auf dieser Insel gab.

»Dann kennt ihr vielleicht die Neue«, sagte er. Und da legte sich ein Schalter in meinem Kopf um.

»Claie«, flüsterte ich. Und alle im Raum sahen mich ungläubig an.

»Woher weißt du das?«, fragte Vae.

»Sie wurde letztens eingeteilt«, sagte ich. *Und ich kenne sie*, dachte ich, was es noch wahrscheinlicher gemacht hatte, dass sie diejenige war, die hier war.

Irgendwie hing das alles miteinander zusammen, aber ich verstand noch nicht, wie und warum.

Es hatte einen Grund, warum Vae und Claie auf dieser Insel waren.

Da fragte ich mich plötzlich, was diese Leute vorhatten. Und ob ich mich da nicht gegen etwas wehrte, dass viel zu groß und mächtig für mich war. Wenn sie die Macht hatten, Vae, Claie, Leander und mich hierher zu bringen, was konnten sie dann noch alles tun? Wozu waren sie in der Lage? Und was brauchte es, um gewinnen zu können? Was kostete es? Und was würde es letzten Endes bringen?

»Ich habe gehört, bei dir geht es ganz schön auf und ab«, sagte Vae leise. Sie sah zu Kion. »Was ist mit Eiren?«, fragte sie.

Das traf mich zutiefst. Ich konnte sie nicht ansehen, ich konnte dazu nichts sagen. Ich schlang die Arme um meine Beine, was höllisch weh tat. Das reichte wohl als Antwort.

»Lass mich deinen Arm sehen«, sagte Maye Rie und kam zu mir. Sie löste die Binden, während Leander die umstehenden Leute anwies, Dinge zu tun, herauszufinden und zu besorgen. Schließlich waren nur noch wir vier im Raum und endlich konnte ich schreien, als Maye Rie die Binden abnahm.

Mein Blut war an dem Stoff getrocknet und als sie es abzog, begann alles wieder zu bluten und zu schmerzen.

»Was haben sie da gemacht?«, fragte Vae. Ich sah sie schulterzuckend an.

»Diese Frage habe ich mir leider zu spät gestellt«, gestand ich. »Aber wir finden es heraus.« Ich sah Ianen entschlossen an. »Wenn wir Leander befreien, werden wir das auch herausfinden.«

»Ist das der, den sie gefangen haben?«, fragte Vae. Ich nickte und schrie erneut, als Maye Rie wieder an den verkrusteten Binden zog. Endlich war die letzte ab, da sah Maye Rie mich mitleidig an.

»Ich muss es reinigen. Das wird weh tun.«

»Mach einfach«, knurrte ich. Vae riss ein Stück ihrer Kleidung ab und hielt es mir hin. »Ist das so 'ne Art Sitte hier auf dieser Insel? Dass ihr eure Kleider einfach zerreißt?«

»Halt den Mund uns beiß da drauf«, sagte Vae.

»Wow. Du musst mir zeigen wie das geht«, sagte Ianen und pfiff, als würde er Vaes Leistung, mich zum Schwiegen zu bringen, bewundern.

Ich zeigte ihm einen weniger netten Finger. In Nonnum wäre ich dafür wahrscheinlich körperlich bestraft worden. Vae lachte und legte meinen Finger sanft wieder zu den anderen zurück.

Das Stück Stoff half wirklich, denn das Reinigen war noch schlimmer, als das Abtrennen der Binden von der Wunde.

Noch während der Behandlung überrannte mich die Sucht. Meine rechte Hand wanderte zu den Einstichen und ich sehnte mich krümmend nach weiteren, die mir Ruhe bringen würden.

Ich schrie noch heftiger in das Soffknäul und merkte, wie mir die Kontrolle entglitt. Da spürte ich, dass jemand meine Hand wegnahm und eine kältere darauf legte.

Dann hörte ich eine weiche Stimme.

»Sanft rauscht der Wind
Leis' flüstert die Böe
Sie nehmen uns mit geschwind
Und g'leiten uns in die Höhe.

Gemeinsam über Wolken
Flauschig, sanft und weich
Keine, die uns verfolgen
Nur du und ich – in unserem Reich.

Wihend, Wihend,
wir kommen Heim
Wihend, Wihend,
wir sind nur dein.

Trag uns Oben,
Gib auf uns Acht
Und wir g'loben
Treue, dir Tag und Nacht.

Wihend, Wihend,
Irgendwann nicht mehr bloß Schein,
wir kommen Heim,
Sind auch dein Daheim.«

Es war Vae. Und sie sang ein Lied, das wir als Kinder gedichtet hatten. Es war nicht gut, die Melodien und Reime schräg und unsauber, aber es war das, was uns damals berührt hatte.

Undschuldig, rein und hoffnungsvoll. Freiheit. Das war immer unser Wunsch gewesen.

Sanft streichelte das Lied mich und sofort ging es mir besser. Es war wie heimzukommen. Es war tatsächlich so, als würden wir nach *Wihend* kommen und könnten glücklich werden.

Ich entspannte mich wieder und entglitt dem Griff des Dranges nach Ruhe nach und nach. Als ich wieder ganz klar im Kopf war sah ich, das Maye Rie schon mit dem Verbinden fertig war.

Ich sah zu Vae und eine Woge der Trauer überrannte mich.

Es war meine Schuld, dass sie hier war. Ich wusste es, tief in mir. Und es tat mir so unendlich leid. Dann wandte ich meinen Blick ab und rollte mich weg von ihr. Sie verstand, dass ich sie gerade nicht sehen wollte und ließ mich alleine. Mit Maye Rie und Ianen zog sie sich in eine andere Ecke zurück und tuschelte leise darüber, was sie nun tun würden.

Wie nutzlos, dachte ich. Es war so nutzlos.

Ich wartete, bis alle anderen wieder zurück kamen. Sie hatten Decken, Matratzen, Essen und Trinken. Und sogar einige Eimer Wasser, um sich zu waschen. Sie würden es sich dort sicher gemütlich machen, ging es mir durch den Kopf.

»Norin. Möchtest du etwas essen?«, fragte Vae sanft. Ich schüttelte den Kopf.

Ich würde ihnen ihr Essen nicht weg essen.

Den ganzen Rest der Zeit blieb ich in meiner Ecke liegen und redete mit niemandem. Es wurde beschlossen, dass die Räume im Gefängnis sicher waren, und dass alle sorglos schlafen gehen konnten, um am nächsten Tag fit zu sein.

Ich wartete vier Stunden, bis alle in den Tiefschlaf gefallen sein mussten. Dann schlich ich mich so leise es ging aus dem Raum.

Wie unvorsichtig, dass sie die Tür offen gelassen hatten, dachte ich und suchte mir meinen Weg durch den Flur, um zu den Tunneln zu kommen.

Ich sah die dunkle Gestalt zu spät, um ausweichen zu können. An mir wurde gezerrt, bis ich hart gegen eine Wand stieß.

»Dachte ich es mir doch.«

Es war Ianen.

»Lass mich los!«, fluchte ich und versuchte nach ihm zu treten. Er war viel größer und stärker als ich. Ich hatte eigentlich keine Chance. Aber ich gab nicht gerne auf.

»Hör auf damit!«, sagte er. »Du wirst nirgendwo hingehen.«

»Warum glaubst du, hast du das Recht, mir sagen zu können, was ich tun oder lassen soll?«, keifte ich.

»Weil alle meine Leute hier ihr Leben für dich riskieren.« Das ließ mich erstarren. Sofort lockerte er seinen Griff. »Und wenn du dich stellst, wird es unser Leben auch nicht mehr retten.«

»Ich habe nicht um ihre Hilfe und ihr Leben gebeten!«, stellte ich klar, vielleicht um mein Gewissen zu erleichtern.

»Sicher. Aber ich habe es getan«, sagte er, vielleicht um mein Gewissen zu belasten.

»Ich verstehe nicht einmal wieso. Das macht es nicht zu meinem Problem«, wehrte ich mich.

»Nein. Aber zu meinem. Und meine Probleme sind im Moment du und dein Leichtsinn.«

»Leichtsinn? Es wäre Leichtsinn, hier zu bleiben und zuzusehen, wie sie uns solange jagen, bis sie uns am Ende doch bekommen. Sie würden ihr Leben verschwenden.«

»Das würden sie noch mehr, wenn du dich jetzt stellst. Dann sterben sie, wegen jemandem, für den sie sich eingesetzt haben, und der sie im Stich gelassen hat.«

»Ich will hier niemandem im Stich lassen. Ich will ihnen helfen.«

»Wir sind alle tot, wenn sie dich haben. Dessen kannst du dir sicher sein.«

»Wenn sie mich haben, seid ihr ihnen egal. Dann gehen sie und lassen euch hier alleine. Dann seid ihr uninteressant.«

»Nein. Das wären wir nicht. Wir haben ihre Regeln gebrochen. Uns gegen sie gestellt. Erinnerst du dich an unser Gespräch bei den Zellen?«

Seine braunen Augen funkelten mich ernst an. Selbst in der Dunkelheit.

»Ich sagte dir, das *Gericht der Gerechten* würde dich einsperren, wenn sie wüssten, dass du lieber sterben würdest. Aus demselben Grund würden sie uns alle lieber umbringen, als zu riskieren, dass wir uns wehren.«

»Das hier ist eine Insel. Wie solltet ihr euch gegen das System wehren?«

»Was glaubst du, wieso sie dich wohl hierher bringen wollten?«

Und da begriff ich es. Plötzlich begriff ich, dass die Bewohner dieser Insel nur Mittel zum Zweck waren. Sie waren der Test.

Sie hatten sehen wollen, ob ich fremde Leute, die ich niemals zuvor gesehen hatte, für mich gewinnen konnte. Ein kleiner Teil kannte mich. Der Großteil tat das nicht. Ich veränderte die Leute, in dem ich hier war. So wie es mein Vater immer schon gesagt hatte.

»Aber...«, wollte ich einwenden, doch ich blieb ruhig. Kion ergab keinen Sinn. Was für eine Rolle sollte er denn bei dem Ganzen spielen?

Und wieso brauchten sie dieses Wissen? Wie konnten sie es arrangieren, dass einfach über die Jahre Leute verschwanden, ohne dass es jemand merkte?

Und da fiel mir Vae ein. Und die Briefe.

»Keiner weiß es, weil sie nicht wollen, dass jemand es weiß. Keiner merkt es, weil sie nicht wollen, dass es bemerkt wird. Und was bemerkt wird, ist Absicht. Alles, was sie dir beigebracht haben, diente einem Zweck. Sie haben einen Plan. Einen Plan von allem und jedem. Wahrscheinlich wollen sie, dass ich dir das gerade sage. Wahrscheinlich steuern sie uns alle schon so lange, dass wir es gar nicht mehr bemerken. Ob es ihr Wille ist, das wir hier stehen oder nicht, erfahren wir nur, wenn sie wollen, dass wir es erfahren«, erklärte er. Eine lange Pause trat ein und meine Gedanken rasten. Dann fuhr er fort: »Sie wissen alles, kontrollieren alles und können alles. Sie spielen *Gott*, hörst du? Sie wollen sein, was sie als unantastbar verkaufen. Sie wollen dem würdig sein, dessen wir eigentlich unwürdig sind. Sie geben dem Unnennbaren ihre eigenen Namen, sie verkaufen Lügen als Wahrheit und frönen diejenigen, die wirklich die Wahrheit sagen, mit dem Tod. Sie nutzen ihre Macht aus und beschuldigen andere, es getan zu haben. Sie nutzen und nehmen euch aus, und geben euch die Schuld, wo sie doch bei ihnen selbst liegt. Sie wollen *Gott* sein und sind es so wenig, dass es unverzeihlich ist, wie sie etwas verhöhnen, das früher verehrt wurde.«

Es war seltsam den Namen des *Er* zu hören. Nach so vielen Jahren hörte ich ihn wieder. Und es kam mir viel besser vor, als »Er«.

»*Gott*«, flüsterte ich.

»Du bist nur ein Zahnrad in diesem Uhrwerk. Und du musst erkennen, wie es läuft, es durchschauen und manipulieren und dann einige Räder andersherum drehen lassen. Sonst sind wir alle verloren.«

Da fiel mir etwas auf. Wie ein Blitz brach es über mich ein.

Und ich betastete meinen Arm, langsam und vorsichtig.

»Ich glaube, ich weiß, was das ist«, flüsterte ich und zeigte ihm meine Wunde.

Und ich glaube, ich weiß, wie man es benutzen kann.

Pläne und Fallen

»Leander redet immer noch nicht? Versorgt seine Wunden und fangt von vorne an! Ich will, dass er mir verdammt nochmal verrät, wer diese Leute sind.«

»Jawohl, Sir.« Damit verschwand Thurst.

Kollin schlug wütend auf seinen Tisch. Wieso hatte er einen Idioten aussuchen müssen, der sich verliebt?

»Ist sie noch immer in dem verdammten Gefängnis?«, fragte er durch die Sprechanlage. »Ja, Sir.«

»Weiß Moistuer Bescheid?«, fragte Kollin.

»Ja, Sir.«

»Schön. Sagt mir bei Veränderungen Bescheid.«

»Jawohl Sir.«

Seit circa einem halben Tag hatten sie den Chip in Norins Arm aktiviert und konnten anhand einer Karte der Insel sehen, wo sie war.

Er musste zugegeben, auf dieses Versteck wäre er nicht gekommen. Wer ging schon in ein Gefängnis, um in Sicherheit zu sein?

Aber eigentlich war es ganz egal, wo sie sich versteckte. Sie würden sie holen, wenn es soweit war. Was es auch kostete.

Er würde dieses Mädchen wieder zurückholen und den Plan wie festgelegt weiterführen. Denn das war es, was zählte!

Die Vollendung des Planes und ein besseres Leben.

Manchmal fragte Kollin sich, ob alles richtig war, was sie taten. Sicher hätte man einige Dinge anders lösen können. Doch dies waren die schnellsten Wege. Sie waren alle nur Menschen. Sie machten Fehler. Dass er diese Ausrede mehr für sich, als für jeden anderen nutze, war ihm bewusst. Aber war es nicht nur natürlich nach etwas Besserem zu streben, wenn man unzufrieden war?

War dies nicht das Los des Menschen? Der Grund für seinen zerstörungswütigen Charakter war das Streben nach Etwas. Er als Fürchtiger wusste das besser, als jeder andere. Deshalb musste man die Menschen vor sich selbst schützen.

Aber wer schützte die Fürchtigen? Wer schütze das *Gericht der Gerechten*? Und wer schütze Moistuer und Kollin?

Kollin hatte eine Wahrheit erkannt, die den meisten verschlossen geblieben war. Und das war sein Ansporn: Es gab keinen Gott. Es gab keine Macht, die auf die Menschen aufpasste und sie leitete. Jeder war für sich selbst verantwortlich und so sollte jeder selbst sein Leben bestimmen können. Es würde niemand kommen, der sie alle erlöste.

Die Menschen waren so einfältig, wenn sie glaubten, jemand wache über sie. Deshalb brauchten die Menschen andere Menschen, die auf sie aufpassten und über sie wachten. Menschen, deren Zerstörungswut sich in Grenzen hielt und die bereit waren, Opfer zum Wohle anderer zu bringen. Kollin wusste, dass diese Opfer zahlreich sein würden, aber er wusste auch, dass sie nötig waren.

Wie abgedroschen das alles klang.

Immer und immer wieder hatten diese Dinge sich wiederholt. Glücklicherweise lernten die Zivilisten Nonnums nicht, wie die Geschichte der Menschheit wirklich abgelaufen war. Wenn zu vielen Leuten auffiel, wie oft sich doch alles immer und immer wieder gleich abspielte, würden sie verzweifeln. Dass die Menschheit selbst nach Jahrtausenden noch immer keinen Weg gefunden hatte, miteinander zu leben, ohne sich selbst zu zerstören, würde einigen Leuten jeglichen Glauben nehmen. Wenn man wusste, wie oft alles schon gescheitert und in sich zusammen gebrochen war, wusste man, dass die Menschheit verdammt war. Sie waren dazu verdammt, miteinander leben zu müssen und es doch nicht zu können.

Es war so erbärmlich. Die Menschen waren so schwach und so sinnlos.

Die Welt ging unter. Mit jeder Generation ein Stück mehr. In einer solchen Welt war jeder für sich selbst verantwortlich.

Man hatte nur einen Gott, an den man glauben konnte, dem man dienen sollte und den man lieben musste – und der war man selbst. Jeder hatte sein eigenes Leben in der Hand. Und wer das nicht nutzte, sollte sich denen unterordnen, die es konnten. Und alleine diese Erkenntnis berechtigte Einen, über Andere zu wachen, die nicht die Kraft hatten, dies zu erkennen.

Das war der Grundgedanke des Planes.

Als Ianen mich zurück begleitet hatte, schliefen wir noch eine Weile, um uns zu erholen.

Dann erklärten wir den anderen, was wir in der Nacht besprochen hatten. Was ich in meinem Arm vermutete und was ich glaubte, wie wir es für uns benutzen konnten.

Fast alle zweifelten, dass es funktionieren würde, sie wollten es uns ausreden, bezeichneten es sogar als Irr- und Wahnsinn; doch Ianen und ich glaubten daran. Und Ianen leistete Überzeugungsarbeit, die mich verstehen ließ, wieso er das Sagen hatte.

Also teilten wir uns auf und verließen das Gefängnis.

Ich ging mit Ianen, Vae und Darien. Maye Rie führte den Rest an einen Ort, von dem wir nichts wussten. So konnten wir sie nicht verraten.

Geradewegs gingen wir in unser Verderben, als wir in Richtung Strand schritten. Dort setzten wir uns ein wenig versteckt hinter ein Haus. Doch eigentlich waren wir leicht zu finden. Es war ein Stück entfernt vom Gefängnis, aber nicht zu weit weg. Es musste glaubhaft wirken, dass wir nur dort waren, um das Etwas in meinem Arm zu entfernen, zumal das Gefängnis als Versteck sowieso nicht mehr in Frage kam.

Dann biss ich die Zähne zusammen.

»Bist du bereit?«, fragte Ianen mich.

Ich nickte und hielt Ianen meinen Arm hin. Vae drückte meinen Nacken fest und Darien hielt mich fest, falls ich mich wehren sollte. Ianen zog eine silberne Klinge. Eigentlich wusste ich, was kommen würde. Schließlich war ein mein Einfall gewesen, doch auf solche Schmerzen war ich doch nicht gefasst gewesen.

Glücklicherweise hielt Darien mich fest, denn widerstandslos konnte man das nicht über sich ergehen lassen. Langsam, aber tief schnitt Ianen in meinen Arm und öffnete die Wunde. Wenn es nicht funktionieren würde, würde ich vollkommen die Nerven verlieren. Dann wurde ich wütend, dass ich niemals nachdachte, bevor ich etwas tat.

Jetzt war es zu spät. Die Klinge steckte tief in meiner Wunde und schmerzte so sehr, dass mein Körper sofort nach Drogen schrie.

Ich brauchte lange, um zu verstehen, dass ich tatsächlich schrie. Ich musste mich jetzt auf meine Feinde verlassen und das gefiel mir gar nicht. Vor allem, da ich nun wieder diese Sucht in mir spürte und sie vermischte sich mit Angst. Was wäre, wenn sie mir wirklich wieder etwas geben würden? Darauf musste ich mich gefasst machen. Und einerseits freute ich mich darauf. Ich wollte Ruhe. Ich wollte das Verlangen befriedigen, doch ich wusste, was es für Konsequenzen haben würde. Ich müsste ganz neu anfangen, um die Sucht wieder loszuwerden.

Und das wollte ich auf keinen Fall.

Das Blut schoss aus meiner Wunde ich hörte Vae meckern: »Du hast viel zu tief geschnitten du Idiot! Sie verblutet noch.«

»Quatsch. Die sind sicher bald da«, sagte Ianen, doch er klang nicht so sicher, wie ich gehofft hatte.

Tatsächlich schien eine Ewigkeit an mir vorbei zu ziehen.

»Bist du sicher, dass du das in ihrem Arm beschädigt hast?«, hörte ich Dariens dunkle Stimme.

Ich hörte die Antwort nicht, aber ich hoffte sie lautete ja, denn nur so, glaubten wir, würden sie uns finden. Das Etwas, wegen dem sie meinen Arm aufgeschnitten hatten, musste beschädigt sein.

Wieder zerriss Ianen, was er am Leib trug, um die Blutung zu stillen, doch mir wurde schon schwindelig, und mehr als das Blut aufzusaugen, tat der Stoff auch nicht.

»Hoffentlich kommen sie bald«, hörte ich Vae flüstern.

Kurze Zeit später glaubte ich schon mein Bewusstsein zu verlieren, als ich etwas hörte und Ianen wieder mit der Klinge in die Wunde ging. Dann hörte ich sie. Stimmen, wie sie schrien und wüteten. Ich konnte sie nicht auseinander halten und auch nicht zuordnen.

Riefen welche um Hilfe? Riefen andere fröhlich? Glückseelig? Oder war das nur mein Kopf, der Schmerz und Schwindel nicht auseinander halten konnte?

Oder war es vielleicht das Stechen im Hals, dass mir Ruhe schenkte?

Ja.

Fast war ich sicher.

Das war es.

Es war so schön...

Gefährliche Schnitte

Ich wachte auf und kämpfte mit meinen Lidern. Als sie mich gewähren ließen sah ich mich um. Ich lag wieder und fühlte mich matt wie nie.

Schwache Stimmen drangen an mein Ohr. Sie wurden lauter und lauter. Und irgendwann erkannte ich, dass es Schreie waren.

Dann erkannte ich, wessen Schreie es waren. Vaes Schreie.

Sofort wollte ich mich aufrichten, doch die Ruhe schlug mir wie mit einem harten Brett so gegen den Kopf, dass meine Welt sich unaufhörlich drehte.

»Leg dich wieder hin«, flüsterte jemand, der mir von allen möglichen Seiten über den Kopf streichelte. Als würde sein Arm sich drehen, und nicht mein Kopf.

Ich musste lächeln.

»Du lächelst«, hörte ich ihn leise reden.

Wenigstens hatten wir einen Teil unseres Vorhabens erfüllt. Wir hatten Leander gefunden.

Und du drehst dich. Ob er mich verstand, wusste ich nicht. Hatten meine Lippen sich überhaupt bewegt?

Ich drehte mich um und noch drehte sich alles, aber ich erkannte etwas um mich herum. Wir waren in einem steinernen Kerker und um mich herum saßen Leute.

Ein blonder Schopf und eine Narbe, die eigentlich nur leicht gebogen war, jetzt aber aussah wie die Wellen des Meeres. Ich schüttelte den Kopf. *Diese scheiß Drogen.* Doch war da nicht noch jemand gewesen? Ich suchte jemanden, wusste aber nicht wen.

Vae war fort. Doch da war doch noch einer gewesen...

»Darien«, hörte ich Ianens Stimme leise. »Sie haben ihn vorhin geholt.«

»Wieso?«, wollte ich krächzend wissen, doch keiner wollte mit mir reden. Ich ließ mich wieder fallen und genoss den kalten Stein in meinem Rücken. »Norin? Wie geht es dir?«, fragte Leander.

Wenn er mir nicht antworten wollte, würde ich es auch nicht tun. Wie kindisch ich manchmal war, lachte ich.

»Wie soll es ihr schon gehen? Deine Leute haben ihr schon wieder etwas gegeben.«

»Das sind nicht meine Leute.« Leander hörte sich für meinen von Drogen verdrehten Kopf an, wie eine knurrende wilde Bestie.

»Das sah aber ganz anders aus, als der eine vorhin mit dir geredet hat.«

»Ich würde nicht hier sitzen, angekettet im Keller, wenn es meine Leute wären, Klugscheißer.«

»Wenn sie es wären, könntest du uns wenigstens rausholen.«

»Hört auf«, lallte ich, weil ich so viele geknurrte Worte nicht ertragen konnte. Mein Kopf war überfüllt und wollte bersten vor lauter Anstrengung.

»Wir müssen hier raus«, flüsterte ich. *Bevor sie mir noch etwas geben und ich gar nicht mehr denken kann*, ergänzte ich geistig.

Wieder hörte ich Schreie und ich hielt meine Ohren zu.

»Solange Vae und Darien weg sind, gehen wir nirgends hin.« Ich warf Ianen einen giftigen Blick zu.

»Das haben wir doch schon einmal durchgesprochen. Wir suchen sie, bevor wir gehen, aber wir müssen jetzt hier raus«, sagte ich wütend, weil ich das gequälte Brüllen nicht ertragen konnte.

»Norin, ich kann nicht, wenn ich nicht weiß…«

»Gottverdammt, ich würde dir eine reinhauen, wenn ich könnte!«, fluchte ich schlimm. »Wir finden sie. Vae ist meine Freundin, ich lasse sie nicht hier zurück. Aber wir müssen *jetzt hier raus*!«, holte mich die Panik ein.

»Sie hat Recht. Wenn die beiden wieder da sind, holen sie den nächsten. Oder sogar zwei. Außerdem wären die anderen, nach dem was ihnen angetan wird, eher hinderlich, als förderlich. Wenn, dann müssen wir es jetzt tun«, sagte Leander.

Ich war noch immer sauer auf ihn, doch jetzt gerade war ich dankbar.

»Was ist euer Plan?«, fragte er. Ianen knöpfte seine Hose auf und drehte den oberen Bund nach außen. Da der Stoff dort doppelt gelegt war, hatten wir sie aufschneiden und einige kleine Dinge darin verstecken können. Zwei Nägel und eine Nadel, ein spitzes Ding, mit dem man früher Briefe geöffnet hat und ein Ding, das Oenn gebaut hatte. Ianen hatte erzählt, dass dieses Teil jede Tür aufkriegte. Ich hatte ihm vertraut, ohne nachzufragen. Mit der Nadel öffnete er unsere Fesseln.

Dann legte er das Ding von Oenn vor die Tür, drückte einen kleinen Knopf und riet uns in Deckung zu gehen. Ich drückte mich gegen die Wand, und Leander setzte sich vor mich.

Plötzlich tat es einen riesen Knall, die Erde bebte und wackelte und wir verschwanden in einer Wolke aus Schutt und Rauch. Ich hustete und sah nichts. Das alles war nicht gerade unauffällig, doch der Plan war, dass dies das Zeichen für die anderen war. Wenn sie es denn gehört hatten.

Die Leute, die uns hier gefangen hielten, hatten es auf jeden Fall gehört, denn diese stürmten jetzt zu Massen die Treppen herunter.

Ianen war ein beneidenswerter Kämpfer. Mit dem Brieföffner bahnte er sich einen Weg durch die Männer und rief irgendwann nach Leander.

Ich konnte weder viel sehen, noch hören, durch den Knall, aber die beiden schafften es irgendwie gemeinsam, mich aus diesem Raum heraus zu bekommen. Leander und Ianen zogen abwechselnd an meinem unverletzten Arm, um mich die Treppen hinauf zu bekommen. Die Treppe schien endlos zu sein.

Als wir endlich in einen Flur kamen, roch es schon nach Rauch und etwas anderem, dass in der Nase brannte.

»Die anderen sind schon am Werk«, sagte Ianen und lächelte. »Wir müssen Vae und Darien finden. Wir bringen dich zu den anderen und gehen sie dann suchen«, beschloss er. Ich wehrte mich nicht dagegen. Ich war ihnen in meinem Zustand nur im Weg. Ohne mich würden sie schneller voran kommen. Gerade wollte Ianen nach links gehen, als von rechts eine riesige Rauch- und Schuttwolke eine Tür aus ihren Angeln fetzte. »Da lang!«, rief er laut und zog mich nach rechts. Hektik, Qualm, viele Menschen, Schreie, Schüsse... mich ließ mein Sinn für Realität wieder im Stich und man übergab mich in die Arme von irgendjemanden.

Ich fühlte mich so leer und so überflüssig wie noch nie in meinem Leben. Wie ein schneller Wind flog die Realität an mir vorbei und schien gar keine Spuren an mir zu hinterlassen.

Vielleicht wäre es wo anders ruhiger.

Vielleicht wäre ich wo anders wichtiger.

Vielleicht würde ich wo anders nicht nur im Weg herum stehen.

Vielleicht... wäre ich wo anders jemand... vielleicht... brauchte man mich an anderen Orten...

Da sah ich Kollins Gesicht vor mir.

Vielleicht... denn ob er wirklich da war oder ob die Realität mich täuschte, konnte ich nicht sagen.

Er rannte einen verschütteten Flur entlang. May war es wirklich gelungen, alle von der Insel dazu zubringen, ihnen zu helfen. Er konnte nicht anders, als sie zu bewundern. Sie war jung, aber sie wusste, was sie tat und wie sie es tun musste.

Eine Tür nach der anderen stürmten sie, um Vae und Darien zu finden. Ihn fanden sie zu erst. Er hing kopfüber an der Decke. Blut rann ihm von Kopf und Armen. Sie hatten ihn geschnitten. Doch Ianen kannte Darien. Er hatte nichts verraten. Kein Wort. Eher würde er sterben, als jemanden von der Insel zu verraten.

Wie das mit Vae war, wusste er nicht. Doch Ianen und seine Freunde hatten sie aufgenommen, ihr Essen und Trinken gegeben, ein Dach über dem Kopf und Freunde: Sie war es ihnen schuldig, zu schweigen. Aber er wusste nicht sicher, ob sie es getan hatte. Unter Folter veränderten die Menschen sich.

Doch Ianen schaltete seinen Kopf wieder aus und holte Darien mit einem Schwung des geschärften Brieföffners von der Decke. In seinen Beinen war zu wenig Blut, als dass er hätte laufen können. Ianen befahl vier Männern, bei ihm zu bleiben und nahm Maye Rie, Redic und Oenn mit, um Vae zu suchen.

Bei ihr dauerte es lange, bis sie sie fanden. Sie mussten die Treppen wieder hinunter in den Keller, wo sie auch gefangen gehalten worden waren. Und dieser Keller war ein Netz aus Tunneln, Fluren und Räumen.

Endlich fanden sie sie in einem großen Raum mit hohen Decken. Angewidert erkannte Ianen, warum sie Vae in diesem verwirrenden Labyrinth aus Tunneln so laut hatten schreien hören: Alles in diesem Raum schallte und echote.

Sie lag auf einem Tisch, war gefesselt und rührte sich nicht. Ianen prüfte ihren Puls und fand ihn. Erleichtert aufatmend befahl er Redic sie zu tragen und sie eilten die Treppen wieder hinauf. Sofort gingen sie zurück zu Darien. Inzwischen stand er, wenn auch wackelig. Und auch die Wunden an seinen Armen schienen nicht mehr zu bluten. Seine Folter musste länger her sein, als Vaes.

Ianen brachte es nicht über sich, sie genauer zu betrachten. Dazu hatte er jetzt keinen Nerv.

Sie hatten fast alle Leute dieses Unterschlupfes in der *alten Lady* überwältigt, das hieß, es dürften kaum mehr Fremde in ihren Weg kommen.

Er sah seine Leute an und bemerkte unweigerlich, dass es zu wenige waren, doch sie mussten jetzt hier raus. Vielleicht waren sie zurück zu Norin gegangen. Diese würden sie jetzt als letztes abholen, und dann würden sie gehen. Sobald es möglich war, würden sie fliehen.

Sie brauchten nicht lange, um in das Zimmer zu gelangen, indem er Norin bei Aete und Aorn gelassen hatte. Und bei Leander.

Der sah ebenso grauenvoll aus, wie Vae. Ianen hatte keine Idee was für Foltermethoden solche Male hinterließen, doch es muss furchtbar schmerzhaft gewesen sein.

Endlich gelangten sie in den Raum, doch was sie dort erwartete, hatte Ianen nicht vorausgesehen.

Es war ein Blutbad.

Aorn und Aete lagen am Boden, ebenso wie Leander. Ob sie lebten oder tot waren wusste er nicht. Schnittwunden bedeckten ihre Haut und ihre Kleider, ebenso wie Blut.

Als er Aorns Nacken sah, wusste er, dass sie wenigstens einen verloren hatten. Inmitten dieses Massakers stand der Mann, dessen Anblick heiße Wellen der Wut in ihm hochkochen ließ.

Kollin. Und er hatte Norin im Arm. Das bluttriefende Messer hielt er an ihre Kehle.

Man sah, dass sie versuchte sich zu wehren, doch sie war zu schwach. Kollin hielt sie in einem eisernen Griff fest und sah Ianen direkt in die Augen.

»Hätte ich mir doch denken können, dass *du* der kleinen Göre hilfst«, verengte Kollin die Augen.

Ianen bleib starr stehen und hielt die Hand vor, sodass seine Leute stehen blieben. May stellte sich direkt neben ihn.

»Ihr steckt da ja alle drin«, klang er ein wenig überrascht.

Ianen antwortete nicht. Er war eher verwundert, dass Kollin nicht damit gerechnet hatte.

Norin stöhnte und stemmte sich gegen Kollins Arme. Sie versuchte sich gegen seinen Griff zu wehren, doch Kollin packte sie fester, so fest, dass die Adern an seinen Armen hervor traten.

»Sag mir, Ian, wieso helft ihr diesem Mädchen? Sie hat nichts getan, um es zu verdienen.«

Er hob das Messer höher, sodass es direkt unter ihrem Auge war. Wie gebannt sah Norin zu Ianen, das Messer völlig ignorierend. Jetzt hielt sie auch still. Er konnte es verstehen. Mit einem Messer vor dem Auge würde er auch nicht mehr zappeln.

»Sie hat vielleicht nichts getan, aber ihr wurde etwas angetan. Und das hat sie nicht verdient«, sagte er.

»Fast falsche Antwort«, lächelte Kollin und ein Blitzen war in seinen Augen zu sehen. »Für mittelschlechte Antworten gibt es einen Schnitt«, sagte er. Er senkte das Messer auf ihre Haut und zog. Norin schrie auf und wurde wieder wild in seinen Armen. Es war ein makabres Bild, wie diese zarte Frau sich so wild und leidenschaftlich wehrte. Erst als er ihr das Messer wieder unters Auge hielt, hielt sie still. Und auch erst jetzt sah Ian, was Kollin getan hatte.

Ein Schnitt direkt unter ihrem Auge, in die feine Haut des unteren Lids. Das Blut, das ihre Wange hinab rann, sah aus wie Tränen. Sofort kroch ihm wieder blinde Wut die Kehle hinauf.

»Zweite Frage: Wieso verdienen deine Männer den Tod mehr, als sie?«
Ianen schluckte hart.
»Das ist widerlich«, sagte er nur. »Du bist krank.«
»Schon wieder falsch. Naja. Sagen wir, halb falsch«, er lachte laut auf.
»Schnitt Nummer zwei«, lachte er und ließ noch im selben Moment die Klinge durch Norins Gesicht fahren.

Er schnitt ihr direkt unter die erste Wunde. Auf dem Höhepunkt ihres Wangenknochens thronte eine dünne rote Line. Nicht dick genug, um ernsthaft Schaden anzurichten, aber dick genug, um eine Narbe zu hinterlassen. Noch mehr Bluttränen rannen an ihrem Gesicht herab.

Ian fühlte sich schrecklich. Er wollte nicht, dass sie wegen ihm leiden musste, doch er hatte auch keine andere Wahl, als dieses Spiel mit Kollin mit zu spielen. Bevor er den Befehl ihr zu helfen nur ausgesprochen hätte, hätte Kollin sie bereits umgebracht. Er wusste nicht was er tun sollte, war völlig hilflos.

»Dritte Frage, du mutiger Retter«, sagte Kollin und fesselte Ianen mit seinem wahnsinnigen Blick. »Wieso kümmerst du dich nicht selbst um sie, wenn sie dir so wichtig ist? Wieso lässt du sie bei drei Männern, die so unzuverlässig sind?«

»Weil ich meinen Leuten vertraue. Und das haben sie nicht verdient«, sagte er, er konnte einfach nicht die Kraft aufbringen, Kollin anzulügen, ihm zu sagen, was er hören wollte, und er spürte Tränen in seinen Augen brennen, als er zu Aorn hinab sah. Sein zerfetzter Nacken schien Ianen übel anzugrinsen.

»Ganz falsche Antwort, kleiner Ilessan. Das kostet ein Auge.«
Ianen konnte nicht hinsehen. Er wollte und konnte nicht, doch er

wusste nicht was er tun sollte. Das erste Mal hatte er das Gefühl, nicht gut genug zu sein. Kein Anführer, kein Retter und keine Hilfe. Er wusste nicht, wie er Norin helfen sollte. Er konnte nicht. Er war nutzlos. Er war unfähig...

Da hörte er Kollin schreien und blickte auf. Da war Kion, groß, schwarz und gefährlich. Seine Augen glühten wild und seine Muskeln waren breit wie nie zuvor.

Er riss Kollin zur Seite, schlug drei Mal zu und ließ ihn liegen. Dann ging er zu Norin, die beinahe zusammensackte, und hob sie auf.

Wie ein zerbrechlicher Ast lag sie in seinen Armen. Die Blutspuren in ihrem Gesicht waren verwischt. Es sah aus wie ein Muster, wie ein Flügel, der im Wind glitt. Feine blutzweige, die wie die Adern einer Schwinge auf ihrem Gesicht glänzten.

Das machte ihn so unglaublich wütend, dass er merkte wie seine Augen zu glühen begannen. Sie brannten in seinen Höhlen und scheinen sich in ihre Haut drängen zu wollen.

Er wusste nicht, was da geschah, aber irgendwie hatte er gewusst, dass sie diejenige war, die ihm einen Sinn geben würde.

Sie war der Sinn, warum man ihn geschaffen hatte.

Immer hatten sie ihm ganz andere Gründe genannt. Doch dies hier war der wahre Grund. Diese zweigartige, leichte Frau, mit diesen zierlichen Zügen war sein Grund zu leben.

Er spürte ihr Atmen, ihr Beben und Zittern und niemals schien es etwas gegeben zu haben, das mehr Sinn machte, als sie in den Armen zu halten.

Schon hinter diesem Stein an dem sandigen Ufer hatte er sie im Arm gehalten und kaum ertragen können, dass es ihr so schlecht ging.

Am liebsten würde er diesem Mann, der ihr das Gesicht zerschnitten hatte den Kopf abreißen, doch das war jetzt unwichtig.

Früher oder später würde dieser Mann bekommen, was er verdient hatte. Doch nun zählte nur die Noyade.

Die Ertrinkende.

Sie ertrank in sich selbst. In ihrem Blut und ihrem Schmerz. Und ihrer Sucht.

Sofort verstand er, dass nur ihre Sicherheit wichtig war. Dass es ihr gut ging, war seine Aufgabe.

Er sah zu dem Blonden, der irgendwie niedergeschlagen, ratlos und überrascht auf einmal wirkte.

»Wir müssen irgendwo hin, wo es sicher ist«, sagte Kion.

Als hätte sich ein Schalter umgelegt wurde das Gesicht des blonden Ian undurchdringbar wie immer und ernst.

»Du hast Recht. Ihr nehmt die drei Verletzten mit, und dann mir hinterher.«

Kion hob Norin hoch und strich ihr das Haar aus dem Gesicht. Ein kurzer Blick von ihr, dankbar und doch schmerzerfüllt, dann schlief sie ein.

Von Schlechtem und Gutem

Ich ließ mir von Kion noch einen Eimer mit heißem Wasser bringen. Er wusch meine Wunden aus. Und bei ihm tat es überhaupt nicht so weh wie bei Maye Rie.

Diese kümmerte sich gerade um Leander, Darien und Aete.

Ianen verbot mir, zu ihnen zu gehen. Er sagte, das könnte ich jetzt nicht gebrauchen. Wahrscheinlich hatte er Angst, dass ich bei ihrem Anblick die Nerven verlor, doch diese Ungewissheit machte mich unruhig. Sie regte meine Fantasie nur an und ließ schreckliche Bilder in meinem Kopf entstehen.

»Denk nicht daran«, sagte Kion, als er noch mehr Wasser brachte. Auch Vae durfte ich nicht sehen, was mich wahnsinnig machte.

»Ihnen geht es sicher gut. Maye Rie ist eine gute Heilerin. Sie wird sie wieder zusammenflicken.«

Sofort hatte ich das Bild von zerschnittenen und blutenden Körpern vor Augen.

Und dann sah ich Aorn, wie er von Kollin überwältigt wurde.

Wie ein tragischer Traum spielte sich alles wie in Zeitlupe ab.

Ich hatte lange geglaubt, es sei ein Traum, eine Illusion. Das Blut war aus seinem Nacken gewachsen wie ein langer Zopf, der schön und geschmeidig auf den Boden floss. Millionen einzelne rote Haare, die unaufhörlich wuchsen und wuchsen und den Boden komplett zu bedecken versuchten.

Leander, der ihm hatte helfen wollen, hatte Kollin quer über die Brust geschnitten. Dann war er auf Aete losgegangen, der mich hielt und hatte ihm in Schulter und Kehle geschnitten.

Ich dachte nur, wie grässlich dieser Traum war und wie schrecklich es war, dass mein Kopf so etwas produzieren konnte.

Die Flecken auf Leanders Hemd wirkten wie tausende von Insekten, die sich schnell vermehrten und Leanders Brust einhüllen wollten. Als wollten sie ihn beschützen... als wollten sie einen undurchdringbaren Panzer über seinen ganzen Rumpf bilden.

Aete sah für mich aus wie einer der kleinen Jungen, die am Brunnen im Zitorium Wasser in das Becken spuckten. Nur dass das Wasser aus seinem Hals kam, nicht aus seinem Mund.

Kollin war so irreal gewesen, bis er mir eine Spritze in den Hals geschlagen hatte, die mich so plötzlich alles als Wahr erkennen ließ, dass ich nur noch hoffte, er würde auch mich töten.

Schreie und weine, kleine Norin. Doch es wird dich und sie nicht retten. Seine Stimmte hallte in meinem Kopf und schmerzte tief in mir. Denn was er sagte, war so abgrundtief wahr, dass ich es nicht ertragen konnte.

Sie werden alle samt mit dir untergehen. Denn wir geben nicht auf. Wir kriegen dich. Wir brauchen dich. Und du brauchst uns.

Ich brauchte sie. Ich brauchte sie, damit sie meine Freunde in Ruhe ließen.

Ich brauchte es, dass sie mich brauchten, damit ich etwas in der Hand hatte, um all diese unschuldigen Leute um mich herum in Sicherheit zu wissen.

Doch nie würden sie zulassen, dass ich freiwillig ging. Ianen würde es mir nie verzeihen, wenn ich sie alle im Stich ließ. Doch ich wusste nicht, was ich sonst tun sollte. Ich hatte nicht die Kraft und nicht den Willen zuzusehen, wie alle um mich herum litten und verletzt wurden. Wie sie starben.

Aorn war wegen mir gestorben. Aete war kurz davor.

Ich hasste mich für all das. Ich hasste mich, weil ich diese beschissene Idee hatte, um Leander zu retten. Und eigentlich hatten wir gehofft, dass sie dieses Ding in meinem Arm, den Chip, wie Kion vermutet hatte, entfernen würden, nachdem Ianen ihn beschädigt hatte.

Stattdessen war nur die Wunde wieder geöffnet worden.

Alles hatte nur Leid gebracht. Selbst Leander hatte mehr unter mir gelitten als unter ihnen.

Ich ließ meinen Kopf vor Verzweiflung in meine Hände sinken und weinte.

Ich war am Ende. Ich wusste nichts mehr.

Nicht, wie es weiter gehen sollte. Nicht, wie die anderen mir das vergeben sollten. Nicht, wer ich war.

»Norin«, hörte ich Kions Stimme und sie klang tröstend. Dann kam er zu mir und nahm mich in seine Arme. Groß und ruhig schloss dieser Mann sich um mich und bot mir eine Zuflucht – vor der Welt und vor mir selbst.

»Du darfst die Schuld nicht bei dir suchen.«

»Bei wem denn sonst?«, schluchzte ich.

»Bei Gott.«

»Um Gott herum geschieht aber nicht nur Schlechtes.«

»Niemals geschieht *nur* Schlechtes. Jedes Schlechte bringt auch etwas Gutes mit sich.«

»Bei so viel Schlechtem, das ich verursache, kann gar nichts Gutes passieren. Dafür gibt es zu wenig Gutes auf dieser Welt.«

»Das stimmt nicht. Du suchst nur nicht danach.« Da hob ich meinen Kopf und sah ihn an. »Sieh mal, es wurden vier Leute verletzt und einer verlor sein Leben, aber dem Rest ist beinahe nichts geschehen. Maye Rie sagt, sie könne alle heilen, auch wenn Schäden bleiben.«

»Bis jetzt erkenne ich noch nichts Gutes«, gestand ich düster.

»Weißt du, ich bin in einer klinischen Welt geboren. In einer weißen, klaren, strengen und medizinischen Welt. Dort, wo sie das erschaffen, das dich dazu bringt, dass es dir schlecht geht.«

»Drogen«, schlug ich vor.

»Auch. Aber nicht nur das. Von vielleicht fünf dieser geschaffenen Substanzen ist eine dazu in der Lage zu heilen.«

»Aber vier davon richten Schaden an.«

»Aber eine heilt. Verstehst du, was ich meine? Bei schlechten Sachen kommen manchmal Gute heraus, obwohl es nicht einmal die Absicht war. Deine Absichten sind gut, deshalb ist es unmöglich, dass sie nur Schlechtes schaffen. Du siehst es nur jetzt noch nicht.« Er lächelte mich irgendwie zärtlich an und auch ich musste ein wenig lächeln. »Selbst die kleinsten, meistens unscheinbaren Dinge können etwas verändern. Wie zum Beispiel ein Vogel...«

»..., der seinen Kopf schief legt und ungewöhnlich lange in der Nähe eines Menschen bleibt.«
Anscheinend hatte er sich in dem großen, dunklen Mann getäuscht.
Nach diesem Satz drehte Ianen sich um, ignorierte die jetzt entstehende angeregte Unterhaltung zwischen Norin und Kion und ging wieder zurück.
Eigentlich hatte er nach Norin sehen wollen, doch es schien ihr ja gut zu gehen. Und dieser Kion hatte ihr wirklich geholfen mit dem, das er gesagt hatte. Und wenn Ianen ehrlich zu sich war, hatte Kion auch ihm damit geholfen.
Er ging zurück zu Maye Rie und den Verwundeten und sah ihr eine Weile zu, wie sie Leander behandelte. Doch Kions Worte gingen nicht aus seinem Kopf.
Deine Absichten sind gut, deshalb ist es unmöglich, dass sie nur Schlechtes schaffen. Du siehst es nur jetzt noch nicht.
Er hoffte, dass dieser Kerl wusste, wovon er redete. Denn wenn nicht, wäre Ianen ohne Frage am Ende seiner Tätigkeit als Anführer.
Doch eines stand noch an, das er auf jeden Fall tun würde. Ob es sinnvoll war weiterzumachen, würde er entscheiden, wenn sie Aorn die letzte Ehre erwiesen hatten.
Das hatte er verdient. Er war unter seiner Hand gestorben, er würde ihn von seiner Hand begraben.

Zwischen rotem Feuer und silbernem Mond

Tanzende Funken stoben in die Luft und schienen sich über das nebelige Licht des blassen Mondes lustig zu machen. Das gigantische Feuer reckte sich meterweit hinauf in den Himmel und verschlang Aorns Leib.

Bevor Ianen ihn zu den Flammen getragen hatte, hatten er und Maye Rie ihm schwarze Symbole mit den Fingern auf die Haut gemalt.

»Was bedeuten sie?«, fragte ich Ianen, als er mit schwarzen Fingern zurückgekommen war.

»Es sind alte Symbole, die für etwas stehen. Es sind Eigenschaften, die wir den Toten mit auf den Weg geben, damit man weiß, wer dieser Mensch war.«

Ich hatte mich nicht getraut zu fragen, was es für Zeichen waren, die sie Aorn mit auf den Weg gegeben hatten.

Maye Rie wusch sich die Hände, Ianen tat das nicht. Er stand nun vor der Feuersäule und sah hinein. Solange, bis nichts mehr von einem Menschen übrig sein konnte.

Ich stellte mir vor, wie eine Träne durch die Rille in seinem Gesicht floss. Doch so richtig glaubte ich nicht daran, dass es der Wahrheit entsprach.

Ianen wirkte nicht wie jemand, der weinte. Selbst, wenn er sich selbst die Schuld gab. Was er offensichtlich tat. Am liebsten wollte ich ihn anschreien, dass er die Schuld bei mir suchen sollte und nicht bei sich selbst, doch auch bei diesem Gedanken hatte ich das Gefühl, dass es niemals in Realität passieren würde.

Ianen hatte die Verantwortung, das Unheil von seinen Leuten fern zu halten. Und das hatte er nicht geschafft. Er hatte ihnen befohlen *mir* zu helfen. Ich fragte mich, ob er diesen Entschluss nun bereute, als Leander meinen Blick suchte und ihn irgendwann fand.

Ein bisschen zögernd, ein bisschen unsicher kam er zu mir und stellte sich neben mich.

»Danke, Norin«, sagte er leise.

»Bedank dich bei ihnen«, sagte ich und sah Ianen und seine Freunde an. »Nicht ich habe dafür bezahlt, dass dieser Plan funktioniert hat.«

»Du hast dir den Arm aufschneiden lassen«, sagte er.

»Du dir die Brust, Aete die Kehle und Aorn seinen Nacken. Darien und Vae wurden gefoltert. Ein Arm ist wenig wert, wenn es andere so viel mehr kostet.«

Ich wandte mich ab, weil mich meine eigenen Worte so traurig machten. Es hatte so viel gekostet, ein Leben zu retten.

Natürlich war ich sauer auf Leander, aber das änderte nichts daran, dass mir sein Leben mehr wert war, als das von Aorn und dafür schämte ich mich ungeheuer. Ich schämte mich so sehr, dass ich am liebsten meines geben würde, um seines zurück zu holen.

»Norin«, hörte ich Ianen hinter mir und wartete auf ihn. Er war der einzige, den ich momentan in meiner Nähe duldete. Wahrscheinlich auch wegen des schlechten Gewissens. Dann ging ich zum Wasser.

Das Feuer hatten wir am Stand gemacht, weil die Inselbewohner es so wollten. Ob Kollin und seine Leute uns angreifen würden oder selbst mit ihren Schäden zu sehr beschäftigt waren, war uns egal.

Aorn hatte es verdient, seine letzte Ruhestätte dort zu haben. Es war ein bezaubernder Ort. Beinahe wünschte ich mir, auch hier sterben zu können.

»Du brauchst kein schlechtes Gewissen zu haben«, sagte er und setzte sich neben mich.

»Das gleiche könnte ich zu dir sagen«, meinte ich lahm. Auf eine solche Unterhaltung hatte ich keine Lust.

»Weißt du, was das Schlimmste an dem Ganzen ist?«, fragte er mich. Ja, ich wusste, was es für mich war. »Dass ich es nicht einmal bereue, obwohl ich diesen Leander nicht mag.«

Ich wandte meinen Kopf zu ihm und sah ihn fragend an: »Warum?«

»Ich weiß nicht.«

»Weißt du, was ich das Schlimmste finde?«, fragte ich. Er schüttelte den Kopf und sah mich an.

»Dass ich ein Leben über das von jemand anderem stelle, obwohl er es mehr verdient hätte, als der, dessen Leben mir wichtiger ist.«

Er legte den Kopf schief. Von einer Seite schien das rote Feuer in sein Gesicht, von der anderen der silberne Mond. Er sah jung und alt gleichzeitig aus. Stolz und gebrochen.

»Ich kenne... diese Art zu denken«, sagte er langsam.

»Du musst mir nicht sagen, wie grausam das ist. Ich weiß, dass...«

»Nein. Das meine ich nicht. Es ist nicht grausam. Es ist normal. Das nennt man Liebe.«

»So ein Blödsinn!« Ich war sauer auf Leander. Ich war gar nicht in der Lage, Liebe für ihn zu empfinden.

»Sieh mal. Es gibt verschiedene Arten der Liebe. Die Liebe zu Eltern und Geschwistern. Die Liebe zu Freunden. Die Liebe zu einem Mann oder einer Frau, die man kennen und lieben gelernt hat. Oder die Liebe zu einer Person, die einen verletzt hat.«

»Wie kann man jemanden lieben, wenn man ihn hasst?«

»Man kann nur hassen, was man einst geliebt hat. Sonst wäre man zu solch massiven Gefühlen nicht fähig. Du kannst jemanden nicht mögen, aber hassen kannst du nur, wenn du verletzt wurdest.«

»Scheinst ja Ahnung zu haben«, sagte ich mehr, um ihn zu necken, als um ihn zu bewundern.

»Mein Großvater war ein kluger Mann.«

»Der alte Less«, stellte ich fest. Da sah er mich völlig schockiert an.

»Woher weißt du das?«, fragte er fassungslos.

»Kollin nannte dich Ilessan. I...an. Und in der Mitte *less*.« Ich sah ihn an. »Außerdem kamst du mir gleich bekannt vor. Du bist der Junge, der einmal mit uns im Zitorium war. Du wurdest fortgeschickt, weil du angeblich schwer zu erziehen warst.«

»Ja. Ich hätte nicht gedacht, dass du dich daran erinnerst. Damals habe ich Großvater Less jedes Wort geglaubt, das er erzählt hat. Meine Eltern auch. Da schickten *sie* mich weg.«

»Hierher?«

»Erst in ein Sammelheim. Dort sortierten sie mich aus und brachten mich hierher. Aber ich fand es nie schlimm, hier zu sein.« Er sah in den Himmel und stützte seine Arme in den Sand. »Für meine Eltern und mich war es nie das Richtige. Nonnum war nicht unsere Welt. Selbst als Kind war es mir fremd, es war kalt und schlecht. Dort haben sie uns auseinander gerissen, meinen Großvater als Lügner dargestellt und meine Eltern... umgebracht.« Seine Augen glitzerten dunkel und doch silbern, als er zum Mond sah. »Hier war es eigentlich immer friedlich und gut. Wir hatten ein gutes Leben.«

»Es tut mir leid, das zerstört zu haben.« Da sah er wieder mich an und zuckte mit den Schultern.

»Ich wusste immer, dass es ein Ende haben würde. Das half mir nur, es noch mehr zu genießen.«

Mut, Erfahrung, Zorn, Hilfsbereitschaft und Weisung

Wieder zurück in dem Haus, in dem wir uns einen Unterschlupf eingerichtet hatten, wurde plötzlich wild diskutiert.

»Glaubt ihr wirklich hier am Rande der *alten Lady* kommen sie nicht, um sie zu holen?«, fragte Darien.

»Sie haben selbst Verluste. Ich glaube, sie kümmern sich vorerst darum. Wenn sie nur halb so viele Leute sind, haben sie nur halb so viel Erfolg. Kollin ist keiner, der alles auf eine Karte setzt. Er will sicher sein«, erläuterte Ianen.

»Das sehe ich auch so«, sagte Leander. »Kollin ist das alles hier zu wichtig, um nur mit halber Mannschaft weiter zu machen. Er wird Moistuer um neue Leute bitten und dann kommen.«

»Wie lange brauchen die?«

»Wenn sie schnell sind, vier Tage«, schätze Leander.

»Das heißt, wir haben drei Tage, um uns etwas einfallen zu lassen«, stellte Darien fest.

»Hat jemand eine Idee?«, fragte Ianen.

Ich hielt meinen Mund. Ich glaubte nicht daran, jemals wieder meine Ideen offen kund zu tun.

»Wir sollten sie angreifen und nicht darauf warten, dass sie es tun.« Das sagte Maye Rie, die jetzt alle geschockt ansahen. »Im Ernst. Ich denke, es gibt keine andere Möglichkeit. Sie sind in unserem Territorium. Das hier ist unser Lebensraum, nicht ihrer. Wir kennen uns hier gut aus, wir sind geschickt und stark. Wir haben einen Vorteil, weil sie hier bei uns eingedrungen sind. Wir sollten uns nicht unterkriegen lassen. Wir sollten kämpfen und es uns zurück holen!«

»Etwas so bescheuertes habe ich noch niemals aus deinem Mund gehört, May.« Ianen saß dort und schüttelte den Kopf, während er mit dem

Finger Formen auf den Boden malte. »Wenn wir sie angreifen, rennen wir geradewegs in den Tod.«

»So wie Aorn, als ihr das gemacht habt, was sie gesagt hat?« Sie zeigte mit dem Finger auf mich, was mich völlig aus der Fassung brachte. Sofort schämte ich mich, weil sie ja Recht hatte und schlang die Arme um meine Beine, um sie nicht ansehen zu müssen.

»Das ist nicht fair von dir«, sagte Ianen.

»Nein, Ian. Weißt du, was nicht fair ist? Dass du alles tust, um eine Fremde zu beschützen, und dafür deine Leute leiden lässt. Das ist nicht fair! Wir sind deine Familie und du lässt uns im Stich, um ihr zu helfen. Hier geht es nicht nur um dieses Mädchen. Hier geht es um unser Leben und das weißt du!«

»Unser Leben hier ist so oder so vorbei, egal was wir tun oder nicht tun. Hier werden wir nicht weiterleben können.«

»Das denkst du, weil du die Hoffnung daran bereits vor Jahren aufgegeben hast! Für dich geht diese Insel Jahr für Jahr mehr unter, ohne dass je etwas Schlechtes passiert wäre. Diese Fremden sind das erste schlechte Ereignis und du lässt sofort alles stehen und liegen, um diesem Mädchen zu helfen? Du lässt alles, an das du glaubst, wegen ihr fallen? Du lässt Mut, Erfahrung, Zorn, Hilfsbereitschaft und Weisung einfach fallen? *Wegen ihr?*«

Dann trat sie mit dem Fuß nach den Zeichen, die Ianen in den Staub gemalt hatte, und verwischte sie allesamt.

»Ich tue, was ich für richtig halte, Maye Rie. Nicht mehr und nicht weniger.«

»Vielleicht ist es ja das Richtige für dich, aber nicht für uns.«

»Diese Entscheidung liegt bei euch«, sagte er ruhig und sah sich um.

Ich erschrak, als ich all die ernsten Gesichter sah. Keiner schien unentschlossen. Irgendwie hatten sie sich alle bereits entschieden.

»Wir machen das ganz einfach: Diejenigen, die Ian noch für geeignet halten, lassen die Hand unten, diejenigen, die dafür sind, jemand neuen an die Spitze zu stellen, heben die Hand«, forderte Maye Rie, während ich nicht recht begriff, was da gerade vor sich ging.

Wie hatte es so weit kommen können, dass sie Ianen für nicht mehr geeignet hielten?

Langsam erhob Maye Rie ihre Hand. Aete folgte, ebenso wie Oenn und Redic. Noch drei Männer, die ich nicht kannte, hoben die Hand. Nur Darien und Vae hoben die Hand nicht.

Leander, Kion und ich ließen sie ebenfalls unten, aber ich war überzeugt, dass unsere Stimmen nicht zählten, denn Maye Rie beschloss: »Gut, dann ist es also offiziell.«

»Haben die anderen nichts dazu beizutragen?«, fragte Vae, wofür ich sie hätte küssen können.

»Sie sind nicht hier, Vae. Sie sind wieder zurückgegangen und deshalb haben sie keine Stimmen, nein. Du kannst ja Aorn fragen, was er dazu sagt. Ach ja, richtig!«, meinte Maye Rie und sagte mit ekelerregender Bitterkeit in der Stimme, als hätte sie es völlig vergessen: »Er ist ja tot. Und das nur, weil Ian nicht mehr klar denken kann.«

»Findest du nicht, dass du gerade ein bisschen übertreibst, May?«, fragte Darien und sprach mir aus der Seele.

»Nein, Dar. Das finde ich nicht. Einer von uns ist gestorben, weil unser Anführer falsche Entscheidungen getroffen hat. Das ist Grund genug, um sein Handeln soweit in Frage zu stellen, ihn selbst in Frage zu stellen.«

»Und was wäre die bessere Entscheidung gewesen? Norin und ihre beiden Freunde auszuliefern? Sie diesen Monstern zu überlassen und zuzusehen, wie *sie* sie kaputt machen?« Er erhob sich und ging humpelnd auf Maye Rie zu. »Ich habe es erlebt, May! Vae und ich haben am eigenen Körper erfahren, was das für Menschen sind. Dass sie keine Achtung vor uns haben, vor unserem Leben oder unserem Dasein. Ich persönlich bin froh, dass sie mir das angetan haben, weil ich jetzt weiß, dass es unverantwortlich wäre, jemanden diesen Fremden zu überlassen! Ian hat völlig richtige Entscheidungen getroffen und gut gehandelt. Er hat weder

Norin noch Leander im Stich gelassen und das ist die einzig richtige, die *menschliche* Art mit solchen Dingen umzugehen.«

»Vielleicht ist es menschlich, aber es ist sicher nicht vernünftig.«

»Vernunft ist ab einem gewissen Punkt nicht mehr einzusetzen. Es wäre von mir auch vernünftig gewesen zu verraten wer und wo ihr seid, als sie mir die Haut aufgeschnitten und umgeklappt haben, May! Aber ich habe es nicht getan, weil es unmenschlich gewesen wäre viele für einen einzelnen leiden zu lassen.«

»Das heißt, du rechtfertigst Aorns Tod so? Lieber einer, als sie?«

»Nein, May! Und hör auf so blind zu sein. Wir wissen alle, dass es dich wohl am meisten nervt, dass Ianen Norin beschützen will, aber als Anführer ist das seine verdammte Aufgabe! Dass Aorn von diesem Mistkerl umgebracht wurde, war weder seine noch ihre Schuld. Zu diesem Zeitpunkt wussten wir ja noch nicht, wie gestört dieser Mann ist und zu was er fähig ist. Aber sie jetzt anzugreifen, ihre Unterkunft jetzt zu stürmen, dass ist blanker Selbstmord, May, und das weißt du so gut wie ich.«

»Wir müssen uns wehren, wir können doch nicht zulassen, dass sie unser Heim zerstören...«

»Weißt du, dass du mit deinem Handeln genauso unvernünftig bist, wie du es Ian vorwirfst? Du willst Männer und Frauen opfern, um diese Fremden loszuwerden, weil du dich persönlich bedroht fühlst. Das ist viel egoistischer und dümmer, als das, was Ian getan hat. Er wollte wenigstens *anderen* helfen. Du willst lediglich *dir selbst* helfen. Er hat die Situation erkannt und gehandelt. Diese Insel wird untergehen, egal was wir tun werden. Und Ianen ist gut, in dem was er macht, das kannst nicht einmal du bestreiten.«

»Weißt du was, Darien?«, sagte Maye Rie und stellte sich direkt vor ihn. Sie war viel kleiner als er, aber ihre dunklen Locken standen ihr wie ein wütendes Meer um den Kopf herum ab. Ihre Augen strahlten die reinste Abscheu aus. Sie wirkte unheimlich und bedrohlich und wenn ich ehrlich war, ein bisschen wahnsinnig. »Nur, weil *du* Ian den dir zustehenden Posten überlassen hast, weil *du* deine Frau hast sterben lassen, heißt das nicht, dass *ich* so bin.« Sie kam noch einen Schritt näher und ihre Augen wurden immer dunkler. »Nur, weil *du* so ein Versager bist, und Vaters Platz nicht einnehmen wolltest, werde ich das mir zustehende Recht nicht ablehnen. Es ist meine Aufgabe, diese Leute in Sicherheit zu bringen. Diese Aufgabe verübe ich, seit ich denken kann. Ich heile, ich helfe und ich leite, wenn man mich braucht. Du tust nichts von dem. Du scheust dich vor dem, wozu du erzogen wurdest.« Sie ging einen Schritt weiter, aber Darien wich zurück. Ein unglaublicher Schmerz stand in seinem Gesicht und er sah so alt aus, wie nie zuvor. »Nur, weil *du* dich vor deiner Verantwortung drückst, kannst du von mir nicht dasselbe verlangen. Ich werde nicht zusehen, wie unsere Freunde sterben, so wie *du* es bei Kaitten getan hast!« Jetzt ging Darien völlig verschreckt noch einen Schritt zurück und Maye Rie stand in der Mitte des Kreises.

»Unsere Familie braucht jetzt jemanden, der sie beschützt und sie leitet. Ihr beide seid nicht mehr in der Lage dazu. Also werde ich das übernehmen. Ich werde nicht so schwach sein wie ihr zwei. Ich werde nicht so schwach sein wie der Sohn meines Vaters, der freiwillig aufgibt, nur weil er eine Person im Leben verloren hat. Ich habe viele Leute verloren, als ich versuchte zu heilen. Ich habe viel mehr ertragen müssen, als du. *Ich* bin diejenige, die am besten geeignet ist. Und wer anderer Ansicht ist, kann gerne hier bleiben. Wir werden zu unseren Leuten zurückgehen und unser Land und unser Heim verteidigen, so wie es sich gehört! Wir rennen nicht weg, Darien! Wir sind nicht feige, wir sind stark! Und wir stehen zu unserem Zuhause und werden es uns nicht wegnehmen lassen!« Sie ließ die stark erhobene Stimme wieder ein wenig sinken. »Leb wohl, Dar. Kümmert euch ruhig um das süchtige Mädchen, dass euch alle in die Hölle bringen wird. Wir werden nicht zusehen, wie unsere Insel untergeht. Wir kämpfen für sie. Und für uns. Und nicht nur für eine Person.«

»Doch. Das tut ihr. Ihr kämpft nur für dich, Maye Rie. Du kämpfst nur dafür, dass jemand stolz auf dich ist. Aber ich bin sicher, Vater wäre nie enttäuschter gewesen.«

Maye Rie sah ihn ernst an, ein winziges Blitzen in ihren Augen – scheu, abgeschreckt und traurig. Dann setzte sie wieder die wütende Maske einer Kämpferin auf und wandte sich von Darien ab. Die anderen gingen mit ihr.

Lagerfeuergeschichten

Ianen, Darien, Vae, Kion, Leander und ich setzten uns an den Strand um ein kleines Feuer.

»Was machen wir jetzt?«, fragte Leander nach einem langen Schweigen.

»Ich denke, Maye Rie wird nicht lange warten, bis sie sich und die anderen in den Tod schickt. Solange wir nicht wissen, wie das ausgeht, können wir gar nichts tun. Und dann ist es wahrscheinlich schon zu spät«, antwortete Darien.

»Ich wusste nicht, dass ihr Geschwister seid«, gestand ich.

»Ja, wir haben nicht die gleiche Mutter, daher haben wir nicht viel gemeinsam.«

»Sag bloß«, murrte Vae. Ein kleines Lächeln kam über mein Gesicht. Ich war froh, dass Vae bei mir geblieben war. Wenn sie mich verlassen hätte, hätte ich mich sicher noch miserabler gefühlt.

Ich wollte mich entschuldigen, dafür dass sie sich wegen uns stritten, aber ich wusste nicht, wie. Egal, was ich sagen würde, es würde die Situation nicht verbessern, also hielt ich meinen Mund.

»Was ist mit Claie?«, fragte ich. »Meinst du, sie kommt auch noch hierher oder glaubst du, sie bleibt?«

»Ich kenne sie nicht gut. Es würde mich aber nicht wundern, wenn sie dort bleibt. Sie und Meith verstehen sich sehr gut«, meinte Vae.

Ich wollte Hoffnung schaffen, wollte sagen, dass Meith ja vielleicht auch hierher kommen würde und Maye Ries wahnsinniges Vorhaben genauso ablehnen würde wie wir es taten, doch ich wollte keinen Samen sähen, wo der Boden ruiniert war. Hoffnung hatten wir alle nötig, aber ich wollte nichts ansprechen, das so unwahrscheinlich war. Also versuchte ich es mit etwas anderem.

»Also können wir die nächsten Tage hier bleiben?«, fragte ich und sah zu den zwei kleinen Häusern hinter mir, die wir uns an Stadt- und Strandrand gesucht hatten.

»Ja, ich denke schon«, sagte Ianen. »Die nächsten drei Tage dürften wir hier ohne Probleme leben können. Aber tut mir einen Gefallen und lauft nur in den unteren Stockwerken herum. Die Häuser hier in der *alten Lady* sind sehr alt und vielleicht instabil. Ich möchte nicht, dass noch mehr Leute verletzt werden.«

Wir nickten alle und dann kündigten Leander und Vae an, dass sie schlafen gehen würden. Wir verabschiedeten uns und ich sah zu wie sie den zwei Häusern näher kamen und sich von uns entfernten.

Anscheinend verstand Vae sich mit Leander, denn sie redeten die ganze Zeit, bis ich sie irgendwann nicht mehr hören konnte.

Ich rückte ein Stück näher an das Feuer heran, weil mir kalt wurde. Der Wind wehte stark von dem Meer herüber, aber ich konnte es nicht ansehen. Ich wollte um jeden Preis verhindern, an jemanden zu denken, an den ich jetzt nicht denken durfte.

Da lenkten Darien und Ianen mich ab.

»Glaubst du, sie zieht das wirklich durch?«, fragte Darien.

»Ja«, sagte Ianen kurz angebunden, aber ehrlich.

»Ich hatte gehofft...«

»Ja, sicher. Du bist ihr Bruder. Du musst das hoffen«, verstand Ianen. Auch ich konnte es verstehen. Man wollte nicht glauben, dass die eigene Familie sich gegen einen stellte, und somit ihr Ende besiegelte.

»Vater hätte ihr die Ohren lang gezogen.«

»Ja«, sagte Ianen und lachte ein wenig dabei, während er mit einem Stock im Feuer stocherte. Kion saß da und lauschte einfach nur den Worten der beiden Männer, die so unterschiedlich schienen, aber sehr viel eher hätten Geschwister sein können, als Darien und Maye Rie.

»Ich verstehe nicht, wieso sie plötzlich so geworden ist. Sie war doch schon länger nicht mehr so... aggressiv.«

»Sie hat dieses Fordernde schon eine Weile wieder an sich«, sagte Ianen und warf Darien einen bedeutungsvollen Blick zu. »Sie kam immer öfter zu mir und wurde immer aufdringlicher. Ihr Verlangen nach Macht und Ansehen hätte mir früher auffallen müssen. Ich hielt es für Ungeduld«, gestand er.

»Sie ist so jung und dumm.«

»Wie alt ist sie?«, fragte ich.

»14.«

Ein leises »Uff«, entfloh mir. Sie hörte sich also nicht nur total alt an, sie sah auch älter aus.

»Ja. Auf dieser Insel ist das fast die Hälfte eines Lebens.«

»Wie alt werden die Leute denn hier?«

»30. Vielleicht 35, wenn sie Glück haben und nicht krank werden«, sagte Darien. »Wir haben hier nicht viele Medikamente und können nur eine Handvoll Krankheiten heilen. Die meisten erkranken relativ früh, weil es hier so heruntergekommen, dreckig und alt ist. Die Häuser hier am Stadtrand sind noch relativ neu. Inmitten der *alten Lady* kann man nicht mehr leben. Das Risiko von Keimen, Bakterien oder Pilzen ist zu hoch, um dort lange zu bleiben«, erklärte Ianen mir.

»Deshalb macht ihr auch all das Essen selbst?«, fragte ich.

»Ja. Wir bauen auf den Feldern vor dem Gefängnis an und jagen oder fischen. Aber oft sind auch die Tiere krank und das macht uns wiederum krank.«

»Was ist hier auf dieser Insel passiert?«

»Früher war sie eine normale, bewohnte Insel. Viel Industrie, viele Neuankömmlinge. Alles blühte und reifte. Doch irgendwann haben sie die Leute von der Insel geholt. Wir wissen nicht, warum. Das konnte mein Vater uns nicht sagen. Er wusste nur, dass hier früher viele und reiche Menschen gelebt haben. Dann kam lange nichts. Die Insel verkam nach und nach. Und nun verkommen wir mit ihr zusammen. Wir sind der Müll der Gesellschaft, so wie diese Insel«, sagte Darien, als hätte er sich lange damit abgefunden, sich selbst als Müll zu bezeichnen.

»Sie ist wohl eines der besten Beispiele für die Ruinen, die es in Nonnum gibt. Sie zeigt, dass die Menschen es geschafft hatten, dass die Welt kurz vor der Zerstörung stand. Diese Insel haben sie durch Vernachlässigung zerstört. Wenn sie das mit der Erde auch getan hätten, wären wir heute nicht hier«, stellte Ianen klar.

»Inwiefern meint ihr das, mit dem Zerstören?«

»Mein Vater meinte, die Menschen haben die Natur ausgebeutet. So wie wir heute anbauen und den Boden nutzen, damit er uns Essen gibt, haben die Menschen früher alles genutzt, was die Erde hergab. Bodenschätze, Holz der Bäume, Sand der Strände, Öl der Erde, Stein, Wasser, Tiere, Pflanzen und vieles mehr. Alles, was die Erde bot, wurde verwendet und an seine Grenzen getrieben. Bis die Regierungen einsahen, dass es so nicht weiter gehen konnte«, erzählte Darien.

»Das Benutzen dieser Stoffe schadete der Umwelt und der Natur. Alles zerfiel, die Temperaturen spielten verrückt, Bauten stürzten ein, die eigentlich stabil hätten sein sollen, Fluten und Beben zerstörten ganze Länder, rissen die Kontinente in Stücke. Die Menschen unterschätzten den Schaden gewaltig, den sie angerichtet hatten. Und dann rissen sie das Ruder in letzter Sekunde herum«, sagte Ianen.

»Die *Wende*«, riet ich.

»Ja. Sie stoppten alles, das der Erde schadete und schafften alles ab, das nicht unbedingt notwendig war. Dafür mussten sie aber eine neue Form der Welt schaffen. Eine neue Form der Zivilisation und der Gesellschaft. Nonnum ist eine Form, in der die Menschen keine Transportmittel brauchen, weil sie nie mehr als zwei Orte sehen und innerhalb der Grenzen dieser Orte alles zu Fuß erreichen können. Sie brauchen kein Holz oder Öl oder Silber oder Gold, weil das Metall alles ersetzt. Ihr braucht kein Holz, weil ihr nicht mehr auf Papier schreibt und auch nicht mit Holz heizt. So haben sie nach und nach alles, das entbehrlich war, abgeschafft und gelernt, euch zu beherrschen. Sie enthalten euch neue Technologien, Erfindungen und Medikamente vor, um euch zu regieren. Sie züchten euch zu gerade so intelligenten Wesen, dass ihr mit dem arbeiten könnt, das sie euch als Arbeit geben. Sie lassen euch gerade so viel Freiraum, dass ihr denkt, ihr führt ein eigenständiges Leben, obwohl es voll und ganz fremdbestimmt ist. Nonnum heute ist eigentlich in Hinsicht auf Entwicklung einen ganzen Schritt weiter hinten, als die Welt damals. Aber sie könnten euch die Wahrheit niemals sagen.«

Ianen hatte alles gut durchschaut. Das ganze Konstrukt baute auf Lügen auf. Man verheimlichte uns die Wahrheit, weil man wusste, dass wir ebenfalls die Vorteile haben wollten, die es damals gab. Wir würden ebenso leben und den Fortschritt loben wollen.

Mir fielen sofort die zwei Zeilen von H. K. Johnsen wieder ein und ich stellte fest, dass sie schon lange nicht mehr stimmten.

Die Welt befand sich nicht mehr im Kreislauf, sie stand still. Und das schon seit Jahren.

Nichts schritt voran, weil man wollte, dass alles so blieb wie es war – eingefroren in einer unendlichen Gegenwart, die die Erde nicht noch mehr zerstören würde, als sie es schon war. Alles was zählte, war der Status quo.

»Wie haben sie das bei der *Wende* geschafft? Haben die Leute sich nicht beschwert? Haben sie sich nicht gewehrt?« Es fiel mir schwer zu glauben, dass man so etwas einfach über sich ergehen ließ: Sich all die Vorteile und Freiheiten einfach wieder nehmen zu lassen.

»Das wissen wir nicht. Keines unserer Familienmitglieder ist alt genug, um sich daran erinnern zu können. Vermutlich lief das so wie heute: Es wurde erzählt, dass es für alle das Beste sei. Allerdings ist es so lange her, dass es wahrscheinlich keiner mehr genau weiß, es wird ja nichts mehr schriftlich festgehalten. Aber die Reste von dem, wie es einmal war, lassen sich eben nicht restlos entfernen. Alles wird nur viel schlimmer dargestellt, als es vielleicht gewesen ist, um zu verhindern, dass die Leute unzufrieden sind. Sie sollen sühnen *wollen*, für all das, das damals getan wurde. Das ist der Grundstein des Systems – Gehorsam und Glaube. Die Bewohner Nonnums müssen daran glauben, dass alles gut ist so wie es ist. Sie müssen den Willen haben, die Sünden der Ahnen zu bezahlen, sonst enden sie so wie du. Hier, auf einer Insel, mit einem elektronischen Ding im Arm, von dem wir nicht wissen, was genau es ist«, erzählte Ianen und schien sehr unzufrieden.

»Ich denke, es dient dazu, zu wissen wo sie ist«, schaltete sich diesmal Kion mit ein und deutete auf mich.

»Wie kommst du darauf?«, fragte Ianen.

Dann zog Kion seinen Ärmel hoch uns zeigte uns eine Narbe, die über seinen ganzen Arm bis zum Handgelenk ging.

»Erst als ich es draußen hatte, haben sie aufgehört, mich zu verfolgen.«

»Und sie sehen, wenn es beschädigt wird, oder? Sonst hätten sie uns nicht finden können, als ich... naja, es mit dem Messer getroffen habe.«

»Ich denke schon. Da, wo ich herkomme, kann man damit noch ganz andere Sachen machen. Bei uns diente es auch dazu, festzustellen, wie es uns geht. Es prüfte den Körper und sendete alle Daten weiter.«

»*Uns*?«, fragte ich und überspielte, dass er mir die Vermutungen über das Ding in meinem Arm schon unterbreitet hatte, als wir alleine gewesen waren. »Wie es *uns* geht?«

»Ja. Es gibt mehr von denen, die sind wie ich.« Eindringlich sah er mich an.

»Wie bist du denn?«, fragte Ianen ohne zögern. Kion sah ihn durchdringend an, als würde er etwas abwägen. Dann erhob er sich.

»Das erzähle ich vielleicht ein andermal«, sagte er nur, wandte sich ab, lächelte mich kurz an und ging.

Eine Weile schwiegen wir, doch dann konnte ich meine Neugierde nicht mehr zurückhalten. Und ich hoffte, wenn nur wir drei anwesend waren, würde ich etwas mehr erfahren.

»Wie seid ihr hierher gekommen? Du, dein Vater und deine Schwester?«, fragte ich Darien.

Er musterte mich und antwortete: »Mein Vater und ich wurden hierher geschickt, weil meine Mutter sich gegen die Fürchtigen wehrte. Sie wollten nicht, dass sie noch ein Kind bekommt, weil wir nur im fünften Rang waren. Unsere Gene waren nicht gut genug, um noch weiter verbreitet zu werden. Sie töteten meine Mutter, weil sie anfing, Fragen zu stellen und mussten uns los werden, damit wir keinen Schaden anrichteten. May ist hier geboren und aufgewachsen.«

»Was ist mit ihrer Mutter?«, fragte ich.

»Sie war die beste Freundin von Kaitten, meiner Frau. Sie hieß Reshlin. Irgendwann kamen erst sie, und dann Kaitten. Als sie sich hier auf der Insel begegneten, waren sie sehr überrascht.«

So wie bei Vae und mir. Sofort fragte ich mich, wie das alles hier auf dieser Insel zusammenhing, aber ich lenkte meine Gedanken wieder davon fort und hörte Darien zu. »Reshlin verliebte sich sofort in meinen Vater, als sie hierher kam. Sie war jung und leicht zu beeindrucken. Mein Vater führte damals die wenigen Bewohner so an, wie Ianen es jetzt tut. Fair, gerecht und klug. Mein Vater war ein stolzer und rechtschaffener Mann. Er und Reshlin hatten keine sonderlich lange Zeit miteinander, aber sie haben schnell geheiratet und May bekommen. Als May zwei Jahre alt war, ist Reshlin gestorben. Kaitten war Heilerin und hat ihr Bestes gegeben, aber sie konnte nichts tun. Kaitten hat Reshlin versprochen, sich um May zu kümmern und hat versucht, es so gut wie möglich umzusetzen, aber wenn ein kleines Mädchen nach seiner Mutter verlangt, kann man nicht mehr viel richtig machen. May hat Kaitten nicht gemocht, weil sie immer dachte, sie würde sich als Mutterersatz aufspielen. Also hielt Maye Rie sich immer an Vater. Mich als großen Bruder konnte sie gut abhaben. Aber als Kaitten und ich ebenfalls heirateten, konnte sie das nicht verstehen. Sie wollte nicht, dass ich ihr weggenommen wurde, wollte aber auch nicht einsehen, dass das in keiner Weise Kaittens Absicht war.« Er sah zu Ianen hinüber und erzählte weiter. »Als Ian zu uns kam, nahmen Vater und ich ihn gerne auf und auch Maye Rie verhielt sich viel besser, seit er bei uns lebte. Wie alt warst du da? So um die zehn Jahre? Vielleicht auch schon elf. Ich weiß es nicht mehr. Auf jeden Fall haben Kaitten und ich uns entschieden, ebenfalls Kinder zu bekommen. Da war May vielleicht fünf. Wir waren sehr jung, aber hier lebt man nun einmal nicht lange und sobald es möglich ist, versuchen wir die Bevölkerung intakt zu halten. Also entschieden wir uns für das Kind. Doch bevor es soweit war...« Er unterbrach kurz und sah zu Ianen. Dieser nickte und Darien fuhr fort. »Unser Vater hat sich umgebracht, bevor es soweit gekommen war. Er hielt es ohne Reshlin nicht aus. Nicht einmal die Liebe zu mir oder Maye Rie konnte ihn am Leben halten. Also beendete er es.« Darien lehnte sich zurück, stützte seine Ellenbogen in den Sand und sah ins Feuer. Seine Augen schienen ebenfalls zu brennen. »Da wandte sich May völlig von Kaitten ab und gab ihr die Schuld. Wir wissen nicht, woran Reshlin gestorben ist, aber Kaitten war eben die Heilerin und hatte in Mays Augen Reshlin sterben lassen. Somit sah sie Kaitten für beide Tode als Verantwortliche. Da fing Maye Rie an, bei ihr zu lernen. Auch wenn es schwierig war, einem Kind etwas beizubringen, dass einen hasst. Irgendwie haben die beiden sich arrangiert und Kaitten hat ihr alles beigebracht, was sie wusste. Ein paar Jahre hat das gedauert. Dann versuchten wir es wieder mit dem Kind und Kaitten wurde schwanger.« Er machte eine längere Pause und schien sich in dem Spiel der Flammen zu verlieren. Dass hier kein kleiner braunhaariger Junger mit sandfarbenen Augen umher sprang, sprach für sich.

»Was ist passiert?«, fragte ich leise.

»Sie ist gestorben. Kaitten sagte mir, es gäbe ein Heilmittel für ihre Krankheit, aber ich müsste es irgendwie aus dem Schutt der *alten Lady* heraussuchen. Natürlich sind Ianen, Aete und ich sofort losgegangen, um es zu suchen. Doch wir fanden es nicht. Wir haben alles abgesucht, wir haben alles getan, um es zu finden. Aber wir haben es einfach nicht gefunden.« Er sah wieder zu Ianen und in seinem erfahrenen Gesicht brach etwas zusammen. »Wir konnten ihr nicht helfen. Sie starb und das Baby auch. Ein paar Jahre später hatte eine andere Frau hier die gleiche Krankheit. Ich war verhindert und konnte nicht mitkommen, um zu suchen. Sie fanden das Gegenmittel in dem Gefängnis. Außerhalb der *alten Lady* hatten wir damals nicht nachgesehen, weil wir dachten, dort wäre nichts mehr zu finden.«

Ich verstand trotzdem nicht, wieso Maye Rie gesagt hatte, er hätte sie sterben lassen.

»Sie denkt...«, begann Ianen zu erklären, »..., dass wir absichtlich nicht dort gewesen wären. Sie ist der Meinung, es sei offensichtlich gewesen, dass dort etwas zu finden war. Wir hatten nicht damit gerechnet und hatten es nicht versucht. Also sieht sie uns als die Mörder von Kaitten, weil wir nicht alles getan hatten, um sie zu retten.«

Maye Rie konnte also nicht mit dem Tod umgehen und machte gerne Schuldzuweisungen, aber etwas verstand ich trotzdem nicht.

»Sie mochte Kaitten doch nicht«, wandte ich ein. »Was kümmerte es sie?«

»Sie hätte noch viel von Kaitten lernen können. Eben auch wegen des Babys. Sie wollte das alles lernen und beherrschen. Bis heute hat sie noch kein Kind zur Welt gebracht, das heißt, sie kann es auch keinem erklären, wenn es bei ihr selbst so weit ist. So denkt sie, verstehst du?«

Ja, ich verstand Dariens Worte. Maye Rie war jemand, der sich nur für etwas einsetzte, wenn sie selbst etwas davon hatte.

Ich sah zu Ianen, der still dort saß und irgendwie nirgendwo hinsah. Dass Darien von dem Kind sprach, das eigentlich Ianen und sie hätten haben sollen, war mir sehr bewusst.

Es versetzte mir einen Stich – aber wieso nur?

Ich schüttelte diese Gedanken ganz schnell wieder ab und betrachtete die beiden Männer. Darien tat mir leid und Ianen auch irgendwie ein bisschen. Die Frau, die er eigentlich hatte heiraten sollen, hetzte gerade seine Freunde und seine Familie auf, um in den Tod zu rennen.

»Wolltest du sie heiraten?«, kam es plötzlich aus mir herausgeschossen. Doch ich wollte es nicht zurück nehmen, es interessierte mich.

Er sah fragend zu Darien. Dieser nickte. Was war denn das zwischen den beiden?

»Sie ist noch sehr jung und... unerfahren. Sie... lässt sich von ihren Gefühlen leiten, ohne sie überhaupt richtig zu kennen. Wenn ich ehrlich bin, nein, das wollte ich nicht. Aber das wäre nun einmal das logischste gewesen.« Darien schien das alles nicht zu wundern. Dann wusste er das wohl schon. »May ist ein liebes Mädchen, aber, naja... sie ist ein Mädchen. Ich käme mir nicht gut dabei vor, ein so junges Mädchen zu heiraten.

Zwischen uns sind fast sieben Jahre. Das ist in meinen Augen nicht wenig, auch wenn es hier sowieso keinen interessiert.«

Ich fand es ebenfalls viel. Nicht, dass Maye Rie ihre Unreife gerade erst unter Beweis gestellt hätte, aber ich fand 14 Jahre zu jung für einen Mann, der um die 20 oder 21 sein musste.

Aber ich hatte das Gefühl, er sagte nicht alles. Ich zwang ihn ja nicht, es mir zu erzählen, aber fragen kostete ja nichts.

»Und?«, fragte ich auf die Ergänzung wartend. Darien lachte und sah wissend zu Ianen.

»Und was?«, tat dieser unwissend.

»Das ist doch sicher noch nicht alles«, äußerte ich meinen Verdacht.

»Und...«, begann Darien. »... unser lieber Ian hier würde lieber sterben, als zu heiraten«, lachte er.

»Wie meinst du das?«, fragte ich ihn.

»Ian hält nichts von Hochzeiten. Er findet es schwachsinnig, einen Schwur zu leisten, der weder festzuhalten noch kontrollierbar ist.«

»Danke«, unterbrach Ianen. »Ich kann für mich selbst reden«, maulte er. »Wir haben hier keine Ämter, wo man Ringe bekommt«, begann er zu erzählen. »Hier schwört man vor unseren Leuten die Treue. Und das war es. Es ist mehr symbolisch als rechtlich.«

»Und was daran stört dich?«

»Dass es einfach Blödsinn ist. Wenn ich jemanden liebe und mit ihr zusammen sein will, kann ich das doch auch ohne einen Schwur, an den man sich theoretisch nicht halten muss.«

»Aber ist es nicht schöner, wenn man die Sicherheit voneinander hat, dass der jeweils andere bei einem bleiben will?« Und mal wieder verteidigte ich etwas, von dem ich nichts hielt. »Also nicht, dass du mich falsch verstehst, ich war nie begeistert von dem Gedanken...«, fast hätte ich »*gefangen zu sein*« gesagt. »Aber ich glaube, das liegt eher daran, dass man sich meistens nicht aussuchen darf, wen man heiratet. Hier kannst du das doch.«

»Du meinst, wir könnten uns hier auf einer Insel mit vielleicht 20 bis 25 Leuten aussuchen, wen wir heiraten?«

»Auch wieder wahr«, räumte ich ein. Die große Auswahl war das nicht gerade.

»Diese Insel kann viel schlimmer sein als der Ort, von dem du kommst.« Ich würde dagegen wetten, aber ich hielt meinen Mund. Ianen kannte beides, er hatte jeweils eine Hälfte seines Lebens an beiden Orten verbracht; es war sein Urteil und seine Meinung. Ich persönlich fand Nonnum schlimmer als diese Insel, aber bis jetzt kannte ich sie kaum. Vielleicht war es einfach so, dass man das, was man kannte, nicht wertschätzen konnte und nur die Abwechslung besser fand. Den Unterschied zwischen dem, was man kennt, und zwischen dem, was man kennen lernen muss.

»Glaubst du, du kommst jemals zurück nach Nonnum?«, fragte ich Ianen.

»Ich denke, wir gehen mit dieser Insel unter. Wir hassen sie, aber sie ist unser Zuhause.«

»Bei solch schönen Worten des Fast-Abschiedes, werde ich mich auch mal ins Bett legen«, sagte Darien nach einer Pause und gab Ianen lächelnd die Hand.

»Gute Nacht, Norin«, sagte er. Überrascht von dieser kleinen Nettigkeit, lächelte ich ihn aufrichtig an. »Danke. Dir auch, Darien.« Er lächelte zurück.

»Er mag dich, weißt du?«, sagte Ianen, als Darien ein Stück weg war.

»Ich finde ihn auch nett«, entgegnete ich. »Netter als den Rest seiner Gene, die hier auf dieser Insel herum wandeln.« Ianen lachte laut auf, aber leider wurde er nach einer Zeit wieder ernst.

»Es tut mir leid, dass Maye Rie dir die ganze Schuld zuschieben wollte.«

»Es tut mir leid, dass sie damit nicht ganz Unrecht hat.«

»Das sehe ich nicht so. Und Darien auch nicht.«

Das machte mich neugierig. »Wieso?«

»Ich weiß nicht recht. Vielleicht, weil wir es verstehen können. Sowohl, dass du dort in Nonnum eine Verbrecherin bist, als auch, dass sie dich benutzen wollen.«

»Das verstehe ich nicht«, gab ich zu.

»Sieh mal, so wie du bist, wie du dich gibst und wie du redest, kann ich verstehen, dass du dich dort, wo du gelebt hast, nicht wohl gefühlt hast. Du bist ein bisschen wie Vae, nur extremer. Du bist niemand, der sich wohlfühlt, wenn man ihm etwas vorschreibt oder wenn man ihn an Ketten legt. Ich denke, du bist jemand, der ständig nach Abenteuer und Leben sucht.« Diese Suche war bisher wohl nicht gerade sehr erfolgreich ausgefallen, stellte ich zynisch im Geiste fest, aber ich hörte weiter zu. »Und das ist es, was sie gut benutzen können. Um das Volk anzustacheln, muss ein Beispiel ran, dass es auch anders geht. Wie lange hast du gelebt und alle möglichen Gesetze gebrochen ohne erwischt zu werden?«

Solange ich denken konnte.

»Siehst du«, las er mein Gesicht. »So jemanden kann man benutzen, um den Leuten zu zeigen, dass es auch andere Möglichkeiten gibt. Nur reden und nichts tun bewirkt nichts. Aber jemanden vor das Volk zu stellen, der am lebendigen Beispiel gezeigt hat, dass man auch anders leben kann, der also Taten sprechen lässt – das ist etwas, das bewegt!«

»Aber wieso sind Claie und Vae hier?«

»Nun ja. Vielleicht wollten sie dich isolieren, sodass du keine Freunde mehr hast, und Leander besser an dich heran kommt.«

Das konnte nicht sein, sonst hätten sie Eiren ebenfalls hierher gebracht. Der hatte mich weit mehr beschäftigt als Vae und vor allem als Claie.

»Andere Vorschläge?«

»Vielleicht wollten sie sie dir als Unterstützung anbieten, sodass du eher bei dem mitmachst, was sie mit dir vorhaben.«

Das konnte auch nicht sein, weil sie mich in diesem Fall nicht unter Drogen hätten setzen müssen, damit ich tat, was sie wollten.

»Mh«, machte ich leise, überlegte und fuhr über die zwei Schnitte unter meinem linken Auge. Maye Rie hatte sie glücklicher Weise noch behandelt, bevor sie ausgerastet war und wenigstens bluteten sie nicht mehr.

»Woher hast du deine Narbe?«, fragte ich.

»Das verrate ich dir nicht.«
»Wieso?«, fragte ich interessiert.
Dann drehte er sich um und sah mich an.
»Weil du es mir sowieso nicht glauben würdest.«
Ich glaubte, Ianen wusste gar nicht, wie sehr ich ihm vertraute und dass ich seine Worte nicht in Frage stellen würde.

Vertrauen

Am nächsten Morgen gingen Kion und Ianen Essen suchen, während Darien sich ein wenig ausruhte. Noch immer sahen seine Verletzungen schlimm aus. Vae hatte da ein wenig mehr Glück gehabt. Sie hatte hauptsächlich Quetschungen und Schwellungen, die Maye Rie schneller hatte heilen können, als die Schnitte in Dariens Haut.

Leanders Brust war auf jeden Fall am Verheilen, aber ich war sicher, dass eine Narbe unvermeidbar war. Während Vae Dariens Schnitte versorgte, kümmerte ich mich so gut es eben ging um Leanders.

Er legte sich hin und ich behandelte den Schnitt mit irgendwelchen Salben und Binden, die ich um ihn herum band. Dazu musste er sich erheben und jedes Mal, wenn ich mir das Ende der Binde mit der einen Hand hinter ihm entlang in die andere Hand geben musste, spürte ich seinen Atem in meinem Nacken. Es war irgendwie unheimlich und gleichzeitig so vertraut.

Als ich fertig war, nickte ich ihm zu und wollte mich abwenden.

»Norin«, sagte er leise und zog mich sanft am Arm zurück. »Bitte. Kannst du mir nicht irgendwann verzeihen?«

»Ich... ähm... weiß nicht«, log ich. Ich hatte mir fest vorgenommen, es nicht zu tun. Aber es waren bereits Risse in der Mauer zwischen Leander und mir.

»Du weißt, dass ich dir niemals etwas Böses wollte, oder?«, fragte er und sah mich mit diesen unglaublichen Augen an.

Etwas in mir verzehrte sich danach, ihm in die Arme zu fallen und endlich diese Last loszuwerden und Leander verzeihen zu können.

»Wieso bist du zurück geblieben?«, fragte ich ihn ernst und sah ihm in die Augen, um sehen zu können, wenn er log. »Was hat dich dazu gebracht, hier zu bleiben, als sie mitten in der Nacht kamen?«

»Ich habe die Kette im Sand gefunden«, sagte er und holte sie aus seiner Tasche. Er hielt sie mir auf offener Hand entgegen.

Es war wunderschön, wie die feinen Glieder ineinander griffen und sich umeinander schlängelten.

»Du hast sie einfach dort liegen lassen.« Mir brach es das Herz, als ich hörte wie traurig er darüber war. Schmerz und so tiefe Trauer in seiner Stimme zu hören, war nichts für mich. Bei so etwas wurde ich sofort wieder weich.

Ich wollte mich umdrehen, mich irgendwie von ihm abwenden und entfernen, aber er hielt mich fest. Sanft aber bestimmend, sodass ich mich nicht recht traute, ihn zurückzuweisen.

»Bitte lass mich los«, versuchte ich es, ohne ihm gegenüber unfreundlich zu sein.

»Norin, sag mir, was ich tun kann, damit du mir vergeben kannst.« Ich schwieg und versuchte nur, mich aus seinem Griff zu lösen ohne grob zu sein.

Wieso tat ich das denn eigentlich? Wieso wollte ich ihn nicht wieder verletzen? Und da brach die Einsicht so überraschend über mir zusammen, dass ich mich gar nicht mehr bewegen konnte.

Irgendwie hatte ich ihn doch noch gern.

Ianen hatte Recht gehabt.

Leander hatte mir wehgetan, weshalb ich wütend gewesen war. Aber tat ich Leander nicht auch weh, indem ich ihm nicht vergeben konnte und ständig wieder abwies?

Und er war überhaupt nicht wütend auf mich...

»Ich... ich muss... ähm... nachdenken, denke ich.« Irgendwie verwirrt, aber doch sicher, ließ ich mich langsam aus seinem Griff gleiten und ich ging hinaus zum Strand.

Dort saß ich eine Ewigkeit alleine und dachte an Leander und mich. Wie es gewesen war, wie es inzwischen war und wie es sein würde, wenn ich ihm verzeihen könnte.

Ich konnte keinen richtigen Entschluss fassen, weil ich mir zu unsicher war, ob ich Leander wirklich wieder vertrauen konnte. Ich wäre dumm, ihn nicht zu testen.

Und auch wenn er dachte, er hätte damit geholfen, sich von Kollins Leuten fangen zu lassen, so war mir das nicht genug. Es war mutig und ich konnte sicher sein, dass ich ihm viel bedeutete, wenn er bereit war, sich zu opfern. Doch wenn es stimmte, was er sagte, hatte er mich auch in Areal 19 geliebt, was ihn aber nicht vom Lügen abgehalten hatte.

Gerade wollte ich mich zwingen zu einem Entschluss zu kommen, als ich Kion hinter mir hörte.

So leise und feine Schritte machte nur er, auch wenn er der größte und schwerste Mann war, den ich je gesehen hatte. Trotzdem war er unglaublich geschickt, schnell und unauffällig.

Man hörte es kaum, wenn er durch den Sand kam, doch ich hörte es immer. Irgendwie hatten seine Schritte eine Melodie, dich ich immer wiedererkennen würde.

»Hallo«, sagte ich und versuchte, freundlich zu klingen.

»Du solltest nicht alleine hier sitzen«, sagte er nur.

»Ich wollte aber alleine sein.«

»Soll ich wieder gehen?«, fragte er.

»Nein, ich war jetzt genug allein.« Ich wandte mich zu ihm und sah ihm in die unglaublich neon-grünen Augen.

»Habt ihr was zu Essen gefunden?«

»Ja. Ianen sagt, es reicht für ein bis zwei Tage. Und wir haben noch etwas gefunden.«

»Ach ja. Und was?«

»Einen niedergeschlagenen Mann.«

Leander. Ich richtete mich auf und ließ mich dann aber doch wieder zusammensinken. Es musste schrecklich ungalant ausgesehen haben, doch das war meine kleinste Sorge.

»Was ist passiert?«

»Ach, ich weiß selbst nicht recht«, wich ich aus.

Nach einer Pause sagte Kion: »Vielleicht hat er es ja verdient, dass du ihm verzeihst.«

»Findest du?«, fragte ich.

»Es gefällt mir nicht, aber ja. Ich denke, er liebt dich und ich glaube, er würde alles tun, wenn du es verlangtest.«

»Ich würde nie etwas *verlangen*«, sagte ich und ließ das letzte Wort möglichst abfällig klingen. Ich würde bitten und nicht verlangen.

»Ich weiß«, sagte Kion und lächelte ein wenig. Dann fiel mir etwas anderes auf, was er gesagt hatte.

»Was meinst du damit, es gefällt dir nicht?«, fragte ich.

Mir war bis jetzt gar nicht aufgefallen, wie nah Kion neben mir saß und wie sehr sein so seltsamer, eigener Geruch mich einhüllte.

»Naja, so wie ich es sagte«, lächelte er mich an. »Ich mag es nicht, wenn er dich so ansieht.«

Ich wusste nicht, was er meinte. Mir fiel es nicht auf, wenn Leander mich ansah.

Vielleicht war es doch besser so wie es war, wenn ich Leander so wenig beachtete...

»Weißt du, Norin, ich denke, du bist etw... jemand besonderes. Und daher solltest du deine Entscheidungen auch selbst treffen. Es tut mir leid, dass ich mich einmischen wollte.«

»Nein, das ist nicht schlimm. Ich finde es schön, wenn du mir Sachen erzählst.« Was tat mein Mund denn da? Hatte ich das gerade wirklich gesagt? »Es zeugt von Vertrauen, wenn man persönliche Sachen erzählt.« Anscheinend wollte mein Mund damit auf unser letztes Gespräch hinweisen, in dem er mir sein Geheimnis erzählt hatte. Eigentlich fast alle davon.

»Du bist die einzige, der ich vertraue«, sagte er und schloss seine Arme um mich. Ich mochte es sehr, wenn Kion das tat.

Er war wie ein großes, schützendes, lebendiges Zelt, das mich jedes Mal aufnahm, wenn ich es brauchte. Ich drückte mich an seine Brust und genoss seine Stärke und sein Vertrauen zu mir. Es war schön, einmal etwas völlig Unkompliziertes zu erleben.

Kion hatte mir erzählt, wer er war. Er hatte mir alles anvertraut und auch ich hatte ihm erzählt, was ich als wichtig empfand. Zum Beispiel von Eiren und dem See, wo wir immer schwimmen gingen, in dem ich in diesem fürchterlichen Traum ertrunken war. Oder von Xeth und seinen Sorgen um mich. Meiner Mutter und wie sie mich nach dem Traum getröstet hatte. Es kam mir vor, als sei das ewig her...

Über solche Dinge hatten wir lange geredet und einander kennen gelernt. Er mochte fremd aussehen und fremd riechen, doch er war mir überhaupt nicht fremd. Er war mir bekannter als Leander. Nicht so bekannt wie Eiren, aber vier Jahre Beziehung konnte man nicht in ein paar Tagen einholen.

Kion war jemand, der ruhig und klug war, aber nur dann redete, wenn er es als sinnvoll empfand. So hatte man es ihm beigebracht. Er hatte gesagt, er hätte an diesem Abend so viel geredet wie noch nie in seinem Leben – also wenn man insgesamt alles zusammen zählte, das er je gesprochen hatte.

Es war normal gewesen. Es war ruhig und schlicht gewesen. Seitdem hatte ich keine Anfälle mehr. Die Sucht hatte mich nicht wieder heimgesucht, seit ich Kion besser kannte.

Bei ihm war es wie bei einer Spritze, nur viel schöner. Es war nicht nur Ruhe und Frieden, es war auch Freude und Gemeinsamkeit.

Kion war genau das, was ich brauchte, wenn es mir so ging wie in diesem Moment. Als würde alles auf mich nieder stürzen und mich erdrücken wollen. Zu viel war geschehen, zu viele Entscheidungen mussten getroffen werden und ich hatte das Gefühl an all dem Schuld zu sein.

Ich seufzte leicht an Kions Brust, weil ich irgendwie froh war, dass er zu mir gekommen war.

Als ich mich lange genug an ihn gedrückt hatte und das Gefühl hatte, seinen Geruch an mir zu haben, wollte ich mich gerade lösen.

Mein Körper ging ein Stück zurück, doch mein Kopf kam seinem näher. Einen Moment hielt ich inne als sein Atem meine Wange streifte.

Ich sah ihm in die Augen und mein Bauch begann zu brodeln. Immer weiter, immer heißer, immer wilder schlug er funken, desto näher ich Kions Gesicht kam. Sein grün glühender Blick ließ mich nicht los, bis ich seine Lippen mit meinen traf.

Als das passierte, schlang er seine Arme um mich und drückte mich feste, aber nicht so, dass es weh tat. Er zog mich so eng an sich, dass zwischen uns keine Luft mehr sein konnte.

Er fühlte sich so gut an, so stark und ruhig, aber doch irgendwie wild und frei, mit diesen Augen.

Er küsste mich und ich konnte nicht glauben, dass er wirklich dort herkam, wovon er erzählt hatte. Gerade glaubte ich nicht recht, dass er dort niemals eine Frau kennen gelernt hatte.

Kion wirkte überhaupt nicht unbeholfen oder ängstlich. Und das gefiel mir noch mehr.

Da!

Da war wieder ein Funken der alten Norin!

Ich freute mich so sehr, wieder etwas an mir entdeckt zu haben, dass mich ausmachte, dass es Kion viel mehr Freude bereitete, als mir selbst. Durch diesen Schub von guter Laune ließ ich mich ein und strich über seinen Körper und sein Gesicht. An ihm war einfach alles so unglaublich breit und groß, dass ich lange brauchte, um über seinen Rücken zu fahren.

Ich musste in seinen Armen wie eine Puppe aussehen.

Dann zog er mich plötzlich auf sich und ein erschreckter Laut kam zwischen meinen Lippen hervor. Er lachte ein wenig und gab seinem Mund dann eine andere Beschäftigung.

Solange, bis ich Schritte hörte.

»Schhh!«, machte ich leise und hielt mir den Finger vor den Mund, um Kion zu zeigen, leise zu sein.

Dann löste ich mich von ihm und setzte mich neben ihn. Das Letzte, das ich wollte, war, dass Leander das zu sehen bekam.

»Norin?«, hörte ich eine Stimme, doch glücklicher Weise war es nicht Leander. Es war Vae.

Und sie kam immer näher, aber noch sah sie uns nicht.

»Tut mir leid«, sagte ich leise zu Kion, aber er sah mich nur fragend an.

»Wieso sollte dir das leid tun?«, fragte er. »Du kannst doch nichts dafür.« Er sagte das so, als meinte er das vollkommen ernst. Ein bisschen musste ich lächeln. Er war wirklich nicht bei uns aufgewachsen.

»Norin?« Dann sah ich Vae. »Ach, da bist du ja! Wieso hast du nichts gesagt?«

»Du bist ein kluges Mädchen, ich dachte, du findest mich schon.« Sie sah mich zweifelnd an und sah zwischen Kion und mir hin und her.

»Aha«, sagte sie nur. »Kann ich kurz mit dir allein sprechen?«, fragte sie.

Ich dachte mir bereits, worum es gehen würde, und hatte eigentlich keine Lust. Doch Kion ließ mich im Stich.

»Dann lasse ich euch alleine«, meinte er und erhob sich. Sauer sah ich ihn an und fand mich damit ab, dass Vae sich an seinen Platz setzte.

Sie drehte sich um und sah Kion an. »Bis nachher«, sagte sie mit einem irgendwie seltsam harten Ton in der Stimme.

»Tschüss«, verabschiedete er sich und sah zu mir.

»Ja, Bye«, lächelte ich ihn entschuldigend an. Einen Moment später fragte ich mich, wieso – er würde es ja doch nicht verstehen.

Vae wartete, bis Kion nicht mehr zu sehen war. Auf Geräusche konnte man sich bei ihm ja nicht verlassen.

»Habt ihr was gemacht?«, fragte sie mich plötzlich.

Lüge? Wahrheit? Lüge ‚Wahrheit? Lüge, Wahrheit, Lüge, Wahrheit, Lüge, Wahrheit…?

Was sollte ich nur tun?

Ich wusste es nicht… so viele Entscheidungen und ich war vollkommen überfordert… Nicht einmal bei meiner besten Freundin wusste ich, was ich tun sollte… Aber ich wusste, wieso sie hier war. Und deshalb wollte ich es nicht zugeben. Sie mochte Leander und sie wollte mit mir über ihn reden. Aber ich wollte nicht. Ich konnte nicht und ich konnte mich wegen nichts entscheiden…

Ich vergrub meinen Kopf zwischen meinen Beinen und krallte meine Fingernägel feste durch die Stoffhose.

»Norin? Ich habe dich was gefragt.«

Lüge, Wahrheit? Lüge oder die verdammte Wahrheit?

Ich war ratlos, ich war überfordert und sehnte mich... nach Ruhe.

Das erste Mal seit Tagen überkam mich die Sucht wieder und verlangte von mir, die Ruhe herbeizusehnen. Ich spürte wie mein Körper zitterte und wie meine Hand zu den Einstichen fuhr, von denen einer frischer war, als die anderen.

»Hol Kion«, flüsterte ich und konnte Vae nicht ansehen. Sie erhob sich und rief nach ihm. Ich versuchte mich einzukriegen, versuchte meinen Kopf klar zu halten. *Der Ring ist ein Kreis, der die Unendlichkeit symbolisiert*, begann ich wieder, als ich merkte, wie die Welt mir entglitt. *Die Welt ist ein Kreis, so wie die Menschheit ein Kreislauf ist.* Ich zwang mich und meinen Kopf diese Worte immer wieder aufzusagen. Doch sie hielten mich nicht. *Der Ring ist ein Kreis, der die Unendlichkeit...* Dreimal hörte ich Vae schreien, doch sie schien keinen Erfolg zu haben. Und auch ich hörte meine Stimme wie sie lauter und lauter wurde... Dann rief Vae noch einmal und ich hörte die Melodie von Schritten... doch waren es nicht nur Kions.

Den Tod verdienen

»Probiert es nochmal aus! Volles Programm. Und zwar sofort!«
»Sir, wir glauben, das ist keine gute Idee. Wir glauben, sie könnte ernsthaften Schaden davon tragen.«
»Wir werden es nicht erfahren, wenn wir es nicht probieren. Und wir haben nichts mehr zu verlieren. Also halt deine Schnauze und aktivierte es!«
»Kollin, Sir, wir müssen Sie wirklich warnen! Diese Technik ist nicht genug erprobt.«
»Wofür haben wir dann alles aufs Spiel gesetzt? Tu es jetzt! Sofort! Ich bin sicher, es funktioniert. Ich bin sicher, so kriegen wir sie.«

Als ich aufwachte, schreckte ich total überrascht hoch.
»Leg dich wieder hin!«, wies Ianen mich an. »Dir wird schwindelig, wenn du zu lange oben bleibst.«
Ich gehorchte und ließ mich zurückfallen. Mir war trotzdem ein wenig schwindelig.
»Was ist passiert?«, fragte ich und begriff nicht, was geschehen war. Eben noch war es mir schlecht gegangen und ich hatte Vae gebeten, Kion zu holen. Und er war auch gekommen... Aber waren da nicht mehr gewesen? Dann war da ein Loch in meinen Erinnerungen. Ich überlegte, doch ich wusste nicht, was geschehen war.
»Ist das dein Ernst?«, fragte Ianen und sah mich zweifelnd an.
»Was? Ja sicher. Ich erinnere mich nicht. Bin ich umgekippt?« Er sah mich zweifelnd, sorgenvoll und verwirrt zugleich an.
»Vae. Kommst du mal eben?«
»Bist du sicher?«, fragte sie und klang total seltsam.
»Ja. Komm einfach her.« Und sie kam herein.
»Vae«, sagte ich, erleichtert, sie zu sehen. Irgendwie hatte ich Angst gehabt, sie würde nicht kommen. Aber wieso? »Was ist passiert?«, fragte ich sie.

»Sie erinnert sich nicht?«, fragte sie und sah Ianen zweifelnd an.
»Ich glaube… nicht, dass sie sich erinnert«, bestätigte er.
»*Sie* ist zufällig im Raum und mag es nicht, wenn man in der dritten Person von ihr spricht. Was ist passiert?«
Etwas zögernd kam Vae auf mich zu und zeigte mir ihren Arm. Lange blutige Striemen zogen sich darüber. Mir stockte der Atem. Ich wollte fragen woher sie kamen und wer das gewesen war, doch irgendwie hatte ich eine ungute Vorahnung. Völlig gebannt sah ich die Striemen an.
Dann hob Vae ganz langsam und vorsichtig die Decke hoch unter der ich lag und mir zeigten sich meine Beine. Auch sie waren von vier langen Striemen gezeichnet.
Ich erinnerte mich vage daran, dass ich meine Nägel in meine Hosenbeine gekrallt hatte, als die Sucht mich überwältigt hatte.
Erschrocken und entsetzt befingerte ich die Wunden zart.
»Was ist passiert?«, fragte ich ein letzes Mal und erkannte meine Stimme nicht mehr wieder. Sie war tiefer, ernster und klang so verzweifelt wie noch nie.
»Du bist plötzlich völlig ausgerastet. Du hast Vae angesprungen und sie angebrüllt. Deine Augen sahen seltsam aus und du warst nicht zu beruhigen.« Ianen sah zu Vae hinüber, die hart schluckte. »Du hast ihre Arme zerkratzt und hast sie wie eine wilde Bestie angeschrien.«
»Ihr sagt mir nicht, was ich geschrien habe, oder?«
»Wenn du dich wirklich nicht erinnerst, nein. Dann werden wir das nicht tun«, sagte Vae bestimmend.
»Habe ich sonst noch jemandem wehgetan?«, fragte ich und verging vor lauter Scham.
»Kion hat versucht, dich zu beruhigen bis es nicht mehr anders ging, als dich zu packen und… naja… zum… Schlafen zu bringen«, erklärte Ianen ein wenig zögerlich.
»Aber ihm habe ich nicht weh getan, oder?«
»Du bist zwar stärker als du wirkst, Nor, aber so stark auch wieder nicht«, lachte Vae ein wenig zögerlich auf.

Ich musste ja wirklich schrecklich gewesen sein, wenn Vae solche Angst um mich hatte. Oder wegen mir. Oder vor mir?

»Wie kann das sein?«, fragte ich. »Dass ich mich an nichts davon erinnere.«

»Moment«, meinte Vae und flüsterte Ianen etwas ins Ohr, dann ging sie raus und kam wieder herein. Jemanden hinein zerrend, kam sie mit dem Rücken zuerst herein und erst spät erkannte ich den dunklen Schopf.

»Oh je«, sagte ich leise. »Ich hab ihm nichts getan, oder?« Dann blieb Leander stehen und sah mich erstaunt an. »Oh nein. Ich habe nichts Schlimmes getan, oder? Ianen, rede mit mir!«, flehte ich ihn an.

»Sie erinnert sich an gar nichts mehr?«, fragte Leander überrascht.

»Nein«, sagte Vae leise.

Und da klickte es in meinem Kopf.

»Das, was ich gesagt habe, hängt mit ihm zusammen, oder? Ich habe doch recht? Du meine Güte«, flüsterte ich verzweifelt und fühlte mich grauenvoll schlecht.

»Es tut mir leid, es tut mir so leid. Was auch immer ich gesagt habe, ich... ich weiß selber nicht, wieso und warum... Ich glaube, es stimmt nicht, aber ich weiß es ja nicht mehr...« Ich war so verwirrt und verletzlich. Ich wusste nicht, was ich gesagt und getan hatte, und keiner sagte mir etwas.

»Du hast mich ›Verräter‹ genannt«, klärte Leander mich auf und sah mich ernst an. »Und dann gesagt, dass ich den Tod verdient hätte.«

»Nein!«, sagte ich laut und schüttelte den Kopf. Tränen stiegen in mir hoch. »So etwas würde ich niemals sagen! Nie! Ich bin ganz sicher. Das würde ich niemals sagen. Zu niemandem«, wehrte ich mich verzweifelt dagegen, das zu glauben.

»Nie, niemals. Zu niemandem«, flüsterte ich, traurig über mich selbst. Erinnerte ich mich deshalb nicht mehr? Weil ich es nicht wollte?

Ich kämpfte noch immer mit den Tränen und meinen Erinnerungen. Ich hielt meinen Kopf und wehrte mich gegen die Barriere darin, doch sie war stärker als ich.

»Ich würde so etwas nicht sagen. Oder?«

»Die Norin, die ich kenne, nicht«, erklärte Vae leise und kam zu mir. Ich kniff meine Augen zusammen und drückte meinen Kopf so fest ich konnte.

»Ich würde doch nicht... Oder? Die Norin, die du kennst...« Meine Gedanken spulten zurück und wirbelten wild umher. »Die Norin, die du kennst, die ich kenne... Ich glaube ...«, sagte ich und spürte wie meine Tränen flossen. »Ich glaube, sie ist weg.«

Er verstand nichts mehr an dieser Frau. Sie war ihm ein vollkommenes und undurchdringbares Rätsel. Er begriff nicht, wie alles mit einander zusammen hing und was genau schief gelaufen war, dass alles soweit gekommen war.

Das Mädchen mit dem gespaltenen Arm, das vom Himmel fallen wird – Hüte dich, denn sie wird alles verändern. Und gehe niemals mit ihr in die Alte Lady. Beschütze sie vor dir und deinesgleichen und sorge für sie. Sie wird alles ändern und das Leben der Insel wird enden. Wenn du mir jetzt nicht glaubst, ist das nicht schlimm... irgendwann wirst du es tun.

Das hatte sein Großvater ihm einmal gesagt. Seit dem hatte er immer von diesem Schnitt in einem Arm geträumt.

Immer und immer wieder hatte er von diesem Mädchen geträumt, aber er verstand noch immer nichts. Sie war gekommen, sie war gefallen, sie war dabei, zu verändern.

Er hätte auf seinen Instinkt vertrauen sollen, der ihm sagte: *Gehorche den Worten deines Großvaters.*

Er hatte es nicht getan. Er war mit ihr in die Alte Lady gegangen, in das Haus, in dem die Fremden sich einquartiert hatten, und es war schrecklich schief gegangen.

Spätestens da hatte er begonnen, endlich auf seine Instinkte und die Worte des alten Less zu hören. Ianen hatte alles getan, um sie vor seinesgleichen zu schützen, er sorgte für sie so gut er konnte, obwohl er wusste, dass sie sein Leben umstürzen würde.

Er hatte wirklich alles versucht. Doch nun war er am Ende.

Es brachte gar nichts, sie vor irgendjemandem zu schützen, wenn man sie nicht vor sich selbst schützen konnte.

Plötzlich fiel sie ohne jeden Grund ihre Freunde an und schrie und drohte Leander mit dem Tod. Es war kaum mitanzusehen gewesen wie ihre Augen jegliches Leben verloren hatten und plötzlich so matt und leer geworden waren.

Irgendetwas lief nicht richtig, aber Ian fand das fehlende Stück nicht, das das Bild komplett werden ließ. Er begriff nicht, was falsch lief und wieso er sie einfach nicht beschützen konnte. Irgendetwas musste er doch tun können, um zu verhindern, dass sie sich selbst jedes Mal in Gefahr brachte.

Aber was?

Er saß dort und sah die zarte Norin an und konnte einfach nicht verstehen, wieso sie so schwer zu begreifen war. Gerade hatte er gedacht, er hätte sie halbwegs durchschaut, schon tat sie etwas völlig Unerwartetes.

Ianen hatte das Gefühl, dass sie sich nach und nach selbst entglitt, und er wusste, dass er das verhindern musste... oder sollte... oder wollte? Auf jeden Fall kam es ihm wichtig vor.

Er betrachtete Leander, der irgendwie in sich zusammen gesunken neben Vae stand und Norin beobachtete.

Auch er schien sich nicht damit abfinden zu können, dass es ihr so schlecht ging. Aber er kannte diese Frau wenigstens, im Gegensatz zu Ian.

Und doch hatte er selber alles aufgegeben, alles verloren, nur um sie zu schützen. Er hatte auf alles verzichtet und sich selbst betrogen, nur um ihr zu helfen. Aber er hatte nicht das Gefühl, dass es falsch gewesen war. Sein Großvater hatte Recht behalten; inzwischen glaubte Ianen sogar wieder an das, was er erzählt hatte.

Sie veränderte etwas. Ob es gut oder schlecht war würde sich dann zeigen. Doch im Moment hatte Ian das Gefühl, das Richtige zu tun.

Er ging zu Norin an ihr Bett und ergriff sanft ihren Arm.

Dann fuhr er über die Narbe an ihrem Arm und ihrem Handgelenk.

»Kion«, rief er und kurz darauf kam der große Mann in den Raum. »Komm doch mal bitte kurz her«, sagte er und gab dem Gedanken, der gerade in seinem Kopf reifte, die Chance, zu entstehen.

Schatten vergangener Tage

Ich beschäftigte mich ein wenig zu lange damit, Sand durch meine Finger rieseln zu lassen. Eine solche Beschäftigung bot einem keine Ablenkung von den eigenen wirren und missverständlichen Gedanken.

Ich saß alleine, weil ich darum gebeten hatte.

Und eigentlich sollte ich über all das nachdenken, das in den letzten Stunden geschehen war, aber ich wehrte mich innerlich dagegen. Ich wollte mich gar nicht damit beschäftigen oder auseinander setzen. Ich wollte es vergessen. Nur noch loswerden und nie wieder daran denken müssen.

Doch ich glaubte nicht, dass ich dazu in der Lage wäre. Es war zu wichtig für das, was noch passieren würde.

Wenn es stimmte, was Ianen vermutete, und wenn funktionierte, was er vorhatte, würde das viele bedeutende Veränderungen mit sich bringen.

Und diesen Dingen wollte ich mich nicht stellen.

Schon immer war ich praktisch allergisch gegen diese blöden Veränderungen gewesen und niemals hatten sie mir irgendetwas Gutes beschert. Ich rutschte nur immer weiter und tiefer in etwas hinein, von dem ich nichts wissen wollte.

Ich sah auf das Meer hinaus und spürte plötzlich ein ungeheures und schmerzhaftes Zerren in mir.

Meerblau – und ich vermisste es so sehr, dass es beinahe unerträglich war.

Eiren war gut, mit ihm war immer alles gut und ruhig gewesen, mit ihm war alles am Besten gewesen.

Und ich hatte alles fort geworfen. Wegen eines Haufen von Lügen.

Ich bereute nicht viel von dem, was ich in meinem Leben getan hatte, aber dass ich Eiren verlassen hatte, dass ich alles, was in meinem Leben beständig gewesen war, einfach hinter mir gelassen hatte, schmerzte mich auf eine folternde Art und Weise.

Dieses unaufhaltsame... Rennen direkt auf die Veränderungen und die Katastrophen zu, machte mich völlig fertig.

Es wäre unendlich schön gewesen, Eirens vertrauten Geruch und diese beruhigenden blauen Augen jetzt um mich zu haben. Es war schrecklich, *ich* war schrecklich, dass ich ihn aufgegeben hatte. Ich hatte gedacht, ich tue ihm damit etwas Gutes. Und vielleicht war es das auch gewesen. Aber jetzt kam es mir nur noch falsch vor. So weit von ihm entfernt zu sein, kam mir unendlich falsch vor...

Ich musste weg von diesem Meer, beschloss ich, und ging zurück zu den Häusern.

Bereits von Weitem hörte ich keifende und schreiende Stimmen. Streit war wirklich das Letzte, das ich jetzt wollte.

Ich überlegte, wo ich sonst hingehen könnte, und suchte einen anderen Eingang zu einem der Häuser. Vielleicht zu einem versteckten Raum oder einer Kammer oder etwas ähnlichem. Einfach nur ein Ort, an dem ich jetzt alleine sein konnte und nicht von keifendem Gebrüll gejagt wurde.

Lange kämpfte ich mit mir, weil ich eigentlich nicht gegen Ianens Wort verstoßen wollte, aber die anschwellende Lautstärke des Gebrülls ließ meine Beine ein Eigenleben entwickeln.

Sie trugen mich die knarrende Treppe hinauf, die sich hinter der Tür am anderen Ende des Hauses dunkel und einsam versteckt hatte, und heiterten mich auf, indem sie das Geschreie hinter mir ließen.

Immer weiter brachte die Treppe mich hinauf und die Stille hüllte mich in ein angenehmes Gefühl von... vielleicht war es das Alleinsein, das mich so angenehm überraschte.

Seit Tagen war ich nicht mehr alleine gewesen und hatte nie einfach nur die Stille genießen können. Überrascht stellte ich fest, wie sehr ich sie vermisst hatte. Es war wundervoll, einfach alleine zu sein und die Ruhe ruhig sein zu lassen.

Wieder kämpfte ich mit mir, beschloss dann aber doch, trotz des Verbotes in die oberen Stockwerke der Häuser zu gehen und mich umzusehen. Schließlich war ich ja alleine. Vor wem hätte ich mich dafür schämen sollen, dass ich Ianen nicht gehorchte, wo er doch so viel für mich tat?

Ich öffnete so leise ich konnte eine Tür, aber das Knarzen und das Quietschen schien wie ein lauter Schrei in der Ruhe zu sein. Doch ich war sicher, dass unten alle zu beschäftigt waren, um etwas davon mitbekommen zu haben.

Ich ging in den Raum hinein und sah mich um. Erstaunt pfiff ich leise durch meine Zähne.

Alles in diesem Raum roch nach Verfall und war von einer dicken, grauen Schicht bedeckt. Doch man erkannte trotzdem, dass dies eine sehr alte Einrichtung sein musste.

Irgendwie ergriffen von dem Gedanken, dass ich wohl seit Jahrzehnten die erste war, der die Ehre gebührte, diesen Raum zu sehen, betrachtete ich alles mit einer gewissen Ehrfurcht.

Ich sah das Bett, dass aus einem Holzrahmen gemacht war, der sogar über der Matratze noch weiter ging. Wie ein Käfig ohne Gitterstäbe, umschloss der Holzrahmen das Bett; wie ein Himmel, der den darin Schlafenden beschützen sollte. Das Holz war dick und kunstvoll verziert und geschnitzt. In jeder kleinen Ecke und Kante war das Holz von der grauen Staubschicht bedeckt.

Beinahe fand ich es traurig, dass sich so lange niemand um dieses Stück gekümmert hatte und es bewundern konnte.

Ich hätte das alte Holz unendlich gerne angefasst, aber ich hatte zu große Angst, es mit meinen Berührungen zu zerstören.

Ich sah mich weiter um, und entdeckte ein weiteres gigantisches Holzstück mit Türen. Ich überwand meine Angst, stupste die Türen leicht an und staunte über den großen Stauraum, den das hohle Holz-Ding darbot.

Ich fand darin zwei von diesen Pullovern, die ich ebenfalls trug, und drei dicke Decken. Erst jetzt begriff ich, dass dies wohl früher der Ort gewesen war, wo die Leute ihre Kleidung verstaut hatten.

Wir hatten heute nur noch zwei eingelassene Löcher in der Wand, in denen unsere Zivilkleidung verstaut wurde. Wir besaßen drei oder vier Garnituren, die regelmäßig gewaschen wurden.

Staunend über so viel Überdruss an Platz schloss ich die Türen wieder. Dann wandte ich mich um und fand einen kleinen Tisch. Ebenfalls aus Holz. Ich war verwundert darüber, dass alles in diesem Raum aus Holz bestand und wider jeglicher Aussagen der Fürchtigen, Holz sei vergänglich, nach all dieser Zeit noch nicht verrottet war.

Auch der Stuhl, der vor dem seltsam aussehenden Tisch stand, war aus Holz gemacht.

Kein Wunder, dass die Menschen die Natur beinahe zerstört hatten. Wenn jeder in seinem Haus so viel Holz gehabt hatte, mussten sie ja eine Menge Bäume umgebracht haben.

Mich diesen Gedanken nicht mehr widmend untersuchte ich den Tisch und den Stuhl. Der Stuhl war aus dunklem Holz und nicht so kunstvoll wie das Bett. Auf der Sitzfläche war ein dunkelblaues Polster. Es war so ausgesessen, dass man beinahe noch den Abdruck sehen konnte, den der Besitzer hinterlassen hatte.

Unter dem Stuhl ruhte ein alter, staubiger Schuh. Auf der Tischplatte lagen ein kleiner Kamm, in den Steinchen eingesetzt waren, und ein seltsames Gestell mit nur einem von zwei Gläsern, das man sich ins Gesicht setzte und das ich nur von Großvater kannte. Man brauchte es manchmal im Alter und nannte es *Brille*. Angeblich brauchte heutzutage kaum mehr jemand eine zu tragen, aber ich hatte keine Ahnung von solchen Dingen, also sah ich mir etwas anderes an.

Und zwar einen Ring, der mich fesselte.

Er war silbern und hatte in der Mitte einen großen Stein. Ich fand ihn nicht zu groß, aber ich kannte es nicht, dass man Steine in Ringe einsetzte, also kam er mir irgendwie aufdringlich vor.

Der Stein war von einem fast schwarzen Blau und hatte in der Mitte einen zarten Riss, der wirkte, als wäre er so fein und dünn, dass jedes Haar neidisch darauf sein konnte.

Er gefiel mir unglaublich gut und ich bewunderte ihn eine Weile, bis ich ihn einfach an meinen Finger steckte.

Er passte relativ gut, war aber ein wenig verbogen. Doch das störte mich nicht im Geringsten. Sofort verliebte ich mich in diesen blauschwarzen Stein und fuhr zärtlich mit einem Finger darüber, um den Staub abzutragen.

Sofort glänzte der Stein und schien mich anzufunkeln. Beinahe verlor ich mich in dem Glanz dieses Schmuckstücks, bis ich mich eines Besseren besann und weiter zu entdecken versuchte.

Der Tisch hatte nicht nur eine Platte sondern auch einen verlängerten Rücken, in den ein Stück Glas eingesetzt war. Ich wollte die Verzierungen um das Glas herum betrachten, als ich erschrocken feststellte, dass das kein Glas sondern ein Spiegel war. Die vielen Jahre hatten ihn blind und schmutzig gemacht. Und doch sah ich mich selbst darin und zuckte zusammen.

Ungläubig fuhr ich mit den Fingern über die uralte, dicke Staubschicht. Ich hatte mich so sehr verändert, dass ich mich kaum wieder erkannte.

Was ich sah, war kein zerbrechliches, zartes und zierliches Mädchen, von dem keiner glauben wollte, dass es so alt war, wie ich es war. Was ich da ansah, wirkte, wie eine Frau, die zu jung dafür aussah, dass sie so viel erlebt zu haben schien.

Meine Augen waren nach wie vor groß, mein Gesicht ebenfalls so klein wie vorher, doch meine Haare wirkten wilder und machten mich älter.

Die Ringe unter meinen Augen waren deutlich zu erkennen und ich fragte mich, ob sie je wieder weggehen würden.

Direkt darunter waren die zwei Narben unter meinem linken Auge.

Mit zwei Fingern meiner rechten Hand fuhr ich der Länge nach darüber und konnte nicht recht glauben, wie erwachsen diese Schnitte mich erscheinen ließen.

Ich sah nicht aus wie 19. Ich sah nicht mehr aus wie das Mädchen, das zerbrach, wenn man es anfasste. Das bewiesen ja die Schnitte.

Ich wirkte nicht mehr wie ein hübsches, großäugiges, unschuldiges

Wesen, von dem man nicht erwartete, dass es gegen die Regeln verstieß. Meine Wangen waren nicht mehr rosig, meine Lippen nicht mehr weich. Wehrlos, hilflos und schuldlos – das alles war einmal.
Das war nicht mehr ich.
Ich sah überhaupt nicht mehr aus wie ich selbst. Selbst das Braun meiner Haare schien rebellieren zu wollen und ich glaubte noch mehr Brauntöne erkennen zu können. Ich sah nicht mehr weich und süß aus, ich war wild, wirkte seltsam hart und irgendwie anders. Aber schnell gefiel es mir.
Ich sah jetzt so aus wie ich mich fühlte.
Auch die anderen Klamotten, die diese Insel einem bot, veränderten mein Erscheinungsbild völlig. Ich stach hervor, egal wo ich war und wo ich noch sein würde. Mich würde man immer sofort sehen.
Und vielleicht hatten sie mich deshalb ausgesucht.
Aber ich hatte den Test der Insel nicht bestanden. Fast alle hier hatten sich gegen mich gewandt. Ich war doch eigentlich gar nicht geeignet, für den Widerstand zu arbeiten...
Ich brachte den Gedanken nicht richtig zu Ende, da hörte ich etwas hinter mir und ich drehte mich schnell um. Als ich erkannte, dass es bloß Ianen war, wollte ich schon erleichtert aufatmen, doch dann fiel mir ein, dass ich gerade etwas tat, dass er eigentlich verboten hatte. Ich spürte, dass meine Wangen heiß wurden und konnte diese Reaktion meines Körpers überhaupt nicht verstehen. Nur bei Leander war ich bisher rot geworden. Und jetzt auch noch bei Ianen?
Ich konnte wirklich nicht mehr ich selbst sein.
»Tut... tut mir leid, dass ich...«, begann ich zögernd, doch Ianen ließ mich gar nicht richtig zu Wort kommen, da stand er schon direkt vor mir.
Mir wurde heiß und kalt gleichzeitig und wieder verstand ich es nicht.
Ianen sah auf mich herab und schien mir direkt in die Seele blicken zu können.
Niemals hatte ich mich so nackt und entblößt gefühlt.

»Wieso...«, begann er und stockte aber kurz. »Nennst du mich niemals Ian?«

Was war das denn für eine bescheuerte Frage, war mein erster Gedanke, doch dann überlegte ich selbst und fand sogar eine Antwort.

»Ich denke... Abkürzungen erinnern mich an etwas, an das ich nicht denken möchte«, gestand ich mir völlig ehrlich ein.

»An etwas... oder jemanden?«, stellte er mehr fest, als das er fragte.

Ich wandte den Kopf ab, weil ich diesem Blick nicht mehr Stand halten konnte.

Über Eiren zu sprechen erschien mir falsch, und dass er mich immer »Nor« nannte, wollte ich nicht erzählen.

»Du bist wirklich... anders. Irgendwie... besonders«, sagte er.

Mir wurde noch heißer und ich schämte mich ein wenig dafür. Was war nur mit mir los, dass ich vier Männer gleichzeitig nicht aus meinem Kopf bekommen konnte? Als hätte ich nicht schon genug Schwierigkeiten.

Gerade wollte ich ein Stück zurückweichen, da hielt Ianen mich mit einer Frage an Ort und Stelle.

»Glaubst du, wir sind auf der richtigen oder auf der falschen Seite?«

Lange musste ich nicht nachdenken.

»Ich denke, ich bin auf meiner Seite. Egal, ob sie gut oder böse ist.«

Da lächelte Ianen mich an. »Egoismus?«, fragte er und zog einen Mundwinkel wieder höher als den anderen. Irgendwie mochte ich das bei ihm.

»Na sicher«, sagte ich und musste ebenfalls lächeln, weil auch mir das Gespräch in dem Gefängnis wieder einfiel.

»Denkst du... wir können gewinnen? Oder sind wir dazu verdammt, zu verlieren?«

»Was wäre für dich denn gewinnen? Und was wäre verlieren?«

Darauf antwortete Ianen mit einem Schritt auf mich zu. Jetzt standen wir beinahe ganz beieinander.

Hitze, Feuer und Glut.

»Du bist ja rot«, sagte er und grinste mich breit an, während sein Kopf näher kam.

»Und du bist verdammt nah«, flüsterte ich nur noch, weil ich das Gefühl hatte, gleich ersticken zu müssen.

»Soll ich... wieder gehen?«, fragte er spielerisch und verstand sofort, dass er mich völlig in der Hand hatte. Ich konnte nicht reden, denn er kam noch näher und drängte mich ganz an den Tisch mit dem Spiegel.

Sollte ich wohl ausweichen? Das wäre vielleicht die richtige Frage gewesen. Meine aber war: *Wollte ich ausweichen?*

Ianen fand die Antwort in meinen Augen, denn ich spürte, dass seine Lippen meine fanden und hoffentlich nie wieder loslassen würden.

Ianen küsste mich so sehr, das ich nicht glauben konnte, dass er es wirklich tat.

Ich vergaß alles, jeden und nichts.

In diesem Moment gab es nur noch ihn und mich und ich fühlte mich frei.

So frei, dass ich das Gefühl hatte, fliegen zu können.

So frei, dass ich das Gefühl hatte, gleich abzuheben.

Und so frei, dass ich es tatsächlich tat.

Ich hob wirklich vom Boden ab, aber leider spielte Ianen dabei eine Rolle. Er hob mich hoch und setzte mich auf den Tisch, während seine Hände auf meiner Taille ruhten.

Sein sicherer Griff und sein wilder, heftiger Geruch hefteten sich sofort an mich und ich genoss es, weil ich es spürte. Weil ich ihn spürte, und weil ich es wollte.

Ianen war so stark und mutig; jemand, der ein gutes Gefühl für die Dinge entwickeln konnte und immer tat, was er für richtig hielt.

Jemand, der sich für mich eingesetzt hatte und so viel dadurch verloren hatte.

Jetzt überkamen mich Zweifel. Hatte er das nur deswegen getan?

Hatte er alles fallen gelassen, nur weil er mich hatte haben wollen? Ich stieß ihn weg und hielt ihn aber fest.

»Moment«, sagte ich und musste meine Gedanken ordnen. Dafür brauchte ich einen Augenblick, doch dann wusste ich, was ich zu sagen hatte.

»Hast du alles nur getan... um hier mit mir zu sein?«, zwang ich mich zu fragen. »Hast du alles, das dir etwas bedeutet hat, hinter dir gelassen, nur... wegen mir?«

Sicher wusste er, was ich hören wollte. Doch ich glaubte ihm, als er antwortete.

»Nein«, er lächelte. »Anfangs mochte ich dich nicht einmal richtig«, gestand er. Das fand ich nicht schlimm. Ich würde mich auch nicht mögen, wenn ich ein Inselbewohner gewesen wäre, denn ich hatte Veränderungen gebracht, also glaubte ich ihm und lauschte seinen Worten.

»Nein, es war nicht wegen dir«, wiederholte er und lehnte sich neben mich an den Tisch. »Ehrlich gesagt wusste ich lange Zeit nicht einmal, wieso ich es tat. Ich hatte nie an die Dinge geglaubt, die mein Großvater Less erzählt hatte. Er hatte nie eine plausible Erklärungen, woher er diese Dinge wissen wollte, also waren sie in meinen Augen erfunden. Heute bin ich klüger. Ich weiß, dass *sie* ihre Finger in fast allem drin haben. Aber wie Großvater Less das alles bewerkstelligt hat, ist mir noch ein Rätsel.« Er stoppte und sah mich an. »Er hat mir vorhergesagt, dass du kommen würdest, weißt du? Mit einem gespaltenen Arm. Und dass du alles verändern würdest.«

Mir hatte er vorhergesagt, dass ich drei Mal einen Traum haben würde. Wer war der alte Less?

Doch meinen Mund interessierten ganz andere Dinge, als meinen Kopf: »Das heißt, du hast mir deshalb geholfen?«

»Ich habe dir geholfen, weil ich das Gefühl hatte, dass es das Richtige ist. Mein Instinkt und ich tun selten etwas, ohne das der jeweils andere damit einverstanden ist. Und er war der Meinung, du kannst Hilfe gebrauchen. Also hörte ich auf ihn.«

»Bereust du es?«, fragte ich und erwartete eine ehrliche Antwort.

»Ja und Nein. Ja, weil alles, was geschehen ist, nun darauf hinaus läuft, dass fast alle von uns von May in den Tod geschickt werden. Aber wenn ich es nur von meiner Seite sehe, nein. Seit du diesen Verdacht hattest, dass sie diesen Chip in deinen Arm eingesetzt hatten und du dir von mir in den Arm aufschneiden lassen wolltest, weiß ich, dass alles, was ich getan habe, richtig war. Ich bereue fast nichts.«

»Fast?«, fragte ich neugierig.

Ianen schluckte neben mir und sah auf den Boden. Erst jetzt fiel mir auf, dass er ebenfalls aus Holz war.

»Als Kollin dich bedrohte... als er dich geschnitten hat... nur weil ich ihm nicht gesagt habe, was er hören wollte... Das werde ich mir nicht verzeihen können.«

»Was meinst du?«

»Ich meine, dass ich wusste, was er hören wollte, dass ich aber zu stolz war, um ihm zu geben, was er wollte.« Er sah mich an und strich mit den Fingern über meine Schnitte. »Das hier hätte nicht sein müssen, wenn ich ihn nicht so sehr hassen würde.«

»Ich verstehe nicht...«, begann ich leise und genoss seine rauen Finger und ihre Spur auf meiner Haut. Er nahm meine Hand und führte sie an sein Gesicht und an seine Narbe, die mich immer wieder an die Spur einer Träne erinnerte.

Dann zog er mich an sich und küsste mich wieder.

Ianen war so anders und so... ungewohnt, dass ich schon wieder von ihm und seinem Dasein eingelullt wurde. Wie in einer weichen, wild riechenden Hülle gab ich mich einfach dem hin, das er da tat. Und es fühlte sich gut an, sich einfach einmal fallen zu lassen.

»Ich habe dich mit Kion gesehen. Zusammen«, sagte er und blickte mir tief in die Augen.

Ich sagte nichts dazu. Was hätte ich schon sagen sollen? »Und da ist noch jemand, habe ich Recht?«

Ich drehte den Kopf weg, was wieder einer Antwort gleich kam.

»Und Leander?«

»Ich weiß nicht«, sagte ich leise. Und es war die Wahrheit. Ich wusste einfach nicht, ob es jemals wieder so werden konnte, wie es gewesen war. So vieles hatte sich geändert. Ich hatte mich verändert.

»Norin?«, fragte er und ich sah ihn wieder an.

»Magst du mich?«, fragte er.

Nach einer Weile antwortete ich leise, fast schüchtern: »Ja. Sehr sogar.« Aber ich konnte es nicht dabei belassen. »Aber die anderen... mag ich auch alle. Und ich weiß nicht... also ich bin nicht sicher, ob ich mich entscheiden kann.«

»Okay«, sagte Ianen wenig erfreut und wirkte aber nicht auf mich, als ließe er sich dadurch von irgendetwas abhalten.

»Dann weißt du ja, auf was du dich einlässt«, stellte ich klar.

»Ja«, sagte er und lächelte mich wieder mit diesem Grinsen an. »Ja, das weiß ich.« Dann nahm er mich, hob mich hoch und küsste mich.

Veränderungen

Ich aß gerade die kalten Reste des Essens, das Leander und Vae am Abend zuvor zubereitet hatten, als Vae sich zu mir setzte.

Sie sah mir eine Weile zu, wie ich aß, bis ich meinen Blick misstrauisch auf sie richtete. Ich kannte sie. Wenn sie so schweigend dort saß und wartete, bis ich fertig gegessen hatte, wollte sie irgendetwas.

Ich riss ein Stück von dem gebratenen Fleisch ab und knabberte daran, als ich fragte: »Also schön, was willst du?«

Vae wirkte nicht ertappt. Sie hatte also sogar damit gerechnet, dass ich sofort bemerkte, dass sie etwas von mir wollte. Trotzdem sah sie mich nur an und sagte aber nichts. Weiter knabbernd überlegte ich, was sie wohl von mir wollen könnte. Natürlich dachte ich es mir schon. Mir war nicht entgangen, dass sie die letzten Tage erstaunlich viel Zeit mit Leander verbracht hatte.

Aber den Gefallen, mit dem Thema anzufangen, würde ich ihr nicht tun. Ich wusste, dass sie oft Schwierigkeiten hatte, ein Gespräch zu beginnen und diese Qual nahm ich ihr nicht ab.

Ich aß fertig und ließ Wasser über meinen Teller und meine Finger laufen.

»Wieso tust du das?«

»Wieso tue ich *was*?«, fragte ich viel genervter, als ich hätte sein sollen.

»Wieso, bist du so... anders?«

»Ich weiß nicht. Vielleicht liegt es an den Drogen, an der Sucht oder an der vielen Verantwortung, die ich überhaupt nicht tragen will? Oder es liegt an den Leuten, die mich jagen, die euch alle töten wollen und es so zu meiner Schuld wird. Also dieser Druck, der könnte es auch sein, weißt du?«, blaffte ich sie zynisch an. Sie reagierte nicht. »Such dir etwas davon aus oder sag mir mal direkter was du meinst«, endete ich. Wieder ließ Vae sich viel Zeit, bis sie antwortete.

»Ich meinte, Leander gegenüber. Bei Eiren warst du völlig anders.«

»Eiren hat mich auch nicht angelogen.«

»Eiren hat aber auch nicht sein Leben für dich riskiert.«

Ernst sah ich sie an. Direkt hatte er das nicht getan, doch indirekt schon. Vae wusste davon, dass wir gemeinsam geschwommen waren, dass wir uns geküsst hatten und eigentlich wusste sie von allem, das wir getan hatten und wofür man uns hätte umbringen können.

»Eiren hat viel getan, was Leander nicht getan hat. Und umgekehrt. Man kann die beiden nicht miteinander vergleichen.«

»Nein, kann man nicht«, sagte sie. »Aber Leander hat dir dein Leben gerettet, unter dem Einsatz seines eigenen. Ich finde, das zählt etwas.«

Jetzt war ich wirklich genervt.

»Was willst du von mir, Vae? Was soll ich tun? Soll ich ihm um den Hals fallen und ihn heiraten vor Dankbarkeit, dass er mein Leben erst zerstört hat und dann wenigstens versucht hat, wieder etwas davon gut zu machen?«

»Genau das meine ich, Norin. So warst du früher nicht. Früher hättest du gewusst, dass es nicht seine Schuld war, was man dir angetan hat. Es ist die Schuld dieses Pseudo-Widerstandes. Auch mich hat man gefoltert, weil ich mit euch zu ihnen gegangen bin. Und das, um jemanden zu retten, der dir zu dieser Zeit noch so viel bedeutet hat, dass du ihn unbedingt retten wolltest. Was ist daraus geworden?«

Tatsächlich hatte Vae Recht. Seit Leander wieder in Sicherheit war, beschäftigte ich mich nur noch mit ihm, wenn ich mich mit meiner Wut auf ihn beschäftigte. Davor war es die Angst gewesen, ihn zu verlieren.

Jetzt wo er hier war, war dieses Gefühl weg.

Und mit noch etwas hatte Vae Recht: Niemals hätte ich früher so gedacht. Früher hätte die Angst gesiegt und ihm sofort verziehen. Doch jetzt konnte ich das nicht. Ich wusste nicht, wieso, aber ich konnte ihm nicht so recht verzeihen. Selbst nachdem er sein Leben drei Mal für mich aufs Spiel gesetzt hatte, konnte ich ihm einfach nicht vergeben, dass er mich so hintergangen hatte. Ich hatte gedacht, er wäre etwas Besonderes. Etwas so Besonderes, dass es sich lohnte selbst Eiren, den ich so sehr liebte, zu hintergehen.

Ich hatte mich geirrt.

War es dann meine oder seine Schuld? Sollte ich ihm verzeihen? Doch diese Frage konnte ich mir eigentlich nicht stellen, wenn ich nicht einmal wusste, wieso ich ihm nicht verzeihen wollte. Ich hatte nicht den Willen, ihm das durchgehen zu lassen. Ich kam mir verraten und schlecht vor. Hintergangen, klein und dumm. Wie ein wehrloses kleines Kind, das sich mit einem süß aussehenden, bunten Lutscher in die Falle locken lässt. Dabei klebte der Lutscher furchtbar und schmeckte bitter.

Ich war wie ein Kind auf eine solche Falle reingefallen und hatte bezahlt. Ich war erniedrigt worden.

»Ich habe falsche Entscheidungen getroffen, die mir viel geraubt haben, Vae. Wie soll ich sicher sein können, dass nicht die nächste Entscheidung wieder falsch ist? Wie soll ich sicher sein, dass ich nicht wieder dumm und blind in die Falle renne? Wenn es alles nur darauf hinausläuft, dass alles, was ich tue, falsch ist?«

»Das wirst du niemals herausfinden, wenn du diese Entscheidungen gar nicht triffst. Und ich glaube, im Moment ist das, was du tust, falsch. So vieles kann nicht gleichzeitig gut laufen. Früher oder später wirst du wieder bezahlen und verlieren.«

Ja. Das wusste ich.

Alles, was geschah, lief darauf hinaus, dass ich noch viel mehr in meinem Leben würde verbüßen müssen. Ja, ich würde zahlen und zahlen und zahlen... Doch würde ich je etwas zurück bekommen? Ich würde mit den Leben und dem Leiden der anderen bezahlen müssen, wenn ich entkommen wollte. Ich wollte nicht entkommen, ich wollte mich stellen. Doch Ianen hatte Recht. Alle hier riskierten so viel für mich, dass ich sie nicht im Stich lassen konnte.

Doch was sollte ich tun? Was war richtig? Oder war es völlig egal? Lief am Ende doch alles nur wieder auf unser aller Tod hinaus? Oder konnte ich mit den richtigen Entscheidungen Leben retten? War es wie in einem Spiel, in dem man nur den richtigen Weg einschlagen musste, um alle zu retten? Und jede falsche Abbiegung kostete ein Leben. Zwei hintereinander, zwei Leben. Drei kosteten drei. Gab es einen vollkommen richtigen und einen völlig falschen Weg? Einen Mittelweg? Oder hatte ich nur einen einzigen Weg, den ich so oder so gehen würde, egal, wie ich mich entschied? Ein vorbestimmter Weg, den ich unaufhaltsam entlang schritt und der entweder Verderben oder Glück bedeutete?

Wie sollte ein einzelner Mensch so viele Entscheidungen treffen? Spielten alle anderen auch eine Rolle? Oder war ich vor dem *Er* wie vor dem Widerstand: Eine Karte, auf die man alles setzte, weil man glaubte, es lohnte sich?

Gerade wollte mich eine Woge der Unruhe überfallen, als eine andere Woge in die Haustür fiel. Eine Woge von Blut, Schreien und Menschen.

Es waren Meith und Oenn.

Und das überraschte mich so sehr, dass ich gar nicht realisieren konnte, dass sie schwer verletzt waren. Sie waren schmutzig, blutüberströmt und schrien.

Meith bat laut um Hilfe und versuchte Oenn, der vor Schmerzen brüllte, über die Türschwelle zu ziehen. Nach und nach kamen die anderen Männer und hievten ihn in das Haus, auf ein Bett. Dort versuchten alle alles, um ihm zu helfen. Auch ich stellte mich neben ihn und sah seine schmutzigen Wunden. Ich machte ein Feuer, um Wasser abzukochen und holte mit Kion so schnell wir konnten Kleidung aus einem der anderen Häuser. Wir rissen und schnitten sie in Streifen, um sie dann in dem gekochten Wasser zu säubern und Oenns Wunden zu reinigen.

Da begann Meith zu erzählen.

»Ich wusste gleich, dass es eine bescheuerte Idee ist!«, regte sie sich lautstark auf und schlug auf den Tisch. Sie hatte nur ein paar kleine Schnitte abbekommen. Doch Oenn sah übel aus. Sein Arm stand in einem unnatürlichen Winkel ab, sein eines Bein blutete stark aus einem tiefen Riss und auch sein Gesicht war geschwollen und blutete stark. Seine

Brust sah auch nicht gerade gut aus. Sofort zweifelte ich, ob wir ihn wohl retten konnten. Doch dieser Gedanke ließ meine Hände nicht langsamer arbeiten.

»May hat eine fesselnde Kriegsrede gehalten, die alle in ihren Bann zog. Alle waren begeistert, fragten nicht einmal nach Ians Meinung und rüsteten einfach nur dafür auf, um die Insel wieder zu erobern. Maye Rie sagte mir, ihr wäret bloß feige und würdet euch hinter Norins Rücken verstecken, in der Hoffnung so am Leben bleiben zu können.« Sie schüttelte den Kopf und ihr langer blonder Zopf wogte mit ihm. »Ich hätte gleich wissen müssen, dass das totaler Schwachsinn war.«

»Wie geht es ihr? Wo sind sie jetzt alle?«, fragte Darien, der mit aller Kraft versuchte, die Blutung an Oenns Bein zu stillen.

Meith konnte ihm nicht in die Augen sehen. Sofort stoppte Darien seine Arbeit und Ianen übernahm seine Mühen.

»Geh ruhig«, sagte er leise zu Darien und schubste ihn ein wenig fort von Oenn. Darien sank auf einen Hocker und vergrub das Gesicht in seinen Händen.

»Es tut mir so leid...«, sagte Meith, doch ich glaubte, Darien würde nun nichts mehr trösten. Er sah so verzweifelt und grausam traurig aus, dass ich glaubte, er würde seiner Schwester, seiner Frau und seinem Vater sofort in den Tod folgen wollen.

Meith erhob sich und ging hinüber zu Darien. Sie legte ihm einen Arm um die Schultern und drückte ihn. Gerade wollte sie ihn dazu bewegen, mit ihr hinaus zu gehen, als sie sich noch einmal umdrehte. Und mich ansah.

»Norin. Sie haben Claie gefangen. Sie halten sie fest. Und... naja, ich denke, das hat einen Grund. Ich habe alles getan, um ihr zu helfen, doch ich konnte nicht viel ausrichten. Vergib mir.«

Ich spürte, wie meine Augen sich weiteten, wie mein Mund sich öffnete und wie meine Arme erschlafften.

»Was?«, hörte ich meine Stimme hauchen, obwohl ich nicht den Befehl gegeben hatte, das zu sagen, denn ich hatte alles verstanden.

»Norin!«, sagte Vae zu mir, doch ich sah sie nicht an. »Norin! Nor!«, brüllte sie beinahe, bis ich den Kopf wandte, und sie anguckte.

»Norin, geh raus und schnapp frische Luft oder so, in Ordnung? Ich bin sicher, Kion begleitet dich.«

Sofort hatte sie verstanden, dass ich kurz vor einem Zusammenbruch stand.

Kion kümmerte sich darum, dass jemand anderes den Stoff wusch und führte mich hinaus. Ich sah gerade noch, wie Darien tief versunken in Meiths Brust vergraben war und sich immer wieder schüttelte, dann führte Kion mich fort von allem und allen.

Was der Grund war, aus dem sie Claie festhielten, war relativ klar, doch ich konnte nicht verstehen, wieso. Ich war der Grund. Aber wieso Claie? Und wieso war es meine Schuld, dass man sie nun wahrscheinlich ebenfalls folterte. Und waren wirklich nur die drei übrig geblieben? Drei? Von mehr als fünfzehn? Ich konnte all diese Grausamkeit nicht verstehen und begreifen. Was hatte das alles nur für einen Sinn?

Niemals war ich so verwirrt und so verloren gewesen.

Doch Kions Arme spendeten mir Trost. Wir hatten uns gesetzt und er hatte mich in seine schützenden Arme aufgenommen und gab mir die Ruhe, die ich brauchte.

Sein rhythmischer Puls, sein seltsamer Geruch, sein gleichmäßiger Atem auf meinem Kopf.

All das gab mir Frieden und ließ meinen Gedanken die Gelegenheit, sich zu ordnen.

Jeder hat einen Sinn

Alles hatte einen Grund. Und jeder von uns hatte einen Sinn, auf dieser Insel zu sein.

Claies Grund war der des Druckmittels. Sie wollten mich unter Druck setzen, mich vor die Wahl stellen. Ihr Tod oder mein Leben.

Ich wusste es bereits bevor wir den Brief bekamen. In ihm hieß es, dass sie Claie töteten, wenn man mich nicht bis Sonnenuntergang ausgeliefert hatte. Dass dies keine Option war, hatten alle außer mir bereits einstimmig beschlossen.

Doch ich wollte nicht mehr. Ich konnte das nicht mehr. Egal, was sie vorhatten, ich würde Claie nicht sterben lassen, nur um meinen Hintern zu retten.

»Wieso geben wir ihnen nicht einfach, was sie wollen?«, fragte ich immer wieder. Dann wäre hier wieder Frieden.

»Das weißt du sehr genau«, raunte Ianen in mein Ohr, wobei er mir einen kleinen Schauer hinter dem Ohr, den Nacken entlang jagte.

Doch nicht einmal das ließ mich aus meiner Ohnmacht entkommen. Ich fühlte mich nicht mehr lebendig. Ich war theoretisch sowieso schon tot. Wieso noch ewig Widerstand leisten, wenn es doch so schnell vorbei sein konnte? Es war mein Leben und ich wollte so gerne selbst darüber bestimmen. Doch ich würde wohl niemals frei sein können. Nicht in Nonnum, nicht auf dieser Insel. Und auch sonst würde ich niemals meine Freiheit und meinen Frieden bekommen.

So ließ ich diese Diskussion an mir vorbei fliegen, einen wichtigen Entschluss schon längst gefasst.

Und diesmal würde mich keiner daran hindern, meine Pläne in die Tat umzusetzen.

»Wir können davon ausgehen, dass Norin sich freiwillig stellen will, um Claie zu retten. Das ist ja mit ein Grund, weshalb wir sie ausgewählt haben. Die anderen allerdings werden das ebenso benutzen, wie wir es vorhaben. Also müssen wir ihnen einen Schritt voraus sein«, erklärte Kollin.

»Jawohl, Sir. Um den Haufen herum stehen lauter Einsatzkräfte, die nicht zulassen werden, dass jemand die Gefangene befreit.«

»Sehr gut. Und die Verstecke?«

»Ja, Sir. Die Verstecke sind postiert und werden von jeweils einer Einheit gedeckt, sodass gewährleistet ist, dass Gefangene Nummer zwei in Gewahrsam genommen werden kann.«

»Wunderbar«, sagte Kollin ein wenig übermütig. Doch in seinen Augen durfte er das ruhig sein. Sie hatten beinahe alle dieser Wilden auf der Insel umgebracht. Nicht mehr viele und sie würden sich Norin so leicht wieder holen können, wie sie ihm entkommen war.

Dass dies nicht mehr passierte, dafür hatte er gesorgt.

Ein wenig arrogant und stolz hatte er Moistuer bereits berichtet, dass es nicht mehr lange dauern würde, bis sie Norin wieder im Griff hatten.

»Also ist alles so wie geplant?«, fragte er noch einmal nach, damit auch wirklich alles so funktionierte, wie er es wollte.

»Ja, Sir.«

Übermütig lachte Kollin und entließ seine Leute.

Was es doch für ein Glück gewesen war, dass die kleine dunkelhaarige Maye Rie so dumm gewesen war und sie angegriffen hatte. Sie hatte ihm das, was er wollte, direkt in die Arme getrieben und er hatte dafür gesorgt, dass Norin auch sicher davon erfuhr.

Durch seine gute Laune beflügelt, überlegte er sich, ihr einen Besuch abzustatten. Oder dem, was von ihr übrig geblieben war. Als er das Verließ betrat, erkannte er sofort, dass es schlecht um das junge, dumme Mädchen stand, dass sich für so außerordentlich mutig hielt.

»Na, Maye Rie. Wie geht es uns denn so?«

Sie spuckte ihm ans Kinn und verkroch sich unter ihren Armen, weil sie Angst hatte, dass er sie wieder schlagen würde.

Das widerspenstige Kind, das trotz allem nichts anderes war als ein Kind. Ängstlich, unerfahren und alleine völlig wehrlos.

»Keine Angst, Kleine. Bald bist du nicht mehr so schwach und hilflos.«
Bei diesen Worten musste er lächeln, grinsen, und schließlich laut loslachen. Das Mädchen wusste gar nicht, was sie für ein Glück hatte, dass ihr diese Ehre zuteil wurde.

Heimlich schlich ich mich aus dem Haus und war selbst von mir überrascht wie leise ich dabei war. Dass mir keiner in die Quere kam, kam mir erst etwas verdächtig vor, doch ich heilt es für pures Glück.
    Den ganzen Weg um die *alte Lady* herum, den Strand entlang kamen mir nichts und niemand in den Weg. Doch dann sah ich ein gigantisches Ding inmitten des Strandes und konnte aber erst nicht recht erkennen, was es war. Ich ging näher und näher und erst als ich ein leises Stöhnen vernahm, erkannte ich was es war.
    Ein riesiger Holzhaufen. Und jemand war an einem massiven Stamm an ihn gebunden.
    »Oh mein Gott«, konnte ich nicht glauben, was sich da vor mir in die Höhe reckte. Claie stand inmitten des Haufens und war festgebunden.
    Gerade wollte ich auf den Haufen klettern, als mich von hinten jemand fortriss und mir mit einer Hand den Mund zuhielt.
    Wenn ich nicht sofort gewusst hätte, dass es Ianen war, hätte ich mich mehr gewehrt. Empört und verstört sah ich zu dem Haufen und begriff nicht, was das alles sollte.
    Ianen zog mich nach hinten in einen Busch, am Rande des Waldes, der noch immer einen sandigen Boden hatte.
    Verzweifelt riss ich seine Hand von meinem Mund und sagte: »Hilf mir! Wir müssen sie sofort herunter holen.« Vorwurfsvoll sah ich Ianen an und war dann doch überrascht, ihn in so unauffälligen Klamotten zu sehen. Als hätte er das geplant.
    »Es war klar, dass du es versuchen würdest«, erklärte er schulterzuckend und legte seine Hände an mein Gesicht.
    Erst etwas erschrocken, was genau er da vorhatte, drehte er meinen

Kopf und zeigte mit dem Finger auf drei von Kollins Leuten, die sich in Büschen und Häusern rund um den Haufen versteckten.

»Das ist eine Falle«, sagte er leise.

»Aber wir können sie nicht dort hängen lassen«, erwiderte ich. »Sie wird verdursten.«

Ich glaubte, dass dieser Haufen nur der Erniedrigung diente. Dass er im nächsten Moment angezündet wurde, konnte ich nicht verstehen. Denn erst da begriff ich, dass die Massen an Holz nur einen Sinn hatten: Und zwar den, zu brennen.

Claie begann zu schreien und ich wollte zu ihr rennen, wollte sie befreien und ihr helfen. Doch Ianens Griff war stählern und unnachgiebig.

»Lass mich los!«, schrie ich ihn an. »Wir müssen ihr helfen!«, wütete ich.

»Du kannst ihr nicht helfen«, sagte er leise an meinem Ohr. »Aber sie können es.« Er deutete auf einen Baum, dessen Krone ein wenig über den Haufen ragte. An einem der Äste hing Meith, die von Vae an den Füßen gehalten wurde. Vae wiederum wurde von Darien gehalten und dieser von Kion.

»Leander ist bei Oenn«, sagte Ianen und lächelte mich ein wenig an. »Du hast doch nicht wirklich geglaubt, ich würde dich hierher gehen lassen, ohne dich zu beschützen.«

»Vielleicht bin nicht ich diejenige, die du beschützen solltest«, erwiderte ich und starrte unsicher zu Claie hinüber.

Dass die Männer nicht eingriffen, verstand ich nicht. Wenn man die anderen erst einmal wahrgenommen hatte, waren sie kaum zu übersehen.

»Mit Hilfe aus der Luft rechnen sie nicht«, erklärte Ianen, als hätte er mal wieder meine Gedanken gelesen. Und er hatte Recht, die Männer sahen nur zum Boden und suchten nach Ianen und mir, denn uns hatten sie ja gesehen. Dadurch achteten sie nicht auf die anderen, die gerade ein Seil am Ende eines dicken Astes befestigten.

Wir waren das perfekte Ablenkungsmanöver.

Ich sah gespannt zu und hoffte, dass alles glatt laufen würde, als einer der Männer meine Aufmerksamkeit für sich gewann. Er zog seinen Kragen an seinen Mund und redete etwas hinein. Erst bei genauem Betrachten sah ich, dass er in ein kleines schwarzes Ding sprach. Ich fragte mich, was dieses Ding wohl für einen Sinn hatte, als mich eine Welle von Kopfschmerzen überkam. Sofort drang das Verlangen nach Ruhe in meinen Kopf und schaltete alles um mich herum aus.

Sie brach zusammen und hielt zu beiden Seiten ihres Kopfes die Hände und drückte so fest, dass ihre Knöchel weiß wurden und zu zerspringen drohten. Ihr schönes Gesicht war schmerzverzerrt und sie presste ihre Augen heftig zusammen.

»Norin?«, fragte Ianen. »Was ist los?«

Die Schmerzen überwältigten mich und ich konnte nicht mehr klar denken.

Plötzlich mischten sich Gedanken und Befehle in meinen Kopf, die nicht mir gehörten.

Wehr ihn ab.

Ianen wollte mir helfen, wollte, dass ich ihn ansah und einen klaren Kopf behielt, doch die fremden Befehle und Gedanken beherrschten mich.

»Hilf mir«, flüsterte sie leise und schlug aber mit den Händen nach ihm. Das, was sie sprach, stand im völligen Gegensatz zu dem, was sie tat. Und da verstand er, was da gerade vor sich ging.

»Du darfst nicht darauf hören, Norin. Du musst dich dagegen wehren.«

Wehr ihn ab. Flieh vor ihm. Komm aus deinem Versteck.

Diese Gedanken gehörten nicht mir, sie kamen von einem ganz anderen Ort. Sie kamen von Kollin, der mich irgendwie unter seine Kontrolle bringen konnte.

Sofort dachte ich an den Chip.

»Schneid ihn raus!«, sagte ich viel zu laut zu Ianen und sah ihn flehenden an, bevor meine Beine die Schritte tun konnten, die Kollin meinem Körper befahl.

Ich hielt Ianen meinen Arm hin und erschrak, als ich sah, dass sich dicke Adern über meinen Unterarm zogen. Als würden sie platzen wollen pochten sie und schienen sich gegen mich zu wehren.

»Schneid dieses Ding einfach raus, Ianen!«, brüllte ich, als mich wieder eine Welle der Schmerzen überkam und mich in die Knie zwang.

Komm raus. Komm raus und zeig dich. Zeig allen, dass es hoffnungslos ist.

Der Schmerz, die Stimmen in meinem Kopf und die Schreie von Claie vermischten sich in mir und wurden zu einem gigantischen Gebrüll, das ich nicht aushalten konnte.

»Tu etwas!«, schrie ich, gar nicht wissend, zu wem genau, denn niemand konnte etwas tun.

Ich wehrte mich gegen die Befehle, die mein Körper meinen Beinen gab, aber sie waren einfach zu stark. Sie zwangen mich unter zerreißenden Schmerzen aufzustehen und einen Schritt zu machen.

Weiter so, sagte die Stimme, als Ianen sich auf mich stürzte und zu Boden riss.

»Nein!«, schienen alle drei Schreie zu verschmelzen. Ianens, Claies und Kollins.

»Vergib mir, aber ich kann das nicht zulassen«, sagte Ianen. Ich musste ihm nicht vergeben, denn ich wollte ja, dass er mich von den Taten, die Kollin von mir verlange, abhielt.

In einem Zustand irgendwo zwischen Klarheit und Wahn gab ich nach, wehrte mich, biss ihn, drückte ihn an mich, kratzte ihn, schrie, flüsterte, weinte und schließlich… verlor ich.

Norins Arm schlug mit gewaltiger Kraft gegen seinen Kopf, seine Rippen und schließlich stemmte sie ihn so weit von sich weg, dass sie unter ihm hervor rollen konnte.

Er hatte sie verloren. Sie war unter Kollins Kontrolle.

Blind vor Wut, dass er ihr das antat, stürzte Ianen ihr hinterher und versuchte sie wieder zurück zu holen.

»Norin! Norin, komm zu dir! Das bist nicht du, das machst du nicht!« Doch es war zu spät. Sie drehte sich kurz zu ihm um, sah ihn mit diesen erschreckend leeren, willenlosen, herzlosen Augen an und zeigte keine Regung in einem völlig falschen, versteinerten Gesicht. Dann drehte sie sich wieder um.

Sie trat aus den Büschen hervor und sofort visierten alle bewaffneten Männer sie an.

Wenn Ianen jetzt falsch handelte, würden sie sie erschießen.

Verzweifelt und hin- und hergerissen von dem, das Norin tat, und was er tun sollte oder nicht, sah er hinauf zu dem Baum. Meith war bereits auf dem Podest, an dem Claie an den Stamm gefesselt war, und machte sich an den Fesseln hinter ihrem Rücken zu schaffen. Doch dann sah sie nach oben und blickte Vae mit einem schmerzverzerrten Gesicht an. Sie schüttelte den Kopf.

Sie würde Claie nicht retten können.

All das hier war umsonst, dachte Ianen und wusste nun noch weniger, was er tun sollte.

Er sah wieder zu Norin und bemerkte wie ein Mann, der direkt zwischen ihm und ihr stand, ihm direkt in die Augen sah und dann langsam den Kopf neigte, um zu dem Baum zu sehen.

»Nein!«, schrie er und stürzte hervor. »Haut ab!«, brüllte er den anderen zu, doch es war schon zu spät. Schüsse fielen, wildes Geschrei brach aus und Ianen verlor den Überblick.

Er konnte jetzt nur eines tun und er konzentrierte sich voll und ganz drauf. Er rannte zu Norin, warf sich auf sie, zwang sie mit aller Kraft auf seine Schultern und rannte mit ihr an den Rand des Waldes.

Sie wehrte sich nicht mehr und ließ ihn einfach machen.

Er konnte die Schreie um sich herum nicht mehr auseinanderhalten und rannte durch das Dickicht dort hin, wo er den Baum vermutete. Er hatte Glück. Der mächtige Stamm war nicht mehr weit fort, als Kion in seinen Weg trat.

»Gib sie mir und hilf den anderen.« Gerne nahm er das Angebot an und übergab sie ihm, um seinen Freunden zu helfen.

Nur noch Darien saß in dem Baum. Vae und Meith waren in einem Kreis aus Flammen mit Claie auf dem Podest gefangen und suchten verzweifelt einen Weg hinaus. Das Seil, das an dem Ast hing, war bereits zu angebrannt, um es zu benutzen.

Ianen sah sich um und suchte etwas, mit dem er die Frauen von dem Podest holen konnte. Er rannte wieder in das Dickicht und suchte einen Stamm oder einen Ast und schließlich fand er einen, von dem er glaubte, dass er eine kleine Schneise in die Feuerwand reißen würde, sodass die Frauen hindurch springen konnten, ohne Feuer zu fangen.

Er rannte zurück zu dem Podest, doch er kam zu spät. Darien rannte auf ihn zu, während Vae, Meith und Claie noch immer auf dem Podest gefangen waren. Hilfesuchend wirbelte Vae herum und suchte einen Ausweg, doch Kollins Leute umringten das Podest und schnitten ihr jeglichen Fluchtweg ab.

Meith hatte das längst erkannt und versuchte, das Feuer für sich zu nutzen. Sie hatte sich ihr Oberteil ausgezogen und es angezündet. Sie hoffte wohl, die Männer so auf Abstand halten zu können. Sie bedeutete Vae, das gleiche zu tun, doch für sie kam jede Hilfe zu spät. Zwei der Männer hatten sich auf sie gestürzt und hielten sie fest. Sie schrie, schlug um sich und wehrte sich, ähnlich wie Norin, doch auch sie hatte keine Chance gegen zwei kräftige Männer. Sie drängten sie zu Boden und schlugen ihr gegen den Kopf. Ian kam sich so nutzlos, mutlos und elend dabei vor, den Frauen nicht helfen zu können. Die Chancen, ihnen zu zweit zu helfen, standen so schlecht, dass sich das Risiko nicht lohnte. Es wäre reiner Selbstmord.

Doch dann taten die Männer etwas völlig Unerwartetes.

Sie stießen Meith durch die Flammen hinab vom Podest und behielten nur Vae bei sich. Darien rannte sofort zu Meith, um ihre brennenden

Klamotten zu löschen, doch Ianen konnte seinen Blick nicht von den Männern wenden, die offensichtlich ganz gezielt nur Vae festnahmen.

Dann aber taten sie etwas so Schreckliches, dass es selbst Ianen die Tränen in die Augen trieb und er sie schließen musste wegen so viel Grausamkeit.

Einer der Männer hob seine Waffe und richtete sie in Claies, um Gnade flehendes Gesicht.

Claie schrie, bettelte ebenso wie Meith und Vae um ihr Leben, sie baten um Menschlichkeit und Verständnis.

Doch es half nichts.

Er drückte ab.

Ein Schuss verhallte.

Ebenso wie ein Leben.

Entschluss

Ich erwachte unter dröhnenden Kopfschmerzen, die mich wohl zerreißen wollten, und achtete nicht auf die Leute um mich herum. Unter Qualen richtete ich mich auf und versuchte meine Augen zu öffnen. Es dauerte lange, bis es mir gelang.

Neben mir saß Ianen und mir gegenüber Kion, Leander und Darien.

»Wo sind die anderen?«, fragte ich. »Was ist passiert?« Ich erinnerte mich kaum noch an etwas vom vergangenen Abend.

Alle sahen mich schweigend an. Sofort wusste ich, dass etwas schief gelaufen war.

»Was ist passiert?«, fragte ich erneut und meine Stimme klang gar nicht mehr wie meine. Sie klang belegt und man hörte sofort, dass ich mit dem Schlimmsten rechnete. »Verdammt nochmal, was ist passiert?«, schrie ich so laut, dass zwei der vier Männer um mich zusammen zuckten.

»Sie haben dich wieder Dinge tun lassen« , sagte Ianen. Mit diesen Worten erinnerte ich mich wieder an den Kampf gegen die Stimme in meinem Kopf.

Kalter Schmerz flammte in meinem Kopf auf. Wie eine Wand, gegen die ich gerannt war, und die mich davon abhalten wollte, meine Erinnerungen an das Geschehene zu sehen.

»Scheiße«, fluchte ich leise und hielt mir den Kopf. »Weiter«, sagte ich in befehlendem Ton zu Ianen.

»Sie haben uns entdeckt und verhindert, dass wir Claie retten konnten.«

»Und was heißt das?«, fragte ich und rechnete nicht mit der Antwort, die er mir dann gab.

»Sie haben sie erschossen.«

Ich hielt inne. Konnte mich keinen Zentimeter bewegen oder etwas sagen.

Sie hatten Claie umgebracht. Sie hatten sie gefangen genommen, gefesselt, erniedrigt, angesteckt und dann erschossen. Diese Grausamkeit konnte ich nicht verstehen. Ich begriff nicht, was geschehen war und dass ich Claie nie wieder sehen würde. Dass sie für immer fort war.

Vielleicht bei dem *Er*, vielleicht aber auch nicht.

Wer wusste das schon?

Es entsetzte und betäubte mich, dass eine völlig Unschuldige, jemand, der gar nichts mit all dem, was hier geschah, zu tun hatte, sterben musste. Kaltblütig erschossen, nachdem sie gebrannt hatte.

Doch meine Augen bleiben trocken. Ich konnte nicht weinen. Nicht um einen Verlust, den ich zu verschulden hatte. Es war meine Schuld. Weil Kollin mich unter Kontrolle haben konnte, wann immer er es wollte, hatte ein Mädchen, eine Unschuldige, eine Freundin den Tod gefunden.

Nachdem Ianens Freunde, Dariens Familie und noch weitere Leute hatten sterben müssen, war nun eine unter ihnen, die mir etwas bedeutet hatte. Die ich gern gehabt hatte, von der ich geglaubt hatte, dass sie ein gutes, friedliches Leben verdient hatte.

Und nun war sie tot.

»Und sie haben Vae«, sagte Ianen leise und starrte mich mit seinen durchdringenden baumrindenbraunen Augen an.

Sie haben Vae.

Immer und immer wieder ging mir dieser kleine Satz durch den Kopf, doch noch immer konnte ich mich nicht regen. Sie hatten meine beste Freundin. Vae, mit der ich alles geteilt hatte, mit der ich alles erlebt hatte, und die mir genauso viel bedeutete, wie mein eigenes Leben.

Sie würden auch sie töten.

Diese Monster würden alle verletzen und töten, die mir etwas bedeuteten.

Ich sah zu Ianen. Leander. Kion. Und Darien.

Sie alle hatten so unendlich viel gegeben, nur um mich zu beschützen.

Ich ging davon aus, dass auch Vae und Claie nur wegen mir hierher gebracht worden waren. Sie litten, weil der Widerstand mich wollte.

Und dann fasste ich einen Entschluss.

Eine Entscheidung, die ich für mich selbst traf. Frei. Und ehrlich.

Einen Entschluss, der alles auf eine Karte setzen würde.
Wenn sie mich wollten, würden sie mich kriegen.

Es dauerte drei Tage, mich vorzubereiten. Und sie kamen mir vor wie Wochen.

Ich arbeitete mit Ianen, Kion, Leander, Darien und Meith zusammen, die mir alles zeigten und beibrachten, was sie konnten. Drei Tage waren viel Zeit, und vielleicht war Vae schon verloren, doch ich konnte nicht schon wieder riskieren, dass alles schief lief. Also trainierte ich und zwar richtig hart und fast durchgehend. Und ich war gut.

Mit Kion versuchte ich, die Barriere in meinem Kopf zu durchbrechen. Er kannte sich ein wenig mit diesen technischen Dingen aus, er hatte ja selbst etwas in seinem Körper implantiert gehabt. Mit seiner Hilfe und seiner Ruhe gelang es mir schließlich, die Wand nieder zu reißen, die sich in meinem Kopf aufgebaut hatte. Mit seiner Hilfe erinnerte ich mich wieder an alles, was ich getan hatte, als Kollin mich unter seiner Kontrolle gehabt hatte.

Viel Mühe, große Schmerzen und schreckliche Erinnerungen – aber das war es mir alles wert gewesen. In der Hoffnung, dass ich mich nun besser unter Kontrolle hatte, wenn er wieder versuchte, mich Dinge tun und denken zu lassen, die ich nicht tun oder denken wollte, übten wir und versuchten alles, um mich vorzubereiten.

Er hielt meine Arme und Beine fest, und ich versuchte, mich zu befreien. »Es ist reine Willens Sache«, sagte Kion immer und immer wieder. »Du weißt, dass du es nur genug wollen musst, dann kannst du alles erreichen.«

Ja, das wusste ich. Denn er selbst war das beste Beispiel dafür. Er hatte entkommen wollen aus seinem Gefängnis, er hatte mich finden wollen und mich retten wollen. Aus einer unmöglichen Situation heraus, hatte er alles geschafft, was er schaffen wollte. Und ich wollte nicht weniger erreichen, als er.

Ich wollte alles.

Also trainierte Leander mich in Dingen Wissen. Er erzählte und lehrte mich alles, was er wusste.

Über die Vergangenheit, über den Widerstand, über die Fürchtigen und über die Menschen.

Nie hätte ich geglaubt, dass es uns schon so lange gab und dass schon so vieles passiert war. Doch Leander war sehr gebildet und erzählte mir bis tief in die Nacht, alles was er wusste. Unter anderem Dinge über den Widerstand, die ich vielleicht eines Tages gegen sie verwenden konnte.

Darien kannte sich ein wenig mit der Technik aus und zeigte mir, wie ich aus vorhandenen, nutzlosen Dingen nützliche Sachen bauen oder herstellen konnte. Er war unglaublich kreativ und konnte alles, das so herumlag und das er fand, zu etwas machen, dass er benutzen konnte.

Leider ging es Oenn noch immer zu schlecht, um mir Dinge beizubringen, denn von ihm hätte ich viel über explosive und gefährliche Waffen lernen können.

Doch ich hatte ja noch Ianen und Meith, die mir das kämpfen beibrachten. Körperliche Taktik, Kraft und Ausdauer trainierten sie mir gut an. Und alle wunderten sich, dass ich so schnell so gut wurde.

Außerdem lehrte Ianen mich, so zu denken wie er, so zu laufen und zu schleichen wie er. Zu riechen, was er roch, zu sehen, was er sah und so aufmerksam und still zu sein, wie ein Jäger es nun einmal war.

Wir jagten, wir kämpften, wir lasen die Spuren des anderen, die zu einem guten Versteck führten. Wir machten uns unsichtbar.

Sie alle zeigten mir, wie es war, frei und wild zu sein.

Nicht gebunden zu sein, sondern einfach zu leben und zu nutzen, was das Leben einem schenkte.

Mit ein bisschen Geschick, Kraft, Mut, Disziplin und einem eisernen Willen konnte man frei sein, ohne frei zu sein.

Wir waren gefangen auf einer Insel, Gefangene eines Systems und Gefangene der Fremden, die diese Insel in ihren Anspruch genommen hatten, und doch hatten wir eine freie Seele und einen freien Geist, den man uns nicht würde nehmen können.

In diesen drei Tagen war ich so sehr die alte Norin Fly wie seit Tagen nicht mehr. Oder waren es schon Wochen?

Ich wusste es nicht. Es war auch egal.

Das einzig Wichtige war, dass ich wieder ich war – nur in verbesserter Form.

Verräterisches Zucken

Die letzte Nacht brach an und wir saßen alle um ein kleines Feuer. Die anderen waren stolz auf die Arbeit, die sie mit und an mir geleistet hatten und betrachteten mich als bereit für den Plan.

Dieser Abend sollte nur uns gehören und nicht der Zukunft, die so ungewiss auf uns lauerte, um uns zu verschlingen.

Meith und Darien zankten sich wieder, auf diese liebevolle und lustige Art, auf die sie sich immer stritten, und wie schon so oft in den letzten Tagen fragte ich mich, ob die beiden einander nicht mehr mochten, als sie zugeben wollten.

Leander und Ianen unterhielten sich auf eine etwas angespannte, aber freundliche Art. Und Kion saß wie immer dort und sprach so wenig, wie er musste.

Irgendwie wurde diese ruhige und beinahe sparsame Art von ihm mir immer vertrauter. Er war ein Ruhepol und doch so unglaublich stark.

Er war extra behutsam mit mir umgegangen, aber trotz allem war sein Training effektiv gewesen.

Ich erinnerte mich an unser Gespräch, in dem er mir so viel von sich anvertraut hatte und mir Dinge erzählt hatte, die ich mir nicht einmal in meinen kühnsten Träumen hätte ausmalen können.

Von sterilen weißen Wänden, von Nadeln, Messern und Schläuchen. Experimenten, Tests und Forschung, die ich niemals gekannt oder gesehen hatte. Und wahrscheinlich auch niemals kennen lernen würde.

Leander hatte mir erzählt, dass die Wissenschaft und Technik früher ununterbrochen voran getrieben wurde. Hauptsächlich, um den Menschen zu helfen und zu heilen oder das Leben zu erleichtern.

Doch Kion hatte von einer ganz anderen Wissenschaft erzählt.

Von etwas Bösem und Schlechtem. Sofort hatte ich ihm jedes Wort geglaubt. Wer aus einer solchen Umgebung kam, konnte nur so ruhig und bedacht sein wie er. Wem Gehorsam, Stärke und Kontrolle eingebläut wurde, der konnte nur so sein, wie Kion war. Und doch wusste ich, dass er anders war. Gefühlvoller, denkender und willensstärker.

Kion hatte erzählt, dass es noch mehr von seiner Sorte gab. Gezüchtet und geplant. Menschen, die eigentlich keine waren, weil sie nicht geboren wurden, sondern geschaffen. Kion hatte sie *Mutanten* genannt, doch für mich war es nur wieder ein Beweis, wie sehr das System entgegen dem handelte, was sie predigten. Sie schufen Menschen, obwohl sie doch nur von dem *Er* geschaffen werden durften.

Sie spielten *Gott*, wo sie doch schon einen hatten, den sie priesen. Sie nahmen toten Menschen das Aussehen, um neue Wesen daraus zu machen, die doch nicht ganz menschlich sein durften.

Ich hatte mich gefragt wie der Mann, dessen Aussehen Kion bekommen hatte, wohl gewesen war und wofür er hatte sterben müssen, doch ich beschloss, dass diese Gedanken über meinen Horizont hinaus gingen. Er war nun Kion und würde nie wieder jemand anderes sein. Ob der Mensch, oder besser der *ehemalige* Mensch, noch Spuren hinterlassen hatte, konnte ich nicht sagen, doch irgendwie hoffte ich es. Langsam begann ich zu hoffen, dass nach dem Tod doch noch etwas war. Nicht einfach nur nichts. Sondern ein anderes Leben. Ein Neues.

Und hoffentlich für Claie ein Besseres.

Kion sah zu mir herüber und las wohl in meinem Gesicht, dass ich über ihn nachgedacht hatte. Er sah mich mit diesen grünen Augen so vertrauenswürdig und glänzend an, dass ich mich sofort wohl fühlte. Nein, niemals würde ich Kions Geheimnis verraten. Was er wirklich war, was sie in den weißen Räumen aus ihm gemacht hatten und was er selbst schließlich aus sich gemacht hatte. Dass ich im Wesentlichen unwissend dazu beigetragen hatte, konnte ich selbst nicht recht verstehen und begreifen. Und woher unsere Träume voneinander kamen wusste ich auch nicht. Ich wusste nur, dass sie gut waren. So war es richtig gewesen. Es war das, was hatte passieren sollen.

Doch nun wollte ich das, was als nächstes geschah, selbst in die Hand nehmen. Ich wollte selbst bestimmen wie es weiter ging und dafür sorgen, dass die, die ich liebte und gern hatte, in Sicherheit waren. Ob das möglich war, würde sich zeigen. Aber ich war bereit, es herauszufinden. Und ich war froh, dass die anderen diesmal auf meine Vorschläge eingegangen waren und dass wir alle zusammen eine Lösung gefunden hatten, einen Plan erschaffen hatten.

Meith holte mich mit ihrem seidigen Lachen aus den Gedanken.

Sie, Ianen und Darien versuchten Leander gerade ein Spiel beizubringen, dass sie wohl alle sehr gut beherrschten, weshalb Leander und seine Unerfahrenheit nun zum Auslöser der Lacher wurden. Auch ich musste lächeln, als Meith ihn erneut in die Schranken seiner Spielfähigkeiten wies.

»Das ist nicht fair! Ich spiele das zum ersten Mal, hab doch mal ein wenig Rücksicht«, beschwerte Leander sich lachend.

»Nur weil du es nicht verstehst, muss ich nicht schlechter sein, als ich es bin«, sagte Meith herausfordernd und lachte erneut laut auf, als sie ihn schlug. Ianen und Darien wechselten ständig den zweiten und dritten Platz, doch nie gewannen sie gegen Meith.

Dieses Spiel war anders als alle, die ich kannte. Meith als erste verteidigte ihren Platz gegen jeden einzeln, bis sie jemand schlug.

Sie spielte mit einem nach dem anderen, wodurch die Schnelligkeit den Platz bestimmte. Jeder hatte ein Blatt, das er auf den Boden legte, und nur Meith hatte einen Stock. Bei dem Spiel ging es darum, wer sein Blatt vor Meiths Stock schützen konnte und wer nicht. Und wie lange es dauerte bis sie es mit dem Stock erwischte und festhielt.

Ianen und Darien schafften es fast immer drei oder vier Mal, ihr Blatt noch zurückzuziehen, bevor sie es mit dem Stock traf. Doch Leander schaffte es nicht ein Mal, es rechtzeitig zurückzuziehen, bevor ihr Stöckchen niedersauste.

Auch Kion und ich beobachteten nun die Spielenden und konnten unser Lachen nicht zurückhalten, als Leander so erbärmlich versagte. Doch er nahm es mit Humor und ließ sich ohne bösen Einwand immer und immer wieder von Meith schlagen.

»Willst du auch mal?«, fragte er und sah mich an.

»Warum nicht?«, meinte ich schulterzuckend, wieder ganz die alte Norin, die sich vor keiner Herausforderung drückte, so klein sie auch sein mochte.

Meith war flink, doch sie verriet sich jedes Mal, bevor sie den Stock niedersausen ließ, indem sie mit einem Mundwinkel zuckte. Es erschien mir wie ein ungewollter Reflex, den ihr Körper einfach machte, bevor sie wie ein Jäger auf ihre Beute hinabstieß.

Die Männer sahen immer nur auf den Stock, in der Erwartung, dass er endlich niedersauste, doch ich setzte mich ihr gegenüber und sah ihr nur ins Gesicht.

Darien stieß einen Pfiff durch die Zähne aus, was wohl Anerkennung für meinen Mut ausdrücken sollte, dabei war es einfach nur Taktik. So wie sie es mir beigebracht hatten.

Ich sah Meith direkt an und wartete auf das Zucken.

Es dauerte lange, bis es kam, doch als es kam, reagierte ich schnell und geriet nicht einmal in die Gefahrenzone. Noch bevor sie den Stock halb gesenkt hatte, war das Blatt schon außerhalb ihrer Reichweite.

Ich lächelte sie an.

»Nochmal«, sagte sie und wir spielten erneut.

Und noch einmal. Und nochmal. Nochmal. Und das entscheidende letzte Mal, als ich es zum fünften Mal in Reihenfolge fortzog, ohne dass sie es berührt hatte, womit ich sie theoretisch als Siegerin ablöste. Doch ihr Unmut ließ ihre Lust am Spiel vergehen.

»Wie machst du das?«, fragte sie mich erstaunt und wütend darüber, dass ich besser war, als sie.

Ich zog verschwörerisch eine Braue in die Höhe.

»Du verrätst dich selbst, indem dein Mundwinkel zuckt, bevor deine Finger reagieren.«

Mit großen Augen sah sie mich an, irgendwie wirkte sie fassungslos.

»Wir haben ein Monster geschaffen«, sagte sie gespielt entsetzt und fing dann an zu lachen.

Alle stimmten mit ein und mehr schlecht als recht stimmte auch ich ein, fragte mich aber, ob sie damit nicht vielleicht doch ein wenig recht behalten sollte.

Ich war nun eine Mischung aus all ihren Fähigkeiten und fragte mich, ob es nicht vielleicht einen Sinn hatte, dass Menschen nur ein paar Gaben gegeben waren und nicht sondergleichen viele, wie die, die sie mich nun gelehrt hatten. Und wenn ich ehrlich war, war es außergewöhnlich schnell gegangen, all diese Sachen in den wenigen Tagen in mir zu vereinen. Dazu noch so gut.

Ich sah Meith wieder an und auch jetzt bemerkte ich wieder das Zucken in ihrem Mundwinkel. Doch sie hatte keinen Stock mehr in der Hand. Unweigerlich fragte ich mich, wofür dieses Zucken gewöhnlicher Weise stand, wenn sie nicht gerade im Inbegriff war, andere Leute in einem Spiel besiegen zu wollen.

»Wir warten nun schon drei Tage, Sir. Ich glaube nicht, dass sie noch...«
»Was du denkst interessiert nicht. Abtreten!«, blaffte Kollin seinen Untergeben an. Wer hatte diesem Schwachkopf überhaupt erlaubt, zu denken oder zu glauben?

Kollin wies den vorlauten Selbstdenker an, den Raum zu verlassen. Um diese potenzielle Gefahr würde er sich später kümmern.

Nun ging es allein um Norin.

Noch immer war sie an diesem Strand und bewegte sich nicht vom Fleck. Jemanden zu schicken um sie zu holen gehörte nicht zum Plan, also wäre Moistuer grundsätzlich dagegen.

Er würde wohl einfach warten müssen, bis Norin von alleine kam.

»Dann...«, dachte er laut. »Füge ich einfach eine weitere Phase in den Plan ein.«

Eine geradezu gigantisch geniale Idee kam ihm, von der er überzeugt war, dass er Norin damit brechen würde.

Ein für allemal würde sie ihnen gehören.

Katzengold

»Pass gut auf dich auf«, sagte Darien und schloss mich fest in seine Arme. »Hörst du, Norin? Du darfst niemals vergessen, dass wir hier sind und an dich denken bis wir uns wiedersehen.«

»Ja, Darien. Ich danke dir für alles, das du für mich gegeben hast. Ich hoffe, ich bekomme eine Gelegenheit, mich zu revanchieren.«

Er lächelte mich gutherzig an. »Das ist unnötig und das weißt du.«

»Aber es würde mir eine Freude bereiten«, sagte ich ehrlich hoffend, diese Möglichkeit eines Tages zu bekommen.

Der Abschied zwischen mir und Meith fiel nicht ganz so herzlich aus. Denn seit dem Spiel am vorigen Abend hatte ich das Gefühl, ein Band zwischen uns zerstört zu haben.

Als nächstes kam Kion und ich brachte es kaum über mich, ihm in die Augen zu sehen. Lange sagten wir nichts, bis er seinen Finger unter mein Kinn steckte und mich zwang ihn anzusehen.

»Du weißt, ich wache immer über dich«, versprach er mir lächelnd. Zwischen Glück und Trauer gefangen lachte ich ihn an und versuchte meinen Tränen Einhalt zu gebieten. Ich sprang ihm um den Hals und drückte mich an ihn.

»Ich werde jede Sekunde an dich denken, Noyade«, flüsterte er mir zwischen Ohr und Haare. Da konnte ich meine Tränen nicht mehr zurückhalten.

»Ich danke dir«, sagte ich leise. »Dafür, dass du mir immer das schenkst, was ich brauche, wenn ich es brauche.« Ich löste mich von ihm und sah ihn an. »Du wirst mir so fehlen.«

»Denk immer an das, was ich dir gesagt habe.«

Ich rief es mir in Erinnerung. *Der Wille macht uns stark - ich muss es nur genug wollen, dann kann ich alles erreichen.* Ja, ich würde Kion nicht enttäuschen. Ich würde alles geben und alles wollen und alles daran setzen, es zu bekommen.

»Achte auf dich, Norin«, flüsterte er und offenbarte mir all seine Gefühle in seinen unnatürlichen grünen Neonaugen. Er hatte Angst um mich und machte sich Sorgen, ob unser Plan aufgehen würde.

»Es wird schon werden«, sagte ich beruhigend und streichelte über seine große, scharfkantige Wange.

»Ich habe trotzdem kein gutes Gefühl.«

»Du kennst mich doch«, sagte ich und versuchte, ihn ein wenig aufzumuntern. »Ich schaff das schon irgendwie.«

Er lächelte viel zu zaghaft dafür, dass er so ein Riese war, drückte mich noch einmal, küsste mich auf die Wange und ließ mich weiter gehen, zu Leander.

Sich von ihm zu verabschieden, war wirklich eine Herausforderung. Ich war ihm dankbar für seine Hilfe und sein Training, aber noch immer konnte ich ihm nicht ganz vergeben.

»Komm mal bitte mit«, sagte er, nahm meine Hand und zog mich einige Meter fort von den anderen.

Nach einer Weile, in der er wohl all seinen Mumm zusammen nahm, sagte er: »Ich liebe dich, Norin. Und das weißt du.« Ich sah weg. Dabei konnte ich ihm nicht ins Gesicht sehen. »Bitte, sieh mich an. Ich flehe dich an, das ist nicht leicht für mich, aber sieh mir wenigstens in die Augen.« Ich ließ mich wie immer von seinen leicht drückenden Fingern überreden und sah ihn an.

»Ich muss wissen, dass es noch eine Chance gibt.« Er sah so ernst und traurig gleichzeitig aus, dass ich nicht recht wusste, was ich davon halten sollte. »Sag mir, dass wir noch eine Chance haben. Bitte, Norin. Ich kann dich nicht gehen lassen, wenn ich nicht weiß, dass du mir vielleicht irgendwann vergeben kannst.« Er kam näher an mich heran und ich roch seinen vertrauten Geruch. Es war so seltsam, er war derselbe wie noch vor einigen Wochen und doch fühlte es sich nicht gleich an.

»Norin, ich kann nicht weiter machen ohne dass du zugibst, dass du noch etwas für mich empfindest.«

Ich wollte wegsehen, doch ich hielt meinen Kopf genau da wo er war.

»Ich weiß, dass du mich nicht ganz aufgegeben hast, aber ich muss es von dir hören. Bitte, sag es.«

Er kam noch näher an mich heran und ich spürte seinen erhitzten Körper. Er steckte seine Hand in seine Hosentasche und holte etwas hervor. Es war die Kette. Doch diesmal war ein Anhänger daran.

Ein kleines schwarzes Tier, das spitze Ohren und einen Schwanz hatte und winzig kleine, goldene Augen.

»Das ist eine Katze«, sagte er und überrascht sah ich das kleine Schmuckstücktier an und konnte nicht anders, als es zu bewundern. Es war unglaublich schön und zart. Filigran, aber das dunkle glänzende Schwarz ließ sie stark erschienen.

»Wo hast du das her?«, fragte ich verwundert.

»Ich habe lange gesucht, bis ich etwas passendes gefunden hatte. Ich habe es in der *alten Lady* gefunden. Diese Katze konnte ich davor retten, in Vergessenheit zu geraten. Bitte nimm sie und trag sie an der Kette.«

Ich wusste nicht, was ich dazu sagen sollte. Ich wollte dieses Schmuckstück nicht tragen. Aber nicht, weil ich es von Leander nicht annehmen wollte, sondern weil ich Angst hatte, es zu verlieren.

»Bitte, behalt es, bis ich zurück bin. Es wäre so schade, wenn es verloren ginge.«

»Nein. Sie bringt dir Glück und soll dich daran erinnern, wer du bist und wofür du stehst. Du bist nicht ihr Werkzeug, du bist Norin Fly und du wirst ihnen in den Arsch treten.«

Da kam ein kleines Lächeln über mein Gesicht. Das erste ehrliche und glückliche Lächeln Leander gegenüber, seit ich wusste, was er getan hatte.

»In Ordnung«, sagte ich und ließ es zu, dass er mir die Kette umlegte.

Sein Atem kitzelte an meinem Nacken und erinnerte mich an Dinge, an die ich in diesem Moment nicht hätte denken sollen. Er zog sich ein Stück zurück, hielt aber neben meinem Ohr inne und küsste mich dahinter. Dann schlang er seine Arme fest um mich.

»Sag es Norin, bitte.« Irgendwie konnte ich es verstehen, dass er in einer solchen Situation einen Funken Hoffnung brauchte, also gab ich ihm, was er wollte. Dass ich es selber wollte und das schon länger, ließ ich lieber erst einmal außen vor.

»Ich vergebe dir, Leander«, sagte ich leise und dann noch einmal lauter. »Und ich tue es, weil ich glaube, dass wir irgendwann noch mal eine Chance haben könnten.« Ein seltsamer Laut drang aus seiner Kehle, während er seine Arme fester um mich schloss. Hoffnungsvoll, fröhlich aber auch irgendwie, als hätte man ihm eine unglaublich schwere Last von den Schultern genommen.

»Aber...«, sagte ich und dann sah er mich wieder an. Seine seltsamen Augen schienen mich in allen erdenklichen Farben anzuspringen. »Aber ich weiß nicht, ob...« Ich wusste nicht, wie ich den Satz beenden sollte, also sah ich nur hinüber, zu Ianen und Kion. Ich wusste nicht, ob ich ihm versprechen konnte, der einzige zu sein, dem ich diese Chance zusicherte. In diesem Moment brauchte ich sie alle, und würde mich um keinen Preis entscheiden können, weil ich sie alle auch zu sehr wollte. Er nickte nur, und lächelte. »Ich bin es gewohnt, dich zu teilen, Kätzchen.« Er gab mir einen eher schüchternen kleinen, kurzen Kuss auf den Mund, drückte mich noch einmal und verließ mich dann.

Ich blieb dort stehen, weil Ianen sich auf den Weg machte, zu mir hinüber zu kommen. Aber er blieb nicht stehen. Instinktiv schloss ich mich ihm an und wir gingen noch ein Stück weiter. Was wir zu besprechen hatten, konnten und durften die anderen nicht hören. Und sehen sollten sie uns vielleicht auch nicht.

»Also, ich habe alles Nötige in die Wege geleitet«, bestätigte er meine Vermutung.

»Und die anderen haben nichts mitbekommen?«

»Nein, ich bin mir sicher, dass keiner etwas davon weiß.«

»Sie werden uns dafür hassen, aber es geht nicht anders.«

»Ich weiß«, sagte er, und sah mich ernst an.

Dann packte er mich, zog mich an sich und küsste mich.

»Irgendwie aufregend, dass nur wir beide das wissen und das durchziehen.«

Ich musste grinsen, wurde aber schnell wieder ernst.

»Du weißt, dass ich es nicht tun würde, wenn ich eine andere Möglichkeit hätte.«

»Ich finde es gut, dass du keine hast«, sagte er verspielt und küsste mich wieder. »Im Ernst. Sorg dafür, dass es niemand mitbekommt, wenn es so weit ist. Sie werden sauer sein, dass wir ihnen nichts gesagt haben.«

»Sicher. Aber dann haben wir ja noch immer uns«, grinste er verschwörerisch.

»Okay. Wir sollten wieder vor zu den anderen.«

»Einen Augenblick noch«, meinte er, ließ seine Hände auf meinen Rücken wandern und versenkte seine Nase in meinem Haar, dann wanderte er langsam zu meinem Ohr, küsste meinen Hals und schließlich meine Wange, meine Schnitte unter dem Auge und meinen Mund.

»Du schaffst das«, sagte er und klang viel sicherer, als ich mich fühlte. »Ich glaube an dich. Du bist stark und wirst das bis zum Ende durchziehen.«

Seine braunen Augen blitzten mich an. Er war so sicher, weil er absolut nicht willens war, an etwas anderes zu glauben. Das warme Braun lullte mich ein und zeigte mir, dass er mich genauso sehr brauchte, wie ich ihn.

»Und anfangs mochtest du mich nicht einmal«, lachte ich leise.

»Ja. Anfangs mochte ich dich nicht einmal«, gestand er. »Und jetzt...« Ein letzter Kuss folgte, dann gingen wir zurück zu dem Rest, der von uns übrig geblieben war.

Ich sah jeden noch einmal voller Dank und aus tiefem Respekt an und sagte schließlich zum Abschied: »In meinem Herzen seid ihr immer bei mir. Ich werde an euch denken. Ich danke euch allen, für alles. Aber jetzt wird es Zeit, das Ruder selbst in die Hand zu nehmen – und zu wenden.«

Alle erwiderten meinen ehrgeizigen Blick mit demselben Mut, demselben Verlangen etwas zu bewegen, etwas zu verändern und vielleicht sogar, sich zu rächen. Aber etwas musste jetzt geschehen.

Diese Entschlossenheit und diesen Mut meiner Freunde verinnerlichte ich und nahm ihn mit auf den Weg.

Dann drehte ich mich um und ging fort, ohne noch einmal zurück zu blicken.

Willkommen Zuhause

»Kollin, Sir! Sie nähert sich unserem Quartier.«

»Im Ernst?«, fragte er, der die Hoffnung fast schon aufgeben hatte.

»Ja, wenn ich es Ihnen doch sage, Sir. Sie kommt immer näher. Ich denke, sie gibt auf.«

»Denken sie nicht so viel, sondern machen sie ihre Arbeit, Mann! Das Denken übernehme ich«, erwiderte er gereizt und fragte sich, ob sie sich wirklich stellen würde.

Er konnte es sich nicht vorstellen. Es würde ihm Arbeit ersparen, aber Norin war keine Frau, die sich einfach ergab.

»Sie ist nun auf unserem Gelände«, sagte einer seiner Männer.

»Bring sie auf den Bildschirm«, forderte Kollin und sah zu, wie der Mann mit ein paar Tastenklicks das Bild einer der Überwachungskameras, die sie gleich zu Beginn installiert hatten, auf dem Monitor erscheinen ließ.

Und da war sie.

Kollin konnte kaum glauben, was aus diesem sonst so unscheinbaren, zierlichen Mädchen geworden war, das sie aus ihrem Areal geholt hatten.

Sie wirkte wild und entschlossen. Ihr Gang war fester, sie wirkte nicht mehr so klein und schwach und auf ihren Armen zeichneten sich feine Muskeln unter der Haut ab.

Sie war ein Meisterwerk und Kollin fragte sich, ob er und seine Leute sie auch so unglaublich gut hinbekommen hätten, wie diese Inselbewohner es getan hatten. Wahrscheinlich nicht, denn bei diesen Leuten hatte sie freiwillig alles dafür getan, sich wehren zu können und auch so auszusehen. Wenn man sie gezwungen hätte, wäre das Ergebnis niemals derartig überwältigend gewesen.

Sie war das perfekte Aushängeschild für den Widerstand. Und nun wurde Kollin immer neugieriger, was sie wohl von ihm wollte. Sie war nun beinahe an einer der Eingangstüren und Kollin wies seinen Diener an, sie hereinzulassen. Ohne zu zögern trat sie ein. Kollin verließ den Überwachsungsraum und machte sich auf den Weg zu der großen Treppe im Eingang.

Ihr Quartier war in einer alten Villa, da sie das größte Haus in der Stadt gewesen war. Ein großer Teil der linken Seite lag dank der Wilden in Schutt und Asche.

Doch Kollin dachte nun nicht mehr daran. Er blieb oben am Kopfe der Treppe stehen und sah zu einer völlig neuen Norin hinab. Endlich hatten sie eine geeignete Frau gefunden! Nach so vielen Jahren des Suchens und Experimentierens hatten sie jemanden gefunden, der stark und ehrgeizig genug war.

»Willkommen Zuhause!«, sagte Kollin grinsend, weil er wusste, dass es sie wütend machen würde.

»Ich habe dir einen Deal vorzuschlagen«, sagte sie respekt- und furchtlos.

»Da bin ich ja gespannt«, sagte er in ironischem Ton. Was hätte sie ihm schon zu bieten?

»Ich will, dass ihr Vae frei lasst«, forderte sie.

Er lachte laut auf. »Und was glaubst du mir als Gegenleistung anbieten zu können?«

»Nachdem wir einige Bedingungen geklärt haben, werde ich ohne jeden Widerstand oder Gegenwehr für euch abreiten.«

Wieder musste er lachen. »Süße, du arbeitest nicht für uns«, sagte er abfällig. »Du machst, was wir dir sagen. Dafür bekommst du nichts. So läuft das nicht. Das nennt man *dienen* und nicht *arbeiten*.«

»Wenn ihr auf meine Bedingungen eingeht, ist es mir völlig egal, wie ihr es nennen möchtet.«

Wahrscheinlich wären sie völlig wahnwitzig und schwachsinnig, doch er wurde neugierig.

»Und die wären?«, fragte er.

»Ihr lasst meine Familie und meine Freunde aus dem Spiel.« Sie wartete bis er etwas sagte, doch er wollte mehr hören.

»Weiter.«

»Wir machen es auf meine Art: Ihr lasst mir meinen Willen und lasst mich meine Dinge so machen, wie ich es für richtig halte. Wenn ihr unzufrieden seid, könnt ihr gerne eingreifen. Doch vorerst würde ich gerne mitbekommen was ich tue. Außerdem ist es sehr viel glaubwürdiger, wenn ich ich selbst sein kann.«

Da hatte sie wohl Recht. Doch er hatte das Gefühl, dass das noch nicht alles war.

»Und weiter?«

»Eine letzte Sache gibt es dann noch...«

Ich konnte noch immer nicht recht glauben, dass Kollin meinen Bedingungen zugestimmt hatte und – mal angenommen er hielt sein Wort – nun gleich Vae freilassen würde.

Er hatte mir sogar angeboten, sie noch einmal zu sehen, bevor sie zu den anderen zurück durfte. Ein wenig überschwänglich und glücklich, dass ich es geschafft hatte, ihre Freilassung auszuhandeln, freute ich mich nun unheimlich darauf, sie zu sehen, auch wenn ich misstrauisch war.

Kollin war nicht gerade ein gütiger Mensch, aber er hatte, was er wollte, und ich sah keinen Grund für ihn, Vae nicht freizulassen. Die anderen würden ihr alles erklären und dann ginge es ihr wieder gut. Wenn sie Verletzungen hatte, würden sie Vae aufpäppeln und ihr ihre Rolle bei dem Ganzen erklären.

Kollin führte mich noch zwei Gänge entlang bis wir eine Tür erreichten. Er öffnete sie und wir gingen hinein. Es war stockfinster in dem Raum. Ich wollte schon nachfragen, wieso dort kein Licht war, doch Kollin sah mich so erwartungsvoll an, dass ich gleich begriff, dass er genau das von mir erwartete. Ich suchte einfach nach einem Lichtschalter, statt nachzufragen. Ich fand ihn schließlich und wunderte mich über die Helligkeit des Lichtes. Ich brauchte einen Moment, um mich daran zu gewöhnen.

Dann öffnete ich die Augen ganz und sah Vae wie sie zusammengekauert in einer Ecke des Raumes hockte. Sie hatte ihren Kopf zwischen den Knien und die Arme darum geschlungen.

»Vae!«, rief ich erleichtert, weil ich noch keine offensichtlichen Verletzungen wahrnahm. »Oh Gütiger, es geht dir gut!«, sagte ich und stürmte zu ihr. Was Kollin davon hielt, war mir völlig egal. »Komm, du darfst gehen«, erklärte ich ihr und wollte ihr helfen aufzustehen. Doch sie wehrte sich gegen meine Hilfe und meine Berührungen.

»Vae, los komm schon!«, drängte ich sie, ein wenig ängstlich, Kollin könnte es sich anders überlegen. »Du darfst gehen, du kannst zu den anderen. Komm, ich helfe dir auf.« Doch noch immer ließ Vae sich einfach nicht bewegen. »Was ist denn los mit dir? Jetzt komm schon!«, wurde ich immer fordernder und löste einen Arm aus der Umarmung ihrer Beine.

»Lass mich in Ruhe, Norin, und geh einfach«, sagte sie und klang überhaupt nicht wie Vae. Ihre Stimme war tiefer, rauer und irgendwie als wäre sie schon tot. Völlig ohne Leben, ohne Hoffnung.

»Vae, was ist denn passiert?«, fragte ich niedergeschlagen wegen ihrer Mutlosigkeit.

Und dann hob sie ihren Kopf und sah mich an.

Beziehungsweise *sah* sie mich nicht an, denn sie konnte nicht mehr sehen. Ihre Augen waren milchig und leer. Ich konnte überhaupt nichts sagen vor lauter Entsetzen. Ich starrte Vae mit offenem Mund an und konnte nicht glauben, dass sie ihr das Augenlicht genommen hatten. Die weißen Augen standen in solchem Kontrast zu ihrer dunklen Haut, dass es wirklich gruselig und vollkommen anders aussah.

In Nonnum gab es keine Blinden.

Nie hatte es welche gegeben. Was mit ihnen passierte, wenn es denn je welche gegeben hatte, wusste ich nicht; ich wusste nur, dass es sie nicht gab.

»Was habt ihr Monster ihr angetan?«, fragte ich im Flüsterton und spürte wie Tränen meine Wangen hinab fielen.

»Ist es nicht erstaunlich, wie schnell Augen aufhören Licht zu sehen, wenn sie ununterbrochen in zu helles Licht starren?«

»Ihr seid gestört und krank! Das ist so widerlich! Ekelhaft! Das ist grauenvoll... *ihr* seid grauenvoll!«, schrie ich angewidert und sank auf die Knie zu Vae, nahm ihre Hände und hielt sie an meine Wange. »Vae, es tut mir so leid. Es tut mir so unendlich leid...«, sagte ich immer wieder und schloss meine Augen. »Vergib mir, dass sie dir so etwas angetan haben.«

»Oh, liebe Norin«, höhnte Kollin, als wäre ich ein begriffsstutziges Kind. »Das ist nicht deinetwegen passiert.« Das machte mich ein wenig stutzig, doch ich fragte nicht nach. Ich wollte es nicht wissen. Lieber nicht.

Natürlich konnte Kollin aber nicht locker lassen. »Vae, willst du unserer lieben Norin nicht erzählen, wieso du es verdient hattest, dass wir dir das Augenlicht nehmen?«

Vae schwieg lange und ihr Gesicht nahm ernste Züge an. Es war mir egal, was dieser kranke Kollin sagte.

»Du musst nichts sagen Vae. Nichts, was du getan hast, könnte so etwas Schlimmes rechtfertigen.«

»Sei dir da mal nicht so sicher«, sagte Vae mit matter Stimme.

Da ließ ich ihre Hand sinken. Ich kannte Vae. Sie wusste, wenn sie etwas Verbotenes getan hatte – oder etwas, dass ihre beste Freundin zum Zweifeln bringen würde.

»Was hast du getan?«, fragte ich und ließ meine Stimme so vorwurfslos wie möglich klingen.

Sie schwieg und wandte ihr Gesicht mit den blinden Augen von mir ab.

»Sag es ihr, Vae. Sag ihr, wieso wir dir erst das Augenlicht nahmen und du um dein Gehör gebettelt hast.« Ein widerliches Lachen krächzte Kollin hinter mir. »Weißt du, Norin, sie wollte nicht reden. Und nachdem wir ihr das Sehen genommen hatten und ihr erklärten wie schwer es ist, blind und taub zu sein, hatte sie genug für dich gelitten, fand sie.«

»Das habe ich so nie gesagt!«, verteidigte sie sich schnell.

»Nein, aber du hast es gedacht«, fauchte Kollin lachend.

Vae senkte den Kopf und da wusste ich, dass Kollin Recht hatte.

»Was hast du getan, Vae?«, fragte ich entsetzt und wich von ihr zurück.

»Sag es mir«, forderte ich. »Sofort!«, schrie ich, als sie mir nicht antworten wollte. »Vae! Was hast du getan?«

Leise begann sie zu weinen. Die Tränen, die durch ihre weißen Augen kamen, sahen schrecklich aus.

»Vae!«, brüllte ich wieder, als ein markerschütternder Schrei die Stille durchschnitt.

Der Schrei kam weder von Vae noch von Kollin noch von mir.

Er kam aus einem anderen Raum.

Und ich kannte diese Stimme.

Ein eiskalter Schnitt fuhr durch mein Herz.

Es zerbrach und zersplitterte in tausende Stücke.

Ich wollte in diesem Scherbenmeer ertrinken.

Erneut drang ein Schrei aus dem anderen Raum und holte mich auf den schrecklichen Boden der Tatsachen.

»Wie konntest du nur?«, fragte ich mit zittriger Stimme und sah Vae mit völlig anderen Augen, als zuvor.

»Es tut mir so leid...«, sagte Vae weinend und sich schüttelnd.

»Wie konntest du uns nur so verraten?«, fragte ich ungläubig und enttäuscht, dass ausgerechnet sie mich verraten hatte.

»Weißt du, was die Frage war, Norin, die sie uns beantworten sollte?«

Ich wollte es nicht hören, ich wollte es nicht wissen. Ich wollte Vae nie wieder sehen und als noch ein Schrei ertönte bemerkte ich, wie mir heiß und ätzend die Tränen übers Gesicht liefen.

»Dass du das getan hast...«, flüsterte ich, noch immer nicht ganz willig zu glauben, dass sie ausgerechnet diesen Namen genannt hatte.

»Wir haben sie gefragt, bei welchem Menschen es dir wohl am meisten weh tun würde, wenn wir ihn verletzten.« Das hatte ich mir bereits gedacht. »Mit wessen Leid wir dich am ehesten unter Kontrolle haben könnten und wer dir ihrer Meinung nach am meisten bedeutet...«

»Aufhören!«, brüllte ich, als ein erneuter Schrei an meine Ohren drang. Ich stürme aus dem Raum, ohne dass Kollin mich aufhielt und folgte der Spur der Schreie.

Ich fand die Tür, trat sie auf und schlug mehrmals hart auf den Mistkerl ein, der mit einer Eisenkette bewaffnet war.

Wie ein grauenvoll gleichgültiger Schleier legte sich die Wut über mich und ließ mich immer und immer wieder mit der Kette um die Finger der linken Hand gewickelt auf dieses Monster einschlagen.

Beleidigungen fanden den Weg über meine Lippen, die selbst ich noch nie in den Mund genommen hatte. Dass sie ausgerechnet diesem Menschen weh getan hatten, war ein großer Fehler gewesen. Er saß auf dem Stuhl, schwer atmend, mich ungläubig anstarrend und doch voller Liebe im Blick.

»Es tut mir so leid«, sagte ich und brach in Tränen aus, während ich ihm um den Hals fiel.

Eiren.

Er war dort.

Von Vae verraten.

Und nur wegen mir blutüberström und völlig verwirrt.

»Du hast mir ein verdammtes Versprechen gegeben!«, schrie ich Kollin an, der hinter mir in der Tür aufgetaucht war.

»Ja. Und ab jetzt werde ich es halten.«

Ich glaubte ihm kein Wort und erkannte wie naiv ich doch gewesen war, nur eine Sekunde zu glauben, dass Kollin auch nur eine meiner Bedingungen akzeptieren würde.

Viele Wahrheiten

Dass man Kollin nicht vertrauen konnte, war mir bewusst, und dass sicherlich irgendein mieser Hintergedanke Teil der ganzen Sache war, auch. Trotzdem war ich dankbar, dass Eiren und ich ein gemeinsames Zimmer hatten. So konnte ich mich vergewissern, dass er ihm nicht mehr wehtat.

Lange Zeit schlief Eiren, um sich zu erholen.

In dieser Zeit hatte ich lange darüber nachgedacht, was ich von Vae halten sollte. Ich war enttäuscht, sauer und traurig. Aber am Schlimmsten war, dass ich Vae nicht mehr vertrauen konnte.

Ich konnte nicht einmal richtiges Mitgefühl dafür empfinden, was man ihr angetan hatte. Sie hatte Eiren verraten. Sie hatte gewusst, wie viel er mit bedeutete, und hatte dieses Wissen genutzt.

Sie wusste, dass ich Eiren schon lange liebte und dass es mir am meisten weh tun würde, wenn man ihm etwas antat, und trotzdem hatte sie seinen Namen genannt.

Ob es von Vae abhängig gewesen war, ob sie ihm etwas antaten oder nicht, war egal. Dass er hier war, war meine Schuld, dass sie ihm weh getan hatten, ebenso.

Doch sie hatte ihnen seinen Namen gegeben. Das war, als würde ich den Fürchtigen verraten, dass Leuk nach ihr suchte.

Es war etwas, dass unter Freundinnen einfach nicht ging, denn wir wussten, wie sehr die jeweils andere liebte. Und wir wussten inzwischen was es für Folgen hatte. Es war der Bruch eines uralten Versprechens, dass Freundinnen untereinander wortlos trafen: Man verrät niemals jemanden, den die andere liebt. Im besten Fall verrät man gar niemanden, aber dass gerade Vae mich verraten hatte, machte die Sache für mich unerträglich. Sie war die einzige gewesen, der ich mein ganzes Leben lang vertraut hatte. Die mich immer gedeckt hatte und mich immer unterstützt hatte, so wie ich sie.

Ich verstand, dass sie unter der Folter von Kollin und seinen Monstern litt, ich konnte auch verstehen, dass es schwer für sie war, etwas so Wertvolles wie das Sehvermögen zu verlieren; was ich aber nicht verstehen konnte war, dass sie darunter eingeknickt war. Sie hatte getan, was sie von ihr gewollt hatten, und das entsetzte mich wirklich.

Immer hatte sie mich bekräftigt, stark zu sein, Widerstand zu leisten, ihnen nicht nachzugeben, nicht zu tun, was sie von mir verlangten; und jetzt hatte sie nachgegeben, sie hatte genau das getan, was sie gewollt hatten: Sie hatte sowohl mich als auch Eiren verraten.

Ich setzte mich neben Eiren ans Bett und sah ihn an. Noch immer schlief er, und wirkte trotz blutiger Lippe, blauem Auge und weiteren schlimmeren Wunden unglaublich ruhig. So unschuldig und jung wirkte er mit den braunen Haaren, die ihm ins Gesicht fielen. Sie waren ein wenig länger geworden.

Es kam mir wie eine Ewigkeit vor, dass ich ihn das letzte Mal gesehen hatte. Es war so viel passiert und alles war so furchtbar schief gelaufen. Dass nun sogar Eiren mit hier hineingezogen worden war tat mir unendlich leid, doch eigentlich hätte ich es wissen müssen.

Sie hatten Vae und Claie extra auf diese Insel gebracht. Dass auch Eiren nicht verschont bleiben würde, hätte ich mir denken können. Ebenso wie meine Familie.

Das Vae wenigstens nicht Xeths Namen genannt hatte war schon viel wert für mich. Wenn sie meine Familie ebenfalls ausnutzen würden, um mich unter Kontrolle zu bekommen, würde ich gar nicht mehr wissen, was ich tun sollte.

Ich musterte Eirens Gesicht und musste mich wundern, wie sehr ich mich freute, ihn zu sehen, trotz dieser grauenvollen Umstände. Mein Bauch kribbelte, mein Herz flatterte und meine Hände schwitzten. Noch immer liebte ich Eiren von ganzem Herzen.

Wenn sie ihm wieder weh tun würden, würden mir wahrscheinlich erneut die Sicherungen durchbrennen. Kollin hatte es *bemerkenswert* genannt, wie ich auf den Mann eingeschlagen hatte. Das war ein Fehler gewesen. Ich hatte mich von meinen Gefühlen leiten lassen und ihm so gezeigt, womit ich meine Zeit in den letzten drei Tagen verbracht hatte.

Doch noch immer kam es mir seltsam vor, dass ich das alles so schell und so gut gelernt hatte und wie gewaltbereit ich plötzlich war. Hatte ich nicht vor kurzem noch gedacht, dass ich niemals einen Grund fände, jemanden zu schlagen...?

Plötzlich schlug Eiren die Augen auf. Strahlend blau, so schmerzhaft blau sahen sie mich an, dass meine Augen sich sofort mit Tränen füllten.

Wir sagten lange nichts und sahen uns nur an. Dann erhob er sich plötzlich und schloss mich in seine Arme. Sofort brach alles in mir zusammen und ich weinte bitterlich an seiner Schulter.

»Ich habe dich so vermisst«, sagte er mit starker, aber zitternder Stimme.

»Ich dich auch! Eiren, es tut mir so leid.« Immer wieder sagte ich es, immer wieder sagte ich ihm, dass ich ihn liebte und bat ihn, mir zu vergeben. »Ich wollte nicht, dass man dich hier mit hineinzieht.«

»Ich bin froh, in dieser schweren Zeit bei dir sein zu können.«

»Oh Gott, du hast mir so gefehlt!«, weinte ich, von seiner bedingungslosen Liebe zur mir überrascht, und drückte mich feste an ihn.

»Wie geht es dir?«, fragte er mich und hielt mich ein wenig von sich weg, um mich ansehen zu können. »Du siehst so anders aus.«

Ja, dachte ich und erinnerte mich an mein Spiegelbild im ersten Stock eines unserer Häuser am Rande der *alten Lady*, ich sah tatsächlich vollkommen anders aus.

Ob Vae wohl den Weg dorthin gefunden hatte? Oder ob die anderen in der Nähe dieses Quartiers auf sie warteten und sie zurück begleiteten?

Ich schob die Fragen in meinem Kopf beiseite und betrachtete Eiren.

»Ich muss dir so viel erzählen«, sagte ich, erschrocken darüber, wie viel es wirklich war, dass geschehen war. Und wie viel sich geändert hatte... doch da begann ich zu zweifeln. Wie sollte ich ihm das alles bloß erzählen? Wie sollte ich ihm von Leander erzählen? Von Kion, und von

Ianen? Ein zuckender Schmerz durchfuhr mich und ich nahm sanft seine Hände von mir.

»Aber du wirst mich hassen.«

»Das werde ich nicht«, erklärte er einfühlsam. »Ich könnte dich niemals hassen, Nor.«

Da war es.

Sofort spürte ich ein Flackern in mir als er meinen Spitznamen nannte und ich glaubte, meine Augen feuerten Blitze auf ihn ab. Ich hätte niemals gedacht, dass ich es eines Tages vermissen würde. Doch ich hatte es vermisst – und zwar sehr.

Umso schlechter wurde mein Gewissen in diesem Moment. Eiren hatte es nicht verdient, dass er mich teilen musste. Vier Jahre hatte er mich alleine gehabt.

Und jetzt plötzlich waren da noch andere. Aber ohne sie konnte ich es mir auch nicht vorstellen. Ich brauchte Kion und seine Ruhe, seine Hilfe bei dem Durchbrechen der Gedächtnisblockaden hatte mich erkennen lassen, dass ich ohne Kion nicht mehr sein konnte. Die Sucht hatte mich das Sehnen nach Ruhe gelehrt und diese Ruhe gab er mir. Er war so friedlich und still und war immer da, wenn ich ihn brauchte. Und er vertraute mir so sehr, wie niemandem sonst.

Ianen hatte etwas wildes und so zuverlässiges. Er hatte mich unterstützt, von Anfang an und nie damit aufgehört. Außerdem wäre ich ohne ihn nie in der Lage, diese Dinge zu tun, die ich nun tun konnte. Er hatte mir gezeigt, wie man kämpft, wie man auf seine Instinkte horchte und welche Eigenschaften wichtig für führende Personen waren. Er hatte mir so viel beigebracht und war so leidenschaftlich, dass es sich einfach richtig anfühlte, wenn ich mit ihm zusammen war.

Leander war so gebildet und hartnäckig, dass es mich verwundert hatte, wie hart er darum gekämpft hatte, dass ich ihm verzieh. Er hatte mir gestanden, dass er mich liebte, obwohl er nicht hatte wissen können, was ich dazu sagen würde. Er war mutig, er war klug und aufregend. Er wusste Dinge und hatte Sachen gesehen, von denen ich noch nie etwas gehört hatte. Und gleichzeitig war er so geheimnisvoll, dass es einen gigantischen Reiz hatte.

Und Eiren war mein Freund seit vier Jahren. Niemand kannte mich so gut, nie hatte mir jemand so oft bewiesen wie viel ich ihm bedeutete und niemals würde jemand Eiren in Dingen Romantik schlagen. Er war so liebevoll und herzlich und er hatte mich heiraten wollen. Bereits nach wenigen Wochen als wir fast noch Kinder gewesen waren hatte er immerzu davon gesprochen, dass wir bis ans Ende unserer Tage zusammen sein würden. Er kannte alle meine Fehler, wusste wie oft ich gegen die Regeln verstoßen hatte und war mir trotz allem immer treu geblieben und hatte mich unterstützt. Er hatte immer nur mein Bestes gewollt, so wie ich seines.

Doch manchmal hatte man keine Ahnung, was das Beste für jemand anderen war.

»Ich lasse dir die Wahl. Ich erzähle dir schonungslos die ganze Wahrheit, mit allem, was du wissen solltest und was du wahrscheinlich gar nicht wissen willst, oder ich erzähle dir nur das Nötigste. Nur die Dinge, die wirklich wichtig sind.«

Es dauerte lange, bis er mich wieder ansah.

Seine meerblauen Augen stachen stark hervor, als hätte er ein schlechtes Gewissen.

»Weißt du Nor, ich weiß schon lange Dinge. Ich kenne viele Wahrheiten, von denen du nicht weißt, dass ich sie kenne. Und ich bin immer bei dir geblieben, bis du mich verlassen hast.«

»Was meinst du?«

»Ich meine dich und diesen Lektioner. Leander. Schon bevor ihr *unauffälliger* Weise gleichzeitig verschwunden wart, habe ich euch zusammen gesehen. Ich habe versucht, dich dafür zu hassen, dass du mit ihm das Weite gesucht hast. Ich dachte, du wärest mit ihm gegangen, damit ihr glücklich sein könnt. Nicht einmal, als ich das dachte, konnte ich dich verachten.«

Das hatte ich wirklich nicht erwartet.

Dieses Geständnis schockierte mich so sehr, dass ich aufstehen musste und das Fenster aufreißen musste. Kalte, trockene Luft spie es in mein Gesicht, hatte aber leider nicht den erwünschten Effekt. Weder klärte es meine Gedanken, noch hatte es eine erfrischende Wirkung.

Die Luft war kühl, mehr nicht. Es war irgendwie frustrierend und ließ mein schlechtes Gefühl noch schlechter werden.

»So etwas hast du von mir gedacht?«, hörte ich mich fragen und konnte nicht verstehen, wieso er glaubte, ich hätte mit Leander das Weite gesucht.

»Was sollte ich denn denken? Ich sehe euch in diesem Raum wie ihr euch küsst, danach streitest du alles ab und blaffst mich an, dann trefft ihr euch in dieser dunklen Ecke in der Straße, du trennst dich von mir und urplötzlich wirst du in den zweiten Rang eingeordnet, als Schwimm-Lektionerin, genauso wie er, und bist verschwunden. Gleichzeitig mit ihm. Was hättest du gedacht?«

Jetzt ergab alles Sinn. Eirens Zweifel, die gar keine Zweifel waren, sondern eher Erkenntnisse. Das Geräusch in der dunklen Nische, durch das Leander mich in sein Haus eingeladen hatte. Und dann die Frage von Eiren, ob ich mich nur von ihm getrennt hatte, weil ich gewusst hatte, dass ich in den zweiten Rang kommen würde. Natürlich hatte er gedacht, wenn das nicht dieser Grund wäre, wäre es Leander.

Ich hatte gedacht, ich tue ihm Gutes, indem ich diese Frage verneinte, dabei hatte ich alles nur schlimmer gemacht.

Hast du es gewusst?

Nein, aber es wundert mich auch nicht.

Ich konnte es verstehen, dass er all das gedacht hatte.

»Er ist daran Schuld, weißt du?«, begann ich. »An all dem hier. Er wurde beauftragt, mich kennen zu lernen. Um zu sehen, ob ich geeignet bin.«

»Wofür geeignet?«, fragte Eiren.

Ich erzählte ihm alles, was ich wusste und konnte. Ich erwähnte die anderen so wenig wie möglich, weil er noch nicht kund getan hatte, ob er alles hören wollte oder nicht.

Und ich würde nicht mehr für ihn entscheiden. Ab diesem Tag würde ich ihm solche Entscheidungen selbst überlassen.

Ich endete, indem ich erzählte, dass ich mich wegen all der Verluste gestellt hatte. Alles konnte ich ihm nicht erzählen, weil ich spürte, dass man uns beobachtete. Ich konnte lediglich Fakten erzählen. Und da fiel mir etwas anderes auf: Es wäre dumm, Eiren alles von Ianen, Leander und Kion zu erzählen. Denn automatisch würde ich es auch Kollin erzählen.

Und ihm damit neuen Stoff geben, um mich unter Druck zu setzen, wenn er es brauchte.

»Aber mehr kann ich dir nicht erzählen Eiren«, beschloss ich schnell und ernst.

»Aber eben hast du doch noch...«

»Ja, ich weiß, aber jetzt sage ich, es geht nicht mehr.«

Verständnissuchend blickte ich ihn an und hoffte, er würde nicht wütend werden. Doch er schien bloß verwirrt.

»Ich verspreche dir, irgendwann... aber nicht jetzt... und... naja... *nicht hier*«, flüsterte ich die letzten zwei Worte. Es würde nichts bringen, Kollin würde uns hören, aber ich konnte Eiren nicht ohne jegliche Erklärung da sitzen lassen.

Seine Augen durchdringend auf mich gerichtet nickte er.

»Also sind wir hier, weil sie dich benutzen wollen.«

»Und weil sie dich benutzen wollen, um mich benutzen zu können.«

Er ließ den Kopf sinken und schien über etwas nachzudenken. »Und Vae hat meinen Namen verraten hast du gesagt?«

»Ja«, gestand ich beschämt, weil es meine beste Freundin gewesen war, die ihn mit in dieses Chaos gezogen hat.

»Wie lange braucht man, um zu dieser Insel zu kommen?«, fragte er.

»Vier Tage, schätze ich. Ich weiß es nicht, ich stand unter Drogen, wie du weißt.«

»Ja. Aber denk doch mal nach. Wie lange ist Vae denn schon hier?«

»Auch etwa vier Tage. Wieso fragst du?«

»Na, sie wird ja nicht gleich am ersten Tag ihr Augenlicht verloren haben und meinen Namen gesagt haben.«

Überrascht von Eirens Worten und meiner Blindheit gegenüber diesen Tatsachen starrte ich ihn an.

»Das stimmt.«

»Ich bin schon länger hier als vier Tage, denke ich. Aber ich weiß es nicht genau. In dieser Zelle hatte ich kein Zeitgefühl.«

»Und auf dem Weg?«, fragte ich.

»Ich... erinnere mich nicht... an gar nichts. Ich weiß nicht einmal, was ich zuletzt in Nonnum gemacht habe...«

»Was?«, fragte ich verwundert. »Zeig mir deine Arme«, verlangte ich und riss seine Arme einfach unter der Decke hervor. Sie waren unversehrt.

Erleichtert ließ ich sie sinken und murmelte eine Entschuldigung. Automatisch hatte ich den Erinnerungsverlust mit diesem Ding in meinem Arm verbunden. Aber in Eirens Armen war nichts. Kollin konnte ihn nicht beherrschen und ihn zwingen, sich nicht mehr zu erinnern.

Stolz erfüllte mich, als ich mir in Erinnerung rief, dass er diese Macht auch nicht mehr über mich hatte. Ich wusste es natürlich nicht sicher, aber ich glaubte an meine Kraft und an meine Übungen mit Kion.

Über Kion hatte ich Eiren gar nichts erzählt. Erst recht nichts von all dem, das er mir eröffnet hatte, von dieser fremden, modernen Welt, in der er entstanden war.

Irgendwie schmerzte es mich, dass ich das alles nicht mit Eiren teilen konnte. So viele Sachen, so viele Geschehnisse, so viele Fehler – und nichts davon konnte ich ihm erzählen.

»Irgendwann erzähle ich dir alles. Das verspreche ich dir.«

Er sah mir wohl an, wie schrecklich ich es in diesem Moment fand, ihm nicht die Wahrheit sagen zu können, denn er nahm mich in den Arm. Es war nicht einmal die Tatsache, dass er es vielleicht gar nicht wollte oder ich es vielleicht nicht mochte, es war einfach nur schrecklich, dass ich es nicht durfte, weil ich alle anderen nur noch mehr in Gefahr bringen würde.

Wir hielten uns in den Armen, als Eiren mich plötzlich einfach mit sich hinunter in die Kissen zog.

»Du siehst anders aus, aber du bist immer noch meine Nor«, sagte er lächelnd.

Ich lächelte zurück und dachte traurig an den Kampf, den ich mit mir selbst geführt hatte, um wieder einigermaßen diese Norin zu werden.

»Nicht ganz, aber beinahe«, gestand ich ihm und mir selbst.

»Es tut mir leid, dass du das alles durchmachen musstest. Es hört sich schrecklich an. Und das hast du nicht verdient.«

»Und mir tut es leid, dass du gedacht hast, ich hätte dich auf diese schreckliche Art verlassen.«

»Und mir tut es leid, dass du dich von deiner besten Freundin verraten fühlst.«

»Und mir tut es leid, dass sie dich hier mit hineingezogen hat, obwohl sie es irgendwie doch nicht getan hat.«

»Glaubst du, sie ist wirklich verantwortlich?«

»Ich denke, sie hat eine Rolle gespielt. Einer der anderen hat erzählt, dass sie Vae unbedingt haben wollten. Vielleicht ist das ihr Plan: Uns nacheinander durch solch grausame Sachen auseinander zu bringen.«

»Dann lass nicht zu, dass sie es schaffen.«

Damit hatte er wohl recht. Wenn ich sauer auf Vae war, würden sie auch von mir genau das bekommen, was sie wollten.

Doch ich konnte es irgendwie nicht über mich bringen, ihr einfach so zu verzeihen, dass sie Eirens Namen genannt hatte. Selbst wenn sie nicht Schuld war, dass Eiren mit hineingezogen wurde, so hatte sie ihn doch verraten. Eiren betrachtete mich, und zog ein fragendes Gesicht.

»Was hast du?«, fragte ich.

»Du warst nie nachtragend früher.« Früher hatte man mich ja auch nicht belogen oder verraten. Und ich hatte niemanden betrogen.

»Manchmal ändern sich die Dinge«, sagte ich nur, weil ich sonst nicht wusste, was ich sagen sollte.

»Aber doch nicht solche Dinge.« Seine Stimme klang enttäuscht und verwirrt. »Du warst nie jemand, der sich viel um die Fehler anderer geschert hat.«

Armer, blinder Eiren. Alleine mein Umgang mit Fernma hätte ihn eines Besseren belehren sollen. »Zumindest hast du die anderen nicht darunter leiden lassen, wenn dir ihre Fehler aufgefallen sind.«

Ich biss mir auf die Lippe. Da hatte er wohl wieder Recht. Früher hatte ich nicht darauf herumgeritten. Aber im Vergleich zu jetzt war früher alles so einfach gewesen. Jetzt hatte ich eine Aufgabe zu erledigen und musste alles daran setzen, dies zu tun.

»Du kannst doch nicht Vae hassen. Du liebst sie, Nor. Das wäre, als würdest du dich selbst verraten, wenn du ihr nicht vergibst. Und das weißt du.«

Aber war es nicht unfair, Vae so schnell zu vergeben und Leander nach all seinen Bemühungen erst so spät? Doch unabhängig davon konnte ich ihr einfach noch nicht vergeben.

»*Sieh*, was sie ihr angetan haben und denk daran, dass du diese Worte nie wieder zu ihr sagen kannst. Sie haben ihr so viel genommen. Kannst du es nicht verstehen, dass sie ihnen nicht alles von sich geben wollte und konnte?«

»Ja«, sagte ich und konnte ehrlich behaupten: »Dieses Gefühl verstehe ich.« Ich wusste, wie es war, sich dagegen zu wehren Kollin alles geben zu müssen. Und doch saß ich nun hier fest, in seinem Revier und musste zusehen, wie ich zurecht kam, ohne ihm alles geben zu müssen.

»Sie wollte dich schützen, aber um zu überleben, musste sie in erster Linie sich selbst schützen. Sie hatte die Wahl zwischen deiner Wut und einem Leben, in dem ihr zwei Sinne genommen wurden. Auch ich hätte deine, wohl etwas unbeständigere Wut gewählt.«

»Sie hätten dich umbringen können«, fuhr ich wütend auf, weil ich diesen Satz grauenvoll falsch fand und so ergab sich alles von allein. »Es ging nicht um meine Wut, oder ihr Gehör. Es ging um deinen oder ihren Tod. Als sie gewählt hat, wusste sie nicht, dass ich mich stellen würde. Sie hat einfach eine Wahl getroffen, die falsch war.«

»Du bist du, Nor. Es war klar, dass du früher oder später nachgeben würdest.«

»So denkst du also? Dass ich jemand bin, dessen Wut man lieber über sich ergehen lässt, als den Tod? Dass ich jemand bin, der nachgibt? Jemand, der seinen Zielen nicht hinterher stirbt bis zuletzt? So, denkst du, bin ich?«

»Ich glaube, so warst du.«

»So war ich niemals«, wehrte ich mich und fühlte mich wie vor dem *Gericht der Gerechten*. Zwischen Wahrheit und Lüge gefangen, doch ich musste mich wehren, es gab keinen anderen Weg.

»Wenn du denkst, ich wäre nachgiebig und gnädig gewesen, voller Rücksicht und Liebe irrst du dich gewaltig, Eiren. Und ich denke, jede meiner Taten spricht für sich. Ich bin egoistisch und achte nicht auf die Gefühle anderer. Ich nehme, was ich will und kann es nicht zurückgeben, wenn ich es sollte. Ich kann nicht vergeben, wenn ich nicht weiß, dass es sich verdient wurde, dass man vergibt. Weißt du, wie ich bin, Eiren? Ich bin flink und stark, ich suche das Abenteuer entgegen aller Regeln, ich hasse es, gefangen zu sein, ich hasse es, nicht frei sein zu können und ich hasse es, wenn mich jemand an eine Leine legen will. Ich bin süchtig nach Ruhe, nach Frieden und doch suche ich immer wieder die Gefahr. Ich suche meinen eigenen Weg mit den Leuten, die mir helfen und mich unterstützen wollen. Ich kann mit Verantwortung umgehen, wenn andere um mich sind, und ich lasse mir nichts mehr gefallen. Ich tue, was ich für richtig halte, und wem das nicht gefällt, der ist nicht mein Problem. Ich weißt nicht, was du von der alten Norin dachtest, aber das hier ist die Neue! Ich bin gut, Eiren, ich weiß, was ich tue und entweder du vertraust mir, oder du bleibst zurück.«

»Weißt du, zu wem du das gerade gesagt hast?«, fragte er und brachte mich mit diesem Satz dazu, mich umzudrehen.

Hinter ihm stand Kollin in der Tür und starrte mich gierig an. Ich verkniff mir ein Grinsen. Ich hatte erreicht, was ich wollte. Eiren würde mich für die Dinge, die ich gesagt hatte, hassen, aber irgendwie musste ich Kollin ja zu mir locken.

»So so«, sagte Kollin leise – es war schrecklich falsch diese zwei kleinen vertrauten Worte aus seinem Mund zu hören – und kam auf mich zu. Doch ich hatte keine Angst. Woher ich das alles so gut und so schnell gelernt hatte, wusste ich nicht, doch ich war gewappnet, wenn er mich wieder mit Drogen vollpumpen wollte.

»Du hast dich wirklich gemacht, kleine Norin.«

Bei dem Wort *klein* fletschte ich die Zähne wie ein wildes Tier.

Im Freien beim Jagen mit Ianen kam es mir absolut richtig vor, jetzt kam es mir falsch vor, gespielt und unecht. Doch ich glaubte Kollin damit zu geben, was er wollte. Er sollte sich ganz sicher sein, dass er mich da hatte, wo er mich wollte.

»Nur um sicher zu gehen«, flüsterte er und trat an Eirens Bett heran. Sofort überkam mich eine Welle der Übelkeit und ich konnte Eiren nicht ansehen, sah nur zu Kollin, in der Hoffnung ihn allein mit meinem Willen dazu zu bringen, dass er Eiren nichts tun würde.

Irgendwann würde Eiren alles verstehen, doch jetzt konnte ich den Plan nicht umwerfen, nur weil er unerwartet hinein gestolpert war. Ianen und die anderen wussten ja nicht, was hier geschah, und dass Kollin eine neue unbekannte Konstante mit in das Spiel gebracht hatte. Also musste ich alles dafür geben, dass ich trotzdem zu dem Ergebnis kam, das ich brauchte.

Und wenn ich das erreichen wollte, durfte ich jetzt nichts tun, was auch immer Kollin Eiren antun würde.

Doch ich kannte mich. Ich würde es nicht können. Also musste ich einen anderen Weg finden.

»Ich denke nicht, dass du sicher gehen musst«, sprudelten die Worte aus mir heraus, um verzweifelt nach einer Lösung zu suchen. »Eiren«, sagte ich und sah ihn an. Den Blick gespielt hart, doch ich hoffte, er würde mich und meine Bitte darin erkennen. »Wirst du mir helfen, das zu tun, was getan werden muss?«

Ich sah ihm tief in die Augen, versuchte ihm klar zu machen, wie wichtig es mir war, dass er verstand. Ich legte alles, was ich konnte, in meinen

Blick und sagte dann nur noch ein paar Worte. Wenn er diese nicht verstand, hatte er tatsächlich jedes Vertrauen zu mir verloren.

»Du brauchst mich und ich brauche dich«, wiederholte ich seine Worte von dem Tag, an dem ich ihn verlassen hatte. Flehend sah ich ihn an.

Ich schämte mich nicht, diese Schwäche vor Kollin einzugestehen, schließlich wusste er schon, dass Eiren mir etwas bedeutete. Und dieser ahnte gar nicht, wie sehr er mich in diesem Moment brauchte.

Wenn er jetzt nicht zu mir hielt, wandte er sich gegen mich und das wäre sein Ende. Denn dann wandte er sich auch gegen Kollin und dieser kannte keine Menschlichkeit oder Gnade.

»Bitte«, sagte ich leise und sah ihn so durchdringend an wie ich nur konnte. »Es würde mir so viel bedeuten.«

»Na gut«, sagte Eiren, wirkte nach wie vor misstrauisch, rettete aber mit diesen Worten sein Leben.

Erleichterung und Glück durchströmten mich, dass Eiren mir noch vertraute, trotz all dieser Worte, die ich schrecklicher Weise hatte sagen müssen – und zwar überzeugend.

»Es gibt also keinen Grund für dich, dich in meinen Weg zu stellen?«, fragte ich, um Kollin zu versichern, das Eiren keine Konstante war, die unsere Abmachung gefährden würde.

»Nein«, sagte er und klang überzeugend. Dann sah ich wieder zu Kollin.

Er wirkte nicht wirklich überzeugt, aber er hatte nun keinen Grund, Eiren etwas zu tun. Er würde mich nicht daran hindern zu tun, was Kollin von mir verlangte.

»In Ordnung«, sagte Kollin und drehte sich zum Gehen um. »Ach ja«, sagte er und wandte nur seinen Kopf um und sah mich mit Schlitzaugen an. »Morgen früh möchte ich mit dir über deine erste Aufgabe reden.«

Ich nickte ernst und ließ meinen Blick solange nicht von ihm, bis er fort war.

Dann ging ich wieder zum Fenster und betrachtete die Vögel, die draußen herumflogen.

»Was wird denn hier gespielt?«, fragte Eiren plötzlich und klang wütend und verwirrt. Seine Lippe war wieder aufgeplatzt und seine Stirn lag in Falten. Ich setzte mich zu ihm.

»Das habe ich dir doch erklärt«, sagte ich und strich ihm die Haare aus dem angeschwollenen Auge.

»Nein, das meine ich nicht. Wieso du da mitmachst, will ich wissen.«

Ich sah ihn ernst an und konnte nachvollziehen, dass er das alles nicht verstehen konnte. Er wusste zu wenig und begriff nicht alles, ohne die nötigen Zusammenhänge. Also sagte ich einfach die Wahrheit.

»Weil ich muss.«

Spektakel

»Es ist ganz einfach. Wir übertragen es durch die Lautsprecher, die an jedem *Er*-Haus befestigt sind.«

»Und das könnt ihr?«

»Wie du bereits bemerkt haben solltest, gibt es nichts, das wir nicht können, Norin.« Kollin bedachte mich mit einem vielsagenden Blick.

»Und was ist meine Aufgabe dabei?«

»Warten, bis du an der Reihe bist.«

»Fein. Und was ist bis dahin? Bleiben wir hier? Kehren wir nach Nonnum zurück?« Diese so wichtige Information versuchte ich ihm so unauffällig zu entlocken, wie ich nur konnte.

»Das weiß ich noch nicht. Ich werde mit Moistuer reden. Dann bekommst du weitere Informationen.«

»Alles klar.«

»Wie geht es denn deinem Zimmergenossen?«

»Er schläft ungewöhnlich viel. Habt ihr ihm etwas gegeben?«

Kollin lachte nur und zeigte mir mit einem Wink zu gehen. Ich fragte nicht noch einmal. Natürlich hatten sie ihm etwas gegeben. Schließlich erinnerte er sich an nichts mehr.

»Xeth, hilf deinen Brüdern doch einmal bitte die neue Zimmerwand zu tragen.«

Sofort gehorchte Xeth seiner Mutter, so wie er es immer tat. So gehörte es sich nun einmal. Außer für Norin. Für seine kleinste große Schwester, die nun fort war. Ohne sie wirkte die Welt unheimlich grau und farblos. Die Spannung war irgendwie fort. Norin hatte sie mit sich genommen und Xeth alleine in einer Welt zurückgelassen, die ausschließlich den Sinn hatte, zu funktionieren.

Wie, warum und wodurch wusste keiner von ihnen, doch es hatte einen Sinn, dass sie funktionierte. Und deshalb fragte keiner nach.

Xeth machte sich daran seinen seltsam leblosen Brüdern zu helfen, als ein sehr, sehr seltenes Geräusch erklang. Er sah sich um und folgte dem Geräusch bis zur Spitze des *Er*-Hauses.

»Liebe Bewohner Nonnums«, erklang die Stimme eines ihrer Fürchtigen. Wenn Xeth sich richtig erinnerte, die desjenigen, der Norin eingeteilt hatte. »Ihr werdet euch sicher über dieses seltsame Ereignis wundern. Doch wie ihr wisst, handeln wir nach dem Willen des *Er*. Und dieser Wille besagt, dass wir ein Spektakel für euch alle organisieren.«

»Oh, ja«, sagte Xeths kleiner Bruder Honeg begeistert, denn er hatte niemals eines gesehen.

Spektakel waren selten und eigentlich nicht gerne gesehen. Weder bei den hohen noch bei den niedrigen Rängen. Sie zeigten nur, wer das Sagen hatte, und wiesen die Leute ohne Macht in ihre Schranken. Bei dem letzten Spektakel waren sie in Areal 7 gewesen und hatten Kinder aus verschiedenen Rängen gegeneinander kämpfen lassen.

Dadurch wurde bewusst gemacht, dass selbst die Einteilung der Ränge nicht vor dem Urteil des *Er* schützen konnte. Wenn *Er* beschloss, dass man starb, dann starb man. Und *Er* hatte an diesem Tag fünf Kinder erwählt, die hatten sterben müssen. Von anderen Kindern mit bloßen Händen umgebracht.

Sofort fragte Xeth sich, welches Areal wohl dieses Mal leiden musste und welche Schrecklichkeiten der *Er* diesmal für nötig hielt, um den Bewohnern Nonnums zu zeigen, wie unwürdig sie waren. Allein, dass Xeth die Stimme des Fürchtigen kannte, ließ ein schlechtes Gefühl in seiner Magengegend entstehen.

Die Stimme fuhr fort: »Dieses Mal kann sich ein ganz besonderes Areal glücklich schätzen. Wir gratulieren Areal 19 zu dem diesmaligen Spektakel und hoffen, ihr freut euch genauso wie wir.«

Dies war der Moment, der erste und einzige in seinem Leben, in dem Xeth zu zweifeln begann. Wieso ausgerechnet ihr Areal, wo doch in letzter Zeit schon so viel Außergewöhnliches geschehen war?

Von Norin hatte man bisher noch nichts gehört. Mit ihr war ein Lektioner verschwunden. Und auch Eiren war eingeteilt worden und fort geschickt worden. Das waren ungewöhnlich viele Einteilungen insgesamt in den letzten Wochen. Mit Vae und drei anderen, Claie und zwei weiteren, Norin und zwei jungen Leuten, Eiren und noch vier anderen machte das insgesamt elf Umsiedelungen. Und auch Leuk war verschwunden. Jedoch uneingeteilt.

Irgendetwas stimmte nicht.

Und Areal 19 war der Mittelpunkt dieser Veränderungen.

Xeth seufzte. Immer hatte er Angst vor diesem Tag gehabt, doch er wusste bereits, dass sowohl Norin als auch Vae, Leuk, Eiren und dieser verschwundene Lektioner irgendwie in dieser Geschichte mit drin hingen.

»Vielen Dank, liebe Bewohner und eine ertragreiche Woche. *Heiles Nonnum.*«

Alle erwiderten den Respektsgruß und machten sich wieder an ihre Arbeit. Doch dann geschah das vollkommen Unterwartete: Jemand anderes sprach. Und Xeth erstarrte zu Eis.

»*Sie bringen mich nicht nach Areal 14, oder?*«

Es war die Stimme seiner Schwester und Xeth konnte hören, dass ihre Stimme starr vor Angst war. Die Qualität dieses Gespräches war schlecht und man erkannte Norins Stimme nur, wenn man sie wirklich kannte.

»*Kluges Mädchen. Sieh. Es geht los.*«

»*Was ist das?*«, fragte sie und Xeth hörte sofort, wie verwundert sie war. Da war etwas sehr seltsames passiert, wenn sie so überrascht war.

»*Der Weg hinaus aus Areal 19. Verabschiede dich, Norin. Jetzt beginnt etwas Neues.*«

Das war es.

Xeth konnte kaum atmen und sah seine Familie entsetzt an.

Lange sagte niemand etwas, bis seine Mutter den Kopf schüttelte.

»Was sollte das denn?«

»Meinst du, das haben sie in ganz Nonnum gespielt?«, fragte Gerren, einer der kleinen Jungs.

»Was sollte Norin denn in dieser Durchsage? Was wollten sie uns denn damit sagen?«

Seine Familie rätselte vor sich hin, was das alles wohl zu bedeuten hatte, während Xeth und sein Vater nur schwiegen. Denn die beiden waren die einzigen, die sofort verstanden, dass Norin in großer Gefahr war, wenn sie in den Händen der Fürchtigen war.

Nicht allein

»Es ist ganz leicht, Norin. Überzeuge diese Leute, dass sie sich wehren können und sollen.«

»Und wie genau soll ich das machen?«, fragte ich viel genervter als gut für mich war.

»Du wolltest, dass wir dir erst einmal freie Hand lassen. Also nutze deine Möglichkeit um uns zu überzeugen, dir deinen freien Willen zu lassen. Wir haben auch andere Optionen, das weißt du. Also lass die Rädchen in deinem Kopf mal arbeiten und denk dir etwas aus, das alle überzeugt.«

Mit diesen Worten und einem herablassenden Winken entließ Kollin mich. Ich verließ den seltsamen Raum, in den er mich gebracht hatte, und ging zurück zu dem Zimmer, das Eiren und ich uns teilten.

»Scheiße«, entfloh es mir, weil ich beim besten Willen keine Ahnung hatte, wie ich ein ganzes gehorchendes, gläubiges Volk überzeugen sollte, dass alles, an das sie glaubten, reiner Schein war. Kam noch hinzu, dass die Alternative, die sich durch den Widerstand bot, auch nicht gerade für eine bessere Welt sprach.

Ich musste es irgendwie schaffen, dass keine der beiden Mächte das System regierte, sei es fortsetzend oder übernehmend, denn keine dieser beiden Gruppen war in meinen Augen akzeptabel.

Stellte sich die Frage, ob man zuerst das eine System stürzen musste und dem anderen eine Gelegenheit gab zu regieren, oder ob man beide mit einem Rundumschlag daran hindern konnte? Die daraus resultierende Frage war: Wer regierte dann? Brauche es überhaupt jemanden, der die Menschen in ihre Schranken wies?

Ich trat in das Zimmer und stellte überrascht fest, dass Eiren nicht mehr im Bett lag. Er stand am Fenster und sah hinaus.

»Wie geht es dir?«, fragte ich und ging zu ihm hinüber. Er ließ sich nicht von mir anfassen, duldete aber meine Nähe.

»Woran denkst du?«, fragte ich ihn und betrachtete seine blauen Augen von der Seite. Er sah mich nicht an.

»An alles«, sagte er mit seltsam distanzierter Stimme, die ich noch nie an ihm gehört hatte. »Also an dich.« Mit diesen Worten drehte er sich zu mir und ich bemerkte seinen ruhigen Blick, der mich eher sachlich als gefühlsbetont musterte.

Was ich zu seinen Worten sagen sollte, wusste ich nicht. Was sollte man auf so etwas antworten?

»Wer bist du und warum bist du hier?«, fragte er leise, aber er schien keine Antwort zu erwarten, denn er ging an mir vorbei, so nahe, dass ich ihn riechen konnte, aber nicht so nahe, dass er mich berührte. Dieser Abstand und diese Regungslosigkeit in ihm schmerzten mich. Es war, als hätte er mich abgewiesen.

Ich blieb am Fenster stehen und konnte nicht reden. Ich glaubte, ich hörte sogar auf zu atmen, denn kurzer Schwindel überfiel mich nach einiger Zeit.

Ich durfte nicht zu viel Verletzlichkeit ihm gegenüber zeigen, denn damit gab ich Kollin automatisch Futter, mit dem er mich weiter unter Druck setzen konnte. Er musste glauben, dass ich war, was er wollte.

Und dazu musste Eiren glauben, dass ich anders war, als er gedacht hatte. Oder er musste begreifen, worum es hier ging.

Also sammelte ich meinen Mut, schloss die Augen, holte so tief Luft wie ich konnte und setzte mich neben ihn.

»Weißt du, dass diese Insel hier ein Gefängnis hat?«, fragte ich ihn.

»Was soll das sein?«, fragte er, als interessiere es ihn eigentlich nicht wirklich.

»Das ist ein Ort, an dem sie früher ihre Brecher gefangen gehalten haben. Eine Zelle, ein kleiner Raum mit Matratze, Waschbecken und vielen dicken, dicht nebeneinander stehenden Stäben, die einen zwar sehen lassen, was man haben könnte, einem aber jeden Zugriff darauf verwehren – die Freiheit.«

»Das ist grausam.«

»Nicht?«, fragte ich, weil ich mir schon gedacht hatte, dass er das ähnlich sah. »Und zu wissen, dass man nur wegen eines Fehlers, einer Sache, die man getan oder gesagt hat und die andere Leute als Falsch ansahen, in einer solchen Situation ist, ist genauso grauenvoll, oder?«

Er nickte bloß. Offensichtlich sah er schon, worauf ich hinaus wollte.

»Nun sieh einmal, wie viele Fehler ich begannen habe.« Er schüttelte den Kopf.

»Du hast niemals Dinge getan, die anderen geschadet haben.«

»Das stimmt zwar indirekt, denn ich habe den Leuten in Nonnum keinen Schaden zu gefügt, aber ich habe den Fürchtigen, den Leuten, die die Regeln gemacht haben, Schaden zugefügt.«

»Nur deshalb kann man nicht von dir verlangen, dass du das ganze System zum Einsturz bringst.«

»Vielleicht nicht, aber ich bin eine, die ihrem Volk niemals etwas Schlechtes getan hat, dafür aber denen, die sie gefangen halten. Eiren, sieh mal wie viel Kontrolle diese Menschen über Unschuldige haben. Wie viele Lügen nötig waren, um ihre Macht zu sichern, wie viele Leidende und Lügende es in unserer Welt gibt. Und all das nur, weil die Fürchtigen den Menschen nicht zutrauen, intelligenter zu sein als ihre Ahnen?«

»Ich verstehe nicht, was du damit zu tun hast«, behauptete er stur. Ich war sicher, dass er es längst wusste.

»Es muss jemanden geben, der ihnen sagt, wie sehr man sie belügt, wie sehr sie betrogen werden und dass es sich lohnen kann, sich zu widersetzen, dass es sich schon sehr oft in der Geschichte der Menschheit gelohnt hat! Verstehst du das?«

»Sicher«, sagte er. »Aber ich kann und will nicht verstehen, dass man dir das gute Leben, das du verdient hättest, dafür rauben muss! Es gibt sicherlich andere Menschen, die sich widersetzen und so leben wie du. Wieso mussten sie dich nehmen?« Eine Träne rann über sein ausdrucksloses Gesicht. »Wieso du?«

Seine wunderschönen blauen Augen richteten sich auf mich und er hob seine Hand, um über meine Wange zu fahren. Er näherte sich mir langsam und mit Bedacht, gab mir die Chance, mich zu entfernen, es zu verhindern, doch ich konnte nicht einmal daran denken, es zu verhindern. Ich konnte nur daran denken wie sehr ich ihn vermisst hatte und wie gut seine Lippen sich auf meinen anfühlten.

Ein seltsames Stöhnen entfloh mir, als würde etwas geschehen, auf das ich lange Zeit gewartet hatte. Ich hatte Eiren schon oft geküsst, doch diesmal war es etwas völlig anderes.

Eiren fühlte sich nicht mehr an wie früher, nicht mehr wie mein langjähriger Freund. Er fühlte sich an wie ein Mann, der das Bedürfnis hatte, mich neu zu entdecken.

Seine Hände fuhren über alle Stellen, an denen sie bereits gewesen waren, und doch war es, als hätten sie mich nie berührt.

Eiren fühlte sich komplett anders an als früher.

Nicht nur ich hatte eine bedeutende Veränderung durchgemacht, musste ich feststellen. Er drängte mich sanft nach hinten, umfasste meinen Rücken und legte mich sanft darauf. Seine Hände gruben in meinen Haaren, seine Finger sandten Stöße an meine Haut ab, die mir eine Gänsehaut machten und seine veränderte Art raubte mir jegliche Gedanken an etwas anderes als ihn. Dann hielt er inne, sah mir in die Augen und ließ meinem Kopf damit leider Zeit, seine Arbeit wieder aufzunehmen.

Was wir da gerade taten, sorgte nur für neuen Stoff bei Kollin.

Andererseits fühlte es sich so unschlagbar gut an Eiren wieder bei mir zu haben und doch nicht in alte Muster zurückzufallen, dass ich mich fragte, ob es dafür nicht sowieso schon längst zu spät war.

Dann sorgte Eiren dafür, dass meine Gedanken eine völlig andere Richtung einschlugen, indem er meinen Hals küsste; hinter meinem Ohr sorgte sein stoßweise kommender Atem für einen Schauer, der meinen Rücken erfasste und sich überall hin ausbreitete.

»Oh, Nor«, flüsterte er in mein Ohr. »Du glaubst nicht, wie sehr ich dich vermiss habe«, gestand seine Stimme, die plötzlich eine andere Form annahm, als die, die ich von ihm kannte. »Deinen Geruch.« Ich verstand was er meinte. Wenn man so lange zusammen war, war das wie nach

Hause zu kommen. »Deine Lippen«, sagte er und strich sanft mit seinen über sie. »Deine Haare«, flüsterte er weiter und griff beinahe besitzergreifend an meinen Hinterkopf. »Und deine Wärme.« Ja, dachte ich, die Wärme eines anderen auf sich zu spüren war ein unvergleichliches Gefühl. Ich spürte seine Hände, wie sie an meinen herab fuhren, seine Arme, wie sie mich hielten und seine Lippen, wie sie meine Haut liebkosten. Seine Hand fuhr unter mein Oberteil und legte sich auf meinen nackten Rücken. Ich vergaß alles um mich herum, denn diese Geste gab mir eine seltsame Sicherheit, von der ich wusste, dass ich mich später nach ihr sehnen würde. Doch seine Hand verblieb nicht dort, sie wanderte und wanderte, wechselte von Rücken zu Bauch und weiter hinauf...

Ein Keuchen, ein Stöhnen... und Unsicherheit. Die ersten beiden kamen von ihm. Letzteres von mir. Ich drückte ihn ein wenig von mir weg, doch er wollte es nicht recht zulassen. »Eiren«, murmelte ich, doch er schien mich nicht zu hören. »Eiren!«, sagte ich drängender. Keine Reaktion. Ich musste richtig Kraft aufwenden, um ihn von mir zu stoßen.

»Was ist?«, wollte er wissen und sah mich ohne jegliches Verständnis an.

»Was soll das denn werden?«, fragte ich ihn, halb neugierig, halb gespannt.

»Ich denke, du wolltest nicht warten, bis...« Ich ließ ihn nicht ausreden. Ich stieß mich ganz von ihm ab und erhob mich. Ich spürte, wie mir die Hitze ins Gesicht stieg, und verfluchte mich selbst dafür, dass dies nun der dritte Mann war, der mich rot werden ließ.

»Was hast du? Habe ich etwas falsch gemacht?«

Entsetzt sah ich ihn an. »Das ist weder der richtige Ort noch die richtige Zeit, um über solche Dinge überhaupt nachzudenken.« Ich schämte mich für meine Scham und für die Demütigung, die Kollin und seine Leute sicherlich gerade unheimlich amüsierte. War Eiren überhaupt bewusst, dass sie uns beobachteten?

»Hier... du...«, versuchte ich die richtigen Worte zu finden. »Ich kann nicht glauben, dass du tatsächlich daran gedacht hast!«, ließ ich meiner Schockierung freien Lauf.

»Aber ich dachte, du... wolltest es«, schien er sich jetzt rechtfertigen zu wollen.

»Irgendwann sicher. Aber doch nicht in einer solchen Situation!«

»Aber wir sind doch alleine. Nur wir zwei.«

»Wir waren früher auch alleine und das hatte nicht gleich *das* zur Folge.« Als würde ich es dadurch nur prophezeien, wagte ich es nicht, das Wort auszusprechen. Denn mit *das* meinte ich seine wütende Lust, die er wohl kaum zu verbergen versuchte. Ich hingegen zwang mich nicht auf die offensichtlichen Beweise zu achten und in seine Augen zu sehen.

Außerdem wurde mir nun klar, dass er wirklich nicht daran gedacht hatte, dass man uns beobachten könnte. Nun ja, woher auch, fragte ich mich. Er kannte das hier alles ja nicht. Für ihn war diese Gefangenschaft des Widerstandes völlig neu. Diese Techniken und Möglichkeiten der Überwachung kannte er nicht. Also zwang ich mich, ein wenig Verständnis aufzubringen.

»Okay«, sagte ich mehr zu mir selbst und fuhr durch mein zerzaustes Haar. »Lass uns... ein anderes Mal über diese Dinge reden, in Ordnung? Wenn wir... wenn es einen anderen und geeigneteren Zeitpunkt gibt.«

»Okay«, sagte er, als wollte er mich beschwichtigen, als sei ich eine von Oenns Bomben, die gleich diesen Teil des Hauses niederreißen würde.

»In Ordnung. Aber komm wieder zu mir. Ja?«

Schmerz, Unsicherheit und Angst standen in seinen Augen, was mich dazu trieb, zu ihm zu gehen und mich an ihn zu lehnen. Für ihn war das alles neu und er hatte nur mich. Und die Angst, dass sich das ändern könnte, stand ihm ins Gesicht geschrieben. Also ließ ich mich sachte gegen ihn sinken, um ihm ein Gefühl von Sicherheit zu geben. Wenigstens für einen Moment.

Ich atmete ein. Ich atmete aus. Und für einen Augenblick fühlte ich mich wie vor noch ein paar Wochen, als die Welt für Eiren und mich noch normal gewesen war.

»Es tut mir so leid, dass wir hier sein müssen«, sagte ich leise.

»Solange du da bist, ist es überall erträglich.« Er legte seinen Arm um mich und drückte mich sanft an sich. Ich lächelte zärtlich zu ihm hoch. Ja, dachte ich. Erträglich war es jetzt noch. Doch zu was für Taten würde Kollin das eben Geschehene noch treiben? Machte es überhaupt noch einen Unterschied? Dachte er nun, ich wäre doch nicht so, wie er mich wollte? Oder machte das Eiren zu einem noch besseren Instrument?

Es bereuend, dass ich nicht die Kraft gehabt hatte, Eiren schon früher von mir zu weisen und enttäuscht von mir selbst, dass ich so vielleicht Eirens Schicksal beeinflusst hatte und es mir im Moment völlig egal war, dachte ich an die Zukunft und ob wir Menschen sie wohl überhaupt in der Hand hatten...

Ich hoffte es, denn auf diesem Gedanken beruhte mein gesamter Plan.

Wo sie wohl gerade war, fragte Kion sich, und was sie wohl gerade durchmachte? Er konnte den Gedanken, dass sie allein dort bei diesen schrecklichen Menschen war, kaum ertragen.

Er hoffte inständig, dass sie wenigstens bei ihrer Freundin ein wenig Trost und Gemeinsamkeit finden konnte.

Doch wirklich daran glauben konnte er nicht.

Er sah sich um und musterte die Menschen um sich herum, so wie man es ihm beigebracht hatte. Was waren ihre Stärken? Was die Schwächen? Wozu waren sie körperlich und geistig in der Lage und was versuchten sie zu verbergen? Eigentlich sollte er auf diesen Grundlagen basierend einen Weg finden, sie zu eliminieren, zu nutzen, zu manipulieren. Doch er hatte lange nicht mehr daran gedacht, wie es war, diese Strategien und Pläne zu erstellen.

Genau genommen, seit er *sie* das erste Mal wirklich und real vor sich gesehen hatte.

Seit dem Tag, als er sie mit diesem braunhaarigen Jungen in einer der alten Stätten gesehen hatte. Versteckt hatten sie sich vor der Gesellschaft, die ihr intimes Zusammensein nicht gestattet hatte. Und es noch immer nicht tat.

Norin hatte an diesem Tag unter der Kleidung, die in Nonnum alle trugen, ein schwarzes feines Etwas getragen, das nach oben und unten hin zu zierlichen Stoffverzweigungen führte. Nie hatte er etwas Vergleichliches gesehen oder ahnen können, dass es so viel Schönheit auf dieser Welt geben konnte. Wie sie mit diesem Jungen umgegangen war, mit solch bedachten Bewegungen, so viel Achtung und Liebe.

Er hatte diese Wörter gekannt, aber nicht gewusst, was sie wirklich bedeuteten. Bis er sie getroffen hatte.

Es war wirklich schwer, sich an sie, ihre Art und ihre Umgebung anzupassen. Die meiste Zeit beobachtete er nur und versuchte Muster zu erkennen, Dinge zu verstehen und sich daran anzupassen. Das hatten sie ihnen beigebracht. Anpassung und der ständige Wille zu lernen. Sich weiter zu entwickeln.

Während seine Brüder noch lernten, dieses Wissen für andere Zwecke zu verwenden, hatte Kion beschlossen, sich in eine andere Richtung weiter zu entwickeln. In die menschliche.

Doch würde er nie so sein wie Norin und all die anderen. Nie würde er sich völlig anpassen können. Denn er war einfach nicht wie sie alle. Er war anders. Er war geschaffen, nicht geboren. Er war trainiert und nicht erzogen. Er war künstlich und nicht wirklich.

Das alles wusste er, es machte ihn nach Meinung seiner Schöpfer überlegen und doch beneidete Kion die Menschen sehr.

Zu gerne würde er wissen wollen, wer dieser Mensch gewesen war, in dessen Hülle er lebte. Wer diese Menschen waren, die ihn geschaffen hatten, und ihn so bewusst gegen jede ihrer Regeln erschaffen hatten. Wer diese Menschen waren, die Menschen wie Norin zur Welt gebracht hatten, und was die Menschen bewegte, Mensch zu sein. Sein ungeheures Interesse an den Menschen war seinen Schöpfern schon immer unrecht gewesen, doch er hatte es nicht abstellen können. Vielleicht hatte ihn diese Schwäche – wie sie es nannten – dazu getrieben, nach Norin zu suchen als er von ihr geträumt hatte. Diese nicht niederzuringende Neugierde, die ihn unaufhörlich beschäftigte.

Norin hatte ihm sehr geholfen, die Menschen besser zu verstehen. Sie hatte ihm einige Dinge erklärt und gezeigt und doch kam er sich so unvollkommen vor, obwohl ihm doch immer erzählt wurde, er sei die vollkommene Schöpfung.

Er fühlte sich aber nicht so. Er fühlte sich auch nicht überlegen. Er fühlte sich falsch.

Woher all diese Gefühle kamen, wusste er nicht. Bis er zu träumen begonnen hatte, hatte er nicht einmal gewusst, dass er dazu in der Lage war, Gefühle zu empfinden.

Allein *sie* hatte all diese Dinge in ihm ausgelöst.

Das Interesse an den Menschen war immer da gewesen, aber wirklich entflammt war es erst mit der Noyade, der Ertrinkenden, die er unbedingt hatte retten müssen.

Dieses zierliche, wunderschöne, absolut wehrlose Wesen, das einfach in die tiefe Dunkelheit hinab sank und dabei aussah wie der Frieden selbst. Wie er sie beneidet und doch bewundert hatte. Sofort hatten ihn ein Ehrgeiz und eine Wut ergriffen, die ihn dazu bewegten, auszubrechen aus der weißen klinischen Hölle und nach ihr zu suchen.

Er hatte lange gegen seine Schöpfer gekämpft, bis er sie besiegte. Dann hatte er zu suchen begonnen und seine künstlichen Eigenschaften hatten ihm ihren Dienst erwiesen und ihn zu ihr getragen, wo er lernen und lieben konnte.

Sie das erste Mal wirklich und echt zu sehen, hatte ihn so fasziniert, dass er nicht davon ablassen konnte, sie zu verfolgen und sie zu suchen. Sie zog ihn zu sich wie ein dunkles, liebevolles Flüstern, dass ihn nicht loslassen konnte. Als seien sie verbunden, hatte sie ihn überall als Begleitung mit sich gezogen. Er war getarnt gewesen, sodass sie ihn nicht als halben Mensch erkennen konnte, und doch hatte dieses Flüstern ihm gesagt, dass sie wusste, dass er nicht das zu sein schien, was sie sah. In diesem Wald, vor diesem Haus war ihr gleich aufgefallen, dass mehr hinter seiner äußeren Form gesteckt hatte. Vielleicht waren es die Augen gewesen, die ihn verraten hatten, er wusste es nicht. Auf jeden Fall wusste er, dass er ihr folgen musste.

Blankes Entsetzen hatte ihn ergriffen als er sie an das Wasser verloren hatte, als sie einfach mit diesem Metallmonstrum in den See abgetaucht war und doch brauchte es nur einige Stunden, um sie wiederzufinden. Als wollte sie, dass er sie fand. Und sie rettete, aus den dunklen Tiefen des Wassers.

Er hatte seine Mission erfüllt und sie kennen und lieben gelernt.

Sie war sein Anreiz gewesen, sein Leben zu verändern, und war es noch immer. Er bewunderte ihren Mut, ihr Talent und ihr Können und doch hatte Norin sie als eine andere verlassen als die, die sie davor gewesen war. Nun war diese andere Norin allein, in Gefahr und alles hing an den Rollen jedes einzelnen, die nun um Kion herum waren.

Jeder hatte seine Aufgabe und der Plan funktionierte nur, wenn alle mitspielten. Doch seine unvergleichlichen Sinne wiesen ihn schon seit Tagen auf eine mögliche Gefahr hin. Und diese Gefahr widmete sich gerade ihrem langen, blonden Haar.

Meith nannte sie sich und seit sie gegen Norin in einem Spiel verloren hatte, strahlte sie eine solche Abneigung aus, dass Kion sich fragen musste, ob sie nicht eine potenzielle Gefahr für Norin war.

Er würde sie im Auge behalten, denn das war seine Aufgabe: Diese Frau zu schützen, die ihn gerettet hatte. So sehr gerettet, dass sie es wahrscheinlich niemals vollkommen verstehen würde, wie wichtig sie für Kion war.

Sein Leben würde er für sie geben, denn sie hatte ihm ein neues geschenkt. Eines, das sich zu geben lohnte.

Wahrheit oder Lüge?

»Norin. Komm mit«, sagte Kollin in strengem Ton. Eiren wollte meinen Arm nicht recht loslassen, doch ich sah ihn eindringlich an. Er gab widerwillig nach.

»Ich komme bald wieder«, flüsterte ich ihm leise zu und folgte Kollin. Dieser führte mich durch viele Flure und Räume, bis wir in einem großen Raum ankamen. Dort saßen vier Männer. Zwei Bildschirme hingen an den Wänden, die aber sehr viel kleiner waren als diejenigen, die ich vom *Er*-Haus in Areal 19 kannte.

Ich sah mich in dem Raum um und fühlte mich ein wenig unwohl. Alles sah sehr geschäftsmäßig aus. Die Wände waren weiß, die Stühle und der Tisch, an dem die Männer saßen, schwarz. Auf den Tischen lagen Dinge, die ich noch nie gesehen hatte. Einige Blätter waren in Plastik gehüllt und an manchen Blättern waren bunte Fetzen am oberen Rand, wodurch sie besonders hervorstachen.

Daneben lagen wohl Stifte, allerding sahen diese hier ganz anders aus als die, die ich kannte. Sie wirkten elegant und robust. Die Stifte in unserem Areal waren, wenn denn mal welche da gewesen waren, immer nur sehr einfach gewesen und waren schnell kaputt gegangen. Diese Stifte dort auf den Tischen würden wohl einiges mehr brauchen, um kaputt zu gehen. Hier schien keiner mit den Schreibgeräten zu arbeiten, so wie wir es tun mussten, wenn wir keine beruflichen Schreiber waren.

Unsicher und doch auf abartige Weise neugierig auf diese Menschen musterte ich einen nach dem anderen. Sie sahen sehr seltsam und irgendwie steif aus in ihren kastenförmigen Jacken, die sie um ihre Schultern hatten. Darunter trugen sie wie Moistuer damals ein langes buntes Etwas um den Hals, dessen Sinn ich nicht verstand, und darunter trug jeder ein weißes Hemd. Ein wenig wirkten diese Klamotten wie eine Uniform, denn alle trugen dieselbe Art, jedoch nicht exakt die gleichen Sachen. Jeder Mann wich mit seinen Klamotten ein bisschen von den anderen ab.

Und doch sahen sie alle gleich aus. Vielleicht war das irgendwo ja schick, ich fand es jedoch nur schrecklich unschön, denn es wirkte unbequem. Noch unbequemer allerdings waren die Blicke der Männer auf mir. Genauso wie bei Moistuer damals, der mich mit seinem wilden Blick hatte besitzen wollen, fühlte ich mich nun wie etwas Seltenes, das man unbedingt besitzen wollte, aus Angst, andere könnten es einem wegnehmen.

Allerdings kam ich diesmal besser damit zurecht. Ich sah jedem einzelnen in die Augen. Einer hatte eine unglaublich große Nase, die in einem seltsamen Haken nach unten zeigte, ein anderer hatte bereits weißes Haar in seinem dicken Bart. Der nächste schien mich mit seinen unglaublich blauen Augen aufspießen zu wollen und der letzte war so unglaublich alt, dass ich nicht recht glauben wollte, dass er lebendig dort saß.

Doch dann öffnete er seinen Mund, und belehrte mich eines besseren: »Sie ist aufmerksam. Das gefällt mir.«

Ich ließ meinen Blick auf dem Alten ruhen und wunderte mich, wie er es geschafft hatte, so alt zu werden. Der Älteste, den ich kannte, war der alte Less. Für die Leute in Nonnum war er allerdings schon fast tot. Und der war sicher nicht so alt wie dieser Mann.

Dicke faltige Haut legte sich um sein Gesicht und sogar sein Mund schien sich langsam in einzelne feine Falten zu legen. Auch seine Augen hatten ihr Glänzen verloren. Stumm und starr blickten sie mich an, als wäre er nicht in der Lage, solch erfahrenes Sehwerk auf irgendeine Weiße zu einer Emotion zu bewegen.

»Sie wirkt wie ein Tier, Kollin. Das ist erstaunlich. Was habt ihr mit ihr gemacht?«, fragte der mit den bohrenden Augen.

»Wir haben sie zu dem gemacht, das wir brauchen«, entgegnete Kollin mit einem gewissen Stolz.

Das versetzte mich dann so sehr in ungläubiges Staunen, dass ich Kollin mit erhobenen Brauen ansah. *Wir?*

Dieser Mann hatte nichts getan, außer mich zu jagen und zu foltern. Dass ich nun so war, wie ich war, war nicht sein Verdienst.

»Sich mit dem Tun anderer zu schmücken scheint ja nicht nur bei den treuen Fürchtigen eine beliebte Masche zu sein.« Nun sahen mich alle wirklich entsetzt an. Außer Kollin, denn der wirkte äußerst zufrieden.

»Sagte ich doch«, lachte er leise und betrachtete mich wie etwas, auf das er ganz besonders stolz war. Er kam zu mir, immer näher und näher. Direkt vor mir blieb er stehen und fasste mich am Kinn. »Diese Insel macht die Menschen zu etwas Anderem, etwas Besserem.«

Ich wich ein wenig vor diesem Mann zurück, der mich gerade so sehr anwiderte, dass mir schlecht wurde.

»Sie sagten, sie sei gefügig«, erhob der mit dem Bart Einspruch.

»Ist sie auch«, sagte Kollin, zeigte mit einem Finger auf einen der Bildschirme und dieser flackerte auf. Ein farbiges Bild erschien, das Eiren zeigte, der in unserem Zimmer am Fenster stand, eine Faust immer und immer wieder gegen die unzerstörbare Scheibe klopfend. Als wollte er sie allein mit seinem Willen zum Zerspringen bringen.

Sofort spannte ich mich an. Kollin schien das nicht entgangen zu sein. Dann zeigte er wieder mit dem Finger darauf und ein anderes Bild entstand. Diesmal war es schwarz-weiß und schlecht zu erkennen. Doch die Person erkannte ich sofort. Es war Vae.

Direkt vor ihr stand ein Mann, der ihr Gesicht gepackt hielt.

»Nein!«, sagte ich laut und ging auf Kollin zu. »Du hast versprochen ihr nichts zu tun! Du hast versprochen sie freizulassen!«, erinnerte ich ihn.

»Arme, dumme Norin«, sagte er und drängte mich mit seinen herrischen Schritten wieder ein Stück zurück. »Sogar die Freundin, die dich so verraten hat, willst du noch schützen. Wieso bist du so gutmütig gegenüber Leuten, die es nicht verdient haben?«

»Offensichtlich liegen unsere Meinungen darüber, wer Gutmütigkeit verdient hat und wer nicht, weit auseinander«, knurrte ich ihn an.

»Sicher. Sogar einen wie Leander beschützt du, der sowohl dich als auch mich verraten hat, der eigentlich nirgendwo hingehört. Wenn das mal kein ausgeprägter Sinn für Gerechtigkeit ist«, lachte Kollin ironisch, als hätte ich gerade exakt das gesagt und getan, was er von mir gewollt hatte.

»Ihr tut ihr nichts«, stellte ich mehr fest als das ich fragte und doch war die Unsicherheit einer Frage in meiner Stimme zu hören.

»Solange du dich an das hältst, was wir ausgemacht haben, wird ihr nichts geschehen«, erleichterte er mich, obwohl ich wusste, dass man ihm nicht trauen konnte, und wandte sich von mir ab.

Er schnipste und der Bildschirm wurde wieder bildlos. Dann drehte er sich von mir weg und widmete sich einem Stapel Blätter und einem Ding, das ich nicht kannte. Beziehungsweise mehreren Dingern. Sie standen in einer Ecke des Raumes. Eines stand auf drei langen Beinen und Kollin bewegte das obere Stück immer hin und her. Ein wenig erinnerte es mich an die Überwachungsgeräte in Eirens und meinem Zimmer. Das andere war mir völlig fremd. Es war direkt unter dem Überwachungsgerät befestigt, kurz, schwarz, zylinderförmig und hatte oben ein halbrundes Metallnetz. Er pustete hinein, klopfte auf das Netz und schien zufrieden.

Ich hingegen hatte etwas an der Wand entdeckt, das meine Aufmerksamkeit vollkommen in Anspruch nahm. Ein großes Etwas, das an einer Wand hing. Auf diesem Ding waren viele verschiedene Flecken, die in unterschiedlichen Farben gefüllt waren. Ich las die Wörter, die in den farbigen Flächen standen.

Erisstet, Lenguen, Broddeg, Herrschaftsgebiet Gilden, Republik der Dorstel, Vereinigtes Reich BBD – und da war es: Mitten in all diesen Namen und Bezeichnungen, die ich nicht verstand: *Fürchtigkeitsgebiet Nonnum.*

Die Fläche von Nonnum war eine der kleinsten und sie lag mittendrinnen in all diesen anderen Flecken, die von blau umringt waren. Es waren sicher fünfzehn Gebiete in allen möglichen Größen und Formen, die da überall um Nonnum herum lagen. Und über Nonnum zwischen zwei anderen Flecken steckte etwas in dem Ding, welches ich als Karte erkannte. Mitten in einem winzigen Fleck zwischen blauem Wasser bezeichnete die Nadel eine Insel namens *Hashima.*

Fasziniert, angeekelt und doch verwirrt drehte ich mich zu den fünf Männern, die mich beobachteten. »Was ist das hier?«, fragte ich Kollin.

»Ich bin sicher, du weißt, was das ist«, sagte er und wirkte äußerst zufrieden.

»Ja schon, aber...«, ungläubig sah ich die Karte wieder an. »Das kann doch nicht sein«, bemerkte ich und war mir ziemlich sicher, dass sie mich nur testeten.

»Es gibt nur noch Nonnum. All die anderen Länder und Kontinente sind... zerstört.« Wieder war da diese Unsicherheit, die es mehr nach einer Frage klingen ließ.

»Ja, sicher. Weil die Fürchtigen wollten, dass ihr genau das glaubt.« Unsicher und zwiegespalten sah ich zu Kollin. Er sah völlig ruhig aus und wirkte zu meinem Leidwesen ehrlich.

»Aber... so viele Länder. Das kann man doch unmöglich geheim halten«, stellte ich fest und sah noch einmal zu der Karte.

Ich zählte die einzelnen Flächen durch, die von Wasser umrahmt wurden und dadurch als Kontinent galten, und kam auf vierzehn.

»Das sind so viele. Das kann man nicht geheim halten«, war ich sicher.

»Und wenn alle Regierungen ein Abkommen haben, so wie du und ich?« Jetzt weckte er mein Interesse. »Wenn alle Länder ausgemacht haben, die jeweils anderen nichts voneinander erfahren zu lassen, damit die Menschen nicht auf die Idee kommen, irgendwo anders hinzuwollen?«

Ich überlegte, doch für mich ergab das wenig Sinn. »Wieso sollte man die Menschen daran hindern, irgendwo anders hinzuwollen? Was sollte das für einen Sinn haben?«

»Den Sinn, die schon stark beschädigten Länder, die naturgegebene und menschliche Katastrophen durchgemacht haben, daran zu hindern, zu vergehen. So wie *Hashima* vergangen ist, wollten sie verhindern, dass ganze Kontinente daran zu Grunde gehen, dass die Menschen aus den beschädigten Ländern fliehen.«

»Wieso wollten sie denn fliehen?«, fragte ich.

»Nun ja. Du hast hier doch das beste Beispiel. Die Insel ist durch die fehlende Pflege der Menschen verfallen. Das Salzwasser macht die Bauten marode, instabil und nicht lebenswert. Durch die fehlende Versorgung und die nicht vorhandenen Baumaterialien verfällt alles hier. Jetzt stell dir einmal vor ein ganzes Land wird von Flutwellen überrannt, die ganze Städte niederreißen, die hundert Mal größer sind, als diese Stadt hier.«

Hundert Mal größer, als die *alte Lady*? Das konnte ich mir nicht vorstellen. Wie sollte das denn aussehen?

»Stell dir vor die Menschen sehen all diese Zerstörung und die Auswirkungen. Wie mutlos das machen muss, nicht?« Er legte den Kopf schief und betrachtete mich. Noch verstand ich es nicht ganz.

»Stell dir vor eine Stadt, die mit Millionen und Abermillionen von Menschen besiedelt ist, wird vollkommen zerstört. So viele Gebäude, so viele Leben und so viele Möglichkeiten – einfach weggeschwemmt. Kannst du dir vorstellen, wie es wäre, wenn Nonnum von jetzt auf gleich zerstört werden würde und mehr als die Hälfte aller Menschen, die du liebst, sterben?«

Ja, das war etwas, dass ich mir schon eher vorstellen konnte. Also nickte ich.

»Und so ging es den Menschen. Die Sehnsucht nach einem besseren Leben ergriff sie; nach einem Leben, wo sie neu anfangen konnten und alles Alte und Zerstörte zurücklassen konnten. Doch das konnten die Regierenden nicht zulassen.« Er kam zu mir und stellte sich direkt vor die Karte.

»Wenn man alle Ort, an denen Zerstörung und Naturgewalten Leben genommen hatten, aufzählen würde, wären bloß noch wenige Länder übrig, auf die man all die Menschen bringen könnte.«

»Weil aber zu viele Menschen da waren, konnte man nicht alle auf die paar Kontinente verteilen«, schaltete sich der mit den blauen Augen ein. »Also verteilte man die Menschen gerecht und erzählte ihnen nichts von den anderen Ländern. Fluten, Erdbeben, Hurrikans und Orkane waren nun die Probleme jedes einzelnen Landes. Durch all die Zerstörung und Veränderung hatten sich die Kontinente geteilt und geteilt, sodass langsam immer mehr von ihnen entstanden. Erdbeben,

Abtrennungen und Spaltungen brachten vierzehn Kontinente hervor, die alle für sich selbst standen. Das machte es leicht, jeden Kontinent für sich selbst verantwortlich sein zu lassen, ohne dass andere etwas davon mitbekamen.«

»Aber das ist doch keine Lösung«, erwiderte ich angewidert.

»Da bist du ja unserer Ansicht«, sagte Kollin. Ich warf ihm einen giftigen Blick zu. Das hieß noch lange nicht, dass ich seiner Ansicht war.

»Auch wir wollen die Länder wieder miteinander verbinden und sie aneinander Anteil haben lassen.«

»Aber würde das nicht das Problem wieder aufleben lassen, das man damit eigentlich beseitigen wollte?«

»Sicher, aber wir gehen davon aus, dass die Neugierde auf all die anderen Länder sich in jedem Land gleich abspielt, wodurch eine gewisse Balance entsteht. Auf jedem Kontinent würden die Leute neue und andere Ort kennen lernen wollen und dadurch entsteht wieder ein Gleichgewicht. Leute gehen, Leute kommen. Wenn man die Zahlen ein wenig kontrolliert, dürfte das leicht zu bewältigen sein.«

Und für wie lange, würde diese Balance wohl anhalten? War es nicht das Grundbedürfnis des Menschen, dass man sich das bestmögliche suchte, um sich ein Leben aufzubauen? Wenn es die Runde machte, dass es auf einem Kontinent ganz besonders schön war, würden nicht die Massen dort nach dem bestmöglichen Leben suchen?

»Sind denn alle Länder von den Möglichkeiten und Lebensumständen gleich?«, fragte ich.

Und einer der Männer warf einen erstaunten Blick zu Kollin.

»Sie ist wirklich gut«, sagte er. Ich ignorierte ihn und wartete auf eine Antwort.

»Nein, selbstverständlich nicht. Jedes Land hat eigene und unterschiedliche Regeln und Ressourcen.«

»Ich dachte, es werden keine natürlichen Ressourcen mehr verbraucht.«

»In Nonnum nicht, nein.«

»Und in den anderen Ländern?«

»Diejenigen, die es sich leisten können, nutzen sie weiterhin. Dafür verzichten sie auf andere Dinge. Ihr habt Metall, andere haben Holz, wieder andere haben chemische Mischungen wie zum Beispiel Neoplastik, weil sie den Zugang zu den Materialien haben«, erklärte der mit dem Bart. »Es ist relativ einfach: Alles, was das Land hat, wird verbraucht und solange wiederverwendet, wie es geht.«

»Und wenn es nichts mehr gibt, das man wiederverwenden kann?«, fragte ich.

»Genau so weit haben wir auch gedacht. Was dann? Und dieses Problem wollen wir lösen, indem wir den Import und Export wieder einführen – den Austausch zwischen den Ländern.«

»Und wie wollt ihr das alles erreichen? Indem ihr die Fürchtigen aus Nonnum vertreibt?« Ich konnte mir nicht vorstellen, wie das funktionieren sollte.

»Liebes, keiner hat gesagt, dass *wir* die Fürchtigen vertreiben wollen.«

»Was wollt ihr dann?«

»Wir wollen, dass das Volk das tut. So wie wir dich als Aushängeschild des Widerstandes wollen, wollen wir das Volk als Aushängeschild für andere Völker.«

»Und wenn diese Völker eure Fürchtigen gestürzt haben, wie soll der Austausch dann funktionieren?«

»Weißt du, Kind«, sagte er Alte. »Damals, die Wende, hat nur unter einer Bedingung funktioniert: Und zwar war das die Fähigkeit von willensstarken Männern, andere unter sich zu beherrschen.«

Ich sah in die Runde. Fünf Männer, plus Moistuer. Ich tat meine Zweifel kund, indem ich sie ungläubig ansah.

»Sechs starke Männer gegen eine ganze Welt?«

»Nein, Liebes«, sagte Kollin und zeigte wieder auf einen Bildschirm, diesmal den anderen. »36 starke Männer plus eine Arme von Männern, die ihnen unterstehen.«

Was ich dann sah als das Bild aufflackerte, raubte mir den Atem. Ich fürchtete umzukippen, also hielt ich mich an der Wand hinter mir fest, suchte irgendeinen Halt, doch so wirklich finden konnte ich keinen.

Das Bild zeigte eine unglaubliche Zahl an Männern: Groß, breit und alle samt hatten sie strahlende Neonaugen.

»Du heilige Scheiße!«, entfloh es mir. Die Männer um mich herum begannen zu lachen und betrachteten abwechselnd den Bildschirm und mich.

»Das kann doch nicht euer Ernst sein...«, flüsterte ich voller Entsetzen und starrte auf den Bildschirm. Jeder einzelne Mann stand dort gefügig in der Reihe und blickte leer gerade aus. Keines der Augenpaare leuchtete so wie das von Kion und doch sahen sie alle gleich aus. Neongelb, Neonblau und Neongrün – und alle samt wirkten sie, als hätten sie keinen eigenen Willen sondern wären nur geschaffen, um zu gehorchen.

Mutanten, wie Kion sie genannt hatte, die dazu ausgebildet waren, zu vernichten.

Ich war aus zwei Gründen entsetzt: Erstens, dass ich mich selbst niemals gefragt hatte, was wohl der Grund war, wieso sie Kion geschaffen hatten. Und zweitens, dass ich mich niemals gefragt hatte, woher sie dieses Ding hatten, dass in meinem Arm war. Denn jeder dieser willenlosen Sklaven, die ich auf dem Bildschirm sah, hatte eine Narbe am Arm, die von der Beuge bis zum Handgelenk reichte.

Automatisch wanderte meine Hand zu meiner Narbe und fuhr an ihr entlang.

Deine Augen verändern sich, wenn sie die Kontrolle übernehmen... Das hatte Ianen zu mir gesagt, doch ich hatte es ignoriert. Ich hatte alles, das so offensichtlich auf eine solche Katastrophe hindeutete, ignoriert und mir all die Fragen, die ich mir hätte stellen sollen, unbeachtet gelassen.

Sie hatten eine Mutanten-Armee erschaffen. Sie hatten mich zu einer von ihnen gemacht. Und sie würden die ganze Welt erobern.

Denn nicht nur eine Armee von gehörigen Kions war das Problem, sondern, dass sie jeden beliebigen Menschen zu einem ihrer Instrumente machen konnten. Und dieser Mensch würde sich nicht einmal daran erinnern. Wie viele sie wohl schon gemacht hatten? Wie viele Menschen wohl wie ich rebelliert hatten, verschwunden waren und dann als brave, willenlose Bürger mit vernarbtem Arm wiedergekehrt waren?

Diese Erkenntnis traf mich so sehr und so unerwartet, dass ich alles um mich herum vergaß.

Wie sollten wir einen solch ungleichen Kampf nur gewinnen?

Wie sollte unser mickriger Plan nur gegen die jahrelange Arbeit ankommen, die diese Leute ausübten? Sie waren Profis und wir waren formbar in ihren Händen. Wir alle waren so nutzlos wie ein Tropfen im Meer, denn wir würden nichts dagegen ausrichten können, dass die Wellen gegen das Ufer brachen und alles mit sich rissen.

Doch dann fiel mir ein Fehler in dieser Gleichung auf.

Ich war nicht bloß ein Tropfen. Ich war der Tropfen, auf dem der Plan basierte. Das Volk musste sich von mir beeinflussen lassen, sonst würde dieser Plan nicht aufgehen. Ich glaubte nicht daran, dass sie auch einen anderen Weg, einen Plan B hatten, sonst hätten sie nicht so viel daran gesetzt, mich zu bekommen. Sie hatten den einen Plan und sie wollten ihn unbedingt durchbringen. Nur diesen einen Plan. Und ich musste die Schwachstelle darin finden.

»Nach all den Jahren der Vorbereitung...«, begann mein Kopf langsam alles zueinander zu fügen. »Wieso sucht ihr erst so spät jemanden, der das Volk für euch gewinnt?«

»Dummes Kind. Du hast wohl noch immer nicht ganz begriffen«, sagte Kollin kopfschüttelnd. »Du bist nicht die erste gewesen. Seit Jahren suchen wir passende Frauen. Seit Jahren versuchen wir zu überreden, zu manipulieren, zu erpressen; doch keine war geeignet. Eine zum Beispiel wollte lieber selbst sterben, als zuzulassen, dass wir ihre Familie benutzen. Sie hat sich in einer unserer Zellen erhängt. Da mussten wir ihre Familie natürlich loswerden. Den Teil, der überlebt hat, dürftest du bereits kennen gelernt haben.«

Ianen.

»Und so sind wir auf diese Insel gekommen. Wir beobachteten den kleinen Jungen in der ausgestoßenen Familie, die ihn hier aufgenommen hat, und stellten fest, dass diese Insel aus jedem einen Überlebenskünstler machte. Genau das, was wir brauchten.«

Und da verstand selbst ich sofort, dass diese Insel kein Test gewesen war, um zu sehen, ob ich die Leute für mich gewinnen konnte. Sie sollte formen. Sie sollte abhärten. Sie sollte stählen. Genauso, wie wir es mit mir getan hatten. Ich biss mir auf die Lippe, denn jetzt verstand ich auch, wie es weiter gelaufen war.

»Reshlin und Kaitten.«

»Wie auch immer die Frauen alle hießen, die wir nach und nach hierher gebracht haben.« Ich kannte ihre Namen. Auch Meith musste eine von ihnen gewesen sein.

»Keine von ihnen hat sich unseren Ansprüchen angepasst. Und dann hat uns jemand auf dich aufmerksam gemacht. Sofort wurden wir neugierig und brachten Leander mit ins Spiel. Leider ließ dieser Schwächling sich von seinen Gefühlen hinreißen. Immer und immer wieder wollte er uns überreden, dich nicht zu benutzen, dich zu verschonen und jemand anderen zu suchen. Doch ich hatte irgendwie Gefallen an dir gefunden«, schnurrte Kollin und kam immer näher auf mich zu.

»Du hast etwas an dir, das die Leute dazu bewegt, dich zu mögen und zu lieben. Allein dieses Theater mit Eiren und Leander in Nonnum – das war einfach köstlich. Selbst als Eiren wusste, wie gedankenlos du ihn hintergehst, wollte er sich nicht von dir lösen.«

Ich spürte, wie mein Unterkiefer hinunter klappte. Wusste dieser Mann denn eigentlich alles von mir?

»Und dann diese Szene als du dich von ihm trennen wolltest und ihm sein kleines Herz so sehr gebrochen hast, dass er selbst da nicht aufhören konnte, sich nach dir zu verzehren. Das war einfach – nur – köstlich«, sagte er abgehackt und stand nun direkt vor mir. »Da wusste ich, wussten *wir*, dass du genau die richtige bist, um das Volk zu verführen.«

»Ihr könnt mich mal«, fluchte ich und ließ meinen Kopf nach vorne zucken, sodass ich direkt vor Kollins vor Freude verzerrtem Gesicht hielt.

»Ich mache gar nichts mehr für euch gestörte Monster!«

Da verzog sich sein Gesicht noch mehr zu einem breiten, unheimlichen, wahnsinnigen Grinsen.

»Da bist du dir...«, begann er langsam und deutete auf den anderen Bildschirm, der sofort aufflackerte. »... ganz sicher?«, fragte er und brachte mich mit dem darauf erscheinenden Bild zum Zusammenbruch.

Es war Xeth, der vor einer gigantischen Menge stand und nervös und unsicher umher sah. Mein Vater hatte den Arm um ihn gelegt, als würde er sich Sorgen machen.

Was aber das am meisten Verstörende an der Sache war, war, dass direkt auf Xeths Gesicht ein Fadenkreuz war, das leicht hin und her schwankte. Sie hatten ihn im Visier einer Waffe und ich zweifelte keine Sekunde, dass Kollin ihn umbringen lassen würde.

Ich sackte auf die Knie vor lauter Selbsthass und Verzweiflung. Ich liebte Xeth zu sehr, um ihn unter meinen Problemen leiden zu lassen.

»Nur ein kleiner Fehler, eine Kleinigkeit, die uns nicht passt, und dein Bruder war einmal.«

Heiliges Nonnum

Das Versammeln auf dem Platz vor dem *Er*-Haus war ein weniger geordnetes Gedränge als sonst. Denn dieses Mal spielte Areal 19 die Hauptrolle, da wollte niemand ganz vorne stehen. Außer Xeth und dem Rest seiner Familie traute sich keiner in die erste Reihe vor den gigantischen Bildschirm, der bei jedem Spektakel an der Wand des Er-Hauses befestigt wurde.

Xeth brannte innerlich, so aufgeregt war er. Sein schlechtes Gefühl wurde von Sekunde zu Sekunde schlechter und selbst die Hand seines Vaters, die tröstend auf seiner Schulter lag, konnte an dem nicht viel ändern.

»Ihr geht es gut, Junge. Ganz sicher«, beharrte sein Vater und wollte aufmunternd klingen. Doch es gelang ihm nicht recht. »Du kennst sie doch«, sagte er, und machte seine Unsicherheit damit nur noch deutlicher. Als wollte er es sich selbst einreden.

Xeth sah wie gebannt auf den Bildschirm und hoffte, dass er nicht ihr Gesicht sehen würde, wenn er ansprang. Eine Ewigkeit schien zu vergehen. Und dann wurde er enttäuscht.

Vor ihnen flammte ein Bild auf, das er selbst kaum begreifen konnte. Es war Norins Gesicht und doch sah sie gar nicht mehr aus wie Norin. Sie sah wild aus, wirkte wie jemand, der zu viel erlebt hatte für ein so junges Alter. Sie sah erfahren und entschlossen aus. Unter ihrem linken Auge waren zwei gerade Narben, die sie wie eine Wilde, eine Jägerin aussehen ließen. Ihre Haut war dunkler geworden, ihre Augen heller.

Sie erschien ernst und kämpferisch.

An ihrem Hals hing ein goldenes Band, an dem ein kleines schwarzes Tier baumelte, das Xeth nicht kannte.

»Bewohner Nonnums«, klang ihre Stimme und schallte in seinen Ohren nach. Sie hörte sich sogar anders an als früher. »Ich spreche zu euch, weil es Zeit für Veränderung ist.« Jetzt wurde es ruhig auf dem Platz und alle schienen neugierig zu sein. »Eine neue Ära wird beginnen und ihr werdet sie einleiten« Sie sah zur Seite und schien ein wenig unsicher.

Ich sah auf den Text vor mir, doch er sagte mir überhaupt nicht zu. Irgendein Gerede von Zukunft und Kampf, von Schicksal und Wille.

Dann sah ich auf den Bildschirm, auf dem Xeths Gesicht ganz bleich geworden war, und auch das meines Vaters sah aus, als würde er sich gleich übergeben müssen.

Ich ließ das Blatt fallen und den Männern um mich herum stockte der Atem. Einer wollte den Finger heben, wahrscheinlich um meinen Bruder den Todesstoß zu geben, doch Kollin zeigte ihm, inne zu halten. Neugierde und Faszination standen in seinem Blick und ich fuhr fort.

Mir war eine Idee gekommen, die mir wirksamer und echter vorkam – glaubwürdiger. Denn keiner würde glauben, dass dieses Gerede auf dem Blatt wirklich von mir stammte.

Es war aber zu wichtig, dass sie es glaubten.

»›*Der Ring ist ein Kreis, der die Unendlichkeit symbolisiert. Die Welt ist ein Kreis, so wie die Menschheit ein Kreislauf ist.*‹ Dieses Zitat lehrten sie mich letztens am Zitorium. Es ist von 1901. Also eine Ewigkeit her. Ich habe über diese Worte nachgedacht, denn ich sollte sie eigentlich auf die Wende beziehen und so habe ich mich damit beschäftigt. Die Wende war die Zeit, wo das, was einmal war, hinter uns gelassen wurde und das, was noch vor uns lag, neu erfunden werden sollte. Ein Neuanfang, eine neue Zeit, in der es uns besser gehen sollte als unseren Ahnen. Und doch frage ich euch: War das wirklich ein Neuanfang? Haben wir wirklich hinter uns gelassen, was vor uns war? Nein, das haben wir nicht. Wir tragen die Schuld unserer Ahnen, indem man uns Gebote und Regeln aufhalst, Strafen und Lebensweisen, die gar nichts mit uns zu tun haben, sondern ausschließlich mit dem, was vor uns war. Wir sollen bezahlen für das, was sie getan haben? Sollten wir nicht unser eigenes Leben leben dürfen und unsere eigenen Fehler machen dürfen, anstatt die der anderen zu bezahlen? Ist das nicht der Sinn eines Neuanfangs?« Ein Raunen ging durch die Menge. Ob es ein Raunen der Zustimmung oder der Ablehnung war, wusste Xeth nicht und Norin redete unaufhaltsam weiter. »Die Fürchtigen haben uns die Möglichkeit eines eigenen Lebens genommen, indem wir das Pflichtgefühl haben sollen, Rechnungen bezahlen zu müssen, die wir nicht verschuldet haben.« Ihre Stimme schwoll an und nieselte wie kleine stechende Mücken, die einen zum Aufwachen bringen wollten, wieder herab.

»Sie lehren uns, an den Er und seine Regeln zu glauben. Daran, dass wir irgendwann wieder gut genug sein werden, wenn wir nur genug leiden. Sie lehren uns Unendlichkeit, sie lehren uns diesen ewigen Kreislauf der Menschen. Sie lehren uns Dinge, die sie mit der Wende besser machen wollten und doch sind sie gnadenlos gescheitert: So etwas wie Unendlichkeit gibt es nicht mehr. Denn wir sind des Er nicht würdig. Die Welt ist kein Kreis mehr, sondern eher eine Scheibe. Sie ist durch Gehorsam überschaubar geworden, was es den Fürchtigen leicht macht, sie zu kontrollieren. Und die Menschheit ist lange kein Kreislauf mehr. Sie ist eher wie ein Fließband. Menschen werden geschaffen, um zu sühnen, um die Schuld unserer Ahnen zu begleichen. Doch wer sagt uns, dass wir daran schuld sind, was unsere Ahnen getan haben? Wieso dürfen wir nicht leben und frei sein, nur weil sie das Leben ausgenutzt haben? Sind wir wirklich eine endlose Schleife von Menschen-Massen-Produktion, die nur dazu dient, einen Sinn zu erfüllen: Das tragen einer Schuld, die wir uns nicht aufgelastet haben? Denkt überhaupt noch irgendjemand an diejenigen, die diese Schulden gemacht haben? Oder sind die nicht lange in Vergessenheit geraten? Sollten wir nicht unsere eigenen Fehler machen dürfen? Diese können wir verschulden. Aber es ist nicht unsere Schuld, dass die, die vor uns waren, diejenigen, die wir nicht einmal kannten, nicht schätzten, was sie hatten. Wir sollten mehr haben, als das, was sie weggeworfen haben. Wir sollten reicher sein, besser sein und vor allem sollten wir frei sein. Wir sollten frei von den Regeln sein, von den Geboten und den Fürchtigen, die uns belügen, betrügen und für etwas verantwortlich machen, das wir nicht vertreten können. Wehrt euch, Bewohner und Bürger, so wie ich es getan habe. Anpassung und Wegsehen ist nicht die Lösung, es ist nicht der Weg zu einem eigenbestimmten Leben und dem Glück. Das wird es auch nicht werden, wenn ihr euch länger ausnutzen lasst. Widersetzt euch und zeigt, dass ihr ein eigenes, freies Leben verdient habt, denn nur so könnt ihr bekommen, was euch zusteht! Heiles Nonnum, sagen sie? Zeigt euren Respekt und macht euer Nonnum heil, indem ihr euch und eurem Land die Freiheit gebt, die es braucht.« Ihre Augen funkelten und ihre Worte stachelten die Menschen an, zu nicken und zu rufen, Norin zu bestätigen und überrascht zu sein, dass sie Recht hatte. Xeth blickte sich um und konnte nicht glauben, dass sie das wirklich tat.

Ich sah auf den Bildschirm, und sah das Gesicht meines Bruders: Wutverzerrt, verwirrt und enttäuscht, wie er stumm brüllte, in meine Richtung brüllte und mit den Armen winkte und ruderte. Ich konnte nicht hören, was er sagte, doch ich wusste genau, was er zu sagen hatte. Er würde mich für immer hassen, so viel war sicher. Doch ich konnte nicht aufhören, bevor ich nicht sicher sein konnte, dass die Leute um Xeth herum noch weiter toben würden.

»Ihr seid eure eigenen Menschen, ihr müsst eure eigene Unendlichkeit schaffen, eure eigenen Kreise und einen ganz neuen Kreislauf, als den, der so offensichtlich ins Nichts läuft. Ihr müsst euch gegen die Fürchtigen wehren, denn ihr seht, dass es funktioniert. Ich bin jemand, der nie nach den Regeln und Geboten gelebt hat. Wer mich kennt, weiß das. Mein Areal, das genau weiß wie ich bin, hat in den letzten Wochen so viele Veränderungen erlebt und gesehen, dass selbst das Unmögliche möglich gemacht werden konnte. Ich war niemals regeltreu oder sonderlich gläubig und doch wurde ich in den zweiten Rang eingeteilt, obwohl meine Familie im dritten lebt. Und das alles, obwohl ich unendlich viele Regeln gebrochen habe, mit...«, fast hätte ich *Freunden und Verwandten* gesagt, doch ich konnte ja nicht meine Familie da mit hineinreißen. »Und doch haben sie mich aufgenommen, zu einer von ihnen gemacht und mir gezeigt, was es heißt, ein Fürchtiger zu sein.« Die Männer in dem Raum starrten mich entsetzt an, dass ich so schamlos log. »Sie haben mir gezeigt, was das Leben eines Fürchtigen für Vorteile und Nachteile hat, haben mir ihre Geheimnisse und Regeln erklärt, die für das normale Volk nicht gelten. Es ist nicht gerecht, dass man euch benachteiligt. Es nicht gerecht, dass man euch belügt und euch hintergeht. Holt euch eure Gerechtigkeit, liebe Mitbürger, denn sie werden sie euch nicht geben!«

Norins Gesicht entfernte sich immer mehr und ihre Stimme wurde leiser. »Holt euch nicht das Heile Nonnum, sondern macht es zu einem heiligen Nonnum! Macht es zu eurem eigenen Gottesreich, wenn wir *ihm* doch sowieso nicht gut genug sind!« Hinter Xeth stockte der Menge der Atem, als sie den verbotenen Namen aussprach. »Seid eure eigenen Götter und seid eure eigenen Menschen.« Brennend wirkten ihre Augen wie eine Flamme, die nicht mehr zu löschen sein würde. Norin war ein einziger Brandherd, der gerade alles in Flammen aufgehen ließ und die Menschen auffraß wie eine Welle aus zornigem Feuer. Die Leute hinter ihnen verloren jeglichen Anstand, bewarfen die umstehenden Fürchtigen mit ihren Eigentümern; einige zogen sich die Zivilklamotten über den Kopf und warfen sie demonstrativ nach vorne, vor den Bildschirm.

»Heiliges Nonnum!«, hallte Norins Stimme noch einmal durch die Reihen, man sah noch einmal ihr Gesicht mit den zwei kleinen Narben. Sie legte Zeige- und Mittelfinger über die Narben und stieß die Finger hervor, so wie bei einem Respektsgruß. Dann erlosch ihr Bild und alle Menschen um ihn herum bewegten sich, rissen die Arme nach oben, brüllten Dinge wie »Heiliges Nonnum!« und »Wir wollen Freiheit!« und »Alles gelogen! Ihr Betrüger! Wir haben an euch geglaubt!«

Aber auch Fragen kamen auf: »Wie kann es sein, dass sie in den zweiten Rang kommt?«, »Wieso wird jemand aus dem zweiten Rang zur Fürchtigen?«, »Was hat sie für Gründe, das zu tun?«, »Norin würde niemals lügen«, »Norin hat nie an Regeln geglaubt, das ist doch alles selbst gelogen.«

Und gigantisches Chaos bildete sich um Xeth und seine Familie herum. Von Zustimmung, über Zweifel, bis hin zu Wut und Angst war alles in den Gesichtern der Menschen von Areal 19 zu sehen.

Dann flackerte der Bildschirm wieder auf und das Gesicht eines Mannes erschien.

Er war ein hochrangiger Fürchtiger, soweit Xeth wusste.

»Hallo, liebes Volk«, sagte er. »Für diejenigen, die mich nicht kennen, mein Name ist Huber Moistuer.« Schweigen legte sich über die Menge. »Soweit ich euch allen bewusst machen darf, ist das nicht der eigentliche Sinn eines Spektakels.« Nun war alles totenstill. Das konnte nichts Gutes bedeuten. Dass er sich überhaupt nicht zu Norin äußerte, wunderte Xeth aber gewaltig. Er sah sich um, doch schien sich kein anderer darüber Gedanken zu machen. Außer einer.

Er sah ihn am Rande stehen, den alten Less. Und niemals hatte Xeth ihn so gewöhnlich gesehen wie in diesem Augenblick. Er lächelte ein wenig herablassend, wie Xeth fand, aber als wäre er bei völlig klarem Verstand. Langsam schüttelte er den Kopf und sah hoch zu dem Gesicht von Moistuer, als könnte er nicht recht glauben, was dieser da tat. Dann zog er sich zurück. Leise und still, sodass er keinem sonst auffiel. Ganz kurz fanden seine Augen Xeths – braun und durchdringend waren sie, doch wirkten sie überhaupt nicht so verrückt wie Xeth geglaubt hatte und wie die anderem ihm nachsagten.

Doch dann sagte der Mann auf dem Bildschirm etwas, dass Xeth aus seinen Gedanken herausriss.

»... werden wir zu Ehren, des heutigen Spektakels ›Richtig oder Falsch‹ spielen.« Xeth schloss die Augen, drückte seine Brüder gegen sich und atmete tief aus.

Das würde ein unglaublich blutiges Spektakel werden.

Gewissen

»Norin!«, rief Kollin und kam zu mir als wäre ich eine uralte Freundin von ihm. »Das war ganz ausgezeichnet. Ich wusste, dass du die richtige bist!«, sagte er und klatschte in seine Hände.

Ich verging beinahe vor schlechtem Gewissen und Scham. Xeths verzweifeltes Gesicht wie er stumm danach rief, dass ich das Falsche tat, würde ich wohl nie wieder vergessen können.

Mein Kopf malte sich aus, was er gerufen hatte, was er zu mir gesagt hatte vor ganz Nonnum, wie er versucht hatte, mir mitzuteilen, dass ich mich selbst verriet.

So bist du nicht, dass ist nicht deine Aufgabe, du solltest dich nicht in Dinge einmischen, von denen du nichts verstehst! Wie konntest du nur alle belügen, dass du eine von ihnen wärest, wieso kannst du nicht mit dem Frieden leben, den sie uns gebracht haben? Wieso bist du der Krieg? Wieso kannst du nicht der Frieden sein?

Seine Stimme schwoll in meinem Kopf an, seine Arme ruderten überall um mich herum, versuchten sich auf meinen Mund zu legen und mich zum Verstummen zu bringen.

Ich blickte Kollin an. Sein Mund bewegte sich, doch ich verstand seine Worte nicht, konnte nicht hören, was er mir da sagte, konnte nicht hören, wie er seine Begeisterung zum Ausdruck brachte.

Kollin war zu einem Stummen geworden und mein Bruder zu einer brüllenden Macht, die mir klar machen wollte, dass ich auf der falschen Seite war.

Doch was sollte ich tun?, fragte ich Xeths gewaltige Stimme, in meinem Kopf. Hätte ich dich sterben lassen sollen? Hätte ich die Verantwortung dafür übernehmen sollen, dass sie dich umbringen?

Es wäre besser gewesen, als mein Wohl über das aller anderen zu stellen. Wer berechtigt dich dazu, ein Leben über das aller anderen zu stellen, wer gibt dir das Recht über mein Leben zu bestimmen? Für einen so hohen Preis..., sagte seine

Stimme, die zur Stimme meines Gewissens geworden war. Ich konnte nur noch ihn hören, wie er mir immer wieder diese Fragen stellte, woher ich mir herausnahm, zu handeln, nur um ihn zu schützen.

Doch dann ließ ich seine Stimme verstummen. Ich brüllte ihn an, ich schrie ihm entgegen, dass es das Einzige war, das ich hatte tun können, um zu verhindern, dass sie jemand anderen finden würden. Jemanden, der zu schwach war, um sich zu widersetzten, jemanden, der sich nicht trauen würde, sich gegen sie zu stellen, jemanden, der nicht bereit war, sein eigenes Leben zu geben, um den Plan dieser Monster zu verhindern. Es war meine Aufgabe, ihnen zu zeigen, dass sie mich brauchten, um ihnen dann zu zeigen, dass Instrumente sich gegen einen wenden konnten. Nonnum und die ganze Welt brauchte jemanden wie mich, die den Willen hatte, alles wieder in Ordnung zu bringen, das sie selbst vernichtet hatte. Und ich hatte diesen Willen. Dieser Wille nach Gerechtigkeit, nach Ordnung und Rechtfertigung berechtigte mich dazu, das Wohl meines Bruders über das aller anderen zu stellen.

Denn Xeth, du bist der Grund, dass ich das alles wieder in Ordnung bringen werde. Ich schwöre vor dir und vor allen anderen, die ich liebe: Ich werde das Chaos wieder zügeln, ich werde es wieder in Ketten legen, nachdem ich es gefüttert und freigelassen habe.

Ich würde für ein neues Leben in der Welt sorgen.

Und die Grundlagen dazu habe ich gerade gelegt, auch wenn ihr es jetzt noch nicht versteht.

Explosive Hoffnung

»Komm schon, Kleiner. Wieso sagst du mir nicht, was ich hören will?«

Er traute sich nicht, etwas zu sagen. Er würde gar nichts sagen, würde Stillschweigen bewahren und die Konsequenzen daraus ziehen. »Komm schon, Kleiner. Gib du mir, was ich will und ich gebe dir, was du willst.« *Er hielt ein Abbild hoch von etwas, dass er wirklich gerne hätte.*

Es war das erste Mal, der erste Traum, dass etwas anderes darauf abgebildet war. Jemand anderes... Es war das erste Mal, dass es nicht das Bild seiner Mutter war wie sonst in diesem brutal wahren Alptraum.

Doch niemals würde er diesem Mann sagen, was er wissen wollte. Unabhängig von dem Bild vor seiner Nase würde er niemals reden. Er schüttelte den Kopf.

»Na gut Kleiner. Dann lass uns spielen...«

Schweißgebadet wachte er auf und schüttelte wie wild seinen Kopf. Er konnte die Tränen unter seinen Lidern noch zurück halten, doch wie immer war es ein harter Kampf. Er stand auf, stieg über die schlafenden Leiber und verließ das Haus.

Völlig ziellos wanderte er umher und dachte an sein bisheriges Leben. Normalerweise wäre May da gewesen, um ihn von diesen Gedanken abzuhalten, aber sie war nun nicht mehr. Verzweifelt vergrub er seinen Kopf in seinen Händen und vergrub seine Finger in seinen blonden Haaren. Wie hatte er zulassen können, dass sie seine Familie erneut auseinander rissen? Wie hatte das alles bloß geschehen können? Schon wieder? Und wieso war immer er derjenige, der übrig blieb und all die Erinnerungen bewahren musste? Er fand es einfach grauenvoll, derjenige zu sein, der überlebte. Wieso konnte es für ihn nicht auch einfach vorbei sein, dann wäre alles gut...

Doch dann fiel ihm ein Grund ein, ein Abbild – und er verdammte sich dafür, diese Dinge überhaupt gedacht zu haben. Natürlich hatte er einen Sinn und natürlich gab es einen Grund dafür, dass er noch dort war. Einen ziemlich hübschen sogar.

Er dachte an den Augenblick in dem ersten Stock des Hauses, im Schlafzimmer der Frau, in welchem sie gestöbert hatte.

Norin war einfach jemand, der gar nicht wusste und gar nicht bemerkte, wie sie auf andere wirkte. Diese Anziehungskraft, die sie ausstrahlte – Ian hatte sich lange dagegen gewehrt, doch er war nicht stark genug gewesen. Er kannte niemanden, der stark genug gewesen war. Er konnte verstehen, wieso Kollin sie haben wollte. Wenn sie wirklich sie selbst war, konnte man nicht widerstehen, auf sie zu reagieren – ob mit Liebe oder Hass.

Und doch hatte er unglaubliche Angst, dass sie ausgerechnet in Kollins Händen war. Ian fürchtete sich vor dem, was er ihr wohl antun konnte und würde. Und vor allem: Was würde das aus ihr machen? Sie hatte in den letzten Tagen eine solche Veränderung durchgemacht – erstaunlich schnell und erstaunlich gut – dass Ianen sich davor fürchtete, dass sie eine weitere durchmachen müsste. Wenn sie ihr wieder Drogen geben würden, wären sie alle verloren. Doch sie verließen sich darauf, dass Kollin Norin zu sehr brauchte, um sie zu betäuben. Trotzdem war Ianen sich nicht sicher, dass ihr geheimer gemeinsamer Plan funktionieren würde.

Er ließ sich die Bombe durch die Finger gleiten. Sie war glatt und kalt und Ian konnte verstehen, wieso Oenn eine solche Vorliebe für diese Dinger hatte. Sie konnten einem Hoffnung geben... wenn denn alles funktionieren würde.

Richtig oder Falsch

»Norin? Norin, bist du wach?« Eine bekannte Stimme weckte mich und ich sah mich erstaunt um.

Eirens ernstes Gesicht blickte zu mir herab und er strich über mein Haar.

»Was... was ist denn passiert?«, fragte ich verwirrt und konnte mich nur noch an eine Stimme erinnern, die mich und meinen Willen herausgefordert hatte.

Xeth.

Sofort richtete ich mich auf und sah mich um. Wir waren nicht mehr in dem Zimmer, in dem man uns untergebracht hatte. Wir waren wo anders.

»Wo sind wir?«, fragte ich.

»In einem Krankenzimmer«, erklärte er und sah mich besorgt an.

»Was? Wieso?«, fragte ich entsetzt.

»Nach deiner Rede bist du zusammengebrochen.« Überrascht sah ich ihn an.

»Du hast es gesehen?« Er nickte zögernd und sein Blick wurde noch ernster.

»Was... ich verstehe das alles nicht...«, gestand ich und rieb mir die Schläfen. »Hat man es in ganz Nonnum gezeigt?«, wollte ich verwirrt wissen. Wieder ein Nicken.

»Sie haben es mit einem Spektakel verbunden«, sagte er und seine Worte riefen Panik in mir hervor.

»Einem Spektakel? Oh, nein! Und wo?«

Er antwortete nicht, sondern sah mich nur traurig an.

»Was ist passiert?«, fragte ich und wollte aufstehen. Schwindelanfälle überfielen mich und ich konnte mich nicht konzentrieren.

»Was ist passiert, Eiren?«, drängte ich, als ich endlich stand.

»Sie haben ›Richtig oder Falsch‹ gespielt.«

»In Areal 19?« Ich konnte nicht glauben, dass sie das getan hatten.

»Wie konnten sie nur?«, wurde ich wütend und die Panik in mir krallte sich in meine Glieder.

»Richtig oder Falsch« war ein grauenhaftes Spiel, bei dem zwei Gegner gegeneinander antraten. Ihnen wurden Fragen gestellt und man konnte eigentlich nur mit Glück gewinnen. Die meisten Antworten auf die Fragen kannte man in Nonnum, da alle Fragen mit den Gesetzen, Regeln und Geboten zu tun hatten. Doch das Problem war, dass man nicht die gleiche Antwort geben durfte. Wenn der erste »Richtig« sagte, *musste* der zweite »Falsch« sagen und wurde mit Hieben einer Peitsche des jeweils anderen bestraft, wenn es richtig war. Man ließ die Spieler einander umbringen, als Demonstration dafür, dass wir alle gleichberechtigt waren und der *Er* uns dafür bestrafte, Sünder zu sein. Menschen, die nicht miteinander leben konnten, aber auch nicht ohneeinander. Es war eine blutige Machtdemonstration, die keinem etwas brachte, wenn man bedachte wie gehorsam die Menschen in Nonnum waren. Gerade die in Areal 19.

Ich kannte niemanden, der es verdient hatte, auf so barbarische Weise gedemütigt und hingerichtet zu werden.

»Wen hat es erwischt?«, fragte ich mit klangloser Stimme. Eirens Augen füllten sich mit Tränen. »Eiren! Sprich mit mir, wen hat es erwischt?«, schrie ich ihn an.

»Darla und Shin. Honeg und Dirlon. Xeth und Emilien.«

»Oh, mein Gott!«, flüsterte ich und sank in die Knie. Das zweite Mal innerhalb weniger Stunden hatten diese Fürchtigen mich in die Knie gezwungen.

»Wer hat überlebt?«, fragte ich. Nach einer Weile antwortete Eiren.

»Shin. Dirlon. Und Xeth.«

Ich brach zusammen. Unter Tränen der Verzweiflung und der Schuld sackte ich zusammen auf den Boden und weinte bitterlich. Ich konnte nicht glauben, dass sie das getan hatten. Sie hatten Vaes Schwester gegen meine spielen lassen. Eirens Bruder gegen meinen. Und Leuks Schwester gegen meinen Bruder.

Die unübersehbare Gemeinsamkeit ließ mich schreien. In mir zerriss alles und ich konnte nur noch schreien, weinen und auf den Boden einschlagen.

Wieso? Wieso hatten sie diesen Unschuldigen, diesen Kindern all das angetan? Wieso konnten sie mein Areal, unsere Familien und Freunde nicht in Ruhe lassen? Wieso waren diese Menschen so grausam und taten uns das an?

Selbsthass überflutete mich und tiefe, tiefe Trauer über den Verlust meiner Schwester, meines kleinen Bruders, der so gerne mit mir gespielt hatte und eines weiteren unschuldigen Mädchens, dass mit all diesem Terror doch eigentlich gar nichts zu tun hatte.

»Es tut mir so leid«, sagte Eiren, doch ich ließ ihn nicht an mich heran. Ich schrie und schlug immer und immer wieder auf den Boden ein, bis meine Hände bluteten. Eine so tiefe Verzweiflung packte mich, dass ich mich unter ihr winden wollte, die Schuld, die ich an der ganzen Sache trug, trieb mich in den Wahnsinn! Wieso mussten sie ihnen das antun? Wieso meiner Familie? Und wieso die der anderen? Was hatten sie für einen Recht, über das Leben der anderen zu entscheiden? Und wieso mussten sie mir die Schuld daran geben?

Wieso mussten sie es meine Schuld sein lassen?

Das Schicksal hatte mich in meine Schranken gewiesen. Ich hatte geglaubt, etwas Gutes zu tun, wenn ich Xeth beschützte und so sein Leben über das der anderen stellte. Ich wurde belehrt. Bestraft. Besiegt.

Ich konnte es einfach nicht begreifen. Ein Meer aus Tränen bildete sich in den Löchern, die ich in den Boden geschmettert hatte. Langsam, als wären sie selbst traurig und niedergeschlagen sickerten meine Tränen in die Risse und Ritzen, die meine Schläge in den harten Boden verursacht hatten.

Ein wenig erstaunt darüber wie tief und breit die Lücken in den zerbrochenen und mit meinem Blut beschmierten Platten waren, fasste ich einen Entschluss.

Ich erhob mich, wischte die Tränen mit einem Ärmel ab und machte mich auf den Weg zur Tür.

»Sie ist verschlossen«, sagte Eiren, doch ich hörte ihn gar nicht richtig. Mit einem gezielten, voller Wut angesammelten Tritt auf das Schloss brach ich die Tür auf und ließ einen staunenden Eiren zurück. Ich bemerkte, wie mein Arm pulsierte und wie die Kräfte erwacht waren, die der Chip in meinem Arm mir verlieh.

Wie dicke Adern zogen sich die Verzweigungen des Chips unter meiner Haut über den Arm.

Ich sah mich um und wählte instinktiv eine Richtung. Ich lief dahin, wo meine Sinne mich hinführten und fand, wen ich suchte.

Kollin saß mit einigen anderen Männern in einem kleinen Raum, der voll von Bildschirmen, Knöpfen und Schaltern war. Schläuche, Rohre und Kabel verbanden einige Geräte miteinander und ließen den Raum wie einen technischen Wald wirken.

Ich schritt schnurstracks zu Kollin, packte ihn mit meinem vernarbten Arm am Hals und schmetterte ihn gegen eine der Wände. Um ihn herum sprühten Funken und ich hatte wohl einiges beschädigt, doch es interessierte mich nicht.

Ich war wütend und irgendwer musste meine Wut jetzt abbekommen, ansonsten würde ich platzen.

»Du mieser Scheißkerl!«, knurrte ich ihn an und drückte ihn fester gegen die Wand.

»Du hast gesagt, ihr lasst Vae frei! Du hast gesagt, ihr tut ihnen nichts! Du hast mich in allem belogen! Unser Deal ist geplatzt!«, schrie ich ihn an.

»Habe... ich nicht«, krächzte er und ich ließ ihm gerade genug Luft um zu atmen.

Er versuchte sich zu wehren, doch ich ließ ihn nicht.

»Wir haben... ihnen nichts getan. Das waren die... Fürchtigen«, röchelte er.

»Ich glaube dir kein beschissenes Wort!«, ließ ich ihn lauthals wissen und drückte wieder fester zu. »Wieso habt ihr das gemacht? Ich will einen guten Grund hören, sonst hast du ein gewaltiges Problem!«, flammte wilder, ungezügelter Zorn in mir auf.

»Nein«, sagte Kollin plötzlich und ich blickte hinter mich. Hinter mir standen acht Männer, sechs von ihnen hatten Spritzen. Das wiederum machte mich noch viel wütender. »Wir können sie nicht mehr gebrauchen, wenn sie wieder süchtig wird«, krächzte Kollin zu den Männern und zeigte ihnen, zurück zu treten.

»Also, du Arschloch! Rede mit mir.«

»Es musste sein«, erklärte er und versuchte zu schlucken. Seine Stimme klang immer gequälter, doch ich hatte kein Mitleid. »Wir mussten das tun, damit sie dich mehr lieben und die Fürchtigen mehr hassen!«

»Was meinst du damit?«, fragte ich und drückte ihn wieder hart gegen die Wand.

»Sie müssen sehen, wie du leidest und dass du das nicht wolltest, dass du eine enorme Wut gegen die Fürchtigen hegst, weil sie Unschuldige leiden lassen.«

»Willst du mich verarschen?«, fragte ich und ließ ihn fallen. Er sackte widerstandslos auf den Boden. »Willst du mich verdammt nochmal verarschen?«

»Nein, Norin«, sagte er mit rauer Stimme. »Will ich nicht. Es musste sein. Die Leute mussten sehen, dass du mit diesem Spektakel nichts zu tun hattest. Also haben wir deine Reaktion live auf den Bildschirmen in ganz Nonnum gezeigt.«

»Ihr habt *was*?«, flammte mein Zorn auf und ich packte Kollin mit dem pulsierenden Arm an seinem Kiefer. »Ich zermalme dir dein Gebiss, wenn du mir nicht sofort sagst, dass das gelogen war.«

»Nur zu. Alle haben es gesehen. Und jetzt wissen alle, dass du die Gute bist, die unter den Bösen leidet. Dass die Fürchtigen schlechte Leute sind, die diejenigen leiden lassen, die sich ihnen in den Weg stellen.«

»Aber das schreckt doch viel eher ab, als das es motiviert«, knurrte ich ihn an.

»Nein, das tut es nicht«, sagte er und zeigte auf einen Bildschirm. Einer der Männer machte sich sofort daran ihn einzuschalten.

Vor mir eröffnete sich ein Anblick, den ich so nicht erwartet hätte. Er zeigte den Platz in Areal 19, hinter dem *Er*-Haus, doch sah er gar nicht mehr danach aus. Er war ein Haufen Trümmer und ein einziges Chaos. Als wären die Menschen eine wütende Welle, so schlugen sie immer wieder nach vorne, warfen Sachen, brüllten wütend, protestierten und riefen. Sie legten sich die Finger unter ihr linkes Auge und schlugen den Arm nach vorne, so wie ich es getan hatte und brüllten immer wieder »Heiliges Nonnum!« Auf dem Podest standen die drei Gewinner des Spektakels, wo sie von Dienern der Fürchtigen festgehalten wurden. Beim Anblick von Xeths blutverschmiertem nackten Oberkörper und seinen leeren Augen brach etwas in mir verzweifelt zusammen. Die Leute kletterten das Podest hinauf, um sie herunter zu holen. Die Menge verlor jegliche Hemmungen und erkannte die Ungerechtigkeit in dem Handeln der Fürchtigen.

Nach und nach sprangen immer mehr Bildschirme an und zeigten mir andere Areale, andere Bürger und andere Menschen, die ich nicht kannte, und die mich nicht gekannt hatten, jedoch schien es dasselbe Volk zu sein wie in Areal 19, denn sie reagierten völlig gleich. Sie brüllten, protestierten, schmissen Gegenstände herum, steckten ihre Kleider an und warfen damit um sich, regten sich auf und beschwerten sich lauthals: »Raus mit den Fürchtigen« und: »Freiheit für alle!«

Ich hatte gar nicht bemerkt, dass ich auf die Bildschirme zugegangen war.

Nun stand ich direkt vor ihnen und starrte ungläubig auf das gerade Geschehende. Und dann sah ich mich selbst auf einem der Bildschirme. Wie ich ungläubig vor einem Bildschirm stand, mit blutigen Händen, schmerzverzerrtem Gesicht und Kollin am Boden liegend im Hintergrund.

»Das kann doch nicht...«

»Oh, doch«, sagte Kollin.

»Wir haben so getan, als hätten wir uns in die Übertragung der Fürchtigen gehackt und haben ihnen gezeigt, dass du soeben die Nachricht erhalten hast, was man deiner Familie angetan hat. Und wir haben es alle sehen lassen.«

Dann sah ich mich selbst, auf jedem Schirm flammte mein Bild auf. Ich schlug auf den Boden ein, ich schrie und brüllte, ich sah aus, wie ein wildes Tier, dem man etwas Schlimmes angetan hatte. Und immer wieder brüllte ich, wieso sie das getan hatten, womit diese Unschuldigen das verdient hatten, und warum sie es nicht an mir auslassen konnten, anstatt ihnen das anzutun.

Ich wunderte mich, denn dies waren nicht einmal meine Gedanken gewesen. Offensichtlich hatten mein Mund und mein Kopf parallel zueinander gearbeitet – und das zu meinem Vorteil. Denn das, was ich da brüllte, hatte Wirkung. Es wirkte auf die Leute als wäre ich das Opfer und nicht die Unschuldigen, die dort eben umgekommen waren. Als hätte ich Mitleid verdient und nicht die Kinder, die man umgebracht hatte.

Kollin hatte es geschafft, den Sinn eines Spektakels so umzukehren, dass es nicht mehr dazu diente, dem Volk zu zeigen wie unterlegen und gleich sie alle waren, sondern dass es zeigte, wie schlecht die Fürchtigen waren. Dass sie starke Individuen und Ungehorsam nicht duldeten und bestraften. Dass sie jemanden wie mich, der sich nicht fügen wollte, völlig zu Unrecht leiden ließen.

Anstelle die Stärke des Systems zu zeigen, hatten sie eine Schwäche daraus gemacht. Sie hatten die Pfeiler des Systems angesägt.

Und nun musste sie nur noch jemand zum Einsturz bringen.

Aufbruch

Ich saß bereits eine Ewigkeit vor dem Fenster und starrte einfach hinaus. Wie betäubt und völlig gedankenlos saß ich dort und wünschte, das den Rest meines Lebens tun zu können. So würde ich wenigstens niemandem Schaden zufügen können.

»Nor«, hörte ich Eirens leise Stimme an meinem Ohr. »Du solltest ins Bett kommen.«

Ich reagierte nicht.

Ich konnte gar nicht. Ich wollte nicht schlafen. Ich wollte nicht reden. Ich wollte gar nichts mehr tun.

Eine Blase der Gleichgültigkeit hatte mich eingefangen und ließ mich nicht aus ihren dicken Wänden ausbrechen. Wobei ich es auch nicht versuchte.

Eirens Stimme versuchte schon seit Stunden durch die dicken Blasenwände zu dringen. Immer wieder erzählte er, es sei nicht meine Schuld, ich hätte nicht wissen können, was sie tun würden, dass ich nur getan hatte, was ich für richtig hielt und so weiter. All die Floskeln, von denen ich schon immer gewusst hatte, dass sie nutzlos waren, wenn man wirklich wusste, dass man selbst die Schuld trug. Wenn ich nicht schuldig gewesen wäre, hätten diese Sätze vielleicht auf mich gewirkt, aber ich war schuld. Sie hatten das nur getan, damit die Leute mich als das Opfer sahen. Hätte ich da von Anfang an nicht mitgespielt, hätten sie das nicht getan. Hätte ich mich nur gar nicht erst auf all diese Intrigen und Lügen eingelassen. Wobei sie dann Xeth getötet hätten. Mich unter Drogen gesetzt und beherrscht hätten. Sie hätten sowieso bekommen, was sie wollten, doch wenigstens wäre es dann nicht meine Last gewesen. Dann hätte ich es nicht zu verantworten gehabt. Doch nun stand ich vor einem tiefen, schwarzen Abgrund und wusste nicht, wie ich ihn überqueren sollte.

Sie waren mir immer einen Schritt voraus. Kaum hatte ich das Gefühl,

die Kontrolle erlangt zu haben, ließen sie mich schmerzhaft erkennen, dass ich gar nichts hatte. Egal was ich tun würde, ob ich es bewusst tat oder unbewusst: Dieser Widerstand würde bekommen, was er wollte. Und das konnte ich nicht zulassen. Doch wie sollte ich das verhindern?
Es gab nur einen Weg. Nur eine Einsicht. Es war Zeit zu gehen.
Schon seit Stunden drehte ich die Feuerkerze, wie Ianen sie genannt hatte, in meinen Fingern. Ich wusste, was ich zu tun hatte, doch ich wusste noch nicht, wie.
Ich musste raus an die Luft, um die Kerze zu zünden und das Zeichen zu geben, doch wie kam ich hinaus? Das Fenster im Krankenzimmer konnte nicht geöffnet werden. Vor der Tür standen Wachen. Ich könnte sie ausschalten, doch wie würde es dann weitergehen? Wo sollte ich hingehen? Wie kam ich bloß hinaus an die frische Luft?
Das Bild, das sich mir vor dem Fenster bot, fesselte mich bereits seit Stunden und doch nahm ich es erst jetzt wirklich wahr. Denn es veränderte sich. Ein winziger, schwarzer Punkt tauchte auf. Er bewegte sich, wurde größer und größer. Als er näher kam, nahm er die Form einer länglichen, horizontalen Linie an, dann weiche Rundungen und als er beinahe da war, erkannte man die schwarze Form vor dem düsteren Hintergrund kaum und doch wusste ich genau, was da vor meinem Fernster saß.
Es war ein nachtschwarzer Vogel mit neon-grünen Augen.
Ich nickte ihm zu.
Das war Zeichen genug.

»Sir, die Sachen sind eingeladen und alles ist bereit zum Aufbruch.«
»Gut. Gebt mir noch ein paar Minuten, dann können wir die wichtigste Fracht abholen.«
»Jawohl, Sir.«
Er sah sich um, ob die Tür auch wirklich geschlossen war. Doch es war ihm zu riskant, nur seine Augen ein Urteil fällen zu lassen, also erhob er sich und prüfte es mit den Händen, drehte den Schlüssel zwei Mal im Schloss. Dann widmete er sich der einzigen anderen Tür in diesem Raum.

Ein Lächeln zwang sich auf seine Lippen. Er öffnete die Tür, und machte mit Absicht kein Licht an.

»Guten Tag«, sagte er und wartete, bis sie sich erheben würde. Sie lag nun nicht mehr am Boden, so wie die ganze letzte Zeit. Inzwischen saß sie aufrecht und hatte die Arme auf den Beinen abgelegt. Sie antwortete nicht. Denn sie redete nur noch, wenn es nötig war. Sie erhob sich auch nicht oder blickte ihn an. Denn das tat sie nur, wenn sie den Befehl dazu erhielt.

»Erhebe dich«, befahl er und sie gehorchte.

Er musste leise lachen. Er hatte sie gebrochen. Endlich hatte er sie gebrochen. Etwas wie Stolz erfüllte ihn. Schließlich war sie nur dank ihm geschaffen worden. Was ihm bei Norin nicht gelungen war, hatte diesmal einwandfrei funktioniert. Und jetzt stand sie vor ihm, willenlos und gehorsam.

»Sieh mich an«, sagte er und er blickte in ein paar leuchtend rote Augen, die sein Gesicht in ein unheimliches Licht tauchen mussten.

»Wer bist du?«

»MAIE«, antwortete sie.

»Tritt vor«, sagte er und wieder konnte er seinen Stolz kaum verbergen, als sie es tat.

Er betrachtete ihr Halsband und musste lächeln.

MM-4-13. Ein Abkürzung für Menschen Mutant vier, 13 Jahre. Allerdings meinte man damit nicht ihr Alter, sondern die Zeit, die es seit der Planung gebraucht hatte, um sie zu dem zu machen, was sie nun war. Seit ihrer Geburt auf der Insel wusste Kollin, dass dieses Mädchen die perfekte Mutantin sein würde. Und er hatte sich nicht geirrt.

»Such Norin«, sagte er und ihre Augen glühten, ihre Zähne fletschten sich leicht. Ihre Abneigung gegen Norin war noch immer nicht überwunden, doch sie würde ihr nichts tun, wenn Kollin es ihr nicht befahl.

MAIE verließ den dunklen Raum und trat in das Licht des Vorraumes. Sie blinzelte nicht einmal, obwohl ihre Augen doch Tage lang kein Licht gesehen hatten.

Sie erlaubte sich nicht, das zu tun, aus Angst, dass sie wieder bestraft werden würde. Oder ihr Verstand war soweit vollständig abgeschaltet, dass sie nicht einmal daran dachte, die Augenlider zu senken. Dass sie primitive Emotionen wie Angst gar nicht mehr spürte. Oder jegliche andere Gefühle außer Wut. Kollin wusste gar nicht, was ihm lieber gewesen wäre.

Eine ultimative Mutantin, die aus Angst gehorchte, oder weil sie einfach nicht mehr anders konnte, weil sie zu sehr die Kontrolle über sich selbst verloren hatte und sie in seine Hände gelegt hatte.

Er flog in einer scharfen Kurve um das Gebäude. Er fand kein Fenster und keinen Spalt, wo er in das Gebäude hätte eindringen können. Doch dann fiel ihm auf, dass er auf dem Dach, wo die Lufttransporter standen, eine Tür gewesen war. Wenn er ein wenig Glück hatte, würde jemand diese Tür öffnen und er könnte so in das Gebäude eindringen. Er flog hinauf zu dem Dach und setzte sich oben auf den Rahmen der Tür.

Er hatte an diesem Morgen einen Erkundungsflug unternommen um zu sehen, ob es in dem Quartier, in dem Norin gefangen war, etwas zu sehen gab. Doch wenn er ganz ehrlich war, wollte er nur das Gefühl haben in ihrer Nähe zu sein. Dass er sich hier in Lebensgefahr begab, war ihm sehr bewusst, doch er musste einfach wissen, dass es ihr gut ging. Er musste sie um sich haben und sie riechen, sie schmecken und ihre Wärme in sich eindringen lassen.

Ohne sie war alles so leer und bei den anderen hatte er es nicht mehr ausgehalten. Darien und Meith stritten nur, Ianen und Leander wirkten genauso verloren wie Kion sich fühlte und Oenns Wunden wollten einfach nicht vollständig heilen.

Es hatte ihn erdrückt, diese Leute um sich zu haben, also wollte er in ihre Nähe.

Und dann hatte er auf dem Dach das kleine Fluggerät gesichtet und sofort verstanden, dass der Plan noch an diesem Tag durchgeführt werden musste.

Er hatte sofort Ian Bescheid gesagt, dass sie sich alle bereit machen mussten, und war zurück zu Norin geflogen. Auch sie hatte die Absicht aufzubrechen, das hatte er sofort verstanden.

Und jetzt musste er in dieses Gebäude hinein. Vor allem musste er sie fragen, was mit Vae geschehen war. Der Plan hatte vorgesehen, dass Vae frei gelassen würde, doch sie hatten nichts von ihr gehört oder gesehen. Kion hatte all die Zeit die Hoffnung nicht aufgegeben, dass Vae bei ihr geblieben war, doch wissen konnte er es schließlich nicht.

Als wäre es ein schlechtes Omen, dass er an sie gedacht hatte, wurde die Tür geöffnet und Vae wurde in Fesseln unter ihm hinaus geführt.

Um ihre Augen war ein dickes weißes Tuch gewickelt und sie wehrte sich verbittert, doch der Mann, der sie führte, hatte sie fest im Griff.

»Halt doch mal ruhig, schwarzes Mädchen«, sagte er. Hinter ihm trat ein weiterer Mann aus der Tür.

»Hey, Jacle. Lass sie doch mal laufen, nur aus Spaß«, schlug er vor und blieb in der Tür stehen.

Der Mann namens Jacle grinste und ließ sie los.

Vae rannte los, doch sie kam nicht weit, weil sie über einige Kisten stolperte, die noch einpackbereit vor dem Lufttransporter standen.

Sie stürzte schlimm und fiel auf ihre Knie und ihren Kopf, weil sie sich nicht mit ihren Armen abstützen konnte.

Kion konnte kaum hinsehen, so grässlich fand er diese Szene. Am liebsten hätte er ihr geholfen, doch er durfte den Plan nicht gefährden.

Jacle ging auf sie zu und riss sie an ihren Haaren hoch.

»Siehst du, du dummes Kind«, sagte er, als würde er ein ungehöriges Balg tadeln. »Du kommst nicht weit alleine. Nicht wahr?« Er riss die weiße Binde von ihren Augen und hielt ihr Gesicht gen Himmel.

Kion erschrak bei dem schrecklichen Anblick ihrer Augen. Sie waren weiß wie die Wolken am Himmel, die sie nicht sehen konnte. Leise wimmerte und knurrte sie unter dem festen Griff in ihren Haaren.

»Früher wurden Menschen wie du versklavt. Vielleicht gar keine so schlechte Idee«, flüsterte Jacle in ihr Ohr.

Kion konnte nicht mehr herumsitzen und flog dem Mistkerl direkt ins Gesicht. Er pikte ihm hart ins Auge. Doch dann schaltete sich der andere Mann ein, der bis jetzt in der Tür gestanden hatte, und langsam drohte sie ins Schloss zu fallen. Blitzschnell schoss Kion zu der Tür und schaffte es gerade noch durch einen schmalen Spalt, der dieses Namens fast nicht mehr würdig war.

Dahinter verwandelte er sich zurück in einen Menschen und schlug fest gegen das Schloss. Es war so frustrierend, dass er Vae nicht helfen konnte, doch Norin war in diesem Moment einfach wichtiger. Er schwor sich, das irgendwann bei ihr gut zu machen, und eilte die Treppen hinab.

Er wusste einfach irgendwie instinktiv, wo er hinmusste. Es war, als würde ihre Stimme ihn flüsternd zu sich locken. Genau wie damals...

Er bog blind in Flure und Räume und hörte einfach darauf, wo sie ihn hinlockte.

Dann stand er vor einer Tür, wunderte sich, dass sie nicht bewacht wurde, als sie plötzlich von der anderen Seite aufgerissen wurde.

MAJE

»Kion«, flüsterte ich und fiel ihm erleichtert um den Hals.

»Wer ist das?«, fragte Eiren hinter mir und erhob sich aus dem Bett, auf dem er gesessen hatte.

»Es geht dir gut«, stellte ich noch erleichterter fest und drückte ihn fest an mich. Leise flüsterte ich in sein Ohr: »Es ist so schön, dich zu sehen.«

»Wir haben nicht viel Zeit«, sagte er und drängte mich ein wenig von sich weg. Ich sah in seinen Augen, dass ihm das genauso schwer fiel wie mir.

»Wer ist das?«, fragte er und sah zu Eiren.

»Lange Geschichte. Wie geht es den anderen?«

»Gut. Sie machen sich bereit.«

»Bereit? Wofür?«, fragte Eiren und wirkte sauer, verwirrt und irgendwie ängstlich. Ich fragte mich, ob das vielleicht ein bisschen an Kions bösem Blick auf ihm lag, und zog Kion hinein.

»Sie können uns sehen, du musst die Kamera ausschalten«, sagte ich zu ihm gewandt und sammelte meine Sachen zusammen. Es war kaum mehr etwas. Traurig blickte ich auf die große Tasche, in der fast gar nichts drin lag. Ich besaß nichts mehr. Ich schüttelte meinen Kopf, um ihn zu klären und drehte mich zu den beiden anderen herum. Kion stand unter der Kamera, an der herausgerissene Kabel herunter hingen, und Eiren stand noch immer am Bett.

»In Ordnung: Eines nach dem anderen. Eiren, das ist Kion, Kion, Eiren«, stellte ich sie schnell vor.

»So, und jetzt erzähl du mir mal bitte, wieso du hier bist«, sagte ich an Kion gewandt.

Es kam mir ein wenig unheimlich vor, dass er genau in dem Augenblick kam, als ich mit dem Gedanken spielte, hier heraus zu kommen.

»Sie wollen euch wegbringen. Ein Lufttransporter steht oben bereit. Sie haben eben Vae dort hin gebracht.« Entsetzt schritt ich auf ihn zu.

»Sie haben *was* getan?« Eine ungeheure Wut kochte in mir hoch und sofort begann mein Arm zu pochen.

»Nor, beruhige dich bitte.«

»Kollin, dieser miese...«, doch mir fiel kein Wort ein, dass meine Wut ausreichend zum Ausdruck gebracht hätte. Nicht, dass es schon genug gewesen wäre, dass er jede einzelne meiner Bedingungen gebrochen hatte; er ließ Vae nicht einmal jetzt frei, wo er doch schon Eiren und Xeth als Druckmittel gegen mich in der Hand hatte. Er hatte mir alles genommen. Außer meinem freien Willen. Und dieser würde ihn jetzt einiges kosten.

»Norin. Wir müssen jetzt erst hier raus.«

»Nein!«, schrie ich und ein unbändiger Zorn flammte in mir auf. »Ich will diesen Scheißkerl leiden sehen und zwar jetzt!«

»Sei vernünftig. Du weißt, dass das hier nur funktioniert, wenn du mitmachst. Die anderen sind schon auf dem Weg.«

»Was für andere?«, fragte Eiren.

»Norin. Bitte. Sieh mich an.« Kion kam zu mir und nahm mein Gesicht in seine Hände. Ich wollte mich wehren, doch er hielt mich fest. »Sieh mich an«, wiederholte er und ich ließ seine ruhige Stimme zu mir durchdringen. Seine grünen Augen brannten Ruhe in meine eigenen und sofort entspannte ich mich wieder.

»Danke«, flüsterte ich und sah ihm in die Augen. Er ließ mein Gesicht los und sah sich um.

»Also, als erstes müssen wir hier raus, ohne viel Aufsehen zu erregen.«

»Das wird schwer.«

»Spätestens wenn Oenn hier ankommt, ist es egal, ob wir unauffällig sind und ich schätze, das wird nicht mehr lange dauern.«

»Alles klar, der einzige Weg hier raus sind die Treppen. Den Aufzug würde ich ablehnen, da wir nicht wissen, wann die anderen hier ankommen werden. Schon die erste Bombe könnte den Strom lahmlegen.«

»Du hast Recht. Also los.«

»Eiren, du musst dicht bei uns bleiben«, sagte ich und ging zur Tür.

»Erklärungen folgen später, also tu bitte einfach, was wir dir sagen, in Ordnung?«

Ich zog die Tür auf und blickte in ein rot glühendes Augenpaar, das mich so sehr erschrak, dass ich den Schlag auf meiner Brust kaum spürte.

»Wir müssen von dieser Seite in das Gebäude hinein. Oenn, hier zwei Bomben und dort an dem Pfeiler eine. Darien, hilf ihm bitte.«

Sofort folgten Darien und Oenn seinen Vorschlägen und auch Meith versuchte sich nützlich zu machen, indem sie weitere Sprengladungen an Türen anbrachte.

Leander hielt derweil Ausschau nach nahenden Gefahren, doch Ian war guter Dinge, dass diese Leute zu sehr damit beschäftigt waren, ihre Abreise zu planen, als dass sie darauf geachtet hätten, was fünf kleine, leise Inselbewohner da an ihren Pfeilern und Türen zu schaffen hatten.

»Alles klar soweit«, sagte Darien und auch Oenn nickte Ianen mit erhobenem Daumen zu. Meith brauchte einen Augenblick länger, doch dann kehrte auch sie zu Ianen zurück.

»Können wir loslegen?« Ianen sah in die Runde und blickte in entschlossene Gesichter, die ihm zunickten. Dann zündete er eine weitere Bombe in der Hand und warf sie in Richtung des größten, noch stehenden Pfeilers.

Sie hatten sich mit Absicht genauso postiert, dass sie zwischen dem zerstörten Teil des Hauses und dem noch stehenden Teil in das Haus hineinschlüpfen konnten.

Bei dem Chaos, dass die Bomben hinterlassen würden, hätten sie genug Möglichkeiten, unbemerkt in das Gebäude zu gelangen.

Und der Plan ging auf.

Mit einer gigantischen Explosion zwischen bestehendem und zerstörtem Haus gelang es ihnen nach und nach an den verwirrten, in Panik herum irrenden Fremden vorbei in das Gebäude hinein zu kommen, ohne, dass sie jemand bemerkte oder behinderte.

Männer stürmten aus den Türen heraus, um zu dem Bombenherd zu gelangen, und ließen die Türen ungeachtet offen stehen. Es dauerte nicht einmal lange und Ian beschlich in diesem Moment ein schlechtes Gefühl. Das war viel zu einfach in dieses Haus hereinzukommen. Irgendetwas konnte da nicht stimmen, das hatte er im Gefühl. Und doch gingen sie weiter und immer weiter, denn ein Zurück gab es nicht mehr. Jetzt mussten sie den Plan durchziehen, sonst wären sie und mit ihnen auch Norin verloren und das würde er auf keinen Fall zulassen.

»Wir teilen uns auf. Darien und Oenn, ihr geht links, Meith, Leander und ich rechts. Wir treffen uns oben wieder. Und denkt daran, was getan werden muss, wenn etwas schief läuft.«

All die Männer sahen ihm tief entschlossen und verantwortungsbewusst in die Augen. Meiths Blick wich er lieber aus. Seit Tagen wirkte sie sehr wirr und abgelenkt. Das war mit ein Grund, weshalb er mit ihr und Leander zusammen ging.

Bei drohender Gefahr durch ihre Nachlässigkeit oder Unkonzentriertheit konnten sie eingreifen und helfen. »Also schön, alles Gute sei mit euch«, sagte er, reichte Darien und Oenn die Hand zu einem festen Händedruck und zeigte seinen beiden Begleitern die Richtung, in die sie weitergehen würden.

Kaum waren sie ein paar Schritte gegangen, hörten sie Schüsse aus der entgegengesetzten Richtung und dann einen lauten Knall von einer der kleineren Bomben.

Sie alle hatten genug Ausrüstung um entweder richtigen Schaden anzurichten oder einfach kurz abzulenken. Darien und Oenn lenkten wohl gerade ab, damit sie weiter in die vorgegebene Richtung gehen konnten.

In ihren eigenen Weg stellte sich niemand. Beinahe, als würde sie jemand einladen, als würde Kollin wollen, dass sie so weit vordringen konnten, kamen sie ohne jegliche Hindernisse voran.

Ianens Instinkt verriet ihm, sich zurückzuziehen, abzuwarten und zu sehen, ob da nicht doch eine lauernde Gefahr war, die ihn und seine Begleiter bedrohen könnte. Doch etwas anderes in ihm zog ihn immer weiter und weiter, ohne an drohende Gefahren zu denken – und zwar seine Sehnsucht nach einem Mädchen, in das er hoffnungslos und gegen jede Vernunft verliebt war.

Und das machte ihn unaufmerksam.

Viel zu spät bemerkte er den Krach, viel zu spät erst hörte er die Schreie und viel zu spät erst dachte er an die Sicherheit der Leute um ihn herum.

Als er Norins Schrei hörte, blickte er sich nicht um, sondern rannte blind nach vorne, um zu ihr zu gelangen.

Der Schlag schmetterte mich hart an die gegenüberliegende Wand. Mein Kopf brummte, meine Brust brannte und mein Herz raste, während ich Kion auf die Tür zu und Eiren zu mir rennen sah.

»Nein!«, schrie ich und sah kurz darauf, wie Kions Hände mit einem paar viel kleinerer, aber dennoch kräftiger Finger verflochten waren. Als wollten sie einander voneinander fortschieben drückten sie gegen den anderen. Ich beobachtete nur einen kurzen Augenblick zwischen Kion und dem Etwas, das einmal Maye Rie gewesen war, und sah kurzes Erkennen in ihren Augen. Und dann nur noch Hass. Blanken, reinen Hass in seiner natürlichsten Form, wie er von einem Feuer von Rot unterlegt und betont war.

Maye Rie war zu dem gemacht worden, als das Kion geboren worden war: Zu einem Mutanten, zu einer Maschine des Gehorsams und der Gewalt. Dass Maye Rie gegen jemanden kämpfte, den sie nicht besiegen konnte, schien sie gar nicht zu interessieren. Stattdessen flammte das unnatürliche Rot ihrer Augen nur noch mehr auf und die Adern überall an ihrem Körper zeichneten sich unter der Haut ab. Doch dann sah ich genauer hin und erkannte, dass das keine Adern waren. Sie waren nicht blau und schienen leicht durch die Haut. Sie waren wie Kabel, die unter der Haut entlang führten und die Maschine, die Maye Rie geworden war, antrieben.

Es sah genauso aus wie das, was mit meinem Arm passierte, wenn er besonders stark wurde. Nur war es bei ihr an ihrem gesamten Körper. Selbst an ihrer Stirn und an ihrem Hals zeichneten sich die Kabel ab und schienen die straff gespannte Haut wegsprengen zu wollen. Voller Entsetzen starrte ich auf meinen Arm und die lange Narbe. Unglauben machte sich in mir breit und Angst.

»Nor, alles okay bei dir?«, fragte Eiren mich aufgeregt.

»Ja«, krächzte ich und bemerkte, wie sehr mein Körper von Maye Ries Schlag weh tat. »Geht schon. Wir müssen Kion helfen«, vergaß ich alles um mich herum, als ich sah, wie seine Füße sich zentimeterweise auf dem Boden nach hinten bewegten. Ich erhob mich, und sah den lächelnden Kollin voller Abstoßung an.

»Was hast du krankes Monster nur mit ihr gemacht?«

Als wäre meine Stimme ein Signal, auf das sie trainiert worden war, sah sie über Kions Schulter zu mir und ihr Blick wirkte noch hasserfüllter und wütender, was ich nicht für möglich gehalten hatte.

»Töten«, hörte ich sie mit unmenschlich klingender Stimme brummen. So viel negative Emotionen, so viel Hass und so viel Abstoßung wie ich für Kollin innerlich aufbrachte, legte diese neue Maye Rie in ihre Stimme. Es klang so erschreckend bösartig und wütend, dass mir ein Schauer über den Körper lief. Sofort war ich sicher, wenn ich nur eine Sekunde mit ihr alleine wäre, wäre ich sofort tot.

Auch Kion und Eiren schienen das sofort zu begreifen. Während Eiren sich schützend vor mich stellte, begann Kion sie mit einem wutentbrannten Knurren gegen die Wand zu drängen.

So wie meine Stimme für Maye Rie ein Signal gewesen war, so war ihr Knurren eines für ihn gewesen, mich zu beschützen. Ich war erschrocken, wie ähnlich sich die beiden waren und dass Kollin es geschafft hatte, Kion so zu verdrehen.

»Kion, bitte«, sagte ich, doch er schien mich gar nicht mehr zu hören. Wie ein wütendes, wildes Tier schmetterte er sie immer wieder gegen die Wand.

»Kion«, rief ich, doch ich konnte nicht zu ihm durchdringen. Zu Maye Rie allerdings drang meine Stimme durch, denn diese brüllte jedes Mal wütend auf, sobald ich sprach.

»Genug«, hörte ich Kollins Stimme schneidend eingreifen. Sofort blieb Maye Rie regungslos in Kions Händen.

»Das reicht, MAIE. Du wirst sie nicht töten«, befahl er ruhig und blickte mich zufrieden an. Noch immer wirkte er so siegessicher, dass er sogar ein wenig lachte, als er fortfuhr. »Du wirst ihn töten«, sagte er und wandte dann seinen Blick zu Kion. »Verräter«, knurrte er angewidert. »Hintergehst deine eigene Art, um bei einem einfachen Menschenweib zu sein. Schwach und widerlich. Du hast nichts anderes verdient als einen grauenvollen Verrätertod. Also gib ihm, was er verdient, MAIE«, grinste er einerseits zufrieden, andererseits geisteskrank vor Hass und Zerstörungswut.

Und sobald er geendet hatte, stürzte sich Maie, wie er sie nannte, auf Kion, als würde es um ihr Leben gehen. Ungebändigt und mit der ungestümen Wildheit eines gefangenen Tieres war sie so unbarmherzig im Kampf wie ich es niemals erlebt hatte. Nicht der Hauch einer Emotion huschte über ihr Gesicht. Zu töten war für sie bloß ein Auftrag. Ein Mittel zum Zweck; und zwar zu dem Zweck, nicht mehr von Kollin bestraft zu werden. Gehorsam, oder Bestrafung – so wurden diese Klone erzogen, hatte Kion mir erzählt. Ich fand es entsetzlich, wie aus einem so jungen Mädchen in so kurzer Zeit eine solche Tötungsmaschine hatte werden können.

Ich war kurz davor, Kion zu helfen, doch ich hatte die Befürchtung, dass es nicht gerade förderlich wäre, wenn ich ihr nahe käme, weil es dann ihre ungezügelte Wut entfesseln würde. Und ich glaubte, dann würden weder er noch ich etwas gegen sie ausrichten können.

Kion konnte sich gut gegen sie wehren, aber Maie wurde immer brutaler, immer grässlicher. Als erhöhe sie schlicht die Effizienz ihres Tuns wurde sie von Schlag zu Schlag besser, schneller und stärker. Bei dem Gedanken daran, dass Kion auch einmal so gewesen war, wurde mir schlecht.

»Das ist einfach nur schrecklich«, sagte ich entgeistert und klammerte mich an Eiren. »Wir müssen etwas tun!«

»Wir können nichts tun. Wir können nur gehen. Komm mit mir, er lenkt sie doch so lange ab, mit Kollin wirst du fertig und dann haben wir freie Bahn.« Als würde das Schicksal und nicht ich Eiren eine Antwort geben, war ein inzwischen bekanntes, chaosschaffendes Geräusch zu hören, das einen Oenns Bomben in der Nähe vermuten ließ. Ianen, Leander, Darien, Oenn und Meith waren also hier und hatten mit dem ersten Teil des Planes begonnen.

Das hieß, das ganze Gebäude würde sich nun darauf konzentrieren, uns hier drinnen zu behalten.

»Okay, vergiss, was ich gesagt habe«, schaltete Eiren schnell und erinnerte sich wohl daran, dass ich ihm von Oenns Bomben erzählt hatte, die bereits beim letzten Mal hier viel Schaden angerichtet hatten.

»Wir müssen ihm helfen«, schrie ich über all den neuen Lärm hinweg und blickte verzweifelt zu Kion. Man sah, dass es ihm immer schwerer fiel, sich gegen Maie zu wehren.

»Gib ihm dem Rest, MAIE«, sagte Kollin gleichgültig, was mich an den Rand der Weißglut trieb.

»Du miese Ratte!«, schrie ich und stürmte auf Kollin zu. Mit der Faust, in der keine Kabel oder Chips, oder sonstiges waren, schlug ich ihm hart ins Gesicht.

Blut floss aus seinem Mundwinkel als er mich ansah.

»Das war ein Fehler, Norin Fly«, sagte er und blickte mich mit blitzenden Augen an.

»MAIE!«, brüllte er, und wie auf Kommando kam sie zu uns herüber.

Doch Kion, der nur noch mich ansah, stürmte ihr hinterher und vernachlässigte seine eigene Deckung. Ich sah ihre Augen nach links huschen, wo er direkt hinter ihr auf sie zukam, um sie daran zu hindern zu mir zu gelangen.

»Kion, nicht!«, schrie ich, doch es war bereits zu spät. Mit enormem Schwung und einem vor Kabeladern wild pochenden Arm stieß Maie ihn mit voller Wucht den Ellenbogen unters Kinn.

Direkt danach setzte sie noch vier gezielte, heftige Schläge in sein Gesicht, bevor ich sie erreichen und daran hindern konnte, ihm noch mehr weh zu tun.

Diesmal klang meine Stimme wie die eines Tieres. Mit aller Wut, die ich trotz Sorge um Kion aufbringen konnte, sah ich nur noch Maie und mein Ziel vor mir, sie unschädlich zu machen.

Die brutalen Schläge in sein Gesicht schalteten alle meine Gedanken für einen Augenblick ab und ließen mich mit der gleichen Brutalität vorgehen, wie sie selbst.

Ich packte ihr Kinn und riss es mir solcher Wucht nach hinten, dass sie neben mir liegen blieb. Ich starrte in ihre rot glühenden Augen und ihr hässlich grinsendes Gesicht und alles in mir setzte für einen kurzen Moment aus. Meine Arme, Hände und Finger bewegten sich, ich hörte ein Schreien, ich hörte entsetztes Aufkeuchen, doch erst als es zu spät war, sah ich, was ich getan hatte. Ich hatte drei der Kabel, die unter Maies Haut verliefen, herausgerissen. Und tatsächlich waren es schwarze Kabel, so dick wie Adern, die nun aus den offenen Wunden in ihren Armen heraushingen, und die sie brüllend und kreischend wieder in ihren Arm setzen wollte.

Ich dachte nicht darüber nach, was ich getan hatte und wie grauenvoll das gewesen war, im Gegensatz zu dem, was sie getan hatte, und konzentrierte mich allein auf Kion. Sofort eilte ich zu ihm und kniete mich neben ihn. Sein Gesicht war blutverschmiert, seine Zähne waren abgebrochen und seine Nase musste, so krumm wie sie war, mehrfach gebrochen sein.

»Kion«, sagte ich leise und sanft und wippte langsam hin und her. Ich flehte innerlich, dass er noch lebte und sie nicht sein empfindliches Inneres verletzt hatte. Dass er kein richtiger Mensch war, wusste ich. Dass er auch nicht die verletzlichen Innereien hatte, war auch klar, jedoch war in ihm empfindsame Technik. Außerdem brauchte er Herz und Gehirn, um zu leben. Und wenn die Verbindungen dazwischen verletzt waren, wäre alles vorbei. Bei diesen Gedanken stiegen mir Tränen in die Augen und ich wippte schneller hin und her.

»Kion. Kion! Hörst du mich? Bitte! Mach irgendwas. Irgendetwas! Komm schon!« Doch er reagierte nicht.

»Kion! Kion?« Immer wieder sagte ich seinen Namen, bemerkte, wie meine Tränen auf seinem Gesicht landeten und er noch immer leblos unter mir lag. Ich schloss meine Finger fester um sein Gesicht.

»Bitte, Kion! Komm schon! Mach was! Kion!« Um uns herum war für mich alles still. Ich hörte weder Maies Schreie noch Kollins oder Eirens Worte. Für mich gab es nur Kion, der sich nicht bewegen wollte, und dessen Ruhe mich in den Wahnsinn trieb.

»Bitte, Kion. Ich will nicht ohne dich sein! Bitte, lebe! Du kannst nicht sterben. Komm wieder zurück«, weinte ich und spürte wie Verzweiflung und Panik in mir hochkrochen.

»Kion, Bitte! Atme, bewege dich, mach was! Ich kann nicht mehr ohne dich weitermachen, du musst leben. Lebe!«, sagte ich immer wieder und bei jedem Wort kroch alles in mir immer weiter und weiter.

»Kion! Lebe! Bitte!«, schrie ich und küsste ihn. »Komm zu mir zurück.« Doch er wollte sich einfach nicht bewegen. Egal was ich tat, sagte oder dachte, er bewegte sich nicht mehr.

Die Frustration stieg mir in die Kehle, und dann passierten mehrere Dinge gleichzeitig: Ein durchdringender Schrei drängte sich aus meinem Mund, Kion tat einen Atemzug, eine Bombe ging direkt vor der Tür hoch und Leander stürzte in den Raum.

Tod und Verderben

Sie waren mitten in dem Gebäude, als die ersten Soldaten sich in ihren Weg stellten. Es waren nicht viele und sie hatten die drei Männer schnell überwältigt. Dann jedoch überraschte sie eine Traube von Soldaten, die gut ausgebildet und schwer zu umgehen war. Einige mussten sie außer Gefecht setzen, andere umbringen, doch gegen alle würden sie zu dritt nicht bestehen können. Er hörte Meith bereits neben sich keuchen und hecheln, als er beschloss mit einer der Bomben den Weg freizumachen. Er zog eine davon, warnte die anderen und als das Chaos am Größten war, stahlen sie sich davon. Zwei einzelne Wachen, die ihnen auf dem Weg zu dem ganzen Krach entgegen kamen, waren sie schnell losgeworden. Und dann standen sie in einem langen Flur. Drei Türen schwangen auf und vor ihnen standen Unmengen von Soldaten. Ianen hatte keine Zeit, sie zu zählen, da stürzten sie sich schon auf sie. Ian gab, was er konnte, doch schnell war ihm klar, dass sie zu dritt keine Chance gegen diese Anzahl von Männern hatten. Es dauerte nicht lange, da hatten sie Meith festgenommen und Leander kämpfte nicht gut genug, um all die Männer zu zweit besiegen zu können. Unruhe und Wut stiegen in Ian hinauf, weil er nicht wusste, was sie tun sollten.

Es gab nur eine Möglichkeit, doch war das Risiko eigentlich zu hoch. Es könnte Meith und Leander und auch ihn selbst verletzen, doch sie brauchten Hilfe und es war der einzige Weg, um Darien und Oenn Bescheid zu sagen, wo sie sich befanden. Er wehrte einen hartnäckigen Soldaten ab, der einfach nicht zu Boden gehen wollte, griff in seine Tasche und zückte eine Bombe. Er heftete sie dem Mann an den Oberkörper und schubste ihn hart in die Mitte des Flures.

»Deckung!«, rief er, doch der Schrei ging bereits in der Explosion unter. Er hörte Meiths helle Stimme, er hörte erstickte Schreie von Männern, die der Gewalt der Bombe erlagen, und er hörte noch etwas, das ihm das Blut in den Adern gefrieren ließ.

Einen Schrei, der so markerschütternd war, dass Ianen sofort alles andere um sich herum vergaß. Die überlebenden Männer, Meith, Leander, Oenn und Darien – sein Kopf war wie leer gefegt und alles, was für ihn noch zählte, war, in diesen Raum am Ende des Flures zu gelangen.

Der Raum, aus dem Norins Stimme zu ihm gedrungen war.

Ein Ton, der ihm so sehr ins Herz schnitt, dass er nicht einmal sah, dass Leander bereits in der Tür stand.

Ich klappte vor Erleichterung beinahe zusammen. Kion streckte seinen Rücken durch und tat einen weiteren Atemzug, tief und durchdringend. Es tat so unglaublich gut, ihn atmen zu sehen. Ich fiel ihm um den Hals und nahm ihm beinahe wieder die Luft.

»Oh mein Gott, du lebst! Du lebst!«, sagte ich immer wieder und drückte ihn noch ein wenig fester. Er hustete, und seine Stimme klang schrecklich, aber er lebte.

»Ich würde dich niemals verlassen«, flüsterte er leise lachend, was aber leider in einen üblen Hustenanfall umschlug. Nachdem er diese Worte gesagt hatte, registrierte ich auch wieder, was um mich herum geschah. Die wilden Schreie von Maie, Leander und Eiren, die sich wütend beschimpften und anbrüllten, und Kollin, der noch immer dort stand und voller Ruhe alles beobachtete.

Dann rannte Ianen beinahe in Leander hinein, doch es interessierte ihn überhaupt nicht. Und mich auch nicht. Wenn der Blödmann sich streiten wollte, weil Ianen so rücksichtslos war, sollte es mir recht sein. Denn alles, was in diesem Moment zählte, war Ianen, der mich mit Erleichterung und einem unschlagbar frechen Grinsen ansah und auf mich zukam. Er fiel auf die Knie und nahm mich in den Arm.

»Es geht dir gut«, lachte er auf und küsste immer wieder meine Haare.

»Und du grinst«, musste auch ich auflachen, doch verflog unsere gute Laune schnell. Er löste sich von mir und sah zu Kion.

»Du wirkst zerschmettert. Alles klar, Großer?« Kion nickte nur und versuchte sich aufzurichten. Ianen nickte zurück und dann begann auch er den Raum um sich herum wahrzunehmen. Und dann sah ich etwas an ihm, was ich noch nie gesehen hatte.

Er blickte zu Maye Rie hinüber und sah auf ihren Arm. Und dann in ihre Augen. Und eine Woge aus Grauen überlief sein Gesicht. Doch blickte er dabei nicht auf sie, sondern auf mich und meinen Arm.

Er nahm ihn in die Hand, drückte meine Finger und fuhr mit einer Fingerkuppe über meine Narbe.

»Wir müssen unbedingt dieses Zeug aus deinem Arm bekommen«, flüsterte er und sah wieder zu Maie. Dann erhob er sich und stürmte mit einer unerwarteten Wut auf Kollin zu.

»Sie mieser Dreckssack!«, brüllte er und schlug Kollin mit der Faust ins Gesicht. Nun begann auch seine Nase zu bluten.

»MAIE! MAIE! Sofort antreten«, befahl er und sah zu, wie sein neuester Mutant sich unter schmerzerfüllten, unterdrückten Schreien aufrichtete. Dann stand sie und blickte Ianen an. Ein Ausdruck von unglaublicher Trauer und Zuneigung flackerte in ihren Augen. Für eine Sekunde konnte man richtig verfolgen, wie sehr Ianen ihr damit wehgetan haben musste, dass er nicht sie, sondern mich gewählt hatte. Und plötzlich hasste ich mich ein bisschen selbst dafür. Wenn mir so weh getan worden wäre, würde ich das, was meinem Glück im Weg gestanden hatte, auch abgrundtief verabscheuen – und in ihrem Fall war ich das. Vielleicht nicht nur und vielleicht auch erst seit kurzem, aber das war unwichtig. In genau diesem Moment erkannte ich ihr Problem und als hätte sie meine Gedanken gelesen, drehte sie sich langsam zu mir um, und ihr Ausdruck wurde wieder genauso hasserfüllt wie davor. Nur wich ich dieses Mal nicht aus, als sie auf mich zustürmte. Ich blieb einfach vor Kion hocken und konnte es so sehr verstehen, was sie da tat.

Ich schloss die Augen, wartete auf den letzten Schlag, nahm noch fünf verschiedene Stimmen wahr, wie sie meinen Namen nannten, wie sie lauthals »Nein!« schrien und mir befohlen, vernünftig zu sein und fortzugehen, mich zu verstecken, abzuhauen, mich in Sicherheit zu bringen – doch all diese Dinge werden unwichtig, wenn man versteht, warum andere handeln, wie sie handeln.

Und da kamen mir Gedanken, die perfekt auf den letzten Moment in einem Leben passten: Wieso tat Kollin das? Was hatte er für Gründe, all das zu tun? Was hatten die Fürchtigen für Gründe, dass sie taten, was sie taten? Warum war ich diejenige, die auserwählt worden war, um Dinge zu ändern, die andere doch für begründet hielten? Und wieso stellte ich mir diese Frage erst so verdammt spät?

Doch der letzte Moment kam nicht. Er ging vorüber und ich fragte mich, wieso.

Ich öffnete die Augen und sah Darien, mit dem Rücken zu mir stehend. Er hielt Maie im Arm. So wie ein großer Bruder seine unendlich verletzte Schwester im Arm hielt, bevor sie aus blankem Hass etwas Dummes tat.

Und einen Augenblick, da war ich sicher, glaubten alle im Raum, Maie wäre zu helfen. Kurz glaubten alle, dass sie noch nicht Kollins vollendete Bestie war, sondern bloß ein armes Mädchen, dass nur einmal in den Arm genommen werden musste, damit die Welt wieder im alten Sekundentakt schlug. Doch diese Sekunde verstrich und Maie legte Darien die Hände um den Nacken. Dabei traf mich ihr Blick und ich sah in ihren rot glühenden Augen, dass sie Darien den Hals umdrehen würde, um zu mir zu gelangen und das gleiche bei mir zu tun.

Und dann erklang ein Schuss. Und Maie sank leblos in Dariens Armen zusammen. Sofort hörte man ein leises Wimmern von Darien und mir stiegen ebenfalls sofort sie Tränen in die Augen. Der Anblick von einem liebenden Bruder, der seine verlorene, tote Schwester in den Armen hielt, war absolut zu viel für mich.

Wieso musste etwas so grässliches geschehen? Ich war sicher, dass Darien gewusst hatte, was sie vorhatte, und trotz allem, hatte er sie nicht losgelassen. Sie hätte ihm das Genick gebrochen wie einen Blumenstängel und er hätte sie nicht losgelassen.

Wieso waren es immer die, die am meisten liebten, die am meisten leiden mussten?

Dann sah ich zur Tür und konnte nicht recht glauben, dass es Meith war, die dort stand, mit einer Waffe in den zitternden Händen.
Und der Lauf der Waffe zeigte nicht mehr auf Maie. Er zeigte auf mich.
»Meith, lass die Waffe fallen«, hörte ich Dariens tränenerstickte Stimme bitten.
»Das ist alles nur wegen ihr. All dieses Elend.«
Und ich sah in ihren Augen, dass es die reine Wahrheit war. Sie schob nicht bloß die Schuld vom einen zum anderen, sie ignorierte Kollin völlig, sie war nur auf mich fixiert und würde mich mit der winzigsten Bewegung ihres Fingers umbringen. Ohne zu zögern oder zu zweifeln. Sie sprach das aus, das sie als die absolute Wahrheit empfand; für sie war ich schuld und nicht die Fremden, die ihre Insel gestürmt hatten.
Ich sah zu Kion, der verzweifelt und wütend darüber war, dass er sich nicht richtig rühren konnte, und dass er nicht mehr schnell genug wäre, um mir zu helfen. Aber das hätte ich niemals von ihm erwartet. Ich war sogar froh darum, dass er so schwer verletzt war, dass er sich nicht würde vor mich schmeißen können.
»Meith, hör bitte auf dem Blödsinn«, sagte Ianen ruhig.
»Es ist ihre Schuld«, flüsterte sie.
»Nein, das ist es nicht und das weißt du genau.«
»Doch. Alle sind tot, nur wegen ihr.«
Dann blickte ich zu Eiren, der wohl mit all dem, das geschah, restlos und bis zur Vollendung überfordert war. Er sah nur noch mich an und ich konnte in seinem Gesicht lesen, wie sehr er auf ein Wunder hoffte, auch wenn er überhaupt nicht begriff, was da gerade geschah.
»Liebes, bitte leg die Waffe weg. Hör bitte auf, Schatz«, sagte Darien noch immer weinend und unheimlich verzweifelt. Mein Herz brach, als ich die Liebe und die Trauer in seiner Stimme hörte.
»Ich mache das für uns! Damit wir glücklich miteinander auf dieser Insel bleiben können.«
»Du tust das nicht einmal für dich selbst, denn niemand hätte etwas

von Norins Tod«, entgegnete Darien niedergeschlagen und doch klang Erfahrung und Ernst in seiner Stimme. »Es wäre nur ein weiterer, unnötiger, sinnloser und grauenhafter Tod, der vermeidbar gewesen wäre.«

Ich sah zu Ianen, der zu weit weg stand, um irgendetwas zu machen. Er stand noch bei Darien und mir und würde Meith an nichts hindern können, was sie tun wollen würde.

»Sie muss sterben, sonst geht diese Insel unter.«

»Diese Insel ist schon untergegangen«, sagte Ianen und blickte zu der toten Maie, die mit noch immer geöffneten Augen und einem Loch in der Brust in Dariens Armen hing.

Dann suchte ich Leander und fand ihn schließlich, wie er lautlos mit den Lippen die Worte »Vergib mir«, formte und sich dann direkt vor ihren Lauf stellte und mir somit die Sicht auf das nahm, was geschah.

Und bevor ich etwas unternehmen konnte, erklang ein Schuss.

»Nein!«, schrie ich voller Entsetzen und stürmte zu Leander, von dem ich dachte, er müsste jeden Moment zusammen sinken. Doch war nicht er derjenige, der zusammen sank, sondern Meith.

Mit weit aufgerissenen Augen sackte sie zusammen, erst auf die Knie, dann auf dem Bauch liegend.

»Vergib mir, dass ich sie dir auch genommen habe«, sagte Leander laut, ließ die Waffe, die er in der Hand gehalten hatte fallen, nahm mich in den Arm und drehte sich dann um, um zu Darien zu sehen. »Ich hoffe, du kannst mir das eines Tages vergeben.«

Dann erst verstand ich, dass Leander die zwei lautlosen Worte nicht zu mir, sondern zu Darien gesagt hatte. Darien legte Maie behutsam neben Meith und schloss die Augenpaare, der beiden toten Frauen. »Dir sei vergeben«, flüsterte Darien und sah mich und Leander an. »Wenn ich ehrlich bin, habe ich beides kommen sehen. Ich wollte es nur nicht wahrhaben. Es wäre zu verhindern gewesen, doch ich war zu blind.«

»Es tut mir so leid«, sagte ich und schluckte hart. »So unendlich leid.«

»Ja, danke, ich weiß, Norin. Und deine Tränen bedeuten mir viel. Aber jetzt müssen wir an die Lebenden denken und nicht an die Toten.«

Er sah zu Ianen und Leander und erklärte: »Ihr müsst alle sicher hinauf auf das Dach bekommen. Mit ein bisschen Glück und einer Menge Wunder, können wir es noch schaffen.« Die beiden Männer blickten ernst und entschlossen zurück und nickten. Dann sah Darien zu Oenn, welcher einfach nur stumm nickte.

»Wir kommen nach«, sagte Oenn. Eines der wenigen Male, das ich ihn sprechen hörte. Er redete wohl nur, wenn er verstand, dass ein anderer gerade nicht in der Lage war, viele Worte von sich zu geben.

Leander und Ianen gingen zu Kion, um ihm aufzuhelfen. Mit Eirens Hilfe gelang es ihnen schließlich und sie schleppten ihn zu dritt zur Tür. Dass Kollin geflohen war, bekam ich erst jetzt mit. Doch es erschien mir unwichtig. Ich blieb stehen und beobachtete wie Darien begann, Zeichen in den Staub der Haustrümmern zu zeichnen.

»Ich möchte dabei sein«, meinte ich leise.

»Ich weiß dein Pflichtbewusstsein und dein Gewissen zu schätzen, aber ich möchte den beiden die letzte Ehre erweisen und bei aller Liebe, Norin, die ich für dich als Anführerin empfinde, glaube ich nicht, dass die beiden das gewollt hätten.«

Da hatte er wohl Recht. Wenn es nach Maye Rie und Meith gegangen wäre, wäre nun ich die Tote mit der Kugel im Rumpf. Ich schluckte hart und nickte und verließ dann mit den vier übrigen Männern den Raum. Kion gab Anweisungen, wo wir entlangzugehen hatten, um hier heraus zu gelangen, doch ich achtete nicht darauf. Überhaupt flog alles an mir vorbei als wäre der ganze Rest der Welt unwichtig. So viele Menschen waren gestorben. So viele liebende Menschen hatten leiden müssen. Und das alles, nur damit ich leben konnte.

Aorn, Aete, Redic und so viele andere Inselbewohner, die wegen Maye Ries Machtsucht in den Tod getrieben wurden. Claie. Ein so liebenswürdiges und intelligentes Mädchen, das vollkommen unschuldig in einen Strudel aus Rache, Veränderung und Zwang hineingezogen worden war, ohne die Chance zu bekommen, sich zu wehren.

Darla, Honeg, Emilen. So brutal und gnadenlos hingerichtet durch ein

Spiel, das so sinnlos war, dass es einfach nur tragisch, grauenvoll und widerlich war.

Maye Rie, Meith, die durch ihren Hass und ihre Eifersucht auf eine andere Person, die es gar nicht wert war, mit dem Leben bezahlt hatten.

Und schon vor meiner Zeit: Kaitten, Reshlin, Dariens und Maye Ries Vater, ihre Mutter, Ianens Mutter, sein Vater.

Und noch all die anderen, die dafür hatten bezahlen müssen, dass einige Menschen ihre Gier nicht unter Kontrolle hatten.

All die Mutanten, die so wie Kion leben könnten und so lebten wie Maie. Und vielleicht auch so enden würden…

Und da fasste ich einen Entschluss.

Sofort ließ ich das Vorbeirauschen der Welt zu einer geschärften, realen und sehr gefährlichen Welt werden und konzentrierte mich mit all meinen Sinnen auf meine Umgebung. Um wenigstens die noch zu retten, die zu retten waren. Wir hatten endlich die Treppe erreicht, die hinauf zum Dach führte, als hinter uns einige von Kollins Soldaten angelaufen kamen.

»Sie wollen aufs Dach«, sprach einer in seinen Hemdkragen und zückte eine Waffe. Noch bevor er den Finger an den Abzug legen konnte, holte ich mit meinem Bein aus und trat ihm die Waffe aus der Hand. Sofort schaltete Ianen und löste sich von Kion, um mir zu helfen.

»Jetzt«, sagte ich leise und er nickte.

»Geht vor, wir kommen gleich nach!«, rief er Kion, Eiren und Leander zu.

Geheimer Plan

Er hatte kein gutes Gefühl bei der Sache, doch er tat, wie ihm geheißen und schaffte den großen Kion mit Eirens Hilfe die Stufen hinauf.

Er wusste, wie wichtig es Norin war, dass den beiden nichts geschah, also nahm er sich fest vor, alles zu tun, um dafür zu sorgen, dass sie in dem Zustand blieben, in dem sie waren. Nämlich in einem Stück. Es war anstrengend den schweren Kion auf das Dach zu bekommen, doch irgendwie schafften die beiden es mit viel Kraft und Schweiß.

Als sie oben angekommen waren, wurden sie von fünf Soldaten überrascht. Glücklicherweise hatte Leander die Waffe noch immer in der Hand, mit der er Meith erschossen hatte, um Norin zu beschützen. Er schoss fünf Mal, traf allerdings nur drei von den Männern und auch nicht tödlich. Dann erklangen laute, ratternde Schüsse und sie gingen in Deckung.

Leanders Herz pochte ihm im Hals und insgeheim verabschiedete er sich schon von der Welt, als er eine vertraute Stimme hörte.

»Leander? Bist du es?« Renger.

»Ja, wir sind hier hinter den Kisten.«

»Wer ist das?«, fragte Eiren und wirkte sofort hektisch. Der Bursche hielt sich wacker dafür, dass er so von allem überrumpelt wurde und eigentlich keine Ahnung hatte, was da alles vor sich ging.

»Ein alter Freund von mir«, erklärte Leander.

Sofort tauchte Renger von der Seite auf und Leander konnte nicht anders, als sich tierisch zu freuen, seinen alten Freund zu sehen.

»Schön zu sehen, dass du durchgehalten hast«, grinste der glatzköpfige ehemalige Soldat ihn an.

»Schön zu sehen, dass du noch immer auf meiner Seite bist«, grinste Leander zurück.

»Kommt, ich helfe euch«, sagte Renger und nahm Kion unter der Schulter. Auf dem Weg zum Lufttransporter schoss er seinen Kameraden noch ein paar Mal in Schulter oder Bein.

Die Schmerzensschreie waren kaum zu ertragen, doch das Magazin war leer und sie mussten nun hoffen, dass die Verletzten vom Blutverlust bald in Ohnmacht fielen. Renger öffnete die Türen des kleinen Transporters und setzte Kion dort ab.

»Kannst du so ein Ding fliegen?«, fragte Leander zweifelnd.

»Sicher. Ich kann alles fliegen. Das dürfte euer kleinstes Problem sein«, zwinkerte Renger ihm zu. »Allerdings nehme ich an, dass noch mehr Leute kommen werden, und dann müssen wir Gewicht loswerden.«

»Also räumen wir aus?«

»Alles, was wir nicht brauchen, räumen wir aus.«

Also begannen die zwei Männer nach und nach Kisten, Boxen und andere Fracht wieder auszuräumen.

Bis Leander auf einen Sack stieß. Einen Sack, der sich bewegte.

»Das ist Vae«, krächzte Kion und hielt sich die Brust. Den Kerl musste es wirklich heftig erwischt haben, dachte Leander und machte sich an dem Sack zu schaffen.

Und als er ihn öffnete kam tatsächlich Vae zum Vorschein.

»Woher wusstest du das?«, fragte er und freute sich, sie zu sehen. Nach all den schrecklichen Ereignissen tat es gut, mal zwei schöne Überraschungen zu erleben – erst Renger, dann Vae. Doch als er den Knebel und die Augenbinde löste zuckte er vor lauter Schock stark zusammen und vergaß alle Fragen und ihre Antworten.

»Du heilige Scheiße!«, entfuhr es ihm und er schlug sich die Hand vor den Mund. Fassungslos starrte er in Vaes Gesicht und in ihre milchweißen Augen. Im nächsten Moment ging schon ein gewaltiges Holpern und Rütteln durch den Boden und eine gigantische Explosion folgte. Sofort warf Leander sich über Vae und versuchte, sie beide in Sicherheit zu bringen.

Sobald Eiren, Leander und Kion außer Sichtweite waren und die Soldaten aus dem Weg geräumt waren, machten Ianen und ich uns sofort auf den Weg. Wir rannten in die entgegengesetzte Richtung. Während des Laufens griff Ianen meine Hand und lächelte mich schief an.
»Wir tun es«, sagte er fest entschlossen.
»Sie werden uns hassen. Für immer und ewig.«
»Aber wir tun es«, wiederholte er und grinste wieder so dreist.
»Und wie wir es tun«, sagte ich bitter lachend. Wir rannten weiter, ohne mit anderen Soldaten zu kämpfen. Wir rannten einfach an ihnen vorbei, wichen ihnen aus, versteckten uns und warteten bis sie vorbei waren. Wir waren nicht auf Kollisionskurs – wir wollten ihnen absichtlich aus dem Weg gehen. Kämpfen lohnte sich jetzt nicht mehr. Bald wäre es sowieso vorbei. Hand in Hand liefen wir weiter, bis wir genau zwei Stockwerke unterhalb der Treppe zum Stehen kamen.

Sie waren gerannt und gerannt und gerannt. Jetzt waren sie keuchend und schwitzend zum Stehen gekommen.
»Die werden uns sowas von hassen«, sagte er und grinste Norin an.
»Ja. Aber wir müssen es tun«, bestätigte sie und drückte seine Hand fester.
»Ich weiß. Willst du es tun?«, fragte er und zog sie näher an sich.
»Zusammen«, lächelte sie. »Dann kann keiner behaupten, der andere sei schuld gewesen.«
»Klingt fair«, erwiderte er.
»Eins.«
»Zwei.«
»Ich liebe dich«, sagte sie und sah ihn mit einem wunderbaren, kecken Lächeln an.
»Ich dich auch«, sagte er und küsste sie leidenschaftlich.
Und gemeinsam riefen sie »Drei!« und drückten den Knopf, der die gigantische Bombe zum explodieren brachte und ihren geheimen, gemeinsamen Plan in die Tat umsetzte.

Das gesamte Gebäude unter ihnen wackelte und bebte.

»Scheiße!«, rief Renger und sah sich um. »Das Gebäude stürzt ein.«

Leander glitt langsam aus dem Helikopter. Vorsichtig und mit Bedacht bewegte er sich über den bebenden Boden und sah über den naheliegenden Rand des Daches hinweg, um zu überprüfen, ob wirklich das gesamte Gebäude am einstürzen war.

Wie er es sich gedacht hatte, war nur der Teil des Gebäudes am Beben, auf dem sie sich befanden.

»Norin«, flüsterte Leander.

In diesem Moment stürmten Oenn und Darien aus der Tür und rannten zum Helikopter.

»Wir müssen sofort abheben, sonst gehen wir mit dem Gebäude unter«, schrie Renger ihm zu.

»Ich gehe nicht ohne Norin!«

»Dann gehst du mit diesem Gebäude unter«, brüllte Renger. »Und das lasse ich nicht zu.«

Der ehemalige Soldat aus dem Brachland stürmte aus dem Lufttransporter und zerrte ihn am Arm zurück.

»Ich gehe nicht ohne sie!«

»Ich auch nicht!«, stimmte Eiren mit ein. »Ich gehe nicht, wenn ich nicht weiß, dass es ihr gut geht.«

»Hört mir mal zu, ihr Helden, wir müssen jetzt hier weg, sonst sterben wir alle zusammen, und ihr werdet niemals erfahren, ob sie noch lebt. Los jetzt!«

»Ihr kennt sie doch«, sagte Kion. »Sie findet immer einen Weg.« Doch klang seine Stimme lange nicht so überzeugend, wie sie sollte. Sie war mit Ianen zusammen gewesen und da wusste man nie, was die beiden zusammen ausgeheckt hatten.

»Komm Leander«, beruhigte ihn der sanftmütige Riese und winkte. »Es hat keinen Sinn zu sterben, wenn du nicht weißt, ob sie noch lebt.« In diesem Moment klang das in Leanders Ohren überzeugend. Er ließ sich von Renger in den Transporter ziehen. Direkt nach vorne auf den zweiten Sitz neben Renger.

»Zieh das über die Ohren«, riet Renger und reichte ihm so etwas wie Kopfhörer. Sofort begann Renger Knöpfe zu drücken und der kleine Transporter begann zu brummen, zu rattern, die Flugblätter über ihren Köpfen begannen sich im Kreis zu drehen und sie hoben ab. Gerade rechtzeitig, denn in diesem Moment stürzten Kollin und ein Rest seiner Soldaten aus der Dachtür.

Kollin grinste und schrie ihnen etwas zu.

Leander hörte es, konnte es allerdings nicht verarbeiten. Als wäre es vollkommen an ihm vorbei gegangen, konnte er nicht daran denken, was Kollin da gerade gerufen hatte. Leander beobachtete wie Kollin und eine Handvoll Leute in den zweiten Helikopter stiegen und ein wenig länger brauchten, um sich in die Lüfte zu erheben. Dann flogen sie in die entgegengesetzte Richtung davon. Leander hatte keine Ahnung, wohin, und es war ihm auch völlig egal. Dann dauerte es nur wenige Sekunden, bis der Gebäudeteil, auf dem sie sich noch eben befunden hatten, einstürzte und wie ein morbides, altes Gebäude in Schutt und Asche in sich zusammen fiel.

Er fühlte sich wie betäubt. Als würde er gar nicht atmen oder sich bewegen oder überhaupt leben. Als wäre er schon tot. Und so fühlte er sich auch. Innerlich tot. Immer wieder schallten Kollins Worte in seinem Kopf nach und doch konnte Leander sie nicht begreifen.

»*Sie waren noch in dem Gebäude!*«

Erinnerungen

Sie flogen erst einige Minuten, doch ihm kam es vor wie Stunden. So benommen und irgendwie leer schien Zeit überhaupt keine Bedeutung mehr zu haben.

Im Transporter schwiegen alle. Jeder hatte gehört, was Kollin gesagt hatte. Sie alle hatten es mitbekommen und doch konnte es keiner laut aussprechen. In einvernehmlichem Schweigen hing jeder seinen Gedanken nach. Welche auch immer diese sein mochten, dachte Leander, sie würden alle mit Norin oder Ianen zusammen hängen.

Sie waren noch in dem Gebäude gewesen, hatte Kollin gesagt, und keiner zweifelte daran, dass er die Wahrheit sagte. Kollin hatte nicht glücklich gewirkt, eher so, als wollte er sie damit noch mehr leiden lassen als sich selbst, aber er hatte keinen Grund zu lügen. Leander selbst wusste am besten, wie lange er nach jemandem wie ihr gesucht hatte. Er brauchte Norin und er hatte schon angefangen seine Pläne mit ihr umzusetzen. Ihr Tod würde den ganzen Plan des Widerstandes auf den Kopf stellen. Es war zu früh gewesen, dass Norin ging. Und doch war Leander irgendwie stolz auf sie.

Sie hatte einen Weg gefunden, sich nicht ausnutzen zu lassen. Sie hatte eine Möglichkeit gefunden, Kollin, Moistuer und all die anderen in ihre Schranken zu weisen und hatte ihnen gezeigt, dass sie nicht allmächtig waren und einem Menschen nicht seinen Willen nehmen konnten. Norins Wille war es gewesen zu sterben. Da war Leander sich sicher: Sie hatte diese Bombe selbst gezündet und sich selbst damit das Leben genommen, genau so wie Ianen. Und das war es, das Leanders Stolz leider ein wenig trübte. Sie hatte es mit Ianen getan und ihn außen vor gelassen. Ebenso wie Eiren, und Kion. Das kam in seinen Augen einer Entscheidung gleich. Sie hatte sie drei abgewiesen und sich für Ianen entschieden. Sie war mit ihm in den Tod gegangen, freiwillig. Sie hatte gewusst, dass sie alle dazu bereit gewesen wären, mit ihr diesen Schritt zu tun und doch hatte sie ihn gewählt. Und das brach Leander das Herz.

Er starrte aus dem Fenster und konnte noch immer nicht verstehen, dass Norin nun nicht mehr war und nie wieder sein würde, als ihm die Schönheit eines Berges auffiel.

Seiner Orientierung nach musste das der Ausblick sein mit dem Zelt an der Spitze, wo Norin hinab gestürzt war. Leander betrachtete diesen Berg mit der dichten, grünen Spitze, die tatsächlich aussah, wie ein Zelt. Ein gigantischer Baum stand ganz oben, dessen lange Reihen von Blättern bis auf den Boden hinab fielen und sich in der Mitte teilten wie ein Eingang. Unterhalb des Zeltes quoll aus mehreren kleinen Lücken im Felsen Wasser. Als wären es kleine Adern, verteilte sich das Wasser auf dem Stein und ließ ihn lebendig wirken. Es war ein unglaublicher Anblick, der Leander auf eine besondere Art berührte, denn er verband diesen Ort mit ihr.

Er dachte nicht daran, wie sie herab gefallen war, sondern er dachte an die schönen Augenblicke, die sie mit einander erlebt hatten. An die Gespräche in den Umkleidekabinen, die Küsse in der Nische der Straße, der Moment, als er ihr die Kette geschenkt hatte und als sie die Kleider angezogen hatte, die er ihr geschenkt hatte. Als sie beide auf dem Sofa in seinem Haus fast die Beherrschung verloren hätten.

Und dann dachte er an all die schönen Augenblicke, die nun wohl niemals geschehen würden und er spürte eine Träne. Und als hätte diese Träne eine Wirkung auf den Felsen, sah Leander eine Veränderung. Aus dem Eingang des Zeltes sprühten wunderschöne Funken. Als würde auch der Fels weinen, sprühten die flinken Funken aus dem Eingang und den Abhang der Aussicht herab, an den kleinen Wasserfällen vorbei, bis sie in der Tiefe erloschen.

Er verstand gar nicht was er sah, bis er Oenns Stimme hörte und Leander wandte sich um.

»Das ist meine Kerze!«, klang er beinahe empört. Leander musterte den Mann, der neben Darien und Kion saß, während Eiren sich zu Vae gesetzt hatte und sie im Arm hielt wie ein guter Freund das tat.

Dann sah Darien ihn total erschrocken an. »Was sagst du da?«

»Das ist meine verdammte Feuerkerze!«, lachte Oenn laut auf und Darien stimmte ein. Leander, der diese seltsame Art von Freude absolut nicht teilen konnte, sah böse zu den beiden Ex-Inselbewohnen. »Es hat zwar jeder seine Art zu trauern, aber ich finde Lachen mehr als unpassend«, stellte er klar und sah wieder zu der Aussicht.

»Du Idiot!«, lachte Darien. »Das ist Oenns Leuchte!« Als müsste Leander jetzt sofort auch anfangen glücklich zu lachen, sah Darien ihn verständnislos an. »Renger, dreh sofort ab, zur Aussicht hin!«

»Wird gemacht!«, sagte Renger und Leander verstand die Welt nicht mehr.

»Mensch, Leander!«, meinte Oenn. »Wer könnte denn bloß eine meiner Kerzen haben? Wer hat sich denn kurz vor Durchführung des Planes extra eine von mir anfertigen lassen?«

Und dann fiel auch bei Leander der Groschen.

»Norin!«, brüllte er es beinahe und wiederholte unnötiger Weise: »Dreh sofort ab, Renger!«

»Du glaubst, es ist vorbei?«

Wir standen direkt am Gipfel des Zeltes und schwenkten die Leuchte hin und her.

»Also entweder sie erdrücken oder sie erschlagen uns«, lachte Ianen neben mir.

»Oder beides«, grinste ich, obwohl mir mulmig zu Mute war. Mal wieder viel zu spät hatte ich daran gedacht, wie schlecht es den anderen wohl mit meiner/unserer Entscheidung gegangen war.

Sie hatten gedacht, wir seien tot, hätten unser Leben geopfert, um sie zu retten. Dass wir in Wahrheit sehr viel weniger heldenhaft waren, als sie gedacht hatten, machte mir nun ein unglaublich schlechtes Gewissen. Der Lufttransporter kam immer näher und langsam konnte ich Leanders Gesicht erkennen. Auch die von Eiren und Darien quetschten sich zu seinem in die kleine Scheibe. Irgendwie sahen sie viel zu glücklich aus. Eigentlich hatten wir gedacht, sie würden sauer sein. Mein Herz rutschte mir noch tiefer in den Hosenboden als ich sah, dass auch Kion sich aufgerafft hatte, um aus dem Fenster zu sehen. Seine Neonaugen wirkten viel zu strahlend.

»Damit hatte ich nicht gerechnet«, flüsterte Ianen, als der Transporter immer näher und näher kam.

Ein Fremder, der am Steuer saß, winkte uns zu, ein Stück nach hinten zu weichen und wir gehorchten schweigend. All die adrenalingeladene Aufregung und Freude von Ianen und mir schwand innerhalb von Sekunden. Als der Transporter landete schützten wir unsere Gesichter vor dem Wind, den die wirbelnden Blätter oben an auf dem Dach erzeugten, und stiegen durch eine Tür ein, die für uns offen gehalten wurde. Kaum waren wir beide im Innenraum und die Tür wieder geschlossen, hoben wir wieder ab. Ein Ruck ging durch meinen Magen, der, wie ich vermutete, nicht vom abheben kam. Und dann standen wir zwei an der Tür und sahen in die Gesichter der anderen. Ein kurzes, unangenehmes

Schweigen kam auf, das dann aber von wildem Gerede niedergetrampelt wurde.

Von Freude, zu Aufregung, zu Entsetzen und Enttäuschung war alles dabei. Darien war aufgewühlt und stellte Fragen, Eiren freute sich einfach bloß, Oenn hatte gar kein Verständnis für unser Handeln und Kion schwankte zwischen Enttäuschung und Glück.

Für mich war das alles einfach zu viel. Ich konnte mit all diesen Emotionen, Fragen, Aussagen und Vorwürfen nicht umgehen und fühlte mich einfach nur überrumpelt. Als wir das alles geplant hatten, hatten wir noch gedacht, es wäre die einzige Möglichkeit gewesen. Nun fragte ich mich, ob es nicht doch eine andere Möglichkeit gegeben hätte, die die anderen nicht so verletzt hätte.

Und dann traf ich auf Leanders Blick und etwas in mir zerbrach. Er schien einfach bloß traurig. Er nickte mir mit einem Lächeln zu, dass nicht an seine Augen reichte und sagte nur: »Schön, dass es dir gut geht.«

Dann stürmte Eiren zu mir und nahm mich so in den Arm, dass ich Leander nicht mehr sehen konnte.

Als Darien mit seinen Fragen immer aufdringlicher wurde, übernahm Ianen das erzählen, erklären und entschuldigen. Ich überließ es ihm widerstandslos, denn ich hatte weder Lust zu reden noch zu erklären, noch von Fragen gelöchert zu werden.

Mein Gewissen beschäftigte mich so sehr, dass ich eigentlich gar nichts tun wollte, außer mich tausend Mal zu entschuldigen. Für das gedankenlose Handeln, für all die Sorgen, die sie sich gemacht hatten, und die wenigen Minuten, in denen sie geglaubt hatten, sie wären alle auf sich allein gestellt.

»Wir haben keine andere Möglichkeit gesehen, um euch heil aus dieser Sacher heraus zu bekommen. Wenn Kollin geglaubt hätte, Norin wäre in diesem Helikopter, hätte er uns bis ans Ende der Welt verfolgt. Er musste glauben, dass sie tot ist. Das war der einzige Weg. Es tut uns schrecklich leid.«

Das war genug für mich. Ich ließ Darien fragen und Ianen erklären, drückte Kions Hand und gab Eiren einen Kuss auf die Wange und begab mich dann zu Leander in den vorderen Teil des Transporters.

Leander sah bloß aus dem Fenster und ignorierte mich. Der Fremde sah mich an, stellte sich vor: »Renger« und nickte. Ich nickte zurück und meinte mich zu erinnern, dass Leander einen Verbündeten mit diesem Namen erwähnt hatte, der ihm damals geholfen hatte, den großen Lufttransporter zu manipulieren, mit dem wir auf diese Insel gebracht worden waren.

Ich wandte mich zu Leander und setzte mich auf den Sitzplatz zwischen ihm und Renger. Ich starrte ihn solange an, bis er mich ebenfalls ansah.

»Schön, dass du unverletzt bist.«

»Du kannst mit dieser kleinen Show aufhören«, sagte ich und klang viel wütender, als ich wollte.

»Das ist keine Show«, entgegnete er bloß und sah wieder zum Fenster.

»Ich bin froh, dass du nicht tot bist.« Es dauerte eine Weile, bis ich den Kloß in meinem Hals herunter geschluckt hatte und weiter reden konnte.

»Du wirkst nicht... froh.«

»Und du wirkst nicht, als würdest du dieses Gespräch wirklich führen wollen.«

»Ich möchte es aber jetzt führen.«

»Willst du deinen Triumph nicht noch ein bisschen feiern? Du bist frei.«

Ich schnaubte verächtlich. »Frei! Weißt du überhaupt was dieses Wort bedeutet?«

Endlich sah er mich wieder an. Und ich sah ihn an. Und seit Wochen sah ich ihn wieder richtig.

Sein schwarzes Haar hing ihm tiefer ins Gesicht als noch in Nonnum. Auch sein Gesicht war noch schärfer und kantiger geworden. Er sah älter aus, erfahrener. Irgendwie erinnerte er mich ein bisschen an Darien, der mich mit seinem Gesichtsausdruck immer an jemanden erinnerte, der für sein Alter zu viel verloren hatte.

»Kollin denkt, du bist tot. Du hast Entscheidungen getroffen, die getroffen werden mussten. Du kannst neu anfangen. Du kannst dich glücklich schätzen.«

Ich schnaubte noch lauter und diesmal empört. »Du glaubst, es ist vorbei?«

Jetzt hatte ich mir seine Aufmerksamkeit verdient, denn jetzt wirkte er ehrlich neugierig und interessiert. »Du denkst, ich haue ab, suche mir ein Haus, einen Mann, gründe eine Familie und lebe glücklich bis ans Ende meiner Tage? Das denkst du von mir?«

»Wie Kollin schon sagte: Die Insel verändert die Menschen.«

»Das mag sein. Aber denkst du von mir, ich laufe weg?«

»Weglaufen? Vor was?«, fragte er überrascht.

»Vor einem Haufen unmenschlicher Monster, die diese Welt zerstören wollen?«

»Du willst die weiter bekämpfen?«, fragte er und wirkte jetzt so erschrocken, dass er wohl an meinem Verstand zu zweifeln begann.

»Ich wurde ausgesucht. Ich renne vor meiner Verantwortung nicht davon«, sagte ich ehrlich.

»Das ist nicht deine Verantwortung, Norin!«

»Und wessen dann?«

Er zögerte eine Weile. »Ich... ähm... Ach, was weiß ich, auf jeden Fall nicht deine!«

»Eben hast du dich noch darüber beschwert, dass ich davon laufen will, und wenn ich dir sage, dass ich es nicht tue, ist es dir auch nicht recht!«

»Ich beschwere mich ja gar nicht... Es ist nur... Sieh mal, Norin. Du hast genug getan! Es gibt andere, die diese Verantwortungen in die Hand nehmen können. Andere, die auch etwas bewirken können.«

»Ich habe viel mehr Macht als diese Leute«, entgegnete ich wissend.

»Macht?«, fragte er laut und ein wenig aggressiv. »Du bist tot! In deren Augen hast du gar keine Macht!«

»In deren nicht«, sagte ich und lächelte schief. »Aber in den Augen der Welt habe ich viel Macht.«

»Was meinst du damit?«, fragte Darien.

»Sie denken, sie ist eine von ihnen«, erklärte Eiren, der mit dem Rücken zu mir saß und wohl gelauscht hatte. »Eine Fürchtige.«

Und dann erzählten wir in der neu entstandenen Hektik von allem, das in dem Quartier geschehen war. Und auch Vae erzählte, was man ihr angetan hatte. Eiren erzählte, was er mitbekommen hatte, und ich ergänzte Dinge, von denen beide nichts wussten.

»Diese Monster müssen aufgehalten werden«, sagte Oenn als wir geendet hatten und wirkte plötzlich gar nicht mehr so empört, dass Ianen und ich unseren Tod vorgetäuscht hatten.

»Ja, wenn man die ganze Geschichte kennt, versteht man es besser«, bestätigte Darien. »Also, wie geht es weiter?«

»*Wie geht es weiter?*«, fragte Leander und schoss wutentbrannt in die Höhe. »Habt ihr alle den Verstand verloren?«

»Wir müssen sie aufhalten!«, entgegnete ich. »Wir haben so viel verloren! Jeder von uns! Unsere Freunde, unsere Familien, unsere Heimaten. Sie haben Leben genommen, sie haben unsere Freiheit genommen und haben Gott gespielt, weil sie der Meinung sind, dass sie es können! Ich lasse nicht zu, dass sie das, was sie bisher genommen haben, weiterhin nehmen! Ich lasse nicht zu, dass sie weiterhin *tun und lassen können, was sie wollen*, ohne dass sie jemand daran hindert!« Bei diesen Worten blitzten Leanders Augen auf, und sein Ausdruck veränderte sich sofort.

»Es ist eine schöne Vorstellung, zu tun, was immer man möchte, aber es gibt Dinge, die man nicht tun darf und es gibt Dinge, die man tun muss! Ich muss Kollin und Moistuer aufhalten, weiterhin zu tun, was sie nicht tun dürfen. Ob es dir in den Kram passt oder nicht, ist mir völlig egal! Ich muss das tun! Verstehst du das?«

Irrealer Weise nickte er und sah mich wieder mit denselben Augen an wie damals. So voller Farben, und doch konnte ich nicht genau sagen, welche Farbe sie hatten.

»Ja«, sagte er leise. »Ich verstehe das.«

Ich nickte und schluckte hart. Plötzlich hatte ich das Gefühl, nur mit ihm alleine in der Nische in meiner alten Straße zu stehen. Die alte Norin und der alte Leander, die sich nicht lieben durften und es doch voller Leidenschaft taten.

»Ich komme mit.«

»Diese Entscheidung überlasse ich dir«, sagte ich und drehte mich um. »Ich überlasse jedem von euch die Entscheidung, ob er mitkommen will oder nicht. Und ich nehme es euch niemals übel, falls ihr nicht mitkommt. Dies ist meine Aufgabe. Und es ist euer Leben. Ihr könnt frei darüber entscheiden, ob ihr meine Last mittragen wollt oder nicht.«

»Ich begleite dich überall hin«, sagte Ianen sofort und stand auf.

Auch Eiren erhob sich. »Seit vier Jahren weiche ich nicht von deiner Seite und ich werde jetzt nicht damit anfangen.« Er schenkte mir einen wunderbaren Blick durch seine schönen, blauen Augen.

Kion hob bloß seine Schultern an und krächzte: »Du bist mein Wegweiser, Noyade.« Bei diesen Worten musste ich ihn anlächeln und er schenkte mir einen glühenden, grünen Blick.

»Auch ich werde mit dir gehen«, bestätigte Darien und nickte feierlich. Ebenso wie Oenn. »Ihr seid der Rest, der von der Insel übrig geblieben ist, und nun der Rest meiner Familie.«

Renger klopfte bloß Leander auf die Schulter. »Wenn es gegen den Widerstand geht, bin ich gerne mit dabei.«

»Ich will auch helfen«, klang Vaes inzwischen dünne Stimme aus dem hinteren Teil des Transporters. Trauer überflutete mich bei dem Klang ihrer Stimme. Sie wusste, dass sie nicht viel würde tun können.

»Wir finden auch Aufgaben für dich«, sagte Ianen fest entschlossen. Und ich war ihm dankbar dafür. Ich war noch nicht in der Lage, normal mit Vae zu reden. Ich brauchte Zeit. Ich wollte Vae vergeben, wollte einsehen, dass ihr Verrat nicht ihre Schuld gewesen war, dass Eiren mit hineingezogen worden war und ich wollte wirklich wieder ihre beste Freundin sein. Doch ich konnte es nicht.

Ich schluckte diese Probleme hinunter und wandte mich Wichtigerem zu.

»Also? Wie geht es weiter?«, fragte Darien und sah mich an. Alle sahen mich an und warteten auf einen Plan. Doch diesen hatte ich nicht. Ich hatte Dinge im Kopf, die zu erledigen waren. Ich wusste, was zu tun war, wenn wir eine Chance haben wollten, zu gewinnen. Ich wusste, dass wir Unterstützung brauchen würden. Ich wusste, dass wir alle würden geben müssen und dass wir alle würden nehmen müssen. Dass wir Opfer bringen würden und andere dazu zwingen mussten, Opfer zu bringen. Ich wusste, dass wir einen schweren Weg vor uns haben würden, und dass vielleicht keiner von uns das überleben würde. Doch ich glaubte daran, dass wir es schaffen konnten. Dass wir es schaffen mussten!

Aber einen Plan hatte ich nicht.

Ich hatte nur eines: Und zwar einen ersten Schritt. Und was war ein besserer Ort, um zu beginnen, als der, an dem alles angefangen hatte?

»Zu aller erst, geht es nach Hause.«

Ende zweiter Teil

Danksagung

Als Dankeschön möchte dieses Buch einigen Leuten widmen:

Für mein Herz und meine Seele – Nadja und Anna, ohne euch beide, wäre ich nicht ich, und niemals so weit gekommen, dass ihr diese Zeilen lest. Ich danke euch, dass ihr an mich glaubt und mich genauso bedingungslos liebt, wie ich euch.

Für Mama und Papa – ich danke und liebe euch für alles, was ihr für uns getan habt, tut und noch tun werdet - vor allem aber danke ich euch dafür, dass ich weiß, dass ihr niemals aufhören werdet, alles für uns zu tun. Ich weiß, das sagen alle, aber ich bin mir ziemlich sicher, ihr seid die besten Eltern der Welt!

Für Jan – meinen großen Bruder, der immer für mich da ist und mich mit den Füßen auf dem Boden hält – wenn wir uns nicht gerade prügeln und du fast verlierst.

Für Claue – das beste Stückchen »Toll« in meinem Leben, mit dem ich nicht verwandt bin. Mit niemand anderem hätte ich über zehn Jahre hinweg konstant so viel gelacht, so viel erlebt, so viel diskutiert und so viel geliebt und geheult. Ich kann es nicht in Worte fassen, wie viel du mir bedeutest!

Für meine Familie – ihr seid immer da, ihr glaubt an mich, unterstützt mich und liebt mich. Ich weiß, wie glücklich ich mich schätzen kann, eine so wunderbare Familie hinter mir stehen zu haben! Dafür möchte ich euch allen und jedem einzelnen von ganzem Herzen danken. Ich habe euch lieb.

Für meine Freunde – danke, dass ich immer so viel Spaß mit euch haben kann, und dass ihr mich ablenkt, beschäftigt, mir zuhört, mit mir lacht, mit mir anstoßt und für jedes freudige Jauchzen, dass wir geteilt haben und dass ihr so wunderbare Freunde seid. Besonders meinen Mädels möchte ich an dieser Stelle danken, weil ihr all die Jahre schon an meiner Seite seid und mich nehmt, wie ich bin!

Und ein großes Dankeschön an drei ganz besondere Freunde:

Jürgen - seit Jahren bist du mein bester Freund, wir haben so viel erlebt und stärken uns gegenseitig den Rücken, hören einander zu, wenn der andere reden muss und haben Spaß, wenn der andere lachen muss! Danke für die bisherigen, und hoffentlich weiteren gemeinsamen Jahre.

Sandra - danke, dass mit dir immer alles unkompliziert ist, dass du immer verstehst, wie es mir gerade geht und dass du die Welt immer genauso siehst, wie ich!

Eva - der Beweis, dass man sich nicht ewig lange kennen muss, um eine wunderbare Freundschaft miteinander aufzubauen: Gesucht und gefunden eben. Ich danke dir, dass du bist, wie du bist und dass du Teil meines Lebens bist, denn du bist mir sehr wichtig!

Außerdem danke ich von ganzem Herzen Kevin Truhöl für das wunderschöne Design des Covers. Mit keinem anderem hätte ich so einen Spaß gehabt und mich so über die Zusammenarbeit und deine tollen Ideen gefreut.
Ein Dankeschön auch im speziellen an meine Tante Conny, die an mich gedacht hat, als ich nicht da war und mich so auf den Verlag aufmerksam gemacht hat.
Und wenn wir gerade dabei sind, natürlich ein großes Danke an die Mitarbeiter des Literareon Verlages, die es möglich gemacht haben, mein »Baby« an den Fantasy-Fan zu bringen.

Ich kann es nicht glauben, dass ich so viele Leute in meinem Leben haben darf, die mir so wichtig sind, und denen ich alles, was ich je erreichen werde, widmen möchte. Ihr seid mein Halt, mein Leben und meine Wünsche und Träume. Ohne euch hätte ich niemals begriffen, was lieben und geliebt werden bedeutet.

Danke – für alles.

über die Autorin

Hallo lieber Leser oder liebe Leserin,

ich bin Lara Weber. Um genau zu sein, verdanke ich meinen Eltern außerdem einen Zweitnamen, also bin ich genau genommen Lara Franziska Weber. (Danke nochmal.)

Ich bin einundzwanzig Jahre alt, bin in einem wunderschönen Dorf im Rheingau-Taunus-Kreis geboren und aufgewachsen und lebe nach wie vor dort, weil – seien wir mal ehrlich – Zuhause ist es doch immer noch am schönsten.

Ich habe den Realschulabschluss 2008 absolviert und mein Abitur im Sommer 2011 erworben, danach ein Freiwilliges Soziales Jahr an einer Grundschule gemacht und studiere inzwischen Medien- und Kommunikationsmanagement.

Da es zum Lebenslauf einer Zwanzigjährigen mehr nicht zu sagen gibt, dachte ich, ich mache mal was anderes: Ich neige dazu, viel zu reden, (ich habe mir sagen lassen *sehr viel*, manchmal sogar zu viel, aber wer achtet schon auf die Details?) und deshalb dachte ich, warum sich nicht treu bleiben? Ich stehe leidenschaftlich gerne auf der Leitung und spiele Tennis, kuschle gerne mit unserem Hund Sina, bin süchtig nach Pizza, Red Bull und Büchern und kann es kaum erwar-

gen, wenn man in meiner Gegenwart Tomaten aufschneidet. Wenn ich nicht gerade anderweitig mit meinen Freunden unterwegs bin, hänge ich mit Sicherheit irgendwo mit meiner besten Freundin herum und... naja, was tun wir dann eigentlich?

Ich hasse tanzen und liebe Autofahren, außerdem bin ich so gut wie nie sarkastisch. Ehrlich.

Ich bin also, wie man sieht, ein Mensch, mit diversen kleinen und großen, seltsamen und komischen Macken – und genau diese Eigenschaften habe ich auch versucht auf meine Charaktere zu übertragen. Ich hoffe, es ist mir geglückt und dass das Lesen Spaß macht. Da ich der Meinung bin, dass man sich nicht oft genug bedanken kann, hier nochmal ein großes Dankeschön an alle, die absichtlich oder unabsichtlich geholfen haben, meine Figuren wie Menschen aussehen, klingen und handeln zu lassen.